美国艺术与科学院院士文学理论与批评经典

主　编　聂珍钊　　副主编　王松林

上帝、格列佛与种族灭绝
野蛮与欧洲想象：1492—1945

GOD, GULLIVER, AND GENOCIDE
Barbarism and the European Imagination, 1492—1945

克劳德·罗森 ◎ 著

王松林　张　陟　徐　燕　葛春萍 ◎ 译

上海外语教育出版社
SHANGHAI FOREIGN LANGUAGE EDUCATION PRESS

图书在版编目（CIP）数据

上帝、格列佛与种族灭绝：野蛮与欧洲想象：1492~1945／(美)罗森著；王松林等译.
—上海：上海外语教育出版社，2012（2016重印）
（"美国艺术与科学院"院士文学理论与批评经典）
ISBN 978-7-5446-2837-2

Ⅰ.①上… Ⅱ.①罗…②王… Ⅲ.①欧洲文学评论－1492~1945 Ⅳ.①I500.63

中国版本图书馆CIP数据核字（2012）第160493号

Claude Rawson 2001
"GOD, GULLIVER, AND GENOCIDE: BARBARISM AND THE EUROPEAN IMAGINATION 1492–1945, FIRST EDITION" was originally published in English in 2001. This translation is published by arrangement with Oxford University Press.
本书由牛津大学出版社授权上海外语教育出版社有限公司出版。
仅供在中华人民共和国境内销售（香港、澳门和台湾除外）。
图字：09-2011-296

出版发行：**上海外语教育出版社**
　　　　　（上海外国语大学内）　邮编：200083
电　　话：021-65425300（总机）
电子邮箱：bookinfo@sflep.com.cn
网　　址：http://www.sflep.com.cn　http://www.sflep.com
责任编辑：许进兴

印　　刷：上海华业装潢印刷厂有限公司
开　　本：787×1092　1/16　印张 16.75　字数 380千字
版　　次：2013年1月第1版　2016年5月第3次印刷
印　　数：1 100 册

书　　号：ISBN 978-7-5446-2837-2 / I · 0216
定　　价：60.00 元

本版图书如有印装质量问题，可向本社调换

美国艺术与科学院院士文学理论与批评经典

编委会名单

顾　问：陈众议　玛乔瑞·帕洛夫　庄智象
主　编：聂珍钊
副主编：王松林
编　委：（按姓氏笔画为序）
　　　　王守仁
　　　　史惠风
　　　　吴　笛
　　　　陆建德
　　　　陈　红
　　　　陈建华
　　　　罗良功
　　　　胡亚敏
　　　　胡全生
　　　　隋　刚
　　　　曾繁仁
　　　　蒋洪新
　　　　谢　群

总序

"美国艺术与科学院院士文学理论与批评经典"是一套学术翻译丛书,国家出版基金资助项目。丛书从20世纪80年代以来入选美国艺术与科学院文学批评领域的院士中,选择9位院士的文学批评力作,译介给中国学术界。所选内容涵盖诗歌批评、小说批评、戏剧批评和文化批评,尤其对当代美国诗歌批评的学术成果做了重点译介。最近二三十年来,我国外国文学批评界大量翻译介绍了国外的文学理论著作和思想著作,对我国的文学研究发展产生了积极的推动作用。与外国文学理论著作的翻译相比,对外国某一领域的有代表性的文学批评专论的译介还有待加强。这套丛书产生的初衷,就是想在这方面有所弥补。本丛书力图通过对当代美国文学批评家精心之作的翻译,向中国学术界展示"理论热"之后,美国文学批评家如何更新文学批评方法,以更宽广的学术视野和更包容的态度对不同类型的文学进行有效的批评。与一些所谓的解构主义批评不同,在这些出色的学术研究中,文学的边界不仅没有消失,文学本身不是正在死去,而是以新的特点获得了新生,充满了活力,让我们看到了文学的永恒魅力。我们从这套丛书中还可以看出,一个伟大的负责任的批评家不能利用自己的专门知识去曲解文学、误导读者甚至去毁灭文学,而应该通过批评与阐释,探索文学对于我们每一个人以及社会的价值,引导读者阅读和欣赏文学,从中得到教诲。这一点对于我国文学批评中盛行的文学经典的戏说和大话倾向,其警示意义是不言而喻的。这套丛书从一个侧面反映了当今美国文学批评领域的成就,编者期望这套丛书能对我国的文学批评和文学理论建设有所启示,进而推动我国人文学科的学术发展和社会主义文化事业的繁荣。

"美国艺术与科学院"(AAAS)创办于1780年,是一个蜚声世界的、独立的学术研究机构。这个组织每年都要在美国及世界范围内选取当代最杰出的人才成为该院的院士。在230余年的历史里,"美国艺术与科学院"在自然科学、社会科学、人文和艺术、公共管理等各领域一共选举产生了4000多位美国院士和600多位外籍院士,其中包括200多位诺贝尔奖得主和100多位普利策奖获得者。目前入选"美国艺术与科学院"文学批评领域(含语文学学者)且仍然健在的院士仅有169人,他们均是当今诗歌、小说、戏剧和文学文化理论及批评方面的顶级专家,其学术思想在美国及世界文学和文化批评界都有着重大影响。

20世纪堪称是一个"理论的世纪"。建国以来,国内出版界组织力量翻译了大量外国文艺理论经典,尤其值得一提的是,人民文学出版社和上海译文出版社联合推出的"外国文艺理论丛书"以及中国社会科学出版社、上海文艺出版社和上海外语教育出版社共同推出的"外国文学研究资料丛书",意义重大。这两套丛书的选材范围涵盖了从古希腊罗马至现代的文学理论，几乎囊括了国外最重要的文学理论与批评经典，对我国的文学研究和理论建设产生了深远的影响。改革开放以后，尤其是20世纪 80年代以来，大量西方的文学批评理论被介绍引入中国，如强调意识形态的政治批评、以社会和历史为出发点的审美批评、在心理学基础上发展起来的精神分析批评、在人类学基础上产生的原型—神话批评、在语言学基础上产生的形式主义批评、在文体学基础上产生的叙事学批评，还有接受反应批评、后现代后殖民批评、女性主义批评、新历史主义批评、文化批评、伦理批评、生态批评等。这些批评是我国文学研究中经常使用的批评方法，形成了我国文学批评中西融合、多元共存的局面，推动着我国文学批评的发展，造就了我国文学研究领域前所未有的繁荣局面。

可以说，外国文学理论的引进极大地开阔了我国文学研究者的视野，使我们的研究走向深入。然而，在一阵阵理论热浪的背后，也出现了一些令人担忧的问题，这就是文学批评偏离了对文学的批评。有一些打着文化批评、美学批评、哲学批评等旗号的批评，往往颠倒了理论与文学之间的依存关系，割裂了批评与文学之间的内在联系，出现了某些理论自恋(theoretical complex)、命题自恋(proposition complex)、术语自恋(term complex)的严重倾向。这种批评不重视文学作品(即文本)的阅读与阐释、分析与理解，而只注重批评家自己某个文化、哲学或美学命题的求证，造成文学理论与文学文本的脱节。在这些批评中，文学作品被肢解了(用时髦的话说，被解构了、被消解了)，自身的意义消失了，变成了用来建构批评者自己文化思想或某种理论体系或阐释某个理论术语的自我演绎。文学的意义没有了，自然文学的价值也就没有了，其结果必然是文学的消失导致文学批评家的自我消亡。这种倾向的产生，一方面是我们对西方一些影响巨大的思想家如德里达、利奥塔、拉康、赛义德等人的理论的误读或消化不良所致；另一方面也是我们在翻译介绍西方文学批评理论时还没有为中国学者提供充分的可供学习和借鉴的范例。正是考虑到这一点，我们选择了9部当代美国文学批评的力作译介给读者，试图展示当前美国文学批评界"理论热"之后建立在文本细读和学术洞见之上的另一幅批评图景。

自20世纪90年代起，盛行于美国的各种文学批评理论开始在美国学界遭受冷遇。对于美国大学英语系名目繁多的理论课程，赛义德十分不满，将其称为"残缺破碎、充满行话俚语的科目"。2006年，美国现代语言协会(Modern Language Association)的时任主席、著名批评家玛乔瑞·帕洛夫也针对文学批评理论与文学的泛文化批评乱象告诫同行们说，大学的文学批评教授们可能是在"没有适当资格证明的情况下从事文学研究的……而经济学家、物理学家、地质学家、气候学家、医生、律师等必须掌握一套知识后才被认为有资格从事本行业的工作，我们的文学研究者往往被默认为没有任何明确的专业知识"(参见威廉·崔斯："英文系的衰退"，《美国学者》2009年秋季刊)。美国布朗大学教授罗伯特·斯科尔斯也将大学英文专业的衰落归咎于理论的过度膨胀。在不少专家看来，那些花样翻新的时髦理论消弭了文学的人文价值，抽空了文学的道德情感内涵。美国国内的这一反"理论热"现象很快引起了我国文学研究界有识之士的注意，并引发了对"理论热"之后的美国文学教学与研究的热烈讨论。例如，本世纪初我国有关文学伦理学批评的研究与讨论，就是在理论热之后对文学理论与批评的深度反思。我们认为，文学批评是对文学的批评，因此文学批评不能离开文学文本。只要脱离了文学，不对文学的文本进行分析和解释，文学批评根本就无法存在。只要脱离了文学文本，所谓的文学理论只能陷于空谈，变得毫无价值。我们反对"不读而论"的概念推理式研究，推崇富有情感交流的、有个人洞见的对文本的解读式批评，主张批评者要担当起文学批评的伦理责任。当然，要做到这一点并非易事。我们此次翻译的这套文学批评丛书，就是为了给国内学者如何认识和理解文学批评提供一些可资借鉴的范例。

译丛选取的9部专著，涵盖了诗歌、戏剧、小说等文学领域，可以说体现了当今美国批评家的创造性思想和开阔的学术视野。其中有3部关于诗歌的专论。《激进的艺术：媒体时代的诗歌创作》的作者是斯坦福大学玛乔瑞·帕洛夫教授。她站在美国当代诗歌的最前沿，用最敏锐的眼光审视媒介时代的诗歌创作，高擎智慧的火炬把我们带入一个新的学术天地。她用精深的学识和批判性的研究引导着当代诗歌学术研究的发展，评论家称她是一位"阅读精确、拒绝将艺术的评判权拱手交给教师或理论家"的作者。《语言派诗学》的作者是宾夕法尼亚大学的查尔斯·伯恩斯坦教授。他是当今美国"语言诗派"的代表诗人和理论家。他从意识形态和审美的角度讨论了现代主义和后现代主义语境下的美国诗歌特征，尤其是他对语言诗的语言、声音、形式与意义以及政治策略的研究，是我们认识和解读语言诗的一部指南。《诗与感觉的命运》的作者是普林斯顿大学的苏珊·斯图尔特教授。她是美国具有广泛影响的诗人、批评家和教育家，帕洛夫教授、伯恩斯坦教授分别称其为当今"国际最顶级学者"之一和"本世纪文学批评界最重要的学者"之一。她的著作援引上至古希腊下至后现代的诗歌经典，论述了诗歌与人类触觉、视觉、听觉等感官的内在联系，从艺术审美的高度探究了诗歌艺术在人类文化中所起的作用。在原来的选题计划中，我们还选择了美国圣母大学吉拉尔德·布伦斯的《诗歌的材料：诗学理论概要》一书准备译介给国内学界。该书对当今美国先锋派诗歌的写作实践做了哲学层面的解读，认为诗歌的意义隐藏在诗的创作和阅读的空间之中，主张读者应该像人类学家那样回到诗歌的社会、文化和历史现场去寻找意义。遗憾的是，由于未能获得这本书的版权，我们无法将这部著作翻译成中文出版。

在戏剧研究方面，我们选择了著名莎学专家、前国际莎士比亚协会主席大卫·贝文顿教授的著作《莎士比亚：人生经历的七个阶段》。贝文顿教授是当今为数不多的最重要的莎士比亚专家之一，在莎士比亚研究领域享有崇高地位。他把莎士比亚一生分为七个阶段，对莎士比亚的历史背景、个人生平、戏剧创作及舞台表演等多方面的问题进行了深入探讨。作者驾轻就熟，思路清晰，说理透彻，成就了这部研究莎士比亚的经典之作。

在小说研究方面，我们选择了3部著作。耶鲁大学克劳德·罗森的《上帝、格利佛与种族灭绝》从文学人类学和后殖民批评的角度出发，通过细致入微的文本考究，批判了近五百年来欧洲对所谓异邦"野蛮人"的"他者"文化想象，涉及的作家有斯威夫特、蒙田、王尔德、萧伯纳等，视野开阔，见解独特，启示深刻。霍普金斯大学埃里克·桑德奎斯特教授的专著《福克纳：破裂之屋》依据丰富的文献资料，从社会历史和政治的角度研究了福克纳的作品主题、结构及其与南方神话之间的关系，是研究福克纳不能不读的著作。爱荷华大学盖勒特·斯图尔特的著作《小说暴力：维多利亚小说的形义叙事学解读》从文体学与叙事学的角度，就维多利亚时期小说家笔下强大的语言力量的表述与情节之间的密切关系进行了细致的解读。该书研究方法独特，注重文本细读，是近年来小说研究的重要成果。

在文化批评方面，哥伦比亚大学安德鲁·戴尔班科教授的《撒旦之死：美国人如何丧失了罪恶感》一书，如作者自己所说，是"一部美国精神传记"。作者对美国过去和现代之间的道德传统的割裂，特别是对美国社会面临的道德危机及精神信仰的匮乏进行了批判，作者也因此而被《时代杂志》评为2001年度"美国最佳社会评论家"。宾夕法尼亚大学让-米歇尔·拉巴泰教授的《1913：现代主义的摇篮》将现代主义文学纳入1913年这一特殊的年代，详细考察了1913年发生的一系列标志性文学艺术现象和政治事件，如非西方作家泰戈尔获得诺贝尔文学奖、一战爆发前最后的世界和平、叶芝和庞德的合作等，从全球文化思想变化及交融的角度审视现代主义文艺思潮的发端，视角独特，见解深刻。

20世纪以来，美国的文学研究空前繁荣，出版了大量影响深远的学术著作，但我们只能从中挑选部分杰作，翻译介绍给中国读者。以上译介的著作，都是文学批评各个领域的代表性作品。从中可以看出，美国同行们在文学研究方面有其突出的优点：方法多样，务实求新，细致深入，特色鲜明。这些专著均有非常重要的学术参考价值，值得认真阅读和参考。我们希望这套丛书能够给中国读者的文学研究提供有益的借鉴。

译丛选择的著述涉及文学、历史、哲学、政治、文化等多方面的内容，不易阅读、理解和翻译，因此对于译者而言是一项十分艰巨的任务。尽管各位译者做出了巨大努力，希望把这些学术著作翻译得完美，但是由于水平有限，仍然无法达到目标，在此请各位读者多加批评指正。

总编　聂珍钊

谢辞

"美国艺术与科学院院士文学理论与批评经典"即将由上海外语教育出版社出版，我们借此机会首先向中国外国文学学会会长、中国社会科学院外国文学研究所所长陈众议先生表示衷心感谢。陈众议先生长期关注中国的文学理论建设，关心中国的外国文学研究和学术发展，关心中外文学与文化的交流。这套丛书的选题、论证和整个翻译工作，都倾注了他的热情和关心。他的珍贵友谊、热情鼓励、宝贵建议，是我们完成此项工作的动力。还要衷心感谢玛乔瑞·帕洛夫教授。她是这套译丛的顾问，为我们初选的著作提供了实事求是的和富有建设性的学术评价，为我们联系每个作者和协商版权提供了重要帮助，在我们遇到困难的时候，她都能及时地热情地帮助我们。可以说，这套译丛得以面世，陈众议先生和玛乔瑞·帕洛夫教授是我们最需要感谢的人。

我们还要感谢这套丛书的各位作者，他们是：玛乔瑞·帕洛夫、查尔斯·伯恩斯坦、苏珊·斯图尔特、大卫·贝文顿、克劳德·罗森、埃里克·桑德奎斯特、盖勒特·斯图尔特、安德鲁·戴尔班科、让—米歇尔·拉巴泰。我们不仅要感谢他们同意我们翻译他们的著作并在中国出版，还要感谢在翻译过程中他们提供的各种帮助，感谢他们随时解答译者遇到的各种问题。我们相信，他们的著作在中国翻译出版，中国的学者和读者都将大受裨益。我们还要感谢这套译丛的美国出版社，是它们的充分合作和授权，才使这套译丛的中文翻译和出版得以顺利进行。

我们还要感谢庄智象教授、副编审孙静女士，以及所有著作的责任编辑。庄智象教授既是上海外语教育出版社社长，也是这套译丛的顾问。这套译丛从选题、翻译到出版，与他的指导和帮助是分不开的。这套译丛也是他特别倾心的一个项目，用他自己的话说，一个人一生要做几件有意义的事，而这个项目正是他一生中做的最有意义的事之一。孙静女士是出版社这套译丛的具体负责人，她不断对译丛的翻译工作提出具体指导和帮助，这套译丛倾注了她的大量心血。每部著作的责任编辑都是学识渊博的学者，他们对每部译著都进行了仔细认真的审校，提出十分重要的意见，消除其中的疏忽与瑕疵。我们还要感谢刘华初先生，他负责这套丛书的版权谈判。是他辛苦和有效的工作，为我们奠定了顺利完成这项工作的基础。还要感谢负责这套译丛的装帧设计的美编，因为是他的精心设计才最终使这套译丛的出版变得完美。

最后，我们还要感谢参与这项工作和为我们提供帮助的所有人。离开了大家的共同努力和来自各方面的帮助，要完成这样一项大的工程是不可想象的。对所有帮助过我们的人，我们心存感激。

聂珍钊　王松林

目录

译者序	i
前言	v
致谢	vii
引文版本说明	ix
导论	1
第一章 印第安人和爱尔兰人——从蒙田到斯威夫特	**11**
一系列的征服	11
遮掩不可告人之事	15
"互相残食"	19
善恶印第安人	23
乌托邦人、图皮南巴人、慧骃、耶胡	29
火药的魔力	33
法因斯·莫里森和《讯报》	36
印第安人、爱尔兰人和塞西亚神话	41
第二章 乳房下垂的野人：格列佛、母耶胡与"种族主义"	**49**
"一只年轻的母耶胡……欲火中烧"	49
乳房下垂的野人	52
霍屯督人和爱尔兰人	59
霍屯督的维纳斯	62
时尚店	74
与陌生人交媾	78
入乡随俗	85
猿猴与天使	91
后殖民时代的交媾	99
第三章 杀掉穷人：一个盎格鲁—爱尔兰主题？	**105**
"我热切盼望他们的灭绝"	105
"我们最大的罪行就是贫困"	110
乞丐的贵人之梦	117
乞丐与霍屯督人，或除掉所有野蛮人	121

佩上徽章、打上标记和阉割	130
"老母猪吃掉自己的仔猪"：贫穷的王国——从斯宾塞到乔伊斯	134
"整个"民族	137
一个皮开肉绽的女人，以及要被绞死的仆人兄弟	141
他们应该被枪决：修辞格的"致命实验"	143

第四章 上帝、格列佛与种族灭绝   149

耶胡、希洛人及灭绝	149
格列佛与《圣经》中的幸存者	154
"用耶胡皮，结实地缝合在一起"	159
暂免阉割及其他仁慈之举	166
十位义人：亚伯拉罕与上帝讨价还价	172

原文注释   181

译者序

2012年5月9日，笔者有幸与本书作者克劳德·罗森在武昌桂子山上相会。他是应邀以教育部海外名师的身份前来中国讲学的。初见罗森教授，只见他一脸和蔼可亲的样子，略显富态的身体，行走时腿脚有些不便，需借助手杖。我很难将《格列佛、上帝与种族灭绝——野蛮与欧洲想象：1492—1945》的作者与眼前这位步履蹒跚但却精神矍铄的老者联系起来。不过，片刻交谈之后，我马上被他的学识所折服。翻译过程中脑海里不时浮现的那位知识渊博、思想深邃的学者的影子渐渐变得清晰，与这位谈吐风趣、目光犀利的学者完全对接起来。深入交谈后得知，罗森教授与中国有缘，原来他就出生在上海，父亲曾在长沙工作过。得知他的专著即将在中国翻译出版，他非常高兴。

罗森是耶鲁大学梅纳德·麦克英文讲席教授（Maynard Mack Professor of English），美国艺术与科学院院士，主要研究18世纪英国文学，尤对菲尔丁和斯威夫特有深入研究，代表性学术著作有《亨利·菲尔丁及重压下的奥古斯都时期的理想》（1972, 1991）、《格列佛与温雅的读者》（1972, 1991）、《剑桥文学批评史·卷4：18世纪》（与 H. B. 尼斯贝特合著，1997）、《文学与斯威夫特时代的政治》（2010）。他是《剑桥文学批评史》（Cambridge History of Literary Criticism）和《布莱克威尔系列评传（Blackwell Critical Biographies）的总编，兼任包括《现代语言评论》在内的多家国际著名学术期刊的编辑，曾任英国18世纪研究会主席。罗森还写有大量评论文章，发表在《泰晤士文学副刊》、《纽约时代书评》及《伦敦图书评论》上，他在当今英语文学批评界有着十分广泛的影响。著名文学批评家特里·伊格尔顿称罗森是当今学界"最具鉴赏力的、最敏锐的18世纪研究专家之一"（参见《伦敦图书评论》，2001年8月23日）。近年来，克劳德·罗森多次应邀在中国著名高校讲学。

《格列佛、上帝与种族灭绝——野蛮与欧洲想象：1492—1945》（2001）是罗森在18世纪英国文学与比较文学研究领域的力作。此书视野开阔，奇思迭出，观点新颖。乍看书名，似乎很难将封面的三个关键词联系在一起，因为根据普通读者对《格列佛游记》及18世纪欧洲文学的一般了解，种族灭绝与自命不凡的格列佛医生抑或是愤世嫉俗的斯威夫特应该关系不大，而仁慈的上帝与种族灭绝更不应该有任何瓜葛，且不说格列佛或斯威夫特与上帝之间在种族杀戮上存在什么内在的关联。然而，这部著作却巧妙地游走在虚构、历史与想象的边缘，依据细致的文本分析和大量的旅行及探险文献资料，从文学人类学批评的角度切入，将格列佛、上帝与种族灭绝三个貌似毫不相干的概念置于"野蛮与欧洲想象"这一框架中，围绕斯威夫特和蒙田之间的关系、爱尔兰人与印第安人类似的悲惨命运、法西斯主义与二战惨绝人寰的种族大屠杀等问题展开了入木三分的分析。作者探幽入微，寻踪探秘，自1492年哥伦布的"发现"之旅一路追至1945年二战结束。通观全书，罗森渊博的知识面和深邃的洞察力令人叹为观止。

《格列佛、上帝与种族灭绝——野蛮与欧洲想象：1492—1945》是一部奇书，是一部从一句话出发演绎而成的辉煌巨著。这句话是我们日常生活中最普通不过的、漫不经心的一句口头禅。当我们对某人怀恨在心或气愤之极时，免不了会狠狠地诅咒此人"应该枪毙"或者"从地面上消灭"。对于人们何以会在语言修辞层面上发出这番置人于死地而后快的咒语，我们少有人会去做严肃的追本溯源式的思考。大多数人会想当然地认为，这样的表述只不过是人们一气之下放出的狠话，并不意味着我们真要从肉体上消灭此人。可是，克劳德·罗森却敏感地意识到了这句话背后蕴含的丰富文化隐喻。他以敏锐犀利的目光，追寻它的语文学和文化人类学渊源，对大量的文学文本和历史文献资料进行梳理，抽丝剥茧，层层深入，挖掘出这一语言表述所遮蔽的实际暴行。罗森指出，自从上帝声称要用洪水把人类"从地面上消灭"起，种族灭绝意识便潜伏在人的邪恶意识深处。在罗森看来，这句口头禅的内涵令人难于琢磨，但至少有三个层面的含义：可以是"说着当真"，也可以是"说说而已"，还可以是"不只是说说"。全书围绕着这三个层面展开讨论，内容涵盖了从《圣经》创世纪到现今的欧洲文学和非虚构作品对他者的想象和书写，时间跨度穿越了从欧洲对美洲的征服一直到至二战结束近600年的历史。罗森发现，在小说和"说说而已"之间，在语言和历史上的暴行之间有着诸多令人不安的相似之处。他对斯威夫特、蒙田、萧伯纳、王尔德等作家笔下有关野蛮和杀戮的书写进行了精细的比较和分析，征引珀切斯、哈克鲁特、德勃莱、哥伦布、韦斯普奇、布干维尔、库克等诸多旅行作家和人种志史家的记述，透过浅层的言语修辞来窥视暴力行为的实施过程，试图撩开欧洲他者文化想象的面纱。

本书关注的是野蛮人这一"他者"概念在欧洲人想象中引起的共鸣，讨论的是欧洲人如何面对或处置他们想象中的杀戮对象，包括爱尔兰人、犹太人、印第安人以及被征服的土著人、异教徒，甚至还有巫师、妓女和穷人。罗森对于欧洲人之于"野蛮人"的态度有精彩的论述：

> "野蛮人"令我们心神不宁。他们属于"非我"，他们不会说我们的语言或者"任何语言"，我们鄙视他们，惧怕他们，侵略他们并杀戮他们；我们又同情他们或羡慕他们并对他们抱有强烈的性趣；我们向往他们的天真和活力，他们对现代都市文明生活的行为和衣着产生了非凡的影响；我们称他们为野蛮人，但其实我们比他们更野蛮；他们相貌酷似我们，这令我们心神不宁，想入非非。（参见本书作者前言）

这里的"我们"可能主要是指代表了西方"良心"的知识精英和批评家们，或者说，"我们"的感受在某种意义上代表的就是"欧洲人"的感受。这段关于"我们"和"他者"的论述自然令人想到罗森很可能是一个后殖民批评家。可是，如果读者对他做这番臆测，那就错了。罗森虽然在论述中借用了后殖民批评常用的术语，但他并不想读者将他是看成是斯皮瓦克式的批评家，他并不赞同后殖民批评家将斯威夫特攻击为"恶魔般的恐外症患者或厌世者"。然而，奇怪的是，他同样也不赞同批评家们将斯威夫特完全塑造成了一个正义事业的支持者或是一个反对奴隶制、反对战争、反对殖民、反对种族和性别歧视的民主斗士。

他希望以某种方式"使斯威夫特从那些自以为是的后殖民批评家们愤愤不平的长篇抨击中解脱出来",他甚至认为很多评论家都做了件"与斯威夫特相反的、不相干的事情"(参见本书导论)。罗森在书中专辟一章,题为"杀掉穷人:一个盎格鲁-爱尔兰主题?",对斯威夫特的《一个温和的建议》做了颠覆性的解读,试图推翻传统批评家有关此文是对英国残酷殖民统治的抨击这一共识。罗森认为,斯威夫特在这本小册子中讥讽地暗示饥饿的穷人应该杀掉自己的孩子,烹煮孩子的肉以填饱肚子,这一"建议"实则更多地流露出了作者盛怒之下对爱尔兰人的诋毁,即暗示了传说中爱尔兰人确有食人的残酷习性(参见本书第三章)。这一"消灭穷人"的想法不仅限于斯威夫特,另外两位爱尔兰作家王尔德和萧伯纳也难脱干系。前者对于社会改良者试图通过"让穷人活着的方式……来解决贫困问题"极力讽刺;后者则干脆声称他厌恶穷人,急切希望灭绝穷人(参见本书第三章)。对此,罗森一一给予揭露,眼光不可不谓犀利。

罗森对斯威夫特的研究可谓与众不同,他眼中的斯威夫特是个"令人捉摸不定、情感更易爆发的人,一个具有深深的权利主义思想的人,一个勇于在人类思想奔腾不羁的勃勃生机中深入探索的人,同时他对人类思想保持批判和试图驾驭的姿态"(参见本书导论)。罗森的这番评述不是空穴来风,而是依据对大量的文本和文献资料的缜密分析得来,尤其是他对斯威夫特和蒙田的作品了如指掌,而书中引述的一百多部文献令人信服地支撑了他的结论。

然而,在洋洋洒洒的论述中我们发现,罗森并不轻易下结论。但是,在丰富的资料比照和精细的文本分析中,读者不难发现他思想的锋芒。细心的读者还可以发现,罗森不是一个非此即彼的二元论批评家,也不是一个中庸主义者,他的观点常常发人之未发,令人耳目一新。譬如,在对斯威夫特的《一个温和的建议》、《格列佛游记》以及蒙田的《论马车》、《论食人部落》、《论节制》等作品做了细致入微的比较分析后,罗森指出蒙田和斯威夫特虽然反对殖民掠夺和杀戮行为,但是他们两人都曾认真地思考过大规模杀戮这一念头,他们那种乐意接受大屠杀并对之无动于衷的心态令人不安。又如,在本书第三章有关萧伯纳和王尔德的评论中,罗森再发奇论,颠覆传统上人们对这两位爱尔兰大师的看法,指出萧伯纳和王尔德骨子里均有过"灭绝穷人"的想法,他们的思想不可避免地受到了社会达尔文主义的影响。难怪《泰晤士文学副刊》用"爆破"这一字眼来形容罗森这本专著的大胆创新,文章认为罗森最骄人的天赋就在于他"一直以来就对18世纪研究的种种盛行论调给予爆破,此书对斯威夫特及其他相关作家的研究尤显大胆新颖,再一次表现了他的研究的爆破性"。特别值得一提的是,罗森的著作通篇没有晦涩难懂的新潮理论或术语,所有的结论均来自对文本的精细分析并佐以翔实可靠的资料论证,这种扎实的研究方法和学术创新精神值得国内学界同行借鉴。

"野蛮与欧洲想象"是本书的副标题,也是罗森此书的出发点。罗森从斯威夫特对"耶胡"形象的模式化处理着手,指出"耶胡"身上汇集了欧洲人想象中"野蛮人"的所有外形特征:厚嘴唇、塌鼻子等,而这些特征被用来不恰当地形容爱尔兰人、犹太人和黑人。在比较与辨析中罗森指出,相对于斯威夫特的题材,蒙田探讨的话题视野要开阔得多,他更多是从人种史学的角度对种族的多样性进行考量,试图从个体文化差异中寻找出人类的共性。罗森对蒙田有独到的理解,指出蒙田是一个对"我们"与"野蛮人"之间的亲缘关系进行"痛苦探索"的思想家。这一"痛苦探索"的传统在欧洲文学中得以延续，也影响到了斯威夫特。确实如此，以英国文学为例，从斯威夫特的《格利佛游记》到康拉德的《黑暗之心》再到戈尔丁的《蝇王》，无一不在暗示那个"野蛮的他者"原来就是"我们中的一个"（借用康拉德的小说《吉姆爷》中马洛的说法）。正如伊格尔顿指出的那样，在开明的知识分子看来，并不存在什么真正的"外人"或"他者"，只存在将他人视作"外人"的态度或方式。对于保守者而言，"外人"即"他者"；对于自由主义者来说，"他者"这一概念是错误的意识形态的产物；对于激进主义者来说，"他者"就是我们自己（参见特里·伊格尔顿："一点儿牢牢的管制"，《伦敦图书评论》，2001年8月23日）。

阅读罗森的这部著作对于读者来说可谓是一种挑战，因为作者涉猎范围之广令人望尘莫及，思维跳跃之敏捷令人目不暇接。罗森总是把斯威夫特的《格利佛游记》和蒙田的作品信手拈来，相互阐发，并大量旁及鲜为人知的史料或非虚构素材，若是读者对斯威夫特和蒙田知之甚少，又缺乏必要的知识背景，阅读此书就往往会不得要领。譬如，在讨论欧洲人眼中的野蛮形象时，罗森指出斯威夫特是以二元对立的方式来描写乌托邦的，而蒙田在对理想社会的划分上则要相对显得宽泛或宽容的多（参见原著第44—45页）。如此这般的论述比比皆是，要求读者对两位作者及相关史料有相当的了解。此外，罗森的论述的大胆新奇之处也需要读者细细琢磨方能深谙其中奥秘。例如，书中有关野蛮、食人及活人剥皮的论述，对霍屯督妇女悬垂的乳房与钱袋和富足所做的经济学意义上的比较，将欲火中烧的那位年轻的母耶胡形象与斯威夫特的女友范妮莎所做的比较与生平考据，还有将慧骃国的阉割政策与纳粹德国为优化人种强行他人实施的绝育行径进行的类比等等，所有这些无一不表现出罗森活跃的思维和敏锐的学术眼光。罗森在虚构文本和历史现实之间来回穿梭，出入自由，显示出宽阔的学术视野，思想极富洞见。

然而，要翻译这么一部学术奇书对于译者来说无疑充满挑战，极为困难。书中涉及文学、语言学、历史学、地理学、文化学、人类学、天文学、社会学甚至服饰学等各方面的知识，论及的人名地名及其他专有名词数以千计，采纳的文献资料语种涉及英语、法语、西班牙语和意大利语，译者为此查阅了大量资料。翻译过程中本书的责任编辑许进兴老师对译文提出了许多宝贵的修改意见，他认真负责的工作态度也感染了本书的译者，我们向他表示深深的谢意。同时也要感谢上海外语出版社学术部的孙静老师，她为本书翻译的学术规范性提供了宝贵的意见。本书的序言、导论由王松林（宁波大学）翻译，第一章由徐燕（宁波大学）翻译，第二、三章由张陟（宁波大学）翻译，第四章由葛春萍（湖州师院）翻译，全书译文最终由王松林统校。译者深知自己学力不济，英文水平不高，虽尽其所能力图将原著的思想风貌展现给读者，翻译中不少疑惑之处也曾面向原著作者讨教，但终因时间仓促，译者水平有限，译文一定尚存不少谬误，敬请读者匡正。

王松林
于宁波大学宁大花园
2012年11月30日

前言

当我们说某些人"应该枪毙"或"从地面上"消灭时，我们知道，通常这些话在人们看来意味的并非是字面意义。这只是一种修辞格，社会对这一约定俗成的表达方式的认可在一定程度上净化了其内涵。从这一意义上来说，这一表达为自己裹上了一层以虚构为防护的外层，尽管这一防护层有时不起作用。人们也创造出构思丰满的虚构的作品（如神话、故事、历史等），它们的情况也是如此。它们可能不再被认为是虚构的东西，可能言必为真或被信以为真。这些故事中的受害者可能是整个民族或某些群体，甚至是整个人类，犹如上帝所言，他会"将我创造的人类从地面上毁灭"。上帝所为之于人类，也促使人类所为之于他人。有时，这一区别并不清晰，因为就人类而言，种族憎恨和厌恶人类之区别也不总是太清晰，况且人们总是会借用上帝的表述来表达自己的意愿。

上帝的这句话回荡在整个《圣经》和人类历史中。这句话曾被用来指以色列人及他们的敌人，还有被征服的野蛮人、爱尔兰人、穷人、纳粹占领下的欧洲犹太人等。其形式多样，或带有灭绝人寰的意图，或带有讽刺性的威胁，或是虚构的幻想以及虽然无关性命却多少有些令人气恼的口头禅。人们说这句话，可以是"说着当真"，也可以是"说说而已"，还可以是"不只是说说"。本书要讨论的就是这一表述对人所构成的侵犯范围，即这样的修辞格及其行为实施之间的这一过程。时间跨度从创世记到现今，但主要讨论对美洲的征服及至二战结束这一时期。本书细察了众多作者，考察了众多声音，主要集中讨论蒙田和斯威夫特，但也讨论了巴托洛梅·德拉斯·卡萨斯①、让·莱里②、奥斯卡·王尔德和乔治·萧伯纳，以及自哥伦布、韦斯普奇③到布干维尔④、库克⑤的诸多旅行作家和人种志史家。万象背后可见"创世记"之大灾难，大洪

---

① 巴托洛梅·德拉斯·卡萨斯（Bartolomé de Las Casas, c.1484—1566）：西班牙历史学家，著有《西印度毁灭述略》，记录了欧洲殖民者对土著人的暴行。
② 让·德·莱里（Jean de Léry, 1536—1613）：法国探险家，著有《巴西航行记》，记录了作者前往巴西的航海经历及抵达巴西后与土著人的交往及其传播新教的过程。
③ 韦斯普奇（Amerigo Vespucci, 1454—1512）：意大利探险家、航海家，据传他早于哥伦布远航至南美，有人认为美洲（America）就是按照他的名字命名的。
④ 布干维尔（Louis Antoine de Bougainville, 1729—1811）：法国航海家，曾率有科学家参加的大海船从法国布勒斯特港出发做环球航行，到过塔希提岛和新几内亚，著有《环球旅行》，成为家喻户晓的畅销书。
⑤ 库克（James Cook, 1728—1779）：英国探险家、航海家，曾详细绘制航海图，记录他的太平洋航行，是欧洲最早接触并记录新西兰、澳大利亚东海岸、夏威夷群岛等地的人。

水、平原城邦之大毁灭，其恐怖、荒谬之极总与人类历史上的大屠杀密切相连，二战期间更是登峰造极。

广义而言，本书讨论的是欧洲人想象中如何对付他们习惯上谈论的要杀戮的群体，然而他们却未能完全灭绝这些群体，因为这一任务过于艰难或过于令人厌恶，或许他们需要那些受害者来充当劳力，要不就是有对抗性的情绪中途遏制了这一杀戮行径。本书探讨的是野蛮人这一"他者"概念在人们想象中引起的共鸣，但野蛮人并非是个简单的高贵或低贱之概念，而是作为参照之人物，通过他我们在痛苦的自我定义中面对自我，而这一自我定义又过于复杂也过于矛盾，经不起惯常意义上的还原分类。"野蛮人"令我们心神不宁。他们属于"非我"，他们不会说我们的语言或者"任何语言"，我们鄙视他们，惧怕他们，侵略他们并杀戮他们；我们又同情他们或羡慕他们并对他们抱有强烈的性趣；我们向往他们的天真和活力，他们对现代都市文明生活的行为和衣着产生了非凡的影响；我们称他们为野蛮人，但其实我们比他们更野蛮；他们相貌酷似我们，这令我们心神不宁，想入非非。他们以双重身份交叉呈现在我们面前：种族上的他者和土生土长的贱民，这包括前面提到的那些群体——被征服的异教徒和野蛮人、爱尔兰人、巫师、妓女、穷人、犹太人等等。本书拟重新检视我们是如何面对1492年至1945年间"野蛮"这一思想在我们自己以及他者身上的体现。

本书讨论的大部分作家都关注上述问题，他们"为人类自由效力"，但其方式并非总是与当今的公正的道德标准一致。他们反对压迫，但却拥有压迫的欲念，而且他们知道自己有这样的欲念。蒙田和斯威夫特皆有雄辩之才，反对殖民掠夺和屠杀，若活到二战他们定当对纳粹恨之入骨。但是，两人都曾认真地思考过大规模杀戮这一念头，他们那种乐意接受大屠杀并对之无动于衷的心态叫人不安；萧伯纳也曾赤裸裸地称有必要根除社会不需要的群体。斯威夫特的两篇伟大讽刺作品涉及的就是种族灭绝：《一个温和的建议》和《格列佛游记》中慧骃计划将类人动物"从地面上"根除的计划指向的是受害者而非压迫者。后一个计划未能付诸行动，但却经过深思熟虑，且在细节上令人不安地酷似纳粹的实际暴行。本书提出的一个问题是：譬如，我们何以要在以下两个方面对斯威夫特区别对待，且必须区别对待——一方面要解除斯威夫特背负的替大屠杀辩护的罪名；另一方面斯威夫特又无时无刻都赞同（至少没有否决）慧骃国的屠杀计划。

这是一部关于西方想象和西方观念的书，并不讨论被征服的土著人的观念，即便有也是西方人眼中的土著人观念。出于需要，本书使用了诸如"野蛮人"、"土著人"、"印第安人"、"黑鬼"之类的字眼用于讨论文中涉及的时代背景，也旨在反映那些时代欧洲人的心态。

致谢

　　本书第一章的内容曾分别发表在《伦敦书评》（1992年8月，10—12）、《现代语言季刊》（1992年第53期，299—363）以及（部分内容）《18世纪的生活》（1994年第18期，168—97）。第三章的部分内容（约三分之一）源自"贝特森讲座"，后来收录在《评论集》（1999年第49期，101—31）。本人要感谢《伦敦书评》及其编辑玛丽-凯伊·威尔默，感谢编辑马歇尔·布朗、罗伯特·马库宾、斯蒂芬·华尔以及其他期刊的出版商（杜克大学出版社，约翰·霍普金斯大学出版社及牛津大学出版社）。

　　书中的其他内容未曾公开发表过，尽管部分内容起初是作为论文在不同的大学和学术团体宣读。我对那些在不同场合帮助过我或参与讨论的人感激不尽，在此难于一一具名致谢。然而，我要特别感谢弗兰克·莱斯特林楠特。1992年他与我一起在位于法国图尔市的文艺复兴高级研究中心编写了《16—17世纪法美研究》，也正是在那里我才开始真正地涉猎蒙田并向一群比我更了解蒙田的听众发表了一通演讲；感谢乔纳森·兰姆和伊恩·希金斯，两位分别是位于奥克兰（1993）和堪培拉（1996）的戴维·尼柯尔·史密斯研讨班的主任，他们鼓励我以南太平洋旅行叙事为背景来研究《格列佛游记》；感谢澳大利亚国立大学人文研究中心主任伊恩·麦克卡曼，1996年作为该中心的研究员我花了两个月的时间来专门研究这一课题；感谢保罗—加布里埃尔·布鲁斯、苏西·哈里弥和塞治·索佩尔，他们在巴黎的几次学术报告触发了本书的研究兴趣；感谢布瑞恩·哈蒙德和安东尼·斯特拉格尼尔，两位均先后担任英国18世纪研究会会长，他们邀请我做了1998年的年会报告，本书第4章即是这一报告开篇的主要内容；感谢牛津大学基督圣体学院的院长吉斯·托马斯阁下，他邀请我做了1999年度的"贝特森讲座"，这为本书第三章的主要观点奠定了前期基础；非常感谢耶鲁大学、国家人文基金和约翰·西蒙·古根海姆纪念基金给予的学术休假和研究基金资助。我也非常感激许多图书馆及其工作人员的帮助，尤其是耶鲁大学图书馆（包括耶鲁大学英国艺术研究中心图书馆和路易斯·沃波尔图书馆）、牛津大学图书馆、大英图书馆、剑桥大学图书馆、伦敦大学沃尔伯格研究院和沃里克大学图书馆。

　　我的许多朋友和同事，还有我的家人，都在许多具体的事情上给予我指导并提供信息，历时多年，有时他们还慷慨花时间进行研究，或通读或部分阅读本书书稿，他们是：罗薇娜·阿多诺、耶胡达·鲍尔、迈克尔·贝尔、沃尔克·贝格哈恩、琳达·布瑞、吉姆·卡尔森、金伯利·克里斯曼、丽莎·克拉吉西、戈登·克雷格、戴维·戴彼得宾、凯伦·道尔顿、劳伦斯·J·戴维斯、迪安·迪卢那、布朗文·道格拉斯、帕斯卡·迪皮伊、安德鲁·埃德蒙、菲利斯·吉布森、约翰·吉尔莫、安东尼·格里菲斯、文森特·吉洛德、简·戈拉克、罗伯特·格兰特、哈里特·哈里斯、G.J.休曼、乔治·亨特、希拉·亨特、弗兰克·柯莫德、乔治斯·拉莫尼、特劳戈特·劳勒、弗兰克·莱斯特林楠特、罗伯特·马赫尼、蒂娜·马赫尼、伊利莎白·马拉尔德、唐纳德·梅尔、琳达·麦里恩斯、詹尼·麦兹西蒙斯、安德里亚斯·米尔克、洛里·米舒拉、莎莉·穆尼、杰西卡·曼斯、马克斯·诺瓦克、罗纳德·鲍尔森、玛乔里·帕洛夫、玛西亚·普安顿、朱迪·罗森、弗兰索瓦·里戈洛、克里斯塔·萨蒙斯、杰弗里·萨蒙斯、纳内特·斯特尔、琼·舒斯勒、玛丽安·托马勒恩、苏珊·沃格尔、珍妮特·惠特利。这一长串名单远没有详尽列出所有我要感谢的人，仅仅罗列名单并不能表达我对他们的谢意和感激之情。

最后，但绝非是最不重要的，我要特别感谢凯茜·豪汀。她在本书定稿的过程中，克服诸多困难，给予了我极大的帮助。

引文版本说明

蒙田(Montaigne)

《随笔集》(*Essais*)，Pierre Villey 编，V.-L.Saulnier 修订(巴黎，1988年)，3卷；

《蒙田随笔全集》(*Complete Essays*)英译本 Donald M. Frame 译，(斯坦福，加州，1965年)；

《航海日记》(*Journal de Voyage*)，François Rigolot 编(巴黎，1992年)。

斯威夫特(Swift)

《散文作品集》(*Prose Works*)，Herbert Davis 等编(牛津，1939—1974年)，16卷(简称为《作品集》(*Works*)。所有《格列佛游记》(*Gulliver's Travels*)的引语均源自本版本的第11卷。书中原文出处(如：IV.xii.293)的标志顺序为卷(书)、章节、页码。《诗集》(*Poems*)，Harold Williams 编，第二版(牛津，1958年)，3卷。《书信集》(*Correspondence*)，Harold Williams 编，(牛津，1963—1965年)，5卷。时至1714年7月的书信源自《书信集》第一卷，David Woolley 编(法兰克福，1999年)，引文页码标明了两个版本的出处。

导论

斯威夫特的作品汇集了近500年来欧洲思想史上最令人不安的道德梦魇：战争、帝国侵略、种族灭绝的欲念。他的重要讽刺作品，特别是《格列佛游记》和《一个温和的建议》，包含了有关这些主题的幻想和焦虑的绝妙预测，尽管这些预测未必总是受到现代人的青睐。这正如他的《一只澡盆的故事》那样，作品既是对现代写作形式之精华和糟粕具有先见之明的戏仿，同时本身也是极佳的范例。

本书探讨的一系列重点乃公认的历史事件，通常充盈着性的张力并总是伴随着政治或军事威胁。远至哈克鲁特①、德勃莱②及其他人收集的文艺复兴时期的航海资料，近到20世纪的《国家地理》，在欧洲与野蛮人的遭遇过程中，性的张力和政治或军事威胁一直植根于欧洲的想象之中。本书也讨论与野蛮之"他者"长期共存的对等或半对等之群体及其国内的对应群体、农奴、奴隶、巫师、妓女、穷人、群氓，还有那些同时具有异邦又拥有本土身份的贱民，尤其是爱尔兰人和犹太人。本书将重点讨论两位作家：蒙田和斯威夫特，尽管两位作家对上述问题的思考可以追溯到《旧约》及古典作家，并且我以下要讨论的某些事件虽说也在两位作家的评论范围之内，但事件的发生却在他们身后，这包括纳粹的大屠杀。

两位作家都以自己的方式表现出对征服者非正义行为的义愤，他们均是"反殖民主义"思想家，其"为人类自由效力"的方式具有权利主义和保守主义思想的色彩。两位作家的作品博大精深，融会的政治思想和人种史学思想传统可以上溯到柏拉图和莫尔以及自荷马以来的大量古典的及文艺复兴时期的有关野蛮人思想的作品。两位作家均以精细的、颇具强烈自我观照的眼光对这一古老平庸的概念进行了分析。他们发现这位被斯威夫特称作"耶胡"的野蛮人，借用康拉德的小说《吉姆爷》的话来说，就是"我们中的一个"。两位作家对后世的思想明显均产生了影响。

两位作家均对其他文化，尤其是远邦文化抱有浓厚兴趣。除了在书本上博览远游，两位都未曾远距离旅行，尽管蒙田的日记记载了他的意大利航行，其中也记述了他在德国和瑞士见到的新教之城，在罗马看到的复活节庆典，还有犹太人的社区和礼仪，这表明他完全可能成为一个出色的人种学田野考察者。

---

① 哈克鲁特(Richard Hakluyt, 1552?—1616)，英国地理学家，以鼓吹和推动英国在北美的殖民出名。
② 德勃莱(Theodore de Bry, 1528—1598)，生于比利时，后定居德国。雕刻家、金匠、编辑，曾在伦敦结识哈克鲁特；著有欧洲人在美洲的探险故事并配有大量插图，如《伟大的旅行》、《新发现的土地弗吉尼亚简略而真实的报道》等。他的书记录了欧洲人（如西班牙人）在美洲的殖民暴行。

蒙田的视角一直是基督徒的、欧洲的。对远邦文化的全方位复原，包括从本土人的视角出发描述他们对欧洲人入侵的反应，大都不在蒙田的研究范围之内，这一点他同时代的其他人也同样做不到，斯威夫特亦然。从其涉猎的人种史学的范围和细节来看，斯威夫特的作品要比蒙田窄得多。但是，斯威夫特对旅行和探险文献资料的阅读却非常广博。他拥有哈克鲁特和珀切斯①的作品集，还有许多零散的旅行叙事以及标准的古典人种史学的原始资料，诸如希罗多德、斯特拉博、普林尼②等等。18世纪20年代初在创作《格列佛游记》时，斯威夫特给一位深爱他的名为瓦妮莎的年轻女子说，他趁一段糟糕的天气"读了许多许多有趣的史书和旅行书籍"。后来，他又在写给一位男性朋友的信中，称这些东西为"一大堆垃圾"。但是，他显然阅读了大量文献。他的知识面涉猎之广在《格列佛游记》中数不胜数的用语和描述中得以反映；书中还有些模仿人种学话语的有趣章节，特别是小说的第4卷，尽管其主旨并非像蒙田那样对单个群体进行详述或对比观察，而是对"所有的野蛮民族"进行高度的归纳。

《格列佛游记》中的"耶胡"是个具有人类特点的物种，"耶胡"的身上体现了一个群体的代表性特征。他们已经成了一个通用名字，用以指那些鲁莽、缺乏教养的人及野蛮不化的习俗和举止。斯威夫特笔下的这群人即是我们有时称之为"他者"的人，我们将他们与我们自己区别开来，可是他们与我们自己的极为可能的亲缘关系一直令我们的意识深处不安，也令我们的良知不安。在我们最直白的思维中，"耶胡"成为"我们"的代表，不管是耻辱意义上的代表（如斯威夫特所述），还是如兰波③在1871年5月两封著名的信中所言，是自我赞许或自鸣得意的代表——兰波在信中用"我是他者"④一说来表达原则性的自我异化与所谓的"我是畜生，是黑奴"的贱民地位的再提升之间的紧密关系。

"耶胡"被赋予了一幅共同的外表形体特征：厚嘴唇、塌鼻子等，据说这是那些所有归类为"野蛮人"的特征，这包括爱尔兰人，尽管这些特征用于描述爱尔兰人并不恰当。用塌鼻子这样的方式来描述爱尔兰人一直延续到19世纪。这成了过去英国人关于爱尔兰人的一种话语。从16世纪开始，爱尔兰人就被归为野蛮人并冠于"印第安人"的名字。这一所谓的爱尔兰人与"印第安人"的亲缘关系令人啼笑皆非，这样的变种也莫名其妙，虽受到质疑，但却从未被真正地否定过。这也成了斯威夫特作品中的主题，"耶胡"的出场是最为突出的表现。

厚嘴唇、塌鼻子是过去用于描写"非我"的符号，源自形形色色的远邦族群或被征服的种族的相貌特征。从某种意义上来说，它们反映了本书第二章要讨论的一种倾向，即把"非我"作为一个单一的、无差异的群体来对待。这印证了"所有野蛮民族都一样"这一表述的涵义，此话在斯威夫特的作品中反复出现，也在龙勃罗梭⑤的"所有原始民族"⑥一说中得到

---

① 珀切斯（Purchas, 1577—1626），英国圣公会牧师，游记和探险作品的编纂者。
② 希罗多德（Herodotus）：古希腊历史学家；斯特拉博（Strabo）：古希腊地理学家；普林尼（Pliny）：古罗马博物学家。
③ 兰波（Arthur Rimbaud, 1854—1891）：法国诗人，早期象征主义诗歌的代表之一。
④ 原文为法语"je est un autre."
⑤ 龙勃罗梭（Cesare Lombroso, 1835—1909）：意大利犯罪人类学派的代表人物，著有《犯罪人论》，认为犯罪是人类长期遗传的结果。
⑥ 原文为"tutti i popoli primitivi"。

回响。那些列出具体的脸部特征和其他特征来描述爱尔兰人的英国作家，通过日常观察一定发现这些描述并不恰当。当斯威夫特将他对"耶胡"的观察应用到整个人类，不仅包括英国人也包括读者及作者本人，高度具体的外表特征显得愈加不恰当。正是在这样一种矛盾中斯威夫特探索了"我"与"非我"之间的相互渗透，这些问题自古以来一直缠绕在欧洲人的心头。但自征服美洲起，欧洲人或许愈加不安，他们开始对近代帝国掠夺的灾难性后果进行反省。

然而，斯威夫特绝非是"我们皆野蛮"这一理念的一般倡导者。对这一理念的关切古已有之。这包括柏拉图对暴君的思考，认为其凶暴堪比食人者的野蛮；还有，康拉德笔下的马洛在非洲丛林的原始生活节奏中也在痛苦地寻找自我。另外，至少从表面上看，斯威夫特不太可能赞同蒙田的思想，蒙田的思想令一些读者把他看成是"高尚的野蛮人"一说的原创者。斯威夫特对蒙田的作品了如指掌。他与蒙田一样憎恨帝国主义的掠夺和暴行，《格列佛游记》的结尾对帝国行径的谴责不仅酷似而且可能源自蒙田的散文《论马车》中的一个相似段落，只不过其愤怒和雄辩超过了那篇散文。两位作家都同样地描写入侵者的暴行对"与人无害的民族"的伤害。

但是，斯威夫特并不像蒙田那样对笔下的"与人无害的民族"的苦难表现出同情之心，或者说他没有体现出蒙田唤起的对新世界的天真无邪那种阿卡狄亚式的淳朴感情，如蒙田所言："这是一个孩童的世界"("c'estoit un monde enfant")。斯威夫特笔下的"与人无害的民族"也不像蒙田笔下的美洲勇士那样以骁勇或凶猛为特征，如巴西人、秘鲁人或墨西哥人——这些人身上有令人又爱又恨且令人羡慕的本领，无畏与天真同在，既彰显天真又抵消天真。在那个段落中，斯威夫特笔下的土著人之所以是"与人无害的民族"目的是为了显现出入侵者的罪恶行径。与土著人相关的极其微小的善举是以被动语态的方式呈现出来的，是经过入侵者体验到的，而不是土著人自己主动表现出来的。似乎他们没有主动的身份。即便他们具有既彰显自我又抵消自我的化身，那也不是蒙田笔下那些高傲的勇士，而是吵吵嚷嚷的"耶胡"。蒙田将法国宗教战争之暴行与美洲印第安人部落的行为进行比照，强调两者的区别并赞赏后者；相比而言，斯威夫特旨在将接受了文明教化的同胞与野蛮人令人不安地等同起来，这样，欧洲征服者或英国殖民者就无异于丛林和沼泽中的"耶胡"。有时，"地球上我们这边"的状况确实要更糟，但斯威夫特要做的是强调我们与我们鄙视的下等群体具有相似的罪行，而不是要在与原始美德的比照中突出现代人的堕落。

然而，如第一章所述，两位作家的基本观点有深深的关联。蒙田曾描述骁勇善良的图皮南巴人①杀死敌人后要举行仪式吃敌人的尸体，他指出这胜过活活将自己兄弟烧死的法国人。由此可知，蒙田对火烧活人这一西欧宗教战争的骇人暴行给予抗议。骁勇的印第安人不那么做。蒙田的随笔《论食人部落》(I. xxxi)通篇要强调的是欧洲人的这一暴行。然而，在1588年版插入的一段补充文字中，在起篇之作《论节制》的末尾，作者声称美洲印第安人也做同样的事情。

---

① 图皮南巴人(Tupinamba)：巴西海岸森林地带已经绝种的图皮印第安人部族。

那段文字，如同蒙田的其他文章一样，其实与表面上要论述的节制毫不相干。文字似乎是有意安排在那里，提示人们不要天真地阅读有关《论食人部落》的描述，并未在其正式的背景范围内修改对食人者的描述，因此可谓一举两得。那段文字将一种非虚幻的感觉渗入我们的阅读中，明白无误地告诉我们：尽管蒙田详细罗列并十分认同的人类习俗多种多样，但人的堕落一直是个常态。尽管蒙田尊重文化差异，容忍不同的观念，且与一些胡格诺派①的头领保持友谊，然而，当这些理论上可以容忍甚至被"他人"羡慕的行为出现在国内时，他还是绝不会动摇立场的。对他来说，胡格诺派意味着对稳定和秩序的威胁，好比是斯威夫特笔下的持不同政见的派系，只不过在斯威夫特看来这些不受约束的我们的同类内心深处已经堕落，而在蒙田的散文中这种堕落感不是那么公然表述出来。

人作为动物的颠覆性动乱活动可以寻找到乌托邦式的对应，那就是以柏拉图和莫尔的思想模式为基础建立的高度秩序化、制度化的社会。蒙田正是借用这一社会模式来描述图皮南巴的政体，斯威夫特也从同样的思想源泉及从蒙田那里汲取灵感虚构了慧骃国。图皮南巴和慧骃国这两个理想国显然源自欧洲模式而非原始模式。尽管它们的国家制度颇具简单性，但是两者都包含了"高级文明"及专制文明的特点，两者均是高度规则化、高度统一化的专制体制，很不协调地再现了人类堕落前得那份天真。

蒙田论食人部落那篇随笔的著名悖论，即已经文明教化了的法国人要比巴西部落的勇士更野蛮更"吃人"，这一论断并非前无古人后无来者。认为暴君或征服者一如野蛮人那样野蛮或有过之而无不及，这一看法很早就出现在《伊利亚特》第一卷中，也出现在柏拉图的《理想国》和亚里士多德的《政治学》等书中，后来又出现在早期基督徒对迫害他们的罗马人的反驳中。罗马人说参加圣餐仪式的基督徒是食人者；基督徒反驳说罗马人将受害者绑在火刑柱烧死，他们才是真正的吃人者——这一反驳非常接近蒙田对宗教战争中法国人的指控。然而，将压迫者视作比其指控的野蛮人更野蛮这一说法通常是与蒙田联系在一起的，因为他写的那些有关美洲印第安人的文章，是他在多尔多涅省②隐居时所做的学术思考，丝毫没有想去从实际上考察或横跨大西洋的想法，这些文章成为后来论述拉丁美洲人文化身份的发轫之作。蒙田的论述，不管是受到赞誉还是遭到驳斥，甚至要比近代的两位人物凯列班和爱丽儿③影响更广泛更深远。凯列班和爱丽儿是两位出现在莎士比亚戏剧中的人物，他们后来被神化的程度远远是其创造者无法想象的，这部戏剧长篇幅地、几乎逐字逐句地引用了蒙田的散文"论食人部落"，这是不多见的。

---

① 胡格诺派(Huguenots)：16到17世纪法国新教徒(加尔文派)的称呼。胡格诺派反对国王专制、企图夺取天主教会地产的新教封建显贵和地方中小贵族，以及力求保存城市"自由"的资产阶级和手工业者。因与天主教派(如吉斯家族)在政治上对立而引起法国宗教战争(1562—1598)。他们的领袖亨利于1589年继承王位。亨利改信天主教后于1598年颁布南特敕令(Edict of Nantes)，给予胡格洛派以重大让步；但到1685年均被路易十四废除，结果他们遭受迫害，纷纷逃亡国外。

② 多尔多涅省(Dordogne)：位于法国西南部。

③ 凯列班和爱丽儿：凯列班(Caliban)是莎士比亚戏剧《暴风雨》中半人半兽的怪物；爱丽儿(Ariel)是同一剧本中一个淘气、快活的精灵。

我并不是断言或争辩蒙田（要比斯威夫特）更具现代性或相反，也不是要通过阅读或误读他的作品来确定他在西方思想史上获得的代表性地位。我对他及斯威夫特的兴趣超越了大家熟知的他备受质疑的将野蛮人理想化的问题，也超越了那些关于他的相佐的或互补的观点，诸如他的文化相对主义或种族主义或恐外症(xenophobia)①或所有这些问题的缺失。有关野蛮人要高于文明的征服者的看法，无论在蒙田还是在斯威夫特那里（在后者那里这一观点不时地以冷嘲热讽的温和方式呈现）从来就不是简化的公式——这种公式通常源自争辩。而且，有理由表明，即便是在最狂热的倡导者那里，这一观点的存在也往往来自其反对者的巨大虽然有时是隐性的压力；并且，这一观点也在被现今所假设的激进的欧洲中心主义所抵消；还有理由表明，恰恰是反恐外症排斥的东西促成了反恐外症的出现；两者均源自一套未公开的观点和忧虑，即在文明人的代言人与其野蛮的臣民之间存在实际的亲缘关系。两位作家均十分痛苦和气愤地意识到人类与其鄙视的下等群体之间有着不干净的关系。

　　蒙田和斯威夫特是两位非常不同的作家，其中一个出言辛辣、咄咄逼人，而另一位却过分拘谨。但是，蒙田是一位对斯威夫特的思想形成产生过作用的人，这一点常被人们想当然地默认并且越加关注，但我想却没有被认真讨论。尽管风格和个性不同，但他们对人类均抱有极为悲观的态度，即对于人这一动物不抱任何幻想，不管他是何种种族。这一悲观态度的呈现方式既包含了种族主义也包含了反种族主义，在某种程度上两者都同时存在。这一极为悲观的态度使我们所有人都被同化成我们自己鄙视的下等群体，一方面我们既不完全宽恕对下等群体的蔑视，另一方面也不完全摆脱对他们的那种蔑视。

　　如我所言，蒙田坚持认为印第安人高于法国人，是受制于一种终极的认识，这一认识不容公开区分。于是，宗教战争中法国人要比吃人者还残忍，原因是他们折磨活人，而印第安人只吃死人。但是，蒙田掩盖了宗教战争实际上也有吃人行为发生的事实，这样他宣称的他的同胞的野蛮并未在实际意义上公开，而公开这一事实将有助于他赢得论证，关于这一点我们知道他再清楚不过了。蒙田在文章中掩盖了将法国人比作食人者的全部内涵，与此同时，在火烧活人这件事上印第安人表现出的优越性却在暗中通过前一篇文章的增文事先得到调和。书中与赞赏"野蛮人"形成明显对照的东西事实上被一个潜文本所消解，这一潜文本稀释了两者对立的条件，悄悄将"我们"身上的某些耻辱转移到"非我"的身上。

　　类别的模糊在一定程度上表明蒙田探究的开放性思想，他乐意发表任何自相矛盾的观点。这与斯威夫特的风格不同。斯威夫特的写作更加辛辣无情，更聚焦于令人不安的同化的力量，他执着地挖掘显现我们罪恶的那些不确定因素。但是，我们在斯威夫特那里有时也能看到导致蒙田的矛盾那种同样的伺机而变的言论，而在蒙田那里也能发现些令人联想到斯威夫特的巧妙陈述观点的痕迹。尤其是，在两位作家那里都有这么一层意思，即与人无害的土著人最终既非与人无害意也绝非根本不像他的文明侵略者，此外，更明显的暗示是，入侵者或暴君均带有几分被其称之为野蛮人的野蛮匪气。

　　换言之，无论是蒙田还是斯威夫特，在对待被鄙视的他者（即印第安人或爱尔兰人）时，

---

① 恐外症(xenophobia)：对外国人无理的仇视和极端恐惧。

不管出于何种目的，均强调另类的差别，但他们都深深意识到自己与他者的相似性，这在某种程度上极端地显示了整个人类的劣根性。"印第安人"这一词，自16世纪到18世纪甚至更后，一直用于通称其他种族的野蛮人。众所周知，从斯宾塞到斯威夫特，英国作家笔下的爱尔兰人的形象类似欧洲作家对美洲印第安人的标准描述。蒙田的多元人种史学对种族的多样性做了广泛的、深入的思考，也旨在通过对个体文化差异的研究寻找到共同的人性——在悠久的人性探索传统中，蒙田是对"我们"与我们征服和鄙视的野蛮人之间的亲缘关系进行痛苦探索的中心人物，这一探索在康拉德的小说《黑暗之心》中得到了充分的体现。

斯威夫特采用的不是那种探幽入微的方式，而是有力的推论。同样地，他探究的是貌似相佐的范围内的相似性问题，将过去野蛮的爱尔兰人与印第安人相提并论，强调（或出于同情或出于鄙视）他们之间的种族亲缘关系。人性的共同定义不是通过蒙田或马洛对自我同化的内省来获得，而是通过赤身裸体、居无定所的耶胡这一形象来呈现。但耶胡被公认暗喻的是陷在沼泽里的爱尔兰人，尽管它更抽象地、绝对地意味着人之为动物。

这种反逻辑的暗示超越了时而备受争议的问题，即在"第四封布商的书信"中提到的"爱尔兰整个民族"是否理应延伸为超越了既定的英国裔的或某一社会阶层的所有爱尔兰人，从而涵盖了斯威夫特时代人口学范畴上的所有爱尔兰人，今天有人提出这样的观点。这一观点与这一响亮表述①相关的那组小册子所表露的倾向不一致，这一现实是任何意图都不可能改变的。《布商的书信》表现出满腹气愤，执意将斯威夫特自己的那个殖民阶层与野蛮的爱尔兰人割裂开来，坚持认为他的同胞并没有土著人的另类奇异特征，在相貌上他们酷似英国人或者更好看——这与某些无知的、傲慢的英国人的观点恰好相反。

有人认为野蛮的爱尔兰人也是白人，这一观点令查尔斯·金斯利②气愤不已，沮丧至极。斯威夫特倒没有真正从内部来质疑这个观点。但是，他用自己的方式讨论了刚才反复强调的一个事实，即爱尔兰人和英国人之所以非要一门心事找出他们的区别，真正的原因是，大家都公认无论从种族还是其他方面来看他们都非常相似。其表现之一就是对耶胡的刻画没有讨价还价的余地，在一个既包含了"印第安人"又包含了爱尔兰人的大熔炉里，整个人类毫无区分地出场。另一个例子见于《一个温和的建议》里的玩的小花招，作者借用关于爱尔兰人（像"印第安人"那样）是食人者的古老神话，将这一神化推广到上至英国爱尔兰的统治阶层、商人、银行家，下至街头地痞流氓及喜欢殴打妻子的当地流浪汉。在那本书中，仍然是食人者的征服者或统治者本人要比他们鄙视的野蛮人更残忍，这事实上是蒙田的悖论的变种，也是蒙田在讨论吃人这一罪名的可能本意时最终避而不谈的一种变异。《一个温和的建议》宣称其暗喻的是政治和经济的自我毁灭，拿斯蒂芬·迪德勒斯③的话来说，爱尔兰是"一头吞吃自己的仔猪的母猪"，即便这本书巧妙地回避了爱尔兰历史上闹饥荒时穷人中的吃人事

---

① "这一响亮表述"指的是"爱尔兰整个民族"。
② 查尔斯·金斯利（Charles Kingsley, 1819—1875）：英国作家，牧师。他帮助创立了基督教社会主义——一场将基督教教义和社会主义原理相结合的改良运动，代表作有反映英国社会和经济问题的小说《奥尔顿·洛克》和《酵母》以及著名的儿童文学作品《水孩子》。
③ 斯蒂芬·迪德勒斯（Stephen Dedalus）：乔伊斯的小说《一个青年艺术家的画像》的主人公。

件，这也可能被认为是意在加强作品虚构的恰当性。《一个温和的建议》中的土地拥有者和商人所代表的统治阶层被同化为他们所鄙视的下等群体，而在对耶胡这一下等群体的粗略描写中《格列佛游记》中的耶胡代表了整个人类。

斯威夫特的最伟大成就在于他创造了"耶胡"这一模式化形象，他捕捉了人类心灵深处的思维模式并理解其内涵与矛盾，他并非未经思考就给予赞同或自以为是地给予驳斥。他的作品传达的是激进的批评（激进的刨根问底），绝不回避批评思想之猛烈。其作品斥责种族主义的庸俗残忍，毫不寻求或假装轻易地替自己开脱或是肤浅地寻找良心的自我安慰。他强烈的种族愤恨发自内心，其中也包含了对种族愤恨及源自种族愤恨的残暴行径的蔑视。斯威夫特最终追求的是要分析人类的邪恶，这包括所有族群并完全超越种族差异。

在研究欧洲想象中的"耶胡"模式化形象过程中，《格列佛游记》占据了中心地位，这不仅仅是因为虚构的"耶胡"故事非常完美地解剖了大量的欲说还休且在某些情况下难于言说的想法，而且从更狭义更具体的意义上而言，汇集了许多关于野蛮人—文明人相遇的代表性神话：食人问题及大规模屠杀（这是两个在文化上避而不谈的关联性主题）、火药问题、与之相伴的入侵者第一次发射出的电闪般的枪炮声（这被认为是刹那间以恐怖征服了土著人）、更具隐喻性爆炸力的入侵者与土著人之间的性观念和性接触问题、直接讨论死亡的恐外症威胁问题、杀气腾腾的种族灭绝的现实（这在纳粹集中营中罪恶行径达到了巅峰）。这些问题充满了对生命的否定且自以为是，实则多为荒淫无耻，残暴难于形容。《格列佛游记》是一部总结过去、展望未来的作品，从蒙田那里汲取了大量潜在的思想，有意地采用了早期旅行文献中的常见素材，同时无情地预见了未来专制压迫的景象：自鸣得意、自欺欺人、谎言十足。

本书聚焦某些令人惊奇的关系。书中提出的问题无法解答，但需要不断阐述。这些问题涉及表述严惩的语言（上帝说要把人在洪水中"从地面上消灭"）、个人或群体憎恨的说法方式（façons de parler）①（如"他们应该枪毙"、"根除所有的野蛮人"）以及大规模杀戮的赤裸裸的现实之间的关系。所有这些表述都使用了同样的语汇，意在从《旧约》中借用将受害者从地球上消灭的表述，这一圣经中的表述已经进入许多语言，也将成为本书讨论的中心问题。这样的表述通常只是用以表达对某人或某个群体的侵犯，实际上并不是要杀害对方。然而，这些表达包含的意义反复无常，意思可以是"说着当真"，也可以是"说说而已"还可以是"不只是说说"。这可以玩字眼，意义根据情况不同而不同，无法全面定义，其实际内容捉摸不定。

字面意义、对虚构成分的净化或保护性措施、反讽以及修辞格是本书大多数章节的主题。修辞与现实或其意图之间的联系或断裂是难于捉摸（通常含糊其辞）、变化多端的。情况各不相同，往往要根据上下文和语气来定。我几次三番在不同的语境下重复使用某些关键的表述，或从不同的角度使用同一陈述。我这样做是因为我相信大多数对这些问题的整体归纳都可能产生误导，因而我转而依靠大量局部相似的更为精确的结论。我也不断重复采用许多斯威夫特式的精彩场面（如征服的场景、火药战）或者一些重要的意象（如涂了毒药的箭、皮开

---

① 此处原文是法语 façons de parler，意为"说说而已"，"套话"。

肉绽的女人），其中有些场面我在别的地方已经讨论过。我相信以这样累积的、散见的方式在不同的语境下来观察要比试图明确地不着边际的论述会更好地阐明困难复杂的问题。

　　因憎恨外人而诋毁外人并怀有令其致死的目的，这一做法本身会导致话语的委婉表述和沉默，导致说话欺骗他人和自欺欺人，这就难于与普通语汇的虚构或反讽用法区别开来。笛福的《消灭异教徒的捷径》是一篇模仿有杀气的说话方式的滑稽之作，受讽刺的侵略者及其受害者双方竟然都直截了当地接受这篇文章。《一个温和的建议》并不是真的要杀害和贩卖婴儿，但是它是对整个爱尔兰人的愤怒攻击，而主要并不是抗议英国人对爱尔兰人的压迫。萨德①的小说中充满杀气的试验及其提倡的种族灭绝只是"虚构"，只不过并不那么完美地、偶然地与行为的实际实施有所距离。

　　从定义上来看，有关种族灭绝的小说都宣称与实际领域毫无干系。这一分离在某种意义上类似由反讽、隐喻及那些话语习惯所表达的保护性隔离作用。一般说来，人们并不把它们的字面内容当回事（譬如，在口语中有人说"去死吧"）。这一事实提出的问题多于答案。如果说耶胡代表了堕落的人性，我们又如何理解慧骃国有关是否"它们应当从地面上根除"的严肃辩论呢？特别是，当我们想到上帝在释放大洪水前用同样的话表达了同样的意图。或者，又如何理解纳粹在对待犹太人时也从路德的圣经中使用了同样语言？或者，又如何理解斯威夫特肯定会赞成圣经中的神圣斥责，并不反对将这些想法延伸至耶胡身上，但是他却并不会赞成纳粹的杀戮行径，他首先会将纳粹的暴行归为必须受到惩罚的人类的堕落行为吗？

　　对这些问题的回答绝不可能干净利落。其复杂性在于厌人症和恐外症者的语言之间相互借用，而其所指却有不同。两种话语都自然以野兽为类比同时又凌辱动物，或有意或无意地在意义传递的一致性和逻辑性上有所损耗。人兽之间的类比通常共存，譬如，人们常说人尤在人情方面不如野兽，这首先就引发了人兽的类比。这种意义传递的逻辑损耗见诸于尤维纳利斯②的第15篇讽刺诗，其中恐外症和厌恶人类的情绪相互渗透，互为抵消，又自我推脱，过度诅咒。这些逻辑损耗出现在16世纪的关于野蛮人的辩论中，也见诸于斯威夫特对耶胡的处理。但是，耶胡在慧骃眼中是野兽，而在人看来却具有人的特性，两者之间的相似性令人们感到耻辱。故事这样表述是要说明人实际上比耶胡更糟，而不是更好。但这一事实无助于明晰或弱化潜在的对耶胡斩尽杀绝的呼唤，尽管这一呼唤（其时）未付诸行动。但是，这一呼唤也没有遭到否认。故事发生在乌有之乡，这为日常语境下我们的（通常是合理的）本能提供了一个形式上或结构上的基础，那就是，当有人对我们说某人应该被枪毙时，我们的本能是不要放弃怀疑。

　　把耶胡从地面上根除的说法指的不是某一具体的族群，而是整个种族，就像上帝用大洪水淹没人类，这件事在《格列佛游记》中被反复提起。这句话也是斯威夫特以自己的名义"非虚构地"用以指乞丐及其他社会渣滓。斯威夫特无疑对他们充满敌意，这令人将他与常说"他们应该枪毙"的每一个人联系在一起。斯威夫特明白人有做出致命的道德判断的冲

---

① 萨德（Marquis de Sade, 1740—1814）：法国贵族，以创作色情、性暴力和哲学书闻名。
② 尤维纳利斯（Decimus Iunius Iuvenalis, 英文拼写为 Juvenal）：公元一二世纪的罗马讽刺作家、诗人。

动,并在冲动之下呼唤彻底根除异己以支撑这些判断。他明白他是"说着当真的"或者说他不是"说说而已"。他认为,若是设想人们懂得修辞语且"并不把夸张的字面意义太当一回事",那是很危险的事情;再则,口头上谈论的死亡语言有时终会成为"终极的试验"。他明白,在说人应该根除与实际根除人这一行为之间存在差距,但这差距通常随时会以致命的结果来弥合。正是在这一差距中他的惩罚性语言会奏效,如同我们一样,他也乐意在不被显示其行为实施有罪的情况下发出强有力的判断,甚至是在理念中和小说中。这或许是耶胡没有被灭绝的原因。我想,他一定明白这些念头和退缩的想法,因为他一定会觉得侵犯是耶胡之为耶胡的一部分,因而在某种道德判断层次上,应当受到慧骃国为他们设计的惩罚。

纳粹同样使用了创世纪中的这一表述,或者斯威夫特以令人不安的细节在幻想中预测了纳粹的实际行径,这是必须正视的事实。当然,这并不是说斯威夫特是纳粹,但是这需要引起人们的注意,需要做出恰当的区分,也需要认清这一人类表述习惯的令人忧虑的类比之处。这一表述还可能意味着斯威夫特对潜在的罪恶的理解及其具有的不可思议的预见力,无论他是拒绝承认罪恶还是认为罪恶与自我相关。此外,这一表述也让人注意到斯威夫特自己公开承认他参与了诸多他排斥的事情。他将自己置于自己的讽刺范围之内,他抗拒许多在他看来是未来的侵犯性恶行,并以如此创造性的内在精神表达出来,因而,毫不奇怪,他被当成是影响许多后世作家的榜样,那些作家抗拒人们珍视的秩序和礼仪标准,而这些标准换了他也必定会猛烈攻击。他尤被看成那类暴力幻想文学的名副其实的鼻祖,这类文学后来被称之为"黑色幽默"。安德烈·布勒东[①]在二战爆发前编写了《黑色幽默文选》一书,他发现斯威夫特的想象有趣地被暴力和难于言喻的东西所吸引(我想这是正确的)并趋于超越所有显性的对残忍的讽刺和对暴力的谴责而进入这一领域。有些作家会认为想象力无禁区,对此他或许不愿苟同;但是他的想象却包含了他想要禁止的许多东西。

我希望以某种方式展开这个话题,以便使斯威夫特从那些自以为是的后殖民评判家们愤愤不平的长篇抨击中解脱出来,同样也使他从现今的博士时代(我想大约是在二战后开始的)那些好心好意的"开明"的情感仪式中解脱出来——他们同样做了件与斯威夫特相反的、不相干的事情,将斯威夫特重新塑造成正义事业的仁慈的支持者:民主、对奴隶制的谴责、反战、反殖民,无疑还有对歧视者的同情、对种族和性别平等的支持以及对语言表述的敏感。他确实就这些主题有过雄辩的言论,但是以上两派的修正主义的诚实观点如同它们想要替代的殖民话语那样时常不可理喻。如斯威夫特的侄子——传记作家迪恩·斯威夫特——所言,应该将斯威夫特与"那些大慈善家、那些假惺惺的乐善好施者以及那些贩卖仁慈的人"区别开来。斯威夫特既不是正义事业的慈善捍卫者,也不是像某些后殖民批评家所说的那样是个恶魔般的恐外症患者或厌世者;他更不是,用燕卜荪的话来说,"要在两者之间达到明智的平衡"。尽管他憎恨极端主义,但他不是一个温和克制的人,也不是一个幻想中庸的人——尽管他偶尔也赞赏中庸这一词语的内涵。总之,他是一个更令人捉摸不定、情感更易爆发的人,

---

[①] 安德烈·布勒东(André Breton, 1896—1966):法国超现实主义诗人,1924年出版《超现实主义者宣言》,提出了诗歌的新概念,从理论上阐释了超现实主义的艺术主张。

一个具有深深的权利主义思想的人,一个勇于在人类思想奔腾不羁的勃勃生机中深入探索的人,同时他对人类思想保持批判和试图驾驭的姿态。仅仅通过简单的人物刻画不能理解斯威夫特,要理解他只有分析他精微多变的焦虑和立场,以及由此而知的他对自己时代的不同寻常的文化观念,同时还要考察他的观念对改变我们这个时代的文化观念产生的影响。

第一章 印第安人和爱尔兰人——从蒙田到斯威夫特

一系列的征服

在《格列佛游记》的末尾，格列佛忖着他"作为一个英格兰臣民的责任"——向国务大臣汇报自己发现的国度，"因为，任何臣民发现的土地都是属于国王的"(IV. xii. 293)。他最终决定不这么做。理由很多，诸如不值得派兵（如小人国）或者搞不好会赔了夫人又折兵。对于后一种可能，格列佛一想到就开心。他援引众所周知的美洲人的例子解释说，"我怀疑我们出征这些国家是否会像费尔迪南多·科特斯①征服赤身露体的美洲人那样容易。"另外，在他看来，其中有些国家完全应该来教化我们，而非相反。在对帝国的论争中，这些理由司空见惯，但隐含的意义却不像看起来那么简单，这些是本书要讨论的内容之一。

接下来格列佛进一步阐明了另一个理由，条分缕析地谴责帝国的征服，堪称经典：

> 此外，我还有一个理由不愿让国王陛下因我的发现而扩张领土。老实说，我怀疑国王陛下这样君临四方是否公正。比如说，一帮海盗被风暴吹到了方位不明的地方；最后爬到主桅上去的水手发现了陆地；他们登陆劫杀；他们发现了一个与人无害的民族，他们受到优待，他们为这个国家起了一个新名称，他们正式为国王占领这个地方，他们竖起一块烂木板或者石头当做纪念碑，他们杀掉二三十个土人，掳走两三个土人作样品，回国后国王并不惩罚他们。这样就开辟了一块天赐的领土。于是海船在第一时间被派到那地方；土人被赶尽杀绝；土人的国王被折磨去搜刮黄金；准许进行一切不人道的、放荡的行为；于是土人的鲜血染红了土地。这一帮虔诚的可恶的远征屠夫，也就是派去改造教化那些崇拜偶像的野蛮人的现代殖民者。(IV. xii. 294)[1]②

这样洗练的痛骂出现在很多文学作品中，比如后来康拉德的《黑暗之心》里某些愤怒的讽刺。这样的陈述在《格列佛游记》中是最完整的但不是唯一的：格列佛对人类战争的解释言辞更简洁、更尖刻(IV. v. 246)。这种愤怒而全面的总结模式可以在巴托洛梅·德拉斯·卡萨斯的文字里找到原

---

① 费尔迪南多·科特斯(Ferdinando Cortez, 1485—1547)：西班牙冒险家、殖民者。
② 译文见《格列佛游记》，张健译，人民文学出版社1979年版，第244—245页。《格列佛游记》的汉译本较多，若无特别说明，本书中所有有关《格列佛游记》内容的汉译，均选自此书，部分译文根据原文略有改动。

型,那些文字揭露西班牙人在美洲的暴行。尤其是卡萨斯那震惊世人的《西印度毁灭述略》(1552)多次描述了大规模的灭杀和劫掠,被毁灭的城镇、州省和王国,侵略者的堕落,邪恶和对黄金的贪欲,对温顺无辜的土人的残忍,以及他们打着基督徒的幌子"把这些可怜的人们……从地球上根除"的虚伪本质[2](可以看出,引号里为《圣经》用语,在斯威夫特的作品里,在人类大屠杀的历史中,这类话语都扮演着许多重要的角色)。[3]

《述略》后来多次再版,并被译成多种文字。[4]它借助新教力量有力地宣传了反西班牙思想,也助推西班牙征服变身为"黑色传奇"。最早的英译本《西班牙的殖民地》(1583)入选《珀切斯的朝圣》第四卷(1625),而斯威夫特就有这套书。[5]与格列佛的爆发性言论极为类似的例子(也可能是一个源文本)则是蒙田的散文《论马车》,其中很长一段也是对西班牙暴行的评论。这之前也有一段话对征服行为的那种不自然的"轻松自在"做了一番评论,接着文章写道:

> 多少城市被夷为平地,多少种族被尽绝,多少万人遭杀戮!就因为我们要珠宝和胡椒,世界上那块最丰饶、最美丽的土地被搅得一片混乱!这是多么野蛮和卑鄙的胜利!有史以来,征服者的野心、国家或民族间的仇恨还从未驱使人们进行如此可怕的战争,造成如此悲惨的灾难。
>
> 当西班牙人沿着新大陆的海岸寻找他们需要的矿藏时,他们占领了土地肥沃、风景宜人的地区,并以他们惯用的言辞教训那里的人民说,他们是些温和的人,远渡重洋来到这里,是卡斯蒂王国的国王派他们来的,这位国王是一切有圣灵居住的地方最伟大的君主,教皇——上帝在尘世的代表——将印第安人的管辖权交给了他。还说如果印第安人愿意归属卡斯蒂王治下,那么他们将受到十分和善的对待。西班牙人向他们要粮食,要金子,才还给他们一点药品,此外还向他们炫示对唯一的神——上帝——的信仰以及这一宗教的真谛,并带几分威胁地劝他们接受这种宗教。[6]①

蒙田本人可能直接或者间接地得益于卡萨斯,因为卡萨斯的作品有法语译本,但是人们对于二者之间是否有着直接的联系是有争议的。[7]这当然应该谨慎对待。蒙田上文的开头在句法、语气,甚至是列举的细节上都与卡萨斯极为相似,这种相似性后来又出现在《西印度历史》中,但是此书直到1875—1876年才得以出版,蒙田自然是无缘得见。"多少伤害,多少灾难,多少破坏,多少王国被消灭,多少万人……遭杀戮"。[8]这种排比句常用来论述事态之严重,可能反映了一种已有的修辞和思维方式,倒不一定有直接或间接的渊源。

所有这些陈述都痛斥了殖民征服的残忍与暴虐,却从未明确反对殖民侵略政策,对那肆无忌惮的掠夺者和传闻中"与人无害的民族"最终受害也没有表现出一丝一毫的反对。正如

---

① 本文中出自蒙田散文的所有文字都采用了译林出版社1996年12月版的《蒙田随笔全集》,由潘丽珍等译。

安东尼·派格登①和茨维坦·托多罗夫②指出的那样,卡萨斯并不否认西班牙在美洲统治的合法性(至少在1550年代)。他不希望印第安人获得解放,只希望能和善并得体地统治他们(在这一点上,他大概与斯威夫特对待爱尔兰土著态度一致)。他相信那些土著人自愿服从西班牙国王的统治。他肯定讨厌那些离经叛道的、敌视西班牙势力的新教国家对"黑色传奇"的大肆宣传。派格登说得好,"同许多激进分子一样,在几乎所有方面他都是保守派里面最忠诚的一个","视一切叛乱为'人类共识'的破坏者"。[9]在这一点上他与蒙田和斯威夫特一样,对宗教或政治分歧引起的破坏性的革新持敌视态度。[10]

虽然对被压迫民族表现出同情,这些作家并不太相信"种族平等",对那些受害种族的优良美德也没有任何感觉。即便是在受压迫者最受道义支持的反殖民背景下,这样的情形依然存在。据说蒙田肯定了,甚至是首创了高尚的野蛮人这一概念,但是所有证据都表明这些作家对这一观点并不赞成,即便是《黑暗之心》的作者康拉德也不例外。

蒙田对待印第安人的复杂态度本章稍后再来讨论。那些格列佛的征服情节中"与人无害的民族"浓缩了许多温和的印第安人的情形,这些印第安人饱受入侵的西班牙暴徒的折磨和屠杀,这些暴徒不断地出现在卡萨斯《述略》一书中描述的各个地方。然而在整个《格列佛游记》中,不管是被征服的还是未被征服的,他们并不代表斯威夫特对原始民族的态度。慧骃国的耶胡干脆成了"所有野蛮民族"的混合物(IV. ii. 230),在第四卷里给人留下的印象是根深蒂固的邪恶,既不天真也非"无害"。在第四卷的倒数第二章,在提到那些"与人无害的民族"的前几页,格列佛离开虚构的慧骃国来到现实世界中的新荷兰(即澳大利亚),遇到了几个赤裸的野人("印第安人")"围着火堆",其中一个野人朝他射了一箭,格列佛很担心箭上有毒(IV. xi. 284),这是古典主义和文艺复兴时期作家笔下十分野蛮的典型标志,斯威夫特笔下也是如此。[11]雷利爵士③在他的《发现圭亚那》(1596)中详细地记载了这种投射物带来的剧痛和解毒药的重要性,这一秘密他是从那些"圭亚那人"那里了解到的。吉本④认为单是使用毒箭"这一点就足以证明其野蛮",因而叙述时对萨尔马提亚人、塞西亚人、印第安人和斯拉夫人一样充满鄙视。[12]

从那以后对那"与人无害的民族"的无害再无天真的解读。细读文本就会发现,在对野蛮侵略者的愤慨及其残暴行为的生动描述之外,"与人无害的民族"根本没有任何特征。他们被忽视了,好像根本不存在一样,除了"无害"之外,再无其他特征。除了善待入侵者之外,从不见他们做任何事情。而他们的善行也总是以被动语态呈现,所以关注点总是"受到善待"的侵略者而非善待他人的被侵略者。所有的主动词都是描述侵略者的,"他们登陆劫

---

① 安东尼·派格登(Anthony Pagden, 1945—):加州大学洛杉矶分校著名的政治学和历史学教授,著有《帝国的不确定因素:伊比利亚人和西裔美国人的思想文化史随笔集》等。
② 茨维坦·托多罗夫(Tzvetan Todorov, 1939—):保加利亚人,1963年起定居法国。他是当代法国思想家,研究征服美洲、纳粹和苏联集中营的专家,出版了《征服美洲:他者的疑问》等20多部专著。
③ 雷利爵士(Sir Walter Raleigh, 1552—1618):英国朝臣(伊丽莎白一世的宠臣)、航海家,建立弗吉尼亚殖民地的功臣,是他把土豆和烟草引入了英国。
④ 吉本(Edward Gibbon, 1737—1794):英国历史学家,著有《罗马帝国衰亡史》。

杀；他们发现了一个与人无害的民族；他们受到优待；他们为这个国家起了一个新名称，他们正式为国王占领这个地方，他们树起一块烂木板或者石头当做纪念碑，……他们杀掉二三十个土人，掳走两三个土人作样品，回国后国王并不惩罚他们。"这种语法结构似乎意在暗示侵略者的邪恶而非土人的美德，不可避免地让人感觉受害者的彬彬有礼和无害只为了突出我们对那邪恶的感受。

格列佛对帝国进行了一番谴责之后，接着又为英国开脱：

> 但是老实说，这一段描写跟不列颠民族毫无关系。英国人在开辟殖民地这件事上表现出的智慧、小心和正义，在促进宗教、学术的发展方面所表现的充分都可以成为全世界的典范。他们选派虔诚、干练的教士传布基督教义；他们审慎地把本国生活正派、谈吐清楚的人民移居各地；他们派出最能干、最廉洁的官员去担任各殖民地的行政官吏，苦心孤诣地在各地施行仁政，尤为重要的是，他们委派的总督都是精力充沛、极为有德的人物，一心一意只考虑到治下人民的幸福和他们国王的荣誉。(IV. xii. 294—295)

我们不难读出，字里行间愤怒的挖苦与格列佛前面那段言论即便字面上不一致，精神上却是一致的。然而，这种一致性并不易觉察，除非我们能紧跟斯威夫特的调子。但事实上话是出自格列佛之口，格列佛绝不是斯威夫特，但是不管格列佛说什么，总能令人不安地感觉到他的存在。格列佛自己很少语带挖苦，我们习惯了从字面上理解他的绝大部分言论，所以这种变调让人意外，因为他显得不像以前那么爱国了。他的叙述让人想起大英帝国歌功颂德的传统，这一传统有许多代言人，如哈克鲁特、吉本、达尔文和康拉德，而斯威夫特是嘲笑这一传统的。[13]

斯威夫特和格列佛语意之间的矛盾，以及如何根据格列佛的心境准确理解他的意思，这些都未解决。对于要不要向政府汇报发现的土地问题，格列佛补充说，他所描述的那几个国家不但"不愿意被殖民者征服、奴役或者赶走"，而且"也不盛产黄金、白银、食糖或烟草"。他总结道，"在我之前从来没有一个欧洲人到过这几个国家。我的意思是说，在这一点上我们应该相信当地居民的话"(IV. xii. 295)。小说初版中有一段文字后来被删了，本书下文（第四章）对此有更全面的论述。那段文字猜想耶胡也许源自早期的英国人，这证实了其他关于耶胡这种所有野蛮民族的混合物也代表"我们"大家的猜想，引申开来的话，也暗示了"与人无害的民族"反殖民话语对全人类的控诉。

在殖民问题上，许多作家的态度都显得矛盾、对立、前后不一、左右摇摆，或者认为"双方都该死"等等，这些都是本书将要讨论的主题。对本章关注的蒙田和斯威夫特这两个作家来说，这些问题多潜藏于其思想中，而没有真正予以阐述。这些问题有时确实不言自明。《格列佛游记》第四卷第十二章里无处不在的邪恶的野蛮人和"与人无害的民族"之间有着天壤之别。无声的谴责充斥在字里行间，这与文化上的缄默没有什么不同，后者常出现于不可言说的话题（例如食人部落也暗指"我们"自己），秘而不宣的或不可告人的目的（如斩尽杀绝的企图,"我们"或别的假定发言人可能"真有那个意思")。

遮掩不可告人之事

蒙田的《论食人部落》(I. xxxi)是最广为讨论的散文之一。但文中有许多疑点,并且据我所知,其中一点很少有人论及,更遑论质疑,这件事本身就很可疑。文章在描述印第安人的复仇仪式之后,有个段落展示了印第安人的英勇准则和一个事实:与塞西亚人不同,印第安人吃人肉不为果腹而为"极端的复仇"。蒙田转而用他拿手的将"野人"与欧洲人对比来描述印第安人如何把敌人先杀后烤,声称他们在这一点上与"我们自己"的做法是有区别的,特别用了法国宗教战争为例(更显著的是在《论马车》中拿西班牙人的野蛮与他们称之为野蛮人的印第安人作比较):

> 我认为吃活人要比吃死人更野蛮;将一个知疼知痛的人体折磨拷打得支离破碎,一点一点地加以烧烤,让狗和公猪撕咬致死(这些我们不仅从书上读到,而且不久前还曾看到;不是发生在古代的敌人之间,而是发生在邻居和同胞之间;更可悲的是,还都以虔诚和信仰作为借口),要比等他死后烤吃更加野蛮。(III. vi)[14]

由此蒙田得出结论,如果按照理性的准则说印第安人是野蛮人的话,那么"按照我们自己的准则"则不是,因为"我们在各方面都比他们更野蛮"。[15]我旨在考察蒙田的评论和他的同胞在宗教战争中的吃人行为(本义而非喻义)之间的关系,因为蒙田本人生活和创作于这一战争时期(本章后半部分就斯威夫特的《一个温和的建议》会提出同样的问题)。

蒙田的话并没有交代得很清楚,但是他所说的"不仅从书上读到而且不久前还曾看到的,不是发生在古代的敌人之间而是发生在邻居和同胞之间,都以虔诚和信仰作为借口"的记忆中的暴行确实包含吃人行为。1616年出版的奥比涅①的《悲歌集》里就有类似的例子,1573年陷落的新教之城桑塞尔发生的事则更有名。在《悲歌集》里,奥比涅谈到桑塞尔围城时期的饥饿,开头一段文字报道一位母亲在被封锁的耶路撒冷吃亲生孩子果腹的事情,那可视为桑塞尔事件和1590年巴黎围困时期故事的原型。奥比涅说,在约瑟夫斯②古老的《犹太战争》中恐怖得令人难以置信的东西已经在他自己的时代亲眼目睹了,我们感觉那些事情并不久远。巴黎围困时期他本人就在那里,那是蒙田散文之后发生的事情。[16]但蒙田散文之前也有几起类似的报道,例如在1572年8月24日的血腥事件后,整个法国,尤其是巴黎、里昂和欧塞尔,到处都在公开出售和食用胡格洛派的肢体。那次血腥事件只是圣巴托罗缪日惨案③的开

---

① 奥比涅(Agrippa d'Aubigné, 1552—1630):法国诗人、军人、宣传者和年代史编者,代表作有《悲歌集》。
② 约瑟夫斯(Flavius Josephus, 约37—100):公元一世纪时期的罗马犹太史学家和圣徒传作者,著名作品有《犹太战争》等。
③ 圣巴托罗缪日惨案(St Bartholomew's Day Massacre):1572年8月24日法国查理九世继幕后凯萨琳(美第奇)默许,趁瓦鲁瓦的玛格丽特与纳瓦拉的亨利举行婚礼(8月18日)之机,下令在巴黎突袭和杀害大批法国胡格诺派人士。8月22日刺杀胡格诺派领袖科利尼海军上将的阴谋虽然失败,但大举杀害胡格诺派教徒的行动开始。

端,让·德·莱里的《巴西航行记》(1578)对此有记载。该文说至今仍有成千上万的人可以为此作证,也有不少这类主题的书出版。蒙田的那段话影射的是同样的暴行,既亲眼所见,又有文字记载。人们常常认为蒙田在《论食人部落》中关于图皮南巴的描述源于莱里的作品。[17]事实上,莱里亲眼见证了桑塞尔事件并且立刻写进了《桑塞尔难忘的历史》(1574)。

蒙田不可能不知道这些事件,正如热拉德·纳康①所言,蒙田很有可能读过《难忘的历史》,该文在《巴西航行记》中有讨论,而且也正好引用了约瑟夫斯的耶路撒冷围城事件作为叙事原型:新教城市如桑塞尔和拉罗谢尔②都把自己看成是耶路撒冷的象征。很显然,桑塞尔事件对同时代的各种观点起了示范作用。[18]莱里笔下母以子为食和饥荒时的吃人事件既来自于《旧约》和古代文本,也来自于约瑟夫斯。[19]他给读者描绘了一张渐次堕落的食人部落图谱。先是吃死马、死驴,喝马血,然后吃猫、老鼠和狗,再到吃植物及其根茎(有些有毒)、黏土、炭灰,甚至人粪和马粪,最后就开始吃人了。文学作品中对饥饿的描写常有这种场景。福楼拜潜心研究这个主题的古代和现代素材,在《萨朗波》第十四章展示给读者一个具有代表性的例子,后来奥比涅复制了这个例子。[20]对人类迫于饥饿而沦落的此类描述与对"野蛮人"正常状态下的饮食习惯的描写有着极大的相似性。

1573年7月21日,困在桑塞尔城里的人们亲眼目睹《旧约》里关于惩罚的预言变成了现实——那些不听上帝的人将在困苦时吃下自己的亲生子:

> 那些被围困在桑塞尔的人……看到了惊人的、野蛮的、非人的罪恶发生在他们自己的城墙以内。因为在7月21日人们发现并证实一个名叫西蒙·波塔德的制酒商、他的妻子尤金和一个与他们待在一起的名叫腓立比·费勒的老妇人吃了他们饿死的三岁女儿的头、脑髓、肝和内脏。[21]

他们被逮了个正着。莱里将这件事与他的巴西经历对比,他在《巴西航行记》里回忆桑塞尔:"尽管我在巴西土地上和美洲野人一起生活了十个月,常见他们吃人肉(仅限于吃战俘),却从不曾像看到这种悲惨的场景那样感到恐怖,这种事情(我相信)以前在法国任何一个沦陷的城市都不曾见过。""闻所未闻"这个词在《巴西航行记》里越来越多地出现,"任何地方任何人都闻所未闻的事情",这样的表达也许源自卡萨斯的修辞,后来又被蒙田引用。[22]像蒙田这样的对比对巴西人有利,但我敢说,在某种意义上这与蒙田的对比有所不同。

那对父母和那个老妇人被抓了起来,那个父亲声称是被老妇人煽动,老妇人第二天就死于狱中。那对父母臭名远扬,被视作醉鬼、贪婪和虐待儿童的人。他们是在罗马教廷结婚的,因为波塔德夫人拿不出其前夫死亡的证明,改革宗教会拒绝为他们证婚。波塔德本人曾经杀过人、偷过马,所以很显然他们的行为不单是出于饥饿,而是出于食欲倒错:"饥荒和异常的胃口使得他们犯下了那样野蛮的罪行,比残忍更残忍。"因此以下的惩罚就变得理所

---

① 热拉德·纳康(Géralde Nakam):法国巴黎第三大学教授,蒙田研究专家。
② 拉罗谢尔(La Rochelle):法国西部海港名。

当然:

> 那个波塔德,也就是那位父亲,被判火刑,他的妻子被掐死焚尸,那老妇人的尸体被挖出来火烧。这些在那个月的23日执行。夫妇双方和挖出来的老妇人的尸体被放在烤架上从监狱里拖到刑场。[23]

蒙田可能也认为波塔德夫妇是野蛮和残忍的(莱里类似的结论是我下文要讨论的悖论的一部分),但是他们自己城里的宗教权威施加给他们的惩罚行为与上面引用的蒙田的那段话谈及的行为极为相似。正如莱里可能暗示的那样,如果他们比印第安人更野蛮的话,那么他们的法官从蒙田强调的那种意义上来说一定比他们自己更野蛮,尤其是那位父亲,他是被活活烧死的。

莱里预料到有人也许会觉得"判决太严厉",他还几乎预见到斯威夫特那个温和的提议人的思忖:"有可能一些谨慎的人会谴责这样的行为(尽管确实非常不公正)近乎残忍"[24]莱里解释说,必须树立一个榜样才可鼓励他人。他报道了一则早在1438年发生的案例(预先用了三页纸说明"在我们法国"从来不曾发生过这样的事情,但是也许他是想说"在围城里"),阿布维尔市①附近的一个村庄有一个老妇人绑架小孩儿杀了腌肉吃,就像我们对猪所做的那样。那个阿布维尔老妇人后来也被处以火刑。[25]

在这一点上,根据自己对印第安人的人种学研究,莱里说老妇人是最嗜食人肉的:"通过我对美洲野人的观察发现,那里的老妇人更为贪婪,较之男人、年轻妇人和孩童,她们更渴望吃人肉"。[26]阿布维尔的农妇、桑塞尔的老妇人费勒,以及法因斯·莫里森②对蒂龙叛乱③时期爱尔兰饥荒的描写中,那些吃小孩的老妇人都属此类。不管出于何种现实因素,她们都在民间故事中占据一席之地。可以说,她们证明了狼外婆和狼其实是一体的。荷马的赫卡柏④宣称要生吃阿基里斯的心肝,因为他杀了她儿子赫克托,这也许同属此类性别分类法(无数食人部落女性变体中的又一个),只是更微妙或更含蓄。她显然与阿基里斯不同,因为阿基里斯说恨不得活吞了赫克托来(为自己的朋友)报仇,但是事实上他做不到。两人之间的不同至少可能与一点有关:赫卡柏不是希腊人,而且她是个老妇人。但两人的狠话相得益彰,很难分辨。(蒙田很清楚希腊人特别憎恶食人肉的行为,在《论习惯及不要轻易改变一种根深蒂固的习俗》一文中引用希罗多德的故事:大流士⑤问几个希腊人"给他们什么可使他们把死去的父亲吃掉",希腊人回答说不管给什么也不会这样做[I. xxiii])。[28]根据后来的传说(最早出自欧里庇得斯)把赫卡柏变成了母狼,这种把贪婪的狼、狗与吃人的主题联系起来的传说沿袭至

---

① 阿布维尔市:法国皮卡第大区索姆省城市,位于索姆河畔。
② 法因斯·莫里森(Fynes Moryson, 1566—1630):英国文艺复兴时期人,1600年任领主蒙乔伊的私人秘书,协同镇压蒂龙叛乱。一生游遍欧洲大陆,著有《旅行指南》。
③ 蒂龙叛乱(Tyrone's Rebellion):1594—1603年间北爱尔兰西部旧郡反对英格兰在爱尔兰统治的战争,历时9年,是伊利莎白一世时期最大规模的战争,以爱尔兰方的失败告终。
④ 赫卡柏(Hecuba):特洛伊国王普里阿摩斯之妻。
⑤ 大流士,这里指大流士一世,波斯帝国国王,约前521年—前486年在位。

今。[29]（美洲"亚马孙人"则属于一种完全相反的，甚至是独特的做法，照泰韦①看来，她们抓获男人后并不是"像其他女野人那样"把他们吃掉而是烧成灰）。[30]

在简单地谈到巴西老妇人的食人狂后，莱里继续桑塞尔的话题。早在6月25日，一个极度饥饿的男子曾经问"在万不得已的情况下"可否拿死人的臀肉果腹而不冒犯上帝，这位牧师兼人种学专家认为这个问题太可恶，当即回答道，据说连狼都不吃自己的同类，可见人比野兽还恶劣。至于那个阿布维尔的老妇人，让他欣慰的是，即便她的行为源于饥饿，法官依然判了她火刑。[31]

莱里就这样记录了15世纪以及他那个时代的火刑案例，方式之野蛮，用蒙田的话说，较之任何印第安人的血腥仪式更甚。然而莱里认为这种惩罚只是以血还血，蒙田对此则持沉默态度，但其作品中的语言和描述让人感觉到法国人比印第安人更野蛮。他对烤活人的叙述含沙射影地表明法国人的行为比食人者更像食人者，只是表达方式使其显得不那么罪名昭彰罢了。在这场本义和喻义的较量中语言扮演着重要的角色。开篇的断语"我认为吃活人要比吃死人更野蛮"暗示读者，印第安人吃死人而法国人吃活人，但马上又说没人真的把人活活吃掉。蒙田鲜明形象的表达实际上掩盖了这样一个事实：尽管出于不同的原因，其实法国人和印第安人一样，也吃死尸。

随着文章的展开，我们渐渐意识到吃活人并非字面义，尽管要从语言上看出这一点并不容易，因为那些文字描述了撕扯活人肉或是"一点一点把人烤熟"的动作，整体来看真实得可怕，那些把人活活烧死的细节正是法国宗教迫害的典型特征，也使蒙田极其痛苦。其文章的修辞甚至让人惊恐不已，既迷恋又畏惧，其形式更为详尽更为华丽（例如塞内卡②的《梯厄斯忒斯》③），极尽夸张炫耀之能事，旨在调和不可告人之事实。然而，蒙田的文字与其说是把不可告人之事说到了极致不如说是为了遮掩不可告人之事。只不过是在接下来的描述受害者"被撕咬"让你渐次联想到人吃人之后，文章才突然话锋一转，表明本讨论中的法国人不是被法国人吃了而是被猪狗吃的："让狗和公猪"，蒙田说，"撕咬致死"。[32]

这种记录先是营造对人吃人行为的联想，而后让人诧异地戛然而止。这让人想起在整个欧洲文学史中有许多作家跟蒙田一样回避了自己同胞的吃人行为，却无法回避这个话题。补救的做法是随后表明尸体留给了狗和猪，以示关于野蛮地把受害者生吞活剥的言辞并非真有其事，而只是一种隐喻——这也是一种传统的策略，可让人随心所欲地对这类烦心的题材含沙射影而不被较真。

对人吃人的描写转移到对战死沙场的尸体的常规处理，这反复让人联想到荷马史诗中战场上的尸体被用来喂野狗、野兽和猛禽。荷马研究者有时认为，英雄们为"敌人的尸体成为那些吃腐肉的动物的美餐"而幸灾乐祸的心态可能暗示了英雄们曾经吃过敌人的肉或是希望

---

① 泰韦：即安德烈·德·泰韦(André de Thevet, 1502—1590)，法国方济各会修士、探险家，著有《北美洲：16世纪总揽》。
② 塞内卡(Lucius Annaeus Seneca, 约前4年—65年)：古罗马时代著名斯多亚学派哲学家。曾任尼禄皇帝的导师及顾问，62年因躲避政治斗争而隐退，但仍于65年被尼禄逼迫自杀。
③ 梯厄斯忒斯(Thyestes)：希腊神话中珀罗普斯(Pelops)之子，与其嫂通奸，其兄阿特柔斯将其三个儿子杀死，用他们的肉宴请梯厄斯忒斯。

这么做。[33]上文提到的阿基里斯对赫克托说的那段话是对敌人的嘲弄,类似汉斯·施塔登[①]记述的巴西图皮南巴战士夸的海口:"我要吃你的肉……为我那死去的朋友报仇……不等太阳下山我就会把你烤着吃掉。"[34]

阿基里斯对赫克托说的话是这种嘲弄的变体或是倒置,在他的文本中包含着为好朋友之死复仇,他就要这么做(或比之更甚,因为他恨不得把赫克托活吞了而不是烤熟吃)。(鉴于下文对荷马时代和新大陆风俗贬抑的比较,这样的类比其实很有迷惑性。)他是针对赫克托的话而说的,由此,二者不管是谁最终获胜活下来,都不会把对方的尸体扔给野狗。阿基里斯的原话是这样的:

> 不用再求情了……你这狗东西……
> 只求我的怒火能让我把你剁成肉酱生吃了……
> 不,还是让鸟和野狗美餐一顿吧。

言下之意是说他不是那种人(或者说希腊人不再干这种事情了),所以赫克托这狗东西将被狗吃了。[35]这里第二层意思是狗会吃狗,这层意思在上文提到的古代传说中得到了进一步证实,只是其错误地把狗和狼与食人部落关联起来了(指同类相食),同时也把同类相食的行为从人类转移到了野兽身上(这个语境中对狗的误解包括了后来词源学上的错误:"食人部落"[cannibals]这个词在哥伦布那里与"犬科"[canis]联系了起来,在泰韦那里与"暴民"[canaille]混同起来,还有人将其与希腊语中表示狗的词 Kyon 以及丑陋的犬面人身兽 Cynocephali 等同)。[36]如果真如有些学者所说的那样,鸟兽食尸只是人类自食行为的曲写的话,那么蒙田在风格上显然也运用了这种策略。

蒙田的策略之所以绝妙是因为弃尸荒野任野兽啃噬的命运常被描述为最糟糕的景象。在荷马史诗中,这是一种很正常的假设。而这正是赫克托哀求阿基里斯的意图所在。正是本着同样的精神,抑或是本着基督教的精神,卡萨斯坚持认为西班牙人把敌人抛给野狗处置是残忍的行为(这种行为在西奥多·德勃莱的《美洲》里配有形象的插图),泰韦(往往并不说那些意味着印第安人的行为高人一等的话)则因为印第安人不像某些古人那样把死人丢给鸟兽践踏而对其大加称赞。[37]蒙田表面上蜻蜓点水实则力量非凡,这犹如阿基里斯断然拒绝吃人肉,二者都表示抛尸喂狗罪莫大焉,然而实际上却对更恶劣的东西避而不谈。

"互相残食"

蒙田的散文经常表现出他对火刑、各种酷刑和暴行的敌视态度,这些暴行在欧洲暴政和

---

① 汉斯·施塔登(Hans Staden, 1525—1576?):德国人,1550年加入西班牙拉普拉塔河探险队,遇海难被图皮南巴族印第安人抓获,用尽手段免遭杀害,九个月后逃脱。回国后出版了自己的冒险及在图皮南巴部落生活的故事,成为畅销书,也成为研究现已灭绝的图皮南巴文化的主要资料来源。

战争中司空见惯。在关于残忍(II. xi)和马车(III. vi)的散文里，这些行为再次出现了，而且比"食人部落"或是印第安人更为恶劣，显示了他对酷刑的强烈反感："凡是非正常死亡的，在我看来都是极端残酷的"，这种观点在《懦弱是暴虐的根由》(II. xxvii)中一再重申。如果为了好管束而烧煮或斫肢的话，应该待罪犯死后再做。蒙田接受处理尸体的通行做法，也愿意赞同可能成为荷马英雄最可怕的梦魇的做法："眼见他们得不到掩埋，眼见他们被烹煮肢解，让人觉得自己在遭受这样的活罪一样难受。"蒙田接着说，人们能够平静地杀戮，却对肢解哪怕是无生命的尸体反应强烈。然而法国内战呈现的却是全然一新的肢解活人的场景，而且是无缘无故，不为报仇，也不为谋利。[38]

晚年的蒙田有可能对"处理尸体"之类的评论无动于衷了。《论功利与诚实》里有一段话谈到为了公众的利益有时需要背信弃义、颠倒黑白，还有一段1588版增加的"大屠杀"："[B]……公众利益需要我们背叛和[C]屠杀"(III. i)。1588版(以下称作B文)接下来的内容语含讽刺地评论说，这类差事应该"让给那些更听话的人去干。"[39]这一补充体面地维持了蒙田对暴行(无论怎么公正合理)和虚假的厌恶，以及他与"公众利益"保持距离的态度。评论家门竭力要将持此态度的蒙田同马基雅弗利①区分开来，但也清楚此类文字证实蒙田作为波尔多市长涉足了1580年代的公众生活，反反复复的内战也对他有所冲击。[40]蒙田胸怀宽广，对某些新教文化(广为接受且不卷入国内冲突，就像他在旅意"日记"中描述的一些瑞士和德国的城市那样)颇为赞赏但常常认为胡格诺派在他那个时代的法国是具有破坏性的创新者。[41]也许1565年西班牙在佛罗里达对法国新教徒的大屠杀还不那么令他愤慨，这件事(继希纳尔②之后，莱斯特兰冈③也提醒我们)他当然知晓；对于1572年的圣巴托罗缪日惨案他也只字未提，但《游记》对此有极简略的暗示，这或许出自蒙田之手，也有可能是抄写员的手笔。据说，巴黎惨案和波尔多大屠杀的日期(8月24日和10月3日)在博伊特的《历史日志》的抄本中是隐去了的，蒙田正是以此书为据来叙写重大事件的(不过此言未必确定)。有时事后发现这样的民族大屠杀也是必须的和可以接受的。[42]果真如此的话，尽管让人脊背发凉，这种思想仍能解释蒙田的犹豫和自圆其说的做法。谨思慎行、开放而批判地面对可怕的可能性，这与斯威夫特那暴躁的、截然对立的矛盾情绪形成鲜明的对比(虽然两人在智识上有相当大的关联)，后者对灭绝计划和谋杀行为极度敌视，却也有强烈的灭杀欲望。

《论残忍》(II. xi)里有个简单的比较("野蛮人烤死人肉充饥并不使我反感，那些折磨和迫害活人的人才真正使我气愤")完美地表达了《论食人部落》中那段文字的冠冕堂皇之感。[43]该文中"不是吃人生番胜似吃人生番"的比喻在《论马车》中以不同的形式出现，《论马车》对西班牙人在秘鲁和墨西哥的暴行(包括以宗教的名义把人活活烧死等)的描写以一段评论西

---

① 马基雅弗利(Niccolo Machiavelli, 1461—1527)：意大利著名的政治思想家、外交家和历史学家。他认为人性本恶，为达目的可以不择手段。他被西方誉为"政治学之父"，其名著《君主论》(一译《霸术》)是政治学必读书，也是文艺复兴的代表作之一。
② 希纳尔(Gilbert Chinard)：《托马斯·杰斐逊：美利坚主义的使徒》的作者，该书出版于1929年。
③ 莱斯特兰冈(Frank Lestringant)：法国里尔大学的法国文学教授，16世纪史的史学专家，对当时的宗教战争颇有研究。著作有《缪塞传》、《胡格诺派与野蛮》、《吃人肉者》、《文艺复兴时代面面观》等。

班牙人内讧的文字达到极致:"上帝是公正的,它让那些抢劫得来的大量财物在海运中沉入海底,或散失在强盗们自相残杀的内战之中,这些人大部分都葬身在被他们征服的地方,而未获得任何胜利的果实。"[44]"互相残食"的食人者、吞没人类的大海和"内战"等等全非喻义,而是实指西班牙人死于西班牙人之手。[45]蒙田本人在前一句中明确说明许多西班牙军队首领的行为让卡斯蒂利亚王①也发怒了,好几个被下令处死。他在不易引起直观联想的事件上采用食人者的隐喻达到了绝妙的效果。

相比之下,《论食人部落》里,一种真正吃人的事实在历史上行将发生。"食人者"的比喻通过关键时刻对猪狗的细节描写掩盖了众所周知的吃人事实,把读者的视线又引回到隐喻上去了。这样做就好比当庭翻供。这样的对比并不像隐喻暗示的那样存在于两种吃人行为之间,而是存在于吃人行为和某种更糟糕的事情之间。人们把它称为吃人暴行固然失实,但是至少在某种意义上显得更恰当,因为它不是真的吃人事件,因为它还说得出口,然而避而不谈的法国教派的吃人行为则真是说不出口。把吃活人的隐喻用在自己的同胞身上,这使得蒙田在修辞上能恰当地称法国人比食人者更糟糕。但是如果能够指出法国人完全可能吃人,因为他们久有酷刑的臭名,那么将之与印第安人进行比较就会更有逻辑性。毕竟,蒙田的文章不仅意在洗清欧洲人强加的印第安人野蛮的污名,也在挑战已有的'吃人习俗如此野蛮'的观点。蒙田认定吃人行为是其他种族的习惯性行为,否认那只是贱民堕落的一种特殊状况,这比莱里的任何表达都更让人明白易懂,莱里往往对印第安人的道德观念有严厉的批评,甘愿把印第安人称作吃人生番。[46]但是他的用词变化表明他更深地陷入了迷惑,据说他不愿就此罢休。

这样做很引人注目,不仅仅是因为公开承认诸如桑塞尔城事件会增强蒙田关于欧洲人更野蛮的论证力度,而且对他坚持的文化相对主义的立场也很给力,使他能够把欧洲战争的饿殍与人类常识允许的、他引用的那些经典的先例等同起来,并通过生动而发人深省的现代事例加以补充。蒙田散文努力激起读者对古代事例的同情和关注。斯多亚派领袖克里西波斯和芝诺②,以及尤维纳利斯的第十五首讽刺诗都宽恕了基于饥馑或围城时的吃人事件。蒙田特意提到"我们的祖先"在阿莱西亚的例子。[47]肯定有人会想,这些祖先无论是从他们的高卢人身份还是从记录他们的古典文本来说都距离我们太久远了。[48]然而,接下来的一段文字中,蒙田的做法也许显得有点反常,他对印第安人出于复仇而非果腹的吃人行为表示赞扬之后,含蓄地为饥馑状态下的吃人行为进行了辩护。

也许有人会说,更切近的例子通过描述同胞的可怜而非邪恶(如尤维纳利斯发现巴斯孔人③很可怜)意在弱化而非强化对欧洲人野蛮的控诉。但是一般来说蒙田概念里人类的同情心范围很广,足以包含如此不同的情感。即便不是这样,对莱里来说,还可选择《旧约》的方

---

① 卡斯蒂利亚(Castille):西班牙语 Castilla,是西班牙历史上的一个王国,由西班牙西北部的老卡斯蒂利亚和中部的新卡斯蒂利亚组成。它逐渐和周边王国联合形成了西班牙王国。现在西班牙的君主就是从卡斯蒂利亚王国一脉相传。
② 克里西波斯(Chrysippus,前279—前206)和芝诺(Zenon,前490—前425):古希腊哲学家。
③ 巴斯孔人(Vascones,拉丁文单数为 Vasco):一远古民族,罗马时期居住于今西班牙北部,有可能是现巴斯克人(Basque)的祖先。

法把吃人的行为呈现为对邪恶的惩罚（圣经里就有类似《一个温和的建议》那样的先例），[49] 或者像他的《难忘的历史》那样把桑塞尔事件及其作恶者刻画得臭名昭彰，或者专注于描写更为骇人听闻的案例（例如里昂等地贩卖人肉和尸块，欧塞尔城把新教徒杀死剖心烤熟吃掉等等），莱里在《巴西航行记》里信手拈来这样的例子证明他的观点："我们"比那些吃仇人肉的野蛮人更卑劣。[50]

莱里的反应更强烈也更极端，蒙田则不轻易做出有强烈情绪和简单化的判断，这一性情上的对灾难图景的畏避甚至会延伸到他常常对宗教战争的残暴的痛苦："看到我们内战不断，谁不嚷天下已大乱，最后审判的日子已来临？他们也不想想，比这更坏的事常有发生，可在世界的多少地方，人们依然生活得快快乐乐。"[51]《论对孩子的教育》这一段话里（I. xxvi），蒙田仅此一次没有将法国内乱与吃人行为作比较，但是后者始终在他的脑海里，并且在前一句话中有所提及。

蒙田对法国吃人事件的敏感，在某种程度上可以被认为是对印第安人的做法显然不愿像莱里或泰韦那样笔力雄健地抨击。他的作品，正如我曾经指出的那样，暗中承认印第安人的野蛮，"基于理性的规则"①，但绝不是暴民。[52]不过其敏感性表现迥异：对印第安人的吃人行为是温和的谴责，对法国人的相似行为则三缄其口（间或会有笼统的谴责）。

蒙田与莱里的相似之处是对印第安人习俗的描写和大体上喜欢拿法国人的举止与之比较，但是莱里的不同之处在于，在《巴西航行记》中他把实际意义和蕴含意义的界限分得更清，他更愿意直抒胸臆，而蒙田则不会：

> 欧塞尔城里信奉改革的号为"勤王心"者被杀之后，那些刽子手不是把他的心挖出来卖给仇恨他的人了吗？最后不是把他的心放在炭火上烤——像恶狗扑食那样吃掉了吗？[53]

蒙田谈到法国人活食同胞之后，又改口说是喂狗吃了；莱里对欧塞尔暴行的描述谈到人类吃掉同胞的心脏，"像恶狗扑食一样"。莱里笔下的恶狗并不像蒙田笔下的恶狗一样为了回避或放弃对吃人行为的揭露，而是为了强调法国人的吃人行为。

换个角度来说，蒙田笔下的恶狗反向地把那看似实际意义上的吃人行为喻义化了，而莱里笔下的恶狗则强化了那个实际意义。明喻才能解释清楚二者之间的关系，隐喻则做不到。隐喻一般来说并非意在含混。换句话说，隐喻本身无法解释蒙田如何逼真地暗示吃人行为，也无法解释随后让人吃惊的话锋的转移。潜层的暗示可能在蒙田的序文中找到，序言中他强调他的散文在"尊敬的公众"眼中朴实、自然、坦率。假如他生活在一个甜蜜自由的原始的国度，他会乐意把自己完整地、赤裸裸地描绘出来，一如他笔下的"野人"，正如弗朗索瓦·里格罗暗示的那样。[54]除了这种一般的意义之外，我们无法知晓蒙田是否意识到了他对吃人事件态度的奇怪转变，但是他的文体策略是我们熟悉的，对各个时期吃人行为的论述有着各种

---

① 原文为法语 eu esgard aux regles de la raison。

伪装，大概更多的是出于本能来保持沉默而非刻意隐瞒。

也许部分地是出于对这些沉默的回应和伴随而来的习惯性地闪烁其词的反应，直率的莱里急于区分开本义和喻义：

> 说到真正地（如人所言）咀嚼吞食人肉的残忍行为，难道我们没有发现这些地区的人们，不只是在意大利，也有其他地方的人们，甚至是那些所谓的基督徒，并不满足于把敌人残忍地处死，而是不吃掉他们的心肝不足以宣泄他们的嗜血狂热吗？我相信历史。无需太远，就拿法国来说，情况怎么样呢？（我是法国人，这让我难过。）1572年8月24日在巴黎开始的那场血腥的灾难……[55]

这段关于圣巴托罗缪惨案的文字之后，紧接着就是对欧塞尔和其他地方贩卖和吃掉人体各部位的描述。这表明莱里预见到了蒙田面临的问题，不只关于国内外的野蛮问题，还有如何谈论这些问题。与蒙田不同，莱里引用的是法国人真正的，而非喻义的吃人行为来证明"我们比野人更野蛮"的观点。

莱里坚持从字面维度有意识地引发圣体崇拜的辩论，清楚地暗示了天主教真在论的教条，旨在把天主教与美州吃人生番（不是莱里和蒙田赞赏的图皮南巴人）等同起来，这是新教辩术的共同特征。跟蒙田一样，莱里细察了欧洲人的行为，像蒙田在《论马车》里提及西班牙作恶者那样提到意大利人的例子（"我相信历史"），但也同样保留了最痛苦的对本国人的指责。对像莱里这样的新教徒来说，意大利人和西班牙人就是天主教堕落的典型，易见未教化的行为。莱里后来在提到凯萨琳·美第奇摄政的时候写道，"尽管我一直热爱，现在也依然热爱我的祖国"，他发现祖国的困境与意大利如此类似，以至于常常遗憾自己离开了印第安人。当话题转到法国人的残暴时，正如我们所见，他决心说出不可告人的事实："无需太远，就拿法国来说，情况怎么样呢？（我是法国人，这让我难过）"[56]这些话只是事后的想法，本义也好喻义也罢，二者兼备也好，强调了转变思路的痛苦和这一痛苦始料未及的加剧。对法国人暴行，蒙田的态度发生了明显的转变，其《论食人部落》对法国人和《论马车》对西班牙人明确的吃人行为的描写都换成狗和猪所为，从如实描写吃人行为变为用吃人话语写非吃人事件。

善恶印第安人

蒙田在揭露欧洲人较印第安人更野蛮方面，拿酷刑与吃人相比是十分重要的一点。无论如何这一比喻都合情合理，缜密清晰，令人信服，尽管对酷刑的描述有时会因实际意义和修辞意义之间的意义滑动而变得模棱两可。然而，事后他又大量写到印第安人的酷刑，例如在1588年版的《论节制》结尾处就增补了这么一段（I. xxx），紧跟其后就是《论食人部落》（I. xxxi），显示了1588年后完全矛盾的态度。尽管明显的"前后矛盾"和多视角以及矛盾的视角在蒙田作品里常常出现，但这样惊人的矛盾似乎是故意为之或意在出奇制胜。除了他惯常的沉思风格之外，还有其他因素让他信马由缰地大发议论。

说是要讲墨西哥人的例子，描述的却是笼统的"当代"发现的新国度，据说都有酷刑，以此证明上帝和大自然性喜杀戮，世间宗教无不要求人类献祭：

> 当代发现的新大陆，同我们的旧大陆相比，还是块纯洁的处女地。在那里，这种做法几乎处处盛行。他们的偶像统统都浸透人血，可以举出种种骇人听闻的例子。他们将人活活焚烧，烧到一半又从火中取出剜心剖肚。[57]

这段文字比我上文引用过的关于酷刑的任何文本问世都晚，那些是初版中的文本我称为A文本。蒙田的态度不再有大的转变，因为他保留了早期对欧洲人酷刑的批判，好像也无意缓和这一批判或是《论食人部落》中对图皮南巴人火烤敌人尸体仪式的偏袒。

这让我们想起《论食人部落》中欧洲人施加于彼此的行为和《论马车》中西班牙人对印第安人的行为，还有那些酷刑和将烤得半熟的受害者从火中拖出的细节。我们没有读到印第安人之间有类似的行为，至少在以上两篇文章中没有这样的文字。增补的文字均载于1588年版，那年出的第三卷整个都是先前没有的，包括《论马车》，后者在很多方面都与这增补的文字有相同之处。例如，"新大陆……还是块纯洁的处女地"呼应着另外一些有关理想化的印第安人的段落，特别是1588年版《论马车》原文中那著名的一段"这是一个孩童的世界"，既像温情的提醒又像残酷的揭露。[58]

问题就出在这里：为何蒙田不把这段文字放在《论食人部落》或《论马车》里？为何显眼地置于《论食人部落》旁边而不是其中？增补文字的矛盾倾向大概能回答第一个问题，但只会使第二个问题更尖锐。蒙田文笔起伏多变，在同一篇文章之内常有另类的或矛盾的观点（人们可能更有理由说他的《论食人部落》意在宣扬价值观的相对性）。该段文字与《论节制》的关联会让人猜想他是故意暗示《论食人部落》而不想明说。结果是读者不可能从《论节制》读到《论食人部落》而不对该段文字印象深刻，即便那有损印第安人的形象。

这就是说1588年增补版的读者会遇到搅扰或是困惑，而1735年增补版的《格列佛游记》的读者也会如此，后者开篇天真和善的叙述风格被格列佛写给辛普森的尖刻的信函彻底地搅乱了局，那封信函提前透露了让人大失所望的观点。补序的安排让两本著作的读者，特别是熟悉斯威夫特的读者恼人地不知所措。增补的文字都是作者后来添加的告诫书，似乎意在规范或介入以后读者的理解，也许认为早期的版本存在不妥。两本著作都因这样预先的干涉而失去了纯真。1735年版《格列佛游记》的读者不再会像1726年版的读者那样相信开篇描述的那个天真率直的格列佛，正如1588年版的《论食人部落》的读者在读完《论节制》后不再会无条件地相信蒙田笔下的印第安人是高尚的野蛮人。

或许能够感觉到蒙田和莱里（他对吃人生番印第安人和图皮南巴人憎爱分明）都有一种冲动要界定吃人生番的"恶"和"善"（后者要么被理想化，要么受庇护，要么二者兼备），这一点拙著也有所论及，而且在小说写作上从《鲁宾逊漂流记》到巴兰坦、亨蒂、吉卜林和康拉德已经形成定式。[59]据不完全统计，这似乎成了异族恐怖症的一个要素，还能解释为何作品喜欢在叙述民族/种族冲突时避免二分法却用三分论的潜台词，这样作者偏爱的一方遭遇的敌人既高尚又卑劣：比如《伊利亚特》中古希腊人遇到特洛伊人及其盟友（唯一真正的野蛮人，由各色民族组成的有效的第三方），还有波吕比俄斯笔下的罗马人遇到迦太基人以及他们从北非和欧洲招来的乱七八糟的部落雇佣军。[60]

  福楼拜根据波吕比俄斯的记载对迦太基雇佣军战争的描述颠覆了这种模式。罗马人在《萨朗波》里并不显眼，但是野蛮在雇佣军和迦太基人身上同样存在，也有可能在任何人身上都存在："全世界人都因循守旧。"①他在创作《萨朗波》时写给欧内斯特·费多②的信中说，这将惹恼他们，正如斯威夫特说《格列佛游记》会"惹恼全世界"。两位作家都把人性放在超越民族属性的高度，包括读者和作品中人（福楼拜把自己的小说描述成一块忒拜依德荒地③，他因为厌恶现代生活而被推向此地），却又热衷报道这种属性。[61]二者都推崇的蒙田有更宽容的同情，但是他温和的叙述中有时也会透出对极端邪恶行为冷静思考的执着。[62]他并不像福楼拜那样愤世嫉俗而抹杀种族差异，也不把人类简单地分成对立的两极，就像斯威夫特的慧骃（善良但是乌托邦压根不存在）和耶胡（长得像人，行为也像人）那样。斯威夫特关于良好的第三方（葡萄牙船长、"赤裸的美洲人"或是被欧洲入侵者残忍对待的"与人无害的民族"）的暗示在整本《格列佛游记》中实在无足轻重，尽管学界在博士学位和博士后的时代试图"拨乱反正"。斯威夫特笔下无害的土著存在的意义，正如我们所见，只为反衬殖民侵略者的罪恶：他们自身在慧骃国内外都是邪恶的野蛮人。

  另一方面，蒙田笔下赤裸的美洲人与其说像耶胡，不如说更像慧骃。他们好像跟慧骃一样源自莫尔的乌托邦的居民，表现了蒙田将幻想理想化的意识，尽管蒙田在描述他们时保留其虚构性质，但似乎又有些相信他们的存在，斯威夫特则明确指出，很遗憾慧骃不属于人类的范畴。与福楼拜和斯威夫特不同，蒙田的创作遵守三分法传统，这种传统认为异族有善良和邪恶两种。可以说这个传统较之简单的二分法明显地更符合经验现实，尽管传统本身很公式化并且不是出自经验而是出于观察者的文化和心理需要。蒙田笔下"邪恶"的野蛮人与斯威夫特和福楼拜的又有区别，不仅在于同后来的作家千篇一律描写的"善良"的野蛮人形成反差，更因为他们是后来创造的，因而与理想化的描述不同。但是现代分析家们在这些"善良"的野蛮人身上找到了与他们邪恶的同类身上一样的种族污点，因而如果在这一点上将蒙田感伤化，就如同否认他（或福楼拜或斯威夫特）对人类苦难抱有的强烈正义感一样，都是帮倒忙的行为。

  即便是《论节制》的新版结尾也让我们意识到印第安人也是千差万别的。增补的文字写的是墨西哥人，与同一版本中《论马车》里初次出现墨西哥人事件的文字大不相同。《论食人部落》关注的巴西图皮南巴人与《论节制》里凶残血腥的墨西哥人相去甚远，与《论马车》里先进的墨西哥文明也格格不入。这些差别能说明问题，但也会因为过于温和地看待民族差

---

① 原文为法语 les bourgeois, c'est-a-dire tout le monde。
② 欧内斯特·费多（Ernest Feydeau, 1821—1873）：法国喜剧作家，福楼拜的朋友。
③ Thebaid 本为法国古典悲剧作家拉辛（Racine）的剧作，音译为《忒拜依德》，意译为《底比斯故事》，该剧反映兄弟残杀之战。此处意为福楼拜反感现代，故去写作古典题材的萨朗波，因主题亦是血腥的战争，故与拉辛的 Thebaid 相提并论。

异而相互抵消。如果说印第安人也参差不齐，那么也可以说印第安人毕竟只是印第安人，今天的后代对文中关于他们的描画在情感上也有理由能够接受，就像近来有些黑人读者对康拉德或斯托夫人笔下的黑人的感觉一样，尽管这是一个不容置疑的历史问题。意想不到的是，甚至是那些最顽固地批判种族概念化的人也往往同时持有这两种观点。蒙田可以在《论马车》里说墨西哥人比其他印第安民族更开化更有技能，"比这儿的其他民族更开化、更有艺术鉴赏力"[63]但是文章对种族只是泛泛而谈，太多溢美之词。《论节制》的新版结尾则没有那么多的奉承。

文章的语言同样在某个地方和整个区域范围（包括整个新大陆）之间游移不定，多是对残忍行径深感震惊后的沉思，伴有对印第安人勇气的敬畏（蒙田散文经常如此）。在举墨西哥人例子之前文章报道"当代发现的新大陆"的一种献祭行为，这种行为据说非常普遍。本想对此控诉做一限定，但因此类残忍行为太过普遍而只好作罢："在那里，这种做法几乎处处盛行"。如果说"几乎"（这里意为"有点"或"在某种程度上"而非"一点也不"）表示有限的规模，那么"处处"和"他们的偶像统统"这样的词则相反。不管怎么说，开头断言上帝喜欢人类献祭，"世间宗教无不"如此，这句总领了一切。斯威夫特的读者发现，作者很喜欢以偏概全，往往举出一两个邪恶堕落的例子就归结为全人类的罪行，这在蒙田那里也偶有为之，当然斯威夫特的这种诘难更显得激烈。在《论节制》末尾，眼看就该进行一番这样的申讨了，作者却又犹豫起来，让读者无所适从。而从第三十章到第三十一章对印第安人描画的转变更加剧了读者的困惑。《论节制》结尾决定先行淡化对印第安人的描画，将其干脆留给《论食人部落》。这也表明《论食人部落》里的文化相对主义本身也是"相对的"而非绝对的，其鲜明的原则因前面相反的断言而不那么鲜明了。

描写印第安人的段落一开始，我们就看到人们被活烧，烧到一半又取出剜心剖肚。《论节制》里的印第安人在这一点上与法国人更接近，而不是与《论食人部落》里的印第安人更接近。这一段只字未提献祭可能伴有的吃人行为，我们不禁要问：为何蒙田能容忍印第安人的吃人行为却不能容忍其献祭行为？献祭之后肯定会（真正地也可能象征性地）吃掉祭品。如果真像《论食人部落》所说这种暴行与欧洲人一样的话，那么在这个上下文中指涉残忍的吃人行为就会暗示欧洲人同样如此，而很明显，蒙田在那篇散文里是竭力不把他们联系在一起的。

同样有趣的是，谈到这种无处不有的杀人献祭行为时压根不提欧洲人。基督教以没有血腥的宗教仪式而沾沾自喜，但尴尬的是，基督徒最熟悉的摄食仪式之一是他们吃掉上帝而不是给上帝献上人祭。[64]弗洛伊德指出，认为感恩祭是部落摄食仪式（用弗洛伊德的话说，是达尔文学说的"原群"杀父食尸）象征性的重演这一观点并非源自他本人或弗雷泽①。[65]这很可能与蒙田这样博学的习俗研究者有关，莱里是很乐意对此做一番研究的。对于某些杀人献祭仪式中把神做成人的模样再吃掉的仪式蒙田是持沉默态度的，那样的仪式很明显类似感恩祭，尽管他在《论习惯》(I. xxiii)里以不偏不倚的口吻列举了许多人情风俗，例如"有的地方人死

---

① 弗雷泽（James Frazer, 1854—1941）：英国社会人类学家，因研究原初宗教和巫术而著名。

后尸体被煮熟再被捣成粥状,掺在酒中喝掉"。这是引用洛佩斯·戈马拉的《西印度通史》中印第安人的例子(尽管蒙田对该文中的许多例子并没有对号入座)。也是在这一篇散文中,蒙田引用了希腊人反感吃掉自己父亲的做法和印度人痛恨希腊人火化自己父亲的风俗。[66]

这种情况下,蒙田又会指出习俗的相对性,偶尔暗示习俗与他所认为的绝对标准之间的联系,如在希腊人和印度人的例子之后加上一句"人人都这样,因为习惯使我们看不到事物的真面目",正如他在《论食人部落》里让人瞥见印第安人的残暴"是基于理性的规则"①。但总体来说,他在该文中是不表态的,文章的副标题"不要轻易改变一种根深蒂固的习俗"语含命令(佛罗里欧②在《公认的法律如何不该轻易改变》里也有命令口气,但被后来的翻译者弱化了,包括福莱姆③)。这样,最广义的吃人行为被作为一种生活方式平淡地报道:"这里,人们吃人肉;那里,把上了一定年岁的父亲杀死则是尽孝道……"。[67]

对古风的重新了解、新大陆和东方航线的发现,使得列举这种怪异的风土人情成了一种文学上的普遍做法。这一类型的描述中带有中立的立场,显然超越了蒙田所持有的观点,即认为别人的习俗总被描写成"未开化",只是因为他们与我们不同,当然蒙田也不是第一个持此看法的人。[68]公正地说,蒙田不单是为了"搜罗事实",但是他"比较+判断"的做法与其说指向绝对标准,毋宁说导致了更深的道德相对性,而且他的保守让他坚信改变根深蒂固的习俗是不明智的。[69]在《雷蒙·塞邦赞》中,他又提到吃掉父亲尸体的习俗。他承认厌恶这种习俗,却又详细解释它的意义,还质疑欧洲人让野兽和蛆虫食尸的葬俗:

> 吞食自己的父亲,没有什么比想起这个更叫人毛骨悚然;然而古代民族就有这样的习俗,还把这个习俗作为孝心和情谊的证据,试图说明在他们的后代身上举行最隆重、最光荣的墓葬,把父辈的遗骸如同圣物存放在自己的体内和骨髓内,通过消化和滋养,让他们的生命延续,在有血有肉的人身上得到重生。把父母的尸体抛入荒郊,让野兽和蛆虫吞噬,对于执迷不悟上述迷信的民族,那又是多么残酷可怕的事,这也是不难想象的。(XX. xii)[70]

蒙田颇为理解地谈到食人风俗的宗教含义:给父亲最光荣的墓葬以示孝心,坚信把父亲的血肉消化转化到后代身上的这种生理过程能使死者重生。他用"迷信"一词掩饰自己,但他显然支持异教观点。这段文字只字不提圣餐的事也是很值得读者注意的。像别处一样,这里蒙田规避了类比欧洲人的危险,尽管这种类比在《论食人部落》里乍一看还是很贴切的,而对野蛮文化没那么宽容的莱里则会毫不犹豫地指出来。

《论节制》接着报道妇女被活剥,血淋淋的人皮被用来做衣服和面具。这是一种残暴的工艺,早在希罗多德描述的塞西亚部落里就有,后来又在《格列佛游记》和《一个温和的建

---

① 原文为法语 eu esgard aux regles de la raison。
② 佛罗里欧(John Florio, 1553—1625):英国词典编纂家,编有《意英词典》。
③ 福莱姆(Donald Frame):蒙田研究专家,著有《蒙田传》。

议》中的爱尔兰出现，活剥妇女还出现在《关于疯狂的题外话》里。[71]这些过程还含有一种令人不安的愉悦，那些受害者主动要求奉献自己作祭品还和在场的人一起唱着跳着走向死亡：

> 还有的人，甚至妇女，被他们活剥，剥下的血淋淋的人皮他们用来做衣服，给别人作面具。这里也不乏坚贞不屈的例子。那批可以充当牺牲的可怜的老人、妇女和儿童，提早几天主动要求准予他们奉献自己作牺牲，并同在场的人一起唱着歌跳着舞去供人屠宰。

从坚贞不屈到证明此种美德的例子的转变是出乎大多数读者预料的。在灾难来临前还唱着歌跳着舞的老人、妇女和儿童展现的不是视死如归的坚强，而是一种有悖常理的，让人痛苦的部落的喜庆场景。逼迫之下的虚假勇气之比喻变成了荒谬的欢乐和集体受虐狂背后让人不安的描述，这似乎是一种精神机能障碍，蒙田平实的解释说得不够清楚。

这一例子之后，蒙田又引了洛佩斯·戈马拉的一个故事。墨西哥国王的使臣们告诉科特斯，他们的君王每年献祭五万人，通过同邻国作战来锻炼本国青年，拿战俘来献祭。在另外一个城镇，为了欢迎科特斯的到来，一次杀了五十人，还从被征服的印第安人中为其选了五名奴隶。还告诉他，如果他是个凶暴的天神，就请吃了他们，并把更多的奴隶送来；如果他是仁厚的天神，就请接受乳香和羽毛做献礼；如果他是人，就请接受鸟儿和果品："假如你是食肉喝血的凶暴天神，那就请你将他们吃了，我们再给你多送些来；如果你是仁厚的天神，就请收下乳香和羽毛；倘若你是人，就请收下鸟儿与果品。"

如此贿赂赋予了墨西哥人一种诡异的智慧，在前面列举的惊人事例中很难预见。这有点像《论食人部落》结尾逸闻趣事的力量，在那里另一个印第安人更精明地表现出行为的高贵，尽管他连裤子都没穿。两篇文章都在结尾通过道德的健全来振奋精神。不过《论食人部落》的结尾是对一次谈话自然而然的延续，那个谈话显示了印第安文化的过人之处。而《论节制》的结尾在于使印第安大屠杀的描述更完美，它不仅让人震惊，而且某些细节与蒙田在《论食人部落》里和其他地方对欧洲人而非印第安人的描画更接近。这段文字无论是与该文的内在联系还是与下文《论食人部落》的关系都很不协调。蒙田把这段文字置于《论食人部落》之前可谓先声夺人，似乎意在凸显这种不协调，削弱下文，不是站在欧洲人立场上说话，而是要修正将印第安人视为低等人的看法，并对人类的普遍道德败坏给予抨击。

这样广义地否定全人类不是蒙田惯有的或典型的心态，其行文风格上处处让人产生负罪感，让读者分不清究竟谁可辞其咎。这使蒙田的风格与斯威夫特那种"无论怎样你都错"的风格一致，也与《格列佛游记》的整体气氛合拍。斯威夫特没有像以上两篇文章那样在结尾通过轶事表达救赎的冲动，虽然《格列佛游记》最后一章有一幕无耻的殖民掠夺，作者脑中所想则是西班牙征服(尤其是"费尔迪南多·科特斯征服赤身露体的美洲人")，而且在很多细节上类似《论马车》里欧洲暴徒入侵并出卖友好的土著。[72]

蒙田的散文有时以奇闻轶事结束，这种开放式结尾让人对故事的含义进行思考，从而比任何总结性的结尾都更符合他那散漫的风格。《论节制》尤其让人无所适从，因为结尾那则道德智慧的寓言与该段对印第安人的描画很不协调，还因为那种描画与接下来的《论食人部落》也很不相称。在这方面它又与《论食人部落》的结尾相异，后者呈现的道德智慧是文章一直让人期待的，尽管如我所言，该文因紧跟《论节制》之后而在理解上会产生问题。它与《论马车》的结尾也不相同，后者所讲故事意在说明自杀的忠诚和勇气，而非明智与否，从而牵出印第安人特性的主线，这一主线贯穿在蒙田这一话题的绝大部分作品中。

《论节制》增补版的结尾给蒙田研究带来困扰。那个结尾大量的责难、矛盾的讨好、与《论食人部落》及其本身不可调和的不协调、对"野蛮人"既欣赏又厌恶的态度以及潜台词都暗示了那些野人多多少少影射了整个人类。[73]这种困扰主要源自浅显的事例那明显的暗示，而不是源自弥漫的负罪感，后者是斯威夫特的反讽特有的效果。

蒙田的文字向来温婉、自在，没有戒心，偶尔语含攻击，但有时其攻击的要点不仅让人难以预料、难以界定，还会显得举棋不定，而后者正是斯威夫特惯常的风格。文中一涉及到苦痛和暴力，蒙田就会表现出忧虑、优柔寡断和负罪感。《论节制》结尾那个不道德的例子（《论食人部落》和《论马车》的结尾则没能）折射出凶残的习性和权力归花儿①的睿智并存的奇怪现象；牺牲者边歌边舞传达出一种让人不安的欢乐，而据说那是为了表明"坚贞果敢"；冷酷无情的叙述口吻也让人为他们的命运担忧。苦痛的环境里突现荒诞的欢庆场面会产生非同一般的效果，斯威夫特深谙此道。因为在《爱尔兰浅见》一文里，对家门口那个"野人"殖民地他既同情又鄙视；对于声称爱尔兰一派欣欣向荣的人，斯威夫特嘲讽地回应道，"果真如此，那一定是违背天理的，正如格拉森伯雷②的荆棘在隆冬开花一样"。[74]宗教狂喜中伴有一种挥之不去的恐怖气氛，这与蒙田的处理类似，他那娓娓道来的寓言故事及其结论被突如其来的狂欢或一本正经搅扰了，再也不能与前文合拍。

乌托邦人、图皮南巴人、慧骃、耶胡

蒙田总结图皮南巴文化的那段著名的文字在莎士比亚的戏剧《暴风雨》里差不多被逐字引用了，它表达的理想与慧骃国呈现的极为切近：

> 我要告诉柏拉图，那是一个这样的国家：那里没有贸易，不识文字，不晓算术，不存官吏，不设官职，不使奴仆，不分穷富，不订契约，不继遗产，不分财物，不事劳作而只享清闲，不论亲疏而只尊重众人，不穿衣服，不干农活，不见金属也不用酒麦。谎言、背叛、虚伪、贪婪、嫉妒、贬损、原谅等等字眼，一概闻所未闻。柏拉图可能会发现，他所设想的理想国与这完美之国相距多么遥远。[75]

最后那句不是说印第安人不如柏拉图的理想国，而是说超越了它，这和慧骃超越了人类的完

---

① 权利归花儿(flower-power)：20世纪60年代和70年代初期年轻人信奉爱与和平、反对战争的文化取向。
② 格拉森伯雷(Glassenbury)：英国肯特郡一地名。

美理想一样具有反讽的味道。正是为此蒙田感到遗憾，因为吕库尔戈斯①和柏拉图对印第安人都一无所知，而格列佛更是挑衅地表示我们不该妄想入侵慧骃国，反而希望对方能"多派一些慧骃到欧洲来教化我们"（IV. xx. 293—294）。

蒙田的文章不仅表现了用传统的价值期望来描述和评判印第安人的普遍趋势，还从头到尾在玩一种潜台词游戏，因为希腊语中 barbaros 是指"不说希腊语的人"，所以泛指一切非希腊人。[76]正因有此语境，开篇即谈皮洛士②的发现：纪律严明的罗马蛮军"一点也不野蛮"，结尾则说食人部落的诗歌"都是阿那克里翁③抒情诗句"，他们的语言听起来很美，"尾音有点像希腊语"[77]（关于印第安语与希腊语类同的猜想越来越普遍，但是蒙田对其蛮夷的戏称并没认真地追究下去）。[78]

有趣的是，《格列佛船长游记批评》那知识渊博的作者（不管他是不是阿巴思诺特④）很可能也想起了这一段文字，因为他这样评论道，"古希腊人完全懂得慧骃的语言，还有什么比这一点更显而易见的呢？因为今天许多求知欲强的人都懂得爱尔兰语（爱尔兰语在声音和发音上都与慧骃的语言最为相似）。"[79]很显然这是拿爱尔兰语开玩笑，大意是说他压根就不懂这门语言。[80]该文假定慧骃是古人非常了解的真实的人，但不管那是否意味着慧骃和蒙田笔下善良的印第安人之间有某种渊源，蒙田关于与希腊语类似的印第安语言的描述更让人觉得这些印第安人跟斯威夫特的慧骃一样具备众多群体的特点，包括黄金时代的原始人类、纪律严明的吕库尔戈斯的斯巴达人、柏拉图的《理想国》和《蒂迈欧篇》以及莫尔的《乌托邦》呈现的高度文明。

蒙田说，很遗憾吕库尔戈斯和柏拉图都不知道印第安人的存在，因为在他们互相映衬的原始文化的辉煌中，印第安人也超越了对黄金时代所有诗意的描述，"诗歌美化了黄金时代所有的绘画"。⑤[81]格列佛希望慧骃能前来教化欧洲人（IV. xii. 294），他们也兼具人类堕落前的纯真和道德社会组织的诸多要素，后者衍生自吕库尔戈斯的斯巴达以及柏拉图和莫尔理想的国度。苏格拉底和莫尔位列"人类历史上无出其右的六位英雄人物"（III. vii. 196），格列佛在飞岛国如是说。格列佛说慧骃的行为原则"与柏拉图表述的苏格拉底的思想"一致，"我谈到苏格拉底的思想只不过表示我对这位哲学之王抱有最崇高的敬意"（IV. viii. 268）。斯巴达人的处世理想对斯威夫特和另外几位作者的影响是确定的。[82]蒙田的描述也受此影响，同时他也广泛利用新大陆游客活生生的例子或是文字记录来帮助自己创作出那个图皮南巴人的乌托邦——用莫尔的话说，乌有乡就是好地方。

所有这些作家都受到政治和社会观点的影响，这些观点如果不是作为主流意识，也是作为非传统意识产生不必要的影响，甚至是误导。每位作家都读过前人的著作，也都吸纳了其

---

① 吕库尔戈斯（Lycurgus）：公元前9世纪斯巴达立法人，斯巴达法典的创立者。
② 皮洛士（Pyrrhus, 约前318—前272）：伊庇鲁斯（现阿尔巴尼亚）国王，前280—前279年对罗马两战获胜，但损失惨重。
③ 阿那克里翁（Anacreon, 公元前570?—前480?）：古希腊宫廷抒情诗人。
④ 阿巴思诺特（John Arbuthnot, 1667—1735）：苏格兰医生、作家，著有《约翰·牛的生平》，英国的绰号"约翰牛"即来源于此。
⑤ 原文为法语 toutes les peintures dequoy la poesie a embelly l'age dore。

思想倾向。但是蒙田的那段文字融会了许多标准的要素和最新的对印第安人的描述（后者部分是基于黄金时代的幻想作品和柏拉图或莫尔笔下的文明世界），因而具有特别的影响力和广泛性，从而为莎士比亚和其他人提供一种资料汇编。慧骃没有文字、法律和商业，不穿衣，不撒谎，无谬行等这些传统要素都出现在蒙田那不足百字的段落里（我认为甚至是他们的住所也一样）。其他更普遍的要素，如生活简朴、粗茶淡饭、健康长寿等则是慧骃和印第安人共有的特征。[83]格列佛在慧骃国吃的"淡而无味"却让他在那里"从来不生病"(IV. ii. 232)。[84]慧骃不生病，都是自然老死(IV. ix. 273—275)，他们过着恬静的生活，不被强烈情感所扰，也许更像《雷蒙·塞邦赞》里描述的巴西土人：

> 据说，巴西的土著活到很老才死，大家归之于那里的空气明净纯洁，我宁可归之于他们心灵的明净纯洁，摆脱一切情欲、思虑和紧张或不愉快的事物，那些人在质朴无邪中度过一生，没有文字，没有法律，没有国王，也没有任何宗教。[85]

最后那组词语常用来蔑视印第安人的语言中没有 f、l 和 r 这样的字母，所以他们没有 faith（信仰）、law（法律）和（西班牙语、葡萄牙语或法语中的）roi（国王）。[86]他们也有可能被用来描述慧骃，尽管斯威夫特本人从来不会像蒙田那样做此断语。看看他1720年对爱尔兰的评论吧，"任何来爱尔兰的人看到自然的面貌、习惯和土著的房子，都不会认为自己身在一个信奉法律、宗教和同为人类的国度"。[87]（也许）这句话更多的是遗憾而非愤怒，但绝非意在推崇。蒙田则语带欣赏地提到印第安人不信法律和宗教。无论对蒙田还是斯威夫特来说，这样的描述都可以用在更不具道德说教的例子上。教化的功能在《格列佛游记》中属于一个完全不同的物种——耶胡。

这种分化还有一个有趣的例子：虽然蒙田笔下的印第安人一夫多妻，在《格列佛游记》中"像其他牲畜一样实行雌性共有"的不是慧骃而是耶胡(IV. xxvii. 263)。正如保罗·特纳①所言，这可能是讽刺地影射柏拉图的理想国，因为在那里"这些女人为男人所共有"，因为"没人否认，如果可能的话，妇女儿童共享将是上上策"。面对质疑，苏格拉底回应说当然先得确定是否可行，而且用乌托邦或是乌有乡的话来说，他只是指一种极其特殊的人群。特纳说这种讽刺在于"这种乌托邦式的状态堂而皇之地出现在欧洲社会"。但是我认为，这样把欧洲人的风俗习惯与紊乱的动物界的淫荡相提并论是与苏格拉底的描述相脱节的，而斯威夫特和格列佛对苏格拉底都推崇备至。两者既不像有组织的社会状态，也不像可能接受这种风俗的理想国里"假定"的状态，尽管柏拉图被指责具有德·昆西②所说的"大溪地③狂欢节般放荡的嗜好"。[88]斯威夫特的慧骃继承了柏拉图的观点，认为"给男女施以不同的教育"是错误的。这里的教育是指普通教育而非家庭教育。举出的例子是让人沮丧的人类的例子，因为

---

① 保罗·特纳(Paul Turner)：编辑《格列佛游记》。
② 德·昆西(Thomas De Quincey, 1785—1859)：英国作家，对吸食鸦片的心理效应做过描述。
③ 大溪地，即 Otaheite，位于南太平洋中部，即今法属波利尼西亚塔希提岛。1767年英国海军瓦利斯船长来到此岛，当时称奥大赫地 Otaheite，后来库克船长和布莱船长都到过此岛。

"我们有一半人口除了会生儿育女以外什么都不能做……把孩子交给这样一些无用的动物照看,更足以说明我们的残忍野蛮"。慧骃严格地实行一夫一妻制,母慧骃生下一对子女以后就不再与配偶交配。如果妻子已"过了生育期"(IV. viii. 268—269),却有一个孩子不幸夭折,丈夫才可与其他母慧骃交配。[89]很明显,斯威夫特绝不能容忍蒙田笔下印第安人的性模式。蒙田比斯威夫特更能从理论上将其与一种政治形态统一起来,这种政治形态类似于甚或优越于柏拉图的理想国,尽管这与苏格拉底的计划相去甚远。

蒙田文章里这样的双重角色体现在同一种人身上,尽管文章强调了他们那有些矛盾的高贵品质,坦白地说,他们的"野蛮"在《论食人部落》和其他篇章中已经削弱了。他笔下那些高尚的野蛮人心平气静,天真无知,没有文字、法律、国王或是宗教的概念,却完全符合我们所见的先进文明社会的行为模式和政治结构。这种把黄金时代和"理想国"再现在一起的悖论在乌托邦的想象中并不少见。斯威夫特的慧骃事实上也是如此,它们像蒙田的图皮南巴人一样明显地天真、纯洁、无知,而同样明显的是,读者也不会觉得它们很"原始"。极具讽刺的是,当格列佛初到慧骃国时,他"拿出几件玩具来,旅行家常常带着这样一些玩具,准备作为礼物送给美洲等地野蛮的印第安人"(IV. ii. 228)。即便是慧骃的住所,在还没弄明白住在里面的是谁之前就介绍给我们了,"一种长方形的木头建筑插在地上,……屋顶很矮,铺着草",这与蒙田的描述在某些细节上很像:房子很长,顶上用大树皮搭成,好像我们的谷仓,屋顶垂到地上(I. xxxi)。[90]这两位作家采取相近的细节映衬讽刺语调只为表明这些土著人并不野蛮,事后来看,不相信这一点也难。

这种相似性突出了将乌托邦文明与原始文明混同的矛盾性。两者的融洽生动地表明这种矛盾的程度。他们的"原始"特质无论与他们的高度理性相比还是与更原始的耶胡相比都居其次,耶胡简直就是典型的卑劣野人。既然他们属于虚幻的乌托邦,下文将会讨论其更广泛的含义,我们无需为慧骃残留的野蛮进行辩解。[91]即便如此,他们仍有一些原始的特点出现在笔者引自蒙田散文第一卷第三十一章和第二卷第十二章的结尾段落里,包括不被堕落的人类方式腐化的鲜明而又纯洁无邪的面部轮廓。这一点照例被着重提了出来,比如他们无法理解格列佛为什么要穿衣服,也无法理解"既然自然赐予了我们这些东西,为什么又教我们把它藏起来"(IV. iii. 237)。在所有大发现和殖民征服的文字中,印第安人从一开始就是赤身裸体的,也许是天真或未开化的标志,也许只是一种无关价值判断的现实描写。格列佛只是笼统地提到"赤身露体的美洲人"(IV. xii. 293)。

蒙田笔下的印第安人自然是赤裸的,在《论食人部落》甚至《论马车》的部分文字里(主要讨论他们与先进文明相称之处)还带有明显的伊甸园特色。他们不仅不穿衣服,甚至身上毛也不多,反而比"我们"刮得还要干净。[92]韦斯普奇写给索德里尼的《书信》于1505年左右出版,后来被马丁·瓦尔德泽米勒①从意大利文译成拉丁文载于《宇宙志》(1507)。《书信》描述美洲(大致上是委内瑞拉的)印第安人把全身的体毛刮得干干净净,"头发除外,因为他们觉

---

① 马丁·瓦尔德泽米勒(Martin Waldseemüller),德国教士、地图学家,根据韦斯普奇的《航海日志》绘出了世界上第一幅标出"美洲"的世界地图。

得长体毛很丑"。[93]后来泰韦和莱里都提到了女人也和男人一样修刮体毛。这对泰韦来说尤其值得注意，因为一般都认为浑身多毛是野人的特征。他花了一整章的篇幅来写"驳野人多毛论"。列维–斯特劳斯①在《忧郁的热带》里引用了1525年西班牙人的证词，除了野蛮、缺乏法制、赤身露体、食用跳蚤蜘蛛蠕虫等等之外，印第安人还因为不留胡须、勤刮体毛而被认定为野人。正如惠特利②指出的那样，多体毛是"欧洲神话中野人"的一个标志性特征。[94]这大概能够解释这样的悖论：多毛即野人，无毛不正常（所以也是野人），典型的斯威夫特式的两难处境，事实上耶胡并无这些特征，却被视为"所有野人的代表"。耶胡全身长毛，比格列佛更甚。刚开始格列佛还认为他们是人类，因为他希望耶胡"能把我领到某个印第安人的棚屋"（IV. ii. 230; i. 223—224）。真正的印第安人与此印象相差甚远，他们还觉得闯入者的胡须让人不解甚至很吓人。

火药的魔力

格列佛所说的"费尔迪南多·科特斯对赤身露体的美洲人"的胜利之所以"轻而易举"，胡须并非唯一因素（IV. xii. 293）。官方的说法是西班牙军队的装备加上骁勇善战。事实真相可能是这样：科特斯有点言过其实，顾盼自雄；无论是否在战场上，西班牙人都特别残暴，容易背信弃义；墨西哥人尽管由于内部分裂而削弱，但他们顽强的抵抗给了西班牙人沉重的打击，迫使他们（用因戈·克伦德宁③的话说）"把拼命想占为己有的城市夷为平地"。[95]这场胜利当中西班牙战马具有神话般的色彩，"这些战无不胜的生灵声名远扬"。美洲人没见过马，因而视其为骇人之物。迪萨哈冈④的《佛罗伦萨抄本》记载了战马给美洲人带来的冲击和恐惧，那与格列佛关于慧骃对一个欧洲侵略者可能具有的效果的遐想一样（IV. xii. 293）具有讽刺意味。但是所有这些都抵不上枪炮的威力，任何非爆炸性武器和纯粹的勇气都不可能战胜枪炮。[96]

如果征服并非"轻而易举"，那么西班牙人的说法就占了上风，就连蒙田和斯威夫特也得承认，即便他们发现这很丢脸；当然也还有一些修正的说法。最著名的一个例子是《论马车》那一段，与哥伦布本人的描述相差无几，蒙田把如此勇猛的民族敌不过西班牙乌合之众的原因归结为三：火药、罕见的留长胡子的人和战马。在那个胡须、马匹和炸药全都闻所未闻的国度里，骑在马背上的侵略者看上去就像古希腊神话中半人半马的怪物，能指挥闪电把土著杀死在几里开外，让人震惊。[97]

这些斯威夫特也没有解释清楚，但已成为公认的征服美洲的神话的一部分，而蒙田的

---

① 列维–斯特劳斯（Claude Levi-Strauss, 1908—2009）：法国人类学家、人种学家，被誉为"现代人类学之父"。
② 指珍妮特·惠特利（Janet Whatley, 1938—   ）：美国佛蒙特大学法语教授，莱里的《在巴西土地上旅行的历史》的英文译者。
③ 因戈·克伦德宁（Inga Clendinnen, 1934—   ）：澳大利亚作家、历史学家、人类学家，著有《矛盾的征服：1517—1570年间尤卡坦半岛的玛雅人和西班牙人》等。
④ 伯纳狄诺·德·萨阿贡（Bernardino de Sahagun, 1505?—1590）：西班牙传教士，著有《新西班牙物品通史》。

《论马车》有着很浓的格列佛的口吻。斯威夫特对毛发、战马和火药确实有自己的见解。作为浑身长毛的野人的代表，耶胡们与皮肤光洁的印第安人完全相反；土著被侵略者的马匹吓倒的光景在格列佛那里完全颠倒了，他幸灾乐祸地想象着样子像马的慧骃们驱逐欧洲入侵者的情形：“用后蹄蹬翻他们的马车，把士兵的脸压成肉干。”更绝的是，格列佛还建议不但不要试图侵略慧骃国；相反，马儿们应该"多派人手去教化欧洲"（IV. xii. 293—294）。

大多数读者并不能一眼看出此类反向对称，顶多能体会到有趣的潜台词或是好玩的巧合。但是火药带来的恐惧在《格列佛游记》中非常显著，特别是让代表欧洲文明的格列佛感到奇耻大辱的那两幕（II. vii. 134; IV. v. 247）。爆炸引起的惊骇在小人国那一幕尤其经典：格列佛朝天开了一枪，"几百个人倒在地上，好像震死了一样。"这段小插曲里格列佛并无恶意，还事先警告皇帝不要害怕，绝对没有威吓他投降的想法（I. ii. 36—37）。他把手枪交给国王，请求他"不要让火药近火，因为一丁点火星就可能点燃炸药，会把整个皇宫轰上天空"。手枪属于可携带的机械，格列佛那喧闹的手表也是这类玩意儿，好像在打趣地想象着在身长仅有六英寸的民族眼里一个英国人是什么样子。这里有一种对科技的震惊感，但似乎无意于夸耀欧洲技术的优越性或是威慑力，而更在意大小尺寸的不同。火药的威力可媲美格列佛腰刀的光芒作用于小人国军队的威力："我拔出刀来，大小三军又惊又怕，立刻齐声呐喊，我手拿腰刀舞来舞去；那时烈日当空，刀光使他们眼花缭乱。"（I. ii. 36）

此处对刀枪的描述透出一种顽皮，关于手枪的喜剧也风行蔓延开来。据谢尔登·迪堡①报道，有一次库克船长到达夏威夷，不只是枪炮，就连士兵的雪茄都被当地土著看成是神仙突然显灵的标志（他们的衣服被看成是皮肤的皱褶，口袋是装满财宝的洞穴敞开的大门。最滑稽的是，土人把库克船长手下吃的一种蒙特利产的红色西瓜看成是人肉）。[98]这样用枪炮来对付土著人的敌对情绪，看起来库克船长和他的编年史家是认同的，斯威夫特和蒙田则可能会反感。

当然，枪炮、胡须和马背上的骑手导致的印第安人最初的失败构成了帝国历史的一部分。整个18世纪都上演着这类故事，不只是在斯威夫特那里，还以更新的面貌出现在布干维尔的《环球旅行》（1771）里，在当时人们普遍认为这类故事已经不再适用：印第安人（这里指普拉特河地区的土著）在马背上生活，整天喝得酩酊大醉，偷西班牙人的牲口，拦路抢劫，杀人，实行奴隶制。布干维尔说，一个西班牙人可以打败上千个印第安人的日子已经一去不复返了。[99]

布干维尔的话与他手下夏尔-费利克斯·费舍的一段日记相对应。日记对印第安人的描述非常相似，但没有布干维尔最后那句话透露出的历史逆转的感觉。但在后来对麦哲伦海峡野人的描述中，费舍将其与普拉特河土著进行了比较，说他们看到法国人的枪炮甚至听到枪炮声时没有表现出惊奇。[100]塔希提人（布干维尔的《环球旅行》的主角）的情况更为复杂：布干维尔和费舍都报道了到达塔希提岛发射火箭弹时在土著中引起的恐惧和敬仰，这些却没能阻止他们去偷法国人的手枪，而且是在令人心醉神迷的迎客草裙舞表演时发生的（后来土著还要

---

① 谢尔登·迪堡（Sheldon Dibble, 1809—1845）：夏威夷传教士，组织编写了最早的夏威夷史书。

求听听炮火声)。[101]

哥伦布首次航行就已经使用炸药来威慑土人，至少也是试探。那次的航行日记后来由卡萨斯翻译，日记显示哥伦布在瓜纳阿尼岛意识到当地土人不识武器，没有铁具，因为无知用剑时割伤到自己（1492年10月2日）。后来在伊斯帕尼奥拉岛[①]哥伦布命令用一门大炮和一支火绳枪开火[②]，并记录下了当地友善的皇帝对这一威力的惊讶之情和"皇帝的臣民听到枪声全都扑到在地"的事实，与小人国的居民听到格列佛的枪声后的反应如出一辙。他告诉当时正与加勒比人（他们"完全不知钢铁为何物"）作战的国王说："卡斯蒂亚君王会下令让加勒比人完蛋"（1492年12月26日；一周以后，即1月2日又做了一番类似的友好展示）。[102]这种情况经过了漫长的历史时期也没从根本上改观，甚至到了1624年约翰·史密斯船长时期也一样。布干维尔，尤其是库克非常清楚其潜在的、让人苦恼的道德意蕴。[103]

殖民推进的过程充满了这种火药魔力的神话，格列佛在小人国的经历就是一次动漫版的回放。罗宾逊·克鲁索打一开始就很清楚火药的威力："我敢说那些生物从来没有听过枪声"，枪声让野人"惊恐万状，声嘶力竭地哭喊"给他留下深刻的印象。稍后他瞄准"一只大鸟"射击，那些飞禽也同样的惊恐，为"创世以来那片土地上的第一声枪响"惊奇不已。小说里有好几处这样的描写表现土人的惊讶和恐惧（以及受伤）。[104]当然也有一些具有反讽意味的非神秘化和相反的描述。似乎每一次遭遇都会重新开始这个过程。1788年悉尼港曼利湾一个土人的盾牌被子弹打穿了，土人惊恐地问"手枪是否也能在他身上打个洞"，却依然坚信自己的武器更厉害。[105]有人可能会说，这只能说明对科技的无知，但是从技术上来说梭镖优于枪炮，因为"给枪装填弹药的时间里土人可以投掷四支梭镖"。[106]1770年，库克船长吃惊地发现自己的枪炮无法很快地镇压土人的反抗，尽管他在8月21日以国王的名义占领"新南威尔士"时，其仪式上用了轻武器发射，而把大炮丢弃在大堡礁。罗伯特·休斯[③]认为，就这样"在温暖而一平如镜的海峡两岸噼噼啪啪的枪声中，澳大利亚归入了大英帝国的版图"。随着时间的推移，澳大利亚土著不可避免地学着研究侵略者的武器，休斯的描述读起来像是布干维尔对土著暴徒的描述："土人偷来枪支琢磨使用方法，大肆劫掠牛羊，袭击矿工，杀戮马匹，焚烧房屋。"一般认为康拉德的《黑暗之心》把这种殖民哑剧绝妙地浓缩成了一部忧伤的讽刺作品，贯穿其中的是法国军舰"朝着一片大陆开炮"（"却什么事都没发生"），以及一群温切斯特"朝圣者"朝着密林"喷射铅弹"。而与此同时，从密林方向"飞来无数的箭矢，这些本该带毒的箭却连只猫都杀不了。"然而，正是凭借火药的魔力——"朱庇特的雷霆"——库尔兹才得以驯服非洲土人并成为他们"景仰"的神。[107]

这是缩小版的帝国倒退的情形，与其对应的是幻想中慧骃将欧洲侵略者打成"肉饼"。"印第安人"，无论是美洲的还是南太平洋的，一点也没有蒙田笔下的那种英勇。斯威夫特对现实中的土人压根谈不上欣赏，那些野蛮民族很显然都与他笔下的耶胡同类，但是欧洲人

[①] 伊斯帕尼奥拉岛：又称"海地岛"（不同于国名"海地"，因岛的东半为多米尼加），西印度群岛中部岛屿，其名意为"小西班牙"（西文拼写 Española）。
[②] 原文为 "a Lombard and a spingard"：一门 Lombard 造大炮和一支 spingard（火绳枪的前身）。
[③] 罗伯特·休斯（Robert Hughes, 1938—　）：澳大利亚艺术评论家、作家、电视纪录片制作人，1970年起定居纽约。

遭受的报应让他感到一点欣慰,却又担心桀骜不驯的野人难以驾驭。忧喜参半的矛盾构成了斯威夫特思想的全部,但有一点是清楚的:在严酷的枪炮战喜剧以及许多其他方面,《格列佛游记》都是瞻前顾后的。第一卷的政治寓言虽是致命的却不明显,小人国在那个寓言中影射欧洲国家而非被征服者。到了大人国格列佛才有机会展示自己技术的魄力,在那里格列佛的个子不再构成威胁,他的枪声也不足慑众。问题是,当他向大人国国王吹嘘火药的威力时,他的道德观,或者说他所代表的欧洲文明的道德观显得如此卑劣以至于立即遭到国王的鄙视(II. xii. 134)。现在,个子的大小发生了滑稽的逆转,国王远比格列佛高大,就像格列佛远比小人国国王高大一样。说炸药能摧毁大人国的敌人确实意味着科技的强大力量。国王听后很惊恐,不准格列佛一试身手。在教给大人国国王火药知识的时候,格列佛和在小人国一样,无意于威胁,而只想讨好巴结。而他关于火药的提议是一种经典手腕,而非炮舰外交。待到向慧骃国君主作同样的解说时,格列佛已经用尽了所有的手腕,但是因为慧骃不相信格列佛所说的人类打仗的原因,格列佛不禁笑他"太无见识",然后把火药战又描述了一番(IV. v. 247)。

在最后一段,惊人的回报出现了。格列佛描述的战场上的大屠杀"让在一旁观看的人大为高兴"。故事从格列佛手枪喜剧开始有了很大的进展,在上下文中"大为高兴"这个词本身就意味着道德景观的极度黑暗。[108]更有甚者,关于火药的段落并不仅仅涉及帝国的无节制,如蒙田散文中对美洲的描述。对斯威夫特来说,火药是人类堕落的标记,而蒙田认为火药的发明不那么重要。[109]这些段落是对第四卷第12章殖民征服的批评,也是对科特斯"轻而易举"的征服的辛辣嘲讽,但主要是对人类残酷行为的揭露。当格列佛考虑不向政府报告他发现的土地时,火药的威力及预期的罹难者对此威力的逆转变成了一个讽刺,但这只是细节而已,作品主体是对人类邪恶和应受惩罚的综合解剖。

法因斯·莫里森和《讯报》①

不管蒙田和斯威夫特怎么不同,蒙田直接影响了斯威夫特思想的形成。我们不能太过强调斯威夫特的作品与蒙田散文之间的关系而忽视其他作家的经典作品和人文传统,对于后者两位作家都作出了贡献。格列佛本人证明了柏拉图和莫尔的重要性,斯威夫特也阅读了大量的游记作品,其风格在格列佛身上得到了模仿。但是在斯威夫特的时代阅读蒙田是每一个受过教育的人很自然的行为。在他的庇护人威廉·坦普尔爵士家里,斯威夫特"被鼓励去读"蒙田散文。斯威夫特的传记作者欧文·恩瑞普瑞思说,在那个时代"对蒙田无需介绍",欧文还经常提到蒙田对斯威夫特和坦普尔二人写作的影响以及蒙田和斯威夫特行文风格和思想模式上的相同之处。即便是敌对的一方也感觉到二者的相似之处,米斯郡主教约翰·埃文斯在1718年2月28日的一封信里评价斯威夫特的一篇布道文"有点像是蒙田的散文……随意使用我们当中的……贵族、主教等等……有权势的人的规则和等级"。[110]

---

① 《讯报》(*Intelligencer*):斯威夫特与谢里登合作编辑的报刊,18世纪初成为英国托利党的刊物,斯威夫特于1710年开始任其主编。

很显然，斯威夫特从很早开始就知道蒙田，在1704到1730年间的书信(甚至后来在1732年出版的《废除圣典测试的好处》)中很熟稔地引用蒙田的语句。很明显，他也让范妮莎读过蒙田的文章。在《卡德努斯和范妮莎》中，当一群喋喋不休的妇女让她烦恼不已时，"范妮莎手捧蒙田散文读起来，一边还让苏珊夫人替她梳头"(II. 372—373)。[111]斯威夫特的朋友蒲柏和博林布鲁克在写给他的信里也引用蒙田的话，这证实他的朋友圈也对蒙田散文相当熟悉。[112]据说斯威夫特从1715年甚至更早开始就拥有蒙田散文的(法文版)抄本，一直到死。据奥雷里伯爵说，斯威夫特的朋友，也是《讯报》的共同执笔者——托马斯·谢里登——从1736年开始在空闲时翻译蒙田散文。[113]

《讯报》是一家主要关注爱尔兰的期刊，当然也有其他方面的报道。从《讯报》也可间接看出斯威夫特式的沉默与蒙田可有一比。在1728年5月至12月期间出版了19期周刊，那年夏天休刊了相当长一段时间，1729年5月又出了一期。刊物上的文章由斯威夫特和谢里登执笔，后者是一个牧师、学校教员、作家，也是剧作家理查德·谢里登的祖父。《讯报》上至少有两篇斯威夫特比较重要的文章：第3期上批评《乞丐歌剧》的文章和第15期上重印的《爱尔兰浅见》，这大概是他关于爱尔兰文章中最有说服力的，在时间和主题上与《一个温和的建议》比较接近。那段时间斯威夫特最多地参与爱尔兰事务，距离他用《布商书信》击败"伍德的半便士"计划①已经三年了，距离《格列佛游记》的问世也已经两年了，而一年以后《一个温和的建议》就出版发行了。其中大概十期由斯威夫特撰稿而九期出自谢里登，另外一期作者不详。

有一阵子人们觉察到，用詹姆斯·伍利的话说，谢里登负责的第18期(1728年11月末)"预示了《一个温和的建议》，因为那一期上引用了法因斯·莫里森在17世纪对英格兰压迫爱尔兰的描述：它导致了吃婴儿的现实"。莫里森是一名英格兰军官，参与过镇压蒂龙叛乱，其《旅行指南》(1617)记录了他的一生和旅行的见闻。斯威夫特可能读过也可能没有读过这本书，但肯定读过他的合著者谢里登的文章，其中有一期开篇庆祝斯威夫特11月30日的生日，还因对爱尔兰的贡献向他致敬。(另据报纸的说法，"那个王国最伟大的拯救者、值得纪念的布商的生日"当天，斯威夫特任主持牧师的圣帕特里克大教堂钟声回荡，灯火辉煌，"百姓围着篝火举杯同庆"。)[115]

接下来谢里登开始讲述食人族的故事，"那些攻击伍德的半便士计划的人从未谈及(并非绝对真实)，而我在一个正直的英国历史学家那里读到过"。"法因斯·莫里森……在伊丽莎白一世时期任总督蒙乔伊的秘书"，谢里登说，"所以他最有机会了解爱尔兰当时的状况。"爱尔兰叛乱必须平息，叛军头目出生于英格兰，这好像已经在爱尔兰历史中成为一种固定模式，一直延续到帕内尔和叶芝的时代(或者说至少能感觉到这种模式，因为谢里登继斯宾塞之后把一些领导人的出身弄错了)。英格兰决议在爱尔兰发行伪币，通过破坏经济制服叛乱，谢里登

---

① 伍德的半便士计划：1723年肯德尔公爵夫人获得了在爱尔兰铸造半便士铜币的特许状，又把它卖给了英国商人威廉伍德，赚了一万英镑。伍德只要用价值六万英镑的铜就可以铸造价值十万零八百英镑的半便士铜币，可获暴利四万英镑。这对于贫困的爱尔兰人民是严重的威胁。

暗示说这种试验之后有了近期伍德的半便士计划，对于后者斯威夫特以布商的身份进行了驳斥。王国"罹受饥荒，程度之烈以至于饿殍遍野，嘴呈青色（作者如是说），皆因死前以草充饥"。[116]

无论是对法因斯·莫里森记录的引用还是与斯威夫特的食人族故事相比，谢里登意在彰显悲苦而简化了事态。因为这段文字之后才出现对食人行为的揭露，暗示爱尔兰人如牲畜一般以草为食。这并非无知的表现，即便是那些对爱尔兰寄予同情的英格兰作家也倾向于认为他们是低于人类的，是兽性的。莫里森的文本详细地描述了一些古怪的消耗性疾病，其程度超出了谢里登笔下茫然迟钝之人饥不择食至死的状况："在城市的沟渠、废弃的乡野，到处可见触目惊心的景象，大量的穷人死在露天，因为生前吃过荨麻、野草以及所有能在地上找到的植物而嘴呈青色。"[117]其病症与其说像刚吃完最后一餐野草的被征服的手无寸铁的穷人，不如说更像吃草根、用牙齿撕咬食物的耶胡。谢里登田园诗般的描述隐而不谈饥饿的爱尔兰人并不吃素，他们吃"难吃的猛禽、马肉……以及其他一些不适合人吃的东西"，这近似于那些常吃"动物腐肉"和"驴肉、狗肉，偶尔还吃死牛的肉"的耶胡（IV. ii., vii. 229 & 261），而列举这些是谢里登所不愿意的。[118]

有趣的是，莫里森笔下饥饿的人吃的食物与包括印第安人在内的原始部落吃的食物非常相似，欧洲目击者对此都有描述（往往语含敌意），而且会用固定的辞藻把"野蛮人"的饮食习惯与饥饿中人的饮食习惯以及古怪的食物等同起来，并作为吃人行为的先兆出现在围城时期或是被困海上的状态下。泰韦很厌恶地描述他看到的美洲人吃野兽、老鼠、癞蛤蟆、鳄鱼，还有各种野草和植物的根。与之对应的是莱里笔下的欧洲人吃马肉、马血（也是公认的塞西亚人和爱尔兰人的食物）、猫、狗、鼠、草和有毒的根茎，桑塞尔城里饥饿的居民就吃这个，对此斯威夫特在《讯报》第19期上做了一个简短的描述，那一期紧跟在谢里登论莫里森的文章之后，斯威夫特说"围城中的人们用黄金来换取老鼠、猫和死马"。[119]该文中爱尔兰的经济状况堪比"印第安人"，唯一不同的是"印第安人享受自己土地上的物产"。这里斯威夫特的重点不在种族问题，而在抱怨爱尔兰人太缺钱了，以至于被迫像印第安人一样"以物易物"。但是把爱尔兰人比作印第安人是很普遍的做法，无论是他们的窘境还是他们的野蛮方式，抑或是介于同情和嘲讽之间矛盾的心态都充斥于这类主题的文章当中。下文将会讨论更有力的例子。

奥比涅可算得上是对法国宗教战争带来的不幸事件的时事评论者中最有同情心的人。他系统地解释了同情和蔑视之间的关联性：

> 因为，要表现人如何在毁灭状态下沦为非人，他用以充饥的是草木、死尸和生肉，抢夺野兽的食物。不认识的根茎被毫不犹豫地吃掉，只要能弄软吃下去就行。饥饿练就了利齿，为的是啃咬果壳和树皮。[120]

饥饿迫使人们如野兽般进食，同时也赋予了他们野兽的力量，例如咬树皮需要饿虎扑食般的力量，正如莫里森后来观察到的饥饿的爱尔兰人撕咬的劲头。"人沦为非人"，很容易逐渐变为所谓的野人，并感受到莱里笔下桑塞尔城居民经历的吃人恐怖。

认为吃人行为（即便是为了活命）不该宽恕的并非莱里一人，蒙田说斯多亚派和尤维纳利斯的言论只是少数派的观点。[121]安东尼·派格登总结说，人们认为"哪怕是为了活命，任何吃过不该吃的东西的人都犯下了自我玷污的罪行"。这适用于被征服的野人，也适用于欧洲的饥民，从而将二者置于同一个天平之上。"秘鲁教廷曾经努力惩罚所有吃蜥蜴和跳蚤，'或是饭后舔盘子'的人。"如今天主教好像已经不再坚持这一点了。1972年安第斯山脉空难事故后，为使幸存者安心，面临饿死的威胁而吃掉同伴尸体被视为合法行为，但因此认为自己的吃人行为具有圣餐意义又是错误的。[122]然而在16世纪，无论是在西班牙统治下的美洲还是在欧洲，天主教徒和新教徒都认为，饥饿会导致兽行或使社会倒退到部落时代。虽然奥比涅对内战的受难者寄予无限同情，"人沦为非人"这句话似乎也隐含了新教徒类似的思想，无疑鼓舞了莱里在桑塞尔的反应。

莫里森对此也是既怜又嫌，他把野人古怪的饮食习惯看成一种种族污点，[123]这出现在征服美洲的文本中，一如种族差异那样根深蒂固，后者在文学作品中包括耶胡和一个世纪之后福楼拜的小说《萨朗波》里那饮食不洁的人。福楼拜的例子很有趣，因为这个他用作北非背景、颇具地域特色的、可怜又可嫌的部落在众多民族中较有名望，但在历史记录中不如其他民族显著，而它那不寻常的，且没有地域特色的名称模糊地昭示其只是一种贱民。就好比耶胡让人联想到爱尔兰人（斯威夫特非小说类文章中描述的二者之间的相似性已经成为斯威夫特研究司空见惯的事）[124]，象征着剥除一切礼貌和理性外衣之后的人中垃圾。

耶胡和爱尔兰人饮食污秽的种族污点既是部落特性也表达了作者对整个人类的厌恶，斯威夫特和福楼拜在这方面恐怕无人能及。斯威夫特常常还会虚构出更奇异的东西。耶胡除了日常恶心的饮食习惯外，还肆无忌惮地吃些"不该吃的"食物。例如，"他们会偷吃慧骃的母牛的奶"（IV. ix. 271）。这种习性似乎与大人国的猴子类似但不能混为一谈，那些猴子把格列佛"看成是他们的同类"还"像奶妈抱孩子准备喂奶一样把我抱在怀里"；这种习性也与想跟他配对的女耶胡相像。这似乎暗示人类在生理上接近低等动物，与耶胡尤其类似（II. v. 122; IV. viii. 266—267）。《萨朗波》第十四章的食人插曲也给人这种印象：饥饿和堕落催生不正常的欲念，不过福楼拜文本的动人之处不同于斯威夫特对耶胡尖酸挖苦的归纳总结。斯威夫特就饮食污秽这一主题大做文章，郑重其事地刻画其非人之处，但细节都来自爱尔兰人和印第安人。

早在斯威夫特之前的一个世纪，法因斯·莫里森就对爱尔兰人怀着复杂的情感。和斯威夫特一样，他也是受英国人对爱尔兰观点的影响，包括斯宾塞的《当今爱尔兰印象》，这一标题预见了斯威夫特自己的《爱尔兰浅见》。他们的这种情感很可疑，既不像谢里登那样简单明了，也不曾公开承认。对被压迫种族表示同情很容易招来压迫者的蔑视。如果说莫里森最多只是隐而不发的话，那么斯威夫特就是公然叫板了，而且他用不着莫里森来指手画脚。耶胡不仅与斯威夫特非小说文本中的爱尔兰人相似，而且斯威夫特在《讯报》之外也有文章报道爱尔兰人的饮食习惯（包括爱尔兰人/塞西亚人饮马血的习惯），口吻也是既怜又嫌，与其说是饮食歧视，不如说是出于文化上的考量。[125]

莫里森对嚼食野草导致嘴呈青色的评论还有一个强烈的潜台词，体现了一个古老的悖论。正是由于有这个悖论，斯威夫特在《一个温和的建议》里嘲讽爱尔兰人像牛和吃人生番；也是由于有这个悖论，才有了文化和种族诬蔑文字中一个著名的至今未解的方程式。其部分秘诀是先把人描述成兽类然后证明他们的残忍，哪怕最初的兽行并不包括吃肉，更别说吃人了。其次认为，残忍即畜生，这与另一种观点相左，即：在整个动物王国里只有人类才可能有吃同类的行为。狗是不吃狗肉的。伊拉斯谟①、拉伯雷②和其他人所说的那句著名的口头禅"人与人交往，不是上帝就是狼"的意思并不是说人吃人就像狼吃狼一样，而是说人吃人就像狼吃羊一样。

传统上人们总是用狼的形象来形容人类的贪婪和残忍，从柏拉图到奥比涅都有对吕卡翁③神话的改写，伊拉斯谟和莫尔的作品里多次出现《伊利亚特》里国王吞食自己子民的情节，奥比涅斥责有些君王"是嗜血成性的狼"。[126]这是借用了卡萨斯说西班牙人如狼吃羊的话，这种说法也常用来描述印第安人。莱里谈到耶稣教徒逃脱天主教迫害时也用到类似的比喻。[127]

跟其他与吃人相关的比喻一样，不管其中是否有字面意义上的吃人行为，狗和狼常被用来说明在性、家族、经济和政治方面极端的贪婪和残忍。17世纪的法国文学中这种比喻出现的频率高得惊人，[128]尤其是在政治文本中。奥比涅笔下的法国许多村庄狼群泛滥，狐狸猖獗，不仅让人联想到政府的残酷压迫，还有受害者的污秽饮食和残酷无情（"人沦为非人"，暗示谚语里的"人对人是狼"）。村庄凋敝，房屋破败，荒无人烟，也许最后沦为兽窟，"狐狼野兽看见人类的村庄就据为己有"。[129]

莱里长期浸润于圣餐的争论，其语言异常的形象生动，他描写 Ou-etaca 印第安人"如同狗狼"，不是说狗和狼会互相为食，而是说这些印第安人会像野兽一样吃生肉。莱里描述欧塞尔的天主教徒烤了新教徒的心肝来吃，说他们对待牺牲者如愤怒的猛犬扑食一般。在桑塞尔城被问到万不得已时可否以死人臀肉果腹时，莱里觉得"此问可恶"，毫不犹豫地举出动物界的事实，"我给他举动物的例子，就算狼群也不会那样相互为食。"[130]说狼不会吃狼似乎是现代动物学家们的看法，旧的观点则认为，吃掉人类的主要是人类自己。因此可以说，否认"食人者即兽"的属于一种相反的传统，这种传统认为人类比野兽更劣，野兽至少不吃同类。对此早期最有力的表述出自尤维纳利斯的第十五首讽刺诗。[131]

这种认为人不如兽的传统概念似乎掺杂着对人类非人性的普遍控诉。在讨论格言"未打过仗的人认为战争是有趣的"时，伊拉斯谟把这句话拿来谈论战争，尤其是恐怖的现代火药战。他似乎有意改动了尤维纳利斯的说法，暗示比吃人（那些可以算得上美好的旧日时光了）

---

① 伊拉斯谟(Erasmus of Rotterdam, 1466—1536)：荷兰神学家、人文主义者，北欧文艺复兴的领袖，著有《愚人颂》(*In Praise of Folly*)。
② 拉伯雷(François Rabelais, 1494—1553)：法国文艺复兴时期的伟大作家，人文主义的代表，讽刺和抨击了中世纪的经院哲学。
③ 吕卡翁(Lycaon)：古希腊神话中阿尔卡迪亚国王，因为把一盘人肉献给宙斯而被变成了狼。

更残酷的是邪恶的地狱般的大炮(火药被公认为魔鬼的发明)。相同的观点出现在布瓦洛①的第八首讽刺诗里,那首诗特意模仿尤维纳利斯的第十五首讽刺诗,但用火药代替了吃人行为。[132]蒙田对这一概念的应用更广为人知,蒙田对尤维纳利斯也颇为熟悉,还在《论食人部落》相关情节里引用了他的话,但随后明确地表明,欧洲人的内外战争比野人更野蛮,比吃人生番更像吃人生番。即便是在征服美洲人的话语里,蒙田也不是第一个持此观点的人,暴君或征服者和吃人生番如一丘之貉,这能在荷马笔下"吃人的君王"那里找到雏形,更充分地呈现在柏拉图的作品里和后来早期基督徒围绕圣餐仪式而受的迫害中,到了对印第安人的论争时表现更甚。

印第安人、爱尔兰人和塞西亚神话

把吃人行为归咎为兽性固然不妥,但把有损名誉的行为归为兽性只是逻辑不严密而已。像泰韦这样的欧洲评论家们很容易认为印第安人是畜生(没理性,不穿衣,次人类,吃草根,发出狗嚎等)和吃人生番。确实,泰韦只是偶然发现他们的残忍比野兽更甚,却没有注意到那也证明他们是人。[134](也有观点完全相反的语段把压迫印第安人或法国新教徒的人描写得比野兽更残忍,就像有些文本把荷马或柏拉图笔下的暴君、迫害基督徒者、16世纪征服食人族的人刻画成真正的吃人者)。[135]

作为有关食人族的寓言,斯威夫特《一个温和的建议》同样毫不费力地假定食人者即兽。斯威夫特认为爱尔兰人是畜生、次人类和所谓的**传说中的动物**的观点体现在如下词汇上:饲养员、可售商品、动物尸体以及"母兽刚生下来的幼仔"等等。[136]这种固有的食人族词汇在古文本里也可找到,古希腊地理学家斯特拉博②、英国一些作家以及卡萨斯都说过爱尔兰人是吃人肉的。据说他们是塞西亚人的后裔,早在希罗多德的文章中就报道过后者的吃人习惯,也有观点认为,从词源学的角度看塞西亚人就是现代爱尔兰人的祖先。[137]也有人说印第安人也是塞西亚人的后裔,在文艺复兴时期塞西亚人是绝对的野蛮人。[138]正如莱斯特兰冈指出的那样,蒙田把他们"纯粹出于野兽胃口"的吃人行为与图皮南巴人的复仇仪式区别开来。[139]蒙田的用词要温和得多,"为了吃饱"。在《论食人部落》开头有一页,蒙田比较了塞西亚人和图皮南巴人把伪预言师烧死或是剁成肉酱的习惯,很明显,他没有表示反对(拙著第四章有对那一段文字的讨论)。那段文字也不认为塞西亚人比其他"不合我们自己习惯的"民族更野蛮。[140]他的《谈战马》(I. xxxxviii)记录了战争时期必要时饮马血的习惯,这在斯威夫特及更早时期的爱尔兰人饮食中司空见惯。[141]

爱尔兰人的野蛮残忍在英国作家斯宾塞和卡姆登笔下都有体现,而英国人笔下的爱尔兰人和欧洲人笔下的非洲人和美洲人有诸多类似之处,后者是标准的殖民主义文本。[142]斯威夫

---

① 布瓦洛(Nicolas Boileau-Despreaux, 1636—1711):法国著名诗人、美学家、文艺批评家,被称为古典主义的立法者和发言人。著有《诗的艺术》等。

② 斯特拉博(Strabo, 前63?—前23?):古希腊地理学家、历史学家,著有《历史学》43卷和《地理学》17卷。

特恩主的儿子约翰·坦普尔爵士1646年说爱尔兰人"如野兽般互相咬食",这是较普遍的,可能是刻意概括野兽的特性以及人类劣于野兽的观点。[143]这样的话语直接用在了《格列佛游记》中的耶胡身上,作者坦言它们有着"所有野蛮民族"共同的特点(如扁平脸、塌鼻梁、厚嘴唇、阔嘴巴等等,IV. xxii. 230),大致可见于无数游记作品对美洲人、非洲人和亚洲人大致公平的描述,当然,不同之处是耶胡不吃人。1836年有一位作家甚至报道爱尔兰人是塌鼻梁。[144]特别讲到爱尔兰人一点一滴都与印第安人一样,包括其动物特性、吃人习俗、塞西亚式的服装和建筑式样以及战争和动物般的吼叫。许多新大陆的探险家,包括雷利和德雷克公爵,也都与爱尔兰人打过交道。英格兰对爱尔兰的殖民活动为新大陆提供了经验教训,恰如西班牙人的美洲经历为英格兰人统治爱尔兰提供了借鉴。克伦威尔的爱尔兰政策看来是受了西班牙人奴役印第安人的影响,他把爱尔兰人卖到西印度群岛为奴(《一个温和的建议》里提到爱尔兰人"把自己卖给野人")。有时这种关联赢来的是相反的同情。理查德·谢里登的《皮萨罗》(1799)的众多政治目标中隐含着一个爱尔兰文本,被奴役的印第安人一定程度上影射爱尔兰人最终把侵略者赶出国土,但基调还是严厉的批评。[145]1652年一个英国人说:"我们有康沃尔印第安人、威尔士印第安人、爱尔兰印第安人。"有证据证明,尽管"只是某种程度上正确",爱尔兰曾被看做是"新大陆在东方的延续,盖尔人的爱尔兰人是当地的红色印第安人"。法因斯·莫里森说它是"弗吉尼亚海上的著名岛屿"。[146]有位美洲船长1808年在太平洋一个小岛上遇到邦蒂号①叛徒的儿子,以相反的形式报道了同样完全无知的困惑。那个年轻人问他:"美国在哪儿?是在爱尔兰吗?"[147]

这样的比较常常使双方名誉扫地,斯威夫特继承了这一点。《讯报》第19期对爱尔兰人和印第安人的类比初看上去像是个例外,因为这些类比关乎爱尔兰的贫穷和英格兰的剥削,对爱尔兰人比印第安人更严酷的困境寄予了同情。他说那些"没有死于长途跋涉"最终到达美洲的爱尔兰人有可能被安顿在"印第安人中间,广袤的土地将其与英国人隔开",就像古罗马人"征召一些野蛮人入伍,不为别的,只为使敌人的刀刃变钝"。这样用爱尔兰人"作为屏障把英帝国陛下的子民与野蛮的印第安人隔离开来"的做法在两年后又出现在《答工匠》一文里。[148]

爱尔兰土著受奴役的苦难千真万确,[149]有关的描述却不多,即便有也常混杂着对其懒惰、无知和肮脏的生活方式的蔑视。特别让斯威夫特耿耿于怀的是殖民者的欺凌。在《广泛使用爱尔兰制造的建议》里,他抗议部长和其他官员们"动辄居高临下地对待爱尔兰王国,就好像这是他们美洲殖民地遗弃的土地"。毋庸置疑,这一段文字不是抗议拿印第安人与爱尔兰人类比,而是谴责英格兰人在爱尔兰不是被看作印第安人,而是被看作逃亡流放到美洲的不服国教者或罪犯这一事实。1724年10月26日写的《一封致大法官米德尔顿的信》以不同的方式呈现了与美洲人的比较。斯威夫特抱怨英格兰人对爱尔兰"像对墨西哥一样无知;只知道那是英格兰的附属国,居民都是野蛮的爱尔兰天主教徒",还认为,"如果爱尔兰整个沉入大海将对英格兰更有利"。爱德华·萨义德认为,斯威夫特的意思是说,爱尔兰人就像今天的

---

① 邦蒂号(Bounty):布莱船长指挥的英国武装运输船,1789年4月28日船员哗变。

"非洲人和亚洲人"一样被夸张地讽刺了,但他并没有把整句话引用下来。10月13日的《致爱尔兰全体人民的信》同样不仅关注对土著的污蔑(甚至"他们应该沉入大海"的观点),更关注一个事实:人们像他一样在对土著问题上被弄糊涂了。[150]在这两篇文字里,斯威夫特坚持爱尔兰人和印第安人是有区别的,这种区别正好更进一步强调那个颇富争议的"全体人民"并不包括爱尔兰土著,对于后者,《致米德尔顿的信》驳斥了爱尔兰被野蛮的教皇党人侵占的观点,并宽慰地说"他们的力量与妇女儿童一样不值一提"。[151]

确实,早在1720年的《一个温和的建议》以及后来关于爱尔兰的短文里,斯威夫特都对殖民者的行为进行了控诉,尤其是《温和的建议》。但与印第安人的对比主要涉及爱尔兰土著;而且当他学着冷酷地称呼爱尔兰人为"我们的野人"时,他其实指出了爱尔兰人生活的方方面面(例如,他们的孩子"绝少是婚姻的果实",对此他们毫不在意),他和其他人一样认为这些是爱尔兰人野蛮的明证。斯威夫特在书信里用"野蛮的古老的爱尔兰"区别在爱尔兰的英格兰人。[152]这样的文字无论是情感还是用词都与泰韦的"我们的野人"相差不大,不过斯威夫特的文字较为仁慈和宽容,而泰韦则显得冷酷迟钝。

自从《图皮南巴文学界》的记者,即《精神的机械运作》(1704)的作者把"未开化的印第安人"称作魔鬼的崇拜者以来,一直到1728—1730年间关于爱尔兰的文字中,斯威夫特均无一例外地将印第安人称为"未开化的""野蛮人"。《一个温和的建议》里爱尔兰人的爱国热忱甚至不如"图皮南巴人",而对于这样的比较,爱尔兰人和图皮南巴人可能都不会买账。[153]洛克①曾经用过同样的例子,他引用莱里作品中的"图皮南巴人"来说明"美洲人"对数字的概念。这种以图皮南巴为典范的习惯性做法肇始于16世纪早期并延续到20世纪,常见于对印第安人的文字描述和视觉描绘。[154]蒙田自己就是这一习惯的见证。和洛克一样,他也从莱里那里得到许多人种学方面的信息。情形可能是这样的:尽管他从来不在散文中用到图皮南巴这个名字,但是印第安人的"图皮南巴化"因《论食人部落》在帝国文学和人种学历史中的经典地位而得到了强化。例如,当布干维尔1768年4月6日首次登陆塔希提岛,听到"印第安人"吹着笛子悠然地唱着"大概是阿那克里翁的一首歌曲"时,也许有点讽刺意味,他肯定想到了蒙田笔下的印第安人被移植到了一个南太平洋的天堂,"风光旖旎,值得布歇②来画上一画"。[155]

第19期《讯报》里爱尔兰人的苦难暴露了英格兰人的残酷剥削,就像《格列佛游记》末尾讲述"赤身露体的美洲人"或"无害的民族"的苦难只为揭露欧洲侵略者,而不是为了歌颂被侵略者(IV. xxii. 295—296)。在《格列佛游记》的其他章节,酷似爱尔兰人和印第安人的耶胡们根本不可能对被统治的种族表示任何温情。当那个温和的提议者恳求使用"我在伦敦熟识的一个博学的美洲人"的食人族专长时,这可能是变相地讽刺了蒙田在鲁昂与印第安人的对话。《论食人部落》的要旨是印第安人更有教化欧洲人的资格,而不是相反。这也表明,

---

① 洛克(John Locke, 1632—1704):英国革命后期的资产阶级思想家、自由主义的奠基人、欧洲资产阶级启蒙运动的先驱、古典自然法学派的杰出代表。
② 布歇(François Boucher, 1703—1770):法国画家、版画家和设计师。

美洲教师和爱尔兰学生都没有理由受宠若惊。[156]

即便耶胡们既像爱尔兰人又像印第安人，尽管他们确实会吃很肮脏的食物，其实他们和《一个温和的建议》里的爱尔兰人一样并不是食人族。《格列佛游记》只是拿吃人这一主题闹着玩。格列佛在慧骃国栗色马的帮助下用耶胡皮制作物品，就像人类使用兽皮一样，给人食人族的恐怖印象。《一个温和的建议》更进一步指出，如果人们能接受吃婴儿的建议，那么加工相关的副产品（如"出色的女士手套、夏天绅士们精美的靴子"）才有可能。《格列佛游记》拿兽皮比拟耶胡皮，而《一个温和的建议》则用人皮制作物品（希罗多德记载塞西亚人就是这么干的）。[157]

关于这一点需要澄清一个误解。与无知的看法相反，《一个温和的建议》主要不是关注英格兰人真正或可能对爱尔兰人的所作所为，而是关注爱尔兰人真正或可能对爱尔兰人自己的所作所为。那个寓言可能被解释成各种各样关于爱尔兰自我毁灭的政治、社会和经济行为的反讽，但是归根结底是对爱尔兰吃人行为的诽谤。至少斯威夫特新近意识到或是想起，是法因斯·莫里森痛苦地揭露了这一行径实实在在的一面，正如法国宗教战争时期被困在城内的人的吃人行为实际上印证了蒙田的观点，即欧洲人可能比食人族更凶残。斯威夫特和蒙田对这种可能性的反应非常有趣。

谢里登在提到嘴呈青色的尸体之后立即指出，"莫里森报道了一件非常可怕的事实；可怕到说不出口"（在相当可观的食人文学作品中，'说不出口'是一个共同的主题，谢里登的措词软弱无力却又极力虚张声势，很有坡①的风格）。但事实是强大的，在他的文本中也不例外：

> 纽里②一穷寡妇育有六子，却没有食物给他们吃，寡妇就紧闭家门绝望地饿死了。三四天之后，人们发现她的孩子们在吃她的肉。他还说，同时发现12个妇人偷小孩来吃。当时北爱尔兰总督亚瑟·奇切斯特爵士下令将他们全都烧死了。他也告诉我们说，那些穷屠夫和商人无法以军队出的低价出售商品，却一天天地被迫就范。那些可怜的士兵因为不被允许购买爱尔兰的服装，而被迫以双倍的价钱从英格兰购买。[158]

这段文字中有好几个斯威夫特一直思考的爱尔兰问题，其中被迫"以双倍价钱"购买英格兰服装的嘲讽暗合了斯威夫特对爱尔兰人的严厉批评（见《一个温和的建议》和早期的文章），因为他们自愿购买英格兰人的服装而不是爱尔兰人自己的产品。[159]

谢里登借用了莫里森把爱尔兰人作为受害者这一贯简单化的描述，而斯威夫特的《温和的建议》暗示爱尔兰人的不幸纯属咎由自取，服装的例子巧妙地阐释了二者的不同。谢里登给了这个故事一个童话般的结尾。"那个和善而富有同情心的作者"说女王迅即下令停用

---

① 坡：指美国作家埃德加·艾伦·坡。
② 纽里（Newry）：今北爱尔兰一边境城市。

"伪币"，以根除祸患。正是这样，"那个高尚的布商"才得以使他的国家免受后来外国伪币的入侵。因此人们没有忘记他，还给他庆祝生日（此外，爱尔兰的另一个救世主——"伟大光荣的国王威廉"——的生日也被谢里登大肆宣传，威廉国王使爱尔兰脱离了天主教和奴隶制，尽管后来并没有得到充分的肯定）。[160]

谢里登和蔼可亲，比莫里森或斯威夫特在某些方面更温和。他的童话式结尾在现实中却不那么直截了当。詹姆斯·伍利[①]指出女王"只是稍微"削减了货币，莫里森从"女王臣仆"的角度蹩脚地解释了这一结果（连谢里登都对此默许）。最发人深省的是莫里森对吃人行为形象而坦率的描述，与谢里登温婉的同情相差甚远。他谈道

> 恐怖的一幕：三个孩子（最大的不足十岁）用牙齿啃食自己死去母亲的内脏。在过去的二十天里他们靠吃母亲的肉充饥，不断地烤以文火，已经吃光了腿脚以上的肉，露出森森白骨，正准备吃还挂在尸体上烤得半生不熟的内脏……特雷弗船长和很多纽里的绅士们可以作证：那里有些老妇人常在田野里生火，一些孩子在寒冷的早晨赶着牛群去那里取暖，却出其不意地被老妇人杀死吃掉，最终有一个了不起的女孩子奋力挣脱，逃了出来，事情才被发现。特雷弗船长派兵调查真相，他们发现了孩子们的累累白骨，于是老妇人们被逮捕并处死。[161]

这与谢里登那"和善而富有同情心的作者"并不矛盾，但是气氛相差很大。吃孩子的老妇人慢慢变得更邪恶而非更可怜，啃食母亲"还挂在尸体上烤得半生不熟的"内脏的孩子们具有某种邪恶的力量，后来在《蝇王》和《约翰·道拉》[②]中的孩子们身上又出现了。伍利说"谢里登在某些细节上歪曲了莫里森"，他这么说是对的，也很谨慎。[162]

谢里登的文章问世不到一年，斯威夫特就开始写作《一个温和的建议》，他以自己的方式超越了谢里登和谢里登版的莫里森文本。这篇著名的讽刺幻想文章证明：把爱尔兰小孩卖给人作食物能挽救经济，取悦爱尔兰民族，避免"穷人的孩子成为父母或家国的负担，……从而为大众谋福利"，还会"极大地刺激婚姻，阻止堕胎，使男人"在妻子怀孕期间仍然深爱她们，就像他们喜爱小马驹的母马、小牛的母牛以及要产仔的母猪一样，因担心流产而不会踢打它们（这个太常见了）"。[163]这段话令人想起卡萨斯的《述略》里那个尤卡坦青年，他夸耀自己努力"使当地女人怀孕，这样在作为奴隶出售的时候可以讨个好价钱"。[164]两篇文章都记录了被压迫状态下残酷堕落的生存状态，关注把人当做商品的残忍无情。不过卡萨斯笔下的恶魔是个牟取暴利的西班牙人，不是受害者。卡萨斯对此人的愤怒之情和他对被压迫者的巨大同情一样强烈，而这些在斯威夫特那里都不见踪影，后者相信堕落是受害者固有的特点，甚至是自己造成的。

食人的隐喻涵盖爱尔兰社会的各个层面，以各种方式披露某种规模上的自我毁灭行为，

[①] 詹姆斯·伍利（James Woolley, 1880—1960）：英国考古学家，监督挖掘了古代美索不达米亚文化遗址乌尔。
[②] 《约翰·道拉》（*John Dollar*）：美国作家玛丽安·威金斯的小说。

这种行为暗示食人是爱尔兰人的天性，也是唯一可能广为接受的救治良方，因为其他良方（提议者众，斯威夫特乃其一）都遭到了拒绝。这个意义上的爱尔兰人包括盎格鲁—爱尔兰殖民者、憎恨伦敦统治者一如鄙视爱尔兰贱民的商业人士和政治阶层（本世纪在法属阿尔及利亚、在肯尼亚殖民地的欧洲人之间再次上演）。斯威夫特设身处地为这些殖民者的困境着想，发现他既恨透了他们又与他们以及那些英格兰老板和野蛮的土著人有诸多相同的偏好。[165]

对野蛮土著的评论是斯威夫特对其野兽特性最完整清晰的表达，正如笔者此前所言，也是对爱尔兰穷人家庭习俗率直的描述，他们的"孩子绝少是婚姻的果实，我们的野人对此并不太在意"。斯威夫特对爱尔兰的反感主要体现在其对道德堕落的父母的行为和糟糕的家庭习惯的细节描写上。[166]其语言模仿的是那些显贵的民族污点，但常常一而再再而三地包含了斯威夫特自己。《温和的建议》对乞丐的假慈悲也常被现代读者误解，但事实上那是嘲弄地模仿那些愚蠢的、麻木不仁的制订规划者的满口花言巧语。斯威夫特非常反感这种假模假式的慈悲，他认为乞丐"应该从地球上铲除"。[167]这种话斯威夫特之前说过耶胡（IV. ix. 271—27.3），更早是近乎上帝的口吻来说过整个人类（创世记：6:7），后者还用洪水使人类蒙受没顶之灾。拙著第四章对此有深入讨论。

建议者对"我们的野人"很温和，"我们的野人"对待自己的孩子却不如对待他们的"绵羊、菜牛和猪"温和，因为他们还没有想到可以用孩子牟利。金钱关系只是部落贪欲的一种延续，斯威夫特喜欢把"现代的"风雅看作是原始邪恶的原型延伸。"我们的塞西亚祖先"不只传下了爱尔兰生番，追根溯源他还传下了《一只澡盆的故事》的《真正的批评家》，他很喜欢这种现代知识分子的生活。[168]野人就是野人，爱尔兰人、印第安人、城镇和乡村无一例外。印第安人（其中有一人和那个温和的提议者是熟人）生活在现代的伦敦，不只以一种讽刺的方式重演《论食人部落》里鲁昂印第安人的事迹，也许还催生了一群被称作 Mohock① 的土生土长的伦敦流氓。盖伊②写了一部关于他们的剧本。斯威夫特告诉大主教金③说，"（他们）每晚都要打杀砍，犯下滔天罪行"。斯威夫特把这些流氓比作爱尔兰的屠夫（Hougher），那是一群无法无天的人，从1711年开始在康诺特郊外屠牛（同年格列佛进入慧骃国），有理由认为那是耶胡的人物原型。[169]至于说几岁儿童吃起来最香几岁儿童吃起来最有营养，是该"炖着吃，烤着吃，烘着吃还是煮着吃"这样的问题，无论如何，美洲专家都能给出最好的建议。那个温和的提议者还根据自己对欧洲风雅的经验补充说，他认为"在炖小牛肉或是蔬菜炖肉时会同样有用"，很显然这些是那个"美洲人"不曾尝试过的。[170]

斯威夫特常常指责英格兰对待爱尔兰的态度，但是《一个温和的建议》抨击的靶心并非英格兰。文章末尾那个提议者说到他的计划独有的优点时两次提到英格兰：

因为这个前所未有，所以真实可靠，不花成本，没有麻烦，全在我们的掌握之

---

① Mohock：年轻贵族流氓，18世纪初在伦敦街市袭击夜间行人。
② 盖伊（John Gay, 1685—1732）：英国诗人兼剧作家，作品有《乞丐歌剧》、《乡村游戏》和《琐事》等。
③ 大主教金：指 Archbishop William King, 1650—1729。

中；由此我们不用担心冒犯英格兰而招来危险：因为这种消费品不供出口；肉太嫩不适合盐渍过久；尽管我知道有个国家可能更愿意不用一点盐就把我们整个民族吃光。[171]

对英格兰的挖苦是双重而冷酷的，但也是深思熟虑的结果，与全文主旨相辅相成。给爱尔兰人的建议特别值得赞扬，那正是他们可以成功做到且能获益的事情。

谢里登善意的小文章略显幼稚，不可能导致《一个温和的建议》的批评强度。除了假慈悲，谢里登惯有的怜悯在斯威夫特文中没有出现。那个规划者"在大街小巷、在挤满女乞丐的小屋门前"调查"忧伤的对象"，炫耀说反对吃年纪稍大的孩子，因为男性肉硬，女性更宜用于繁衍（这一观点可能来自印第安人的实践），"一些谨慎之人可能会谴责这一做法（尽管很不公正）近乎残忍；我承认，无论我多么好心好意，那都是最有力的反对理由。"[172]

不过如果斯威夫特没有简化谢里登，那他对谢里登版的莫里森又做了什么呢？驱使他把食人污名写进《一个温和的建议》的对爱尔兰的反感只能因惊人的事实变得更强烈，那样的事实即使从谢里登感伤的渲染里也能看出：不管怎么说，野人就是这么做的，或者说整个爱尔兰民族正迫使穷人做出这样（不堪）的事情。（无论是心怀叵测还是不偏不倚还是心怀同情，对爱尔兰自我毁灭的看法一贯都以食人族词汇表达：斯宾塞计划让他们"迅速吃掉他们自己"从而征服他们；斯蒂芬·迪德勒斯描述爱尔兰"像吃掉自己幼仔的母猪"。[173]如果斯威夫特查一下莫里森的原文，他本可以注意到一种轻蔑的恐怖，与他自己的感觉相似，也与善于辞令的斯宾塞和卡姆登的评论一致。如果他没有拘泥于莫里森或谢里登的文字，对于任何会受到他讽刺的人来说，那种敌意也不可能出自任何柔情。

食人的诽谤已经成了自荷马以来种族中伤的主题，却往往羞于如此破坏自己人的名誉（据说即便是众所周知的那些有吃人习惯的部落也常常矢口否认，还要血口喷人诬赖邻人。这也是麦尔维尔的《泰比》一个突出的主题）。[174]这大概能解释吃人的比喻（例如用来描写残忍或剥削行为）为何有强烈的效果却不能滥用。斯威夫特的寓言故事指出爱尔兰很适合食人族经济，这大概是现代对食人污名最强硬的使用。没有任何迹象显示作者有意缓和这种抨击，但是尽管现实生活中有证据足以证明寓言的正确性，斯威夫特还是做到了不超越隐喻的界限。

蒙田也是这样，他说欧洲人比野人更野蛮。当他说吃死人比吃活人好的那一刻，差一点尖锐地指出吃自己人正是他的同胞们干的好事，尽管莱里刚刚报道了桑塞尔城和巴西人的这类例子，后者显然影响了蒙田对印第安人的看法（后来这成了列维·斯特劳斯人种学理论的一部分）。[175]蒙田与莱里之间的关联大概和斯威夫特与莫里森之间的关联一样，那就是，次要的作家详尽描述之处，重要作家却拒绝深究。谢里登把莫里森传达给斯威夫特，兴许还翻译过蒙田的文章，可能还与斯威夫特谈论过他，历史是如此的对应。

第二章 乳房下垂的野人：格列佛、母耶胡与"种族主义"

"一只年轻的母耶胡……欲火中烧"

一天，在即将讲述完慧骃国故事的时刻，用今天的话说，格列佛受到了一只母耶胡的性骚扰。耶胡是长着人类外形的野兽，居住在具有理性的马的国度内。那天"天气炎热非常"，格列佛问他在慧骃国的"护卫"——一匹栗色小马——可否允许自己在河中洗澡：

> 它同意了我的请求，我马上就脱得精光，慢慢地走进河里。这时凑巧有一只年轻的母'耶胡'站在一个土堆的后面看到了全部经过，她一时欲火中烧（我跟栗色小马都这样猜想），就以最快的速度跑了过来，在离开我洗澡不到五码的地方跳进了水里。我从来没有感到这样害怕过，小马又在相当距离以外吃草，也没有想到会出事。她令人作呕地把我搂抱起来，我只有拼命叫喊，小马奔驰过来，她才放手，但还有些恋恋不舍。她跳上了对岸，在我穿衣服的时候，还站在那儿眼巴巴地直叫。
>
> 我的主人和它家里的人都把这件事引为笑谈，我却极为懊丧。既然那母'耶胡'把我当成她的同类，对我发生爱慕之情，那么我就再也不能否认我从头到脚没有一处不是一只'耶胡'了。这畜生的毛发并不是红的（那就不能说她的欲望是有些不正常的了），实际上她的毛发像野李子一样黑，面貌也并不像别的'耶胡'那样可憎；我想她还不到11岁。(IV. viii. 266—267)

这个情节可以引起人们许多的不安与战栗，其中之一便是它颠覆了标准的求偶模式（也许该说是西方式的或"文明的"模式），即应该是男性采取主动。[1]母耶胡如此年轻（"她可能还不过11岁"），也颠覆了我们文化中晚近才出现的一种情景，即在人们心目中只有成人而非孩童才可以被性骚扰。在斯威夫特的思想中，或许还没有这样一种情景，但其中的讽刺意味似乎更辛辣。正如近来有人指出，在1710年，爱尔兰曾对强奸行为有明确的立法规定：若有人与年龄小于12岁的女子发生性关系，即便该女子同意，此人也要重罪论处，当处死刑。[2]这样看来，这位女性强奸未遂犯，在斯威夫特时期的爱尔兰，将会置她的男性受害者于死地。12岁，也是小人国这个乌托邦中的"婚嫁年龄"(I. vi. 62)，而这个年龄的耶胡，如同西印度群岛的奴隶一样，也被视作是"可以劳作"的了。当然这与驴子不同，驴子的效率要高得多，年满五岁便可使唤了(IV. ix. 273)。[3]很明显，11岁是一个具有标志意义的年龄，打破了大多数既有的规约。

母耶胡的年轻年纪，在构建整个故事的性想象中具有不同的意味，也令人联想到对格列佛同样抱有"性趣"的其他年轻人物,其中包括了大人国里的宫女。这个故事也吸引了对斯威夫特本人的心理传记感兴趣的人。一个不情愿的男性回避着一个充满欲望的女性的挑逗,这被视为重现了斯威夫特与范妮莎关系当中的某些显著特点,对此《卡德努斯和范妮莎》一诗有所描绘。这首诗与《格列佛游记》在同一年出版,但日期稍早。此外,也有人指出,耶胡的小小年纪"或许是在暗指"斯威夫特与范妮莎之间"极端的年龄差异","尽管比他小了25岁,却爱上了斯威夫特……格列佛在河中的经历,几乎是个奇特的戏仿,模拟的是范妮莎追求斯威夫特一路追到爱尔兰(1714年),可斯威夫特对范妮莎的主动示爱却给予劝阻。"[4]

如果说小说中真有什么传记性的寓言成分,我想这些成分无非是些恶作剧的玩笑罢了,这一玩笑非常隐秘,只有与作者亲近的人或许只有作者本人才能体会。斯威夫特的另一位情人是斯黛拉,也比斯威夫特年轻得多,对于他们第一次见面的场景,斯威夫是这样回忆的:"16岁,乡村绿地上最亮靓丽的处女。"耶胡女性过于早熟的形象可能是斯威夫特将自己对于这两位女性其中之一的看法粗糙地嫁接上去的,而斯威夫特与两位年轻女子之间形成的那种师长式辈分关系,颇遭人取笑,具有性爱色彩,这也全然不是格列佛式的本事所能企及。小说中有句话很古怪,竟然承认那位耶胡女子的"容貌并不像别的'耶胡'那样可憎",究其原因似乎是格列佛觉得她年纪轻轻,但这无法与斯威夫特赞美范妮莎或者斯黛拉的魅力相提并论。但是,格列佛可谓勇气可嘉,竟然对一个"野蛮"的耶胡说出这样一番话来。无论是有意还是无意,这一说法其实也应和了一句与野蛮人"性邂逅"时的惯用语,这一点我们接下来会看到。耶胡的头发"像野李子一样黑",可以让人想起斯黛拉的头发——"比乌鸦还要黑",但特别的一点却是,这个耶胡没有红色的头发,这可与斯黛拉一点关系都没有了,反而是呼应了斯威夫特在前一页埋下的伏笔,即"据说红毛的公母'耶胡'比别的'耶胡'来得更为淫荡而险毒。"(266)[5]

民间关于红色头发的传说早就在"作者自序"(1714)一诗中被援引了。在这首诗里,斯威夫特以下流的手笔谈起了萨摩赛特公爵夫人和她的红色头发(LL. i, 55)。有这样一个传说,犹大据说与其母通奸,而犹大的母亲便是一头红发,这也说明了她的淫荡。[6]从特点上看,格列佛眼中的"野蛮人"甚至都不是红头发的,这就更加说明了这种人形野兽的邪欲。此处的描写并非是在诋毁女性或女人。在与《格列佛游记》同年发表的一首诗中可以看到,现实生活之中的范妮莎的确是在追求比自己年长许多的斯威夫特。由于人们把格列佛的艳遇看成是对那种关系的讽喻,所以会发现诗中的矛盾之处,即斯威夫特从没把她称为"野蛮",或描写过她有这样的行为,反而倒是围在她身边的那些男人清楚地扮演了这样的角色。范妮莎有斯威夫特作为导师,这使她能够达到斯威夫特所相信的那样——女性是有能力与男性平等的,而她对于自己导师的情欲,也因为她对其他求爱者的冷漠而得到了平衡,她称那些人没有"判断力、见识、智慧和品位",而她"要从中甄选,将男人与野蛮人区分开"。斯威夫特让范妮莎这样评说其他女性的偏好,说她们竟然会去爱"一条狗、一只鹦鹉,或是一只猿猴,或更糟糕的人形野兽"。[7]

斯威夫特让范妮莎去如此形容那些白痴的追求者,他也是在重复范妮莎在1722年6月间给他的一封信中的言辞，信中说起她在"一位了不起的女士"家中看到的那些客人：

> 外形与手势极像那些狒狒和猴子，他们都会一起呲牙咧嘴、喋喋不休……其中一个这样的动物突然来抢我的扇子，还对我表示好感，这让我无比惊恐，真担心会被带到屋顶上，作为你的朋友，置身于他们这样的物种之中，他们全都咧开嘴笑着。[8]

范妮莎在此暗指的是大人国中猴子把格列佛"带到我们屋子旁的另一座屋顶"上的情节(II. v. 122)。正如哈罗德·威廉斯指出的，这封信表明范妮莎曾看到过《格列佛游记》的第二卷，或许还有第四卷。也有学者认为，范妮莎的话表明她早就认识到"爱尔兰社会与耶胡社会类似"。[9]斯威夫特以及与他有同样思想的作家的作品中有多处地方表明，野蛮的爱尔兰人身上的野性影响到了统治阶层，而这仅是其中一例。在范妮莎的信中，范妮莎提及的耶胡不分公母，但强夺范妮莎东西的人却分明是男性。范妮莎绝不粗鲁，但是那位男人却很粗鲁，正如诗中描写的那样：野蛮是不分男女的，而范妮莎明显想到的便是猿猴一般的耶胡。在《格列佛游记》的世界之中，野蛮的耶胡欲求格列佛，就如同范妮莎欲求斯威夫特一般，都是既有兽性的一面，又有人性的一面，且实在太具人性了。

这便是格列佛的特殊之处。那个耶胡女孩的野蛮欲望是要与一个人类男子交媾，这种行为是传统上检测生物亲缘关系的试金石，"既然那母'耶胡'把我当成她的同类，对我发生爱慕之情，那么我就再也不能否认我从头到脚没有一处不是一只'耶胡'了。"[10]我认为这个情节是斯威夫特故意植入的，用以说明格列佛，以及"我们"与耶胡之间的亲缘关系都是叙事中的客观事实，并不仅仅是格列佛痛恨人类心情的歪曲体现。耶胡之野蛮，就相当于《黑暗之心》中的非洲丛林中的土著人之于库尔兹或者马洛的野蛮，不仅可以唤起他们心中对于直接的亲缘关系的不安疑惑，还有同样除之而后快的意图。当库尔兹歇斯底里地在附言中宣称"杀尽一切野蛮人！"的时候，他是在重复帝国文学之中的老生常谈的话题，既司空见惯于小说和有关旅行与探险的叙事与论辩之中，也出现在了慧骃国大议会关于"是否该将耶胡从地球的表面上除掉"的辩论之中(IV. ix. 271)。[11]斯威夫特适当地与这种想法保持了距离，但并不彻底。好几位英国作家曾经提议应该对"野蛮的爱尔兰人"采取行动，这恰好暗中应和了斯威夫特自己的愤怒情绪，斯威夫特对那些代表国家形象的群体，或是身着英国服饰的爱尔兰胖女人、银行家、乞丐感到愤怒，他曾口口声声地说，这些人都该被枪决、被绞死、被从地球的表面上根除掉。

从第一章提供的另一个角度来观察，可揭示耶胡的特殊之处，即从一个方面看，耶胡代表了"所有野蛮民族"，特别是爱尔兰的野蛮人和他们的同类——印第安人——都比"我们"低等；而在另一方面，耶胡承载了人类的基因，也是"我们"。"当我看到这个可憎的畜生竟具有一副完整的人形时，真是说不出的害怕和惊讶。它的脸又扁又宽，塌鼻子，厚嘴唇，咧着一张大嘴。但这些差别在所有野蛮民族的身上是很平常的"(IV. ii. 230)。在此值得注意之处有三：作者在野蛮人的特性和人类的属性之间来回戏弄；作者认为"所有的野蛮民族"相貌都一样，都有塌鼻子、厚嘴唇等特征；作者采用了明显的人种史学研究术语进行概括，在无特定实地条件的情况下，戏仿实地观察的情形。当那位年轻母耶胡将注意力集中在格列佛身上的时候，我们被告知"我的主人和它家里的人都把这件事引为笑谈，我却极为懊丧"（IV, vii. 267），这很容易让人感到在他们的笑谈之中，有一种类似科学研究一般的好奇心。这也与斯威夫特此前对可憎的战争的描写形成呼应：使用火药的战争造成的死伤与肢体残缺令"在一旁观看的人大为高兴。"（IV. v. 247）

但这样的类比有些片面。慧骃的"笑谈"中或许有恶意的成分，或者至少是一种嘲笑，而这种嘲笑或恶意与其说是慧骃的，不如说是斯威夫特的。与母耶胡相遇的情节中，慧骃没有表现出欣赏或者鼓励这种暴行的意思。但是，几乎就像人类学观察者那样，慧骃对眼前这一虽说不全是在意料之外但也多少令人惊奇的古怪行为感到有趣。对慧骃而言，格列佛就像是《黑暗之心》中的那位非洲锅炉工，看见他马洛曾经不无称羡地说（意义双重）："看着他的时候让我受到的启发，就如同看到了一条穿着裤子、戴着帽子的狗，正翘起前腿走路呢。"此处，不同的视角交叠融合在一起：慧骃将耶胡看作是野兽，而在书中却另有讽示，耶胡与人形似，而与耶胡同类的格列佛则千真万确就是人。此处巧妙的讽喻探究并借用了旅行作家笔下不成熟的人种动物学的"人—兽"类比关系。17世纪有位到过中美洲的探险者亚历山大·艾奎因（也叫"约翰"）①，他曾经"看到母猴子的背上背着小猴子，很有趣，样子就像黑人女子背着她们孩子"，看到她们给伤者服药，"我惊叹，竟然可以在没有理性的动物身上有如此奇异的行为。"[12]

不苟言笑的慧骃有时是一副无动于衷的样子，但是慧骃主人在第一次看到格列佛换衣服的时候，却显现出了类似"好奇与惊讶的迹象"（IV. iii. 237）。这是科学观察者看到其衣着材料之古怪表现出的惊讶与欣喜。在有关性的情节中，接下来的笑谈则显得不那么温和与友善。尽管那个段落与艾奎因的描述同样都有人类学的色彩，却让人看到了人——兽类比关系之中的另外一些方面。对于慧骃而言，产生喜剧效果的部分原因是因为看到了一只马戏团训练的动物，而此前与之交往的只是丛林中的它同类。由于在统治阶层的头脑中，原住民与动物几乎不加区分，这会让读者逐渐意识到另一层幽默，让人想到近来的一次杂耍表演，演的是一个已经接受了文明生活的黑人混血儿，又突然回到丛林居所之后的种种滑稽表现——记住此处的"黑人混血儿"是一个欧洲白人男性，"我们"的代表。将人类与其所厌恶的亚种群相提并论，将人类与类人物种，甚至是动物相提并论——这种模棱两可与延展拉开的戏谑手法，是典型的斯威夫特式的做法。

乳房下垂的野人

不管怎样，我们知道，耶胡的形象是刻意依据有关原始人的一般观念刻画出来的。在整个第四卷当中，耶胡都不断出现，就像是在《国家地理》杂志中瞥见的那样：长发女人，乳

---

① 亚历山大·艾奎因（(Alexandre Exquemelin,? 1645—1707）：法国探险家，曾以随船医身份参与了法国在加勒比海地区对西班牙殖民地的攻击，后根据自己的亲身经历著有《美洲的海盗行为》（1678）一书，在17世纪影响极大。

房下垂，背着婴儿(IV. ii. 230)：

> 母的……头上的毛直而且长；除了肛门和阴户周围，身体别的地方只有一层茸毛。乳房吊在两条前腿中间，走路时有时几乎碰到地面。(IV. ii. 223)

最后一个细节或许可以被当成是斯威夫特式的讽刺的出色之处，或许可以被当成是厌女症患者对于身体厌恶的极端发挥，但这个细节却是旅行叙述中常有的描写。后来的布封①将"又长又扁"的乳房视为蛮荒之中的野人的标准特征。[13]但是，之前的旅行作家已经为斯威夫特提供了许多稀奇古怪的范例，程度并不亚于，甚至还超过了斯威夫特笔下的母耶胡。这样的描写非常频繁，已然成为行话。有时在人们看来，斯威夫特对女性身体退避三舍，因此充分比照实例便很有必要。早在斯威夫特之前，类似的类比包括海林②的《宇宙学》(Cosmographie, 1652)，提到巴西人的乳房垂到膝盖上；理查德·利根③(1657)在提到巴巴多斯的非洲女奴隶时，说"她们的乳房垂在肚脐下面，她们俯身除草的时候，乳房几乎碰到了地面，要是从远处看，你会以为她们有六条腿"；文森特·勒·布兰克④在《世界概貌》(The World Survey, 1660)一书中，提到乳房甩过肩膀；在《环游世界的航程》(A Cruising Voyage Round the World, 1712)一书中，伍兹·罗杰斯⑤曾对亚马孙流域的印第安人发表过如下评论，"也不知道女人的头发还是乳房哪个更长些。"[14]

尤其是大量的例子涉及霍屯督人(Hottentots)，他们已经被蒙上神话色彩并被蒙受污名。霍屯督人与澳大利亚的原住民一起，被视为最低级的人类。毫不奇怪，两者都与耶胡有着紧密的关联。霍屯督人在旅行作品中被视为贱民，自然而然地成为《格列佛游记》的丰富素材，而耶胡是澳大利亚(新荷兰)野人的近邻，在格列佛从慧骃国被驱逐之后便想要杀害他(IV. xi. 284)。布封在提及"一个野人与一头猩猩……相互对视"[15]的时候，脑海里浮现的便是霍屯督人。用托马斯·赫伯特爵士⑥的话来说，好望角的民族是"可恶的可汗后代"。赫伯特的《旅行》(Travels)出版于1634年，斯威夫特手上有这一版本。赫伯特在这句话之后的注解中又用明显蔑视的口吻写道，"女人喂奶的时候，长长的奶头甩过赤裸的肩膀。"斯威夫特也有约翰·纽霍夫⑦的《至巴西与东印度的航程和旅行》(Voyages and Travels, into Brasil and the East-Indies)，此书在写到霍屯督人的时候，说其妇女"有长的乳房……给婴儿喂奶的时候，[她们的乳房]向后甩过肩膀。"纳撒尼尔·克劳奇⑧在《英国获得几内亚与东印度》(English

---

① 布封(Georges-Louis Leclerc de Buffon, 1707—1788)：18世纪法国博物学家、作家。
② 彼得·海林(Peter Heylyn, 1599—1662)：英国教士，著有多种著作，内容涉及政治、经济、神学、历史、地理等内容。
③ 理查德·利根((Richar Ligon,? 1585—1662)：英国作者，曾于1647—1650年间到巴巴多斯冒险。
④ 文森特·勒·布兰克(Vincent le Blanc)：法国冒险家。
⑤ 伍兹·罗杰斯(Woodes Rogers, 1679—1732)：英国船长，曾任巴哈马第一任总督。
⑥ 托马斯·赫伯特(Sir Thomas Herbert, 1606—1682)：英国探险家、历史学家。
⑦ 约翰·纽霍夫(John Nieuhoff)：17世纪的荷兰旅行家，曾记叙随荷兰东印度公司到访中国的经历。
⑧ 纳撒尼尔·克劳奇(Nathaniel Crouch, 1640—1725)：英国书商、出版商，曾出版过多种通俗读物。

Acquisitions in Guinea & East-India,? 1686)一书中描写了一个与霍屯督族近邻的好望角上的民族:"她们把吃奶的婴儿背在背上,她们的乳房下垂,犹如风笛一般,她们会用手把乳房举过肩膀,让婴儿吃奶。"与格列佛的时代接近的弗朗西斯·里格特[①](在《到达东印度的新航程》(New Voyage to the East-Indies)(1708)一书中)以及丹尼尔·比克曼[②](1718)就提到霍屯督妇女有"肮脏的奶头,……垂到了肚子上","长而扁平的乳房,恶心地在腰间荡来荡去;也可以甩过肩膀,让她们背在背上的孩子去吸吮。"[16]从亚里士多德到林奈[③],人和猿猴之间的相似之处被看成是"均以胸部而非腹部哺乳",乳房便成为传统上采用猿类类比野人时的一个焦点,而霍屯督人似乎便成了这种类比的特别对象。"博物学者"据说便持有这种观点,其本身也不能说没有民间传言的藻饰,即母猿的乳房是"让人不快的扁平与悬垂,很像霍屯督人的",尽管从实际上而言,"猿类有很小的、不引人注意的哺乳器官。"[17]

这里有一处古怪的、民间传闻性质的子类型。斯考滕[④]的《一次奇妙航行的故事》(Relation of a Wonderful Voyage, 1619)中的叙事者称,在霍伦岛上,"那里的女人无论脸庞还是身体,均非常丑陋……她们的乳房长长地吊拉到了肚子上,像是皮袋子一般",这个意象与威廉·利思戈[⑤]在1620年描述爱尔兰人时用的"钱袋子"有所不同。育儿袋、烟草袋以及其他类似的比喻反复出现在许多后来的文本之中,包括几个南太平洋的地域,耶胡也是居住在这里的,比如在1774年,J.R.福斯特[⑥]形容老年妇女的乳房"扁平,宽大,像一个空的皮口袋";而在半个世纪后,迪蒙·于尔维莱[⑦]也曾写到:"她们干瘪的乳房,满是皱褶,悬在那里,就像旧口袋一样。"民间常常将乳房和袋子联系在一起,表示富足,但这些意象却都是带有负面色彩的变体。[18]

在德勃莱著名的《伟大航程》(Great Voyages)一书的插图中,下垂乳房的意象被以画作的形式再现了出来。伯纳德特·布赫(Bernadette Bucher)以列维—斯特劳斯式的方法研究了这些插图,其成果在英语中称为《图像与征服》(Icon and Conquest, 1981),而这本书原来是用法语出版的,名为《野蛮人的下垂乳房》(La Sauvage aux seins pendants, 1977)。书中文字表述出来的怪异超过了视觉表现出的怪异,这或许可以预见,但是,布赫绘制的南美洲和南太平洋地区的图例则代表了旅行作家习惯使用的表达方式。这种传统一直延续下去,远远超越了德勃莱搜集的文艺复兴时期航行资料。霍屯督人再一次受到了极大的关注,其图像出现在了居伊·塔夏尔[⑧]的《暹罗之旅》(Voyage de Siam, 1686)和德·拉·卢贝尔[⑨]的《暹罗纪行》

---

① 弗朗西斯·里格特(Francis Leguat,? 1637—1735):法国探险家、自然学者。
② 丹尼尔·比克曼(Daniel Beeckman):生平不详。
③ 卡尔·林奈(Karl Linnaeus, 1707—1778):瑞典植物学家、冒险家,现代生物分类学的奠基人。
④ 威廉·斯考滕(William Schouten, 1567—1625):荷兰航海家,曾于1616年绕过并命名了合恩角。
⑤ 威廉·利思戈(William Lithgow, 1582—1645):苏格兰航海家、作家。
⑥ 约翰·雷霍德·福斯特(J.R.Forster, 1729—1798):德国牧师、自然学者,曾跟随库克船长进行环球航行。
⑦ 迪蒙·于尔维莱(Dumont d'Urville, 1790—1842):法国海军军官、探险家,曾率船到过太平洋西南部地区。
⑧ 居伊·塔夏尔(Guy Tachard: 1651—1712):法国传教士、数学家,曾两次前往暹罗(现在的泰国)。
⑨ 德·拉·卢贝尔(S.d la Loubere, 1642—1729):法国外交家、作家,曾于1687年到达暹罗。

第二章　乳房下垂的野人：格列佛、母耶胡与"种族主义"

(*Du Royaume de Siam*, 1691)之中，其插图则有莫里兹·波奈尔[①]所绘的"好望角的霍屯督妇女"(1692)以及其他一些作品，有的还画着背着婴儿的女人。彼得·科尔布[②]的著名图集《好望角现状》，其原作以及后来的各种译本也具有相同的特点[19](最早以德文在1719年出版，其后于1721年和1731年分别译为荷兰文和英文)。在18和19世纪，此类绘画也用来表现澳大利亚和南太平洋各地的民族，出自诸如托马斯·沃尔庭[③]、奥古斯塔斯·厄尔[④]和其他人之手。这种惯例一直延续至摄影时代，包括了《国家地理》的摄影作品。[20]

自1590年代开始，由帖奥多·德勃莱和他儿子出版的航海系列配有大量图画，这些出版物堪称为那个时代的《国家地理》，只是雕刻和版画具有更大的神话想象空间，不像今天摄影师的照相机那样对"真实"进行精选。[21]的确，某些摄影图片特别引人注目，因为它们限制了艺术家想象力的自由，结果特别暴露出了艺术家的选择动机，而这在德勃莱及其继承者的插图方式上却不总是可以轻视的。克劳德·列维—斯特劳斯激发了布赫的研究，在其《忧郁的热带》(1955)一书的63幅插图之中，有20幅祖胸露怀的巴西土著妇女的照片，差不多四分之一都是属于下垂的类型。其中一部分，加上别的一些照片，又都被复制到了他的近作《巴西见闻》(*Saudades do Brasil*, 1994)之中，斯特劳斯的例子依然继承了德勃莱绘画的传统，而另一些带有田园色彩、对乳房丰满的年轻女子的研究，也自觉追随了莱里和蒙田眼中的巴西女子的样貌。许多照片的标题都证实了对印第安人的喜爱，特别对他们的妇女和儿童(通常是女性的儿童)。在一幅图画中，有一个乳房长长的年轻女子，一只小狗卧在她的胯部，另有两只小狗头上有一只小猴子(这是一个"野人"对应物，对应身处雅致画室内的优雅女士和她的宠物狗和猴子在一起的场景，这个主题我等会来谈)。另一幅画的标题谈到了南比瓦拉族人的吸引力，尽管他们名声不佳，其魅力则要归因于他们非常年轻与优雅的女人。[22]

由这样的标题所唤起的感情强烈地反映在图片之中，图片不仅仅广泛涵盖了南比瓦拉的妇女与女孩，还有几位来自亚马孙的、有老有少的女性，她们表现出了对个人装饰品的喜好，另外还有一些图皮—卡瓦西族落(Tupi-Kawahib)的妇女。即便是最刻意表现古怪样貌的照片，也表现出一种对主体的尊重和喜爱，而这在16世纪和17世纪的航海家那里是没有的。在列维—斯特劳斯那里，你看不到与布赫1618年的雕版画相似的图画，无论是从附录还是从斯皮尔伯根[⑤]航行报告中，而后者描述的妇女长着皮袋子一样的乳房，就像斯考滕以及其前文提到的那样。这是一个模式，某种修改过的德勃莱为《霍恩岛上的卡瓦节日》(*Kava Festival on Hoorn Island*, 1619)的插图。在1618年的插图中，有一个古怪的未老先衰的小孩，这意味着这一肖像画传统中有或多或少的怪异形象，而这一形象在德勃莱的版本中消失了。[23]

也有采用不那么夸张的方式再现土著妇女的。韦斯普奇的《新世界》(*Mundus Novus*,

[①] 莫里兹·波奈尔(Moritz Bodenehr)：生平不详。
[②] 彼得·科尔布(Peter Kolb, 1675—1726)：德国教师、民族学家。
[③] 托马斯·沃尔庭(Thomas Waltling, 1762—1814)：澳大利亚版画家。
[④] 奥古斯塔斯·厄尔(Augustus Earle, 1793—1838)：英国旅行家、画家。
[⑤] 斯皮尔伯根(Joris van Spilbergen, 1568—1620)荷兰航海家，曾率领船队到达非洲、美洲。

c1502)和给皮耶罗·索德里尼①的信(c.1505)，在这个方面似乎抢了先机，两者均要表明这样一种看法：即他遇到的印第安妇女充满欲望，急于要献身与他和他的伙伴，但她们的乳房并没有"下垂"，尽管她们生育频繁。[24]似乎是为了以图为证，在一幅16世纪末期的"韦斯普奇发现美洲"的图画中，表现的是没有性意愿的、面容严肃的韦斯普奇的形象，但韦斯普奇碰到的美洲人却是充满渴望的，既是乳房丰满、又是带有日耳曼特征、金发碧眼的女性，正坐在吊床上。这幅画与后来许多旅行者笔下那种耷拉着乳房的野蛮人形象形成了对照，也与德勃莱的插画形成了对照。[25]韦斯普奇的评论提醒我们，早在16世纪初期，刻板印象也会有例外出现，有待人们评说。即便在《格列佛游记》出版前的一到两年前，笛福的《环游新世界》(New Voyage Round the World)也是这样描述一位南太平洋岛屿上的女王的："她的乳房丰满浑圆，没有下垂，也并非扁平，不像其他印第安妇女那样，有些人的乳房甚至都垂到了肚子上；她的胸部高耸，如同穿了胸衣撑起来一般，而在她的乳房下面，裹着宽宽的某种动物的皮……把她的身体裹得紧紧的……。"[26]

半个世纪之后，约翰·韦伯②作为绘图员参加了库克船长的第三次航行(1776—1780)，于1777年画了一幅波利尼西亚公主珀杜阿(Polynesian Princess Poedua)的画像，她的身体便有了那种属于欧洲传统绘画当中专属于女神和非同寻常的女士才有的、既有尊严又有肉感的丰满感觉。J.R.福斯特曾经在他的《见闻录》(1778)中提到乳房的形状——或许就是指笛福笔下的女王——其实是与塔希提社会的阶层有关："使用柔软织物对上身进行约束，是塔希提上层妇女优雅的做法，目的在于保持乳房的坚挺，防止其扁平和下垂。"这种描述也证实了韦伯画笔下的珀杜阿。福斯特认为，不是因为哺乳的缘故，而是"由于底下阶层的妇女更多地放松身体，她们……更多地暴露在外面，常常上身赤裸的缘故，"造成了"下垂"的状态，尽管他认为有些南太平洋岛屿上的妇女比"黑人妇女"而言，较少受到了这种现象的影响。[27]在这一点上，他的看法也被韦伯的人物画证实了。因为如果珀杜阿是由于其阶层的缘故而是个例外的话，在他的名为《新荷兰的妇女》的画中，一位女人怀抱孩子，则可以看作是一个不那么理想化的代表，那女人长着一张男性化的面孔，但有一副强壮的女性身体——除了这点，倒也没什么其他的奇怪之处。新荷兰(澳大利亚)据说很接近格列佛的慧骃国，也是他堂兄弟丹皮尔的主要航行地之一。该画作表现了一位乳房丰满的年轻母亲，背上背了一个婴儿，这比旅行者笔下拉伯雷式的描绘健康得多。[28]这幅画作所展现的样子，就如同韦斯普奇的描述一样，也被其他一些对原著民妇女更"现实"的描绘所遮蔽，在那样的描绘中，土著妇女(有的时候也有男人)背上背着婴儿，这倒也符合对土著妇女的期待。这样的例子有17世纪早期迭戈·布拉多·德·托伐③所描绘的新几内亚妇女，有16世纪40年代艾尔波特·埃克豪特④所描绘的乳房坚实的巴西和黑人妇女，有乔治·谢尔沃克⑤在《环球航行》(1726)一书的插图中所描绘的

---

① 皮耶罗·索德里尼(Piero Soderini, 1450—1522)：意大利佛罗伦萨地区的行政长官。
② 约翰·韦伯(John Webber, 1751—1793)：英国艺术家，曾跟随库克船长远航，留下大量有关阿拉斯加和夏威夷的画作。
③ 迭戈·布拉多·德·托伐(Diego Prado de Tovar)：生平不详。
④ 艾尔波特·埃克豪特(Albert Eckhout, 1610—1665)：荷兰艺术家。
⑤ 乔治·谢尔沃克(George Shelvocke, 1675—1742)：英国航海家、冒险家。

加利福尼亚妇女,这幅画恰好是和《格列佛游记》于同年发表。[29]这些"更加健康"的描绘有时也会带来意想不到的不快。在埃克豪特的《塔拉鲁妇女》(Tarairiu Woman, 1641)的画作中,那位年轻的妇女散发着一种母性的静美,但她背上的篮子里却不是婴儿,而是一条伸出的人腿,很明显是要去赴食人餐的。[30]

但是,这种乳房下垂的传统——常常是为了贬损而非是赞美原住民妇女——却是非常有力的。这种传统一直延续到了20世纪的旅行写作、小说与诗歌之中。格雷厄姆·格林①的《没有地图的旅程》(1936)(Journey Without Maps)中的西部非洲克鲁族妇女"有着裸露的、长而悬垂的乳房"。不仅成熟妇女如此,年轻女子也有"黑色的、垂下的乳房"。这样的描述流露的不单单是厌恶:"有意思的是白人的标准很快就抛弃了。这些带着青铜色皱褶的下垂乳房,看上去要比欧洲人又小又圆的乳房好看了。"[31]类似的撩拨情欲的表述也以非常详尽的图解方式出现在巴里·昂斯沃斯②的小说《神圣的饥饿》(The Sacred Hunger, 1992)之中。这部小说的背景是1752—1765年间的奴隶贸易,小说主人公马修·帕里斯,如同格列佛一样,也是船上的医生。购买"长着乳房垂到膝盖的妇女"的这种商业上的愚昧行为不止一次在书中出现供人评说。其中有一个场景,一个不那么值钱的"乳房垂到肚皮上的妇女"和一个年轻女子放在一起售卖,年轻女子"青春期刚过,乳房小巧而挺立,有一小簇阴毛"(后来得知她们恰巧是母女)。船上的大副巴顿先生认为,那年轻女子很像是一个"火辣的小母狗",尽管他自己"还是会选老一点的,我喜欢成熟一点儿,她们知道的花样更多"。这种对"乳房下垂的女人"的色欲(到了这里,她被描述成"乳房丰满,腰部肌肉发达,双腿纤细")与对尚未成形的少女、女巫和宁芙③的兴趣恰好形成比对,而有关母亲与女儿的描写显然突出了同等的或可比较的性感。[32]这样的一对角色塑造,既是对格林童话的再现,也是对格列佛的重现,其中那位耶胡宁芙极像其他女性,她们也都"乳房耷拉在前腿间"。

格列佛的耶胡追求者不超过11岁,我们没有被告知任何有关她乳房的情形。在这一点上,她不像一般类型的母耶胡,但却在事实上符合了一种描写模式,这种描写模式的其中一极是乳房下垂的古怪样子——这可以引起特别的注意,而另一极则是不那么引人注意、不那么具有吸引力的例子,两极形成了对照关系。在有关库克船长航行的肖像画中有一个不同版本,可能是韦伯对新荷兰母亲和相貌端庄、乳房丰满的珀杜阿公主的描绘,两者之间的区别反映的是社会地位的不同,而非年龄的不同。在格列佛的情节中,老巫婆是与宁芙而不是与公主形成了对照,而这种斯威夫特式的写法也是对传统模式的一种低调处理。值得一提的是,在很多情形当中,长着下垂乳房的古怪老女人的描述都是和理想化了的年轻美人的刻板形象并置在一起的。17世纪中叶的作家理查德·利根认为女奴隶的乳房都很长,看起来甚至有六条腿一样,他也这样写道:"年轻漂亮的黑人处女……她们的乳房圆圆的,坚挺,样子很好看。""年轻妇女有非常好看的乳房,但老女人的乳房却又宽又扁,像个空空的皮口袋,"这

---

① 格雷厄姆·格林(Graham Greene, 1904—1991):英国作家、剧作家、文学评论家。
② 巴里·昂斯沃斯(Barry Unsworth, 1930—   ):当代英国作家,尤以历史题材小说创作著名。
③ 英语中的宁芙(nymphet)常指具有性吸引力的年轻女性。

是约翰·福斯特在1774年写下的话。帕特里克·怀特[①]在1941年1月23日记于尼日利亚的日记中重申了这种经典对比——年老的黑人妇女,"赤裸到腰部,长着让人恶心的乳房",而"年轻女子,乳房像苹果一般形状匀称。"[33]列维—斯特劳斯的《巴西见闻》之中的图像,也是在老巫婆和宁芙这两端来回移动。

乳房下垂的野人形象也一直是《国家地理》的主题,这在伊丽莎白·毕肖普[②]的《在候诊室》(In the Waiting Room)一诗中尤其显现出来。此诗讲的是快要七岁的毕肖普和阿姨去看牙医时看到了一本杂志。杂志都是些老生常谈的话题——一座火山,野人的行径("挂在杆子上的一个死人——'长猪',标题写道")和"全身赤裸的黑人妇女"长着"可怕"的乳房。[34]诗歌接下来追溯了一个逐渐的认识过程,在这个过程之中,她本人、她的阿姨(她听到了受惊后的声音,却发现那声音来自自己口中)和那些杂志中的人,由于"相似性"而联结在一起,并且上升为一种深深的人类一体感:

> 什么样的相同之处——
> 靴子、手、家族的嗓音
> 我感到在我的喉咙里,甚至
> 《国家地理》杂志
> 和那些可怕的下垂的乳房——
> 把我们聚在一起
> 使我们合二为一?

表面上看,这首诗与斯威夫特对于母耶胡的描写形成对立的极端,因为其接受了共同的人性,而非怀疑这种共同性。但是这种共同的人性,一种耶胡的人性,也是斯威夫特同样承认的,而且也是以相当强的意识确定的。

这种对于细节的重复描写,甚至是对专门形象的刻画,无论是在有关探险、发现与征服的文献中,都是典型的人种学和地志学主题。在后来的人类学研究中,再次出现了这一主题,刻意报告了世界许多地区的民族具有下垂或变形的乳房,以强调此乃出于提高吮吸的效率,或是作为美丽或者母性繁殖力的标记,甚至在年轻女子身上也是一样。乳房与袋子或钱包进行的不断类比,尽管有些古怪,本身却与富足或者多产的想法形成了呼应:乳房形状的钱袋子(还有葡萄酒杯)也是好几个欧洲国家的传统物品。在有些非洲或南美洲文化中,长长的、下垂的乳房与魔法和巫术联系在一起,如同中世纪和文艺复兴时期的欧洲对丑老太婆和女巫的描述一样,这标志着这一主题的深刻矛盾。[35]斯宾塞[③]的杜萨(Duessa)有"干瘪的乳

---

① 帕特里克·怀特(Patrick White, 1912—1990):澳大利亚小说作家。
② 伊丽莎白·毕肖普(Elizabeth Bishop, 1911—1979):美国女诗人。
③ 埃德蒙·斯宾塞(1552—1599):英国诗人,代表作有《仙后》,田园诗集《牧人月历》,组诗《情诗小唱十四行诗集》、《婚前曲》、《祝婚曲》等。

房，如同没有了风的袋子，垂了下来，里面满是混在一起的秽物"，杜萨是从阿里奥斯托[①]诗中的奥尔西纳(Alcina)一角色演变成的，代表了无数的丑老太婆与女巫。杜萨和奥尔西纳都是诱惑人的女巫，看起来很美丽，但把面具揭开以后，两个人便都变成了《启示录17:16》中的妓女。一个令人印象深刻的视觉意象是汉斯·鲍尔登·格里安[②]的《人与死的时代》之中的古老时代。在波德莱尔的地狱中，在唐璜去那里的时候，女人们一边展示下垂的乳房，一边痛哭。对于野人最具有创造性与放纵的描绘，可以与对欧洲妇女的描绘相比较，比如说16世纪的威尼斯的艺妓维罗妮卡·弗兰克[③]就被描绘成可以用自己下垂的乳房来划小船(可这种说法与当时一幅她的画像不符)。[36]

在"美妞上床"这个故事中，斯威夫特自己笔下的妓女也有这样的古怪行径：到了晚上，她要脱掉"那些支撑她松软乳房的破布/乳房垂下去"(II. 21—22)。在菲尔丁的《阿米莉亚》(Amelia)之中，老鸨灰眼睛摩尔的"巨大的乳房早已经离开了它们本来的家，安居在了比腰高一点的地方"。在1939年10月2日的一封信中，帕特里克·怀特描述了新斯科舍省哈利法克斯妓院的一位女士，她穿的"花花的雪纺绸，胸部都快碰到了膝盖"。[37]丑老太婆总是与妓女或是大地母亲相去不远，尽管大地母亲在斯威夫特那里出现的不多。这种奇怪的形象见诸于原始场景之外对老妓女或是老鸨的描述中，其形象不断出现且素材丰富，其实反映的是个古老的、令人不安等式：等式的一边是野人，另一边是国内的暴民；或者一边是"种族"，另一边是"阶级"。

霍屯督人和爱尔兰人

爱尔兰人便是这项等式上的传统候选人。早在1620年，威廉·利思戈便为他们的样子定了型。他在报告中说爱尔兰妇女喂养孩子的方式是一种公认的令让乳房变长的方式，其结果是熟练的制革工人可以以此来制造钱袋，这样的细节描写与前面引用的对与霍屯督人的描写非常接近。她们

> 把婴儿背在脖子旁边，把乳房甩到肩膀后，给背上的孩子喂奶，而不必用胳膊抱孩子：这种样子的乳房，我觉得很合适做成东方或西印度商人所用的钱袋子，半码还长些，可精细加工，就像是任何一位制革工所能用皮革制钱袋那样。[38]

这种怪异——最近在希拉里·曼特尔[④]的《巨人奥布莱恩》(The Giant, O'Brien)中又再次

[①] 卢多维科·阿里奥斯托(Ludovico Ariosto, 1474—1533)：意大利诗人，著有长诗《疯狂的奥兰多》，是欧洲文学史中的重要作品。
[②] 汉斯·鲍尔登·格里安(Hans Baldung Grien, 1484—1545)：德国文艺复兴时期的艺术家。
[③] 维罗妮卡·弗兰克(Veronica Franco, 1546—1591)：意大利艺妓、诗人。
[④] 希拉里·曼特尔(Hilary Mantel, 1952—)：英国小说家、文学批评家。

被幻想成真——多有类比之处。其怪异的描述令人联想到那位"温和的建议者"的想法,即用爱尔兰婴儿的皮肤来制造"女士美丽的手套,绅士夏日里穿的靴子",尽管此处的联想还可以有其他的联系。[39]利思戈描写的喂奶的姿势,也经常出现在对霍屯督人和其他人的描写之中,被说成是鼻子扁平的原因。耶胡,如同"那些野蛮民族一样",似乎是由于在婴儿时期经常趴在母亲的背上而"鼻子被压扁"了(IV. ii. 230)。这种对于扁平鼻子的解释在斯威夫特之前颇为常见,而在布封的时代依然流行。[40]有趣的是爱尔兰人竟然被认为具有鼻子扁平的属性。

关于耶胡与霍屯督人的相似之处,已有定论。[41]其中的细节包括一些常见的民间习俗,比如霍屯督人往人身上撒尿的仪式,霍屯督人被认为缺乏语言,霍屯督人(就像《百科全书》①以及后来许多旅行者的记述所报道的那样)喜欢吃"受感染的肉类"——类似吃动物的腐肉,这也是耶胡经常的食物,还有霍屯督人和布希曼人有用毒箭的习惯(严格地说不是耶胡的做法,而是格列佛在离开慧骃国时遇到的邻近部落的行为)。狄德罗曾鼓舞霍屯督人用他们的毒箭来反抗压迫者。[42]克劳奇关于好望角附近的霍屯督人的记述便很有可能是源自《格列佛游记》,尽管没有证据表明斯威夫特曾有那本书:

> 无论男女都用牛粪和一种难闻的油脂混合物涂抹在头上,脸上也是如此,风一吹,让在他们身边的人无法忍受;他们吃只配扔到粪堆上的大块的腐烂食物,他们吃的东西是英格兰的狗都不愿意吃的……这些野人整日无所事事,既不耕种也不纺织……他们脸色很难看,绝大多数都鼻子扁平……他们的皮肤非常粗糙;脚步飞快,还会投掷飞镖和射出非常危险的箭。[43]

对野蛮人无所事事的指控非常常见,利思戈笔下的爱尔兰人便有这个特点,整个全世界的原住民也被认为是这样,J.M. 库切②在荷兰人有关南非霍屯督人的记述中也发现这一突出问题。[44]这种对于原住民的观点(第三章将更全面讨论)复制了国内针对下等阶层的话语,而这种话语无论是用在此处还是用在他处都是合适的,都可以让人想起爱尔兰人的双重地位——既是被殖民的野人,也是国内的下层阶级。

在霍屯督人与爱尔兰人之间进行类比是英国作家笔下关于爱尔兰人的一个主题,这使得耶胡所具有的霍屯督人特性得到强化。利思戈(1620)的那个选段是个早期描述含蓄同化的例子。到了1634年,在托马斯·赫伯特③那里已经很明确了,他在记述完好望角妇女把乳房甩过肩膀给孩子喂奶之后,又补充说"他们猿猴一般的语言"很难发音,"声音就像爱尔兰人一样"。[45]在18世纪的最后25年,克隆麦尔皇家大法官④抱怨说,英国人对待爱尔兰人"就像荷兰人对待霍屯督人一样",说爱尔兰人的行为"就像霍屯督人一样。""到了爱尔兰的车站,就

---

① 《百科全书》(*Encyclopédie*):法国第一部百科全书(1751—1772),主编为狄德罗(1713—1784)。
② 约翰·麦克斯韦尔·库切(John Maxwell Coetzee, 1950—):南非作家、学者,曾获2003年诺贝尔文学奖。
③ 托马斯·赫伯特(Thomas Herbert, 1606—1682):英国旅行家、历史学家。
④ 即约翰·司各特(Lord Chief Justice Clonmell, 1739—1798):爱尔兰律师、政治家,曾于1794—1798担任爱尔兰皇家大法官。

像旅行到了非洲，四周尽是布满霍屯督人和野兽的森林。"从爱尔兰的蒂珀雷里郡来的克隆麦尔具有盎格鲁—爱尔兰血统，他在抱怨英国的压迫的同时，也老调重弹，将爱尔兰人与霍屯督人进行类比，以证明霍屯督人的特性已然变成痛处——霍屯督这个词在他日记的短短两段之中便重复了至少七次。[46]时至1886年，在《笨拙》和其他杂志上，爱尔兰人已经被比作霍屯督人了。同年，索尔兹伯里爵士①说爱尔兰人和霍屯督人一样，无法自我管理。在1892年，悉尼·韦布与比阿特丽斯·韦布②认为两个种族同样令人讨厌。[47]斯威夫特非常了解这种类比。身处"悲惨爱尔兰之可悲都柏林"，他向一位记者写信说他会"到霍屯督人之中"去"比较"爱尔兰的行为，还写信给另外一位记者说"他宁愿住在霍屯督人之中"也不愿意住在爱尔兰。他还给有一位记者说写信说他相信"拉普兰③那里的人，或是霍屯督人，也没有像我们民族这样可悲。"[48]在《一个温和的建议》中，拉普兰地区的人与图皮南巴人——蒙田笔下的野蛮人——被放在一起，他们的爱国精神要比爱尔兰人强得多，籍此引以讥讽盎格鲁—爱尔兰统治集团。同样的用法也被托马斯·谢里登用在了《讯报》的第二期。一次斯威夫特险些被一位名为埃布尔·拉姆(Abel Ram)的乡绅的马车撞到，谢里登很气愤，而拉姆却没怎么表现出歉意，对此，谢里登说："我怎么在和这样一个霍屯督人讲话啊！"[49]

霍屯督人与爱尔兰人的对等以及霍屯督人与耶胡的对等已是广为人知，很自然也就深深地渗透了耶胡与爱尔兰的对等模式中，并在《格列佛游记》的时代以及其后的很长时间被广泛接受。[50]母耶胡长着下垂的乳房，这一点也不奇怪。这种令人不快的女性形象，很自然地与过去(有时甚至是现在)的哺育婴儿的行为联系在一起，而且通常会让人有又一种联想，即怪异或者不自然的联想。在德勃莱的描述中，还有一种亚类型形象，一种双性同体的老年妇女形象——既有长发又有男性特征，尤其是强劲的肌肉。这种主题从西班牙人征服美洲之处便流传下来了。哥伦布在1493年1月9日的记录中提到，看到了三个女妖跃出海面，而她们并不像以往描述那样的美丽，因为她们的脸都具有男性的特征。[51]哥伦布还提到女勇士，[52]在早期有关发现美洲的文献中流传许多类似的说法，这种说法逐步变成了一种经典的幻想，认为名叫"亚马孙"的女勇士部落占据了各个地域。[53]

这种双性同体的形象在对女巫的描写中得以有力的传承。这一形象出现在汉斯·鲍尔登·格莱恩④的"老年"(Old Age)中，也用于描写被视同为"野人"的女罪犯和妓女。这种令人厌恶的乳房下垂的母性特征与男性特征的混合在献给斯威夫特的《愚人志》⑤一诗中得到集中的表现。这首诗描写了伊莱扎·海伍德⑥"有着奶牛的乳房，有着公牛一般的眼睛"，她有"两个可爱婴儿紧紧靠在胸前"——这是原著民母亲的符号，抱着不是一个而是两个婴儿，

---

① 索尔兹伯里爵士(Lord Salisbury, 1830—1903)：英国政治家，曾三度出任英国首相。
② 悉尼·韦布(Sidney Webb, 1859—1947)与比阿特丽斯·韦布(Beatrice Webb, 1858—1943)：夫妻均为英国社会活动家，创建有伦敦经济学院。
③ 拉普兰：位于欧洲最北部，包括挪威北部、瑞典和芬兰以及前苏联西北部的科拉半岛。
④ 汉斯·鲍尔登·格莱恩(Hans Baldung Grien, 1484—1545)：文艺复兴时期德国著名的工匠，木板画雕刻师。
⑤ 《愚人志》(Dunciad)是蒲柏写给斯威夫特的一首讽喻诗。
⑥ 伊莱扎·海伍德((Eliza Haywood, 1693—1756)：英国女演员、作家、出版商。

暗示着妓女的品行(II. 164, 158)。此处集中了所有的老套形象，而蒲柏则是此中大师。"公牛一般的眼睛"较为温和与细致地预示了那位64岁的恶婆子的凶恶特性，这体现在龙勃罗梭和费列罗(Ferrero)的《女性罪犯、妓女与正常女性》(1893)一书中。在书中，女罪犯被描写成"脖子上的肌肉就像公牛的一样"。[54]

19世纪的医学与社会学文献曾耸人听闻、津津乐道地讨论妓女问题，妓女被看成是早些世纪之中的丑老太婆和女巫的后裔。下垂乳房和男性特征这两种意象时分时合地出现在龙勃罗梭的书中。龙勃罗梭的时代有幅广为人们复制的铜版画名为《阿比西尼亚的波力撒西亚》(Polisarcia in Abissina)，铜版画中那位老妓女胸部肥大，形象取材于普罗斯的作品①，这在下文将会讨论到。这幅铜版画或许应该放置在标有标签"Z"的妓女兼罪犯旁，此女子有"巨大的前额角，就像人们会在野人和猴子身上看到的那样；而那双颚与嘴唇——的确，她的整个脸是很有男子气的。"普罗斯的概述批判了龙勃罗梭关于妓女的道德与身体堕落的说法，但也提到在那些妇女地位比较低的社会中，女性的男性或无性特征是常见的，这些社会包括"原始的民族和……在文明社会中习惯上缺乏教养的和过度工作的人。"[55]这一等式旋即导入了性"变态"的观念，这是在描写印第安人和其他原著民(常被污称为有鸡奸或者乱伦行为，我们等下会看到)时一个常见的主题，也可以与残酷贪婪的老妇人的刻板印象相联系，她们出现在印第安人的食人仪式上以及一些都市的变体形象中(比如，在16世纪的法国；或者在爱尔兰遭受饥荒时期，爱尔兰可以被当成是一个"家"而非一个被征服的或是野蛮的地区；[56]或是在龙勃罗梭和费列罗讨论过的罪犯与妓女当中)。这其中有些是斯威夫特式的主题，但是斯威夫特明确宣布耶胡的"反常的欲望"的无罪，他并没有在《格列佛游记》中提及贪婪的食人女妖。

双性同体的丑老太婆也出现在政治魔鬼学当中。在1790年代末，有一幅反对大革命的漫画，名叫"政党的希望，或是民主的亲爱孩子"(The Hopes of the Party or the Darling Children of Democracy, 1798)，其中画了"民主"长着一张有胡子的男人的脸，有一对吊下来的乳房，乳头朝下(如同德勃莱的有些画作，只是更加变形，也不对称)。在"民主"的腿上坐着的是查尔斯·詹姆斯·福克斯②(左)和约翰·霍恩·图科③(右)，三个人均戴着红色小圆帽，那是激进革命者的标签。[57]由于他自己极力认为无政府主义和极权主义可互相渗透，斯威夫特一定会喜欢这幅图画的。实际上，耶胡之中的领袖总是"身体更加畸形，性情更加乖戾，要比其他耶胡严重"(IV. vii. 262)。

霍屯督的维纳斯④

下垂乳房这一核心主题的表达形式多样，这包括这一主题的变体即强调生育能力以及

---

① 普罗斯(Hermann Heinrich Ploss, 1819—1885)：德国人类学家、妇科医生，莱比锡大学教授。
② 查尔斯·詹姆斯·福克斯(Charles James Fox, 1749—1806)：英国政治家。
③ 约翰·霍恩·图科(John Horne Tooke, 1736—1812)：英国激进政治家，曾号召进行议会改革。
④ 维纳斯(Venus)：既可以表示罗马神话中的性爱与美的女神，又可以表示"金星"。

母性的丰满。流传下来最早的原型有维伦多夫(Willendorf)的维纳斯、多尔多涅省劳塞尔(Laussel)的维纳斯、摩拉维亚的多尼维斯多尼斯(Dolni Vestonice)的维纳斯、西伯利亚贝加尔湖的维纳斯等等，这都证明在公元前25,000年到13,000年前，"在石器时代后期神话中一位重要的裸体女神"，通常还强调她的"乳房，性三角区和臀部"。强调之处说明繁盛与良性的生殖力，通常是由丰满而不对称的、悬垂下来的乳房来表达。[58]再晚一些时候，有约瑟夫·坎贝尔[①]复制的画像，是一个农民扮成母亲女神的样子，她的身体从脖子到大腿像一个地图的球形，她巨大的乳房仁慈地悬垂在世界陆地之上，只见丘比特正在吃奶。在更加程式化的版本中，乳房在画中优雅地下垂，则是在非洲和澳大利亚的原著民艺术中比较常见。[59]这些都不在斯威夫特想象的世界中。

下垂的乳房可以是丰满的、干瘪的或者布满皱褶的，可以是坚挺与优雅的，可以是如维伦多夫的维纳斯一般丰满、没有定型，或可以如菲尔丁笔下的绿眼睛摩尔的一样，是松垮的。霍屯督的维纳斯，在1810到1815年的伦敦与巴黎是一个公众的景观，也变成了现在的热点话题，看上去是介于两者之间。[60]下垂乳房的主题从属于布赫(Bucher)所指称的"过度肥大的性器官"的主题，或者至少是这种主题的延展。这一主题通常充满了色欲，且被认为见诸于许多描述中——无论是程式化的还是现实的描述、夸张变形的还是正常的描述、威夫特式的还是非斯威夫特式的描述。普罗斯的摘要记载了许多民族中有关生殖部位"增大"(与切除)的做法。[61]在一篇著名的文章《黑色的身体，白色的身体》(Black Bodies, White Bodies)之中，桑德·吉尔曼[②]探讨了对非洲妇女的生殖部位肥大的成见，特别是在19世纪艺术和社会—医学的文献中有关霍屯督人的描述。他指出，某些部落认为，对阴唇、小阴唇和其他生殖部位进行变形手术可以增加美感。[62]这种人工变形术的做法反过来促成了欧洲对原始民族的描绘习惯，使欧洲人以漫画式的方式描绘增大的阴部、臀部和乳房。

对于一些族群来说某些解剖学上的变形是"自然"的事情，而人为操控的产物则不是。萨吉·巴特曼(Sartje Baartman)，即众所周知的霍屯督的维纳斯，曾经作为臀部巨大的范例而广为展览，主要也与南部非洲的民族有关联。她今天之所以广为人所知，是因为雅克·克里斯托夫·维尔纳[③]根据1815年尼古拉·于埃·勒·热纳[④]的一幅水彩画所作的画像，这幅画初次发表在1824年。[63]很显然，她是布希曼族人而非霍屯督人，这是两个不相关的南部非洲民族，但名称却经常被不分彼此地混用。我使用这些术语，而非使用本族的"Khoi"来指称霍屯督人或"San"来指称布希曼人，其原因与库切在《白色写作》(White Writing)时相同，因为我的目标是反映欧洲人的看法，而这些术语正是通行的术语。[64]巴特曼自身与下垂乳房这一主题有关联，同时也与那个对格列佛有性趣的母耶胡有关联，尽管她最为人所知、也最有名的特点是她向后翘起的巨大臀部。她也代表了相当长的历史上某一有重要的、特殊的阶段，这

---

① 约瑟夫·坎贝尔(Joseph Campbell, 1904—1987)：美国神话学者、作家。
② 桑德·吉尔曼(Sander Gilman, 1944—   )：美国文学家、历史学家。
③ 雅克·克里斯托夫·维尔纳(Jacques Christophe Werner, 1798—1856)：法国画家。
④ 尼古拉·于埃·勒·热纳(Nicolas Huet le Jeune, 1770—1830)：法国艺术家。

至少可以回溯到哥伦布的年代,那时土著人被作为样品从被征服的或是遥远的地方进口。巴特曼是在1810年从南部非洲带到伦敦的,为了商业利益一直在伦敦和巴黎展览,直到1815年死去,她就像格利佛曾经想从小人国和不来夫斯古①带回国的奇特展品。[65]格利佛本人也曾在大人国的露天市场变成了这样的展品。《格利佛游记》和这种帝国文化副产品之间的双向交流现象,通过把侏儒称为"利立浦特人"这一传统得以进一步彰显,比如1853—1854年间在英国引起极大兴趣与争议的"阿兹特克利立浦特人"展览。霍屯督的维纳斯属于——如同理查德 D. 阿提克②所言——"那些奥迈③的继承人、印第安人的酋长,还有其他被视作名流的皮肤黝黑的伦敦参观者。"[66]

这里有两处重要的差异。与那些"高尚"的前辈不同,这些"后继者"被看成是"失去了高尚品质的野蛮人。"[67]他们所能引起的也只是科学上而非感情上的兴趣,同时也引起了出版物的关注与广泛的好奇心,包括印刷品封面上的画像等。在1810——1824年之间,除了刚刚讨论过的两幅画外,仍有15幅关于她的图画收藏在了大英博物馆,作者包括威廉·希思④、乔治·克鲁克香克⑤、罗兰森⑥以及其他人。许多画作都是从弗雷德里克·克里斯蒂安·路易斯⑦的一幅凹版腐蚀制版法制作的张贴画而来,该画发表于1810年9月18日,其目的是为了宣传这次展览。(还有一幅关于她面部的钢笔画,作者是罗兰森,也值得一提)。[68]几乎所有的画作都讥讽了当时伦敦与巴黎时兴的对她臀部的那种变态迷恋。1829年,类似的狂热在巴黎又一次复活。[69]1838年在海德公园展出的一个新的"霍屯督的维纳斯"就与大人国的部分奇异情节有关联(接下来我们会看到)。[70]在《百科全书》中有关霍屯督人的条目下,没有提到这种解剖学上的特性,这一特性在1810年的巴特曼伦敦展览之前,也似乎鲜有觉察。一份罕见的、更早期的报告是约翰·奥格尔比⑧的《非洲》(Africa, 1670),其中提到"黑人(Kaffers)或者霍屯督人":"他们绝大多数腹部下垂,满是皱褶,臀部向外凸起"。[71]在巴特曼的前几年,即1801年和1803年,有几幅关于霍屯督妇女的画像,表现出了对臀部脂肪过多的科学兴趣。[72]但是广泛的大众与医学的兴趣明显是在1810年开始的。霍屯督的维纳斯死后,法国解剖学家乔治·居维叶⑨对她的尸体进行了解剖,解剖报告发表在1817年。[73]这个事件是一个延伸,或者也是一个升级的标志,说明在18世纪末期,探索的航程中有了越来越多的科学性质,各种奇异的标本更多是放置在大都市的实验室屋内而不是在标本采集地进行研究。

另一方面,霍屯督人的外阴部很早以来就缠绕着欧洲人的想象。霍屯督男性被广泛认

---

① 不来夫斯古(Blefuscu)是《格列佛游记》之中小人国对手的国家名称。
② 理查德·阿提克(Richard D. Altick, 1915—2008):美国学者。
③ 奥迈(Omai, 1751—1780):来自大洋洲法属波利尼西亚群岛,曾于1774年随库克船长的船队到达伦敦,后于1776年返回。
④ 威廉·希思(William Heath, 1795—1840):英国艺术家。
⑤ 乔治·克鲁克香克(George Cruikshank, 1792—1878):英国漫画家,曾为狄更斯等的小说创作了大量的插画。
⑥ 托马斯·罗兰森(Thomas Rowlandson, 1756—1827):英国漫画家。
⑦ 弗雷德里克·克里斯蒂安·路易斯(Frederick Christian Lewis, 1779—1856):英国版画家。
⑧ 约翰·奥格尔比(John Ogilby, 1600—1676):苏格兰翻译家、地图家。
⑨ 乔治·居维叶(Georges Cuvier, 1769—1832):法国自然学者、动物学家。

为只有一个睾丸,这是仪式性手术的结果,据说在那样的仪式当中,有人会往病人身上撒尿。[74]霍屯督妇女最突出的特点便是长着一个巨大的生殖帷(genital apron),或者也叫"围裙"(tablier),这被作为一种种族特点而广泛报道,并且出现在了《百科全书》之中,这也是让居维叶特别感兴趣的博物学话题(关于此话题的报道也可追溯到17世纪)。[75]这个特点是看不到的。尽管巴特曼同意自己裸体入画,但是居维叶本人也是到她死了之后才注意到这个特点。另一位法国解剖学家亨利·德·布兰维尔①,大约在巴特曼死前九个月(即1815年3月18日)对她进行了一次体检,检查结果确认这个特点在她站立的时候是看不到,但如果她弯下腰或者正在走路,那么从后面可见其垂悬于大腿之间。这种怪异形象与下垂乳房的老套形象之间正好构成了视觉上的同源关系。1689年,有人清楚地告诉奥文顿②,说那凸出的"女性部位以下垂小乳头的方式被切除"。布兰维尔的观察采用的是第三人称,就如同是别人从他的口述或者笔记当中转录出来的一样。无论是布兰维尔还是居维叶,都倾向性地认为这种生殖帷并非是一个独立的器官,而是一个不正常的、被扩大了的小阴唇。居维叶说巴特曼把这个特征隐藏在她的大腿间,甚至更深处,而此观察与布兰维尔的经验一致——布兰维尔曾经被她的廉耻感惹恼了,因为她躲避他对她阴部的窥探。[76]

与之相反的是,《百科全书》曾经确认过,只要有好奇心或者够胆量去提出要求,好望角的妇女乐意展示她们的生殖帷,但这种淫荡的展示的地点设定在当地,而非是在伦敦或者巴黎,这一方向与以大都市为对象的科学的兴趣截然相反。早期的旅行者证实了《百科全书》的观点。安布罗斯·考利③在1686年报告说,在好望角殖民区外的一个霍屯督人的村庄里,他看到了"霍屯督的生殖帷",花了两便士。[77]但是,都市里的科学保留了最后这个词,将巴特曼的生殖帷与其他民族妇女的阴部放置在了人类学博物馆的永久展览室当中——而这种拥有权直到最近才被南非质疑——这样的展品与稍晚时候的解剖学家保罗·布罗卡④的大脑一起展出,直到1980年代才被下架。[78]正是居维叶在验尸过程中正式将巴特曼的阴部展示给了法兰西科学院。斯蒂芬·杰伊·古尔德⑤对这一问题的记录颇具反讽:"在三个更小点儿的罐子里,我看到了切成片的、三个来自第三世界妇女的阴部,无论是布罗卡的阴茎还是其他任何男性的阴部都不可能令这一收藏增色。"另外还有伊丽莎白·亚历山大⑥可能读过古尔德的话,她是这么说的:

她的阴部
漂浮于贴了标签的

---

① 亨利·德·布兰维尔(Henri de Blainville, 1777—1850):法国动物学家、解剖学家。
② 约翰·奥文顿(John Ovington,生卒不详),查理二世的专职牧师奥文顿,著有《约翰·奥文顿航海记》等。
③ 安布罗斯·考利(Ambrose Cowley,生卒不详):17世纪英国航海家,曾较早地对马达斯加群岛进行了测绘。
④ 保罗·布罗卡(Paul Broca, 1824—1880):法国人类学家、解剖学家。
⑤ 斯蒂芬·杰伊·古尔德(Stephen Jay Gould, 1941—2002):美国科学家、科学史作家,撰写了大量科学普及读物。
⑥ 伊丽莎白·亚历山大(Elizabeth Alexander, 1962—   ):美国作家、诗人。

> 酸浸瓶中，人类
> 博物馆的架子
> 在布罗卡的大脑上

这些话据称是居维叶在1825年说出的，那时布罗卡只有一岁。事实上，巴特曼的大脑也被保留下来了。[79]

但是，巴特曼的其他特征尤其明显，医学上称之为肥臀症——"臀部向外大幅度凸起"。科学家和公众对此均表现出一种色情的兴趣。居维叶和布兰维尔说它不是由肌肉构成，而是由富有弹性和可以摆动的物质构成。范·德·普斯特①认为其功能在于"存储宝贵的脂肪和碳水化合物以便抵御干渴和饥饿的时刻"。[80]但是布兰维尔却陶醉于其脂肪的摆动与巨大的臀部。他这样说道，太巨大了，"她的屁股真是巨大。"她走路的时候，臀部会颤抖和摇摆，而她坐下的时候，臀部会摊开并占据很大的地方。他在欣赏臀部的尺寸和坡度线，欣赏其类似乳房的形状（不规则的丘状），她躯体底部形成的"巨大的鼓胀"，还有臀部终端那些又深又宽、倾斜的皱褶。居维叶的描写要拘谨一些，但也提到了她臀部的颤动，还有其"质感的弹性与颤抖"。[81]这也使得他在死后获得好色的名声。在伊丽莎白·亚历山大的诗中，想象中的巴特曼如此说道：

> 居维叶先生调查
> 在我的两腿之间，钻啊，探啊，
> 肯定是为了他的假设。
> 我几乎期待他从
> 我体内拽出丝绸手巾，纸罂粟，
> 然后是一只兔子。他抱怨
> 我的气味。[82]

在最近的苏珊—劳里·帕克斯②的戏剧里，大量引用并且滑稽模仿了居维叶的解剖报告。在这出戏里，巴特曼被描写成了居维叶的情人，而居维叶则被描绘成一个手淫的老头，被她丰腴的黑色身体所诱惑，同时又被他一样堕落的同僚所讥笑，因为他爱上了一个黑人女子。从头至尾，居维叶都被称作是男爵医生（他是直到死前最后一年才被授予爵位的），而这个名字让他多少带上了浅薄与邪恶的海地萨迈迪男爵③的影子，此人是格雷厄姆·格林在《喜剧演员》(The Comedians, 1966)一书中的角色。[83]

对巴特曼的科学兴趣本身就可以看作是一种大众娱乐现象，既离不开公众的兴趣，又

---

① 范·德·珀斯特(Van der Post, 1906—1996)：南非学者、作家。
② 苏珊—劳里·帕克斯(Suzan-Lori Parks, 1963—)：非洲裔美国戏剧作家。
③ 萨迈迪男爵(Baron Samedi)是海地伏都教(vodou)中的神。

离不开议会政治的舞台。威廉·希思的"一对肥臀"(*A Pair of Broad Bottoms*)是阿提克复制的1810年两幅英国政治漫画中的一幅,该画便把她的肥臀症与当时愿景未竟的新的跨党内阁①(Broad Bottom Ministry)一语双关地联系了起来。画作之中的理查德·布林斯利·谢里登②,既是剧作家,又是议会议员,而他正在用一副卡钳仔细地检查她的屁股。[84]在1811年乔治·克鲁克香克的画作《一位年轻外科医生的考试》(*The Examination, of a Young Surgeon*)中,皇家外科学院考场的墙上都装饰有绘画,其中之一便是霍屯督的维纳斯,放置在一张桌子的后面,围桌而坐的正是一群年老而名声不佳的主考官。[85]有相当数量的图画背景中都出现了她的形象,或是带相框的画像,或是雕像,这反映出她在那个时期的文化偶像地位。她叼烟斗的样子也进入了这些画中画之中,包括那幅《考试》。在乔治·克鲁克香克的《双低音》(*Double Bass*)之中,她的画像放置在一个三重奏乐师组合后面,头上插着羽毛,手中耍着一根烟斗,而她巨大的臀部则被当成了鼓。在罗兰森的《取自滑铁卢的波拿巴的马车:巴罗克斯博物馆展览》(*Exhibition at Bullocks Museum of Bonepartes Carriage Taken at Waterloo,* 1816)之中,她的画像在其他展品之中特别显眼。乔治·克鲁克香克的《在布莱顿的中国庭院!!》(*The Court at Brighton a la Chinese!!,* 1816)中则展现了她的一座雕塑,雕塑底座上有"摄政时期的风味!!!!"("Regency Taste!!!!")几个字。在威廉·希思的《世界是个舞台》(*All the World's a Stage*(1824)之中,她的画像高悬在一把椅子后面,而亨利四世正坐在椅子上调治他的痛风症。[86]

除《一对肥臀》以及超过半数的其他画作外,六幅画中画里面至少有四幅都有她要么抽烟、要么手持烟斗的样子。[87]传统上,抽烟是与野蛮人联系在一起的。早在彼得·科尔布的时候就报告过霍屯督人抽烟,他说霍屯督的母亲是一边吸着有麻醉作用的草药,一边给孩子哺乳。用乳房做成袋子说法已经很怪异了,而这种怪异说法又有了新的演变,即袋子是用来装烟草的,且这种袋子"在好望角大量出售",[88]这样,抽烟便与乳房的神话联系到一起了。那位"温和的建议者"兴许会觉得这种想法很吸引人。利思戈曾在1620年描绘过爱尔兰妇女乳房下垂的形象,这在希拉里·曼特尔的新近小说中依然清晰如故。利思戈还说起过爱尔兰人喜欢烟草,而爱尔兰人抽烟斗的样子,如同是19世纪漫画中常见的肖像画,其描绘的方式也与描绘霍屯督的维纳斯的方式类似。[89]巴特曼抽烟斗的样子经常出现在漫画中,但具有反讽意义的是,布兰维尔的报告称她并不抽烟斗,只是嚼烟叶,而他和居维叶都提到她很喜欢喝烈性酒。[90]利思戈和克隆麦尔爵士提到过爱尔兰人的酗酒,后者也将这种情况与霍屯督人相比较,但这是另一种常被提及的野蛮人的嗜好。[91]还有一点值得注意的是,许多画都把她画成了炭黑色,可是居维叶却说她是黄棕色,而布兰维尔则说她全身上下应该是浅棕色,只有某些部位是深棕色。[92]

巴特曼可以说是臭名昭著,而对于她的色欲也不仅局限在科学家之中。一首下流的民谣唱到了"这位霍屯督的女士以及她的合法骑士想把她救出"的故事:

---

① Broad Bottom Ministry 是18世纪英国跨党执政的一种内阁形式。
② 理查德·布林斯利·谢里登(Richard Brinsley Sheridan, 1751—1816):英国剧作家、诗人。

她有一个大屁股(尽管有些奇怪)，
大得像一口大锅，
这也是为什么男人都爱去看
这位可爱的霍屯督人。[93]

霍屯督的维纳斯激活了现实生活中人们对巨形身体产生的性兴奋，这当然发生在大都市而非是在遥远的异乡，对此无论是旅行作家还是格列佛或许是斯威夫特都难免受到这一传统的影响。在她公开展览的日子里，她会被参观者捏、戳，甚至如果多交点钱，或许还可以摸她。[94]1810年11月，在一个听证会上提出应该停止对她的展出，原因是这样的展出既不体面，也相当残忍，说她"身着一层浅色的衣服，就像她自己的肤色一样，衣服的样子就像她浑身赤裸一样"。总检察官也指出她的衣着："尽显了体形与轮廓"，"好像什么也没穿"。[95]

尽管法庭被告知"没有人能在听到她深深的叹息或看到她郁郁不乐的神情之后，还会认为她这样做是自愿的"。但是，要求停止展出的努力还是失败了，理由是巴特曼的展出是自愿的，而且也为她提供了报酬。前面那首民谣肯定了这一点，歌词唱道"在这片自由的土地上"：

没有人能展出别人的尾巴
而不征得本人的同意

但民谣结束时唱道："看她的屁股，令霍屯督人很高兴。"[96]早在一个月前，亨德里克·西塞尔①——第一个在皮卡迪利大街展出巴特曼的商人——写信给《晨报》(*Morning Chronicle*)，说她"有充分的权利来展出自己，就如同爱尔兰巨人或侏儒一样"。西塞尔的说法可能是暗指巨人理查德·伯恩(Richard Byrne，死于1783)，他是希拉里·曼特尔的《巨人奥布莱恩》一书的主角，他在许多方面与霍屯督的维纳斯的男性爱尔兰人相对应：一个"身体无力"、好酒贪杯的不幸之人在伦敦展出，其骨架被外科医生约翰·亨特②获取，最终成了皇家外科学院(Royal College of Surgeons)的标本。西塞尔将巨人与侏儒相提并论，这与《格列佛游记》与这个充满流俗展及怪物展的世界之间相契合，形成持久的并行不悖的关系。[99]

一幅没有明确日期的木刻画讽刺了这种针对巴特曼的色欲，吉尔曼认为此画表达的就是这一主旨，由于吉尔曼曾多次反复地讨论巴特曼，这一木刻画也就变得众所周知。[100]他将这幅画命名为《霍屯督的维纳斯》，尽管最早的意象可以追溯到1797年的一幅英国木刻画。该画的作者是理查德·牛顿，时间上早于后来人们对巴特曼的狂热，[101]且在主题上并非针对霍屯督人。在两个版本中，都可见一个男人不协调地坐在户外一把椅子里，身边有只狗，他正

---

① 萨拉·巴特曼原来是南非开普敦地区一位荷兰种植园主的奴隶，后来在种植园主的兄弟亨德里克·西塞尔(Hendrick Cezar)劝说下来到欧洲展出自己，西塞尔告诉巴特曼通过展出，她可以发大财。
② 约翰·亨特(John Hunter, 1728—1793)：著名的苏格兰外科医生。

通过望远镜观看一位黑人妇女的臀部,而这位黑人妇女正弯身蹲在不远处的一个土堆上面,或许还正以这种拉大便的姿势来嘲笑他,这副样子堪称是一种受到霍屯督激发的耶胡式的行为的精妙变体。此处用望远镜探望金星这颗行星①可谓一语双关,而且,若不是考虑到时代的错位,或许可以被认为是在暗示——用托马斯·哈里斯在《汉尼拔》(*Hannibal*)中的话来说——"一位天文学家在寻找黑洞"。[102]这个笑话应该与牛顿的心态完全一致。

画中的望远镜还可以暗示——甚至比在1810年威廉·希思的画中出现的谢里登的卡钳还要明显———种针对"科学"色欲的嘲弄,这种嘲弄之于巴特曼的例子要比牛顿的黑人女性的例子更加恰当,后者中的窥淫狂无法控制自己的科学用具,看上去就像是一个白人男子对于裸体黑人女性的流着口水偷窥的例子。那衣着考究却长着一副狗脸的观察者很明显是一位勤学的老者,而且,如果说那幅德国的画像在时间上晚于1815年布兰维尔的医学考试或是1817年居维叶的验尸报告,那这个笑话或许嘲笑的就是这些解剖者中某人的色欲念头。但是巴特曼的画像出现在《一位年轻外科医生的考试》(1811)画中的墙上,这表明对于她的医学的好奇心早就开始了。正在考察年轻外科大夫的老者均长相不雅,可以说他们与牛顿及其德国临摹者笔下的男性人物形神兼似。然而,画作的重点是讽刺那种窥淫的行径,而在改编的德国版中则是讽刺针对由于巴特曼的公开展出而引发的大众轰动,尽管吉尔曼认为这主要是一幅"关于霍屯督的维纳斯的色情漫画"——他既没有注意到这幅画天文学意义上的笑话,更重要的是,也没有注意到那个男人的动物面孔或是那个女人对男人的明显厌恶表情。将窥淫者描述成"一个白人、男性观察者"看来并不适合这幅画的讽刺范围。

后来出现的绘画要比牛顿的木刻画更加广为人知,也吸引了时下更多的关注。这些画为什么如此流行,目前的解释既不恰当也不可靠。那个女人没有患上肥臀症,只是胖了一些,而且也与绘制巴特曼的惯例并不相符(也不奇怪,因为最早的图像与她本没有任何关系)。将这幅画作称之为《霍屯督的维纳斯》——不是从吉尔曼开始的——要么是对后来艺术家的故意附加上去的,要么就是后来某位阐释者的简单错误。[103]吉尔曼的日期,在"黑色身体"(约1850年)中也是不恰当的。身上的衣服明显与时代不符。难以理解的是,为什么霍屯督的维纳斯会在她名声不雅(1810—1817)的40年之后竟然还出现在漫画之中,尽管其间有肥臀症妇女的形象会在这期间交织出现并被记录下来,包括1829和1838年。在《差异与病理》(*Difference and Pathology*)和《性特征》(*Sexuality*)两本书中,吉尔曼仍然认为这是一幅"世纪中叶"的漫画,尽管该幅画上的题字是说其"从19世纪初期开始",对此爱德华·富克斯也持相同看法。[104]

狗嘴里冒出来的字是"漆黑一团"。望远镜下面的字是"一片漆黑",也是天文方面的双关语,暗指月食时的黑暗,这既是这幅画的题目,也指出了该画的直接来源。在题字处,前三行字放大后清晰可见:"天地间有万物",而剩余的字迹则无法分辨了。很明显,这是一个德语译本的《哈姆雷特》中广为人知的段落的变体。施勒格尔—蒂克的翻译或许更加拘泥些:"天地之间有许多物体……比你哲学中梦到的要多"。[105]因此,尽管德国的木刻画在牛顿的画作上几乎没有添加什么视觉元素,除了把画作左右颠倒和"恢复"了望远镜的合适角度,但

---

① 英语中的维纳斯 Venus,既有"金星"又有"爱神"的意思。

是却加上了大量的文字说明。在牛顿的画作中，望远镜下方或者狗嘴那里都没有文字，而题字处也只在一些非文字的涂写上面出现了"捕人陷阱"(Mantrap)一词。

后来的画像是牛顿画作的改版，或是德国的，或是法国的，均是对所发现的德国窥淫癖的批评。[106]即便对这一普通形象的描绘没有再比牛顿的画作更早，依然有一些类似的画，包括1794年发表的一幅蚀刻版画，据认为是根据霍加斯①一幅遗失的画(约1734年)而作，名为《复杂的 R—n》(*The Complicated R-n*)。这显示出画家乔纳森·理查森(父亲)正通过望远镜观察他儿子的肛门，而他儿子正在读维吉尔的书，父亲正通过这种方式吸收他的古典知识。[107]往更远处说，在图像上似乎也与霍加斯的画《对格列佛的惩罚：将利立浦特人的灭火器对准他的屁股》(*The Punishment inflicted on Lemuel Gulliver by applying a Lilypucian fire Engine to his Posteriors*, 1726)有关，画中的灭火器不仅仅在外表与功能上像一付灌肠器，同时也在视觉上让人联想到望远镜(这非常切合斯威夫特想象中的大人与小人所用的显微镜与望远镜的作用)。"惩罚"是因为格列佛"以小便亵渎了位于迈尔登多的皇宫"，这一行为或许可以被认为是霍屯督的或是拉伯雷式的原型。[108]牛顿知道自己的霍加斯，他的作品也包括了至少一幅受《格列佛游记》启发而创作的政治漫画——《利立浦特的一项宣言》(*A Proclamation in Liliput*, 1792)；事实上，在这个时期格列佛式的形象在色情与政治漫画中均十分常见。[109]但是，尽管其类似之处是同样有望远镜或臀部的画面，它们全然没有那种出现在《亏蚀中的满月》(*The Full Moon in Eclipse*)和"德国"图像中的性讽刺特征。

戴维·亚历山大最近将这幅画称为"牛顿最荒唐的、具有孩子气的木刻画之一"。这句话对于一幅生动的讽刺之作而言似乎有点挑剔，毕竟该作品出自一位有天分的成功年轻艺术家，他在作品创作后的第二年，即21岁时便去世了。《亏蚀中的满月》讽喻了那种跨种族的色情欲望，而这种情欲自1810年霍屯督的维纳斯开始展览起便广为关注，但其实早在13年前就一定早已进入了公众的意识。在牛顿的原画中，没有任何地方特别提到霍屯督人。黑人女子的屁股只是大了一些，但还不是严格意义上的肥臀症，而后来的图画则隐约暗示有明显向上的曲线，巴特曼死后的验尸报告中也展示了这一曲线(尽管水彩画原件中没有)，并且曲线也展示在了许多漫画中。如果是这样的话，那么这种暗示是不完整的，或许可以认为是她掀起的衣服的隆起，而那曲线也可以是漫画家的点缀之笔。普罗斯的照片显示出，那条曲线特征并不特别常见，不像非常明显的肥臀凸出特征，而这在牛顿的画中无论如何也找不到证据。[110]看上去伦敦和巴黎的巴特曼展主要是利用了人们对的黑人妇女肥大身体的性狂热，而这种狂热早就广为传播，因此早在1797年就这一主题便产生了不少讽刺男性窥淫癖的作品，而在那时，无论是巴特曼还是肥臀症都还没有进入公众的意识之中。显然，在描述霍屯督人之前肥臀症并不经常被提及，肥臀的显现旨在进一步加强或突出那些唤起性想象的东西，这种想象甚至影响了在1810年前好几十年中的白人妇女的衣着款式。

肖像画中这种患有肥臀症的维纳斯与著名的美臀的维纳斯(Callipygian Venus 或是 Venus Callipyge)形成对应，成为负面的、过度肥大的形象，而伊夫林在1645年对于美臀维纳斯曾这

---

① 威廉·霍加斯(William Hogarth, 1697—1764)：英国画家、漫画作家。

样描述:"那个著名的维纳斯提起她的罩衫,向后去看她的臀部。"这座雕像,有可能是"一座古希腊原作的修复品",当时是在罗马,现在是在那不勒斯。雕像在18世纪广受赞美,用青铜、大理石、石膏、陶瓷制成的雕像复制品以及用威基伍德陶瓷制作的微缩制品大量问世。[111]这幅雕像是罗兰森讽喻作品《展览观看事件》(The Exhibition 'Stare' Case)中的中心装饰物,也在萨德的色情作品中被反复提及(譬如,在《艾琳和瓦尔科,闺阁中的哲学》(Aline et Valcour, La philosophie dans le boudoir 和《朱丽叶的故事》(Historie de Juliette)中就提到臀部的诱惑和鸡奸的好处)。[112]

伴随居维叶验尸报告的霍屯督的维纳斯的轮廓图并没有与他的文章于1817年发表,但是其复制件出现在《哺乳动物的自然史》(Histoire naturelle des mammiferes),是由艾蒂安·若弗鲁瓦·圣—伊莱雷①和居维叶的兄弟弗雷德里克完成的。这幅画的人物身披薄衣,由雅克·克里斯托夫·维尔纳在尼古拉·于埃·勒·热纳的裸体水彩画基础之上加工完成,后者是1815年受居维叶委托从皇家花园请来为巴特曼绘画的三位画家之一。[113]居维叶的目标是科学的精确,但从维尔纳对凸起臀部的重新处理上可以觉察出臀部的微微上翘(这要比"德国"图画更加明显),这种微微上翘的臀部,可能是来自当时已经建立的漫画传统,也可能不是,尽管其怪异性相比而言不大。画作也暗示了巨大而有些悬垂的乳房,但还不是那些给居维叶和布兰维尔留下明显印象的形象,显然她的肥臀形象与传统上迷恋的悬垂乳房有紧密关联。居维叶的报告中说,她让自己的乳房翘起,让衣服紧紧裹着,如果放开的话,乳房会大大地下垂。布兰维尔在对她进行的身体检查中说,她的乳房是"非常大,非常悬垂",一直垂到了肘际或是刚刚高过肚脐。[114]

巴特曼也有淫荡的名声,据说曾强迫过一个自己渴望得到的男性,就如格列佛遇到的母耶胡一般,但据说布兰维尔曾经怀疑过这种指控。[115]从目前讨论的观点来看,有趣的是有过关于这一指控的讨论,而对指控的真实性不必较真。这种指控看来并不真实,但却增强了在殖民遭遇的场景下这种假设的自动生成感,即使是在像巴特曼那种内而外的例子中,这种场景并不是发生在侵略的当地,而是发生在欧洲的舞台上。通过同样的象征,也凸显了格列佛叙述背后深刻的典型性,甚至叙述的细节早已打上了明显的斯威夫特印记。居维叶还报告说,巴特曼1815年在巴黎同意自己裸体入画,此后不久她就去世了。

居维叶的解剖学检查非常细致科学,但他依然对霍屯督人与猩猩之间的关系古的古老传说感兴趣。同样地,布兰维尔也曾把这个女人与最低等的人类种族黑人和最高等的猿猴做过比较,并发现她的头部与面部特征与后者更接近。居维叶也曾说起她具有猿类的特征,还注意到她脸上"野兽般的外貌"。他认为是生殖帷将她与猿类区别开了,但是增大的臀部——据最近的旅行者说是整个布希族的普遍特征——是与猿类接近的。[116]另一方面,吉尔曼曾报告说,生殖帷和相似的阴部特征常被用以论证黑人具有"多种属"特征。[117]

这些观察报告并没有能够妨碍两位科学家对她的一致的观察,即她能够讲一些荷兰语、一点英语和一些法语单词。布兰维尔说她的荷兰语和英语发音很好。也许所有的猿类也像那

---

① 艾蒂安·若弗鲁瓦·圣—伊莱雷(Étienne Geoffroy Saint-Hilaire, 1772—1844):法国博物学家。

样。这种反讽被伊丽莎白·亚历山大的诗捕捉到了,诗中巴特曼这样说起居维叶:

> 他抱怨
> 我的气味,也不认为
> 我能理解,但我会讲
> 英语。我会讲荷兰语。我也会讲
> 一点法语,还有
> 居维叶先生
> 永远不知道为何物的语言。

诗中暗示,尽管居维叶的报告是信息的来源,但他却并不知道这些东西,而这些东西便是今天人们的熟悉的肢体语言。亚历山大很可能是从古尔德那里读到这一点的。这恰好与科学家的观点形成匀称的对应,科学家们坚持认为巴特曼的动物属性,尽管他们注意到了她的智力与社交技巧。于是,在报告中居维叶说巴特曼除了有语言能力之外,还有非常好的记忆力。布兰维尔则说她的声音很甜美,看上去也很善良、温和、腼腆,尽管也非常固执,且不愿意让布兰维尔检查自己的阴部(甚至给她所喜欢的钱也不行),她对于布兰维尔极端厌恶。这样的反应或许可以被认为是人的反应,而不是猿猴的反应,不仅如此,这还是完全文明的反应。[118]

居维叶和布兰维尔的关注具有定义性,触及了传统上对人类动物本性的探究,也涉及种族的分类标准,后者也是《格列佛游记》特别感兴趣的,[119]这在后文将细述。霍屯督人和黑人在人类和猿类之间(这种恭维也延伸到了爱尔兰人身上)补足了缺失的一环,或者至少是处于中间位置,这种观念在旅行书籍之中非常盛行,构成了《格列佛游记》背景。这种说法在约翰·奥唯顿的《游记》(1696)中得到了详细的解释,他们与猴子之间的亲缘关系,他们倾向于大猿猴之间"不自然的混合","他们与狒狒之间的相似,我可以看到它们经常与女人为伴",还有长着胡子的好色猴子多半在黑人男子的默许之下"跳到黑人女子身上",所有这些至少早在赫尔伯特那里就有记载,还出现在了韦弗①的《到美洲地峡的新旅程》(New Voyage to the Isthmus of America 1704)的第二版与第三版之中,而斯威夫特拥有1699年的第一版,此外还有许多其他人的记述。[120]霍屯督的维纳斯与其猩猩的特征,还有她被人认定的、对于白人男性的渴望可以怎样合适地置入这个场景之中,或者从分类学的角度说白人男性应该如何放置,都没有出现在报告之中。可是,从最早17世纪在南非的荷兰人给霍屯督人及其周围民族起的名字来看,Bosmanneken 或 bushman(丛林中的人)一词内含悖论,暗指的是一种类人猿的而非是人类的身份,就如斯蒂芬·杰伊·古尔德指出的那样,这个词是从"马来语 Orang Outan(猩猩)直译过来的",意思是"森林中的人"(布封早就知道这个词的词源)。古尔德引用了一个例子,其中"布希曼"人与动物相同的观念根深蒂固,有一群荷兰定居者出外打猎的

---

① 莱昂内尔·韦弗(Lionel Wafer, 1640—1705):威尔士探险家。

时候打死然后吃掉了一个布希曼人,认为他就是马来猩猩的非洲对应物",这显然是对传统意义上吃人角色的嘲讽式逆转,超越了性别的选择,越过了女性之爱,成为一个种族的认同模式。[121]但是性别的选择无疑更加常见,伏尔泰的《老实人》中相似的部分将在以下讨论。

居维叶没有用过这样的说法。他明确表示不从霍屯督的维纳斯那里推断种族特征,尽管这是因为他没有看过足够多的例子来排除个人特点的可能性。居维叶还明确相信残酷的法则,即那些拥有较低的与压缩的头骨的种族只能具有永久的低等地位。[122]他认为她的动作很像猿猴,而她的嘴唇凸起,也像一只猴子。他没有觉得生殖帷是类人猿的,因为类人猿的小阴唇几乎都看不到,但是突出的臀部明显像猴子的,这对整个布希曼族人很普遍。他不认为她是一个霍屯督人。(然而,《百科全书》尽管没有提到肥臀症,却记录了好望角地区的所有女性非常普遍的生殖帷"可怕的畸形"。[123])《牛津英语辞典》中关于肥臀症的词条显示,达尔文等人一直以来将这个特点归于霍屯督人,也归于布希曼族人,而古老的关于肥臀症的证据在埃及、希腊和其他地方都存在。普罗斯的概述则引用了更多欧洲和其他的例子。范·德·普斯特①则报告了关于布希曼族人与一支古老的北非和旧石器伊比利亚人有所联系的推论,还写到在拉斯考克斯的山洞②里有类似的形体(一个值得一提的属于旧时代时期晚期的具有肥臀症特征的小雕像——波里希内儿("La Polichinelle"),也在里维埃拉③的格里马迪人④之中被发现过。)[124]居维叶觉察到了其他类似猿猴的特点,以及一些类似狗和其他食肉动物的特点。他特别提起了她突出的口鼻部,甚至比黑人的还要突出。关于她骨骼结构的某些方面,他也大胆评论:"这些都是兽性的人。"[125]

如同龙勃罗梭笔下的妓女,居维叶提到"野蛮的脸",还提到要好好量一量巴特曼黑人般的下颚和嘴唇、蒙古人般的颧骨和扁平的鼻子。《百科全书》说霍屯督人的鼻子由于人为的因素在幼年时期压扁了,因为突出的鼻子被当作是一种畸形,这与普罗斯和其他人也汇报过关于阴部的处理方法有所不同,从传统上说,扁平的鼻子被认为是非白人的特征,或者如同格列佛所说的,"属于所有野蛮的民族"。这在南非种族隔离期间用来作为种族测试的手段。[126]但居维叶认为,值得补充的是,巴特曼的肩膀、后背和胸部具有魅力,她的腹部也不过大,她的纤细的胳膊形状不错,她的手迷人,她的脚也可爱(事实上,"很不错"),这是在一段科学话语中难得出现的说法,尽管这样,我也要提出,这其实也是旅行书籍中关于土著人特点的描述。甚至是粗鲁的布兰维尔也描述过巴特曼的上肢形状很好,在肩膀的凸起部位,有他在她臀部发现过的同样有趣的纤维—脂肪,她的前臂形状也不错。居维叶认为她的双手富有魅力,布兰维尔却仅仅称之为非常小,而对手指则没有评论。[127]

居维叶的欲望被激发起来了。如前所述,作为名人的居维叶,因为与霍屯督的维纳斯之间具有色情关系,被人赋予神话般传奇色彩。然而,布兰维尔的报告才真正表现出对她肥胖

---

① 范·德·普斯特(Laurence van der Post, 1906—1996),南美作家、记者、探险家。
② 拉斯考克斯(lascaux):法国西南部一个山洞,位于多尔多顿河谷,有许多旧石器时代关于动物的绘画作品。
③ 里维埃拉(Riviera):从法国东南部一直延伸到意大利西北部的狭窄的沿海地区,位于阿尔卑斯山脉与地中海之间。
④ 格里马迪人(Grimaldi):一种旧石器时代晚期的人。

颤动的肉体的不同寻常的迷恋。但是甚至居维叶的文章结尾处也不能不提到了维纳斯的膝盖,说她的膝盖又胖又弯,这种说法超过了斯威夫特对于斯黛拉充满感情的描写,斯威夫特是这么说斯黛拉的:"伦敦城里最漂亮、优雅、怡人的年轻女子,只是略微胖了一些。"[128]

时尚店

龙勃罗梭和其他医学作家显示了一种强烈的倾向,即将部落民族中增大的性区域,包括霍屯督的维纳斯这样超大的例子,与妓女的病理学联系起来,而妓女的生殖部位则被认为是由于感染或疾病而发生了肿胀。(霍屯督的例子也被龙勃罗梭和费列罗在开始时与雌性大猩猩巨大的外阴部进行了比较。)费列罗认为妓女与野人相同,特别是与霍屯督人或布希曼族人相同,均是位于原始情欲的底端。在吉尔曼看来,这种相似性扩展到了解剖学特征上。在医学文献之中,妓女被画入了一系列与黑人维纳斯相类似的、以臀部为主题的画像,比如1905年的素描描绘的便是一位臀部肥大的意大利妓女,该素描是吉尔曼从龙勃罗梭的学生阿贝拉·德·布拉西奥①的书中引用而来的。[129]解剖学上的构造激发与唤起了18世纪最刻板的人造时尚物,即有裙环撑开的衬裙(hoop-petticoat)以及其类似物和衍生物,并且让它们看起来——我们不妨带点后知之明去看这种现象——带有一点不容置疑的、艳俗的新原始主义氛围。[130]

在整个18世纪,有裙环撑开的衬裙都被一系列充满性意味的悖论所围绕。在其中一个变形中,它模仿了怀孕的样子,这一点菲尔丁和其他人都提到过;此外,据说也可以被用来遮盖怀孕的样子。[131]在有些例子当中,它的支架隐藏了身体真实的形状,但同时也体现了一些令人兴奋的解剖学上的身体轮廓,比如霍屯督的维纳斯的臀部,或是肥大的妓女臀部——两者均尺寸巨大、具有诱惑力且在人们平常的想象与触摸感中是个禁地。后来,巴特曼会遭到不断的戳弄,这足以从文化层面上来证明这一充满色情的渴望。另一种裙撑(hoop)的变形则不具有解剖意义上的身体诱惑力,而是一种塔希提式的穿着,出现在奉献礼物的仪式上,这种穿着方式使用了大量的深色布料,而非是一圈的鲸骨。衣着者站在圆圈中,圆圈就在她乳房的下面,布料褶皱地垂在高于脚踝的地方。这样的画像有好几幅,包括韦伯(1777)和卢泰尔堡(1785)的水彩画,还有一些则是印刷品。1777年9月5日,此番穿着的两位妇女为库克船长在奉上了礼物,那正是他离开塔希提岛之前。韦伯另有一幅雕刻画《奥塔海特年轻妇女送礼的习惯》(Habit of a Young Woman of Otaheite Bringing a Present)也被收入了不同版本的库克所著的《航行》一书中。作者对这幅画做了细致的描述,提到了"类似裙环撑开的衬裙",这种相似可以从1740年代到1770年代英国和法国的带裙撑的服装图案中得到证实(pls.16—17)。服饰的外面包了更多的布,"周围有五到六码",而重量对女性来说也不轻。这种仪式并不常见,"我们也从未见过这种仪式在其他场合出现。"与布一起奉献给库克船长和其手下的还有猪、水果和其他礼物。这不是平常的衣着,只能在必要的时间穿上一小会儿。但这样的场面却被不止一位艺术家绘制过,并做成了书,供英国的女士们观看。[132]这个例子当然不是严

---

① 阿贝拉·德·布拉西奥(Abele de Blasio, 1858—1945):意大利人类学家。

格意义上的生活模仿了艺术,而是在一种没有觉察的情况下,原始与大都市的时尚构成了巧合,虽然这种时尚从表面上看一点都不原始。

一位研究时尚的现代历史学家称,"1810年以后,无数的时尚雕版图上的晚间装束均是更加约束的腰部与丰满的背部。"他记得"束腹的重新出现"是在1810年的英国,而不是霍屯督的维纳斯在那年展出的事实。这番话出现在一档节目中,用于评论苏珊—劳里·帕克斯写的剧本《维纳斯》(1996),一部关于霍屯督的维纳斯的作品,很明显"背部"在这里给人的印象指的就是臀部。[133]该戏关注的是黑人女性庞大的臀部对白人男性的性吸引,而这一评注则是有意要突出这个主题,但要说它在优雅的时尚和低级趣味的原始主义中间建立起了联系也没有离题。"野蛮人"在解剖特征上和衣着上显示的性感也在其他时尚的装饰物上显示了出来。在许多图画上,突出的臀部都与羽毛制成的头饰共同出现,让人想起印第安人和南太平洋勇士的头饰。后来,这种羽毛装饰的头饰又在象征着美洲的印第安女性的头上出现,这成为安德烈斯·贝洛(Andres Bello)的《美洲报道》第一期的卷头插图,《美洲报道》是一份关于美洲的西班牙语期刊,自1826年起开始在伦敦发行。[135]

早在1810年霍屯督的维纳斯展出之前,漫画家巴斯的霍尔小姐(Miss Hoare of Bath),也是威廉·霍尔(此人曾经给蒲柏作过画)①的女儿,便画了一幅裸体欧洲女人像,画中的女人长着杰恩·曼斯菲尔德②式的乳房,还有肥臀症似的屁股,很接近霍屯督—布希曼族人的原型。漫画名叫"一个现代的维纳斯:或是一位自然的状态下时髦女士",目的是要显示现代的衣着是如何展示身体的轮廓,意图揭示耀眼的性感不过是时尚装扮出来的产物,是一种不可能实现的空想。画作作于1785年,在霍勒斯·沃波尔③的指导下雕了版,于1786年制成了一件印刷品。沃波尔把该画展示给上奥斯鲁瓦伯爵夫人,说它"是一个当下的维纳斯,处于自然状态之下"。要揣测这句话的意思,不妨将此画作与奥斯鲁瓦伯爵夫人对照画的并置起来——奥斯鲁瓦伯爵夫人的画揭露了身体结构的幻觉特征,不过她是从衣着的反向过程来展现的。在她的画中同一形体穿戴时髦。[136]戴安娜·唐纳德认为,1786年的这幅画作"提供了对身体的戏谑的视觉呈现,是典型的1780年代那种球胸鸽的样子,胸部与臀部突出。"[137]现在看来,重要的是霍尔小姐画中的臀部令人联想到典型的霍屯督人肥大的臀部,似乎剪裁技法的末端是为了呈现那并不浪漫的野蛮人的身体轮廓,但却不敢承认野蛮人的性吸引力。在霍尔小姐的绘画中,臀部甚至还向上翘了起来,这种画法是后来漫画家们描绘霍屯督的维纳斯时常用的手法。悬垂乳房的刻板形象,甚至还有居维叶提到巴特曼时说的"丑陋巨大的下垂"的形象,后来被美化变形,与现代的硅胶丰胸有某种更为密切的联系。

霍勒斯·沃波尔命诗两行,成了标题,这在画作和印刷制品上均可见到,诗曰:"如果我们相信美丽/这便是她们现实或理想的形态。"[138]几个月之后,在1786年5月4日,他明确表示现代的服装模仿了原始的形式:"我们优雅的女士看来是在模仿[自然],至少是她身上那些古

---

① 威廉·霍尔(William Hoare, 1707—1792):英国画家。
② 杰恩·曼斯菲尔德(Jayne Mansfield, 1933—1967):美国好莱坞女演员。
③ 霍勒斯·沃波尔(Horace Walpole, 1717—1797):英国艺术史家、政治家、作家。

老的象征；她们尽管没有裸露出一对垂到了鞋扣上的乳房，但胸部顶起的薄纱却可以覆盖母校全体学生的乳房"。[139]他此处暗指的不是格列佛或其他旅行者眼中的长长乳房的老太婆，甚至也不是类似维伦多夫的维纳斯，而是有许多乳房的以弗所的戴安娜(Diana of Ephesus)，如同琼·塞斯勒所言，在18世纪的艺术叙事中，以弗所的戴安娜便代表了自然女神(参见霍格斯的"男孩偷看自然"(Boys Peeping at Nature, 1731))。[140]

沃波尔拥有一幅名为《亲密朋友》(The Bosom Friends)的印刷画，由乔治·斯塔布斯①的儿子乔治·汤利·斯塔布斯②所作，发表在1786年5月28日，该画不仅表现出了沃波尔关于胸部的看法，而且也把用软木填充臀部和戴羽毛头饰的现象也一并包括了进来。"亲密朋友"(bosom friend)一词变成了术语，用来指填塞胸部的羊毛或法兰绒。在斯塔布斯的另一幅作品《不便的衣着》(The Inconvenience of Dress)中，增大的胸部和臀部造成的不便令人发笑。另一幅作品《时尚店》(The Bum Shop, 1785)，或许为拉什沃思③所作，画中展示了几个女人在商店里试穿各种不同的用具。斯塔布斯笔下增大了的女士与马克斯·比尔博姆④笔下那位略具有黑人特征的邋遢女士很相似，此女子与《华伦夫人的职业》的作者成了朋友，受职业的影响，她明显具有了相同的宽大身体，但她并没有穿戴时尚店的饰品。[141]时尚店的理念或者说幻想，就像那些美容店那样，是用于提供小饰品的，很久以前在斯威夫特的"美丽的年轻宁芙"诗中那个正在衰老的妓女就用过(破布用来支撑她下垂的乳房，紧身胸衣用来压紧身上的肿块，填补空洞)，她想通过这身打扮把自己从一个丑老太婆变成特鲁里街⑤的骄傲。[142]也可以这么认为这是一种社会机制，一个上流社会女人可以理论上通过这一机制从原始形象进入另一种形象，从乳房下垂的野蛮人形象上升到来自丛林或海岛天堂的体态丰满的迷人女子。那个时候，不是每个人都能意识到我要大家注意的这种联系。但是，霍尔小姐、沃波尔和其他一些艺术家和为画作题名的人，他们已经清楚地注意到，并且通过他们的作品证明了同时代之中服装复杂风格之中的尚古主义倾向，这或许是我们难于想象到的。

在1790年代，宽松的样式成为时尚，部分原因是对革命氛围的一种回应。"野蛮人"的穿着方式，尽管会招致类似不雅与下流的指责，但似乎更像是与放纵有关，而非是强调对束腰、紧身胸衣、撑裙或者撑裙箍的使用。正如劳伦斯·斯通⑥所称，"两种风尚尽管不同，所试图展现的性吸引力却是类似的"，但可以争论的是，撑裙箍和紧身胸衣要比时装具有更深的原始幻想方面的渊源，时装强调的是未加束缚的身体及某种可以透视裸体的成分。软些的、没有鲸骨的紧身内衣出现在1800年代的早期，[143]看起来有撑裙的衬裙或撑裙支撑起来的突出的臀部在整个18世纪的不同阶段都没有成为时尚，这种情况直到巴特曼在1810年的展出之后才有所改观。但这一点很快就被注意到了，在印刷画作《时尚人士与霍屯督的维纳斯相比较》

---

① 乔治·斯塔布斯(George Stubbs, 1724—1806)：英国画家。
② 乔治·汤利·斯塔布斯(George Towneley Stubbs, 1756—1815)：英国画家。
③ 拉什沃思(R.Rushworth)，生平不详，活跃在1785—1786间的英国画家。
④ 马克斯·比尔博姆(Max Beerbohm, 1872—1956)：英国作家、漫画家。
⑤ 特鲁里街位于伦敦西区，曾以剧场集中著称。
⑥ 劳伦斯·斯通(Lawrence Stone, 1919—1999)，英国著名历史学家。

(Fashionables Comparing Notes with the Hottentot Venus)之中，抽着烟袋的巴特曼正在思考"有些人看着我觉得如此美丽"，而那些戴了或没戴人工臀部支撑物的女士们正在将自己的臀部与她的相比较。[144]查尔斯·马修斯夫人是维多利亚时代初期的一位评论家，她在20年后纪念她丈夫的《回忆录》中谈论起1810年由霍屯督的维纳斯引起的色情兴趣。她说，霍屯督的维纳斯的情形如同"一种奇物"(curiosity)（这个词的使用或许比她的本意更加接近另一个词"色情作品"(curiosa)，之所以出现而这种情形是因为那个时候用于垫在腰部后面的裙垫(bustles)还没有出现，那时的英国女性穿着"没有形状，只有依靠自身的条件……没有鲸骨或者粗硬布莱改变或隐藏什么"。[145]即便她能活到1905年而看到布拉西奥笔下的妓女，也很难想象她会作何感慨。她对于霍屯督的维纳斯的身体与现代时装剪裁中采用的支撑物之间关系的看法，也即对于原始的感性与现代裙撑和裙垫的看法，与漫画家霍尔小姐在1785年的看法相互呼应，又形成正反对照。直到今天，有些医学词典还把肥臀症称为"霍屯督的裙垫"。[146]

马修斯夫人注意到的这种联系显得牵强，但有一定的意义。用确切的社会学术语表来说，不过是显示了一种社会风潮。对此，安德烈亚斯·米耶尔克作了有力的阐述，时装史当中无数的例子也证明了这一点，对巴特曼的狂热很难说就开启了对臀部翘起的时装款式。[147]但她的评论却以自己的方式表达了一种重要的直觉。从有裙撑的衬裙、现代维纳斯和时尚店到霍屯督的维纳斯及其由她的展出所引发的兴奋和维多利亚式的裙撑这一发展过程中，自然而然产生了某种关系，即原始的性幻想与欧洲的社会行为和欧洲社会的裁缝设计之间的关系。这是一个久已有之的现象，巴特曼只是一个特殊而短暂的焦点，这一现象证明了一直以来没有被说出的事实，即对于野蛮人的性趣渗入了并主宰着那些自以为要比野蛮人优越的人的渴望与幻想。旅行者和入侵者对于土著人性特征的色情描绘也呼应了大都市时装变化的模式，这就如斯威夫特的小说在另一层面上表现的那种联系，即毗邻新荷兰①的荒野地带的位于南太平洋的耶胡与《卡德努斯和范妮莎》中"野蛮人"的高雅社会以及那位了不起的女士范妮莎的女主人一家人之间的联系。

在龙勃罗梭的《女性犯人》一书中有一幅惊人的插图，堪称为圆满的解释，此图将霍屯督的维纳斯的增大的臀部与一位阿比西尼亚妓女的巨大的下垂乳房并置一起，这也许是比任何德勃莱的《游记》当中的记录更加令人瞩目的例子，尽管没有跳出居维叶在1817年针对霍屯督的维纳斯本人的乳房所作的评论。插图是书中的一部分，题为《阿比西亚的波利塞西亚，非洲凸起的臀部》，但在1895年的英文译本《女性犯人》(The Female Offender)及多次重印版中没有出现。插图的第四项（即"d"项）还有一幅年轻非洲母亲的画像，下面的题字是"背孩子的野蛮女人，所有原始民族皆如此"——这段话与斯威夫特谈到耶胡与"所有野蛮民族"相像时所用的措辞和思想状态惊人的相似，均强调了"背孩子"这一做法。[148]

这个细节明显地变成了另一种具有衍生能力的、有关原始人的典型描写，被用来解释下垂乳房的现象（如前段从赫尔伯特和尼尔霍夫引用的那样），也被用来解释扁鼻子、厚嘴唇以及其他面貌上的变形，这些变形，按照格列佛的话来说，就是婴儿"鼻子趴在母亲肩膀上

---

① 今澳大利亚旧名。1644年，一名荷兰水手登上这块大陆，将其命名为新荷兰(New Holland)。

的后果(IV. ii. 230)。这一描写野蛮人背孩子的典型习惯描述或许是在暗示，文明的民族是由其他人来带孩子的，或者是以其他方式养育的。[149]在曼特尔的《巨人奥布莱恩》中有一段对话，一个男人说他曾听说过一种仙女，她们"乳房很长很柔软，可以甩过肩膀喂婴儿，这样她们在田里干活的时候哺乳就很方便"，这时有人问："谁听说过上流社会人物还要下地干活？"这种民间的奇想是巨人故事的序曲，故事讲述的是一位年轻的哺乳期的母亲正在前往戈尔韦的路上，她同意为一个邪恶女王的孩子哺乳，结果遭了难。[150]

也许上流社会人士也会觉得自己不会有粗野的动物行为（或者是不想让人看到与其有任何关联）。在这种思维方式中，动物是假定的标准，但是角色有时却调换了，如埃斯凯梅兰①在看到母猴子带着小猴子时欣喜地表达过的，"它们的孩子在它们的背上，正如黑人女人对她们的孩子一样"，他惊讶于"没有理性的动物"的行为竟然与人类相同，就如同慧骃曾经惊讶地发现格列佛和母耶胡之间的角色反转时一样。龙勃罗梭笔下的年轻母亲轮廓不清，没有其他画像那样的古怪特征。她的轮廓优美，但却长着一张男人般的面孔，如同韦伯的《新荷兰的女人》，也背了一个孩子，尽管这种男性特征并不像德勃莱描述的下垂乳房那么古怪，也不像龙勃罗梭自己研究过的欧洲妓女。龙勃罗梭写有一部作品，主要描写欧洲城市的妓女生活，其笔下的阿比西尼亚妓女，乳房下垂，并无男性特征，但其形象却是原始人与妓女的结合。

与陌生人交媾

格列佛被年轻的母耶胡吓倒了，尽管其"面貌不像别的同类那样可憎"(IV. viii. 267)，不过在这一旅行阶段中还能从他那里听到像任何人那样发出的漂亮的恭维声。这种恭维重复格列佛关于大人国的一位"最漂亮的"的女官侍从的评论，那是"一位活泼而淘气的16岁女郎"（出现在一首重要的诗作中，恰好是斯黛拉的年纪）。[151]她有时会把格列佛"两脚分开跨在她的奶头上，还有许许多多其他花样，都不能详细加以描写了，还请读者原谅"(II. v. 119)。这种幻想不禁让人想起了霍屯督女性的臀部，而霍屯督女性的臀部也是现代语境中可以看到的、类似肥大症的真实例子。1780年代有位法国旅行者曾经宣称，说看到了霍屯督的孩子骑在她们母亲的屁股上。这种带有讽喻性的幻想在有关巴特曼的漫画中出现了不止一次：威廉斯的《海神的最后一搏》(1811)，其中扮作海神的克拉伦斯公爵请求允许"坐在"她的屁股上，还给她钱，还有那幅一箭双雕的作品《爱与美》(1822)，画中长着翅膀的丘比特正骑在维纳斯的屁股上。晚些时候，克里斯普(T.E. Crispe)的回忆录当中记载了巴特曼之后的另一个"霍屯督的维纳斯"，于1838年在海德公园再次展出，其中也有肥臀症似的臀部。他描述了五岁时被带去游玩的情景，他被"叉开腿放下，手里抓着她的腰带——几乎是她所有的衣服了——我将我漂亮母马身上的法兰绒折成一根鞭子，而她则尖叫着，笑着，驮着我在场地上到处跑。"[152]

---

① 埃斯凯梅兰(Alexandre Olivier Exquemelin, 约1645—1707)：法国作家，以记录17世纪的海盗活动闻名。

克里斯普觉得这个情节比格列佛的更有意义,因为格列佛"非常气恼",而且要求再也不要看到"那位年轻女子了"。但在他戏谑的恭维之后,还有清晰的性兴奋的痕迹,而这种拐弯抹角的对勇敢行为的描述与下垂的乳房一样,都属于旅行文学中的色情描写。这样的例子见诸于韦斯普奇的报告。在报告中,韦斯普奇提到了充满欲望的印第安妇女,说她们拥有匀称的身体,"并不像人们认为的那样招人厌恶",他记述了在一个原始村庄中令人无法置信的"野蛮"仪式,"那里他们把自己的女人给我们,而我们无法抵挡"。居维叶也记载了野兽般的霍屯督的维纳斯身上优雅的部分:她优雅的胸部,有魅力的手,还有好看的脚。约翰·福斯特也对猩猩、黑人与女性做过某种的含混的思考,不过这也许是一个位于边缘的例证。但是,格雷厄姆·格林认为"长长的乳房垂下青铜色的皱褶"要比"白人的好",还有巴里·昂斯沃斯笔下的巴顿先生,也喜欢长着下垂乳房的母亲而不是其身材匀称的年轻女儿,因为他喜欢"成熟"——我们看到过的例子在其所称的拒斥之中均充满了性的内涵,无论是老太婆、宁芙还是性感美少女。在"不那么招人厌恶"的想法之后有明显的色欲,有无法抗拒的臀部,还有下垂的乳房。在《一个人快乐女人的回忆》一书中,范妮惊讶地看到她所在的妓院里那位"令人尊敬的女修道院院长",其颜色丑陋的乳房"垂下来,至少到了肚脐处",而这样竟然可以挑起一位酷似希腊神话中的英雄赫拉克勒斯一般的英俊骑兵的欲望。萨德后来写了"丑陋"的性吸引力,以证明美的相对性,丑陋带来的性刺激对于疲惫不堪的欲望而言,在某种意义上其自身也是"自然"的。[153]

对于与陌生人交媾的经验或是色欲,以及对"他者"的性的普遍好奇均在《格列佛游记》中喜剧性地表现了出来——可能第三次航行除外,每一次的航程中均有一些性方面的遭遇。这一点,如同布塞曾经指出的,小人国的女性很具有性的吸引力,也喜欢陌生人。[154]但是第三卷中的人,无论其行为举止或生活环境如何怪异,还都是正常的人类身高及外表。尽管在体型和身高上出现了重大差异,比如说在小人国和大人国,但民间传说中的巨人与旅行书籍只是部分的写作背景。关于巨人的性幻想在心理分析文献中随处可见,尽管当前的讨论并不是要做内在的自省——既不分析性遭遇本身,也不分析叙述者在叙述时的心理意识。格列佛叙述时提到的大人国的侍从女官,她们的皮肤"看起来是那么粗糙不平,颜色不一,在近处看她们的皮肤到处都是一块块像木盘大小的黑痣,披下来的长发比包裹绳子还要粗",还有格列佛叉开腿骑上去的奶头(II. v. 119),与后来普罗斯的人类学目录中的科学话语形成了类比关系。普罗斯的著作有一节提到了正在衰老的女性,说他们皮肤"黄色,甚至是棕色的斑点……还有……特殊的红色,近似于铜色",以及"瘤一般的增厚,头发一根一根翘了起来"。[155]格列佛从普通人的角度看到女巨人之后的视觉感,可以说是从据称是不加渲染的人种学研究改编而来的,甚至就来源于此,两者均充满了性的感觉,既令人恶心与令人又陶醉。

普罗斯书中那部分对中年女性的"人类学方面"的论述聚焦于对一位阿比西尼亚妇女的研究,这位妇女被两次照相,在视觉极为接近旅行作家或是格列佛用文字记录下的怪异景象——乳房"均下垂……像一只没有装满沙子的袋子":

> 在许多情况下,巨大的乳房下垂,尺寸巨大显得庞大,这些妇女如果不花费些

力气,都无法把它们举起来。那些多结的网形结节组织以及与其类似的巨大而没有形状的奶头在视觉上极不舒服……没有了年轻时的光滑,这里显示出的均是粗糙与结节;还有,奶头经常大幅度的变长、变粗,它们从大的网形结节组织中突出来,几乎像根手指一样。[156]

普罗斯描述的"极不舒服"的样子,尽管是一个个案,必须与布兰维尔和居维叶的关于霍屯督的维纳斯的巨大的身体部位的、半是狂想的想法做一番比较。与格列佛的民族志相似,这也是一个概括性的描述,而在本例子之中其食尸鬼一样的特殊性也与格列佛眼中的女巨人相互呼应。格列佛注意到的是巨人身体的不成比例,普罗斯的概述关注的则是对于"中年女性"的一般性描述,而其焦点主要是在一般的土著妇女身上,尽管这个例子只是个别的。普罗斯主要关注的不是个案,这几乎令人吃惊。在这一点上,就如同在其他的主题之中,格列佛有特别强烈的直觉,善于从高度具体的观察中得出普遍的结论,而他近似于民族志的写法,不仅直接模仿了其他的旅行书籍,而且也影响到了未来的书写(如普罗斯的著作),包括(并以其方式介入)他们的性兴趣以及可以感觉得到的对公认的丑陋的东西偏好。

众所周知,人类学家和民族志学者也免不了有类似旅行作者和异域小说作者会有的性的好奇心。性厌恶和性觉醒之间的关系也比绝大多数人承认的要近得多,而对于无论是国内还是异域的受轻视阶层成员的性兴趣则有着长期的历史。在想象其他民族的性行为时,"科学"的好奇心与其他非科学的冲动是紧密联合在一起的。土著人的性行为是我们想象种族差异时的重要来源,这些来源包括将一夫多妻或一妻多夫、乱交、乱伦、鸡奸或者频繁的色欲归之于野蛮人的种种说法或者科学报告。这些说法自哥伦布和韦斯普奇关于印第安人的描述时便已开始,也常见于对其他国度的描述中,在这个方面斯威夫特博览群书。这些说法广泛地出现在希罗多德、斯特拉博和普林尼的民族志描述之中。吉尔曼引用一位12世纪犹太旅行者描述另一民族的话:"位于皮翁河的塞巴……像动物一般,吃尼罗河两岸与田地里的草。赤身裸体,四处游荡,智力低下。与其姊妹或任何人混居……这些都是黑人奴隶,含①的子孙。"[157]

这个段落不太会是斯威夫特灵感的源泉,却具有赫尔伯特、奥唯顿和比克曼针对霍屯督人的描述特征,还有格列佛对于耶胡的描写。斯威夫特的习语又一次玩笑般地制造出民族志学般的专门术语氛围(如同埃斯凯梅兰看到母猴子的背上背着小猴子时用的民族志说法)。"那些动物,与其他的兽类一样,是与其雌性混住的",慧骃主人告诉格列佛(IV. vii. 263)的时候,虽然语气如同另一个种群的成员,但却担任了格列佛以及斯威夫特的角色,将野蛮人与"兽类"进行了类比,这也是《格列佛游记》的特征之一。这种将性的混乱与动物画上等号的做法,远在希罗多德时就已经有了。这种话语和赫尔伯特描述霍屯督人和类人猿相似的话类似——"整个部落居住在一起……没有区别地交配",而赫尔伯特还没来得及提到猿类的不自然的性行为,但他的话与斯威夫特所说的"像其他野兽一样",都具有高度的概括力,还能从特殊的民族志语言扩展到更加广阔的用途中去。[158]

---

① 含是《圣经·旧约》中诺亚的儿子,雅弗和闪的兄弟。

这些话与《百科全书》之中明显谴责性话语——"所谓妇女是多余的观念,在任何文明国家都是遭人深恶痛绝的"——没有什么相同之处,尽管斯威夫特的真实感情无疑与这种言辞更加接近,较之那种民族志式的直白则有所不一,其语言更具蒙田或狄德罗式的抒情的潜力。[159]比如说,就在提到耶胡的群居生活之前,慧骃主人告诉格列佛,耶胡头领的宠儿的作用是"舔主人的脚和屁股,把母耶胡赶到它主人的窝里去",这是比那些科学观察更具讽喻性的说法。但讽喻与其说是慧骃的声音,不如说是斯威夫特的声音,斯威夫特的描写毫不留情地模仿了人类学观察时常用的习语,比如慧骃描述耶胡头领的事时所说的:

> 它也曾听见几位好奇的慧骃说过,在大多数的耶胡群中都有具有统治地位的耶胡(我们公园里的鹿群不是也有一只领头的吗?),它的样子比一般的耶胡还要难看,性情也更习顽。这个为头的要找一个跟它相貌、性情都差不多的耶胡作它的宠儿,它的差事就是给它主人舔脚和屁股,把母耶胡赶到它主人的窝里去;因为它做这些事做得好,它主人就会常常赏给它一块驴肉吃。大伙儿都憎恨这个宠儿,所以它为了保护自己总是在它主人跟前不肯离开。除非它的主人能够找到一只比它还要丑恶的耶胡,它是不会被撤职的,但是它一被撤职,接替它的职务的耶胡就会率领这一地区男女老少耶胡一齐赶来对着它大小便,把它弄得从头到脚浑身屎尿。(IV. vii. 262—263)

人类学或者动物学意义上的君主政体似乎一直是旅行叙事和虚构作品的主题。帕斯曼(Passmann)从珀切斯(Purchas)的《巴西故事》(*Treatise of Brasil*)引用了这样的内容:一个阴郁丑陋的猿猴国王被另一只猿猴听差小心照料。这种君主政体的细节,以及类似的风格,在慧骃国的相关记述中被一本正经地以模仿民族志的方式反映了出来。[160]

慧骃国最后的描述重复了格列佛初见耶胡的经历,那时他们"开始往我的头上排泄"(IV. i),也重复了旅行书籍中霍屯督人和猿类小便与大便的仪式,特别是在婚姻和生殖器手术的仪式上。T.S.艾略特笔下的柏洛王(King Bolo)也获得了保镖类似的伺候,而保镖甚至未被"抛弃"。猴子也有类似的做法,在斯威夫特的藏书中,有一部分是与耶胡、霍屯督人和猿猴相关的。丹皮尔①的《航海记述》(*Voyages and Descriptions,* 1699)中描述了坎佩切的猴子将其"小便与大便撒到我耳朵上";韦弗的《新旅程和美洲地峡记述》(*New Voyage and Description of the Isthmus of America*)也是1699年出版的,书中记述了猴子"故意往我们的头上拉屎",还在第二版与第三版中引用了一位皇家科学院成员的记述,其中提到猴子"非常好色,经常扑向黑人妇女"。[161]

但是,在挑选耶胡首领的段落中所展示出的细节却有所提升或转移,上升到了部落仪式的地位。将某一仪式的特性赋予某个实际上是放肆的集体无节制行为,以得到一种科学报告的气氛,这堪称为庄严的愚弄。于是获得的结果便成了一种看似没有价值偏见的、可以引起科学观察兴趣的材料(这后来在吉尔曼的医学和人类学文本中体现出来了)。而在两个例子

---

① 威廉·丹皮尔(William Dampier, 1652—1715):英国海盗、航海家。

中，科学的超然态度没能战胜过度暴露的欲望。格列佛看上去既恐惧又好奇，因为"不像其他野蛮人"，"一只母耶胡竟然在怀孕时都可以与公耶胡交配"，这种做法使得他们与其他"有理性的造物"有所不同，因此这种近似人类的动物要比其他兽类更加糟糕(IV. vii. 263)。他好像是在重复普林尼的说法，普林尼曾经说过，除了妇女没有什么动物会在怀孕的时候还要交配。普罗斯的概略也记载了在很多社会之中，"与怀孕妇女交和的行为是被严格禁止的。"[162]从另一方面说，耶胡没有从事其他的"反常"活动，我们也将会看到，这使得他们与"我们"有所区别，且高于我们。

接近于爱情自由的多配偶行为和放肆的性行为习俗，是旅行书籍中非常常见的主题。在印第安人中，早自1490年代就有记录。[163]多配偶也是蒙田笔下野蛮人的典型做法，尽管他们在其他方面与具有美德的、实行一夫一妻制和明显没有性兴趣的慧骃相似，也与晚些时候布干维尔和库克所描述的塔希提式的天堂相似。[164]我们将看到，蒙田的散文对《格列佛游记》的影响非常大，而早在蒙田之前，图皮南巴人便成了欧洲人概念中的野蛮民族的代表，无论其高尚或卑贱。在斯威夫特的作品中不止一次提到了图皮南巴人，把他们作为当地野蛮人或同类的代表，不论何时何地。[165]在第一章中，我提到斯威夫特从蒙田笔下的野蛮人中汲取了慧骃共和国的因素，并将多配偶和其他野蛮行为归入到耶胡的堕落场所公共池塘，这是蒙田不会做的事情。母耶胡长而松散的头发是图皮妇女的特征，也是韦斯普奇曾经描述过的，这在许多美洲航程的插图中也出现过，尽管他们的位置是在南太平洋。[166]

土著妇女带来的性诱惑被广泛描写，而母耶胡也许可以看作是塔希提美女的强化翻版，塔希提的美人会无偿地把自己奉献给布干维尔的男人。斯威夫特面对这样的叙事会做出怎样的反应，此类猜想难以令人愉快。与《格列佛游记》的精神相接近的是托马斯·菲利普斯日记中的一段粗糙的记录，讲的是1693—1694年间至非洲贩卖奴隶的航程（该书至1730年代公开发表），其中提到"黑人妇女，对我们说英语中淫秽的话，做出种种不雅与挑逗的动作，她们全身赤裸，只在腰间围着一小块布，布垂到大腿中央，她们还时不时把布撩起来展示她们的货品。"[167]布干维尔的《环游世界》1771年问世，几乎是在《格列佛游记》之后的半个世纪，而在他的作品中记叙的南太平洋天堂也许是更晚出现，而且是更理想化了的类型，在英国同样的人（包括稍后一点的人）便是库克船长航行中的各种各样的南太平洋岛民（包括塔希提人），尽管库克本人如同格列佛一样，抵制了各种诱惑，特别是他谴责了新西兰岛民的习惯——那些人受到"与欧洲人经商的"诱惑，而把他们的女人提供给他的船员。[168]

关于"土著妇女在性方面的好客"的报导或幻想，今天一般是指有关南太平洋的岛国天堂，但这可以追溯到征服时代的文献记载，也在维多利亚时期的关于帝国的小说中不断出现。譬如赖德·哈格德①就写有一部以非洲为背景的小说《她》。一位名为尤丝坦的阿玛哈格尔(Amahagger)女性欲将自己奉献给主人公里奥，她"公开"地吻了他的嘴唇，而根据习俗，如果这个男人"回吻了她，这便标志着他接受了她，两人就要继续下去，直到其中一个厌倦

---

① 赖德·哈格德(Rider Haggard, 1856—1925)：英国作家，著有多部浪漫探险小说，包括《所罗门王的宝藏》(1885年)和《她》(1887年)。

为止"。主人公看上去"有点惊讶",但还是"拥抱了",因为他猜想此处的人"遵循的是早期基督徒的习俗"。但这却是阿玛哈格尔人中带有性意味的信号,自由但却要负责任,并且也是社会所认可的,小说对这点表达了羡慕,还加上了一些颇具维多利亚时代人情世故味的评论:"很有趣的是,人类在这种事情上的风俗会有如此大的差异……在一个地方恰当与正确的做法在另一个地方便是不恰当与不正确的……这里,即便根据我们的律令,阿玛哈格尔的习俗也没有什么不道德的,这里的相互拥抱就像我们那里的结婚仪式一般,当然,这种仪式也就将后续的事情都合理化了。"[169](里奥和尤丝坦相爱了,直到女巫杀害了后者。这种习俗也有不利的一面,有另一位阿玛哈格尔妇女被仆人约伯拒绝之后,她设计了一个可怕而野蛮的报复计划,多亏了叙述者及时的枪响,当事人才能逃过一劫)。[170]

这个维多利亚时代的故事以极度幻想的形式清楚地说明了一个教训,即无论是自愿献身还是被她们的男人献上的女性,表现的不总是纯粹的色欲或是性爱的慷慨,而常常是有麻烦紧随其后。韦斯普奇报导说有女子被带到他的船上,其实却是突袭用的圈套或诱饵,似乎是为了进一步说明这点,在16世纪后期的版画显示了韦斯普奇受到性感的美洲金发女子欢迎的场面,而画的背景则是食人族在准备用餐,这不像埃克豪特所绘的那位秀色可餐的妇女,背上背的不是一个小孩,而是一条人腿。[171]即便是在塔希提,商业或者政治目的也通常涉及,性的诱惑常常伴随着背叛或是盗窃行为。[172]欧洲人对此的反应各异,有类似布干维尔的手下人的友好应对,也有"富足号"事件之后传教士对塔希提的邪恶行为进行谴责的。比如说,一个欧洲人或许因为某个部落"拒绝提供性交易",而觉得这个部落"缺乏社交能力",而在另一个场合,这个欧洲人则会赞美不愿当妓女的女性是高尚的,除非是来自低下阶层、没有结婚的女子,如同迪蒙·于尔维莱在1830年代所做的那样——他贬低了美拉尼西亚人(Melanesians),而赞美了波利尼西亚的毛利人,这明显展示出了他自己的种族偏爱。[173]伯纳德·史密斯在《想象太平洋》(*Imagining the Pacific*)中提到,"南太平洋地区性交易市场的建立,是库克船长航行的结果",既带来一些大体友好的收效,但也由于将梅毒带入此地而产生了些间接的危害。关于这点,格列佛或是他的作者肯定很愿意去报导。(库克总是担忧他的船员把性病传给了岛上的居民)。[174]

有时人们会忽视,《格列佛游记》特别是其中第四卷是一则关于南太平洋的故事,尽管它的描述有些时空错乱,而这在18世纪的诸多写作中均清晰可辨,书中提到的野蛮人和原始人总是充满了美洲的例子与主题,而夏威夷人、塔希提人、新荷兰和新西兰的居民也常被反复称为印第安人,甚至印第安的小屋也不时在南太平洋出现。[175]早在德勃莱的时期,"印第安人"的说法便扩展到了加那利群岛的居民、非洲人、密克罗尼西亚人、波利尼西亚人,还有麦哲伦群岛的岛民。但在美洲依然是殖民扩张与探索的主要焦点的时代,那些在非美洲土地上存活下来的美洲的例子与意象或许更令人惊讶,因为这在过去不是如此。蒙田的思想状态和他的场景所唤醒的,以令人惊异的方式留存了下来,如布干维尔在刚刚抵达塔希提时提到的,那些演奏笛子和唱歌的"印第安人""毫无疑问"是唱着"安纳克里昂式"①的歌谣。[176]

---

① 古希腊抒情诗人安纳克里昂,专写酒宴与享乐的诗。

而这种思想状态，包括其中包含的反讽和义愤，一如丹皮尔《航行》中的场景那样，深深地影响了斯威夫特的旅行小说，格列佛的表兄也叫丹皮尔，而他的《航行》中的南太平洋旅行正是慧骃国的航程中的背景。

早在《奥德赛》的时候，便可以看到针对异域女性诱惑的严厉警告，而据称目睹了美洲印第安人的例子的时间也可追溯到1500年。在韦斯普奇发表了的信件中引人注目的是一有机会印第安人总是要与基督徒交媾。[177]尚未发表的写给洛伦佐(Lorenzo di Pierfrancesco de' Medici)(此人是"伟大的洛伦佐"①的堂兄弟)更加"私人"的信件里，也暗示了土著妇女的纵欲，但却更加含蓄。[178]约于1502和1505年间出版的信件，或许由于编辑的原因加入了一些"色情"的内容。比如，蒙杜斯·诺沃斯(Mundus Novus)说，土著妇女非常淫荡，她们使用有毒的动物螫针来增大她们丈夫的器官，使其又大又硬，令人恐惧，结果竟导致大多数坏死。在他致素德利尼(Soderini)的信里也说，"正派的准则让我们拒绝她们为了满足过分欲望而设下的陷阱"。两部作品均强调土著妇女缺乏身体上的羞耻感，强调肉感充盈的身体，还有(如我们所看到的)她们之中罕有的"下垂的乳房"。[179]

这些描述与我前面所提到的或许相互一致。后来在《韦斯普奇"发现"美洲》这幅雕刻画中，将美洲描绘成了一位乳房丰满的美人，正急切地要把自己奉献给呆板、自负的佛罗伦萨人。布赫在《伟大航程》的第10部分引用了德勃莱的一幅画作，画作显示"以韦斯普奇为首的征服者，是有点可笑的受益人"，成了美洲女人的宠爱。跨文化的性结合是征服文学(literature of the conquista)中的一个主题，早在哥伦布航行的时期便已有记载，而德勃莱的画作时而以或多或少嘲笑的方式处理这种主题。另一幅画则显示一些西班牙人"在库拉索岛试图引诱三个女巨人"，而巨人早也变成了殖民邂逅中性叙事的喜剧角色。约翰·奥格尔比的《美洲》中有一则详尽的记录，描述在1643年，长着大胡子的女巨人如何向荷兰医生亨利克·海博(Henrick Haelbo)抛出可怕的媚眼，"她们的丈夫也认可了"，[180]这是个拉伯雷式的幻想，这一情节于格列佛在大人国中与宫廷女官的情节中得到了重现(II. v. 119)。[181]自《奥德赛》开始，巨人便在旅行文学之中非常常见。[182]韦斯普奇报告了一座巨人岛(库拉索岛)，看到并描述了男人前面的女人，尽管其没有在此处有性的披露。[183]旅行者，从麦哲伦的伙伴皮亚费塔(Piagfetta)(他报导说女巨人"的奶头有半码长")到约翰·拜伦(诗人拜伦的祖父)，均声称在巴塔哥尼亚看到了巨人：这些看上去都是些"好的"巨人，与奥德赛中记载的巨人的原型不同。另外无论过去还是现在都有一些好巨人的例子，有些巨人甚至还具有卢梭式的高贵品格。[184]弗兰肯斯坦的怪物——这个故事是诗人拜伦建议下的结果——也有一些这样的色彩，还伴随着一种种族杂交的恐怖氛围。多少带点友好色彩的巨人传说后来延伸到性的领域，这种变化或许可以追溯到《奥德赛》中那些女怪物，也可追溯到拉伯雷那里，但无论如何，即便从这个有些非常专业化的角度来看，《格列佛游记》的取材源自旅行文献。[185]

西班牙人常常被描写成掠夺式的性侵略者，这不仅仅是在德勃莱的记叙之中，在他们自己

---

① 伟大的洛伦佐(Lorenzo the Magnificient, 1449—1492)：1469—1492年间佛罗伦萨的实际统治者。

的记叙中也一样。[186]事实上，他们还常常以此来吹嘘，比如古内奥(Cuneo)，他是被卡萨斯谴责过的恶棍，因其在尤卡坦(Yucatan)使当地妇女受孕来牟取利益。[187]从另一方面讲，英国人的行为被认为是谨小慎微，不愿犯错，比如当他们礼貌地询问"通过地方头领派来的使者来询问……是否可以吻一下波卡洪塔斯①的手"。沃尔特·雷利爵士(Sir Walter Ralegh)在圭亚那有意识地将自己塑造成正派的帝国建设者，实行性的节制，以便从羞耻形象宣传上与西班牙人的行径形成对比。[188]这种在性方面认为英国是最好的想法，在格列佛游记的最后一章，即有关殖民统治的部分得到了回响，也与荷兰人德勃莱的新教偏见及贬低天主教的帝国势力的努力相一致。这种观念唤起了哈克鲁特的爱国意识(斯威夫特有他的一套《旅行》)。他既是德勃莱及其儿子的朋友和仰慕的对象，也是他们常常引用的源泉。哈克鲁特宣称的"自由……只有在英国的旗帜下找得到"就堪称是一长串人思想的原型，这包括了格列佛，一直延伸到吉本、达尔文、康拉德和我们讨论过的其他一些人。格列佛曾赞美英国"把本国的生活正派、谈吐审慎的人移居各地"(IV. xii. 294)，这种说法嵌入了一套已经存在的话语体系，这种话语体系也涉及性的领域，而格列佛从母耶胡面前畏缩的表现则可以隐隐约约预示了后来库克船长颇讲究原则的克制。[189]布干维尔则是这种原型的法国版，即好的殖民管理者或者树立旗帜的人(每个国家当然都有自己的版本，狄德罗也谈过这个问题，不过他的反讽没有斯威夫特那么厉害)。但是，布干维尔关于塔希提的场景描写，也许与库克船长的手下曾遭遇到的没有很大的不同，也不过是强化了一种法国已有的、略有不同的普遍神话。

无须赘言，这样的神话，包括土著妇女把自己奉献给欧洲入侵者，或是被他们的男人送来，均是从欧洲的视角来看的。这样的视角是由征服者的视角形成的，其中包括了个人幻想的因素和文化的自我膨胀，也包含了各种国家间相互竞争的因素。种族间交往的复杂社会现实，不仅仅包括性的对抗，也有冲突与剥夺，往往未纳入视野，一如被侵略民族的视角及其内部的种种社会张力也通常忽视。完整理解"接触的政治"——包括赠与妇女行为的内部政治、年轻的土著男子与部落长者两代人之间的权力竞争的变化，以及由历史学家亨利·雷诺兹(Henry Reynolds)阐述的在澳大利亚的语境中的种种问题——所有这些似乎在旧的旅行记述中都不存在，同时也完全是斯威夫特视野之外的东西。[190]

入乡随俗

如果说与母耶胡相遇的情节打开了一个丰富的跨种族交媾的主题，格列佛对她的拒斥则表明这样的行为很难发展下去，这正如他对大人国人的乳房感到反感，并拒绝任何机会让小人国的人仰慕他那令人难忘的巨大生殖器，这种拒斥的态度表明种族混杂将不可能发生，尽管其间也有一些卖弄风情的暗示。[191]"入乡随俗"(或者用库克时代的话说"变成印第安人")是指娶了一个土著妇女，这种情况非常常见，即便到了18世纪70年代，也不会出现19世纪小

---

① 波卡洪塔斯：波瓦坦人部落的公主，她与詹姆斯敦的英国殖民者交好，而且据说曾搭救过约翰·史密斯上尉，使其未被她的族人处死。

说中那种遭人侧目或让人低声议论的样子。无论如何，格列佛的经历，不管是在这个话题还是其他许多话题上，均得到足够简慢的遏制，难以发展成不可思议的小说的程度。

他对于所有外来异性的拒斥终于扩展到他自己的妻子身上，这并非是普通意义上的"种族主义"行为，而是对于整个人类的拒斥。当他惶恐于"由于我自己曾和一个'耶胡'交媾过，结果就成了几个'耶胡'的父亲"(IV. xi. 289)的时候，他指的是自己的妻子和孩子。最后，他愿意和他的马作伴，其内心也并不是想作为外族人加入一个统治种族。他确实也以赞许的口吻提到过慧骃国中实行的一种肤色歧视：

> 慧骃中的白马、栗色马、铁青马跟火红马、灰斑马、黑马的样子并不完全相同，它们的才能天生就不一样，也没有变好的可能，所以白马、栗色马和铁青马永远处在仆人的地位，休想超过自己的同类，如果妄想出人头地，这在这个国家就要被认为是一件可怕而反常的事。(IV. vi. 256)

这便是慧骃国的"种族主义"，尽管是建立在毛色的区别之上，事实上也是有关等级或阶层，而非种族。更加准确地说，种族歧视就其本身而言也是阶级冲突的延伸。这番叙述之后，格列佛告诉慧骃"我们国家关于这方面一些不同的分类"，包括放荡的习性、病弱的体态，以及与"出身微贱"的人结婚来改善家族的财政或是身体状况(IV. vi. 256—257)。这些安排是遗传上而非"种族上"的灾难。这里的"种族"(Race)，在相关的篇章中，是在"社会阶层"的意义上使用的，我们在其中看到"当仆人的下等的慧骃"可以生育三对子女，以便它们日后可以充当贵族的仆从(IV. viii. 268)。它们也会以一种柏拉图式的方式实行优生，以避免"血统混杂产生不良的毛色"(即便这里，色泽区分的逻辑也是种族内部的，而非种族之间的)，优生还会使它们力量增强，也变得更美丽，而不会使高等的慧骃数量增大，其实，高等的慧骃只能生较少的后代（一对子女），而低等的可以生的更多些，目的是避免人口过剩(IV. viii. 268—269)。[192]

并没有明显的迹象证明，慧骃国的"种族"概念具有"种族主义"意义上的含义。即便他们有，"种族"这个词包含的相对现代的用法也很难套用在斯威夫特那里，当然语言学上的意思也不可能套用。[193]耶胡是一个不同的种类，被当作有用的劳动力——但更像是一种役畜，而非奴隶。每个慧骃，无论毛色怎样，都属于慧骃国的，而他们的各种毛色(也与人类世界的马形成了固定的，或是形式上的对应)，也是一种带有"地方的色彩"：这再一次反映出了人类与马类的角色对调的共和国里的状况。甚至连色彩的等级制也颠倒过来了，在人对马的评价中，白色和栗色的马低于红棕色和黑色的马。你可以称其为某种错了位的现实主义，这种东西通常让人痛疼且有增无减，——比如当格列佛向慧骃提出建议，应该阉割耶胡(正是人对马采取的行为)而非灭绝耶胡(正是人类之间倾向于做的事情)的时刻。"渴望与种族之外的通婚"似乎正是这样的一种延伸，用马的不同毛色来对应人类的社会分类，而在这个特别的语境下，其含义与同等级之外的人通婚并无不同，并且与其说是与了解种族问题有关，不如说是与了解你的处所有关。

这并不是说，斯威夫特关于种族差异的观点用现代的术语说来便特别发人深省。如同慧骃国寓言所示，在一个秩序井然的共和国中跨越社会界限的想法与跟异族通婚的想法一样的新奇，这一想法在这个寓言中显得很含蓄，对任何一方都没有表现出友好的观点。也许会有人想尝试将之与人类的种姓制度相比较，其中肤色的深浅起着作用，但是，慧骃国的分类看上去很精确，似乎并没有在真实生活中所具有的那种类似种族歧视的厌恶感。我认为，从种族而非是社会的意义上看，慧骃的模式应是不假思索的产物，而非是直接的定论，同时也没有过多的牵扯种族因素。在过去，现实生活中或是多种族社会人类世界中，跨文化旅行依然未成惯例——这种考虑的精微之处，如果真要展现在了这个篇章之中，可能同样涉及到跨种族通婚的不切实际和不为人看好的前景。这样的通婚，正如我们所看到的，是探索与征服过程中的新奇事物，它与国内的或是"大都市"的经验保持了足够的距离，因而显得不那么具有威胁性。

那些16世纪变成了印第安人的西班牙人，似乎并没有被谣言的氛围所包围，他们还能够在墨西哥为征服者翻译当地的语言。翻译者在帝国的过程中起了很重要的作用，而那些被俘后变成印第安人的西班牙人则扮演了重要的角色。尽管关于这种变节行为也会有后悔或不满，但是这些并没有明显的充斥着"声誉"或阶级背叛之类的忧虑。已知的丑闻均是建立在宗教基础上的（叛教或异教），或是针对特别惊人的行为，比如吃人的行为，这是为饥饿所驱使的西班牙人做过的事情。典型的情况是，这些人总是被重新塑造和利用，而非被塑造成贱民。[194]这种情况看来与法国和其他区域上的大体相同，尽管在威尔加南（Villegagnon）的殖民地中，法国人与印第安人是禁止通婚的。[195]除了叛教之外，没有什么丑闻可以牵连到在巴西的印第安人中生活了一段时间的诺尔曼的水手，同样，也牵扯不到印第安的中间人本人。在"论野蛮人"一文中，蒙田表达了对他的巴西翻译与印第安首领在鲁昂的蔑视，那是因为那个人太蠢了，无法理解蒙田的意思，而蒙田喜欢与曾经在印第安人中生活过的水手和商人交谈，因为他们熟悉印第安人的生活。[196]甚至到了库克的时代，在谈论到"变成印第安人"的水手时，也有一种轻松的态度。直到了"富足号"①事件之后，才有了一种新的气氛——南太平洋的天堂被认为能够刺激起自由的情绪，这种刺激则会诱发反社会，甚至革命性的情绪。[197]

塔希提岛的诱惑可能引发更多的船员叛乱，这种担忧无疑影响到了官方的态度。在"富足号"事件之后，教士的努力明显增加了，力图将塔希提岛的行为描述成堕落行为而非是天堂的行为，同时也大力宣传，除去叛乱行为的浪漫光泽。[198]审判回国的叛乱者，将其中三个于1792年十月绞死，将他们的尸体悬挂示众一小时，同时船队的工作全部中断，这些都造成了（如在给英国海军部汇报中提到的）"对所有船队中的人具有深刻影响"的效果。如果用意是这样的话，那其显然没能防止五年后的另一场影响深远的叛乱。在那场叛乱中，如格里格·丹宁（Greg Dening）所言，"大多数航运"公司都起来反对那些停靠在泰晤士河中诺尔岛的船的大多数船长，那一年36位船员被绞死。[199]自一开始起，布莱（Bligh）自己就促成了

---

① 富足号（Bounty），布莱船长指挥的英国武装运输船，1789年4月28日船员哗变。

一种叛逆倾向，这一倾向又迎合了公众对于帝国色情的窥淫欲："富足号"的叛乱便被归因于性的贪婪，而非是船上的抱怨。布莱将叛乱归于幻想成"在塔希提岛人(Otaheitian)中的开心生活……与女性联系在一起，更有可能成为整个事件的主要原因"，这体现了声名狼藉的，或者至少是剥去幻想之后的那个自由岛屿中田园诗生活的阴暗面，而为叛乱者弗莱切·克里斯蒂安(Fletcher Christian)辩护的人士则有意减低了性在他的行为中所起的作用。很快，大家就知道了"他和'富足号'上的另外11个基督徒得了'性病'"，其中还可以加上塔希提岛上一些种族和性的暴力的耸人听闻的细节，后来这种情况还出现在了皮特加里(Pitcairn)岛上。[200]

审判"富足号"的军事法庭揭示了一个"入乡随俗"案例。其中有关塔希提岛的田园生活的看法与一种新的，特别挑剔的批评意见形成强烈的对比。17岁的海军军校生彼得·海伍德(曾被判处死刑，由于有海军高层的关系赦免，后来在海军中非常成功，六年后成为船长)——据他积极参与为他进行辩护的姐姐在诗中说——曾经在"最为慷慨的塔希提印第安人中体验过真正的友谊……恩惠和爱/是从未在欧洲的血液中出现过的"。但他也被人指责，说他变成了印第安人。在"潘多拉号"的后甲板上——也是将叛乱者带回英国的那条船——他的衣着、语言和习惯都已"入乡随俗"，这进一步证明了他有罪的假定。[201]

对变成土著人的一致厌恶似乎渐渐地成了19世纪的殖民文化的一个特征。比如说，在澳大利亚的定居地，任何一个白种男子，若是逃进丛林，以土著人的生活方式生活，便会被看成是与他不光彩的起源有所关联，并被是视为对一个试图确立威信的地区的地位的威胁。此种焦虑表现形式不一，见诸于维多利亚时代的印度，更多的则见诸于社会结构组织松散的东南亚殖民地。在东南亚殖民地，流亡海外者组成的群体会珍惜其在异质文化中的统治地位。康拉德或者吉普林笔下营造的可耻的群体叛变氛围及这一叛乱群体被神话化了的贱民地位，便是从这种后来的帝国环境中产生出的。同样由此而生的还有对于异族通婚的强烈反对以及对由此而生的混血儿的蔑视，这也是J.M.库切在讨论南非小说家萨拉·格特鲁德·米林(Sarah Gertrude Millin)时提到过的。[202]这种现象将在本章下一节讨论到的，它与种族混杂的焦虑有关，其来源部分可以追寻到种族"科学"的先驱那里，即科学的种族主义，介于格列佛和霍屯督的维纳斯之间的那段时间。其纳粹的表现形式(也是我将在后面两章中讨论到的)出现的时间晚得多，它吸收了(如库切指出的)米林(Millin)的小说的成分——尽管她本人是位犹太人，她抵制了纳粹主义进入南非的做法，也不让自己的作品被翻译成德语。[203]

霍屯督人在米林的小说中有一个特殊的位置，"玛丽亚的霍屯督脸庞上有一些马来人的特征"，我们从《混账的国王》(King of the Bastard)中读到，或是通常如同库切对《上帝的继子》所做的阐释那样，"霍屯督人，因为其'蒙古人般'脸庞，与那些贵族般的纯黑色土著人——祖鲁人——截然不同。原本他们身处在人—猿界限关系之中的贱民位置，而现在虽然具有了人的地位，却是下降——或者说是上升到了一个更加声名狼藉的、种族之间的界限关系"。[204]成为混血儿的坏处，像劳伦斯在《羽蛇》中的描写及其他作家对别的地方的别的种族所做的描述那样，揭示了"可怜的白人"与其他种族交媾的模式以及由此结合而生的贱民模式，这可与库克或是布干维尔的手下在塔希提岛上的行为，以及传闻中的"富足号"的叛乱者的浪漫行为已经相去甚远。对于后一现象的政治或是宗教反应,形成了一股旨在阻止绑架海军船只去公海的宣传浪潮,这或许为这一话题带来了耸人听闻的坏名声。如同库切所言,19世纪对于堕落的极度担忧——这见诸于戈比诺、龚古尔兄弟和左拉的作品——引出出更强烈和洪亮的共鸣。[205]那个世界不再是格列佛的世界,虽然在格列佛所到访过的几个社会之中,"入乡随俗"的做法似乎也偶尔会降临在他身上,尽管不是以性的方式(格列佛告诉我们,他不是一个非常追求性的动物)。然而,这一事实反应的是格列佛善于适应环境的能力,而不是什么堕落的本能。

将斯威夫特对于种族的看法加上一层浪漫的色彩不是我的目的。就慧骃而言,它们的"种族主义"——有些批评家觉得这比其他东西更烦——在有关不同颜色的马的那个章节是找不到的。即便它们是"种族主义者",它们所针对的目标也不是自己的种族,而是耶胡。这是跨越了物种的厌恶,指向另一个物种而非自身,严格地说,就如同一个人不喜欢猫,却不能被称为"种族主义者"是一个道理,或者就那件事而言是不喜欢马。它们与耶胡的解剖学上的区别界定了他们的身份,在人类世界中同等的对立参照可以称之为"对等主义"(equism),在它们之间思考一种可能的"人文主义"会令人紧张不安。格列佛认可这种感觉,结果招致了对他自己的自我贬低,因为他认可了它们之间以颜色为标准的阶级划分,从这个意义上来说他也就认可了慧骃国的一切。从这种颜色标记模式也可以看出,格列佛和他的创造者一样,都认为等级制是一件好事,但这却也没有告诉我们他对于种族的看法。无论这个章节与斯威夫特本人的政治观点或是心理传记有何联系,格列佛都是向往成为慧骃的,不管他在它们的等级制中出于什么位置。可是他被排除在外,原因是不像《格列佛游记》当中所有其他的民族或族群那样,慧骃既不是人,也不是人形的动物。相反,格列佛对于其他民族的看法,甚至包括自己民族的看法,都是觉得他们确确实实是人,而不属于遭到蔑视的社会或种族群体。

然而,格列佛对于跨越物种界限的渴望,格列佛对于成为慧骃国一员的渴望,尽管有别于其自己内部的种类或慧骃内部的种类区分,却充满了象征性的或其他的构想,让人联想到人与人之间可以跨越种族的界限。(我使用跨越物种 cross-specific 或者 trans-specific 来指人与其他动物之间的跨越,用跨越种族 cross-racial 来指人在人类种族内部的跨越。)在《格列佛游记》的第四卷中有一个喜剧的情节,提到了马的步态、姿势和声音,而在格列佛返回人类世界之后,若是有人告诉格列佛,他走路像一匹马,或是说话很像马的嘶叫,格列佛会觉得受到了恭维(IV. x. 279. xi, 285)。这个情节早有预兆,在他离开大人国的时候,他觉得总会遇到巨人,也总有大声喊叫才能让别人听到自己。此外,也有相反的倾向,即把自己当作巨人,看到别的英国人都觉得他们是小人,担心会踩死他们,同时也"会大声喊叫,一边让他们让开路",还有走进自己的房子时也会弯腰等等(II. viii. 143—149)。这些事情似乎都发生在格列佛到访过自己喜欢的社会之后,尽管大人国之后的经历只是身体尺寸的改变,或可视作是"价值中立"。要是我们把格列佛在这些社会表现出的易于适应或是易受影响的习惯看作是"入乡随俗"的最开始形式,那么他最后也是最持久的一次这么做便是在他的马厩中和他的马匹相处了。这是一个推迟了的描述,如同格列佛离开大人国后的类比行为,这一描述发生在格列佛返回英国之后而不是在原先引起这种反应的国家内。如同其他方面那样，格列佛在这一方面反应迟缓。

尽管如此，虽然实际上格列佛破坏的是人与动物之间的界限，但他对于人类种族之间牢固关系的拆解依然能够辨认得出。如同许多人成了印第安人的例子那样，格列佛也离开了妻子和家人，不愿意与家乡人为伴，而情愿与马厩里的两匹马在一起（IV. xi. 289—90）。这些行为提供了一种另类的社会方式，与该作品自始至终将它们作为物种的"他者"身份相悖。这种双重矛盾所产生的特点，被慧骃(Houyhnhnm)与人类(human)两个词之间的同音异义关系有趣地加强了。格列佛新的生活方式，也是斯威夫特刻意处理后的结果。有趣的是，格列佛的堂兄弟辛浦生在"出版者至读者"当中并没有提到这种奇怪的生活方式。他说格列佛"因为经常有一群又一群好奇的人来到他在瑞赘夫的家里去拜访他感到厌倦"（他成了一个单凭自身力量举办的异域怪物秀，一具国内与国外帝国景观的充满悖论的牺牲品），就搬回了故乡诺丁汉郡，"他就住在那儿过着隐退的生活，很受邻人敬重"（9）。

这里隐去了有关格列佛厌恶人类的任何暗示，也没有提到他对马的偏爱。然而，这两种心态却在格列佛至辛浦生的信的开端有明显表示（8），尽管初读第一版的读者不会读得到。这有点像是性情温和的辛浦生被斯威夫特专门选来做一件公关工作，却因为前面有给辛浦生信而效力大减（在1735年之后的版本中能够看到），也会因为读完全书（所有的版本）而作用减低。辛浦生的话暗示出，在诺丁汉的经历应该晚于书中第四卷第十二章的描述，该部分描述的情况还是发生在瑞赘夫，也已经表现出重新回归英国生活方式后发生的事。格列佛自己在最后一章曾表示，生活有一个逐步调整的过程，或许与以下表述相符：

> 上星期我已经允许我的妻子和我在一起吃饭。我让她坐在一张长桌的另一头，并且要她回答（不过是非常简单地回答）几个问题。但是"耶胡"的气味还是非常难闻，我总是用芸香、熏衣草和烟草把鼻孔紧紧塞住。虽然一个老年人很难改变往日的习惯，但是这在我来说并不是毫无希望，我总有一天可以同我的邻居相聚，不再害怕他会用爪子或者牙齿来伤害我。（IV. xii. 295—296）

如果这个段落暗示了这类事情未来的叙事进展，那么辛浦生似乎在回忆中肯定过那种情况（但什么读者会返回头记得那些细节或是解释呢？），这段话的与其说会减轻，不如说会加强疏离的感觉，对读者而言其作用相当于《格列佛游记》之中出现的很多温和的情节，这些温和的情节超过了作品意在减缓的严厉惩罚。这样的让步与其说减少了，不如说加深了最初的刺痛感——就像斯威夫特在1725年11月26日给蒲柏的信中所说的，不是斯威夫特而是"你们"(vous autres)才"痛恨人类"，尽管，如同对待偷了鸡的猫一样，即使把他们中间的一些拉去枪毙，斯威夫特也不会觉得有多惋惜。这样的修辞策略一直在欺骗着读者，也是斯威夫特最典型的特征之一。格列佛在离开慧骃国之后的喜剧因素读者均能看得到，但是，尽管他都在谈论一个积极的融入社会的过程，他能瞥见妻子坐在长桌的另一端，格列佛的鼻子里依然塞着草药和烟草以避免人类的气息，还有他承认自己担心被邻居吃掉的不理性的恐惧，但都很难让人觉得他回归了正常的人类生活。作品结尾的口气依然怪异且唠唠叨叨。作者为格列佛在英国的重新定居所安排的画面，在前面一章中已清晰地所描述出来了，这是另一种真正的别样的居住环境和生活方式：

> 回家后的第一年，我不准妻子和儿女到我跟前来，我受不了他们身上的那种气味，我更不允许他们跟我在一个房间里吃饭。直到现在他们还不敢动一动我的面包，也不敢用我的杯子喝水。我也不让他们中间任何一个抓住我的手。我第一次花钱就为的是买两匹年轻的种马。我把它们养到一所上好的马厩里。我的马颇能了解我，每天我至少要跟它们谈上四个钟头。它们从不带辔头和马鞍。它们都非常爱我，彼此也很友爱。(IV. xi. 289—290)

英国及欧洲生活习惯或方式的崩溃，对家庭的抛弃，因为反抗人类社会而去与动物同居一处——这些都是"入乡随俗"的标志。这就像是库尔兹把他的丛林移植到泰晤士河两岸一样，总让人觉得慧骃是比库尔兹的非洲部落更有礼貌的土著人，因此其行为也将更为平和。

当然，这里没有性。格列佛是英国人，不像那个追求他的母耶胡，母耶胡渴望跨越人类之间种族的界限，而非跨越人与动物之间界限——那"母耶胡有一种自然的倾向，认为我是属于它们一类的"。至少这里没有公开的性行为，而为了目前的讨论，满身马厩气味或许该留给心理传记的作者，如同早些时候在慧骃国的时候——那匹公的"栗色小马"(一直都很爱我)"向要离开的格列佛温柔地告别，不停地叫道："保重吧，温顺的耶胡"(IV. xi. 283)。这是个不寻常的"让人动情"的场景，后来被索利·吉尔斌(Sawrey Gilpin)画了出来。或许有人甚至会发现，那些种马与马夫是同样的气味，或者可以唤起格列佛、他的作者或是读者的情感。但是，绝大多数的读者或许会同意，跨越人与动物之间类别的交配不会以任何方式出现在格列佛的行为中，这是因为他的里比多是温和且受到限定的，这一点是他或是任何一个潜在的性伙伴都意识到的。

另一方面，跨种族交媾的想法——不仅仅是与母耶胡，还有与大人国及其他地方的人类或是类人类——确实不时地提供了另一种温和的刺激，同时也与至少一次的跨越人与动物之间的喜剧般的亲昵行为共存，那是在大人国时一只年轻猴子强迫给尴尬的格列佛的。这是一次在跨越人类不同种族之间和跨越人与动物之间的有趣重叠，其后果是挑战、毁坏或是模糊了作品一直以来坚持的分界线。这是一种概念的滑动，与"自然"、"理性"等概念的不确定的使用非常接近，就如同作品在慧骃(Houyhnhnm)、人类(Human)和类人类(humanoid)这些概念分类之间或之内不断游移一样。[206]

猿猴与天使

有意或是无意，《格列佛游记》与众所周知的现象有所联系，即形容民族或种族差异的词汇有时会变成跨越人和其他动物类别的暗喻、污蔑或是诋毁，比如当这个或那个族群被说成是动物的时候。由于历史的原因，这里的动物常常指的是猴子。早至公元前五世纪，便有将人类与猿猴区别开的尝试，当时，迦太基的汉诺①(Carthaginan Hanno)在西非海岸边的海岛上发现了一群浑身是毛的民族，叫做Gorilla(大猩猩)。在不同的历史时期，使用粗俗的类比来描述土著人是很平常的，比如在威尔·罗宾逊(Will Robinson)的绘画《挥舞长矛的几个土著人》(A few of the natives brandished spears)，该画是为杰·兰(J. Lang)的《库克船长的故事》(Story of Captain Cook, 1906)所做的插图。[207]有时也会用别的动物代替猴子的地位。有些表述也有变化，但含义基本类似，比如当个人或群体被说成与某种动物有所关联的时候，比如说，若干种文化中都会说到的一个主角——狗娘养的("fils de chienne"，也出现在了斯卡龙(Scarron)②的《罗马喜剧》(Roman Comique, 1651—1657)之中，还有俄语中的sukin syn也是一句常见的骂人话。)[208]将《格列佛游记》与爱德华·朗(Edward Long，《牙买加历史》(History of Jamaica)的作者，"英国的种族主义之父")在《坦率的反思》(Candid Reflections)当中的一段话放在一起会很有趣，在这段广为引用的段落里，对于社会阶层与性行为的思考延蔓延了种族和物种的话题：

> 英格兰下层阶级的妇女，很明显喜爱黑人，其原因太过于兽性而无法言说；若是法律许可，她们愿将自己与马或者驴相交。通过与这些女士交配，那些人(黑人)会有大量的后代。于是，再过几代人，英国人的血液将会因杂交而遭受玷污。生活的变化会令杂种们广泛传播，波及中等阶层，再至等级更高的人，直至整个民族无论外貌，或者思想的低贱上类似葡萄牙人或摩尔人。

这段话预示了19世纪诸如约翰·博德(John Boddoe)这样的种族科学家的观点(这将会在下一章进行讨论)，即英国的下层社会，还有爱尔兰人，将会被"黑人化"(nigrescent)。反奴隶制活动家格兰维尔·夏普(Granville Sharp, 1735—1813)用过的一本书现存于耶鲁大学的贝纳克图书馆(Beinecke Library)，书中有一旁注道："克里奥尔人之间的污染与这位作者所说的并无不同，因此，作为一个西印度的种植工，他不能因为喜欢黑人便有权利玷污我们的英国妇女。"[209]

朗粗略勾勒出的景象，与慧骃国的小马警卫所反对的情形有残忍的类似，部分原因是希望将社会底层控制在他们的位置上。慧骃们以颜色为标准的婚姻习俗便保证了这一点。那种跨越物种界限而与马交配的念头，就如同朗笔下的低等阶层的妇女，并没有以性的方式进入格列佛的头脑，这也是我们刚看到的，但是，即便有了这样的想法，慧骃国的法律也会毫无疑问地制止这一行为。在慧骃国里的跨越物种界限的行为，比如耶胡去吸母牛的奶头(IV. ix. 271)，尽管很少出现，也被处理成了一个略带猥琐的场面(并非是一定要把这种场面处理成这种效果，比如在罗马戏剧当中，当母羊喂养死去了妈妈的小狗的情节便是带有喜剧色彩的)。[210]

---

① 汉诺：活动期公元前3世纪，迦太基亲罗马派首领，汉尼拔的反对者。
② 保罗·斯卡龙(Paul Scarron, 1610—1660)：法国作家，以其滑稽剧和流浪汉小说著名。

第二章 乳房下垂的野人:格列佛、母耶胡与"种族主义" · 93 ·

格列佛对于慧骃国的渴望是理想化的、无法实现,是乌有乡意义上的乌托邦,于是便加倍地与性的领域分离开了。但他对性的反感并没有被从阶级或是种族的角度体现出来。《格列佛游记》与伏尔泰的《老实人》当中的情节极为不同,《老实人》当中的主人公走到南美洲大耳人的领地的时候,开枪杀死了两只他以为是骚扰当地女人的猴子,结果那两只猴子却是她们的情人——这是对今天看来"敏感"事件的轻松而漫不经心的处理,其后更是加上了主人公鼓励当地人男人去吃耶稣会教士的情节。[211]

在《格列佛游记》中没有提到有土著人与猴子的交媾,但是似乎猴子认为格列佛就是它们的同类,也有这样几个古怪的亲昵场景,与哺乳而非是交媾更为接近。在大人国中,格列佛被当成了小猴子而被一只大公猴子带走了,这意味着作为英国人的格列佛的人性、而非是他的种族受到了侮辱,[即便这个事件表现的是个跨物种的混乱景象,是个错误,尖锐地攻击了人类形体的神性,其模式如同耶胡与母牛之间的接触一样违背常理。]书中有一个与之平行的情节,也就是格列佛被那个母耶胡追求的情节之前,格列佛抓住了一个三岁大的小耶胡,这个情节本身也让人想起猴子来。这两个情节前的导言宣称,他有"理由相信,它们[耶胡]认为我也是它们的同类……它们会大着胆子凑上前来,用猴子学人的样子模仿我的动作"(I. vii. 265)。猴子在这里扮演了模仿型动物的角色,正如我们会说我们模仿(ape)别人一样,但是,接下来年轻的大人国猴子的场景突出了人与猿属性相似的古已有之的侮辱性话题,并由此产生诸多联想:如将耶胡与野蛮人,特别是与爱尔兰人联系在一起,还有将所有土著人与猿猴联系在一起(古老的英国习俗是把爱尔兰人描绘成野人,这种做法竟成习惯,以致在维多利亚时代的漫画里,总是将猿猴的特征归到他们的身上)。[212]这种人与猿属性相似的观点也体现在洛克与斯蒂林·弗里特(Locke-Stilling Fleet)的争议中,他们争论的话题也是"马",暗含了斯威夫特对人性的定义的游戏手法。人猿相似的主题在18世纪各种关于人的理论中继续起着作用。[213]蒙博多的猩猩曾经与"黑人女子"交媾,这样猩猩被看作是代表了人的初期阶段,这种准进化论思想有相当长的史前史。这样看来,达尔文关于"人是从某些类似猿猴的祖先那里变来"的理论,斯蒂潘(Stepan)称之为"创新"之说,就似乎令人困惑了。[214]

性交易的议题,以及由此而来的人与猿之间推定的生物亲缘关系,便暗含(尽管不等同与)种族科学之中关于人类同源论(monogenism)和多元发生说(polygenist)之间的区别之中,持人类同源论的有林内、布封等人,他们认为人类种族源于一个单独的生物类别;而持多元发生说的则有18世纪诸如爱德华·朗等人,彼时他们科学声誉不高,但他们认为白人与非白人差异如此之大,一定是由不同源头分别发展而来。[215]按照利昂·波利科夫(Leon Poliakov)的说法,"基督教认为所有的人类都是有一位共同的祖先亚当,其后便是诺亚和他的儿子"。根据《创世记10》,诺亚的儿子有闪、含、雅弗,有时他们之后还被加上第四个,即詹尼森(Jenithon)或马尼森(Manithon)。传统上认为,亚洲人是闪的后裔,非洲人是含的后裔,欧洲人是雅弗的后裔。含的后裔遭到了诅咒,这种说法据说具有圣经的权威,而我们又都熟悉对于雅弗子孙的特殊评价,因此,种族主义的源头便由这种传统而来。但是,这种关于源头的神话又在作为一个类别的三个兄弟的后裔之间推定了生物同一性。科学并不总是与《旧约》勾结在一起,其在历史上支持了人类同源的假说,尽管它也寻找了方式来助长看上去矛盾的科学种族主义的种种形式。[216]

最近的一位评论者对目前的科学思想进行了这样的描述：

> 目前，证据倾向于"诺亚方舟"一派。基因学以及对于化石的检验，都指向共同的祖先在非洲。种族间的生物差异只是表面，理论上说，任何人都可以与其他人交配而生下可以存活的后代。"诺亚方舟"与现代动物学的想法相吻合，即新的物种由小的族群发展而来，逐渐扩散，与相似的形式竞争，并经常替代它们。[217]

人类同源论以及主导的科学附和声，按照马歇尔（Marshall）和威廉斯（Williams）的话来说，是"基督教信仰的一个重要部分[从一次单一的创造行为中有了全人类]，是无法被轻易挑战的"。从他们的评论中可知，朗本人被描述成"对多元发生说"半信半疑，而凯姆斯（Kames）则"确实真的相信人和狗来自不同的种类"，却因为圣经的缘故而无法深入辩论下去。[218]如非洲的黑人比起印第安人来说，更多地被认为是不同的物种，因此也常被当作是多元发生说思考的对象。[219]

布封认为，黑人种族——他报告说黑人女性常被"强迫或自愿与猿猴混杂"——与欧洲人同属一个物种，最终也是与猿猴可以区别开的，而朗认为黑人是一个类（genus）当中不同的物种，从性的证据上，与猿猴"非常接近"。（雅利安人，根据希姆乐（Himmler）后来的想法，与其他人类不同，不是从猿猴进化来的。）[220]与布封不同，朗认为猿类的智力能够比得上很多黑人，而且"猿与黑人种族的相似度要比黑人与白人之间的相似度近得多"。郎对于妇女的言辞或可与南太平洋旅行者 J. R. 福斯特所用的老派献媚之辞形成比照，福斯特翻译的布干维尔的《航行》与朗的《坦率的反思》同一年面世，他公开指责"已经早已被破除了的观点，即猴子与人类属于共同的物种"，其基础是无法与"我们物种更好的那一半——女性"——相一致。"我无法想象，任何一个男人看到这样一个无法仿制的杰作时，会想到与一只丑陋、可憎的猿猴相比较！"福斯特的想法很乐观，但这确实是布兰维尔和居维叶对霍屯督的维纳斯做的事情。无论如何，福斯特也曾承认，如果有人"突然从欧洲最美的美人变成了畸形的黑人"，那么人们不禁会（尽管是不正确的）认为"两者是属于同一个明显的物种"。[221]换言之，在"畸形的黑人"这一点上，他的观点或多或少与格列佛对于耶胡的看法相似，"我看到，在这种可恶的动物身上，有一个完全的人形"。

朗与布封都同意，在猿类与黑人之间有性的交流，他们都使用了"科学的"证据，尽管结论有所不同，但均在单一起源说和多元起源说之间聚集起了种族的情绪。在朗的一方，无论是他在《牙买加历史》中的科学借口还是正式的上下文都阻止不了他的语言变成了"粗野的谩骂"。[222]在早先引用过的《坦率的反思》之中，朗的挑战更加公开，他关于下层阶级妇女愿意与黑人交媾的说法与愿意与动物交媾的说法形成了类比，让人想起一个熟悉的在女性、下层阶级、野蛮人、野兽之间的同族关系（Homology），在这种同族关系上或许还应该加上一个准科学的立足点（正如其不断发展的结果那样）。《百科全书》里的词条"黑人女性"（历史，自然）中说，白化病人是在类人猿和黑人女子之间可怕交合的后代，而这种说法唯一不可信之处在于，据说这些白色的黑人（这与骡子不一样）可以继续繁衍。[223]

在这样的例子中，可以看到科学和哲学方面关于人类的习语被种族侮辱的习语所用，正如野蛮的种族主义有时会将科学的精确反过来利用那样。种族主义利用科学来掩饰的历史并不陌生。对于种族的"科学"研究只是19世纪及20世纪的现象，[224]但其先行者却在18世纪。特别是长期以来都有这样的理解，即那些由非种族主义者或反种族主义科学家所进行的理应价值中立的种族研究，往往反映出的都是深藏的其他种族劣于白人的假设。[225]通过一个互补的过程，科学话语进入了粗俗的种族主义表达之中，那是在布封或者朗的半个世纪之前，也是《格列佛游记》的半个世纪，而许多与其来源相同的说法，已经找不到科学的实质了。

弗朗西斯·里格特（Francis Leguat）在1708年曾评论说，"上帝的意旨之下出生与长大的猩猩和黑人奴隶，两者非常相似，正如驴和马一样"，这种说法或许正好给旅行作家用来做自己的人种志解释。[226]同样的话却不能轻易地加诸十年之后的蒙塔古夫人（Lady Mary Wortley Montagu）的评论之上，她在迦太基附近看到居住帐篷的女人时，曾这样评论她们与狒狒的亲缘关系：

> 她们的坐姿、肤色、从脸庞垂下的平直的头发、身材与四肢的形状，与她们土地上的其他族群——狒狒——真是相差无几，很难不认为他们是属于同一种族的，我也很难不去想他们之间有种远古的联系。

有趣的是，针对北非妇女这样粗鲁的评论，竟然出自一位见多识广、对种族问题具有广泛同情心的女性，而且在其他场合，她还曾颇具感情地说过：所有的人类"本质上均是一个物种"，"小小黑色木樱桃与宽桌旁的被人侍奉的公爵没有什么同类关系，相比而言，野性赤裸的黑人与衣着考究的华丽人物还是更加接近同类"。[227]在另一方面，里格特的评论，甚至朗的粗俗的种族主义（他喜欢谈低阶层的妇女迷恋黑人和动物）也经常用普遍的、没有性别差异的语言表达出来，因此，朗可以如此谈论黑人——从貌似科学话语中出来了许多粗鲁的说法——"他们的才能（如果这也能够被叫做才能的话）总是欺诈与诡计，这使得他们形同猴子和猩猩，总是小偷小摸、淘气十足"。[228]

性别歧视和种族歧视总是一起出现在这样的语境中，尽管二者之间常常不是简单的对等关系。但两者都会提到猴子，也提到等级问题。当阿芙拉·贝恩①笔下的奥路诺科王子（Oroonoko）在抗议奴隶贸易时，他觉得黑人"犹如奴隶或猴子般被买卖，成为女人的玩物"，这里构建出的是一个要比粗鲁的交配更为温和的场景，其中的女性的宠物犬以及其他宠物扮演了准色情的角色。[229]虽然只是略微的性意味，但人类、猴子、宠物之间物种的界限崩坍了，这点可以参看蒲柏在《鬈发遇劫记》（Rape of the Lock IV. 120）中著名的突降修辞："男人、猴子、宠物狗、鹦鹉，都毁灭了"。早在前一段（III 158），宠物狗便与丈夫并列在一起了，但其中的部分暗示是，对那些妇人而言宠物狗或许比她们的丈夫更性感，也比人更

---

① 阿芙拉·贝恩（Aphra Behn, 1640—1689）：英国女戏剧家，著有《王子的奴隶生涯》（Oroonoko）。

重要。猴子与人类和宠物并列一起，而作为具有类似人类形状的宠物由于带来性的满足，其地位延伸到了猴子那里。奴隶作为"女人的玩物"的想法，有点像过去的情妇驾驭情人的说法，而两者均与色情幻想中的锁链与皮鞭相联系——富于博斯韦尔①式的或是让·波杨②式的抑或是"波利娜·雷热"③式的幻想。

对于黑人奴隶和宠物的描写，自霍佳斯（Hogarth）到麦纳特（Manet）再到之后的其他人，均显示出充满了性的内容，也与某些关于妓女的描写紧密相连。[230]有趣的是，关于这一关联，在龙勃罗梭和费列罗论述宠爱动物的简短一章中，提到这种对于动物的过分的偏爱——这实际上被形容成宠物的"后宫"——也是妓女常见的特点（蓬巴杜侯爵夫人④的命名就是其中一例）。许多作者都认为，这些女性对于宠物的溺爱并不合适，其古怪的理由（这与奥路诺科王子的埋怨恰好形成反向的对称）是动物是奴隶，因而对于它们的关注与牺牲得不到回报。[231]在贝恩（Behn）那里，"奴隶"被贬低到宠物的地位，而在龙勃罗梭的体系之中，宠物被降低到（而非提升到）奴隶的位置。关于野蛮人使唤宠物狗和宠物猴子也有善意和友好的描绘，人们可以比照前文讨论过的列维–斯特劳斯的《巴西女士》中的照片。带着宠物狗的年轻妇女散发出一种性的舒适感，让人想起那些讽刺作家描述过的相似情景——比如说龙勃罗梭——只不过价值标准不同而已。毫无疑问，宠物猴子的情况与之类似，虽然看起来它们所处的情景与吉尔曼（Gilman）和劳拉·布朗（Laura Brown）所讨论过的、带有剥削性质的消费主义环境不同，但是，事实却是列维–斯特劳斯照了那些照片，或有一个女孩子把自己的猴子给了他，让他带回法国，无论是斯特劳斯还是这些女孩子，他们本身就是充满性别歧视和帝国主义话语的剧本脚本的一部分。不无巧合的是，南美洲的当地人从很早起被人描绘成与猴子在一起。[232]

尽管有龙勃罗梭自己在妓女、灵长类和猴子之间的类比，但在这样的语境中并没有公然声称的他们的耦合，这在贝恩那里也一样。性与种族蔑称之间的相互关系，即便在这里也要比可允许的讨论看上去复杂得多。与动物的交媾——一个古老的民间主题——是男女关系处于不安状态下的真实写照，在已记载的案例中确有女人被变态的男人强迫与狗或者其他动物发生性关系。爱德华·朗很明显不清楚有这样的事，但是在最近的一卷《动物与女人：女性主义新探索》（Animals and Women: Recent Feminist Explorations）之中，却有令人震惊的记录，而这部书的主题之一便是性别歧视和物种歧视"交相压制"，在动物与女性之间寻求某种新的统一。这卷书揭示了许多令人不安的信息，也呼吁物种之间需要善待对方。其结果是改写了古已有之的有关玩小宠物狗的性玩笑，同时也说明笑话可以有同情与恶意的版本，而这样的笑话涉及土著人与女人、土著人与动物以及女人与动物的同类关系。这本书，尽管带有些悲

---

① 博斯韦尔（James Boswell, 1740—1795）：《塞缪尔约翰逊传》的作者。
② 让·波杨（Jean Paulhan, 1884—1968）：法国作家、文学评论家。
③ 波利娜·雷热（Pauline Réage），是法国小说家、记者 Anne Desclos（1907—1998）的笔名。
④ 蓬巴杜侯爵夫人（Mme de Pompadour）：法国国王路易十五的情妇。她因促成导致七年战争（1756—1763年）的法奥联盟而受到谴责。她的昵称有"鱼"的意思。

哀感伤的蠢话,其阐述的内容却很严肃,这为《泰晤士报文学副刊》提供了一些有趣而并非完全没有理由的评论。不敢想象,朗对此会怎样理解。[233]

古已有之的与猿猴的类比本身便是一种同化的形式,这种类比在种族诋毁和类别定义之间摇摆。《格列佛游记》的目的就是成为一部特别意义上的哲学分类著作,特别探索了一种人觉得人们熟悉的这种摇摆。如果说,分类上的混乱通常意在改变人们对缺失的环节或者别的什么分类思考,从而转向观察那种侮辱性的种族类比,即把土著人拿来与猴子相比,那么《格列佛游记》则是完全相反,与猴子的类比不是指某一个民族(尽管有时也会借用某些民族),而是指向了人类的普遍特征。格列佛没有让种属(generic)的相似滑入种族(ethnic)的蔑称,他借用了民族志学中客观的比较方法以达到一种针对整个人类的种属蔑称。

这种滑动的指向也许在这这两者中较为少见。我们在尤维纳利斯的第十五首讽喻诗中也可以看到,否则这首讽刺诗就与斯威夫特的作品明显不同了。这首诗是对埃及人的仇外情绪的爆发,开篇便宣称埃及人对于鳄鱼、猫和"一种长尾巴的神圣猴子"的"可怖"崇拜,接着便讲到一桩吃人的暴行(这必定是是对城镇间团伙暴力的最早记载之一了),最后则反思了人类堕落的天性,认为人类不如兽类,至少兽类不会吃掉同类。[234]这与斯威夫特观点非常相同,均一致认为今不如昔,但与斯威夫特不同的是,斯威夫特曾从反面暗示,由于人类急剧堕落,过去的日子或许没有想象中那么美好。尤维纳利斯对埃及人的敌视(还有本诗以及其他地方对各种各样外国人的恶毒态度)始终没有真正缓解,其时代堕落的主题便与针对外国人的仇恨和恐惧绑在了一起(反过来说或许也成立),而《格列佛游记》则没有指出具体的民族。耶胡与爱尔兰人相似,但只是部分上和在潜文本中。斯威夫特用了种族侮辱的比喻与成语,针对的不仅仅是"所有的野蛮民族",而且也扩展到了他的欧洲同胞身上(这贯串在整个作品中)。在这样的语境中,他在种族间地处中立,而且至少在原则上,他在女性与男性之间也身处中立。我们也不必将这点浪漫化。与其说是对土著人或妇女的温情,不如说是对人类的敌意。这段话讨论的是"与人无害的民族"成为了最后一章提到的帝国征服的牺牲品,旨在表明侵略者的恶毒而非受害者的美德。当大人国的猴子抓起格列佛要给他喂奶的时候,问题的关键并不是土著人,而是那些完美无瑕的纯白种欧洲人(并且恰好是男性)被拿来开心。

另一方面,土著人则与耶胡相关,耶胡的特点代表了"所有的野蛮民族",但描写格列佛与雄性小耶胡的段落也达到了相同的效果,"我有一次抓住了一只三岁大的小耶胡,想尽所有办法想让这小家伙安静下来,但这小鬼头却不停地挣扎,大声地喊叫,用尽力气地撕咬,我只能放开他,让他跑掉了"(IV. viii. 265)。在这里,耶胡小孩的行为与汉诺(Hanno)的手下所记载的猿猴的行为极其相似,也符合人—猴之间不合的原型。迦太基人抓到这种"身上长满毛的女人"时,她们也"又撕又咬……不愿跟从",下面的一段或许是将土著身体带到大都市的最早记载了,"我们杀了她们,剥了皮,把皮带到了迦太基。""游记"并没有提这些男人是否对这些女人有性企图(尽管在萨宾人的故事中,并不排除性诱惑的想法),而母耶胡则清楚地知道自己欲求格列佛,所以性的快速检测法完全可以用在《格列佛游记》中,而那小耶胡的行为则反映了这一物种的暴躁乖戾。小耶胡和大人国猴子平行地放在一起,可以令人不安地感到人与猴子的相似,并进一步强化了人和耶胡之间更见令人不安的身份相似。格列佛爱抚小耶胡的做法，则喜剧性地调换了角色——他变成了大人国里的猴子，而在大人国里，"它（猴子）用右前爪抓起我来，就像保姆抱起孩子要喂奶似的把我抱在怀里。"如同在后面与耶胡的遭遇中相似，格列佛"相信它把我错看成一只小猴子了"，而猴子也温和地对待他，"常用一只前爪轻轻地抚摸我"。格列佛"也想挣扎"(II. v. 122)，如同小耶胡一般，只不过小耶胡挣扎得更激烈、更加成功。

这里有一个有趣的情况：给格列佛喂奶的猴子是位年轻的雄性模仿母亲的角色，就如同格列佛自己有时也会扮演保姆的角色。同样有趣的是，格列佛在被母耶胡追求的情节之中，他的"保护人——一匹栗色的小马"也是公的，这样一种保护性的以一对二的关系，如同《格列佛游记》中的其他因素，无疑会诱发文本下诱人的心理因素。斯威夫特的心理与其他任何人一样，也是他生存状况所造就的，我并不打算抹杀这点。但我眼下的考虑更加着眼于这种心理因素所显现的结果。从这点出发，我认为两个情节都没有对既有的性别分类构成系统的挑战，而同性养育或同性恋交易也没有起太多积极的作用，当然也不能完全排除此处有对于违背自然规律、对于一种变态行为的戏谑（正如我前面提到过的），比如对于慧骃国里耶胡去吸吮母牛奶头的描写。斯威夫特喜欢此类令人不安的快感的描写，而其结果却会造成普遍而隐隐的不安。举这些例子并非要去指责，但是它们却表明人性中有诸多违背自然特性的矛盾的一面，这就是其中之一，而这充满了刺人反讽，那就是，文明的人类要比其他种类更加违反自然。就在一页之前，斯威夫特在这个章节行将结束时，将母耶胡与人类女性在"淫荡、风骚、讥讽、造谣毁谤"等方面做了一番比较，然后格列佛接着说：

> 我时时刻刻等待我的主人指责我们之间极为普通的、公母耶胡违反自然的一些嗜好。但是造物似乎还不是一位手段高明的女教师，而在地球上我们的这一边，这些比较文雅的嗜好却纯粹是艺术和理性的产物。(IV. vii. 264)

似乎这几段预示着对变态交配这一问题的某种意识，提前给予处理，否则人们或许会认为是欲望受到了压制。

提前处理的章节自有其辛辣犀利之处，此后的内容，诸如猴子给格列佛哺乳的跨越物种界限的情节看上去便无足轻重了，或者有点像列维—斯特劳斯描写的巴西女孩扮演玩偶小狗的母亲的角色。[235]但是，"男女耶胡违反自然的一些嗜好……在地球上我们的这一边"却是对"我们"的蔑称——如果这里的耶胡代表了"所有的野蛮民族"，从1490年起关于印第安人的文献便充斥了鸡奸与乱伦的污名。此处的反讽是，像蒙田描述的那样，"我们"显得比"他们"更坏了，只不过此处讽刺的手法更具欺骗性。作者表明，耶胡的劣根性代表了人类，而人类的劣根性又类似于耶胡，继而作者又引导读者认为，除过这些相似之外，人类优于耶胡，这样斯威夫特把读者锁定在他的意图之内了——那些本可以让人类更好的东西却让他们变得更糟了。这是一个典型的双重困境，利用了在动物类比中的矛盾，提出动物事实上就是人，而我们心目中更高级的种类人其实是更加堕落的。

但是，格列佛抚弄小耶胡的时候，正如猴子要给格列佛哺乳的时候那样，这两个情节中两位主角都是雄性，这种写法的效果是，它跳出了常见的那种将动物、土著人和女人进行恶意比较的话语框架。如果这种戏仿哺育行为的做法对有些读者而言是厌女症的表现，如果我们假设斯威夫特在这种时候清楚知道这种对厌女症的责备或者自责的话（格列佛曾向辛浦生提到被人"控诉……污蔑女性"），这些段落可以说是自觉地将种族问题从性别问题之中拯救了出来，正如关于英国和耶胡女性的篇章很快就转到"男女耶胡违反自然的一些嗜好……在地球上我们的这一边"。但是，一个重要的事实是，第二章和第四章中格列佛受到了两次被雄性哺乳的奇特遭遇，却由于有了第二章中格列佛被大人国姑娘葛兰达克利赤的温柔体贴的照顾而得到了强有力的平衡。这也代表了哺乳主题之中温柔和爱的一面，正面的、女性的一面与猴子和耶胡顽童形成对照，同样，大人国姑娘葛兰达克利赤的美德也与那个11岁的耶胡女孩形成对照。葛兰达克利赤把"猴子塞在我嘴里的脏东西挑了出来"，救了快要噎死的格列佛一命，格列佛也因此把她称为"我亲爱的小保姆"（II. v. 123）。作为一个格列佛在她的国家时的善良的"土著"保护人，大人国姑娘葛兰达克利赤也也与慧骃国里那匹栗色小马形成对照。

后殖民时代的交媾

在《格列佛游记》之中，哺乳是很显眼的行为，当然乳房也同样惹眼。奇怪的是，如此关注斯威夫特和大人国保姆和女官的劳拉·布朗来说，竟然对这些情节没有说些什么。[236]有些场景很难解释，但是加在一起，很难用"好的反殖民"超越了"坏的厌女症"这一说法进行解释。抛开斯威夫特的反殖民证据有多么好不说（这个情况似乎无法直接说明），布朗认为在18世纪的文化中有一种在女性和奴隶之间"没有明说的密切关系"，而因为两者均受压迫，又因为斯威夫特是一位"公开的反殖民者"，他便可以被当成追求自由斗争中的一位先行的同盟。他的证据由于有厌女症的存在而显得复杂，但他"对女性的攻击是处于对商业资本主义扩张进行批评的地位"，而女性与土著人的地位交互性又为他的辩证批评提供了基础，使得他可以"超越"厌女症和种族主义。[237]

本章开篇处，母耶胡的故事在这种争论中关系重大。正如我们所看到的，母耶胡的故事发生在一个渊源流传的、有关性邂逅的传统之中，其中旅行书所记述的标准原型是土著妇女献身给白人男子。在欧洲的传统之中，正如我在开始时提到的，这种做法颠覆了可接受的求偶模式，即理应是男性主动发出求偶信号。如此受土著人引诱的场景也许可以看成是自助自利的，既揭露了野蛮人不受约束的性欲和粗鲁，又满足了受益人的性虚荣心，尽管关于这种事情常常"真的发生"的想法并不应该仅仅被看作是叙事时的一时冲动。

也可以把欲火中烧的耶胡放置在另一个语境之中来解读，这个语境是关于人类与猿猴交媾的种种神秘传说，尽管大多数读者会把旅行书中的场景当作主要或是有效的原型。布朗的"政治"阅读主张说，这个故事颠覆了传统关于猿猴和人类交媾的说法，因为传统上猿猴总是"毫无例外"的雄性，人类总是雌性。尽管这种交配或许是人们幻想中的主要方式，但"毫无例外"的说法值得怀疑——如果汉诺的手下曾经对于雌性猿猴有过性方面的念头，那么这种程式也成为了所有场景的原型。(斯威夫特手里就有《珀切斯游记》(1625)一书的译文版，此书还附有评论。)无论怎样，如果将黑人等同于猿猴的种族主义等式放到这里，采用布朗论证的方式进行论证的话，我们不能忘记，在18和19世纪的社会里，包括在爱德华·朗曾经写过《历史》的牙买加种植园社会，白人男性与黑人女性的交媾都是(也都被看作是)一种普遍的行为，而反过来则少见。这似乎反映出白人男子可以很方便地得到黑人女性，尽管爱德华·朗将英国女子与黑人和马交媾看成是噩梦。在引用了朗有关的猩猩具有"对黑人女子的欲望"的论述之后，布朗认为，既然耶胡是猿猴，而雄性猿猴主动发出性欲，那母耶胡便扮演了男性的角色，把格列佛当成了女性。但是，由于女性和黑人具有相似之处，即她们均是受压迫的受害者，所以格列佛便"同时地……被放置到了黑人的位置上"。[238]

如前所示，白人对于非白人种族的看法中充满了各种性的因素，并不能简单地进行归类。这些看法也与各种动物在一起类比，在《格列佛游记》中，人类、类人类、野蛮人、动物之间便不时地、随意地画上等号。在这样的语境之中，布朗的简单化反证提供的只是些琐碎化的解释，瓦解了事实的复杂性。她的观点似乎建立在可疑的前提之上——既将黑人与女性简单地画上等号，又过于依赖女性与猿猴之间所谓"毫无例外"发生的情况。论证也几乎与故事之中人类的特点没有关系，也与故事所代表的性遭遇模式没有多少关系。

布朗认为母耶胡渴求格列佛的情节体现了一种"性别和种族之间的互动关系"，这一观点从另一个角度看才是正确的，因为在两种人类族群中，这两种性别都被简化成了同样固定而近似野兽般的丑陋形象。认为女性与野蛮人或野兽之间有某种特殊的对等关系——两者在帝国等级中均属于平行的低下位置——这一想法自有它的道理，而她想努力证明的是，斯威夫特既表现了这一景象又超越了它。但是，将斯威夫特式的"对种族差异的评论"通过类比的方式扩展到对厌女症的评论上并不能站住脚，因为除了将野蛮的秉性加在"文明"人头上的之外，并没有对种族主义的评论，除了将同样的缺点加在男人和女人身上之外，也没有对厌女症的评论。

早些时候我从《卡德努斯和范妮莎》引用的诗句可以用来进一步说明超越了厌女症的观点，这也是近来有些批评家所看到的，在那几句诗中显示出经斯威夫特教导之后的范妮莎要比她那些"野蛮"的追求者优越。这显示出，如果你将男人可以得到的知识教授给女人(正如斯威夫特所常常宣扬的那样)，女性便会变成相同或近似相同于男性了。斯威夫特的这种情绪并非没有不太友善的保留，但诗中的这个段落同样也意味着缺乏教养的男性，也是一种现实存在，同样可以被认为是野蛮的，就如同耶胡一样。如果女性缺乏与男性同等的教育或社会机会来提高自己的话，这便是斯威夫特所担忧的。我将《卡德努斯和范妮莎》看作是一首令人不快的诗，因为诗中对令人尴尬的自我开脱又缺乏信心，但我也认为这首诗的缺点不在于对于女性的困难感情，而更在于对于人的困难感情，其中也包括他自己，而范妮莎则无疑是这种感情的受害者。在安吉拉·斯莫伍克(Angela Smallwook)称之为"女性问题"的问题上，布朗关于超越殖民身份低微类比的观点，尽管是其初衷为了称颂斯威夫特，但却没有能说到点子上。

为了"超越"的发生，就必须有需要超越的东西。那种东西被认为是一种典型的厌女症，一种对于女性怪异特征的沉思，而斯威夫特的反殖民主义则能使我们"超越"它，正如通过"一种给予性别和种族同等考虑的辩证评论"而超越了种族偏见那样。因此，在布朗看来，"大人国的肥大症与厌女症有着内在的关联。的确，在第二部分关于尺寸的焦点均是集中在女性身体上。"这种看法明显地(且几乎立马)与斯威夫特的习性相矛盾，因为习惯上斯威夫特总将女性的例子与男性例子放在一起平衡参照。布朗引用了一段病态的喜剧情节：有一个大人国的"女人的乳房生了毒瘤，肿得那么大，上面布满了洞"，但是却没有引用紧接下来的那个让人呕心的场面："一个家伙的脖子上生了一个比五个羊毛包还要大的瘤。"在至少其他两个场景中，为了展现"尺寸"的不同，格列佛也用了自己的例子，比如说从小人国的人眼中看来，他自己"皮肤上有巨大的洞……胡子一捆一捆的……要比野猪的毛尖硬十倍；我的肤色也斑驳不一，难看得要命"(II. i. 91—92, v. 118—119)。布朗引用了其中一段，但依然认为批评是直接针对女性的，因为格列佛和女性是"可以互换的"。[239]然而，这个情节的效果是，在这个语境中男性与女性是确实"可以互换的"，但是仅仅是在两者均是耶胡的意义上。在斯威夫特作品中，从《一只澡盆的故事》到《仆人手册》，男人都没有体味，这一形象可能会让绝大多数作者惊讶。在《一只澡盆的故事》中，是"人类本性中的肉体"，而非是任何的男性或女性，会"有一种怪气味，让我无法忍受"。[240]

格列佛给辛浦生的报告中，提到在第一版中关于厌女症的指责，这种指责也与对"人性"的指责相关，"我在这些文件里看到别人非难我不该诽谤国家大臣，糟蹋人性(他们还敢自信地这么说)，辱骂妇女。"(7)[241]这些(如我所示)并非是否认厌女症，而是在戏弄般地夸耀他所知道的人们的不满，斯威夫特既没有隐藏也没有否认这种指控，而是在刺激那些指控他的人。在当下的语境中，问题不是格列佛或斯威夫特是否是那样的人，而是厌女症不是这本书讨论的内容。提及的"糟蹋人性"(或是诽谤国家要臣)情况也相似，读者可以接受也可以不接受，但是整本书是要强化一种观点，即读者是要被刺激的，而"辱骂女性"也是服务于这一目的，不然的话，便达不到目的了。

这样看来，无论如何，布朗关于"第二部分之中关于尺寸的焦点均是集中在女性身体"上的看法本身就夸大其词了。布朗片面地强调了女性的肖像，这种忽视相反证据而得出观点的批评程序也是当下讨论中的常见方法。这也是吉尔曼文章所采用的方法——其本身便是布朗文章的来源——其中将看望远镜的男人描述成"对霍屯督的维纳斯的色情漫画"，而非是对一张长着狗脸的白人偷窥狂的讽刺。两者的目的，还有类似其他的例子的动机，就是要表明用动物来侮辱人仅限于女性身上。[242]

选择性的运用证据以迎合当下盛行的义愤或信仰(或是它们所取代的旧东西)的做法，在玛乔里·帕洛夫最近发表于《未来的史前史》(*Prehistories of the Future*)的一篇文章中得到了详尽剖析，"倾向性的做法是先知道想要去证明什么……然后收集有利的证据，而这种忽视所有证据的做法往往会导致游戏向相反的方向发展。"[243]更加极端的例子，如萨林斯(Sahlins)和维达尔—纳凯(Vidal-Naquet)所述，是学术界有人担心会触犯后殖民时代的情感而不承认关于食人做法的历史证据，理由是他们不相信会有这样的事情；或者，在政治侧面的另一个极端上，则是有人否认纳粹大屠杀的存在。[244]从布朗的论证中你永远也看不出这一点，但是斯威夫特笔下男性和女性的例子一直是保持平衡的，这点书中从头到尾都很明显。早在"闲话疯狂"（A Digression on Madness）这篇文章里，斯威夫特便有了这样一个明显的特征，"上个星期我看到一个女人，被打得皮开肉绽，你没法想象，这竟会让她变得面目全非，可怖至极"，其后马上便是男性的例子，"昨天我点了一份花花公子的尸体，要当着我的面剥开；我们很惊讶，衣服掩盖下的尸体竟然会有这么多意料不到的缺陷"，之后"我打开他的脑子、他的心和他的脾"，却发现"无论在数还是在量上，缺陷都在我们眼前增长"。[245]遭到剥皮的女人，并不是什么冒犯妇女的敌对形象，不过是和花花公子一起显示出讲话者早些时候所宣称的"人类本性的肉体特征"。

在小耶胡和充满性欲的11岁的母耶胡的片段中，是男性行使了霍屯督或是猿猴的仪式——将污秽的黄色粪便拉在格列佛身上，而母耶胡只是失望地"站在那里边叫边看"（IV. viii. 266—267）。即便不是"污秽的粪便"，也是男性而非女性被描写成满身臭味，尽管斯威夫特喜欢将气味与性欲联系起来。类似的气味可以从葡萄牙船长、船长的手下和格列佛自己那里找到，当然也能从格列佛夫人和他们的男孩和女孩那里看到（IV. xi. 286—290），其方式近似于作者在《一只澡盆的故事》中提到人类肉体的方式相似，而非是仅仅针对某一种性别。同样，大人国中女官身上的恶臭也与性别没有关系，但这却由于布朗将格列佛等同于女性而被否认了。当格列佛提到，自己在热天干了一天重活之后，小人国的朋友向他抱怨：

> 说我身上气味很大。实际上我和许多男子一样，并没有这种缺点。我想，在我说来，这位朋友的嗅觉比较敏锐，好像我的嗅觉对于这个国家的人民来说也比较敏锐一样。就这点来说，我不能不为我的王后和我的保姆葛兰达克利赤说句公道话，她们是和英国任何一位小姐和太太一样芬芳的。（II. v. 119）

完整的阅读让人看出斯威夫特对于葛兰达克利赤、女王和宫廷女官的讥讽是并不相同的，而且，这种由于身材差异而气味不同的有关相对性的笑话，也能让人想起大人国居民、小人国居民和欧洲人之间的身材上的比例关系。

三岁的耶胡男孩不在这其中，尽管他也具有大人国居民案例中那种一般化或者去性别化的倾向。在《格列佛游记》中，三岁的耶胡男孩出现在充满性欲的11岁母耶胡的前一页，他也以自己的方式和母耶胡形成了可以对照的一对，类似前文刚刚提到的乳房长瘤的女子和脖子生瘤的男人，类似遭到剥皮的女人和被挖空肚肠的花花公子。甚至还可以说，耶胡男孩的出现预着要对第二个故事进行客观的解读，视其为反对女性的故事，而不是反对耶胡的故事。这里我要再一次说明，我不是对女性抱有特别的温柔，只是想澄清作品本身的基本倾向。这是一个将人类描述成他们低级的类种群的例子（如同野蛮人耶胡一样），这也与该章节中对于女性或者野蛮人的不断加强的描写前后一致。这些东西虽然难于精确定义，但是，凭借这些段落对两种性别及所有种族所做的深入思考和阐述必须给予承认。

这个情节或者说这两个孪生情节形成了某种高潮，揭示了格列佛与耶胡的一致关系，并提出了某种"客观"的生物学意义上的主张，正如我所建议的那样，这是明显独立于格列佛的偏见的。就在年轻的公耶胡这个情节出现之前,格列佛说他有"理由相信,他们认为我和他们是一类的",他并非是说这是他们逐步认知的过程,而是他自己有证据证明他们正在开始意识到现实,这并非是由于任何主观的意识变化,而是基于解剖学的基础:"它们[耶胡]多少认为我是它们的同类,我常常在它们面前卷起袖子,露出胳膊和胸膛以壮声势"(IV. viii. 265)。

第三章 杀掉穷人:一个盎格鲁—爱尔兰主题?

"我热切盼望他们的灭绝"

1891年,《社会主义制度下人的灵魂》(The Soul of Man Under Socialism)发表在《双周评论》(Fortnightly Review)上,那时,奥斯卡·王尔德刚刚听了萧伯纳在费边社一场辩论的演讲。王尔德批评了那些凭感情用事去行善的人"通过让穷人活下去的办法……想要解决贫困问题"的想法。[1]这一说法让人心寒,可以与后来萧伯纳本人的说的一句话放置在一起来看,萧伯纳在1927年的《聪明女士的社会主义手册》(The Intelligent Woman's Guide to Socialism)中说:"我恨穷人,热切盼望他们的灭绝。"[2]若是这些话与另一位早先的盎格鲁—爱尔兰人的代言人的愤懑之词放在一起来读,结果将会更有启示——此人深受萧伯纳爱戴,曾经公开指责对穷人的慈善只是为了缓解良心的痛苦,而大部分穷人则"更应该被从地球表面上清除出去,而不是成为每年城市税负的巨大负担"。他就是斯威夫特。在他晚年的一篇小册子《给都柏林所有教区的乞丐颁发徽章的刍议》(A Proposal for Giving Badges to the Beggars in All the Parishes of Dublin, 1737)一文中,斯威夫特抱怨说,大批乞丐从乡村教区来到城里,没有工作,需要大量的供养成本。[3]

你或许会认为,前两个人与斯威夫特的意思并不一样。王尔德的话,与他其他的说法一样,只是为了语出惊人,而不是看起来想要表达的意思。但话里也包含了想要说的意思——在王尔德的语境下,他觉得"被可怕的贫困包围了,被可怕的丑恶包围了,被可怕的饥饿包围了",如果容许一个人"被这种情景所打动",将会使他不能"让自己免于陷入其他人的喧闹吵嚷中",不能"认识到他自己的完善,达到自己无比巨大的收获,也能使整个世界收到无比巨大和永远的收获",除非他早已经是一位达尔文主义者,一位济慈,一位勒南,或是一位福楼拜。王尔德抱怨说,"让穷人活着,并不是解决方法,只是更加加重了困难"(SMS 255—256)。很明显,王尔德渴望一种对贫困的最终解决,以某种方式说,这种解决可以被称之为最终的、一种美学上的清除,如果不是道德意义上的话。王尔德的方法是另一种版本的社会达尔文主义("让失败者活下来,需要在人道主义同情与自然之间进行战争")[4]——这是萧伯纳在深思熟虑之后的有力表达。这与斯威夫特反对善待乞丐的观点相一致,似乎是以这样的语言来暗示斯威夫特式的、隐隐约约的欲望:想看到他们去死。

萧伯纳的言论更能说明这一点,他说他痛恨穷人并盼着穷人去死,尽管在完整的语境中萧伯纳是在思考通过社会改良的手段来消灭贫穷,并且其愤恨的言辞——如同斯威夫特的一样——可以辐射到其他的社会群体身上。过分的(或者也许斯威夫特会说,是"夸张的")惩罚性的盛怒之辞与正常情况下人们"管束"懒人或是"阉割"恶人的目的几相一致,因而这样的言辞不应被看作是种族灭绝狂的表现。但是,这些语言本身与"死"有关,是从许多关于"消灭"的经典修辞中变化而来的,比如笛福的《消灭异教徒的捷径》,其中许多实际或潜在的杀人意图是用并非杀气腾腾的语言暗示出来的。笛福文中的讲话人,尽管充满了死亡威胁,却公开表达了不太激烈的解决方法。比如说,笛福认为应该消灭的是异见本身,而非是持异见的人士,而这种做法并不一定意味着要大开杀戒。这种邪恶的甜美理性,头戴面纱,隐藏了错误的不可告人的目的,这在希特勒的《我的奋斗》一书之中也能看到——可见笛福对于人心的理解并非浅薄。

希特勒式的嗜好颠倒了或者说反转了这一策略,我们不必为了深究其中的某种情感爆发力就将希特勒式的嗜好转嫁给王尔德或萧伯纳,因为那种爆发力是一种强烈的矛盾的情感,与其介入的社会的慷慨计划并不完全一致,即便我们明明知道这些话(如我所言)与其似乎要表达的意思并不是一回事。的确,关于杀掉穷人,有一种言说方式的文化。有一个让人不安的极端例子,非常接近社会现实,那就是伊丽莎白·毕肖普的诗"粉红狗"(Pink Dog, 1979)。其中有个场景是在里约热内卢,一个衣着"可怖"的人对一个长着"下垂奶头"的乞丐说了一番话:

> 你还不知道吗?报纸上到处都是了,
> 要解决这个问题,他们打算怎么对付乞丐?
> 抓起来扔到涨潮的河里去。[5]

这番言辞大家心知肚明、充满讥讽也令人恐怖,令人不安的是,这一心照不宣的、充满讽刺的言辞是巴西城里穷人的生活的真实写照。换言之,这展现了一种典型的、结局难以预料的言说方式,而且也可以看出,当与死亡有关的语言用在穷人身上时,执行死亡的想法并非全然不在——尽管毕肖普的诗只是在表达这种文化的事实,而非是她有这种谋杀的意愿。但是,具有这种想法的人是存在的,也会实施这种想法。

一个较为温和的例子,从时间上更接近王尔德和萧伯纳,是在庞德的"花园"(The Garden, 1913)一诗中。在肯辛顿花园(Kensington Garden),一位优雅的女士正在"因为某种感情贫乏而慢慢死去",而"旁边却是一群穷人的婴儿,一个个肮脏、结实、无法灭绝"。"无法灭绝"或许是一种强调"穷人总是在我们身边"的方式,但这种方式会暗示出暗藏的与其相关的、更加普通的表达方式。[6]"那些肮脏、结实、无法灭绝的婴儿"从诗人有气无力的感情世界中冒了出来。这个女士与王尔德一样,对这番景象厌恶而挑剔,并以神经质般的高音呼喊出来,而没有想出什么机智的话,或是想出什么社会问题的解决方案。想要与人交谈,但却"很担心我会犯下那种轻率的举动",她并不是提议杀人的人,但如果将穷人野蛮的骚扰称之为"无法灭绝",那么杀掉他们的想法也必定会产生,并被认为是必要的。

她的世界是一个凋谢的社会,是王尔德唯美主义思想的变体,其目的在于保存一种精致的感情上的慵懒而非是高尚的美感。在其后也有一种基本相似的想法,即穷人是丑陋的、烦人的，杀死他们或许可以解决问题，只不过杀人本身也太丑陋，所以不该做，也不该说。所以，对于这个问题想一想就行了，不去作为自有其好处。她即便讲出了她的想法，也不一定是真的这个意思，如同王尔德不是这个意思一样，也如同萧伯纳也许也不是这个意思那样。但萧伯纳由于其他话语的存在而显得复杂一些（关于这一点我们下面要讨论），他的话不可避免地既含字面的意思，又有付之以行动的想法。

斯威夫特针对乞丐的愤怒也许没有看上去那么强烈，但是，与王尔德不同的是，它却没有别的意思。它是属于一种表达灭绝意义的修辞方式，字面的意思并不太重要，但其字面下的潜在意义积极地调动起来——如同"他们真该被枪决"这句话的含义一样。斯威夫特的作品中，这种话很常见，特别是在这本小册子中——对于斯威夫特而言，这本小册子很特殊，上面既有亲笔署名，而他在扉页上也公开承认了（PBB129,140）。[7]往前翻半页，在提到如果所有"结实的流浪汉"都应该遭受马鞭痛打之后——就如同法律规定的那样——"我们在几个星期之内，便会清理干净城市的所有乞丐，除了那些可以得到我们慈爱的之外"，他又补充道："至于那些上了年纪的和体弱的，什么都不给他们也是可行的，就让他们饿死或找他们的兄弟去"（PBB 138）。[8]换句话说，不是简单的消灭，但也不是简单的反讽，尽管这里的言辞听起来像是《一个温和的建议》中的反讽（记得与《汤姆大叔的小屋》中的话形成呼应），其中说起人"每天都在死，都在腐烂……以合理预料的速度"。[9]

从这个意义上说，《颁发徽章的刍议》不是一本反讽性的小册子，今天，《温和的建议》本身——不像菲尔丁在《考文特花园论坛》（Covent-Garden Journal）中对它的模仿，[10]或是斯托夫人在《汤姆大叔的小屋》中对其反讽的挪用——也被更多地理解为并非是对不公平的强烈抗议，这与后来的读者看法并不相同。斯威夫特并非缺乏同情。对于乞丐的愤懑也不是他对于这个话题的唯一说法。在未完成的《爱尔兰管制准则》（Maxims Controlled in Ireland）之中，有更加全面的关于售卖尸体和穷人之死的其他不同的言论：

> 在政府之中还有一条毋庸置疑的公理，即民众是国家的财富；这条公理被广泛认可，质疑它将很难被人原谅。我也认为其是真理，而在我们的岛上，如果我们可以有非洲人的传统或做法而将我们无用的身体售卖给外国人做奴隶，这将是我们贸易之中最有用的一面，既可以使我们除掉一个无法承受的负担，而为我们带来金钱。但是，在我们目前的处境下，六个孩子中的五个都需要得到一份工作，这是我们沉重的负担。经过精密计算之后，我确信，在这个国度之中有一半人是靠乞讨和盗窃为生的，而其中三分之二是可以在地球的其他地方找到他们的面包。贸易可以刺激劳动，要是做不到这点，穷人便必须乞讨、偷窃，或是饿死，或是不得不离开他的国家。这让我在过去的几年中常常在想，与其不让我们的人民去外国谋生，公众应该付钱让所有没有用的人，无论他是天主教徒还是新教徒，都应送到美洲，就像一个国家库存太多的时候，出口贸易之中的退库也是许可的。我承认，当我听到任何乡村教区或是村庄的死亡率时，都会感到一种理智的快意。在那里，穷人被迫要为污秽的小屋付钱，也要为土豆付出高价，他们生来就得去盗窃或乞讨，因为没

有工作，对他们而言，死亡是可以期盼的最好的事情，这不仅对他们好，也对公众有利。[11]

这段话涉及爱尔兰辩论中的许多主题，包括向外移民和与奴隶制的不断对比。斯威夫特在此的态度既没有《一个温和的建议》中冷漠的轻率，也没有《颁发徽章的刍议》中激怒的情绪。他的语调是那种对于被压迫者的可以感到的同情。但是，即便他用最慷慨激昂与无比同情的方式讲到爱尔兰的贫困时，他所盼望的也是受害者的死亡，既是为了他们自己好，也是为了公众利益。

公众利益也是王尔德和萧伯纳所声称关注的。与斯威夫特相似，这两人也不怎么喜欢穷人。他们三人或许都会同意王尔德对穷人的描述，称穷人"没有礼貌，言谈无味，缺乏文明和文化，没有生活的乐趣"，尽管三个人不一定都同意把"言谈有味"或"生活乐趣"放在重要的位置上（SMS 257）。三个人都有想要除掉穷人的言论记录。你也许会说，王尔德和萧伯纳是想通过社会主义而非是灭绝的方式消灭贫穷。在一篇文章中，王尔德似乎是有意把《一个温和的建议》中的街头生活颠倒过来，他写道："在社会主义制度下"：

将不会再有人生活在恶臭的洞穴中，生活在暴烈的情绪下，也不会在条件恶劣的场所养育饥饿和不健康的孩子——我们不会再有数万失业的男子，只能悲惨地在街上游荡，向他们的邻居乞讨，或是挤在肮脏的救济院门口等待一块面包和一晚肮脏的住宿。(SMS 256)

的确，王尔德或萧伯纳解决贫困的方法是要消除贫困的条件而非贫困的受害者。这也不是现代意义上得那种"终极解决"，这句话就好像是《温和的建议》或是《最短的办法》的现代版本。考虑到这两种说法的反讽用法，由斯威夫特（或笛福、曼德维尔、菲尔丁）所代表的——也是被王尔德所批评的——重商主义的倾向也是部分正确的，这种倾向将贫困的机制当做是"物质倾向"的基础。保留穷人、让他们保持贫困被认为是对经济和文化而言必要的，这样一种经济和文化有赖于穷人提供便宜的劳动和仆人。斯威夫特和曼德维尔①对于慈善学校的保留态度也表达了一种焦虑，即穷人如果受到教育便会离开穷人目前可以被人利用的地位和处境，这种焦虑甚至一个世纪后还在汉纳·摩尔②(Hannah More)等人那里出现过。[12]

王尔德承认"人类会从物质繁荣中得到很大的益处"，这种益处来自于他所谓的穷人的"集体力量"，而人们也可以假设，王尔德可以毫不犹豫地把贫穷的好处一一举出，但是，王尔德文章的论点在于没有什么能够替代"优雅的举止，或是有趣的言辞"，而缺乏这些正是王尔德反对穷人的主要理由（SMS 257）。总体而言，王尔德和萧伯纳渴望激进的社会变革，而斯

---

① 伯纳德·曼德维尔(1670—1733)：英国哲学家、政治经济学家，著有《蜜蜂的寓言》一书。
② 汉纳·摩尔(1745—1833)：英国作家、慈善家。

威夫特和曼德维尔则倾向保留或是平稳地改变社会现状，或是先在观念上改变。斯威夫特写过一篇名为"论穷人之心满意足"的布道词(On the Poor Man's Contentment)，其中他向穷人讲道"你的现状要比你自己想象的要快乐得多"。[13]行家会想起更多潜在的类似，比如包斯威尔(Boswell)在《不要废除奴隶制》(No Abolition of Slavery)中主张，奴隶制对于奴隶和拥护奴隶制的人是幸福(这种说法又被让·波扬(Jean Paulhan)和波琳·雷阿奇(Pauline Réage)以更加情色的方式加以肯定了)，[14]或者用津巴布韦的前身罗得西的总理亚伊恩·史密斯(Ian Smith)的话来说，"他的"非洲人是"世界上最幸福的非洲人"。[15]关于穷人对于生活的满足和对于奴隶制的幸福感，王尔德的观点是"没有一个阶级的人真正意识到自己的痛苦"：

> 必须有人把他们的痛苦告诉他们，他们常常完全不相信这些人的话。那些伟大的雇主所说的反对煽动者的话毫无疑问是真的。煽动者是一群无事生非的人，他们来到某些对自己的处境完全满意的阶层之中，在他们当中埋下不满的种子。所以说，煽动者是非常必要的。没有了他们，我们自身并不完整，将无法迈向文明。美国结束了奴隶制，并非不是奴隶本身采取了什么行动，甚至不是奴隶自己明确表示应当获得解放。这完全是由于波士顿和其他一些地方煽动者的非法行为造成的，他们本身不是奴隶，也不是奴隶主，也与这些问题没有任何关联。毫无疑问，是那些主张废奴的人点燃了火炬，开始了整个解放黑奴的运动。但有意思的是，从奴隶那里他们没有得到多少帮助，甚至没有多少同情；而当战争结束的时候，奴隶发现他们自由了，发现确实彻底自由了，到可以自由地挨饿的地步，许多奴隶对于新的处境深感后悔。对于思想家而言，法国大革命中最具有悲剧性的事件不是玛丽女王因为是她使女王而被杀，而是旺代(Vendée)地区饥饿的农民站出来为了邪恶的封建主义事业去送死。(SMS 259—60)

这种充满激情的清晰论证时不时出现在王尔德的文章中，也许是这些激发了特里·伊格尔顿(Terry Eagleton)的有趣评论，他说王尔德相比威廉·莫里斯(William Morris)更加接近马克思的思想，"尽管莫里斯是一位马克思主义者，而王尔德则不是。"[16]

与王尔德不同，斯威夫特关于贫困的态度既不是要求除掉产生的条件，也不是要除掉受害者，因为除掉了前者也就使后者失去了作用，尽管斯威夫特的言辞中常常出现要把劳动力低下的族群从地球表面铲除的言论。认为斯威夫特与其他人不同就好似重商主义者与社会主义者不同是一句公理，但这种公理掩盖的事实要比证实了的更多。王尔德的社会主义与萧伯纳的不同在于，他强调的是"个人主义"的自我完善、全面的美的修养，两者的社会主义观念相差很大，也与其他人的有所区别。萧伯纳在《一位不合群的社会主义者》(An Unsocial Socialist, 1884)之中提早预示了与王尔德的个人主义原则不同的看法。萧伯纳的"个人主义"的词义更多的是1880和1890年代流行的意思，即指明的是与社会主义相反的意思，王尔德随后的用法则显得与其尤为相反了。[17]但是萧伯纳笔下的主人公特热弗西斯(Trefusis)倡导的社会主义却与这个概念的每个方面都格格不入，而萧伯纳自己的美学则好像是对王尔德美学有准备的回击。在同一段对话之中,唯美主义者厄斯金(Erskine)宣称他"自己的一种信仰……唯一能够改善人类本性的便是艺术",特热弗西斯回答说:"我觉得唯一能改善艺术的便是人性。人高高站起,艺术也会站起,人趴在地上,艺术也就趴在地上。"[18]

特热弗西斯的回答本身便是王尔德式的,两者之间的区别因而显得复杂起来,而《一位不合群的社会主义者》更像是一部小说,预示着王尔德戏剧的出现。王尔德也觉得"人趴在地上"这一想法有辱于他。但是特热弗西斯对厄斯金所说的话则暗含了重要的差异。这些话或许更加突出,从经济和社会法则上来说,或许更能将斯威夫特的重商主义与笛福、曼德维尔或菲尔丁的重商主义区分开。但最有趣的事实或许不是社会主义者之间有所区别,或是重商主义者之间有所区别,而是他们两种人之间让人不安的相似。主要的相似之处在于王尔德令人震惊的建议,即让穷人活着是错误的,而萧伯纳在同样问题上的观点和斯威夫特关于死亡处理的愿望相似。萧伯纳戏剧中的曼德维尔式观点也不该被忽视:社会"救赎"之公益源自个体的邪恶诸如"谋杀、嫉妒、贪婪、顽固、暴怒、恐怖等,而非是公众的精神、理性、人性、慷慨、善良、优雅、怜悯和关怀"(MBP 50),比如说,芭芭拉详细说明了伯杰(Bodger)的威士忌和安德萨弗特(Undershaft)的火药,其利润可以帮助建造医院、教堂和道路(MB 182—183)。曼德维尔式的色彩很早就在萧伯纳的作品中显现了。路易斯·克隆普顿(Louis Crompton)对萧伯纳的一场名为"我们失去的诚实"(Our Lost Honesty, 1884年5月22日)的演讲有过这样的评论:"曼德维尔以来经济逻辑的步子从未跳的如此之欢。"[19]

"我们最大的罪行就是贫困"

另一个或许是出人意料的区别是,走强硬重商主义路线的斯威夫特更加倾向于发挥慈善事业的有限作用,使之物有所值,而王尔德和萧伯纳则都表达了彻底的反对。关于这点,王尔德依然说得慷慨激昂:

> 恰当的目标是在消灭贫困的基础上努力重建社会。但利他主义的美德却令这一目标无法实现。正如最糟糕的奴隶主是对奴隶友善的人一样,因此,为了防止制度当中可怕的地方被那些受苦的人利用,也为了制度能够被沉思的人理解,在英格兰目前的情况下,做出最多伤害的人也是最想做好事的人;最后我们有一些人已经研究过了这个问题,并且他们也了解生活——住在东部的受过教育的人——站出来恳求社会来阻止其慈善的利他主义冲动、善行以及其他类似的行为。他们这样做是因为慈善会使社会衰落,使道德堕落。他们是完全正确的。慈善会创造大量的罪恶。(SMS 256)

在题为"社会主义与人性"(1890)的费边社演讲中,萧伯纳也讲过类似的话(顺便向斯威夫特笔下的大人国国王恳求权力),演讲可能影响到了王尔德,因为王尔德曾提到社会有必要来阻止其"慈善的利他主义冲动、善行以及其他类似行为"(SMS 256)。[20]萧伯纳承认对斯威夫特非常仰慕，也常常提起大人国的国王。[21]他宣称，只有巴特勒的《乌有之乡》"才能在英语文学中比肩《格列佛游记》"，而《格列佛游记》则是他从"两个月大开始"起就最喜欢的书。[22]

无论是在布道文还是在《颁发徽章的刍议》中，斯威夫特坚持认为，慈善是有害的，慈善会被错误引导，慈善会被不当的人截取。他认为慈善学校会让仆人阶层变坏，而他在这时所作的布道则预示了在《仆人指南》中出现的喜剧性的噩梦场景。他认为每二十个人里只有一个（一个反复出现的统计数字），或是一百个乞丐中只有一个才配得到慈善的帮助，而其他人则都是因为自己的原因才沦为贫困。[23]作为教士，他有时不得不针对慈善进行布道，而他也不能像王尔德那样可以随意地发表轻松的言论，比如议论"那些经常叽叽喳喳谈论该为邻居做好事的人"。[24]但是，即使到了布道坛上，斯威夫特也对布道的律令表现出了一定程度的谨慎。在名为"行善，一篇布道"（Doing Good: A Sermon）一文之中，他开始便提醒他的教民，"我们受到教诲要像爱自己一样爱邻居，但不能那么爱自己"，而当他谈到宣扬"行善"这样实际问题的时候，他的兴趣却不在个人的慈善，而是"以公众的身份去爱邻居"。他还坚持说，无论贫弱，每个人都会对他的国家有用，尽管他的布道也警告人们有相互作恶的能力。[25]这也是家常的慧骃国的道德说教。而在"论爱尔兰困境的原因"（Causes of the Wretched Conditions of Ireland）的布道结尾处，他突然劝说起他的教民行善，不过这个念头也是一闪而过的："如果时间允许，我会在这里论证更多关于慈善的说法；但因为你们都已经从布道坛这儿听了很多了，我觉得你们现在或许不需要听。另外，我目前的计划只是告诉你们，你们的捐赠物品最应该用在哪里"。[26]

然而，他的确既提倡又践行了一种针对个人的区别对待的慈善行为，并且赞扬斯黛拉将这一理念付诸实践。[27]也许有人会以为斯威夫特不愿抱有王尔德的宣称的那种态度，即"对奴隶友善的人就是最坏的奴隶主"（SMS 256），这话让人想起福楼拜评论《汤姆大叔的小屋》的话，福楼拜谴责了小说中不切实际的感伤情调，认为是唯美主义者而非是道德主义者倡导了一种毫无柔情的坚硬的现实主义。[28]

萧伯纳也善于创造警句，但是与王尔德常常将小事唯美化处理的方式不同，他的说法总是给人启迪的。对他而言，贫穷对社会构成一种危险，而解决问题的方法并非是不计代价地让穷人生存下去。

> 我们最大的恶，也是我们最大的罪行是贫穷……是我们的第一要务——为了这一要务所有其他的考虑均可舍去——便是不要贫穷。（MBP 23）

出现在《芭芭拉少校》（Major Barbara, 1906）前言中的这番话与整出戏的基调是相互一致的。主人公安德莎弗特——一位身价亿万的军火商，原型参考了阿尔弗雷德·诺贝尔（Alfred Nobel）——明确有了这番表示。他代表了萧伯纳关于武力具有可以改变社会从而达到社会主义社会的矛盾想法，也正像诺尔在1867年为炸药申请了专利，而在1901年创建了诺贝尔和平奖，他宣称他的"工厂可以比你们的和平会议更早地结束战争"。[29]安德莎弗特更进一步从曼德维尔式的基础上论证,战争越是具有破坏性,也就越好(MB 89—90)。这部戏剧对贫穷的关注可演绎出一种外敌与内敌之间的类比关系,对于前者要保持军事威慑力,而对于毫无收益或默默顺从的后者也同等对待,这与玛格丽特·撒切尔(Margaret Thatcher)的论调相比并不逊色:

> 安德莎弗特:我痛恨贫穷和奴隶制胜过其他任何罪行。让我告诉你:贫穷和奴隶制已经在你的布道、讲话和报纸头条上出现了许多年,但它们抵挡不过我的机枪。别跟他们说教,别跟他们讲道理。杀了他们。
> 芭芭拉:杀人。这就是你解决一切问题的方法?
> 安德莎弗特:这是对信念最终的考验,是惟一能够颠覆社会系统的杠杆,也是必须要做的事情。(MB 174)

萧伯纳对安德莎弗特的赞许,以及作品前言与安德莎弗特话语的一致,说明了他"无法掩饰自己对这位残酷的百万富翁的敬仰",在马丁·艾斯林(Martin Esslin)看来,在这点上萧伯纳与布莱希特相同。[30]但是布莱希特的《屠宰场里的圣约翰娜》中的皮蓬·莫勒(Pierpont Mauler)堪称是安德莎弗特的对应人物和衍生形象,他更善于摆布他人,更多愁善感。他做好事是为了自己的商业利益,这一点与安德莎弗特相似,但他对自我利益的理解却要吝啬与狭隘一些,并不像作者前言中所支持的体系那样深思熟虑。安德莎弗特的体系能够赢得他叛逆的女儿芭芭拉,而约翰娜——芭芭拉在布拉希特戏剧中的对应人物——则死于自己对臆想中的恩人的幻梦之中。对于萧伯纳而言,处理富有而善于剥削的产业家人物是个难于解决的矛盾。特热弗西斯(Trefusis)在《一位不合群的社会主义者》中反对他父亲的长篇大论——他父亲是一位白手起家的曼彻斯特大亨,表现得要比安德莎弗特更坏——在后记中遭到了批驳,后记中有一封"悉尼·特热弗西斯至作者"的回信。信中,萧伯纳让特热弗西斯为那番话道了歉,说不仅仅他父亲的行为(如同安德莎弗特一样)让社会受益,而且还说"工业具有国王一般的地位,工业在我们这个世纪享有唯一真正的君主地位,他去从事这样的事业是神圣的权力"。他恳请作者"尊重我所继承的王权",而作者本人就是撰写特热弗西斯这两篇稿子的人,当然也就这么做了。[31]

正如前言中说的,贫困是一种"罪行"正是萧伯纳观点,是"我们均痛恨与批驳的无法抵抗的自然真实":

> 安全是文明社会的主要托词,在贫穷这一最危险的处境下是无法存在的,贫穷悬在我们每个人的头上,而我们所谓对每个人免于暴力的保护只是一种偶然的结果,只是有警察力量存在的结果,而那些警察的真正工作是让穷人看到自己的孩子挨饿,而无所事事的人却把他们的狗喂得肥肥的,而他们花掉的钱本来可以为穷人解决温饱问题。(MBP 23)

我们或许能注意到文中顺带的对富人的一贯讽刺，这也与斯威夫特的评论形成类比，他在要求与他一样的行人不要给街上的乞丐钱之后，说"对于那些坐在马车和椅子上的人来说，他们没有受到像我们受到的虐待，他们把这些虐待都让我们承受了"（PBB 135）。但是，萧伯纳对于让穷人耽于贫穷这种观念的分析，以及他赞颂他们尽管"贫穷但却诚实"以及之类的话，并没有一定要让他们去死的含意。

> 那么，让他耽于贫穷是什么意思？这意味着让他病弱。让他无知。让他变成疾病的根源。让他成为展现丑陋与肮脏的活榜样。让他养育瘦弱的孩子。让他变得廉价，让他廉价地售卖自己为同胞工作而拉低了劳动的价值。让他的住所把我们的城市变成有毒的贫民窟。让他的女儿把我们的年轻人染上街上的那种病，让他的儿子为了报复他而把我们民族的男子气概变成淋巴结核、懦弱、野蛮、虚伪、政治上的低能，还有其他由于压迫和营养不足产生的恶果。让富者更富，穷者更穷，让应该穷的人自己累积财富——不过不是天堂的财富，而是在人间累积地狱的恐怖。这样的话，让他继续贫穷还是明智的吗？他难道不会突破人性的限制，去做强盗、纵火犯、抢劫犯、谋杀犯吗？假如我们废除了对这些行为的处罚，然后决定贫穷是我们无法容忍的——每个成人，如果年收入达不到365镑，就应该被以没有痛苦地方式处决掉，而每个饥饿和半裸的孩子都该被养肥和穿上衣服，这难道不是对我们现有制度的极大改善吗？我们的制度已经摧毁了许多文明，难道也要以同样地方式来摧毁自己？（MBP 25—26）

与王尔德一样，此处也有《一个温和的建议》的变形或翻版——对于堕落道德观念的描述，"饥饿和半裸的孩子都该被养肥"的想法，关于应该和不应该受苦的穷人的语汇等等。将孩子养肥是为了救他而非是为了卖掉获利，这种想法可与斯威夫特对同一问题的说法形成比照，暗指无痛但又无情的杀戮，只不过相比而言这段话说得更真实。这在后面的篇章中有进一步说明，萧伯纳介绍了一个修改过的版本，其中对"应该"和"不应该"的穷人以重商主义的方式进行了区别。萧伯纳用到了引用章节中的词汇，尽管他在前一页中是把"不应该"放在引号里面的，这或许更多是一种自我意识——不是否认——以唤起一种时代更为久远的、有些令人生疑的思想，而非仅仅是一个中立的引用（MBP 25）。在一篇写于1896年、修订于1901年的有关费边主义的短文中，萧伯纳在"应该的穷人"上加上引号，好像是要引起对这几个字的怀疑，而其背景则是"从经济的角度看，对乞丐善良是不可能的"。[32]

在《芭芭拉少校》的前言中重复了萧伯纳关于防止社会患上"心灵萎缩症"的前提条件：

> 这个国家每天的财富分配应该是这样的：对那些有能力工作却不能产出他们从社会获取的份额、也不能为他们的退休金做出一点多的贡献和不能偿还一点社会为了养育他们而付出的人，就连一点面包屑也不该分给他们。（MBP 60）

这里，我们也能感觉到在《一个温和的建议》和《颁发徽章的刍议》中重复的声音，坚持认为穷人只能贡献他们的劳动。唯一有点区别的是，萧伯纳笔下的"有能力工作的人"却不尽力工作，这和斯威夫特笔下"结实的乞丐"完全一样，只不过是早期的说法"结实"是用在乞丐或流浪汉身上的，具有多重的内涵："身体结实、倾向使用暴力"，暗指他们无所事事是一种罪过，并且也有暴力犯罪的倾向。[33]这个短语具有法律效力，自然而然地把应该受到指责的无所事事与有暴力犯罪的倾向或可能结合在了一起。对于结实乞丐的立法惩处可以追溯到亨利八世的时代，而到了伊丽莎白一世的时期，"惩处流氓、流民与结实乞丐的法案"——据说是标志着运输体系开端的法案——便于1597年开始成为法律了。法律规定，顽固不化的流浪汉"应该被从这个国家赶走……赶到海外去"。而那些敢于重回英格兰的流氓则要被处决。[34]

然而，萧伯纳的第二个前提讨论了致死行为这一问题，尽管初看起来与斯威夫特有所不同，因为文章攻击了刑法以及关押罪犯的行为（MBP 25—26, 60—61）。但是，事实上却导致一个更加彻底的、更加深思熟虑的解决建议，胜过斯威夫特的将乞丐从地球上根除出去的建议，因为萧伯纳觉得斯威夫特的这种修辞令人厌恶。在几页之前，萧伯纳谴责了那些声称要把犯人从"地球上消灭"的说法，他并坚持说"我们是文明和有怜悯心的民族"，尽管相对于这句话流露的情绪而言，萧伯纳或许是更厌恶其背后的虚伪（MBP 54）。这种说法更像是对"温和的建议者"油腔滑调的刻意模仿，与斯威夫特的模仿一样不怀好意。但是萧伯纳并没有驳斥斯威夫特彻底根除的冲动——这一冲动愤怒地埋伏在斯威夫特笔下的建议者看似无动于衷的话语之后。与王尔德相同，萧伯纳反对对穷人采取惩罚手段，这倒不是出于对穷人的同情，而是出于对惩罚手段的厌恶以及对于其他解决手段的偏好。[35]萧伯纳对于法律惩罚的攻击也是呼吁一种对于任性而劳动力低下的成人的清除。这种论点与他对于罪犯的观点相互呼应，在《监禁》（*Imprisonment*, 1922）一书之中，他批评了各种形式的犯罪惩罚措施，但却强调社会"有自我防御的权利，也可以延伸到摧毁或限制罪犯"，只要其能够与任何"报复和惩处的权利"分开。他强调说，使用无痛的方法处死无法改造的犯人是一种可行的选择，也明确说明，当惩罚消失的时候——他也的确这样预言——"这并不意味着在极端案件中判处死刑将被限制"。[36]

类似的思维方式看来也从劳动力低下的穷人和无法改造的罪犯那里延伸到了爱尔兰叛乱的煽动者身上。在名为《如何解决爱尔兰问题》（*How to Settle the Irish Question*, 1917）的小册子里，萧伯纳自称自己是以"爱尔兰人，具有新教徒地主的背景"来写作，他批评了新芬党"危险……武装和训练年轻的农民，却丝毫不知大国有多么强大"，他们不知道像"英格兰或者其他的西欧国家（或许摩纳哥大公国除外）能够无需踏上爱尔兰土地就（无论从水上还是从空中）将他们从地球表面清除掉"。[37]在这个例子中，萧伯纳看来是克服了自己对这一圣经用语的厌恶，而关于欧洲强国将耶胡般的新芬党从"地球表面上清除掉"的想法所带来的满足感，也与格列佛在描述慧骃要把耶胡从地球上清除去时的想法一样让人陶醉（IV. xii. 293）。

面对新芬党的滑稽行为，萧伯纳嘲弄了英国当局的懦弱："都柏林城堡说了，'这不可容忍。让我们激怒他们来战斗，然后消灭他们。'这的确激怒了他们，但却发现他们没胆量完成计划。"[38]他只好再借助《圣女贞德》前言中的主题——这出戏满是爱尔兰的意义与潜在文本。萧伯纳对于贞德的审讯者给予了相当的同情,其理由是"社会是建立在不宽容的基础之上",而"我们必须惩罚,即便到死"那些威胁了社会存在基础的人,但同时也要确保"我们惩罚地非常小心",保持"对于创造性、个性和特性的价值的了解"。[39]

认可杀人是实际需要这一想法一直是萧伯纳深思熟虑的哲学中的一个部分,并且随后延伸为对大规模灭绝的认可,无视巨大的实际与道德难题,这在《百姓政治常识》(Everybody's Political What's What)一文中得到了充分的表达:

> 文明国家必须具有的生与死的力量在那种名为战争的机制中得到了最广泛的体现。通过战争,一个国家,或是一组国家的联盟组成一个国际组织,如果其认为其他国家或者国家联盟不适合生存下去了,便要去灭绝它。这样一种决定也是双向的,就如同被审判的一方总是不可能同意审判者的意见一样,而他们惟一逃脱灭亡的出路也是起来灭亡那些要灭亡他们的人。这种生与死的力量是从双方一开始就在国内酝酿了,因为作为军队,如果军人明智的话,他们会逃脱或亲敌,而不会去让自己冒险或是去杀人,而士兵拒绝战斗、杀人、爆炸、纵火或破坏的话,会被他们自己的长官枪决:简单地说,必须表现得就像喜欢杀人的疯子。
>
> 这些灭绝行为,尽管完美无缺,符合逻辑,却最终是不可行的。不仅仅是它难于执行,也在于执行它的人——士兵和平民——无法忍受这样做:就像德国在1918年这样做会失败一样。另外,去灭绝一个国家,你不用浪费时间去杀掉它的男子,因为女人还会再生男人。你要杀掉它的女人。很明显,没有哪个灭绝者会把这点当作战争的目标。即便是阿道夫·希特勒——他灭绝犹太人的疯狂超过了约书亚灭绝迦南人的疯狂,或是十字军对古阿拉伯人的疯狂——都没有提出过要杀掉所有犹太人的女子而不去动她们的男子。
>
> 但这些极端的例子也只能告诉我们选择界限应该设在哪里。尽管我们既不能灭绝有敌意的国家也不能让他们侵略与征服我们,我们不仅能够而且也必须杀掉足够多的敌人来确保打败他们,使我们有希望把我们的条件强加在他们身上,无论是明智还是不明智的。[40]

此处的轻率的论理也有小的漏洞。正如下面所指出的,确实做过使妇女绝育的实验,但是他的观点总的来说是有历史事实支撑的。这种观点清晰、没有废话的短文的确纯粹出自萧伯纳的手笔(写于二次大战期间);而且,犹如在《圣女贞德》中一样,这一想法也因考虑到负责任的良知行为而显得清醒。"我们最好的良知也比我们的刑法和军事法更加人性;而缩短两者之间的差距也必须依靠良知来指引我们"。[41]

这些篇章明确无误地说明了萧伯纳关于依靠杀人来达到政治和社会目的的想法与欲望,它们尽管有所保留,但也暗示出萧伯纳和安德莎弗特关于处理劳动力低下的穷人的想法。在《芭芭拉少校》的前言中,萧伯纳争辩说我们不会把狗囚禁起来,"但如果一条狗喜欢乱叫和咬人，它就得进入死刑室"。同样，我们也该这样对待"那些乱叫、咬人和偷窃的人"（MBP 60—61）。[42]如我们所见，安德莎弗特的观点也很野蛮："杀了他们。"这里不该与戏中洛马克斯(Lomax)幼稚的戏仿混淆起来："我曾经穿过伍尔维希军火库(Woolwich Arsenal)；知道吗？军火库会给你一种极好的安全感，想一想，要是打起仗来，我们可以用它杀掉多少乞丐。"（MB 153）

但安德莎弗特对刻在他的总部墙上的家训非常自豪："人若有心杀人，即使未成功，也不算一事无成。"萧伯纳把前言中对这句话赞赏有加，以此来反对"公众对于杀戮行为的厌恶，而杀戮行为经宣传常被人们认为是杀戮者终会被杀掉"（MBP 27）。他赞成安德莎弗特的观点，"认为他自己只是意志或是生命力的一个工具，而它们的目的要远远大于他自己的目的"（MBP 31）。

在1933年《芭芭拉少校》的后记中，萧伯纳加上了这样的话，"除非我们抱有对贫困的痛恨，有要么喂饱、要么消灭那些饥饿者的决心，否则我们是无法认真解决贫穷问题的"（MBP 63）。尽管在安德莎弗特的进步的工业手段中蕴含了一种"喂养他们"（MB 172）的变通方法，但戏剧的重点却在其令人震惊的对立面。萧伯纳在前言中谴责了司法制裁对穷人较轻，而不是把穷人关进监狱：

> 更有理智的做法是，我们该先去容忍他们的罪恶，就像容忍他们的疾病一样，直到他们制造了太多的麻烦，在这一点上，我们尽可以先表达歉意和同情，甚至还可以慷慨地帮助他们完成一些最后的愿望，然后把他们关进死刑室除掉他们。在任何情况下他们都不该因为受到了有限的惩罚之后就被免除了所有罪过，不该被交与慈善机构，不能让他们们赔偿受害人。如果没有惩处，就不会有谅解。我们将不会有真正的道德责任，除非每个人都知道他的行为是不可挽回的，他的生命是取决于他是否有用。（MBP 61）

接下来的分析指出，如果该隐可以"被允许（入狱）受惩罚的话，他或许会连亚当和夏娃一起杀了，因为他知道自己可与上帝再来一次奢侈的和解"（MBP 62）。萧伯纳关于对劳动力低下的穷人施以非惩罚性安乐死的观点与边沁的圆形监狱的想法不同，圆形监狱的想法是一种基于成本较低的、不用采取死刑的理性替代品。这个想法来自边沁的兄弟塞缪尔，他曾受雇于俄国王子波特金(Potemkin)，波特金王子将这一想法用于自己的"模范工厂以改造不守规矩和不诚实的俄国工人"，想法于18世纪最后一个15年付诸于实践（边沁的《圆形监狱的信件》于1791年印行）。[43]

但是在非惩罚性或是非监禁性情况下，萧伯纳确实赞许了韦伯夫人毕崔斯·韦伯(Beatrice Webb)的"少数派报告"（1909），这是皇家委员会撰写的关于穷人法律的报告，萧伯纳认为该报告"能够在社会学和政治学领域取得类似达尔文的'进化论'在哲学和自然历史方面一样的成就"（在《芭芭拉少校》于1905年11月28日首次演出前的五天，韦伯被任命为该皇家委员会的成员）。霍瑞德(Holroyd)认为该份报告介于"边沁与贝弗里奇"(Beveridge)之间，是一份福利国家的蓝图，含有边沁式的对济贫院的理解，即济贫院应该是"将流氓造就成诚实的人"的设施。[44]"毕崔斯受到困扰的问题是有些人有能力却不工作……对那些缺乏能力的人，她的意见是强迫接受训练；对那些缺乏意愿的人，需要有约束的监督和对待，类似劳动处罚流放这样的场所"。她后来批评贝弗里奇关于"无条件失业救济"的建议太过于软弱。[45]

萧伯纳在《百万富翁的社会主义》一书中有关于强迫穷人劳动的言论，出自"活该当穷人"一文，语气充满讽刺，观点也是同样强硬，其刻薄堪与斯威夫特在此问题上的态度相比："对他们仁慈是可能的，比如可以让他们做奴隶，让他们受纪律的约束，强迫他们参与符合劳动过程性质和自身承受能力的少量劳动；但是，由此而生的同情本能是得不到满足的。"[46] 萧伯纳（MBP 26—27）和安德莎弗特（MB 171—172）赞同的是更为仁慈的资本主义模式，其关注的焦点均在于良好的工作条件："只有傻瓜会害怕犯罪：我们都害怕贫困。哈！[转向芭芭拉]你提到了你那差不多被拯救了的西汉姆的恶棍；你指控我把他的灵魂拉下了地狱。好，带他到这里来，我为了你把他的灵魂再拖回来。不是靠言辞和梦想，而是给他一周38先令的工钱，一条不错小街上的一座房子，还有一份长期的工作"（MB 172）。前言之中也提到了最低工资和养老金，萧伯纳想建议一种建立在机会和工作责任上的长期生活保障机制，"给每个人他足够生存的条件，这样便可以保证这个社会可以免受贫穷造成的恶疾，也（很必要）……保证他可以挣到这些"（MBP 26—27）。

乞丐的贵人之梦

在关于社会政策的各个方面，包括如何消除犯罪方面，斯威夫特与萧伯纳和王尔德观点不同，后两人也互不相同。斯威夫特应该不会反对监禁"或是其他可以认为适当和有效的法律惩处方法"（PBB 132—133），但要增加执法者的工资（就像有些现代政府一样）。尽管在斯威夫特和菲尔丁的年代，对轻微犯罪就要实际执行死刑的做法肯定会超过萧伯纳认为是合适的界限，尽管萧伯纳也有通过杀掉穷人作为惩罚的想法。而斯威夫特关于穷人"不害怕盗窃，不羞于乞讨，却不愿意戴上徽章"的义愤却是和安德莎弗特"我宁愿当小偷也不愿做贫民"的观点形成了对照，这也与王尔德关于乞讨和偷窃都要好于贫困的观点形成了对照：

> 人不该去展现自己像一头没有喂饱的动物那样去生活……应该不去偷窃，要不靠救济生活，救济也被许多人看作是另一种形式的盗窃。至于说乞讨，乞讨要比拿别人的安全些，但是拿别人的要比乞讨好些（SMS 258—259）。

王尔德对这个问题的美学化处理应该与萧伯纳对此问题的类似态度区别开，是又回到了没有政治目的的后期浪漫主义，这种浪漫主义展现在波德莱尔一首名为"打破穷人的脑袋"的散文诗之中。这首诗在1865年被《国家评论》（*Revue nationale*）认为不合适发表。在这首诗里，诗人记起了在1848年一次愤怒的阅读经历，他读到了流行书籍之中告诉穷人说他们能做奴隶应该很幸福，说穷人是没有王冠的国王。在他去小酒馆的路上，有一个老乞丐凑上前来,诗人大概由于深感羞辱把老乞丐暴打了一顿,但是老乞丐却反过来以不可思议的力量把诗人两个眼圈打青了,而且打掉了他四颗牙齿。诗人赞扬他维护了自己的精神,称赞重现了老人的尊严和活力。诗歌的情绪是在同情和厌恶之间摇摆的,表达出了一种美学的鉴赏力,将人物性格的高尚而不是生活的贫穷视作为救治或报偿之根据。[47]

支撑一个乞丐的荣誉和战斗精神的是人类的尊严与自由而非是饥饿,这种观念不会让斯威夫特称奇,他也有过关于乞丐"尊严"的令人沮丧的论述,但明显不同于波德莱尔的观点。王尔德的观念可以被描述为是对波德莱尔观点的装饰。偷窃的"高尚",犯罪之好于"贫穷",在王尔德看来,是与一套更广的将犯罪与艺术融为一体的思想密切相关的,这在"撒谎的堕落"、"钢笔、铅笔与毒药"(在文化与犯罪之间没有必然的不相容)、"作为艺术家的批评家"以及《社会主义制度下人的灵魂》等作品可以看见。他认为原罪是一种"强化的个人主义",而个人主义则是在社会主义制度下让这个世界美好起来的东西。艾尔曼(Ellmann)曾评论说王尔德品味有趣,譬如,王尔德在提到投毒者托马斯·韦恩莱特(Thomas Wainewright)的时候,曾经这样说:"个人喜爱绿色,是高贵艺术气质的表现;国家喜爱绿色,若不是意味着道德堕落,也意味着放纵。"[48]

此处对爱尔兰的特性和国家偏好的揶揄与讽示,如人所料,与希莫斯·希尼①公然宣称自己的"护照是绿色的"相比,显得有点拐弯抹角。[49]但这与1890年代初王尔德向萧伯纳表述的两人间的爱尔兰关系非常一致:"我们都是凯尔特人,我也愿意认为我们是朋友,是"伟大的凯尔特学校"出来的大师,是清除英格兰的"知识迷雾"这一事业中的合作者。[50]萧伯纳对王尔德的话也有回应,某些匿名评论还会被当成是两人之间的相互评论(除过那些"明显带有爱尔兰特征"的之外,匿名的评论会有时还会让人误以为是另一位评论家威廉·阿彻(William Archer)所写),萧伯纳在替王尔德辩护的时候也会提及"爱尔兰特征",这种做法有时会引起评论者的误会。[51]萧伯纳和王尔德的关系是既相互尊敬又相互提防,既有个人和知识上的相互尊重,也会有轻微的敌视与相互模仿的敬仰。对于萧伯纳来说,对于王尔德忠诚的最好记录是他对王尔德在困难时期的帮助和死后的怀念。霍瑞德(Holroyd)或许低估了这种相互尊敬,或许又夸大了萧伯纳心中的这种爱尔兰同乡之情:"他们与其说是朋友,不如说是同志,在英国的知识迷雾中,他们是战友,面对共同的敌人。"[52]无论怎样,从一位盎格鲁—爱尔兰人到另一位,都难以避免那种认为对方外表下是爱尔兰流氓或乞丐的想法。在1938年4月18日萧伯纳对阿尔弗雷德·道格拉斯(Alfred Douglas)宣泄了一番自己的愤怒之情,他讲到了王尔德无耻的欺骗,讲到了王尔德对弗兰克·哈里斯(Frank Harris)、罗伯特·洛斯(Robert Ross)以及对道格拉斯本人的谎言和不义:

> 让我再提醒你一遍,我是爱尔兰人。我知道全世界的乞丐都没有像爱尔兰的乞丐那么无耻。我看到他们即使在生活条件很好的情况下也要乞讨——从穷人那里乞

---

① 希莫斯·希尼(Seamus Heaney):当代爱尔兰诗人、作家,1995年诺贝尔文学奖得主。

讨。我知道他们可以多善变，一方面当着你的面恭维你，而你一转身，又会把你撕成碎片。[53]

这番话也许可以当作是对《钢笔、铅笔和毒药》中提到的国家绿色偏好（national greenery）的一种下意识的反击。这些义愤之词与斯威夫特的说法相互呼应，两者都提到"无耻"，都提到"在一个乞丐的国度内，无耻到了比乞丐更加过分"的说法（PBB 135）。也许两篇文章最有趣的地方便是将乞丐和爱尔兰民族特性相提并论，至少是把后者当成是产生前者的最重要或者必要的条件。的确，关于国家的政治行为，萧伯纳曾在1916年宣称，"我们是世界乞丐的冠军"，从美国接受金钱"而不知羞耻，也没有表现出感激"。两年后，在回应一位想要把"鞋子和袜子"捐给爱尔兰孩子的法官时，萧伯纳再一次说道，"如果愿意的话，爱尔兰完全可以解决孩子的温饱问题。将爱尔兰视为贫困是错误的；她只是个无药可救的乞丐"，接着他又说，无论于国于民，"慈善只是毒疮上敷的毒药"。[54]萧伯纳使用"乞丐"一词形容王尔德声名狼藉的爱尔兰民族特性，这读上去就像是美国黑人中使用"黑鬼"（nigger）一词的变体，以反讽的方式辱骂或者是模拟讽刺白人压迫者的词汇，[55]不同的是诸如萧伯纳、王尔德和斯威夫特这样的盎格鲁—爱尔兰人与压迫者和被压迫者都有感情，他们自觉地栖身在两种角色之间。很明显，在任何一种程度上"乞丐"和"爱尔兰"都构成了准同义词，至少是在讽喻的语境之中。一幅1843年的美国漫画画了一个肥头大耳的奥康诺，被人称为"你这开心的老乞丐"，而他手里正捏着一大盒用于取消联合运动①的钱。[56]

王尔德赞赏盗窃胜过贫穷，因为贫穷不太容易还原到审美模式中，萧伯纳或许能够接受这种赞赏，但却也不能完全同意审美化的处理。在《芭芭拉少校》一书的前言中，他说道："难道[一个穷人]不会比一个潜在的强盗、纵火犯、抢劫犯或是谋杀犯的危害低十倍吗……？假设我们废除对以上行径的惩罚措施，然后决定贫困是我们为宜无法忍受的"（MBP25—26）。这些在前言中的话被安德莎弗特进一步发挥："我宁愿做盗贼也不愿做流浪汉。我宁愿做杀人犯也不做奴隶。我两者都不愿意做；但如果你强迫我一定要选一个的话，天哪，我宁愿选那个胆大一点的，更道德一点的"（MB 174）。在《社会主义和人性》中（这篇文章较王尔德的文章早几个月发表），萧伯纳这么写道："饥饿但却痛恨奴役状态的人，如果可以容忍一个月18先令的话，将永远不得自由。"[57]但萧伯纳没有接着写下去，没有像王尔德那样去赞扬"去偷还好些"，这当然是有意为之的。对于萧伯纳，诸如"辉煌的罪犯"这样的词汇，还有类似美化的词汇，比如"贫穷却诚实"、"受人尊敬的穷人"等一样，既"难以忍受"又"不道德"。萧伯纳几乎就要把王尔德所用的"辉煌"作为靶子了，比如说在"革命中的暴力可以使民众显得一时伟大而辉煌"（SMS 276）之中，尽管也许他（当然还有安德莎弗特）会同意王尔德关于"人不太会赞赏有美德的穷人"的说法（SMS 259）。对于斯威夫特而言，王尔德的"依靠救济"正是《颁发徽章的刍议》中想要避免的，而盗窃则远非更好，只

---

① "取消联合运动"（Repeal）是19世纪初爱尔兰独立运动领袖奥康诺等反对与英国并成联合王国而发起的运动。

是让乞讨更加糟糕。

作为盎格鲁—爱尔兰作家的三驾马车,斯威夫特、王尔德和萧伯纳至少在这一点上是相同的,即他们对乞讨的态度并不相同(特别是对斯威夫特),不像他们的同胞叶芝那样把乞讨作为伟大的盎格鲁—爱尔兰范例。在叶芝笔下贵族与乞丐的反商业梦中,乞讨具有特殊的地位,乞讨是高贵行为的一种补充。[58]在"七位圣人"一诗中,叶芝向四位文化祖先致敬,"戈德史密斯和伯克,斯威夫特和克劳伊的主教",据说他们曾经痛恨辉格党的做法,

一个冷静的、恶意的和理性的头脑
从没有望出过圣人的眼睛
也从没有望出过醉汉的眼睛

一个有趣的乞丐牧歌,或曰一首歌唱贫困的田园诗("路上满是乞丐,牛在田野中"),与斯威夫特、伯克利(Berkeley)、戈德史密斯和伯克相接近,诗歌接着难以置信地写道:

他们在路上行进
模仿他们听到的一切,就像孩子一样;
他们知道智慧来自于乞讨中。

我觉得斯威夫特或许不会理解这些。正如德克兰·基伯德(Declan Kiberd)所说:"尽管戈德史密斯、斯威夫特……和伯克利都被叶芝征用……成为他崇拜的高高在上的知识名流,但是他们都是爱尔兰中产阶级清教徒的杰出代表:工作努力,以文谋生,他们都对爱尔兰人的沾沾自喜的闲散和虚伪极为蔑视,这与叶芝截然不同。"[59]斯威夫特肯定对乞丐加倍愤慨,而王尔德和萧伯纳则会认为叶芝的说法不会密切他们之间的关系。

与他们跟叶芝的诗歌不同相比,三人之间相差无几,有趣的是,他们三人对待贫穷和犯罪的态度自然紧密地交织在一起;两个晚些的作家萧伯纳和王尔德甚至都认为"犯罪"要比沦落为贫穷更好,斯威夫特尤甚,不知不觉中出现在他的话语中的不是消灭穷人这一理念(或至少是这一词汇),抑或至少可以说让他们不能让其继续存活下去了(这一思维模式模棱两可,难于分辨)的念头。在这点上,他们的观点或许与萨德或马尔萨斯等有所联系。萨德或马尔萨斯都认为,贫穷、饥荒、疾病和死亡,从价值论和工具论的角度来看,均可以限制人口增长,恢复自然的平衡等等。在萨德看来(若是马尔萨斯不这么看的话),这种想法有它的哲学基础,可为杀害婴儿和大规模灭绝辩护,尽管萨德的例证主要出现在虚构的对话中,其部分内容一如斯威夫特充满反讽的寓言那样得以免遭攻击,避免被人指责为对其提倡的思想的全面或直接的贯彻。

马尔萨斯被广泛认为是提倡杀婴的人。韦伯夫妇和其他人曾评论过一篇讽刺文章名曰《马库斯论人口过剩》(*Marcus on Populousness*),文章"是为贫困法的委员会撰写的报告,主张杀婴可以解决人口过多的问题,并有板有眼地说,1839年南威尔士的教育调查官要开展一

场人口普查，是为灭绝这里的孩子做准备"。[60]当然，无需多说，这是对马尔萨斯思想的滑稽模仿。具有反讽意味的是，爱尔兰竟然被广泛的认为是一个典型的"马尔萨斯式的国家"，尽管在《论人口原则》(Essay on the Principle of Population, 1798)中，马尔萨斯做过一番自我批评，说自己只是随意提及了这个国家。马尔萨斯那些涉及到爱尔兰的著作和演讲中，对爱尔兰的民权抱有热心的同情，强烈批判了英国的统治，并坚持认为消灭不公平比经济问题重要。[61]

乞丐与霍屯督人，或除掉所有野蛮人

萨德和马尔萨斯在分析社会力量的时候，比较而言是不从道德的角度来论述的，然而，斯威夫特和萧伯纳则从相反的角度论证。不管他们使用的修辞手法想象力如何丰富，均肯定了灭绝的正当性。他们是大规模屠杀这一理论的倡导者。这种现象超越了意识形态的不同，就像库尔兹在《黑暗之心》中喊出的"除掉所有野蛮人"那样，声音不是发自一个强硬的种族主义者，而是来自一个假定的文明推进者，他在帝国和种族问题上具有启蒙思想和自由思想。[62]这些观点的相似并不是偶然的，两个领域被一种变态的控制欲所连接，无论是大都市的还是帝国的，还受到了一种在阶级和种族之间画等号的想法影响，这种想法认为国内的暴民和下等种族是相似的，而国内的暴民和下等种族既提供有用的劳动力，又构成了野蛮的威胁。

阶级和种族之间的等式有时也会得到来自种族科学实践者那里的"科学"支持。约翰·贝多(John Beddoe)是《英国的种族》(The Races of Britain, 1885)一书的作者，他精心设计了一种"黑人索引"，其中将肤色较浅的盎格鲁—条顿民族放在顶端，而黑人和其他肤色较深的民族则被放在底部。贝多认为爱尔兰人是"受非洲影响的"，要比英格兰东部和中部的人肤色深，而英格兰那些肤色深的人则多是"无产阶级的后代"。贝多宣称英伦三岛上的原住民具有"黑人"的血统。[63]而这种"科学"的想法上又叠加了一种流传至今的有关种族差异的英国民间传说。那些"野蛮的爱尔兰人"被认为看起来古怪而不同，而斯威夫特则提到"一个爱尔兰人到达一个郡府时，我知道就有一大群人把他团团围住，但当这些人看到他比他们自己长得好看得多，会感到纳闷不已"。这一结尾看起来充满讽刺，但实则不然，因为斯威夫特实际上是在把他自己的殖民阶层与野蛮的爱尔兰人区分开来，前者由于英国人不加区分的偏见遭到了侮辱，后者(斯威夫特强调)则并不能有效地代表爱尔兰社会，并且即便是在他们自己的出生地，也显得怪异(这与他本人完全不同)。[64]

毫无疑问，在外国和国内民众之间、在原住民和穷人之间的类比，构成了我描述的话语习惯，这些类比既缺乏内在的理解也是个人对每一群体类型化处理的结果。对于贫困的体验和对于异域文化的同情则是在这种修辞范围之外的。如亨利·雷诺兹(Henry Reynolds)所言，乞讨与澳大利亚土著人之间的关系正是一个民族的自然反应，因为这个民族认为共同分享和互惠正是最好的社会美德，他们认为别人侵占了他们的土地而有愧于他们，他们也没有其他可以谋生的技能。[65]但这些观点在那些社会侵略或诽谤的有关死亡的话语之中作用不大，尽管但也不是不会提到。由于说话者和他们说出的话之间还有差异，这无疑就拯救了许多生命。而当这种差异不存在的时候，相反的事情也就经常发生了。

将殖民地用作接受无所事事的人以及人口当中的不安分子的地方做法，早在古罗马和文艺复兴时期的欧洲便已经成为惯例了。[66]归结到这些人身上的恶性，也常常归结到海外领土上的土著人身上。库切曾在一篇著名的讨论中指出，在南非，自从17世纪开始，"霍屯督人的无所事事便受到指责，就像是欧洲人在指责无所事事的乞丐或流浪汉一样"。他评论道，"本地的霍屯督人受到的严厉指责，是两百年前的欧洲法庭积累的产物，原本针对的是本国的无所事事的人和罪犯。"[67]库切精要地分析了霍屯督原型的形成过程，他所使用的材料也是斯威夫特为描写耶胡而从旅行作家那里采用来的，但这些形象也被斯威夫特扭曲用来塑造爱尔兰人。库切总结说，"那些霍屯督人很丑陋，他们从来不洗澡，而只是用动物油脂来擦拭，他们的食物肮脏，他们的肉半生不熟……他们的男女乱交，他们的语言根本不像任何一种人类的语言"，这些话几乎都可以从《格列佛游记》中找得到，只不过其中的霍屯督人（这是公开承认的素材）变成了爱尔兰人（这是斯威夫特小说的一个公认特点）。[68]

不仅仅是斯威夫特将霍屯督人和乞丐，或是乞丐和爱尔兰人与霍屯督人和爱尔兰人画上等号，混为一谈，在韦伯夫妇1892年7月29日从都柏林发出的信中（那时他们才结婚几天）也有类似的描述："这里人的很迷人，但是我们讨厌他们，就像讨厌霍屯督人——尽管他们也有美德。地方自治是绝对有必要的[这句话是由毕崔斯完成的]——为了让这种讨厌的种族在这个国家能减少一些人口！"毕崔斯接着又加上一句说："我们实在是太高兴——高兴得或许有点不理智了"(此信的编辑诺尔曼·麦肯锡(Norman MacKenzie)说，毕崔斯插入信里的话显示出一种非同寻常的轻松感)。[69]

在16和17世纪的英国作家之间，类似库尔兹的"除掉所有野蛮人"的说法很常见，在这一写作传统中，斯威夫特也只有细微的（也不是那么细微）个人差别。不止一次有人提及，《一个温和的建议》中曾经提出要用爱尔兰穷人婴儿的皮肤来制作用品，"为女士做漂亮的手套，为绅士做夏天的皮鞋"(MP 112)，这预示了纳粹在集中营的所作所为。[70]将纳粹与斯威夫特相比并不合适，正如他们不能和我们相比一样。《一个温和的建议》中请求的事情不是一个现代国家能为，但可以与更久远的野蛮人塞西亚人——据说是爱尔兰人和印第安人共同的祖先——进行类比，据说(在希罗多德的游记中)塞西亚人曾经用人体部位来制造用具。[71]对于英国作者来说，他们很多人认为野蛮而吃人的爱尔兰人会用人皮来做衣服，而《颁发徽章刍议》则警醒了读者的这个观念，即在《一个温和的建议》中那种对乞丐的同情只是一种虚假的同情，是在嘲讽那些慷慨的好善乐施者的声音，在这点上斯威夫特与王尔德和萧伯纳相同，只是策略不相同而已。

斯威夫特当然没有在宣扬这些主张。这种奇思玄想属于一种类似安德烈·布勒东所谓的黑色幽默的残酷戏剧的范畴，这些将在下一章之中详尽讨论：这是一种无关道德的、超现实的情感爆发，以一种不受约束的滑稽的方式超越了讽喻或是劝说话语的边界。[72]这是一种给穷人找点"用途"的奇特说法。不同于当今常见的、多少由于历史证据强加于人而产生的误会，这种说法攻击的并非是国内统治者对于外国的或本国的弱者的行为（爱尔兰人在这种情形下属于两者),而是一种可怕的矫饰,掩盖的是爱尔兰人对于自己的所作所为。

从另一端来看,纳粹将用人皮制衣的情景真是骇人听闻——是压迫者而不是被压迫者将这一灭绝行为产业化。这种行为于是也从原始贫穷的茅舍转移到了现代欧洲民族—国家的工厂和实验室里。[73]爱尔兰人就像是在德国的犹太人一样,也是欧洲国内的"劣等民族"。他们是自己国土上的外国人,爱尔兰既是古怪的,是弗吉尼亚海中的岛屿,[74]只不过邻近英格兰,它只是名义上(若不是实际意义上的)的都市自治王国,按照威廉·莫利纽克斯(William Molyneux)在《爱尔兰事件》(*The Case of Ireland*, 1698)中所宣布的宪法条令,它是由同一个国王来独立统治的,在这一点上斯威夫特也曾为它进行过近乎绝望的辩护。[75]它曾经被叫做是"一个内部的殖民地"。[76]

博尔赫斯①和其他人曾将犹太人和爱尔兰人的这种局内人—局外人的双重身份看成是他们创造力的源泉,他认为犹太人和爱尔兰人对于西方和英国文化的贡献不是归结于他们的种族特点——许多"杰出的爱尔兰人(萧伯纳、伯克利、斯威夫特)都是英国人的后代",他们"没有凯尔特人的血统"——而是归结于他们对于文化独特性的感觉。[77]很明显,这种状况并不总是一件好事,特别是对于那些的确具有"凯尔特血统"的人或是犹太人来说尤其如此。他们意识到种族上的他者地位和经济与社会上的受剥削状态,这两者结合在一起,以致备受统治者的欺凌。但是,犹太人却没有落入这种"贫穷"的刻板印象之中。的确,贫民窟里也有犹太人,这为纳粹的宣传提供诸如细菌、传染和疾病的素材。但是,犹太人的问题与爱尔兰人不同,犹太人并不贫穷,犹太人已然通过社会变化和文化融入,拒绝或是逃脱了让他们落入可被利用的弱者的圈套,并且获得了统治民族所具有的权力。

韦伯夫妇写的《产业民主》(*Industrial Democracy*)一书对犹太人的毛病进行了挑剔,因为"他们之中的工薪阶层是所有欧洲最穷的",也因为"个别的犹太人却是他们各自国家里面最富有的"。于是,当盎格鲁—撒克逊的技术工人"不会在最低生活标准之下而工作"的时候,当"非洲的黑人可以为绝对很低的工资工作,但却只要最低生活需要一旦满足,便不愿工作了的时候",犹太人却为了"不失业而去接受最低的工作条件"(于是降低了生活标准)。从另一方面说,根据韦伯夫妇观点,随着犹太人"在世界上崛起,[79]新的需求激励他更加努力,而无论多少收入也不能让他们减少劳动"。于是,这些工作努力的犹太移民"可能成为(除了使贫民窟更加拥挤之外)不断降低生活标准的影响因素",而与此相反的是,其他的移民如"胡根诺教派的人,则引入了更高的生活水准"。但是,即便犹太人变得富裕之后——韦伯夫妇英明地总结说,"关于种族融合的问题还是前景不明",所以,即使是富裕的犹太人也与富裕的胡根诺教徒不同,依然会遭遇不明的前景。[78]然而,几十年之后,毕崔斯·韦伯对"纳粹政府和它对犹太人令人发指的迫害"表示了反对。[79]

尼尔·弗格森(Niall Ferguson)在他关于罗斯柴尔德家族②(the Rothschilds)的历史一书中

---

① 博尔赫斯(Jorges Luis Borges, 1899—1986):阿根廷著名作家。
② 欧洲著名的犹太富商家族。

写道，这个杰出的家族是时代的产物，"在一个几乎所有的经济活动都向他们闭上了大门的时代，他们没有别的选择，只能从事商业和金融业"。[80]也有更加专业的解释（这在《芭芭拉少校》可窥见一斑），"富有的"犹太人是早期教堂不允许基督徒从事高利贷活动的结果，这也为获得银行服务提供了方便，同时也确保了在出现任何经济不平衡或是困难的时候可以有一个来自外边的替罪羊。安德莎弗特家族据说便操控了一个这样的替罪羊，只不过手法更加温和并更加现代一些。在剧本银幕中插入的一段话中——看上去有点像是在淘气地测时（1940年）——安德莎弗特说道："他们应该有一个犹太人的伙伴，这是传统。这意味着金融的能力；而当我们的利润被认为是过多的时候，他可以替我们承担一切责任"，尽管安德莎弗特也承认靠的是名义而非事实。[81]在戏中，安德莎弗特告诉他未来的女婿，即将成为公司经理的卡森斯（Cusins），他自己的犹太人伙伴拉杂勒斯①（Lazarus）是"一个绅士，带点浪漫色彩的犹太人，在乎的只是弦乐四重奏，整日在剧院里流连忘返"，但是"会为你在金钱方面的贪婪而受到谴责，可怜的家伙"（MB 167）。

具有反讽意义的是，与此类似的情形在萧伯纳自己的"作者的话"中也出现了，那是在1929年3月5日为伦敦演出而写的，他从未来金融动乱的角度谈到了第一次世界大战：

  当战争来临的时候，安德莎弗特和拉杂勒斯做得并没有期待中的那么好，是因为拉杂勒斯受到了太多的控制；我们的年轻人在战场上被可怕地屠杀，而我们的政府却没办法从全国的工厂里组织有效的军火供应，政府只能派人去教拉杂勒斯，让他学会下面该如何去做。（MB 199）

这种说法的确切后果如何我也不清楚，但是当一切恢复之后，焦点回到了安德莎弗特身上，他的方法重获肯定："安德莎弗特从废墟中活了下来。他的高工资和废除旧方法的政策看来是比过去费力的做法有利得多。他收入不错的雇员变成了他最好的顾客。他就像小说中的克里斯奥德（Clissold）和现实中的约翰·福特（John Ford）一样"（MB 200）。无论是何种情况，拉杂勒斯总会遭人指责，而安德莎弗特则总受到赞赏，即便从作者那里（似乎）也是一样。

然而，尽管拉杂勒斯是虚幻的、不真实的形象，他却代表了对富裕犹太人的较为友善的观念，而他设想的那种"真实"生活的命运，尽管要比安德莎弗特在剧中所讲的艰难，但总体而言也比较舒适。放在纳粹德国邪恶统治下的欧洲，即现代社会的场景之中，结果就没有这么温和了。一旦允许人人都可从事银行业，富有的犹太人便不再有用，他们便属于那种不值得同情的穷人，那种不配拥有财富的富人，而他们的罪过也会因为拥有不当的财富，即认不清自己的位置而变得更为严重。对于纳粹而言，他们是把萧伯纳关于乞丐和其他劳动力低下的民族的说法付诸实践了，而犹太人只关注金融业、不关注其他生产过程，这样就进一步凸显了其无用和"不值得可怜"的地位。伊曼纽尔·康德就此也发表过观点，他说犹太人

---

① 这一名字取自《圣经》，拉杂勒斯是圣经中的一位麻风乞丐。

"作为一个民族仅仅是由商人组成的,也就是说,那是些社会上不从事生产的成员",这种观点在希特勒的《我的奋斗》中也得到了呼应。[82]萨特曾说,人们谴责犹太人是因为他们总是从事"不能生产的贸易",也因为历史的原因使他们不能从事其他行业。[83]这种批评也常常出现在无论是19世纪还是在20世纪爱尔兰的反犹言论中。[84]一种准马克思主义的推论在1960和1970年代被人使用,并称之为"唯物主义"以来解释纳粹对犹太人的屠杀,"屠杀犹太人是因为其逃避了生产过程,对于生产毫无作用"。[85]

这种意象很容易产生一种朦胧的性无能的幻想,比如迈克尔·洛金(Michael Rogin)在评论戴维·马梅①(David Mamet)的小说《古老宗教》(*The Old Religion* 1997)的时候提到的利奥·弗兰克(Leo Frank)案件,这是美国南方的德莱弗斯②案件,一位在乔治亚玛利塔(Marietta)的无辜的犹太工厂经理人,在1915年因为强奸未遂和谋杀而被陷害并受到私刑,而真正的凶手则是黑人吉姆·康雷(Jim Conley)——一个清洁工,是他对13岁的白人雇员下的手:

> 像弗兰克这样的犹太人代表的是北方资本的力量,被新南方的支持者引进战败的联邦,他们很容易受到伤害。他们既是非生产性金融阴谋的化身,又是不自然的、性能力底下的化身,在反犹太主义者的想象中,犹太人常把年轻女子从她们农场的家里诱骗到工厂去满足犹太人变态的淫欲。缺少了完好的处女膜,但又没有强奸的迹象,这让人无法想象,从乡村到城市的过程解放了性活跃的南方白人女子。犹太人是变态的这一幻想的唤足起以平息那丑恶的暗示,而黑人作为性骚扰者的固定形象却无法做到这一点。无辜的黑人被冠以各种想象的罪名遭受私刑,而康雷帮助变态的犹太人的故事正是检察官和陪审团都想听到的。[86]

黑人清洁工康雷"说是弗兰克让他把女孩子的尸体从房间地面搬到地下室的……然后让他写下条子声明是纽特·李(Newt Lee)——那个黑人守夜人——先发现的尸体"。在这个情节中,犹太人变成了黑人的性对应物或是镜像物,而关于黑人的性的刻板印象则是性欲过强,而非无能的。(对弗兰克的指控是他有"无法控制的性欲",但是,不像[黑人],他无法满足她们[。]而他,这位犹太人,也像黑人一样充满淫欲,但是他的"表现"却不像这部南方小说中所写的,是可悲的。)[87]种族仇恨的目标突然变化,令人难于预料,我也没有足够的材料来了解纳粹对于黑人的仇恨(比如说在1936年的奥林匹克运动会上)是公开的还是潜在的。

至少在以往的不列颠群岛上,盎格鲁与爱尔兰民族的对峙常常没有第三者的介入,然而,正如我在其他地方论证过的那样,我们和"他者"之间通常是三角关系,而非是简单的两项对立。典型的例子常常是一个"我们"和两个"他们",比如说一个我们,一个加勒比人和温和的阿拉瓦人,再加上一个或好或坏的野蛮人,比如身处食人族中间的鲁滨逊·克鲁索

---

① 戴维·玛米特(David Mamet, 1947—　)美国当代作家、导演。
② 艾尔弗雷德·德莱弗斯(Alfred Dreyfus, 1859—1935):法国军官,犹太裔。1894年被错控向德国提供军事情报罪,他的审判和监禁曾引起政治风波,最终于1906年平反。

的仆人"星期五",又如在反犹浪潮中那些属于我方的、"好的"犹太人,再如某些战争小说中好的德国人,像是维尔高尔(Vercors)的《海的沉默》①(Silence de la mer)(其中的德国人冯·艾布兰科(von Ebrannac)并没有德语名字,而是胡根诺教徒出身,这便暗示出该德国人的"优越品质"一定有所缺陷)。[88]在戴维·马梅的美国南部小说中,只要出现了激进的"他者"种族,便会有犹太人占据属于中间的位置,但该犹太人却也不是类似诸如克鲁索的星期五那样传统意义上的好人。人们把遭遇冤案和私刑的受害者当成是犹太佬,认为那些黑鬼"本该明白自己的位置,因为已经给了他们接近白人的地位"。在斯托夫人(Harriet Beecher Stowe)笔下的南方,爱尔兰人的地位正如马梅笔下的犹太人一样,恰好危险地位于两个不同的种族之间,而爱尔兰人的白色皮肤并不一定能够被人当成是白人。[89]爱尔兰读者会抱怨,认为斯托夫人的小说在偏向黑人的同时牺牲了穷苦白人的利益,有一份出现在《爱尔兰美国人》报纸上的名为"在廓尔克的斯托夫人"的文章,支持了"派特爸爸"(the case of Father Pat),而反对汤姆大叔。[90]这种在黑人、爱尔兰人和当地白人之间复杂的张力关系在美国黑脸孔的吟游诗人的唱词中全面表达了出来,其中爱尔兰人占据了特别突出的位置,也因此变成了英国《笨拙》(Punch)杂志的部分主题。[91]"内战前的美国有一种强烈的倾向,想丢弃爱尔兰人,即便不是把爱尔兰人看作黑人,也会将爱尔兰人看作是社会上位于黑人和白人之间的中间种族。"[92]

在爱尔兰本土形成的一系列有关爱尔兰的刻板印象可以用来对应黑脸孔的或者外来的民族,却无法自然地对应作为第三者的黑人或是犹太人。爱尔兰只有少数的黑人,尤其是极少量的爱尔兰犹太人,尽管在克伦威尔的时代以及后来,英国人都很乐意把犹太人看成是与天主教人口相抗衡的力量或是把他们作为补充力量纳入到爱尔兰,同时,爱尔兰人对于遭受迫害的犹太人也抱有感同身受的同情之心,但爱尔兰黑人和爱尔兰犹太人在盎格鲁—爱尔兰等式中并不占有突出的位置。在1829年,奥康纳(其后在众议院参与投票要求把犹太残疾人赶出英国,但该法案未获批准)曾写信给犹太解放运动在英国的领袖艾萨克·戈德斯密德(Isaac Goldsmid),信中说:"爱尔兰有权拥有你们古老的种族,因为这也是惟一一个没有通过迫害犹太人法案的基督教国家。"[93]这种宣称在19世纪和20世纪重复了多次,时不时也会有地方性的反犹行为,以及个人和小的极端组织的反犹行为。[94]但是,在爱尔兰的犹太人人数总是很少,而在《尤利西斯》中的德西先生(Mr Deasy)在吹牛的时候倒也提到了两个事实:"[爱尔兰]作为惟一没有迫害过犹太人的国家而感到光荣……你知道为什么吗?……因为她从不让犹太人进来",另外,"老英格兰就要死了",是因为"她落在了犹太人手里"。[95]

德西先生的故事或许难于查证,不过人口统计(1861年在当今的爱尔兰共和国有341名犹太人,1871年有230名,1946年有3907名,在1991年跌至1581名)证实了犹太拉比伊曼纽尔·雅可布韦斯(Immanuel Jakobovits)的话。在一本出版于1967年的书中,他提到犹太人与非犹太人的比例"可能是在任何一个讲英语的国家中最低的"。[96]而犹太人的出现,尽管有对于爱

---

① 小说作者真名为Jean Marcel Bruller (1902—1991),小说出版于1942年纳粹占领下的巴黎,为法国人民抵抗纳粹占领提供了精神支持。

尔兰国家生活的突出贡献,尽管有利奥波德·布鲁姆(Leopold Bloom)这个突出的角色,也只是在爱尔兰文化意识中相当边缘的角色,尤其是与在欧洲或是美国相比之下,除了在1930和1940年代那种剧烈激荡的时期。

非洲人则更少。[97]看来,现在流行把爱尔兰作为欧洲"黑鬼"的自我形象(这是洛蒂·道尔的用语,[98]其实是个古老的说法,或许可以追溯到土著印第安时期,即在1700年左右,那时英国人习惯将爱尔兰人称为"白黑鬼")[99],却只能说明他们没有自己的"黑鬼"(niggers)。将黑人与之类比的做法可能是来自(绝不会是惟一的源头)印第安人,因为在欧洲人的想象之中,非洲人逐渐替代了印第安人而成为食人风俗和野蛮行为的主要例子。[100]两种等式都存在了几个世纪,但是"黑鬼"这一说法是在19世纪和20世纪运用的,如同印第安人开始是指所有非欧洲的民族,包括印第安人(印度的和美洲的)以及格陵兰岛上的爱斯基摩人(Nigger一词最早记录在罗伯特·彭斯在1786年写的一首诗中,而Negro和Black则可以分别追溯到1555年和1625年)。[101]不必说,这些等式经不起经验的验证,但它们在老的压迫者和新的理论家的词汇中却仍然有效。在这些名字的来回变换中,真正的非洲人或是印第安人却始终很难成为爱尔兰社会中重要的一部分。

在爱尔兰,有一种对于非洲人的困境表示同情的情绪,而对于犹太人,则比较暧昧不明。弗雷德里克·道格拉斯①早在1853年5月10日就写道:

> 在国内,爱尔兰人可以同情任何地方受压迫的人民,但是,踏上了我们的土地后,却被人教唆来憎恨和鄙视黑人……先生,这些爱尔兰裔美国人总有一天会认识到他们的错误。[102]

爱尔兰人与黑人一样,是同样受压迫的受害者,这种想法不仅仅是爱尔兰人或是黑人的自我感觉。一幅1866年杜米埃②(Daumier)所做的漫画上画了约翰牛,代表的是严酷的牙买加总督爱德华·约翰·埃尔(Edward John Eyre),他脚下踩着两个人,其中一个是牙买加人,他正对着另一个爱尔兰人悄悄地说"耐心些"。但正如道格拉斯所觉察的,爱尔兰人融入美国白人的过程常常意味着放弃或断绝与黑人的稳固关系,这个故事在尼奥·伊格奈帖夫(Noel Ignatiev)的《爱尔兰人怎样变成白人》(How the Irish Became White)一书中有详尽描述。用芬坦·奥图尔(Fintan O'Toole)的话来说,"原先在美国……爱尔兰人不再是印第安人而变成牛仔了",这是个充满重新配置同盟对象的现象。伊格奈帖夫则说"变成白人的爱尔兰人也就不再是绿色的了"。[104]

伊格奈帖夫和奥图尔所描述的过程是一个逐步的过程,同时也有观点认为黑人和爱尔兰人是可以相提并论的贱民阶层,同样应该被灭绝。在1881年,一个英国人爱德华·奥古斯都·弗里曼(Edward Augustus Freeman)从康涅狄格州的纽黑文写道:

---

① 弗雷德里克·道格拉斯(Frederick Douglass, 1818—1895):美国黑人社会改革家。
② 奥诺·杜米埃(Honoré Daumier, 1808—1879):法国漫画家。

> 如果每个人爱尔兰人可以杀一个黑人，然后因此再被绞死的话，这片土地就是一片了不起的土地。我发现这种想法得到了很多人的认可——有时是他们希望让爱尔兰人和黑人做仆人，是因为没办法有别的仆人。这就像是古老的人类缺点一样——总渴望有个低人一等的民族。[105]

这段话也预示了纳粹在"灭绝者"和"经济学家"之间的争议，而作为史学家的作者，领会并探索了一个古老的进退两难的问题，那些思考大规模杀戮的人必须面对这一问题，这点将在下一章讨论。这段话的特点是"同时降灾难于两者家中"（plague on both their houses），有针对两者的敌意。这种修辞想象在当时描写群体仇恨的文学作品中并不少见。骚塞（Southey）于1798年谴责爱尔兰人为"参加了一半洗礼的兽群"，这相当于英国军人，他们"对于屠杀任何一方或屠杀双方均会接受"。塞利纳①（Céline）曾有瓦格纳式的幻想，希望希特勒和斯大林能够相互灭绝，同时，他也希望希特勒能够灭绝苏联人，同时将犹太人、乌克兰人、罗马尼亚人和捷克人都关押起来。[106]

弗里曼的信比道格拉斯评论美国的爱尔兰人的话晚了三十年，说明爱尔兰人想要获得白人地位的想法实现得很慢，尽管他们的想法出现得很早。在种族的等式中充当第三者的危险之一在于总有类似弗里曼这样的人，他们没有耐心做精细的区分，对于弱小民族总是进行简化处理。但道格拉斯关于在美国的爱尔兰人正变成英国人在爱尔兰的样子无疑是正确的，而在国内，他的自我认知是属于贱民阶层，与下属种族等同——包括库尔兹在疯狂地幻想中意图去"灭绝"的野蛮人，也包括康拉德在其他非洲故事中，比如《进步前哨》及其他故事中描写过的黑人，他们更是要被灭绝的清晰的目标。[107]1891年，有一位在梅奥县供职于印第安行政部门的退休人员告诉霍拉斯·普朗特②，说他"无法忍受像对待白人一样对待爱尔兰人"，而普朗特自己则将梅奥县的某些居民称为"与野蛮人相去不远"。[108]

《尤利西斯》中的那位公民具有民族主义精神，他将斯威夫特的公式给颠倒过来了，即把英国人而不是爱尔兰人称为"不幸的耶胡"，但他也被贴上同样的标记，即他说他们"不是欧洲人"——这也是一种把《承诺》（The Commitments）中"欧洲的黑鬼"一说颠倒过来的做法。[109]这种"你也是一样"的方法是种族自我觉醒的常用方法，但在盎格鲁—爱尔兰关系中，这一玩笑变得复杂化了，因为事实上爱尔兰人不管怎样肤色也是白。查尔斯·金斯利③非常严肃地说"这个可怕的国家"里的"人像猩猩"，金斯利说如果爱尔兰的皮肤是黑色的，那么这个国家的景象要"更加恐怖"，可是"他们的皮肤，除非被太阳晒成褐色，跟我们的差不多白"。[110]

这样的情况自从爱尔兰自由邦建立之后，经历过微妙但有时无法预料的变化。萧伯纳记录和描写过一些情景，比如在1923年，萧伯纳写道："我的爱尔兰国籍对在英国的我来说曾经

---

① 路易—费迪南·塞利纳（Louis-Ferdinand Céline, 1894—1961）：法国著名作家，在二战期间发表过反犹言论。
② 霍拉斯·普朗特（Horace Plunkett, 1854—1932）：主张爱尔兰自治的爱尔兰政治家。
③ 查尔斯·金斯利（Charles Kingsley 1819—1875）：英国历史学家、小说家。

是一笔宝贵的财富，现在，我则对他们乱蓬蓬的头发和弯钩鼻表示歉意"（萧伯纳最近受邀进入爱尔兰参议院，但"答复说如果爱尔兰政府的位置会移到伦敦，我便会考虑的"）。[111]且不论英国人和爱尔兰人之间存在种种令人混乱的复杂的种族差异，目前爱尔兰人自我意识中的"黑鬼"形象，与英国统治和英国视角明显有联系，这是某种形式上的（包括洛蒂·道尔的）具有反讽和戏谑色彩的自我意识。这种自我意识看上去好像与盎格鲁—爱尔兰的有效压力没有关系，它借用或扩展了在美国盛行的黑面孔演唱会技巧，演员、观众都是爱尔兰人，喜剧类型也是爱尔兰式的，主要在国内消费，这里既有白人又有黑人的笑话演出，而笑料总是将爱尔兰人和黑人联系在一起（最近有杰弗里·麦尔尼科（Jeffery Melnick）的研究表明，犹太人也在美国黑人流行音乐中扮演着这一特殊角色）。[112]在某种意义上说，利奥波德·布鲁姆作为一个局内人—局外人的双重身份更多是由爱尔兰社会内部的力量造成的，不是由英国人的看法造成的。

　　布鲁姆无生育能力，而这个事实与他的犹太性不能分开。在英国关于爱尔兰人的性成分幻想中——传统上并不丰富——是认为爱尔兰人太能生育了，他们是生育能力旺盛的黑人的变体，其生孩子的能力几乎可以以动物的标准衡量，正如《一个温和的建议》和其他作品中煞费苦心所提到的那样。因此，就有必要采取更加致命的手段来进行人口控制。对于其他政治上而非数量上的弱势群体而言，人们也倾向于对他们说出同样的话。在巴尔干的斯拉夫人中普遍接受的观点是，阿尔巴尼亚人是穆斯林，他们生孩子就像"老鼠下崽"一样，这让一位英国的学者观察家不由得去思考"如果成千上万的天主教徒突然被迫离开爱尔兰共和国而去贝尔法斯特"的危险。在1860年代，查尔斯·德尔科（Charles Dilke）爵士认为，凯尔特人是劣等种族，但却能"大量生育"，而他们正在与盎格鲁—撒克逊种族争夺霸权。[113]

　　作为一位有思想的盎格鲁—爱尔兰评论员，威廉·帕尼尔（William Parnell, 1777—1821）于1798年提出了政治压迫的关联性："如果你仔细观察不同的国家，你就能发现人口繁殖的数字是与政府独裁的程度成比例的。"他列举了荷兰作为反例，荷兰以自由和产业为自豪，他们将贫穷看作是一种"耻辱"，同时也反对"草率的婚姻"，而他宣称他已经劝服了他的朋友马尔萨斯，说他承认自己认为"只有罪恶和贫困才能阻止人口增长以及没有国家可以摆脱穷人阶层的观点是错的"。[114]

　　但正如歌中唱的"富人发财致富而穷人生儿育女"，这种刻板印象非但没有减少，反而被通常的民族的、宗派的和经济的力量加强了。[115]一个古老的笑话讲到，一位有15个孩子的爱尔兰父亲被召前往梵蒂冈接受教皇的嘉奖，但在得知他原来是一个新教徒之后，教皇却愤怒地谴责他一定是个性欲旺盛的魔鬼。在爱尔兰的话语中，天主教徒能生育并不意味着他们可以成为被赞赏的对象。如果人口是一个国家的财富——如古老的重商主义格言所言——斯威夫特想象中的爱尔兰便不会与任何一个国家相似，这个国家"唯一的命运"便是违反所有正常的法律。[116]"作为唯一一个违反古老格言的基督教国家，这个国家的人民不是国家的财富，而是为其带来了贫穷；因此，人口增加乃至翻倍的愿望是对我们的诅咒"（PBB135）。人口多之所以没有受到欢迎，是因为其带来的只是更多劳动力低下的穷人：乞丐、小偷，当然，乞丐和小偷只会养育出更多的乞丐和小偷。

佩上徽章、打上标记和阉割

斯威夫特在《颁发徽章刍议》一文中的建议，与纳粹要求犹太人均要佩戴一枚表明身份的黄色五角星明显相似。[117]（还有针对其他族群的标记，比如给同性恋佩戴粉红色三角。）[118]这条规定对于那些嫁给雅利安人的犹太妇女来说有所放松，但条件是她们须做了绝育手术。这一想法，如果早已出现在讽喻的或是乌托邦的幻想中，或许可以让斯威夫特获得某些相通得的挖苦人的点子，让他去考虑那些贫穷的繁殖者该怎么受到奖赏（或惩罚）。[119]斯威夫特决不是纳粹分子，而这种相似也明显只是表面上的，但也确实有其相似的地方。这里不是在提议一种对等关系，而是在辨认一种关系。有趣的是，发生在现实生活中的极度恐怖事件已经模仿了斯威夫特和其他作家的小说，不仅仅是事件产生的环境，而且——通常是以扭曲的方式——是对他们思想倾向的模仿。斯威夫特关于灭绝的想法和欲望，比如说他在《颁发徽章刍议》一文中对乞丐所表达出来的那种，或许不仅仅是字面意思上的，而是带有惩罚性的。

此外，《刍议》不是小说，它属于实际行动的世界。佩戴徽章的想法也不是斯威夫特所独有的。在《刍议》发表的年代，这种做法早已存在了，部分原因是在执行斯威夫特较早时提出的建议。想法的目的是辨认乞丐是从哪个教区来的，而教区在乞丐无法供养自身的时候具有法律责任去供养他们。从定义上说，乞丐不事生产，因此在斯威夫特看来，他们之中绝大多数都身体健康，可以受雇，因此他们是被重商主义者归类为——也被萧伯纳归类为——"不应得的"（PBB 135; MB P25）。当他们从乡村来到都柏林的时候，他们成为了美国移民当局所称的公共负担，对于现代经济来说这是最坏的来自外国的威胁（斯威夫特也不断在这个意义上使用"负担"一词——PBB 134, 138, 139），这也是王尔德所说的要依靠社会救济的意思。

这种想法在伊恩·麦克尤恩①的小说《时间中的孩子》(1987)中有创造性的发挥。这本书的背景是不远的在后撒切尔经济萎缩时代，乞丐都要符合要求后才能获得执照，佩戴徽章，目的是"为了公众慈善部门更加精干、更加胜任"，以避免浪费更多的"社会保障支出"，引导大多数人"对这个国家长期以来商人阶层自给自足的行为寄予向往和满足之情"。这种做法受到了条例的严格约束。乞丐不仅仅需要"正确"地佩戴徽章，而且不得成对出现，必须不断地走动，必须受限在"经过授权的地区"，不得"骚扰公众"，不得出现在"车站"或是其他接近议会或白厅的地方。[120]斯威夫特给乞丐佩戴徽章的构想略显简单，而我们的社会却以反乌托邦的有趣方式沿着这条道路发展的很远，并如此全面精确地糅合了撒切尔的自由经济主张与广泛的政府干预政策。我暗暗觉得，斯威夫特或许不会反对其中的某些做法，不管他对于"政府计划"的"成功"有赖于私人慈善机构来帮助乞丐的做法有何看法，尽管斯威夫

---

① 伊恩·麦克尤恩(Ian McEwan, 1948—)：当代英国著名小说家

特始终坚持的毫无疑问是要促进生产，而非仅仅是依靠自给自足或是凭空得手的金钱。[121]他一定会蔑视乞丐，就像他会蔑视那些只知道从事金钱和股票交易的雅皮百万富翁一样。从斯威夫特的角度出发，他曾经反对给都柏林一个救济院拨款的计划，斯威夫特是在呼吁要强迫佩戴可以看得见的徽章，由此"外地的"（这也是个习惯性的说法）乞丐便会被辨认出，而且会回到有责任供养他们的教区里去了（PBB 132—133）。

斯威夫特说自己在"过去的几年中"（可以感觉到"提温和建议的人"和格列佛的口气在这后面隐约可见，但我们不能由此推断斯威夫特在这方面明显放松了要求，只是或许偶尔会出现一个玩笑什么的）一直在宣扬：

> 一个非常简单的计划，即给所有在街上的乞丐戴上标志教区的徽章；乞丐应该限制在其自己的教区之中；他们应该在肩膀醒目的位置牢牢地缝上徽章，不然就要受到鞭笞，被赶出城……我只听到过一种反对这种权宜之计的意见……反对意见如下：我们该如何对待外地的乞丐？他们是不是都得饿死？我回答说，不是；但是他们必须被鞭打出城……直到他们返回自己的家乡。只要英格兰的法律还在起作用，我认为在爱尔兰，每个教区都有责任供养其自己的穷人。(PBB 132—133)

这里的口吻让人想起严厉的亨利国王和伊丽莎白王朝的立法，也不比萧伯纳在《芭芭拉少校》前言中的口吻温和多少。

正前所述，有这样的想法的人不仅仅是斯威夫特。徽章早已在使用了，或许没有达到斯威夫特计划中的广度，徽章作为一项未能很好实施的行政管理手段，已经在早期斯威夫特没有发表过的记录当中提到了，"论给穷人发徽章"一文的日期是在1726年9月26日，接近《格列佛游记》发表的时间。在这篇文章中，他说"有几位市长向都柏林大主教申请，希望请求教堂卫士来颁发黄铜、青铜和白蜡制作的徽章以供来自不同教区的穷人佩戴"，"将会被标注上每个教堂的缩写，还有数字1、2、3等，然后被缝制和佩戴在所提到的穷人的左肩或是右肩上"。大主教给教堂下了指令，但是结果却不太实际，大多数乞丐都拒绝展示这种徽章，于是斯威夫特建议（在1726年）"大主教应该召集城里的教士，重新发布命令并且敦促执行"。在1737年发表的《刍议》中，他说他"天性中有太多的沮丧"（PBB 140）而无法去认为他的建议能达到目的，发泄了与《一个温和的建议》中类似的失望。也许部分是因为他的《颁发徽章刍议》的结果，《都柏林观察报》在1737年10月8—11日报道说，市长颁布了一道命令，要求逮捕所有乞丐，"除非其佩戴有教区颁发的徽章"。[123]

乞丐之所以会抵制这些命令——斯威夫特在1726年和1737年两次抱怨过——是因为他们觉得不可接受：

> 他们太懒，不愿工作；他们倒是不怕盗窃，也不为乞讨而害臊，但却太自尊不敢戴上徽章，正如他们中的许多人跟我承认的那样，有些还用了很生气的言辞，特别是女性。他们都觉得这是对他们的侮辱。(PBB 134)[124]

人们会想起菲尔丁小说《阿米莉亚》中纽盖特监狱（Newgate）的一幕，其中是一位还不知名的"满脸单纯的"、"非常漂亮的女孩"走近主人公布思，"说了一番话，每一个字都粗鲁得无法重复"。[125]这一惊讶突然而至，就像斯威夫特的那样。但如果说菲尔丁将这种痛苦或惊讶归咎为这个世界本身已经无法解释，斯威夫特在《颁发徽章刍议》一文中的办法是，他指出看到乞丐或是妓女说出"伤人的话"只是常态，之所以惊讶只是因为乞丐的傲慢是"荒谬"的（PBB 135）。

在小说《时间中的孩子》开始的部分，主要角色斯蒂芬·刘易斯将一份意想不到的大礼——一张五镑的钞票——给了一个按照规定佩戴了徽章的乞丐小女孩，而她则"把钱紧紧卷在拳头里，说道，'去你妈的，先生！'"。斯蒂芬正在痛苦之中，他之所以这么做，是因为看到的小乞丐让他想到了自己被绑架的女儿，而那个女孩却骂他是一个"有钱的讨厌鬼"。到小说结束的时候，他又看到了那个戴着徽章的女孩，躺在火车站里，他把自己的外衣给了她，但却发现她已经死了。[126]这个情节有些突然，这一点跟斯威夫特和菲尔丁的简洁处理有些类似——从小说结构出发，总是会有一个解释性的交代，但在激烈程度上又与两者，特别是斯威夫特不同，不同点在于主人公的个人对于伤痛的切身感受。

在其他方面，斯威夫特或许跟后来文学作品中描写的残酷和黑色幽默更加接近，但在这里他只是直接的处理。其中的障碍（若果有的话），是因为有道德上言辞的考虑，涉及尊严、傲慢的乞丐以及女性的尊严等。斯威夫特的言辞只会对斯威夫特厌女症的神话火上浇油，但却包含了某种菲尔丁的惊讶之情，那是看到女人竟然也在行乞，或许还不惜表面暗示女性是最糟糕的人。但是，要点是斯威夫特被这样的傲慢所侮辱，他用两次提到徽章的文章和一次布道来回应，那篇布道叫做"爱尔兰今日惨况的原因"（这是另一次重提他关于乞丐、徽章、终日无所事事、拒绝工作的不值得可怜的乞丐，他们恶劣的婚姻习俗等等）。[127]王尔德和萧伯纳两个人或许都会理解这些乞丐的自尊以回应某种"高度的侮辱"——对他们人性的侮辱。但对于斯威夫特而言，这是一种如此"荒谬的傲慢"，"在过去几年中，我没有在乞丐街上给过哪怕一点点钱"，尽管他的立场不像王尔德和萧伯纳一样认为慈善本身便是堕落。

无论如何，你或许会说，这也与黄星和集中营不同。那些"外国"乞丐只是在地方意义上才是外国的，这是法律和经济的范畴而不是民族的范畴，即便对于容易搞混淆的现代读者，名词"外国人"也是在1726和1737年都用在他们身上的。[128]这里的重点是在等级制度和行为，而非种族，这与斯威夫特的真实而不大情愿的对于慈善的态度有关。但即便是在这样的语境中，外国也是一个准法律或技术的概念，这里有一个更大的概念，即无论他们的教区在哪里，乞丐都属于野蛮爱尔兰的部落，是塞西亚人的后裔，与新世界的印第安人属于同一等级。无论是在《颁发徽章刍议》还是在八年前《一个温和的建议》中，针对外国人的仇恨不断爆发，斯威夫特的描写可以归入英格兰对爱尔兰的传统描绘中——将爱尔兰人看作是美洲印第安食人族的同类。与所有野人一样，他们生活挥霍，性事无节制，嫖妓，养育后代而从不"考虑以服务、劳动或盗窃为他们光荣的国家作贡献"（斜体字是斯威夫特的原话以讽刺他们的婚姻），或推迟结婚（用了很多的斜体字）。"不仅如此，他们的婚姻也常常推迟直到他们找到可以借钱的人，或可以去偷上一先令付给他们教皇的主教，或是臭名昭著的一对乞丐夫妻"(PBB 136；与此形成有趣对照的是王尔德，他认为在个人主义条件下废除婚姻或许是废除贫困后的一个开心结局，SMS 265)。

　　斯威夫特对于爱尔兰流浪汉、妓女、教父、随便的性关系和家事的描写，在王尔德母亲的一首诗中得到了同情的回应，诗叫做"大灾之年"(The Famine Year)，这首诗类似于将《温和的建议》翻了个底朝天。欧文·杜雷·爱德华兹(Owen Dudley Edwards)评论诗中"饥饿的孩子呆在饿死的母亲身边"，还有诗中"流浪和漂泊的父亲"和"被遗弃了的妻子与孩子"的主题。[129](王尔德的父亲威廉·王尔德爵士，依然被经济历史学家认为是关于大饥荒时期的最好的医学和数据分析师，这也是为什么这个事件会从父母两个方面进入到王尔德的意识之中，尽管观点和影响的结果可能不同。)[130]是斯威夫特而非是王尔德母亲波兰萨(Speranza)关于爱尔兰穷人的观点在当时被认为是盛行的观点，这可追溯到卡姆登①和其他人的观点，卡姆登特别指出了牧师的道德观——斯威夫特称这些牧师为"配对的乞丐"。卡姆登说这些牧师"将寺庙变成了炖锅"，还说"他们走到哪里，他们的妓女就跟到哪里"。[131]

　　"配对的乞丐"是《建议》中的常用的说法，尽管这种说法通常用于指主持不正规婚姻的臭名昭著的牧师。[132]令人不安的是，它与《一个温和的建议》中那些没有人性的和恐惧外国人的短语用法一致，而那些牧师如同其他野蛮人一样就属于那个世界，这样的世界中人类只是物体、野兽(既沉重同时又野蛮)或是食人族(不采用第一章中讨论过的另外的惯用语，宣称只有人才吃他的同类)。我的论点不是斯威夫特要让他们灭绝，但是在1729或是1737年，天主教徒既是一个民族的又是一个宗教的分类，也毫无例外总是指向"野蛮的老爱尔兰人"，总是英国作家提到要灭绝的对象。另外，在《一个温和的建议》问世十年前，也是在《格列佛游记》问世七年前，审议了一条要求阉割他们的法令。爱尔兰众议院于1719年通过了一条法案，要在未经注册的爱尔兰牧师脸上"用红烙铁烙上一个大写的P"，这是一种更加完整和直接地在肉体上给乞丐烙上徽章的做法。[133]

　　打上烙印或是戴上徽章均让人联想到过去，两者的目的，在这样的语境下既是标记也是羞辱。另一个折中的办法或许是在人体上写字或是其他不损毁肉体的标记方法。1996年，在南卡罗莱纳洲的北查理斯顿，一位被形容成具有"创新"教育手法的老师，在一位五岁小女孩的脸上用蓝色大写字体写下了"我的眼镜在哪里！"几个字。孩子的律师"开始的时候将这种行为与过去三K党对黑人烙印的做法进行比较"，但最后却放弃了这一说法，不是因为他觉得这种类比本质上不准确或是太愚蠢，而是因为这个个别的案子中没有种族主义的因素。第二点争议在于墨汁是"永久性的"还是"可以水洗的"，也表明在佩戴徽章和打上烙印之间还有许多程度上的差异。[134]

　　在爱尔兰牧师的事例中，爱尔兰枢密院曾证实他们向英国提议过使用阉割来代替烙印。在建议上签字的人包括米勒顿子爵(Viscount Midleton)，也就是后来斯威夫特与伍德(Wood)关于半便士之争时的同盟，而没有发表过的"致米勒顿爵士大人的信"(第六封布商来信)便是写

---

①　威廉·卡姆登(William Camden, 1551—1623)：英国作家、政论家。

给他的。[135]英国枢密院支持烙印的做法。(对此斯威夫特很不满,认为庞宁的法律①会让英国有权控制爱尔兰的立法,而奥立佛·弗格森(Oliver Ferguson)却认为此法颇有人性。)[136]正如莱基(Lecky)所汇报的那样,这个法案很快便被爱尔兰上议院推翻了,不是为了人道主义原因,而是因为他们反对"一条有追溯力的条文",涉及天主教徒的租期问题。[137]爱尔兰议会事实上还通过了更多严厉的立法来限制牧师,但这些法案"没有从英国发还回来,也……从没有通过"。[138]莱基认为这是"一个在欧洲道德史上值得记住的事实,即使到了1719年,爱尔兰政府依然严肃地通过了使用烙印手段进行惩罚的法律",莱基又说,"在那个世纪初,瑞典真正在耶稣会士身上实行了这条法律"。一张宣扬瑞典例子的报纸,认为瑞典"从没有被天主教教士或是阴谋所骚扰"也在1700年在英国发行。[139]

没有证据证明斯威夫特是支持烙印还是支持阉割,但是七年之后,也是在《颁发徽章刍议》的11年前,在一本乌托邦小说的安全庇护下,小说里的地点是虚构的也是恰当的,他的确也酝酿了一个类似的计划。《格列佛游记》中的耶胡是野蛮的爱尔兰人的对应物,成为了慧骃议会中辩论的对象,而"辩论的问题是,耶胡是否应该从地球表面上被清除掉",这也正是斯威夫特在《颁发徽章刍议》一文中用在乞丐身上的词。斯威夫特或许记起了1719年的法案,他向慧骃主人建议取代阉割的另一更为人性的方法,这让慧骃想到"有一天可以让整个种族灭绝而不必杀生"(IV. ix. 271—273)。[140]这里,也会让人不安地想到纳粹分子,因为阉割和绝育都是纳粹分子的"药物",而绝育的问题也曾在1942年旺西会议②上彻底讨论过,一如在慧骃大会上讨论的一样,讨论即焦点既有行政因素也有"生物学的现实"。[141]

"老母猪吃掉自己的仔猪": 贫穷的王国——从斯宾塞到乔伊斯

斯威夫特说的"将整个种族灭亡而不用杀害生命"属于一系列的反讽,将在下一章充分讨论,其意图在于说明某些看起来不那么残暴的办法是一种慈悲的表示,而其他更加明显和严厉的手段则被认为是"有点接近残酷",或者看上去如此(MP 113)。但是,斯威夫特的说法也探讨了涉及爱尔兰问题的修辞,这种修辞在斯宾塞那里有清楚的表达——不必用剑来对付爱尔兰人,因为有不使用暴力便达到同样的目的。在《爱尔兰现状考》(*A View of the Present State of Ireland*)③中的讲话人艾瑞努斯(Irenius)则认为灭绝爱尔兰人可以有双重好处,一是避免正式的屠杀;二是可以迅速的解决:

> 我保证目标会很快实现,也比任何一种解决如此巨大问题的方法更加迅速,尽管我们也不用剑或是士兵来屠杀他们,然而只要我们限制他们耕作,不许他们养牛,很快他们就会自己互相吃起来了。

---

① 庞宁的法律(Poyning' Law)于1494年12月1日通过,标志着爱尔兰正式归于英国都铎王朝统治之下。
② 纳粹在1942年1月20日柏林西部的旺西召开的一次会议,主要讨论如何"最终解决犹太问题"。
③ 斯宾塞以对话体写成的小册子。书中 Irenius 和 Eudoxus 两位英国人讨论如何让爱尔兰人臣服于都铎王朝。

斯宾塞是借用了流行的爱尔兰人是吃人族的神话，说他们像美洲的印第安人，这给《一个温和的建议》提供了一个并未总受承认的反讽，这种反讽也为乔伊斯笔下的斯蒂芬所说的名言提供了基础。斯宾塞对此的运用与格列佛关于阉割的建议很接近，这使得作者同样能完全板着脸来表示人性：

> 我在这场芒斯特省战争中看到了无数的证据，这本是一个繁荣与富裕的土地，盛产粮食和牲畜，不过一年半的时间他们竟然可以在同样的土地上为自己带来这么多的灾难，只有铁石心肠的人才会这么做——在战争中许多人不是死于刀剑，而是死于自己造成的饥荒。[142]

人们在斯威夫特的作品中也可以发现类似的主题——有时视角不同，即爱尔兰人无法按照自己的利益做出决定，而斯威夫特承认，他的乞丐不该被真的"扔在那里饿死"（PBB 133）。

至于斯宾塞是否提出了"一个可怕而冷酷的建议"还是一个中立甚至是同情的观点，评论家们意见不一。"铁石心肠"的说法或许是在暗示后一种说法更能成立，但研究斯宾塞的一位专家说，斯宾塞"并不是悔恨，而是建议应该在北方重复相同的事情，这是消除休·奥尼尔（Huge O'Neill）的追随者最便捷的方法"，而福斯特（R. F. Foster）也描述了"德斯曼德战争之后在芒斯特省的焦土政策"计划系统的饥荒利用策略，这是"斯宾塞所推崇的战争形式"。[143]如果斯宾塞是臭名昭著的《爱尔兰简述》（*A Brief Note of Ireland*）的作者的话，他宣扬的"强大力量"和"迅速结束"对爱尔兰的镇压中就会加上"必须运用强大力量，但饥荒也必须作为工具而运用到爱尔兰，除非爱尔兰遭到饥荒，否则便不能被征服"。[144]

《爱尔兰简述》与口气较温和些的《观点》一文有许多相同之处，但无论是否斯宾塞所写，其中关于"将爱尔兰人铲除"的观念，表达出一种奇怪的犹豫或者柔弱立场，代表了英国人中爱尔兰话语的一种明显困境："应该把爱尔兰人铲除吗？这是大胆的计划，但是对于那里连续不断的叛乱也没有更好的办法了。"[145]同样的精神在斯威夫特激烈的言辞之中到处可见，也得到后来诸如骚塞和卡莱尔的响应。卡莱尔认为，除非爱尔兰人变成英国人的样子，否则一定会像印第安人一样灭绝。在他的短文"废除联邦的建议"（The Repeal of the Union, 1848）一文中，卡莱尔的情绪类似前面的斯宾塞，而后来的萧伯纳又颇像卡莱尔，他说："如果没有仁慈的手能够将爱尔兰人束缚成有益的奴隶，鞭打他的后背……让他去劳动——自然本身……就只能将他灭绝了。"[146]王尔德和萧伯纳，尽管在时空上有距离，表达上有差异，但毫无疑问地属于这个传统。

很容易就会歪曲了卡莱尔。他对爱尔兰抱有同情，认为爱尔兰没有被"以明智和温和的方式统治与领导"，这种方式是卡萨斯希望印第安人应该得到的，而一时糊涂的格列佛则认为英国人擅长这种统治手法。卡莱尔在《宪章主义》（*Chartism*, 1839）一书中描述了几个世纪以来不正义的残暴统治，"15代人的罪恶"，损坏了这个国家的国民性格，也让爱尔兰沦为一个道德沦丧的乞丐国家。关于爱尔兰乞丐的主题在卡莱尔和斯威夫特的书中都是一贯出现的，而在《宪章主义》和他的通信当中，也总有生动的形象再现。卡莱尔强调了爱尔兰的痛苦（比斯威夫特还要多），以及其经济的衰败。如同斯威夫特和萧伯纳那样，卡莱尔也视生产劳动为唯一的解决方案，尽管他更加强调英国有义务"管理"好爱尔兰，在全国范围内"整顿"爱尔兰的人口，这样才可以使其避免被拖垮。[147]

《宪章主义》书中的议论要早于《关于废止联邦的建议》一文十年，其中有同情与善意，但一样也有杀掉爱尔兰穷人的言辞。"爱尔兰的人口必须增长一些，或是灭绝，是时间了。"而在《关于废止联邦的建议》中，卡莱尔的话便与萧伯纳的类似，介于阉割与灭绝之间。爱尔兰人民正在挨饿，急需救助来挽救生命，但是这里的文字却完全没有减低惩罚的意思。乞丐的痛苦得到了承认，但是却被说成"悲惨而毫无理性……虚假和酒后的暴力"，"堕入了……肮脏的猿猴行为"，这种说法是不会加在撒克逊穷人身上的。即便到这里，严厉斥责者的说法也不会因为他们自己的夸张而缓和下来。[148]

这样的语气在"黑人问题"（The Nigger Question, 1849）——最早的题目是"关于黑人问题的几次谈话"——一文中重复出现了，文中认为解放了的西印度种植园的工人无所事事的行为正在加勒比海地区创造出"一个黑色的爱尔兰"。"我们自己白色或者菜色的爱尔兰，年复一年在自己议会给予的'自由'中挨饿，……这正是管理不当造成的后果，这种后果正向西印度群岛蔓延开去。"[149]这些也被描述成"无所事事"而造成的灾难性后果，而政治管理的"不当"又与人类懒惰的天性叠加在一起。在这样的背景中爱尔兰人信誉不佳，变成了第二糟糕的典型，在三角关系中处于中间点，如我所述，容易归入到这样的看法中。"我们自己白色或菜色的爱尔兰"属于马梅小说中"我们的犹太人"这一类型，黑人则"应该更加懂事一切，不然则会遭受私刑惩罚"。[150]无论如何，卡莱尔是钦佩艾尔总督（Governor Eyre）的。在1866年4月11日，也就是杜米埃（Daumier）为艾尔所做的画出现在巴黎的杂志上时，卡莱尔在一封写给他妻子的信中说道，即便艾尔"杀了所有的黑人，把他们都扔进海里"，也不会对世界有什么伤害。[151]

"几次谈话"署名是一位名叫夸克博士（Dr M'Quirk），其中言辞过度华丽，仿拟福音书的表述技巧，也正是卡莱尔惯用的风格之一。过度的表述令人难于将文章作者的性格与内容分离开来，尽管这种风格让人吃惊、有点难于置信，甚至看上去有一副优雅的样子，而此时大量赤裸的真相却显得错乱不堪或至少是与社会不符。在卡莱尔与他妻子的通信中，就像菲利浦·拉金（Philip Larking）①与他朋友的通信一样，类似的情感爆发嵌入在私下理解的语境中，这让局外人难于重新体验，但是也可以从这看不见的引号的完美效果中获得某种东西。关于枪毙黑人的说法前面有一个阴谋（非常私密的！），这非但没有让人大大缓解反而叫人不安。一如斯威夫特，卡莱尔是个虚张声势、声东击西的大师，尽管斯威夫特会从这种任性的插科打诨中退缩，而卡莱尔则会将之改造，融入自己项狄式自我膨胀的情感爆发的变形之中。当然，他不是什么都不当真，他对于"黑人问题"的处理激起的愤怒正在他的预料之中，而他对此并不厌恶。[152]

---

① 菲利浦·拉金（Philip Larking, 1922—1985）：运动派诗歌的代表，被公认为二战后英国最优秀的诗人。

斯宾塞对于爱尔兰问题采取屠杀手段的建议,其理论基础是这些受害人都是叛乱分子。卡莱尔也有类似的说法,只不过口气较为缓和些,他在谈到有关爱尔兰和西印度人时说,必须采取取强硬手段来对付他们。但许多斯宾塞时代之后的言论却在没有叛乱的背景下依然使用相似的说法。斯宾塞和卡莱尔关于爱尔兰人遭受饥荒的言论反应了将爱尔兰人与贫穷和恶行联系在一起的传统。斯宾塞的语言可以说是反映了爱尔兰形象演变的早期阶段,即是从异国的野蛮人到国内的穷人的阶段,两类形象也逐渐融合在了一起,最终消解了两个群体之间内在的类比关系,其中一种逐渐被"社会化了",部分地融合到了另一种之中。对于爱尔兰的评论家来说,贫穷和饥荒是爱尔兰历史和文化意识的一部分。韦伯夫妇曾经描述过这种亲密的联系,那时是韦特利主持皇家委员会(Whately Commission)①期间,爱尔兰的贫穷和"行乞的流行"使得贫苦的爱尔兰农民深受其害,也让为了遣送爱尔兰流浪汉的"英国付出了沉重的代价"。[153]在19世纪,我们从林恩·霍伦·利斯(Lynn Hollen Lees)最近的书中得知,英国人非常憎恶在英格兰的爱尔兰人,因为他们既贫穷又对英国的福利服务造成了压力。[154]这种抱怨也呼应了斯威夫特关于都柏林的乞丐的说法。

在最近关于爱尔兰大饥荒的讨论中,科尔姆·图瓦邦(Colm Tóibín)提醒不能轻易在这次灾难和纳粹的大屠杀之间做表面的类比,这会将其均纳入后殖民自我正义的词汇中去。[155]他对于两者之间区别的描述,既在事实条件上又在罪行规模上,让人印象深刻。柯马克·奥·格拉达(Cormac O Grada)的"后修正主义者的解释……与疯狂的民粹主义者对这场大饥荒的解释也保持距离",他自称"与传统的解释更为接近":"食物获取过去一直是个问题;没有人想把爱尔兰作为一个种族灭绝掉"。[156]这些观点差别很大,一边是经济的和社会历史的冷静考虑,一边是以死相诅咒的长久传统,这就把后者置于一个不同的、更加复杂的境地。与此相关的是,策划了种族灭绝的希特勒要比那些主张把爱尔兰人或穷人从地球上根除出去的英国作家更注意自己的语言。面对不受欢迎的类比,并不等于肯定其中的相似之处。我不是将斯威夫特与希特勒等同起来,而只是在谈论一种更大的语言结构,其中并不能仅仅因为纳粹的版本太过于罪恶、无法控制就忽视这种结构。希特勒与斯威夫特之间的共同之处,就好像一个是在东欧实行了种族灭绝的人,而另一个则是一个年轻人口头上跟他的伙伴说"去死吧"。尽管意念的冲动是建立在相同的谱系之上,但是两者的语言旨在表达的要义是有很大不同的。

"整个"民族

即便自以为是最纯洁和最正义标准,情况也是如此。格列佛的从地球表面上灭绝的言论,如同在《爱尔兰简况》或《消灭异教徒的捷径》一样,均是取自钦定版《创世记》6:7中的语言:"我要将所造的人都从地上灭除。"像《格列佛游记》一样,《创世记》中的上帝或《格列佛游记》中的慧骃均不是提倡种族灭绝的狂人,而是认为人类或是耶胡自己罪有应得。与此同时,在惩罚的正当性与民族的耻辱感的习惯用语之间存在某种叠合之处,这点将

---

① 理查德·韦特利(Richard Whately, 1787—1863):英国教育家、社会改革家,曾任都柏林英国国教会大主教。

在下一章里充分讨论。对《旧约全书》普遍的谴责经常被认为是与地方性的灾难和各民族特有的仇恨相关，神的愤怒降临到特定地方，比如在平原上的城市，但却是人自己招致的。

众所周知，耶胡不仅是爱尔兰的野人，他们代表的不仅仅是一个单独的种族，而是人类最极端与最堕落的形式。相貌像人的耶胡代表了"所有野蛮的民族"，又被特定地归为是爱尔兰人，这是一个陷入两难境地的特点。这反映了斯威夫特一种倾向，即将人类看作是一个具有堕落亚种的整体，使用种族主义的语言不是针对特定的民族而是针对全体的人类，与之相对，我怀疑强硬的民族主义者会针对个体族群使用普遍化的反人类语言。

《关于保存穷人的几点考虑》(Considerations about Maintaining the Poor)是一篇未竟的文章，文章特别明确地指出了每个族群的堕落是如何包含在整个人类之中。类似《颁发徽章刍议》一文，这篇文章后来由迪恩·斯威夫特(Deane Swift)发表了。像《颁发徽章刍议》及其他几篇发表的或温和或不温和的建议那样，这篇文章特别关注乞丐问题，特别是来自"外国"的各种各样的乞丐，讨论其懒惰、浪费、草率的婚姻等：

> 与少量的人民相比起来，在这个王国之中竟有如此大量的乞丐，是有以下许多原因的：本地人的懒惰；缺乏雇佣他们的工作；屋主居住条件恶劣而需要支付大量房租；没有任何立业的希望却早早成婚；农业的毁坏，以致大量的人无法为自己谋生，更无钱购买面包；各种行业致命的萧条，还有其他许多状况，令人厌烦，太过不公，在此无法提及。[157]

这里看到的东西，我们在其他更有名的书中都见过，但这里却有一种极为彻底的总结，可以与《爱尔兰惨况的原因》相比。尽管乞丐的问题被描述为"单独一点……却是最重要的"，却能从整个的关注中看出别的因素也对这个国家的困境造成了影响。乞丐的悲惨状态没有一点改善，而任何对他们的同情却十分有限。但是，失业、地主的剥削、受到破坏的农业、"各种行业致命的萧条"均是造成以上问题的重要因素，对此书中一一作了生动描述。

这番话的力量重在控诉他人，而非替乞丐开脱。正如我们从《一个温和的建议》中所得知的那样，有许多地主将收来的租钱花在了英格兰，造成了他们房产的损毁，又使得他们的佃户因无法承受租金而陷入贫穷，这正是个恰当的例子。在《几点思考》这篇文章里，商人遭到了狠狠的训斥，不仅仅是因为他们的"无赖行为"："初入行业，我都不记得还有没有遇到过比这更无知与更愚蠢的一类人了；这并不是因为他们缺乏能力，而是因为这个王国可怕的制度，在这个国家小贩要比聪明的商人更容易变得富裕。"[158]与乞丐一样，商人陷入了更大的混乱之中，斯威夫特批评商人"缺乏能力"，同样与其说是为了替他们开脱，还不如说依然是更广意义上的控诉。商人质量低劣的产品造成了自我毁灭，不仅仅是在商业上，同时，也对国家造成影响，商人只顾眼前利益和不诚实的交易行为，以及唯利是图的做法，均是一以贯之的爱尔兰政论文的主题，这在《一个温和的建议》中的"其他权宜之计"这一段中尤为明显。这一揭露商业劣迹的主题，尽管有其具体的特征，在《一个温和的建议》中得到吸收，并全面地反映了"这个王国可怕的制度"。

这是斯威夫特关于爱尔兰问题的写作中的一个主要的倾向,即便只是留意一下《颁发徽章刍议》一文,也会不时发现乞丐的问题被作为是一个"奇特"国家的病入膏肓的特征,是"一个赤贫国家"的本质与象征(PBB 135)。这种愤懑情绪的潜文本力量扩展到了对于整个人口的攻击,暗示统治阶层处于与穷人一样的表面上的窘况。用欧文·厄伦普瑞斯(Irvin Ehrenpreis)的话来说,这本小册子将乞丐把作为直接或表面的目标,将之归于"爱尔兰民族整体范围之内,他们自己招致的被统治的厄运"。[159]但是,《一个温和的建议》才是一篇最全面、最精心构思的关于一个国家如何自我吞噬的文章。爱尔兰的乞丐盗窃成性、无所事事和荒淫无度,这与《颁发徽章刍议》中所描写的实际情况一样,他们嗜食同类的行为被归为与原始部落同类,同时以有关食人寓言的方式成为整个社会状况的一部分。这其中包含其他爱尔兰阶层:商人、银行家、议会议员、时髦女性等等,其气势堪比本章开始时萧伯纳的那股怒火:"我恨穷人,热切期望他们的灭绝。我对富人有一点同情,但也同样希望他们的灭绝。工人阶级、商人阶级、职业阶级、有产阶级、统治阶级,一个比一个更加邪恶:他们都没有权利活下去。"[160]

萧伯纳的担心直接明了,且超越了爱尔兰范围,但他致命的嘲弄方式以及把乞丐这一讽刺目标推及到整个社会的做法,则又可以回溯到斯威夫特那里。这是一种更加简化的方式,不受区域的限制而且可以自由发挥,是从斯威夫特笔下野蛮的爱尔兰形象抽象出来的。萧伯纳以如此方式使得杀戮的豁免行为不可能实现,他是要表明,不希望有人能真的去执行这些行为:"如果我不知道他们将会马上死亡的话,我会觉得绝望,我想不出到底有什么理由能让另一群像他们一样的人去代替他们。"这读起来像是社会规划者的版本,非常纯洁且充满善意,就像斯宾塞说的不用真的把爱尔兰人杀死,他们自己会饿死,或是相互吃掉。

斯威夫特有意化解了他的建议中文字的力度,这点如萧伯纳一样,而斯宾塞则没有那么做。但是斯威夫特是通过斯宾塞的办法达到萧伯纳的效果,依靠其说法的怪异性而避免被字面的解读。萧伯纳更多的是希望通过社会进步的方法来达到他所谓的"灭绝",而斯威夫特则没有那么乐观。但他通过侮辱性地借用传统的关于吃人的诽谤说法,以避免自己的《建议》变得太过于恐怖,这令他在阐述建议时更多只是隐喻意义,而非是(比如在斯宾塞的例子中)实际意义。斯威夫特就像蒙田一样,当问题涉及家乡的时候,便会竭力避免他关于吃人言论的实际含义,这在第一章中我们已经看到。但在"残酷"虚构幻想作品的掩护下,他却可以轻而易举地将他的想法再次运用到《温和的建议》之中,运用到地主、商人和乞丐的身上。这些针对各种社会族群的攻击既被延伸又得以化解,因为他们融入的实际上是对"整个"耶胡种族的"不可能"的攻击,而耶胡种族就像是庞德诗歌中杀不死的穷人的婴儿,没有人能够灭绝他们,除非是在头脑里,或是在《创世记》中。但是,在这种侵略性的幻想的小心护卫之下,他呈现了这些作为从吃人部落变成重商民族的族群道德上的堕落和政治上的卑鄙,这也正是斯蒂芬·迪德勒斯将爱尔兰描述成"老母猪吃掉仔猪",只不过他的说法更粗俗些。[161]

为了填肚子而卖掉婴儿的爱尔兰穷人,并不比准备消费这种新型肉产品的剥削者更加野蛮。这里有一个颠倒过来的反讽,吃人的土著人准备开创一项产业,而那些传统上指责"吃人的"土著人的统治阶层，则又回到了吃人的行为。但这种有趣的悖论却被安全地抽离出来用在隐喻的领域之中。在厄普顿·辛克莱(Upton Sinclair)的小说《丛林》(*Jungle*, 1906)中有反复提到吃人的细节，其中一个肉食加工厂的工人掉入了沸腾的锅中，被熬成了猪油，这个故事也以黑色幽默的方式而非社会抗议的方式出现在了托马斯·哈里斯(Thomas Harris)的《汉尼拔》(*Hannibal*, 1999)之中。[162]辛克莱小说的面世可谓恰逢其时，《芭芭拉少校》的前言中不断提到这部小说(MBP 36, 38, 52)，这部小说也成了布莱希特的戏剧《屠宰场里的圣约翰娜》的模型，这出戏与萧伯纳的《芭芭拉少校》和《圣女贞德》关系密切。[163]据说这部小说曾导致美国加强了食品立法，也造成了肉类产品销售的一时大跌，但在当下的语境中它的意义在于小说当时采用了实际的吃人事件来支撑产业开发的主题，就像几年之前的托尔斯泰的《复活》(1899)也曾将因饥荒而导致的吃人事件与沙皇政府的残暴统治联系在了一起。[164]据说"纳粹是从芝加哥的屠宰场那里学会了怎么处理尸体的"。[165]

　　如前所述，斯威夫特总是将现实中有关爱尔兰的饥荒事件的信息小心翼翼地隐藏起来，他在文字上的非难游戏最终也总限于爱尔兰古老的传说中的蔑称，用它来开心讽喻。斯威夫特的贡献在于，他超越了"野蛮的老爱尔兰"的常见范围，将占统治地位的盎格鲁—爱尔兰成分与其蔑视的隶属群体联系在一起。这也许能被看成是更加激进的讽喻策略，是普遍出现在奥古斯都时期讽刺作家身上的，当然也包括了蒲柏和菲尔丁，他们会攻击身居要位的人像低等人那样的道德上的卑鄙：这样他们也就变成了"低等种族"。在虚构作品中，经常出现的食人事件为政治的和经济的自杀行为提供了主要的暗喻，这主要是政治上占主导的盎格鲁—爱尔兰人的行为。正如广为认可的那样，《一个温和的建议》更多指向的是爱尔兰的自我毁灭而非英国的剥削，尽管斯威夫特对英国总是抱着传统上外乡人对来自大都市的同胞的不信任态度。出现在文章结尾处的英国人不仅不太可能拒绝建议者关于吃人的建议，而且还会很乐意"不蘸盐就吃掉了全国的人"(MP 117)。吃人的话题也被反转了过来，不仅仅有富人与穷人，也有帝国权力与殖民主体，无论是否是土著人。斯威夫特也像其他的外乡人一样，无论是在18世纪的爱尔兰还是在20世纪的肯尼亚或是阿尔及利亚，都不喜欢大都市里的主人，这不是因为他们对待土著的方式，而是因为来自外乡人本身的背叛。

　　这样看来，他们越发与普遍的卑鄙融为一体了。在《颁发徽章刍议》一文中，我们主要回到了爱尔兰乞丐的话题而非盎格鲁—爱尔兰事业有成者的话题，然而后者不顾斯威夫特的建议，依然在自我毁灭，同时英国人扮演了输出乞丐的角色，"免费输出与免税"以求"提高我们中英国清教徒的利益"(PBB 136)。作为这种讽刺的序言，斯威夫特宣称："我是指真正英国的乞丐，就是乞丐这个词的实际意义，就如同清教徒所理解的那样。"这是一句真正意义上的讽刺，表明对乞丐这个词非同寻常的显性的敏感，带有某种圣餐仪式上进行辩论的咄咄逼人的味道(这让人想起清教徒莱利的那讽刺话语："卷起马槽"(像是这么说)。)[166]因为这些乞丐，与他们的爱尔兰乞丐同伴具有同样的毛病，他们的家乡教区甚至离得更远，他会"如此无知"而要去宣扬一种更加严酷的对待方式：他们应该被囚禁一个月，每天鞭笞两次，只给他们吃糠喝水，让他们干重活，然后再以"他们如何廉价地来到"便怎样把他们送回英国。反过来说，因为一个英国人可以抵得上12个爱尔兰人，那么在爱尔兰每有一个英国乞丐，都要送12个爱尔兰乞丐到英国去(PBB 136—137)。

斯威夫特的讽喻向霰弹一样射向所有周围的群体，而最终则累积起来具有普遍意义，这为《格列佛游记》提供了一种寓言上更加完整的原型。我们不必太为格列佛关于乞丐或野人的观点而感伤，因为他们实际上也是人类的一个部分或者一大部分。最近人们倾向于将斯威夫特所谓的厌女症与他对待弱势群体的态度等同起来，有趣的是，在《颁发徽章刍议》一文中女性乞丐似乎遭到特别的辱骂，就如那些拒绝佩戴徽章时说脏话的女人那样。

也许就是这么再现的。我不知道这观点的反响，或是其社会而非是精神生物学的来源。但前面讨论的这一段文字并非代表了斯威夫特特别有影响的策略。这段文字最有力之处是表达了乞丐由于"荒谬的傲慢"而拒绝佩戴徽章，并不是女性或女性使用了不礼貌的语言。这里的描写没有违背正常的期待，没有无法解释的或是无端的愤怒，没有堪与菲尔丁的《阿米莉亚》(Amelia)的那个段落可比较的地方。后者是几幅小插图的一幅，取自菲尔丁从早期的在《冠军》(Champion)杂志中的写作到他晚期的小说和关于贫穷与犯罪的小册子，其中对漂亮女性的描写颠覆了正常的期待，而后期的作品中的环境描写则经常是贫穷和堕落。[167]这样的结果是写出那种对事物无法解释时的痛苦感。你或许会觉得这更像是斯威夫特的写作秘诀而不是菲尔丁的，但这偏偏与典型的菲尔丁擅长的风格相对，或许菲尔丁更原意把漂亮的女人放置在奇异的环境中，由此他获得痛苦感；或是更愿意看见女人的行为举止像男人，由此他获得惊奇。

一个皮开肉绽的女人，以及要被绞死的仆人兄弟

即便在这方面斯威夫特与菲尔丁有所不同，一味强调斯威夫特的厌女症倾向其目标也是错位的。斯威夫特(而不是菲尔丁)的作品中有，出现了一个妓女，场面精彩，效果很好，一直被看作是讨论性别侵犯的范例。"闲话疯狂"一节中有关于疯妓女的描写，她被押在车上，当众鞭打，成为了斯威夫特名句中的主人公："上个星期我看到了有个女人，被打得皮开肉绽，[你没法想象，这竟会让她变得面目全非，可怖至极"。][168]这段话有不同的解释，有人说表现了厌女症的残酷，也有人认为是同情，同情"奥古斯都时代英格兰的弱势群体"。[169]认为斯威夫特患有厌女症的观点或许能够被马上接下来的男性例子消解掉，即那个花花公子的尸体被剖开，以便看看他的内脏有没有他的外表那么有欺骗性的魅力，[170]这就像《格列佛游记》，其中女性神圣身体的明显堕落总是会被类似的对应的男性身体描写所抵消。对于提到妓女的地方，或是那些低下的"女性"与乞丐小偷一起旅行的地方，爱尔兰小册子或布道文中出现的主人公往往是爱尔兰男性，因此或许男性罪犯的数量要比妓女多。第二点解释听起来也不太那么富有"同情心"，按照斯威夫特关于妓女和花花公子的看法、或是他对其他弱势群体的看法，花花公子(或许还有妓女)不属于斯威夫特认为的弱势群体，而斯威夫特对他们的看法也不是那么具有同情心。这两个例子都可以解读为是愤怒的讽刺，针对的是那类声名狼藉的人，其中的愤怒丝毫不会亚于那些爱尔兰小册子中表现出的对乞丐放荡的愤怒。同样，这些例子也展现了一种毫无疑问的普遍主义倾向，尽管这一倾向更为明显，因为如果妓女和

花花公子被剥皮或剖开的时候会看上去更糟了,那么任何其他人也会是一样的,包括格列佛、葡萄牙船长、斯黛拉,还有斯威夫特自己:"闲话疯狂"的要义是这样的:只有像讲话的人那么傻的人,才会需要如此明显的证据去发现显而易见的东西。然而,同样地,过度讽喻将会出现,它将整个人类当作是妓女和花花公子:一个并不理性但却是引诱内疚感的暗示,这也是斯威夫特的特点,关于这个,我在早先的一本书中讨论过。[171]

通过使用男性例子来平衡女性,将事件变成了属于整个人类的而非是仅仅限于女性的问题,起到了缓解潜在的厌女症压力。斯威夫特肯定清楚有关对厌女症的非难,也许会想办法摆脱这些污名。的确,女性有时是通过类比而与其他弱势群体并置在一起,包括那些受到种族侮辱的。爱尔兰人就像贡纳尔·默达尔(Gunnar Myrdal)在《美国困境》(*American Dilemma*)中所提到的美国黑人一样,也是不断地被与"依附群体"进行对比,比如"女性和孩子"。将"野蛮人"的原型看作是孩子,或像孩子般的人,也是在爱尔兰和黑人语境中熟悉的话题,而爱尔兰也会在描述凯尔特人的语境中被描述为柔软和女性化的,表示其有魅力但无管治能力。[172]斯威夫特提供了有趣的证据,证据自身无法自我证明他牵扯到这些关系,那是当他在1709和1724年的两次讲话,他提到"爱尔兰的天主教徒的能力不值一提,犹如女人和孩子"。[173]他被人指责为"麻木不仁",但是他在这些语境中描写的是当地爱尔兰人的实际情况而不是他们的内在性格,他们缺乏权力和法律地位,他还争辩说英国国教徒对于天主教徒威胁的恐惧是夸大或没有根据的。[174]然而,这个例子很有趣,它能作为证据来说明处于底层的类型的融合,不管是种族的还是其他底层人之间的融合。

关于妓女的这一段也与另一个斯威夫特的特色有关,即他对"把她变得更糟"冷漠的低调处理。在《一个温和的建议》中,这种风格贯串始终,这让安德烈·布勒东给斯威夫特加上了个黑色幽默的"名副其实的创始人"的头衔,其中的洞见将在下章进行详细讨论。[175]从《一只澡盆的故事》中来的句子有很强的力量,这与其极度的简短不无关系,同时也与其处理暴力场景时表现的漫不经心有关,无端的残酷惩罚来的离奇而突然,而处理的方式则是一种满不在乎的样子。

这种看似漫不经心般对残酷场景的接受,包括流放、绞刑和鞭打,在《仆人指南》之中再次出现。这本书斯威夫特本打算在《颁发徽章刍议》之后便出版,但真正问世是在1745年了,也就是他去世后几个星期。[176]对于迟到后如何应付愤怒的雇主,斯威夫特给仆人的建议包括"因为要告别一位亲爱的堂兄弟,他在下周六要被绞死"。这话听起来荒诞不经,但是在那个时候要比现在常见。[177]这话不仅仅可以做借口,也可以作为真实情况中的理由。由此,给仆人的建议是:

> 如果你出门几步去和少妇聊天,或是去取麦芽酒,或是要去看你要被绞死的仆人兄弟,记着把临街的门开开,这样就没有人来敲门,然后你的主人会知道你出去了;离开个刻把钟头对你的工作没有影响。[178]

这里随意提到的仆人或许要为了看自己朋友的绞刑而离开一刻钟,把这件事和去与少妇聊天或者去取麦芽酒这样的日常琐事放在一起，这就加强了另一段文字的表达力，即堂兄弟要被绞死这件事即使是假的也竟然可以作为迟到的借口。

在这种事情上表面上的漫不经心可能让布勒东把将《指南》作为第一篇文章收录到他的《黑色幽默作品选读》中，尽管他没有使用我引用的例子，他把斯威夫特叫做是发明了"冷酷而激烈的笑话"的人，而他的第二篇是《一个温和的建议》，下一位作者则是萨德，其关于杀婴和大屠杀的计划可谓是斯威夫特野蛮人计划的翻版，只不过有点缺乏反讽色彩。[179]如果说斯威夫特自己的想法在《指南》、《一个温和的建议》以及《颁发徽章刍议》中是与仆人或是乞丐的恶习有关，那么布勒东的兴趣则是以一种嬉戏般的残酷超越了"讽刺的道德用意"。我将在下一章中讨论黑色幽默的美学特点，也会讨论讽喻的或是说教的意义可能被认为是对这种幽默的拒绝，或者说是阻碍了其功能的发挥。[180]我想在此处强调的是震惊的成分，这种震惊感来自漫不经心的态度、轻率和想当然地对待死亡，还有不管死刑是否有理而将之视作平凡生活中不必惊慌的事情。在18世纪对待"不那么有利的族群"（比如妓女和乞丐）的态度上，轻率不是产生这种超现实效果或这种内幕暴露的突然性的唯一条件——如我们所见，菲尔丁就是生动的证明。

我从菲尔丁那里引出的证据没有提到死刑。比如说，涉及死刑的章节是关于在乔纳森·怀尔德(Jonathan Wild)的被绞死的段落，还有那一段说他是生下来就该被绞死(也有笑话说汤姆·琼斯也是生下来就该被绞死的)，不多这些段落属于另一个种类。它们是围绕着"理想"的赏罚情景来展开，在传奇故事的结局中坏人总会受到惩罚，并且还半双关地玩弄了一句谚语，说一个人要是生下来要被绞死的就绝不会淹死。[181]对于具有美德的人由于贫穷而犯罪的不幸遭遇，菲尔丁尽管显示出同情，而作为一个社会思想家和宣传家，菲尔丁却置身于小说的范围之外——因为小说相对自由，不受现实原则的约束，可设计出特殊的场景来全面地展示人性——菲尔丁坚定地倡导必须区别有生产能力的穷人和没有生育能力的穷人，他主张对那些犯下盗窃罪行的人——用他的话来说，偷了"几个先令"的人——实行死刑。《对于最近抢劫案增加的调查》(*Enquiry into the Causes of the Late Increase of Robbers*, 1751)是与《阿米莉亚》同时发表的，"几个先令"即源自该文，但是即使这篇文章也并没有建议"一个人的生命和几个先令之间应该同等考虑"，而是考虑了由于他被绞死而其家人要遭受的痛苦。但是社会效用要求"牺牲一个人……为了千万人的利益"是最为重要的，并且"什么人呢？那些太懒而不愿去以工作换面包的人……会向财产宣战，经常向他的同胞宣战……"。[182]这个观点离斯威夫特并不遥远，或者说是斯威夫特观点的非讽喻变体。区别在于菲尔丁是说杀一个人目的是为了拯救其他人，而斯威夫特则是要整个种类灭绝。在此，现实原则再次超过了虚构与修辞:我们知道菲尔丁说这句话是当真的，但谁又曾知道斯威夫特的话真的是什么意思呢？

他们应该被枪决：修辞格的"致命实验"

在提出杀掉穷人到底是不是一个盎格鲁—爱尔兰主题的问题时，我不想说它就一定是的，或者仅仅是属于盎格鲁—爱尔兰的。的确，我想做的事情之一是探讨这类想法的普遍性，既考虑用在穷人的身上（比如在波德莱尔的两首诗中），也考虑到与之相关的更广泛的主题和想象。诅咒穷人去死的说法出现在一个连续体内，一端是消灭物种的圣言，然后是种族灭绝的露骨扬言或计划，直到关于这一类或那一类人"应该被枪决"这一说法仅仅是"说说而已"。它们包括了无政府主义者的或其他革命性的大规模毁灭计划（王尔德的第一出戏剧《维拉，或虚无主义者》(Vera; or the Nihilists, 1883)，故事的背景在沙皇俄国，便是这样一出戏，同时这出戏也涉及了独裁者反过来的威胁）；还有通过消灭穷人来实现消灭贫穷的美学理想，原因是贫穷是丑陋的，或曰它也限制了天才的发展（萧伯纳和王尔德多少持有类似的观点）；还有另一种更加极端的将残酷戏剧置于纯粹状态的唯美主义思想，布勒东称之为"黑色幽默"，这是他在《一个温和的建议》和萨德作品中所发现的[183]。

这种"美学的"维度与法西斯主义有着若隐若现而令人不安的历史联系，有时也被称为对政治的审美处理。人们很难指控布勒东同情希特勒，尽管阿尔托①、塞利纳②、热内③等人曾断断续续地表示过对希特勒的钦佩。对塞利纳来说，灭绝犹太人只是伴着芭蕾舞、在头脑当中的一出戏。而他在战后曾说希特勒的罪行"是因为品味差的结果"，也对弥尔顿·辛杜斯④(Milton Hindus)说起过希特勒在绘画方面品味和技巧极差。[184]（我们或许能想起来庞德在战后曾把自己反犹主义行为轻描淡写地称作是愚蠢的郊区歧视行为。）[185]但即使是在这样的背景中，死亡言论更多具有的是出于种族的而非审美的考虑。它们的范围广阔，包括了每一种种族清洗和每一种神经质的族群仇恨言论，孩子的诅咒以及社会上类似"去死"的说法，塞利纳的声色俱厉的谴责以及在这个问题上面对公众希特勒表现出的致命沉默，还有类似笛福的《消灭异教徒的捷径》和斯威夫特的《一个温和建议》中的反讽，尽管他们说的不是字面意思，但却不时被人误解。

任何正确的研究都应该研讨考虑到这些说法的情形，这包括其真实意图以及实践的后果；要考虑希特勒式的沉默和他实际行动之间的关系，考虑塞利纳不愿沉默的诅咒和他在纳粹占领法国期间爆发的情感（塞利纳曾写信给他的法官，说犹太人"应该给我立起一座碑，为了我没有伤害过他们，但我原本是可以那么做的！"）；[186]还要去问问为什么那么多人轻信了《消灭异教徒的捷径》中的反讽，而很少有人相信《一个温和的建议》，而带着历史的后见反思过去，这些可能的话题可能就是我们这个世纪的"最终解决方案"。两个作者在使用这个短语的时候，都使用了反讽口气且把自己隐藏了起来，这一点必须与这一事实并置起来看待，那就是，笛福总被人认为说话直率，而更可悲的是人们认为斯威夫特在《颁发徽章刍议》中说话也是直截了当。

---

① 安东尼·阿尔托(Antonin Artaud, 1896—1948)：法国演员、导演、诗人。
② 路易—费迪南·塞利纳(Louis-Ferdinand Céline, 1894—1961)：20世纪法国最有影响的作家之一，二战期间曾发表过激了的反犹言论。
③ 让·热内(Jean Genet, 1910—1986)：法国小说家、剧作家、诗人、评论家、社会活动家。
④ 弥尔顿·辛杜斯(Milton Hindus, 1916—1998)：美国教育家、社会活动家。

历史真是充满反讽。近年来，北爱尔兰的新教极端分子——斯威夫特一定会讨厌他们胜过讨厌土著人——似乎喜欢将"最终解决"、"焚尸炉"之类威胁的话加在人口较少的天主教徒身上，这堪称是古老的英国话语在最反常的现代逻辑中的延伸，而古老的英国话语之所以能永存不灭，斯威夫特功不可没。毫无疑问，斯威夫特和笛福若是发现与这些人为伍一定会深感不安。通过暗杀来减少保皇派代言人的案例在利兹·克蒂斯（Liz Curtis）的《无非是老调重弹》(Nothing but the Same Old Story)一书中有报告，这本书信息丰富，在同情对方这一问题上引发了论战，作者似乎表现出一位胜利者的姿态，赞同一位英国政客关于"英国对待爱尔兰的做法要和纳粹对待犹太人的做法相似"的言论。[187]

我们要区分这种语言以及其早先的作者使用的语言，不仅仅是因为语言使用的意思和语域的巨大差别，也是因为围绕语言无法躲避的连续性以及许多无法确定的问题。在笛福和斯威夫特的各种言论中，无论如何"反讽"，总有在"说着当真"、"说说而已"和"不只是说说"之间的互动。这些都需要仔细辨认，比如斯威夫特曾经在《英国国教徒的感伤》(Sentiments of a Church-of-England Man)警告那些不负责任的动辄以死亡相威胁的轻率做法：

> 我认为，一般认为普通人可以理解玩笑，或至少是修辞；他们不会太从字面意义去理解夸张手法；可是，在某些关键点上，会成为一种致命的实验。[188]

这一评论在利兹·克蒂斯所提到的代言人身上得以体现，尽管更加粗鲁。

在伊恩·麦克尤恩的小说《持久的爱》(*Enduring Love*, 1997)中有一个对话，以不同形式提出了这个问题。简·洛根（Jean Logan）提起一个女人，怀疑是她已故丈夫的情人，"如果她靠近这座房子……我要杀了她。"她的儿子告诉叙述人乔·罗斯（Joe Rose）：

> "杀人是不对的……我告诉那孩子，"只是那么说说。你不喜欢谁，你就那么说说"。
>
> "如果那么做是不对的，"那孩子说道，"你那么说也是错的"。[189]

小孩子率直的回应"天真地"忽视了到我们认为理所应当的区别，即一边是随便那么一说，而另一边则是有这样的意图去实施。但正如斯威夫特警告过的那样能够，我们也应该注意到两者之间的联系，而且如果对人类话语表达的研究牵涉到这语境下的实践，那么也就有责任去理解两者之间的联系。

历史的证据证明，"在某些关键点上"的确进行了"一种致命的实验"。斯威夫特警告"普通人"只看"夸张的字面含义"的危害，这或许是斯威夫特最生动而发人深省的提醒——身为作家他自然深知语言世界的不确定性，更知道死守字面意义的危险。死亡威胁的表达要比实践频繁的多得多，而对于实践和话语之间的空隙——这是我一直在讨论的，也是斯威夫特暗示的——是希望控制极端暴力，尽管还没有完善的体系，但也希望能有更多的人来参与。看起来，很有可能历史上爆发的某些大规模的种族灭绝事件正是在言说方式和观点的影响下未经策划就酿成了,语言中的暴力内容在过去并没有人认真地考虑其内在的含义。

看上去总有一种需要,或是说构想出来一种需要,来引发对社会底层的仇恨,通常这是名义上或事实上的外国人,来说明剥夺或者剥削他们是一种正当的经济需要,或是把他们当作是政治上的替罪羊,比如安德莎弗特的犹太人。伊曼纽尔·沃勒斯坦(Immanuel Wallerstein)最近表达过类似的想法,指出富裕的西方社会对外国移民抱有种族仇恨,由此出现了的极右翼政党在推行敌视他们的政策。他指出,如果通过驱逐或是屠杀的方式灭绝了这些受憎恨的族群,那么富裕的资本主义经济体也就失去了推动力。他认为,在这个背景下,尽管在1945年以前,几乎在欧洲的每个人都是公开而开心的种族主义者和反犹主义者,但他们却不知道这将把他们带到何处。"最终解决"的办法,由此看来,则"在资本主义世界经济中对于种族主义来说是完全不得要领的"。这是一个不合逻辑的偏离:法国称之为"偏差"——一个错误,一个遗漏,一个失控。也许这是从瓶子里放出来了的妖怪。"[190]

这里的措辞命中了斯威夫特所担心的"一个致命的实验",当然还有他的判断,即危险来自于突然释放的积蓄已久的内部力量。沃勒斯坦认为,这种事情自从卡萨斯时期便有了,而"最终解决"只是这种综合征的最官僚化的全面展示。[191]还不清楚这种现象是否局限于历史上的资本主义阶段,或者其是否在拉斯·卡萨斯之前便有了。但是,在追求经济利益和和渴望种族灭绝的反向力之间存在的张力在历史上一度活跃,甚至在纳粹计划付诸实践的过程中还爆发出来了,这一个话题留在下章讨论。斯威夫特对此也有曲解。经济的约束如同社会的约束一样,会阻止灭绝威胁的出现,有时,这些约束也会崩溃,这一点斯威夫特非常清楚。

在小说第四部分,计划中需要最终解决的假定对象是耶胡,其代表的不是一个特定的民族而是整个人类,并且我认为,他们在慧骃眼中就像是人类在上帝眼中一样,应该以大洪水的方式"从地球表面"清除出去。这个计划,尽管提出来的时候完全正当,但却没有实行。耶胡依然是一个低下阶层,或是所有低下阶层的代表,无论其是国内的还是国外的,是"所有野蛮民族"的代表,特别是爱尔兰人。讨论的部分依据是爱尔兰人集中了外国野蛮人和国内暴民的特点,而乞讨或是贫穷则是其最重要的特征,而其不愿从事生产性劳动则是他们需要遭受谴责的主要动力。[192]

在讨论爱尔兰和其穷人在英国和盎格鲁—爱尔兰想象的时候,我的看法是,这两者在语义上是有关联的,如同早年爱尔兰和野蛮人或印第安人在语义上的关联,这是因为早先英国的话语最终可以追溯到是从欧洲对印第安人的描述。《旧约》将全部惩罚与特别屠杀的语言结合起来,这种话语方式也从多个方面注入了爱尔兰话语中,进而形成其关于灭绝、从地球的表面上除去之类的词汇,为正义增色不少。至于斯威夫特,他的表述方式是,让人类自身认同被其蔑视的低劣群体,如《格列佛游记》中的耶胡、原始的野蛮人、爱尔兰人,还有(有人认为)女性。女性尤其是一个有争议的话题,有时候会被简单化并遭人误解,尽管在《一个温和的建议》和其他地方,斯威夫特笔下的女性乞丐形象意味着在男性—女性这个等式中她们确实处境尴尬。

王尔德的风格与萧伯纳当然不同,他们的思想和语言都以自己的方式表现在更具国际性的两大词汇里:社会主义和唯美主义。但是,他们的表述方式与古老的盎格鲁—爱尔兰话语一脉相承,这是斯宾塞和卡姆登的话语,至少自斯威夫特起就有一条清晰的延伸脉络。无论是王尔德、萧伯纳还是斯威夫特,都不会愿意看到这种残酷的话语变成现实。他们不属于那样的一些人,用王尔德(评论弗鲁德)的话来说,那些人"期望看到以消灭爱尔兰人的方式来解决爱尔兰问题"。[193]但是,这种话听起来并非完全不像萧伯纳或是王尔德自己的解决贫困问题的方法,其语言特征与王尔德批判的那类代言人非常相似,也与嘲笑爱尔兰人和穷人的方式相似。

此外,在王尔德和萧伯纳那里,就如斯威夫特笔下的耶胡那样,问题(不管是实际的还是虚构的)是要去"杀死"穷人、爱尔兰人,或是"所有野蛮民族",而不是让他们死,或者(用委婉的方式说)让他们吃饼。在穷人的问题上,要"杀死"他们不是因为他们在政治行动上构成了革命性的威胁,而是因为他们贫穷,是因为他们的身份而非因为他们的行为。由于这个问题对于萧伯纳和王尔德来两个人来都不是惩罚性的,那么这一赤裸裸的逻辑是(就"他们说话当真"这一公认的有问题的表述程度而言),你可以杀死,或者思考杀死一个种族,即爱尔兰人、野蛮人,最终到了斯威夫特这里,杀死的便是整个人类——当然,也有例外(规避和偏差是本质):那就是"他们"的身份至少部分可以偶尔通过其行为来界定;或者另一例外是,在这一盎格鲁—爱尔兰的语境下,爱尔兰人既是又不是一个种族,既是"我们自己"又是"他者";抑或还可有个例外,即王尔德和萧伯纳没有特别提到爱尔兰穷人,尽管在这些话题上古老的语言会影响他们的表述。

第四章 上帝、格列佛与种族灭绝

耶胡、赫洛特人[①]及灭绝

《格列佛游记》临近结尾处,慧骃国国民议会举行了每四年一轮的辩论,主题始终只有一个。慧骃没有表达意见和撒谎的词语,因为真理只有一个(IV. viii. 270, 267; iv. 240)。所以,议会从来就无需辩论任何其他事情,唯有一个反复重复的话题,即"耶胡该不该从地球表面灭绝"(IV. iv. 271)。出于某些原因,他们从来没有彻底解决这件事。尽管为了除掉耶胡在国内猖獗横行的祸患,慧骃曾经大量削减过耶胡的数量,做法是"圈起整个畜群",杀光所有年老的耶胡,"每个窝里只留两个年轻的"供每个慧骃使用。

圈起整个畜群,杀光老的无法干活的,留下能干活的(或者只留下一部分能干活的,或是只留下一段时间),尽管在全部杀光还是在留下来供驱赶劳动之间还有分歧,但是这种做法却在我们的时代有着令人沮丧的共鸣。对此,斯威夫特当然是不可能知道的。这些共鸣之处,与上一章讨论过的情形一样,不会使慧骃、格列佛或斯威夫特变成纳粹式的种族灭绝者,但是,却会引发人们去思考许多问题。比如说,想象中的行为和实际生活中的事件之间的关系到底是怎样的。斯威夫特的讽喻包含了不止一个斩尽杀绝的幻想,而这些讽喻主要以惩戒的方式表现出来,而不是以自我嘲弄的方式。换言之,讽喻的对象似乎是作为目标的受害者,而不是那些欲对他们斩尽杀绝的人。《一个温和的建议》亦是如此,文中的发言人和他的建议虽然显得古怪荒诞,但是,其中主要的讽喻对象则是针对一个民族,这个民族的行为使得自己退化到了野蛮状态,而且,文中还暗示,这种野蛮的状态不过就是这个民族的自然状态。当然,这样说并不意味着斯威夫特一定认为他的爱尔兰同胞是食人族(如第一章所示,出于某些考虑,他没有把某些真实事件纳入视野),也不意味着他一定赞成建议者提议的行为。但是,斯威夫特的语气是"罪有应得",而不是对遭受种族屠杀的受害者抱有怜悯之情。[1]即使斯威夫特确实赞同慧骃消灭耶胡的计划,即使这些与纳粹对犹太人的所作所为可怕地相似,实际情况仍须放在这样的背景中进行解释:在整个《格列佛游记》中,斯威夫特对大规模屠杀和种族灭绝暴行的厌恶是显而易见的。

慧骃关于耶胡的辩论发生在虚构的乌有邦,应用在爱尔兰人和其他民族身上,但与"实际生活"毫无牵涉。然而,相比而言,作为一篇时代的杂文,《一个温和的建议》与当时具体的政治经济问

---

① 赫洛特人是古希腊斯巴达人的农奴,地位介于奴隶和公民之间。

题（尤其是在"其他权宜之计"的段落中列举的问题）[2]密切相关。文章不可能与现实绝缘，虽然《一个温和的建议》中也充斥着嗜尸的幻想。这一差异虽然不应过分夸大，却是本章断断续续要关注的问题，这与如何诠释斯威夫特总体上的惩戒姿态有重要关系。正是乔治·奥威尔在1946年指出，耶胡"在社会地位上与犹太人在纳粹德国的地位相当"。奥威尔或许是第一个意识到这个问题的人，尽管他没有过多地评论种族灭绝计划。[3]这里的问题是，慧骃处心积虑的民族清洗或人口控制的行动是否和纳粹消灭犹太人的计划一样，是属于"生物学"的问题，还是一个罪与罚的问题？罪与罚应该基于被消灭者的行为而非属性，比如像一个人杀人、一个民族或是类人物种犯罪之后应该遭到的惩罚。还有，便是这种行为本身能否与种族清洗和人口控制分离开。对《一个温和的建议》也可以提出同样的质疑。该文中的灭绝计划包括减少人口中的下等群体，以便迎合爱尔兰重商主义的平庸之见，即人民是国家的财富。这是表面的观点，真正的潜台词是惩戒式的指责，语气介于"你活该"、"早就对你说过了"以及"你就是这个样"之间。

在《格列佛游记》的乌有邦或乌托邦中，一只更加自由的手操纵实施或计划实施惩戒性的措施，而所表达出的类似于"他们应该被枪毙"的惩罚性措辞，却只是表面说说而已，"真实作者"并无此意。慧骃议会反复的不作为，可能进一步增强了这个念头：对待这一措辞不必"当真"，而且我们也从不知道该计划到底有没有执行。对辩论的结果保持策略性沉默，这种斯威夫特式的戏弄让早已觉得很不舒服的读者始终无法释怀。[4]但是，格列佛和慧骃确信耶胡罪有应得，小说也没有必要给出相反或对立的观点来抚慰读者。在我看来，在灭绝话题的争论之外，在小说里将要发生的事件与现实世界种族灭绝的行动之间，在《格列佛游记》与《一个温和的建议》里可怕的戏谑之间，种种细节都有惊人的类似。这些相似性也许意味着斯威夫特对人类潜藏的邪恶本能有着深刻体会，同时，斯威夫特又能以此创造出类似于"残酷"戏剧的作品。这些也提醒我们，在小说和"说说而已"①之间、在语言和历史上的暴行之间有着多么令人不安的相似。

但是，这些关系一点也不简单，也给试图在慧骃国大会提案和小说第四卷的特定"意义"之间寻找直接相似性的评论家提出了问题。要么斯威夫特赞同这一提议，这样他便是个纳粹怪物，但是，这种看法没有人真相信；要么斯威夫特反对这个提案，这样一来，慧骃便背负了种族灭绝的恶名，议会辩论恰恰证明了慧骃具有希特勒一般的本能。在近来的后殖民研究中，要么强调斯威夫特有种族主义倾向，比如在第四卷中赞同种族谩骂；要么强调斯威夫特批评了慧骃的种族屠杀提案以及包含其中的"暴力殖民计划"。[5]第二种观点便是常说的对第四卷的"温和"阐释，这种阐释认为格列佛对慧骃高度评价是受到了误导，而耶胡也不能代表人类，真正代表正直人类的应该是大人国国王和葡萄牙船长彼得罗·德·孟戴斯。[6]依据这种想法，格列佛的观点是扭曲的，而慧骃的制度和举止也与实际情况不符，配不上格列佛对其做出的"万物之灵"的评价（IV. iii. 235），这包括可以看出的慧骃社会结构中的专制特

---

① 此处原文是法语 façons de parler，意为"说说而已"，"套话"。参见本书导论。

征，给劣等民族的粗暴待遇（他们确信存在劣等民族），慧骃在奴隶制一般的社会中对耶胡进行了奴隶一般的管制，还有慧骃在国民议会辩论中显示的种族屠杀倾向。[7]对警察—国家有研究的人或许还可以再加上一条：格列佛的慧骃主人被告知不能在住所窝藏耶胡，据此，格列佛必须像其他耶胡一样成为奴隶或被驱逐出国（IV. x. 279）。[8]

因此，再次强调慧骃的理想社会接近于柏拉图和莫尔的理想社会似乎是恰当的，[9]而且，耶胡对于慧骃而言，并非是一个种族，而是另一个物种，犹如老鼠、猫或者马是人类社会的其他物种一样。严格来说，慧骃消灭耶胡的计划非常类似消灭农场害虫的卫生大扫除，虽然从读者角度来说，耶胡很像人类。[10]从故事来说，灭绝是一种跨越物种的行为，目的是除掉一定数量的野兽。当代的某些观点认为，"物种歧视"堪比种族主义，所以，不能减轻慧骃的罪责。这种人类对待动物可以与纳粹对待犹太人的做法相比较的观点（最近见于库切的《动物的生命》，1999），并非是斯威夫特及他的预设读者所能料想的。[11]但是，耶胡被描绘成了"我们"的代表，对于我们而言，或许也对斯威夫特而言，慧骃对耶胡考虑做的事情，正是人类屠杀被排斥同类的又一个例子。这种印象无疑是故意设计出以便令读者感到不安的。这种印象与其说是产生于对于慧骃的刻画，不如说是产生于斯威夫特和他的读者之间。斯威夫特令这种印象前后呼应，连成了一张具有同样大小效果的大网。

同时，耶胡在慧骃社会所处地位，也类似赫洛特人在斯巴达的地位。[12]此外，据称斯巴达的"秘密警察"（*krupteia*）屠杀赫洛特人的事件给了斯威夫特创作的灵感，[13]这两者之间的相似度也有局限。因为从实际情况来看，斯巴达的屠杀是有选择性的，而不是要全部消灭。但是，尽管慧骃曾经有过全部清除和最终解决耶胡的想法，其做法也是具有选择性的。斯威夫特对斯巴达人的纪律和解决方式抱有同情，他最崇拜的两位理想国创造者——柏拉图和莫尔——亦是如此，虽然没有关于他们赞同处置赫洛特人的历史记载。[14]柏拉图指出："希腊最棘手之难题乃斯巴达之赫洛特人体系问题，有人些认为不错，有些人认为糟糕。"柏拉图得出结论，一个运转良好的奴隶体系最好"勿使所有奴隶来自一国……应尽量异族混杂……区别对待之"。[15]

"消灭"赫洛特人之事被有保留地掩盖起来。修昔底德的描述遮遮掩掩，偏袒隐秘。斯巴达人显然善于保守自己的秘密。但是，赫洛特人与其他遭蔑视的族群却憎恨他们的统治者。色诺芬曾提到过，有一位线人报告说："无论何时这些族群提及斯巴达人，人人恨不能生吞活剥之。"[16]这样的表述会让人想起《伊利亚特》中赫卡柏曾说过的有关阿基里斯的话，还会让人想起16世纪记录下的印第安武士的聊天场景，记录中说这些武士表情凶恶，从统治阶层的"文明"角度看完全是野人，让人感到野蛮的威胁，而对他们的屠杀需要秘密进行。[17]普鲁塔克虽然崇拜斯巴达法典，也曾说"秘密警察"屡次实施小规模屠杀，认为这项制度令人厌恶，希望且相信此乃后莱克格斯时代之产物。几百年来，斯巴达的思想已发展为某种乌托邦模式。所以，身处乌托邦传统中的作家漠然对待赫洛特人遭遇的做法也就不足为奇了。[18]

斯威夫特的立场似乎一直有点微妙的差异。他不仅像其他人一样被斯巴达法典及纪律严厉的民事和道德法规所吸引，[19]而且，斯威夫特对赫洛特人滋生了特殊的厌恶，他倾向于将赫洛特人等同于野蛮的爱尔兰人（而没有把后者与耶胡联系起来）。这种将爱尔兰人与赫洛特人相提并论的做法，后来明显成了欧洲及英国思想的潮流。[20]格列佛报告称在"格勒大锥"①，"阿格西劳的赫洛特人给我们做了一盘斯巴达式肉羹，我只吃了一口就再也吃不下去了。"(III. viii. 198)，这一段落与斯威夫特对爱尔兰穷人饭食的令人作呕的描绘相互呼应，正如慧骃将耶胡从地球表面消灭的说法呼应了英国作家对爱尔兰人的态度。斯威夫特在自由的想象中进行创作，他把虚构的情节设定在乌有之乡或是乌托邦，这种虚构的场所能让斯威夫特做到柏拉图和普鲁塔克做不到的，可以在潜文本中成为秘密的共谋，一同"秘密共享"惩罚性大规模杀戮以及"他们罪有应得"、"他们应该被枪毙"的愿望。

斯威夫特清楚地表明了自己与这些言论的关系。在1725年11月26日给蒲柏的关于《格列佛游记》的著名信件里，斯威夫特说他对人类的"愤怒"[或许是"对沃波尔②的愤怒"]不比"上周随一只鸡飞走的风筝"惹他生气更强烈，而我高兴地知道，两天后，一个仆人射杀了它。"鸡并非人，但是，并非是人的鸡在此起的作用却是促成表达出了一种置人于死地的情绪。当然，并不是要"当真的"，但已经足够接近了。此处的语言异乎寻常地表达出了混合的意味，既有这个意思，又说没这个意思，又说并不是没有这个意思，而这恰是最后一章的主题。这番话之前，斯威夫特曾经大声疾呼："淹没这个世界吧，我不满足只是鄙视它，如果足够安全，我将使全世界发怒。"这让人想到(我认为)《圣经》中的大洪水，而且把"应该被射杀"的感觉扩展到无论是否有姓名的个体之上，扩展到了整个人类。[21]不必提任何的谋杀冲动，可以更宽泛地说，斯威夫特是在概念或想象中，被大规模消灭的简便而吸引。这一点，在斯威夫特自己谴责乞丐、银行家和其他适合从地球表面消灭的人群中的激烈言辞中可以得到证实。总之，这些激烈的言辞有其原因。比如说，之所以谴责乞丐，是因为乞丐不自食其力，是城市的累赘。

从对于屠杀赫洛特人的主要记载可以看出，有一个除掉可能会不服管束的下层阶级的政治计划。赫洛特人是一个早期的例证，是两种不受欢迎的族群交汇或者说融合而成，这两种族群便是下等阶级和国外移民。[22]他们被杀的部分原因在于他们的身份，而不在他们的所作所为。整个耶胡族也是如此，虽然耶胡身份本身便暗示着他们做过的许多恶行。即便我们对于罪的部分感觉是来自于具体的罪名(贪婪、好色等等)，而这种罪名需要积累，但是耶胡的罪恶是绝对的，所以，即便是像葡萄牙船长这样的好人，结果也是耶胡。让慧骃忧虑的(慧骃大概不会消灭葡萄牙船长，也不想消灭格列佛本人)是灌木林里的耶胡，因为这些耶胡：

> 是自然界最肮脏、最有害、最丑陋的动物……最懒惰、最倔强、最调皮、最恶毒……

这是对族群特征的描述，并非实际罪行的罗列。当这段文字继续列举下去的时候，读者会从议会辩论中得知，耶胡最坏的罪行是"偷吃慧骃奶牛的奶"。这最多只是跨越物种界限的

---

① 原文为 Glubbdubdrib，《格列佛游记》中第三卷第八章中的地名，其后的阿格西劳是古斯巴达国王的名字。
② 罗伯特·沃波尔(Robert Walpole, 1676—1745)：英国乔治一世执政时期的财政大臣。

不自然行为,并不是严重的罪行(耶胡没有像爱尔兰的屠夫一样宰杀牛群,这种屠夫是耶胡的原型)。[23]甚至随着文章继续,不服管束和性情乖张依然是评论的主要基调,却好似是带着强烈恶意的行为和目的一样:耶胡会"把慧骃的猫弄死吃掉,踩坏慧骃的燕麦和青草……干出许多无礼放肆的事"(IV. ix. 271)。无论小说怎么讲,从更大的意义上看,这些动物为了生存而做出的微不足道的掠夺,几乎不能构成对人类堕落的控诉。其实,耶胡从来没干过人类干过的坏事。例如,耶胡虽然"共享他们的雌性",但却没有"地球上我们这一边"所享有的"更高雅的乐趣"(IV. vii. 263—264)。耶胡的攻击性也不能与人类的战争相提并论。慧骃觉得,即便从解剖学角度来看,人类的战争也匪夷所思(IV. v. 247)。尽管耶胡令人厌恶,尽管耶胡的恶习有辱我们的名声,但是,对于耶胡的惩罚显然大于了他们的恶行,这么做只是意味着耶胡的堕落不是因为其所作所为,而是因为他们是类似人形的动物,非常接近人类了。

在小说第四卷的寓言里,耶胡可谓是多元现象。一方面,耶胡是慧骃国里的赫洛特人,被当成野兽对待的贱民。正如我们被特别告知的那样,耶胡体现了"所有野蛮民族"的特性,这里特别包括了别的旅行作家报告过的印第安人和其他原始民族,还有斯威夫特经常以早前英格兰作家的语气提起的野蛮的古爱尔兰人。而在早前英格兰作家的笔下,古爱尔兰人与其他野蛮民族并没有区别。他们看起来像人类,但不是真正的人类,而是具有最低级人性中的共同特征。如果我们相信格列佛的话,格列佛、格列佛夫人、他的孩子们、葡萄牙船长和其他人便都具有这种完完全全来自本能的堕落。在各种情况下,这种堕落必须用耶胡作为标准来检验。这部小说少有明显的宗教事件和圣经典故,但是,在慧骃国议会辩论中的一段中,耶胡的起源令人联想到圣经有关人类的起源,虽然其人类学的类比方式令人沮丧,但依然清晰可辨。紧接着,在读到耶胡有吸吮慧骃奶牛乳头等出格习性之后,我们马上读到议会中的种族灭绝倡议:

> 据说耶胡在这个国家不是一向就有的,许多年前才在山上发现这样一对野兽,也不知道它们是太阳晒着烂泥生出来的,还是海里的泡沫和渣滓变的。

这种原始人类学的说法冰冷而无情,也是通俗版的亚当与夏娃的《创世记》故事。作为故事背景的山可能取自《失乐园》,"陡峭的野人山"和"草木丛生的山"便是其中伊甸园的所在(IV. 172, 224—226)。[24]最早的祖先不断繁衍,"子孙后代越生越多,短时间内它们就遍布全国,到处为害",发言者继续说,"但是它们也不可能是当地的土著,要不然早就被消灭干净了"(IV. ix. 271—272)。

格列佛的慧骃主人站在另一立场,提出了一个不太强硬的方案来处理耶胡问题,他同意对手带有《圣经》色彩的历史描述,接着说起来:

> 那两只最先发现的耶胡确乎是从海上漂过来的,它们被同伴遗弃,登上了我们的海岸,后来躲在山里,渐渐退化,年深日久就变得远远比它们祖国的同类来得野蛮了。(IV. ix. 272)

由此看来，格列佛被当作了从发源地来的一只不那么堕落的耶胡。渡海而来的一对始祖夫妻的场景，令人很快想到亚当和夏娃谪贬人间的故事。[25]如果带着罪恶感把两者之间形式的相似推向极致，这种戏谑的虚构用引人内疚的方式将人类最早的祖先变成了一对来自英格兰或不列颠的夫妻，提出这样的说法，即便只是玩笑，也会让读者觉得自己的祖先从开始便是肮脏的，而这种想法既出人意料，又近在咫尺。小说第一版中有一段文字，后来从最后的章节中删除了，这段文字开始是同意格列佛的观点，即认为欧洲人从来没有在他之前到过慧骃国，也没去过他游历过的任何一地(IV. xii. 295)，这段文字是：

除非你提起许多年前在慧骃国的一座山上也发现过两只耶胡，据说后来的耶胡种就是它们的后裔，这可能引起一场争论；那两只耶胡也许就是两个英国人，从它们后裔的面孔看来，虽然比英国人丑得多，却也使我不由不感到疑惑。但这件事是否可作为我们有权占领的依据，那只有让精通殖民法的人去考虑了。[26]

这段文字从1735年福克纳的版本中删除了，但如何解释删除的原因，却让后来的阐释者们煞费脑筋。举出的一种理由是，耶胡最早来自英国的说法与格列佛在前面篇章里赞美英国的说法前后不一致。在前面的篇章中，格列佛说"不列颠民族"(IV. xii. 294)比其他国家在建立和管理殖民地方面更廉洁而高效。[27]作为一种"解释"，这种说法无所谓对错，但却与讨论的话题没有多大的关系。这种解释想当然地认为，是斯威夫特而不是出版商删除了上一段话。这种"前后不一致"并不少见，比如前面的章节中，就有对英国殖民主义的赞美和对于欧洲殖民多样性的抨击，尤其是格列佛现在已经确信，所有的耶胡都是邪恶的，而他再不会偏爱自己的同胞了。英国人最擅长故作姿态，在以往的情况下，斯威夫特并没有完全否认，但在这也遭到审视和嘲讽。刚才的解释削弱了斯威夫特反讽的灵活性，他惯于故意忽视"前后一致"，从而在具体的语境中达到批评或讽刺的效果，这也是斯威夫特板起脸来故作神秘的一贯倾向。也许有人会争论，耶胡来自英国的说法会与潜文本中把耶胡等同于爱尔兰人的说法自相矛盾，除非斯威夫特在这里违反常规，直截了当地把英国人或"不列颠民族"与爱尔兰人和其他"所有野蛮民族"(IV. ii. 230)视为一体，全部进行批判。我的观点是，斯威夫特并不是刻意要避免这种效果，因此，其后的删除也不太可能是出于这种原因。删除的理由无法重现，或许是斯威夫特的出版商的行为，因为考虑到了"前后不一致"的因素，而这也是让解释者大费脑筋的地方。无论怎样，包含这段文字的原稿才真正令人感兴趣。由于在第一版中耶胡与英国人之间的相似性被称为是某种可以引起"争论"的问题，那么某种侮辱性的戏弄也是斯威夫特写作计划的部分内容。

格列佛与《圣经》中的幸存者

与斩尽杀绝形成鲜明对比的是，慧骃主人提议对待耶胡要更仁慈，这一点我将在后面继续谈起。眼下，我希望强调两点，第一，我相信斯威夫特不是要暗示亚当和夏娃是英国人，他们与普通大众一样，也是耶胡。或者，说得更清楚一点，所有的耶胡都与我们普通人一样，均是亚当和夏娃的后代。要是把这种令人内疚的联想升级一步，把耶胡指认为肮脏的英国人，这便不是对《创世记》的重新诠释，而是没有明确目的、类似玩笑般的戏谑。但是，这种戏谑会让我们不安，让我们意识到，每个人都身处这种控诉之中，概莫能外。这样做不是对《圣经》的寓言性解释，而是要引起对《圣经》的恐慌性解读，如果你愿意这样看，这样做的目的正好与这一章开头处格列佛的话相互矛盾。格列佛曾经严肃地对读者说，他写这本书"主要是向你报道而不是供你消遣"（IV. xii. 291），但是，却与斯威夫特1725年9月29日给蒲柏的信的意思相符。在那封信中，斯威夫特声称他的目的是要烦扰世人，而非供人娱乐。[29]

第二，斯威夫特提出污秽祖先的做法，是他整个平行对照工作的一部分。对照的对象是《旧约》，尤其是《创世记》部分。这一点，从《格列佛游记》的结尾章节以及斯威夫特在当时提及《格列佛游记》的信函中可以看出。这种做法强化了——如果需要强化的话——一种呼应关系。一边是慧骃国里要把耶胡从地球表面消灭的辩论，而在另一边，在钦定版《圣经·创世记》的第6章第7节中，上帝宣称"我要将所造的人都从地上除灭"。[30]这一典故预示着即将到来的大洪水，而在1725年11月26日斯威夫特给蒲柏的下一封信中，有一个著名的段落也提到了这个典故，并且还有斯威夫特"淹没整个世界"的感情爆发。看起来，当时的斯威夫特脑中一定有诺亚的故事，还有与之半相似的罗得①的故事，包括上帝在《创世记》第18章第32节中的宣告：只要索多玛有10个义人，上帝就会饶恕这座城市。斯威夫特对这段经文非常熟悉，在两年前的布道词"行善"一文中，斯威夫特引用了这一章：上帝"答应亚伯拉罕，为这10个义人的缘故，也不毁灭那城"。记得在写给蒲柏有关《格列佛游记》两封信的第一封中，斯威夫特告诉蒲柏："哦，但凡世上还有12位阿巴思诺特②族人，我就把《游记》烧了"。[31]《创世记》中两次大的毁灭——大洪水和索多玛城毁灭之间的类比，诺亚和罗得（甚至他们的妻子）之间的类比，是文学中常见的上帝对于人的报复，也曾并置出现于《新约》之中（见《彼得后书》第2章第5至第8节）。[32]

格列佛是斯威夫特的诺亚和罗得，他应该能够从慧骃的最后审判中幸存下来。小说中有几个好人或好耶胡的例子，比如大人国中的宫廷女官葛兰达克利赤、大人国的国王、孟诺第③，还有那位葡萄牙船长——这位船长对于那些对《格列佛游记》持有温和态度的阐释者来说，是一位难以忘怀的英雄——他们均是与众不同的正直人士。但是，无论是在《格列佛游记》还是在生活中，他们的数量都达不到12个，甚至到不了10个。如果耶胡既是爱尔兰人也是人类（这里的人类在意识的某种层面上包括盎格鲁—爱尔兰人和英国人），那么，在一些17世纪作家提及爱尔兰的时候会有这样的说法，斯蒂芬·杰罗姆（Stephen Jerome, 1624）说道："上

---

① 《圣经·旧约》中的人物，详见《创世记》第十九章。
② 原文为Arbuthnetts，又可拼作Arbutnott、Arbuthnott、Arbuthnet等，为苏格兰古代家族名称，也是斯威夫特的朋友。
③ Lord Munodi，《格列佛游记》中第三卷第四章中的人物。

帝在索多玛有他的罗得，在世人中有他的诺亚……但在爱尔兰却少有这些圣徒存在。"还有奥姆斯特德(R. Olmstead, 1630)补充说："能得救的人非常稀少，一家只有一个，或一个部落只有10个。"[33]

《格列佛游记》与《创世记》的关系不是圣经寓言(比如像德莱顿的《押沙龙与阿齐托菲尔》一样)，更不是教义解说或是神学阐释。我与公认的观点看法一致，《格列佛游记》既没有确认，也没有质疑任何具体的基督教，或是犹太—基督教的教义，而只是潜入了，或者说是以中立的态度分析了更广大的人类行为。[34]另一方面，斯威夫特对这本类似《旧约》的《格列佛游记》有非常深入的认识。[35]《格列佛游记》提供了一个经典的情境。在此情境中，罪恶无处不在，但在某种程度上，却无法确认(早期的圣经读者也不知道，《创世记》第6章第5节中导致了大洪水的"恶"到底是什么)。也是在此情境中，正义的美德本身也不确定，或曾受到玷污。[36]

的确，将大洪水看作是地方性事件的看法，可以与将大洪水看作是普遍性灾难的看法相互并存，甚至融合在一起。同样，清除掉作为人类代表的耶胡的观点，也可以与英国人灭绝爱尔兰的修辞并行不悖。看起来在这样的话题上，在全球性与区域性之间，存在着一种对话关系，或者说是钟摆式的关系。诺亚对含的儿子迦南的诅咒(下文讨论)，有时会被看成是迦南人的屈从，而这种关系最终衍化出了更多有关含的子孙们的种族神话，而在英国镇压爱尔兰人时也会援引迦南的例证以正名：克伦威尔告诉从布里斯托尔出发的士兵们，他们是以色列的子孙，即将要去铲除崇拜偶像的迦南人。[37]索多玛和俄摩拉的毁灭涉及两座城池，但罗得的两个女儿认为，整个世界已经被大洪水毁灭了。但是，像诺亚的儿子们一样，她们想要再次让大地恢复生气，她们的努力却没有让人类重生，而是繁衍了两个被玷污了的种族。①这是全球与区域之间交流的一部分，和《格列佛游记》关系密切。但是，在诺亚大洪水与消灭耶胡之间类比的出发点是以整个人类为目标的，并非针对特定人群。将人类从地球表面灭除的说法，来自于《创世记》中诺亚洪水的描述。诺亚的洪水不是种族歧视下的民族大清洗，而是上帝的报复。正如我所言，这种说法的寓意在于，上帝或慧骃均不是种族屠杀的狂热分子，实在是人类罪不可赦。[38]

在乌托邦小说的自由国度里(乌托邦意味着想象中的地方，比如莫尔的《乌有之乡》，并不是好的地方)，没有考虑过特别的例外，并且任何可推断出的例外，比如像格列佛自己，一个来自"真正"外部世界的诺亚式的人物，或是其他来自那个世界的误入慧骃国的"义士"，也都会表明他们本身就是耶胡。慧骃没有特殊对待耶胡内部的某个族群，耶胡内部也没有哪个族群认为自己高人一等。慧骃自身按毛色划分等级，自认为比耶胡高贵，与耶胡的关系正如上帝之于人类、人类之于牲畜一样。慧骃属于别的物种，而非与耶胡同一种族。因此，慧骃没有"种族主义"的问题。[39]

尽管如此，灭绝的幻想依然存在，具有明显的惩罚含义。而且，也正如我一直所谈到

---

① 罗得在城被毁后逃到了山洞中，在其中，他的两个女儿分别与他交合怀孕而有了后代，详见《创世记》第十九章。

的，从某种程度上说，惩罚是不需要辨明错误行为的。耶胡遭受惩罚仅仅因为他们就是耶胡，而不是他们做了什么错事，极端与乖戾已经成为了耶胡的本性。我们应该注意到，这种惩罚的计划是绝对而且无处不在的，这真令人吃惊。当然，惩罚过程中也会有例外，但例外的人总有例外的特点，这种例外的特点也是例外，这种例外不仅仅不存在，比如根本找不出10位义人或是12位阿巴思诺特族人。即便能找出，也并不足以改变事情的发展，比如凑不够12位阿巴思诺特族人——他们可能是指现实中的那三四个涂鸦俱乐部(scriblerians)①的幸存者，而在故事中，始终也只有寥寥数位的好人。这些事例本身非常充分，但是，他们也只能被视为讽喻作家的让步——如果没有这样的让步，讽喻作家所描写的控诉则会显得太过分而不被人理会，而这些例子的存在也只是作为例外，用以证明全体被惩罚的对象是有罪的。所以，这些所谓的例外之人，因而也会掉入一个重新阐释的陷阱之中，比如那位葡萄牙船长就是这样一个例子，即使是好耶胡，他依然还是一只耶胡。[40]

　　同样的理解也可以推及到格列佛夫人和她的孩子们身上。格列佛在慧骃国逗留之后，对人类抱有近乎精神失常的怀疑，她们自然成了无辜的受害者。"饱受折磨的格列佛夫人"一直被认作是一位"被大大低估了的女性人物"，而我认为她是一位影子般的人物，在整个叙事之中，并没有给她一个角色以便让读者留意到。从某种意义上说，格列佛夫人很像《圣经》里敷衍带过的诺亚和罗得的妻子。而与格列佛夫人不同的是，在《创世记》里，那两位妻子连名字也没有，成了无足轻重的普通的或惩戒性身份的奇怪混合物(在后圣经传统中，两位女性即拥有多个不同的名字)。[41]罗得夫人的命运尤其特殊，她被变成了盐柱(《创世记》第19章第26节)，成为遭到惩罚的例子，而我们对她的身份依然无从知晓。诺亚的妻子在后来的文学与流行传统中变得很有名，但她在《创世记》中依然是一位影子般的隐匿人物。她的无名并非像康拉德的《黑暗之心》[42]中库尔兹的两位无名情妇一般，匿名得引人注目，犹如神话一般。《黑暗之心》也是一部充满大规模杀戮思想的小说。

　　但是，格利佛夫人与诺亚妻子一样，只是人类中的一位母亲。然而，她虽然有名字，却只是普普通通的人，甚至都不能算作女性或是妻子的代表，她只是自己孩子的母亲，像罗得夫人一样，没有犯下什么滔天大罪。格列佛的孩子像诺亚的儿子一样，也有自己的名字，却没有像诺亚的儿子那样成为民族的祖先。这种民族祖先的地位，罗得的女儿也享有，但是她们的地位却显然不如诺亚儿子的尊贵与具有更大的包容性。并且，罗得的女儿跟她们母亲一样没有姓名(毫无疑问，这可以反映出《圣经》中对于男性与女性价值的不同看法)。[43]格列佛的孩子们和他们的母亲一样，普普通通，无足轻重，其存在只是为了与格列佛的特立独行形成对照。格列佛后来成了顽固的厌世者，这些孩子便成了无辜的受害者。

　　假如格列佛的行为滑稽出格，这一点众所周知，但也可以从特别的角度来看待，将之部分地看成是作者的隐退，表明斯威夫特已经清楚地知道事情已经过了头。同时，也可以视作一种折衷的技巧，否则会因为抨击得太猛烈而失去可信度。奇特的是，这种做法使小说的讽

---

① 涂鸦俱乐部(Scriblerians)是斯威夫特等组织的一个男性社交小团体，主要成员有 John Arbuthnot、John Gay、Robert Harley、Thomas Parnell 和 Alexander Pope 等人。

喻效果成立并得到增强。我在其他地方曾经把斯威夫特加在格列佛身上的行为叫做"受损的过分",尽管斯威夫特与格列佛的行为脱了钩,但是,由于读者无法确知哪些不可信,又不可信到什么程度,惩罚的效果其实是加强与恶化了。因为读者总会记得,在故事结尾的部分,并没有与格列佛不同的视角存在。[44]

《创世记》里虚拟的义人和斯威夫特的12位阿巴思诺特族人都有一个原型,那就是诺亚夫妇。实际上,诺亚夫妇是《创世记》中大毁灭的幸存者,在慧骃国民议会中提到过,也作为典故在斯威夫特"淹没"世界的灾难性预言戏谑中出现。诺亚夫妇进一步明确了这种"例外"的地位,证实了他们既与整体的控诉无关,也与整体的惩罚无关。诺亚和"第二个诺亚"罗得(两人在《圣经》里不止一次被相提并论)[45]都不能阻止他们各自经历的灾难的发生。而任何单个的阿巴思诺特族人,或是与其对应的小说中人物——葡萄牙船长——也不能减少仅仅是作为人类才有的罪恶感。有些评论者认为,亚伯拉罕与上帝讨价还价的10位义人是组成一个小组或是管理单元的最少人数,只有这样,诺亚、罗得及他们的同伴才能够作为个体活下来。[46]从这个角度来说,这些义人不能视作是格列佛或葡萄牙船长的原型,其原型可以是诺亚和罗得。但是,他们可以直接对应那12位阿巴思诺特族人。斯威夫特在《格列佛游记》中断言,如果世界上真有这么12位义人,他就会把《游记》烧掉。

在幸存者的问题上,似乎有必要顺带提出,在有关世界毁灭的神话或寓言中,存在有一个结构性的先决条件,即至少应该有一位幸存者,或者在有"现实主义"倾向的虚构作品中,至少要有两位幸存者。这是一个非同寻常而又清楚可见的例子,证明叙事的形式在塑造和决定寓言内容时所起的重要作用。如果慧骃已经完成了原先制订的全部消灭耶胡的行动,则故事将不会存在。也正如此,虽然慧骃的头脑中完全没有"就一个问题进行争论"的概念,而他们也全都赞同柏拉图传播的苏格拉底的观点,慧骃们却仍然定期讨论消灭耶胡的议题,看来也永远不会在执行上达成一致(IV. viii. 267—268)。[47]这倒不是因为慧骃们对苏格拉底的假说"真正的理性没有疑问……能立刻让人信服"感到犹豫不决,而是因为如果按照严密的逻辑早就执行了消灭计划的话,其结果是耶胡将荡然无存,无从描述。决策一再推后的做法,在不断强化"罪有应得"的观点上至关重要,既不必用"最后解决方案"来消除这个观点,也可以驱动读者的本能,让他们不至于不相信或者拒绝这样的极端行为。同样,格列佛向慧骃主人建议的阉割一再延期,也没有说清楚是否已经执行。耶胡应该全部被消灭,但如果已经消灭了,他们就无法再去领受应得的惩罚,寓言也将无法存在,延期的办法解决了两者之间的矛盾。

成对的幸存者模式提供了一个明确的机制,使得故事得以延续。我们在诺亚的故事里看到了这种模式,但在罗得的故事中,当这种模式不奏效时,则必须用某种极端的手段来调整。在耶胡遭到第一次大屠杀时,斯威夫特特意不仅保留下来了一对耶胡,而且保留了许多成对的耶胡,让每一个慧骃都有一对耶胡。斯威夫特似乎对这个问题怀有本能的戏谑意识,他反转了这种模式,在他笔下,那对最初的耶胡在议会辩论时介绍出场,又在最后一章经历了成败参半的历史,从起源地被驱逐,"遭同伴抛弃"而流放(IV. ix. 272),最早的一对耶胡是"另类"的幸存者,与常规的繁衍模式并不合拍。这一对耶胡是要被消灭的目标,不是像诺亚那样因理所当然得以存活。这一对耶胡繁衍的族群应该被消灭，而不是在遭受惩罚性毁灭后可以浴火重生。他们准圣经化的外表赋予他们典型而神话般的地位，偏离了诺亚与罗得的故事，也进一步压缩了正面评价的范围。

如果诺亚未能幸免，则不会有人来阅读《创世记》，也不会有人来记叙与撰写了。同理，如果慧骃执行了灭绝计划，把计划扩展到了格列佛和其余耶胡身上，甚至是人类这一亚族群（如果技术上可能的话）上，《格列佛游记》也将不复存在（可以设想，叙述命运本身并一定要完全完成，这种意识在全部毁灭的神话中一定发挥了作用，无论它字里行间潜伏多深。在现代的圣经阐释中也能发现这种意识，只是更为微妙或更具自我意识）。[48]从实际来看，两种叙事都需要有一位幸存者来讲述，或者至少是作个见证，也需要一位听众来聆听这个寓言。这样一位听众也是应该就有的，这也是讽喻作家对于现实原则的让步，是对普通人类情感的让步。这样做并不会减弱惩罚欲望的力度，但却会使人质疑寓言的可信度，比如说，让人怀疑（传统上常有）诺亚和罗得到底有多么正直与纯洁。而从《格列佛游记》是属于自觉的情节编造的角度上看，则会让人怀疑格列佛与其他耶胡到底在本质上有多大的差异。

慧骃主人在议会演讲中将格列佛作为耶胡消灭计划的例外之人。慧骃主人说他了解这样一位好耶胡："皮肤比较白，毛发少一些，脚爪短一些"，有自己的语言，也"完全学会了慧骃国的语言"，来自一个"耶胡具有理性而占统治地位的国家，而慧骃则是奴仆"，他"具备了耶胡的一切特征，只不过因为有了一点理性，显得更加文明些"，耶胡比他低级，"他则比慧骃低级"（IV. ix. 272）。一番慷慨陈词之后，格列佛得到了尊贵的诺亚一般的地位，"自此，我记录下后来生命中所有的不幸。"强硬的慧骃议会告诫格列佛的主人（他们的告诫更多意义上是我们的命令），"要么让我像其他耶胡一样干活[像奴隶或驮重物的牲畜一样]，要么命令[不，是劝告]我游回老家"（IV. x. 279）。

这里还有另一种公式，与其他文本或潜文本中包含种族消灭的作品相似，比如在《消灭异教徒的捷径》和《我的奋斗》之中，这些作品提到了另一种消灭的方式。另一种做法的提出，是一种必须的姿态，用来表现建议者的富于人性，也可以用来掩盖灭绝性的语言。遣送比阉割更常见，这两种做法慧骃和纳粹都曾考虑过。纳粹曾经考虑过要把犹太人遣送到美洲或非洲的殖民地，最后的选择是在马达加斯加，战败的法国让出了这块土地，而在格列佛抵达慧骃国之前，叛变的船员夺取船只后的目的地也是马达加斯加（IV. i. 222, xi. 283—284）。这或许可以当作是命令格列佛"游回老家"的纳粹版本，或许也可以称之为一种"反转"，因为遣送犹太人去马达加斯加的计划是为了阻止犹太人返回巴勒斯坦。[49]更相关地说，格列佛的慧骃朋友曾经要求给他辅助通行的特殊待遇，或者至少是安全通行权，这种待遇也曾给予过一些特殊的犹太人。[50]

"用耶胡皮，结实地缝合在一起"

格列佛从慧骃国转渡到新荷兰，受过当地部落人的惊吓，挨过毒箭，可能和在瑞士边境与当地人以及边防士兵艰难周旋的难民有得一比。格列佛被允许坐船返家，像诺亚一样，而船是他自制的。诺亚也是上帝眼中特殊的犹太人，这也可以又一次（具有悖论色彩地）证明，所有的耶胡都只是耶胡。格列佛已经学会用耶胡的毛发编织鸟网，用耶胡的皮来做鞋子，所以，他很快就"用耶胡皮做起了独木舟，结实地缝在一起"（IV. x. 277, 281）。这种残忍的预兆后来在纳粹那里实现了。贝乌热茨集中营的一位党卫队小队长绘声绘色地说，储存犯人的毛发是"专用于潜水艇密封的"等等，[51]格列佛"利用能够找到的小耶胡的皮做了一面帆，因为大耶胡的皮太粗太厚了"（IV. x. 281）。这种说法预示了在《一个温和的建议》里对幼小婴儿的偏好，也呼应了文章中"用人皮为女士做手套，为尊贵的绅士做夏天皮鞋"的提议。而在前面几个章节中，斯威夫特将这种作法与爱尔兰的耶胡祖先塞西亚人联系在一起。这种做法与1942年纳粹党卫军的指令相似，从罗伯特·哈里斯①的翻译可以看出，党卫军的指令是女性的头发"可以做成线，为潜艇船员织袜子，给铁路工人缝毡袜"。[52]

用人体制作物品的做法能让人明白暴行和自由想象之间的关系：既对比鲜明又惊人地相似。这种做法是野蛮行为历史的主题，是描写和谴责这些野蛮行径的文学作品的主题，也是生活和作品中系列幻想的主题，发生在现实中时好像在读小说，发生在小说中又是来自事实。时常有"尸体的工业利用"[53]这种说法，即用人的头发、皮肤和脂肪做衣服、肥皂和其他产品。但是，不知道为什么，这种行为很少有在关于大屠杀的文献中记录下来。或许这种行为比不上大屠杀和强迫劳动，还不向针对人类的其他犯罪一样具有法律意义，因此，关于这方面的证据寻找或是证据发表就远远达不到广泛了。如此一来，好像倒是帮助了那些不承认有大屠杀存在的人。负责任的学者大多认为，没有大规模制造人体肥皂的行为。但是，在但泽留存下来了一些实验性生产的证据，而在《犹太百科全书》②中复制了两张照片，标题是"但泽附近的一家德国肥皂厂"，照片里显示了装满人类遗骨的盒子或水缸，还有一些粗糙的制作设备。[54]

在反敌宣传中使用这种谣言和威胁对付敌人，或作为吓唬受害人的手段，已经是个旧伎俩。在战争、侵略或是奴隶贸易中，这种恐惧都会自然而然地出现。在17世纪，安哥拉的奴隶就非常害怕，担心西班牙人会吃了他们，或者用他们炼油和做火药。[55]制作人体肥皂的谣言，最早出自第一次世界大战的英国宣传册中。纳粹党使得这种谣言"死灰复燃"，据说德国士兵威胁犹太人，说要把他们制成肥皂。韦科尔③回忆起从1914年就开始发生的这些事情，他对这些谣言非常反感，但是他谈到，在二次世界大战后期的法国孚日山区，的确有用人体做医学实验，有用人皮做灯罩和书的封皮。[56]

总而言之，看上去有足够证据证明确实有一些类似于工业化生产的做法。但是还没有足够的证据进入人们的视野，来建立一整套描述完备的资料。如此一来，这个主题便变得愈发神秘，也变得愈发吸引人。有时，当直接证据非常充分的时候，故事听起来便像是夸张的小说一般。小马丁·鲍曼（Martin Bormann）是希特勒的教子，也是希特勒密友的儿子。他不止一

---

① 罗伯特·哈里斯（Robert Harris, 1957— ）：英国小说家，曾任 BBC 记者，著有《更高形式的杀戮》等。
② 《犹太百科全书》（*Encyclopaedia Judaica*）：是犹太人和犹太教的英语百科全书。
③ 韦科尔（Vercors 1902—1991）：原名让·布吕莱（Jean Bruller），法国小说家、散文作家。

次在自传中提到一桩轶事。马丁14岁的时候，已经是狂热的纳粹分子，他和母亲姐妹一起去希姆莱①与其情妇海德薇·波特哈斯特位于贝希特斯加登附近的府邸喝茶。在1990年前后，马丁·鲍曼的儿子小鲍曼告诉吉塔·谢雷尼，②在吃完巧克力和蛋糕后，孩子们被带到希姆莱阁楼一个特别休息室，参观他有趣的收藏：

> 她打开了门，我们蜂拥而入，但是，经过她科学家一般的解释之后，我们才弄明白房间里的东西是什么。马丁平静地说道："那是用人的躯体制作的桌子和椅子。椅子的座位用的是人的髋骨，椅子腿用的是人的腿，底下还连着人脚。"接着，她从一摞《我的奋斗》中拣出一本——我的父亲让我不要费神去读它，因为里面全是过时的事件[斯皮尔告诉我，希特勒也对他说过一模一样的话]。她给我们看了封面，是用人皮做的。她说是用达豪集中营③中犯人背部的皮做成的。

孩子们吓得四散逃开。他们的母亲说，希姆莱送了一本给他们的父亲，但是父亲没把这本书放在家里，即便如此，母亲也没能安抚住孩子们。[57]

英嘉·克兰狄能④也听到过鲍曼在电视里重复这段经历。她说："太夸张了，很难检验可信度。"但是，"马丁14岁了，已经不是孩子了，他把这段话公开讲了出来，还有别的证人。"虽然"不去相信会让自己舒服点"，但她的观点是（我认为是对的）"我们必须这么做"（也有理性的怀疑者认为死亡集中营的谣言同样难以置信）。[58]大概一年后，小鲍曼在战后与父母分开，他看见报纸刊登的集中营照片，便告诉谢雷尼说："人们说这些都是假的，但我知道都是真的，在阁楼上见过那些东西后，我就不会怀疑了。"[59]这些暴行不管得到事实证据多么有力的支撑，本身总带有虚构的推断，超出了以往事实与虚构相互融合的常规做法。这也是尼尔·雷尼⑤在关于旅行叙事的《影响深远的事实》(*Far-Fetched Facts*)一书中讨论过的。有些纳粹分子猜测，这样一来人们就不会相信了。奥斯兰的纳粹行政长官海因里希·罗瑟⑥就深信，任何披露出的阴暗现实都会当成是盟军的宣传策略，因此不予理会，"因为看过或听过的那些人都不愿意相信！"普里莫·列维⑦报道说，纳粹党卫军一位军人曾经吹嘘："我们将是决定淡啤酒历史的人。"[60]

---

① 海因里希·希姆莱(Heinrich Luitpold Himmler, 1900—1945)：法西斯战犯，历任纳粹党卫队队长、党卫队帝国长官、纳粹德国秘密警察首脑、警察总监、内政部长等要职，先后兼任德国预备集团军司令、上莱茵集团军群司令和维斯杜拉集团军群司令。
② 吉塔·谢雷尼(Gitta Sereny, 1921—)：奥地利出生的英国传记作家、历史学家、记者。
③ 达豪：德国南部一座城市，在此建立了德国第一座集中营。
④ 英嘉·克兰狄能((Inga Clendinnen, 1934—)：澳大利亚作家、历史学家、人类学家。
⑤ 尼尔·雷尼(Neil Rennie)：伦敦大学学院英语系教授。
⑥ 海因里希·罗瑟(Heinrich Lohse, 1896—1964)：纳粹德国政客，二战期间因管理波罗的海诸国而闻名。
⑦ 普里莫·列维(Primo Levi, 1919—1987)：意大利犹太化学家、作家，最著名的作品《如果这是个人》记录了他在奥斯威辛集中营的囚犯经历。

假设并不是每个纳粹分子都有希姆莱对战利品的嗜好，都像他的情妇那样低俗粗陋，如果波特哈斯特的叙述不是真实的，那么编造的理由便值得探究。这不是唯一报道过的案例。"把人体用于商业用途"的谣言从德国传播到梵蒂冈，又在1942年传到美国。无论怎样，希姆莱都要将种族杀戮活动隐藏起来，他不希望事情曝光，他曾下令所有犹太人的尸体必须烧掉，对于尸体的任何滥用都要上报给他。[61]许多持续报道都是有关布痕瓦尔德集中营的司令官卡尔·科赫(Karl Koch)和他的妻子伊尔丝(Ilse)——'布痕瓦尔德的婊子'。他们收集用带纹身的人皮制作的物件，有时是从活人身上剥下来的，据说很多尸体来自集中营的病理科，由党卫队的穆勒上尉经手，而成百上千晒黑的人皮在集中营首席医疗官罗林医生的命令下运往柏林，其他的则作为病理科"特殊的财富"展出，供党卫队游客参观。灯罩和手提包据说是为科赫夫妇和一些党卫队军官家属制作的(《布痕瓦尔德报告》中的一位证人说，伊尔丝·科赫炫耀她的人皮手提包的样子，活像南海岛屿的吃人族妇女在炫耀自己的活人战利品。据说，罗林曾使用来自美国军队报告里的南海岛吃人族的头骨收缩技术做实验，把头骨收缩至拳头的大小。[62]不管杀人事件真相到底如何，这些报道表明，在受害人和作恶者看来，野蛮的吃人族与发达工业国家的科学实验之间存在着密切的联系，而这种联系本身则与《一个温和的建议》里的讽刺方式非常贴切)。

　　剥去事件恐怖的外衣，这些事件当属富于想象力的戏剧传统，也就是布勒东所称的黑色幽默，而为他所称道的是阿尔托①维护的戏剧"残酷"原则，即以内景重现的方式娱乐不可言说的事件的一种自由(阿尔托自己区分的语言用的是'内景'而不是'虚幻')。[63]在布勒东的《黑色幽默文选》中，继斯威夫特之后的第二位作家是萨德，而萨德是由名为《朱丽叶的故事》(*Histoire de Juliet*, c. 1801)中的一幕再现出来的。这一幕也预示了小鲍曼描述过的场景。故事发生在亚平宁山脉可怕的城堡里，有个吃人魔叫明斯基，他酷爱荷马时代的文化，有着高深的萨德式的品味，嗜好满足色情。城堡里有个恐怖的哥特式房间，里面的椅子都是人的骨架和头骨，折磨波特哈斯特太太的敏感神经的一个细节是从下面的地牢里能听见被害人的哭喊声。城堡的其他地方都是用女性活人的身体做装饰，身体扭曲成艺术造型用作桌椅，上面放着热腾腾的食物(布勒东省略了让人恶心的奢华细节)，还有从天花板上垂吊的枝状吊灯。还有一盏灯，光线从24具头骨的眼睛和下颚中穿透出来。[64]这无疑比科赫长官"'艺术'的桌灯——是由蒙着人皮的人骨制成的——有过之而无不及。"[65]受漫长的监禁和精神病院的限制，萨德未能实现大部分幻想②，于是他的案例成了后来阿尔托和布勒东实验极好素材，可以成分发挥难以置信的想象力，而不必把幻想变成现实。萨德的限制对于希姆莱的纳粹们不是问题，但是波特哈斯特太太可以明白明斯基直白的话语，他说自己的做法常常会把受害人弄死，但是受害人的数量也很容易补足。[66]像纳粹分子一样，明斯基对自己的计划讳莫如深，尽管他觉得自己没有什么好恐惧的。

---

① 安托南·阿尔托(Antonin Artaud, 1896—1948)：法国剧作家、诗人、演员和戏剧导演。
② 萨德的一生有32年的时间被关在监狱和精神病院里。

在想象的国度里，萨德享受着自由，躲在纳粹的山间休养处，他的敏感情感渴望得到保护。在实际实施的领域里，萨德落后了一步。引人注目的是历史现实与最狂野的想象之间细节的相似度，以及两者相互呼应的程度。自希罗多德以来的历史学家和人种学家所报道的史实，被斯威夫特和萨德用虚构和富有想象力的语言描述了出来。有时，他们能比书本和文献资料还更完整地重现荒诞事件，而也只有纳粹的暴行能与他们媲美，或更胜一筹。至于纳粹的暴行是否受到文献史料的启发，还是属于普通人类的行为，则是一直被质疑而又无法回答的问题。按照布勒东的解释，斯威夫特和萨德只是在脑子里想象这些行为，并不打算真去付诸现实。

萨德的轶事和布勒东的编选集（是在1939年）与斯威夫特式的类比一样，可以追溯到二次世界大战的集中营之前。我认为，布勒东的观点并不是说这些行为值得赞许，或者说发生了之后人们也不应该去谴责。他煞费苦心地淡化萨德在现实生活中的丑闻，突出他在大革命时期的无私行为，便是证据。[67]布勒东的一名伙伴雷蒙·凯诺①，便把萨德看成是"为纳粹屠宰场的恐怖行为提前准备好了虚无主义。"但是，布勒东坚持应发挥自由的想象，不能言说的行为可以在脑子里面思考，而不受道德或讽刺评判的干扰。萨德开拓的这一思想领域极大地震撼了年轻的福楼拜，阿波里耐②（布勒东以正面例子加以引用）也把他称为人类史上最自由的思想家。[68]这个说法包括了教条的因素，以及明斯基对吃人和放荡的原则性辩护，还有满足无穷无尽的欲望的计划（欲望大得似乎全宇宙都容不下）。[69]

如果说在布勒东的体系中，萨德是引人注目的解放者，那么斯威夫特则是真正的创造者，是黑色幽默的真正创始人。这种看法很难与布勒东的感觉相一致，因为布勒东认为，只有在讽喻或说教意图的"低劣影响"无法起作用的地方，黑色幽默才能盛行。据说霍加斯和戈雅③的画作之中最早被发现有黑色幽默，但是疑团未解（布勒东认为画作中幽默的出现要晚于文学或诗歌）。[70]布勒东的理论缺乏系统性，而很难想象的是，他竟没有领会这些画家和斯威夫特的"讽刺与说教的意图。"有一种说法认为（以后我将讨论），斯威夫特规避或者说超越了简单的讽刺与说教，这种说法也正好符合布勒东对于超越善恶的理解。在萨德那里，问题没有这么明显，除去他作品中的非道德话语具有许多教条主义道德观的特征，而且人们也无从得知布勒东的幽默到底出现在哪里。[71]

但是，无论萨德怎么看，明斯基的轶事都被布勒东拿来当成了"激烈而有趣的进行曲"的成熟案例，他尊称斯威夫特是这方面的大师。[72]令人不解的是，《一个温和的建议》里简单提及的制作手套和靴子的部分，却在布勒东编撰的斯威夫特著的小册子缩写本中被删除了，这可能是他的疏忽，也可能他想在随后的萨德摘录中列为专门的主题充分阐述。还有一种可能，也许是他感到了在《一个温和的建议》中的这些部分里，有比其他部分更多的不恰当的讽刺或说教的影响，尤其是，斯威夫特之所以要陈述这个想法，其目的是要对一个罪恶的计

---

① 雷蒙·凯诺（Raymond Queneau, 1903—1976）：法国小说家、诗人、剧作家、数学家。
② 纪尧姆·阿波里耐（Guillaume Apollinaire, 1880—1918）：法国诗人、现代派先驱、超现实主义的倡导者。
③ 弗朗西斯科·戈雅（Francisco Goya, 1746—1828）：西班牙画家，西方美术史浪漫主义艺术的先驱。

划进行全面改进。但是，萨德笔下的明斯基却阴郁地远离了善与恶的想法。布勒东也删去了斯威夫特宣传册的结尾部分，在这一部分中，斯威夫特积极而认真地为爱尔兰提出了"其他办法。"[73]

格列佛用耶胡皮做船和帆的做法提供了另一种模式（布勒东没有摘录《格列佛游记》的片段）。格列佛的做法和纳粹将人发用于航船制造的做法非常相似，令人不安，书中还有比这更黑暗的事件，无疑是斯威夫特想要达到的玩笑式颤栗的效果，虽然书中并没有强调这样做太可怕了。从这点上看，格列佛缝制耶胡皮的手艺与《一个温和的建议》中的例子有所不同。在《一个温和的建议》中，极端的丑恶通过一位曾经理智的社会思想家的荒诞幻想得以表现，此人被本民族的自我毁灭行为激怒得近乎疯狂。《一个温和的建议》隐含的寓意是，爱尔兰人就是野人，爱尔兰人的行径让建议者只能去接受他们的吃人行为，文中的道德寓意用讽刺的方式集中展现了出来。但是，如此道德寓意在格列佛式的情节里却找不到，这也可能促使布勒东把《格列佛游记》的内容从编选集中删除，如果布勒东不是疏忽了的话。格列佛用"人体"制作物件的行为没有遭到批评。小说原本的震惊效果也被格列佛生存需要的急迫性减弱了，此外，小说特有的区域色彩也减弱了小说的震撼程度，即在那个区域耶胡被视为低等动物，即便他们被无情地暗示与具有人类的特征。但是，当格列佛发现耶胡的确就是他的同类的一刻，会使读者无端地感到不适。这也是一种典型的斯威夫特手法。此处的《格列佛游记》不是一次有针对性的批评，而是采用了与批评相互共存或者刻意令批评过度的手法，这样做正好符合布勒东非道德化的"残酷"戏剧的幻想，说不定比布勒东后来删掉的那些文章更适合《黑色幽默文选》的风格。

如果斯威夫特的写作晚于纳粹大屠杀，他或许不会写这样的段落。也就是说，因为纳粹的行为还没有发生，他才可以自由地去写。假设斯威夫特已经有了这方面的知识，这些段落的意义将截然不同，而且判断的标准也会取决于他对此事本质的领悟和对后果的掌控能力。纳粹的行径之后，用人体进行制造的想象并没有灭绝，甚至在某些例子中，纳粹的做法还激活同样的幻想。例如，类似的事情便发生在汉尼拔·莱克特①的世界中，我们不能说托马斯·哈里斯的小说是为纳粹的大屠杀产业辩护。与格列佛不同，莱克特和其他的精神病患者（莱克特是其中的领军人物）是作为极端邪恶的人物来表现的。但是，没有读过汉尼拔系列故事的读者会把吃人魔的故事看成是对吃人罪行的训诫，更或是对这些罪行的鼓励。这种故事会对健康的神经多多少少造成一些困扰，也许会觉得类似的经验对于没有精神恐惧症的读者来说，能起到娱乐的作用。这样的看法与布勒东对黑色幽默的定义相符，即黑色幽默之中不该有任何训诫的成分。

莱克特本人酷爱娱乐。[74]他机智聪明，三言两语就能把人逗乐。他所实施的暴行既有天才般的聪明，又有魔鬼般的精准，如同低俗的闹剧能把人笑死。《沉默的羔羊》（1988）里面的神经质主人公名叫詹姆·甘布(Jame Gumb)(James 中的字母 s 不小心从他的出生证上删掉了，如

---

① 汉尼拔·莱克特(Hannibal Lecter)：美国悬疑小说家托马斯·哈里斯系列小说《红龙》、《沉默的羔羊》、《汉尼拔》等中的主要人物。

果人们发了这个音,他会脸色铁青)比斯威夫特的《桶》或《温和的建议》中的主人公超前了几步。他确剥了女人的皮,用来做衣服,他使用海德先生①、皮货有限公司的名称来邮寄活的蛾蛹,而蛾蛹是他高度专业化的杀人活动中的帮手。[75]如果哈里斯在这里记起了斯威夫特,那也会成为笑话的一部分。甘布的所作所为极其邪恶,但从残忍中寻找乐趣是其中基本的要素。在这个例子中,任何与纳粹有关的联想都会引起义愤的颤抖,而条件是,或者说能接受的程度是,我们不怀疑作者心中藏有不能被接受的对于纳粹的同情。当然,对这个问题,还可以争论。

莱克特一直是邪恶的,而格列佛却不是。从这里看出,讽喻的或是道德的评判能起的作用要比布勒东给出的定义复杂得多。《温和的建议》是布勒东眼中黑色幽默的奠基之作,但就是这本书,却提出了棘手的挑战。文中的建议者虽然不是像莱克特那样精神错乱,却提议应该系统而大规模的杀害婴儿,更进一步的是,在文中的建议者身后,还有作者对爱尔兰政治经济困境的讽刺性评论。建议者利用爱尔兰婴儿的皮制作奢侈品的想法,不是来源于格列佛式的乌有邦。在故事之中,这些内容只是虚构。他的典故之后有一个"历史的"事实,比纳粹的时间更久远,规模更小,但是仍有现实的借鉴意义,甚至能够阐释格列佛叙事的来龙去脉。斯威夫特记起了如下记叙:希罗多德和塞西亚部落的斯特拉博用人的头皮做餐巾和衣服,用人皮和指甲盖做武器的盖子,用头骨和人皮做酒杯,所以潜文本之中就有纳粹之前的暴行了。[76]很明显,斯威夫特利用了一种传统看法,这种看法认为,爱尔兰人不仅吃人,同时也是塞西亚族的后裔。[77]如果说耶胡代表了爱尔兰人,那么这种联系也会在耶胡身上留下痕迹,只不过耶胡不是罪魁祸首,而是这种恐怖制造业的受害者。举出建议者的观点是为了反对自己,同时也反对建议者同胞打算实践的卑劣风俗。这件事可以与布勒东在缩略版的《黑色幽默文选》中将这篇文删除联系在一起。布勒东显然觉得该文中的暴行不够刺激,因为他从萨德那里收集了更充分的事例。

尽管两者都同样令人震惊,建议者的计划表现得很邪恶,而格列佛的行为却没有。虽然布勒东将该文删除了,但建议者的提议也并不是没有不动声色的嘲讽,这也是为什么布勒东会把斯威夫特誉为"激烈有趣而又凄惨"。在此处或是他处,斯威夫特都没有远离教化或讽喻的意图,但却超越了教化或讽喻。讽喻原则的倾向是明显反对任何纳粹式的行为,虽然在对待爱尔兰同胞的问题上,我们发现他还残留了一点"他们活该"的意味。斯威夫特的描写也涉及了不人道的人体科学与医学实验的话题,这个话题也是纳粹要做的事情之一,同时也与用人体制作奢侈品紧密相关,也有更完备的文字记载。[78]在拉格多科学院(III. v-vi. 179—192)的研究项目中,斯威夫特对这个主题进行了研究,在《一只澡盆的故事》的现代精神病学院中也有所涉猎。[79]斯威夫特讽刺了医学和科学家,尤其对拉格多的政治和极权主义做法给予了讽刺,其"讽喻意图与道德说教"非常明显。在大多数情况下,研究者们的行为既不是为了生产好药,而除了少许例外之外,也并不是特别邪恶。与之相反,他们表现出的是思想的反

---

① 海德先生的英文原文为 Hide,意为"躲藏"。

常与出格(有点像耶胡舔慧骃奶牛乳头的反常习性),这是对人类的愚昧自由操练,或者按布勒东的说法,是在一定限度上表现出来的部分的、无关乎道德的、想象的自由。但是,斯威夫特也曾说,这些实验往好了说算是白痴行为,往坏了说就是恶心和无法接受了。在这种情况下,格列佛制帆的情节不是斯威夫特抨击行凶者的方式,也不同于《一个温和的建议》中"他们活该"的惩罚无耻的抨击方式。

拉格多的实验和政治专制有一定的联系。读者读到拉格多学院之后,紧接着便得知飞岛对岛下的人进行大屠杀的威胁(III. iii. 167—172),这一段影射了欺压爱尔兰的英国专制。但是,学院的实验与李弗顿①在谈起纳粹实验时说到的"在种族灭绝计划中起的核心作用"不是一回事。当然,不管是愚蠢或是堕落,还是两者都有,这些做法都是罪恶的。[80]如果《格列佛游记》中对战争和侵略杀戮者的愤怒可以作为参照的话,无疑,斯威夫特会鄙夷和唾弃种族屠杀的行凶者。[81]

斯威夫特对纳粹一无所知,但应该会憎恨他们的残暴,他最雄辩的一些文章便是谴责大规模屠杀和恐吓"无辜平民"的。我们无法想象他竟然会有计划地去从事这些行为。但是,斯威夫特了解人类情感的潜在本质,他在语言的国度里放任这种情绪,将这种情绪加在受鄙视的人群身上,这包括《格列佛游记》最后一章中欧洲的杀戮者。没有什么可以比这个更好地阐释斯威夫特对人类心灵的讽刺式剖析的自我指涉,他的主要作品也都致力于这个主题。他与我们一样,内心也有一些大规模侵犯的冲动,但与许多人不同的是,他把这种情感展现出来了。

斯威夫特不仅深刻地理解这些现象,他也用一种奇特的戏谑态度对待这种现象的不同形式,希特勒对待犹太人的种族仇恨的那股能量已经在斯威夫特这里体现出来,《圣经》中罪孽深重的人类受到罪有应得的处罚情景,为斯威夫特提供了处理类似主题的范本。纳粹官员不会经常公开宣扬他们的种族灭绝意图,但是,当希姆莱宣布必须让犹太人从地球上消失("让这个人从地球上消失")时,他很可能理直气壮地使用了《旧约》的措辞,估计是路德的《圣经》版本。[82]在所有的事件中,这句话都笼罩着他的言论,具有类似于慧骃国民议会中的部分语言的力量。接下来的故事大家都知道了。格列佛出发了,到达了新荷兰或是澳大利亚,这是我们地图上的世界的第一站,格列佛遭到了所见到的第一群人的攻击,一群"围着火堆的野人",他被一支"担心……可能有毒"的箭射中,受伤了("我要带着这个伤疤进坟墓了")(IV. xi. 284)。

暂免阉割及其他仁慈之举

在慧骃的国民议会上,慧骃主人建议应该对格列佛法外开恩,但是,却在道义上受到了挫败,因为对待耶胡是不可以有例外的。不过,慧骃主人还是提出了另一个取代大规模屠杀

---

① 罗伯特·杰伊·李弗顿(Robert Jay Lifton, 1926—   ):美国心理医生,研究战争及政治暴力对人的心理的影响,著有《纳粹医生:医学迫害和种族屠杀心理学》。

的更加专业的选择。这个建议受到格列佛讲述的人类世界中人们处理马的做法的启发，这也是书中许多人与马倒置关系中的一种。人类阉割马，是为了让马驯服，而慧骃主人因此认为，"这种做法不妨在年轻的耶胡中实践一下，使他们更听话，好使唤。"[83]为了不让其他慧骃误认为这只是一种敷衍的策略，其目的是为了保留耶胡的种群，慧骃主人又特地向他的同事指出，"不出多少年，无需涂炭生灵，即可让全体耶胡自行消亡。"同时，又可切实地受益于耶胡的劳动，因为在过渡期间不一定要圈养，而在早先消灭耶胡的行动中，"圈养整个畜群"只是为了杀戮(IV. ix. 271)。为了保证来自下等阶层的奴仆的供应，慧骃对自己采用了相反的方法，允许低级的慧骃比高级的慧骃享有更多的生育指标，这是区分他们自己的种族和牲畜的明显标志(IV. viii. 268)。

　　这段文字非常忠实地反映了族群消灭心态中反复出现的特点，因为被蔑视的族群常常既是劳动力的来源，又是被杀戮的对象。斯巴达的赫洛特人既要干体力活，也要参与战争，而斯巴达是希特勒眼中的第一个种族国家，从各方面都为纳粹崇尚，纳粹有时也将自己与斯巴达相提并论。[84]有意思的是，在采用最终解决的问题上，在想利用犹太人劳动的"经济学派"和以希姆莱为首的"灭绝者"之间，存在着某种僵局。这个问题在奥斯维辛、马伊达内克和其他集中营得到了部分解决。这些集中营把犹太人雇佣给附近的工厂，同时又把他们送入死亡机器，[85]而纳粹公开宣扬的目标则是"在劳动中灭绝"('Vernichtung durch Arbeit')。[86]

　　阉割和绝育是纳粹优生计划中很重要的组成部分，在其种族优化的计划里至关重要，该计划既包括女性，也包括男性，这个倒是与萧伯纳评论的精神并不相符(至少也是部分对立)。萧伯纳曾这样说道："甚至像阿道夫·希特勒这样的人，他的反闪米特人恐惧症超过了约书亚反迦南人的恐惧症，或是比十字军战士与伊斯兰教徒之间的相互宿怨还强烈，但是，他还没有下令杀掉所有的犹太妇女而只留下男人。"[87]从另一方面看，绝大部分此类计划中的主要目标(包括慧骃的)都是男性，频繁强调的阉割也说明了这一点。萧伯纳式的抑制生育的计划速度较慢，但是，设定男人为杀戮而非阉割的目标通常能在短时间内限制敌人的侵略力度和生产实力。如果敌人不再构成威胁，又能支持统治阶级的经济，则阉割能很好地在最终消灭的目标与当前需要劳动力之间达成平衡(而且，在慧骃的例子中，阉割还可以让劳动力更驯良)。大批的女性和男性一道被纳粹杀害，但是在具体情境下，把女性单独挑出来进行绝育是一个不太紧迫的选择，除非是为了完成"纯洁"族群的简单目标。纳粹有这个想法，但是他们的动机既不简单也不始终如一，在思维缜密的萧伯纳看来会显得没有理性。

　　1942年1月的万赛会议讨论了绝育计划，颇像慧骃国民大会上讨论的阉割计划。党卫军上校维克多·布拉克①在1942年6月23日的帝国秘密档案中明确提出阉割计划，认为这样做既可以保存劳动力，又能最终"产生相同的结果"，与格列佛在慧骃大会上简短的发言如出一辙。与其他倡导者一样，布拉克和"温和的建议者"都考虑到了廉价和效果(在斯威夫特时代的西

---

① 维克多·布拉克(Viktor Brack, 1904—1948)：纳粹党卫军军官，后被美军俘虏，处以绞刑。

印度，据说也同样考虑尝试控制奴隶人口，因为奴隶的孩子在最初的12年左右只是负担，不能增加生产力，进口的奴隶比原地培养的更廉价）。[88]格列佛也报告称，耶胡要到12岁才"适合劳役"（IV. ix. 273）。在这种巧合的基础上，有一种说法认为，西印度的奴隶主恰好也同样使用了格列佛推荐的"控制人口的方法"，这一说法在当今的后殖民批评中颇具争议，看来是歪曲了这种说法的起源。[89]似乎没有证据证明存在这些政策，不过在西印度的历史文献中，确实记载有惩罚性的阉割案例。汉斯·舒隆爵士①的报告称，在1688年，仅次于奴隶叛变的罪行会遭受阉割，而奴隶叛变则会被处以火刑。有一份文献记载，1692年巴巴多斯奴隶阴谋叛乱之后，花钱请了一名叫艾丽思·沃克的妇女，阉割了42名叛乱的奴隶。另一份文献称，受刑之后有四名奴隶丧生。[90]布拉克在纽伦堡审判的辩护中承认，他曾试图推迟最终解决的时间，这种说法自身也像格列佛的建议一般，"经过一段时期，不用伤害它们的性命，就可以把它们消灭干净"(IV. ix. 273)。[91]

　　斯威夫特没有实施这些行为的念头，但是，既然格列佛不经意间（真的不是吹毛求疵）产生了这种想法，证明斯威夫特这么做是出于本能，正像他（用一种明显谴责的方式）展现出来的——用奥威尔的话说就是——"对间谍出没的'警察国家'的一种极其明确的预见"。[92]从这个案例中我们得以窥见斯威夫特对"现代"世界将会出现什么有着敏锐洞察力：有好的（比如像他提前模仿和嘲弄过的一些后来的作品）也有坏的。但是，无论好坏，他都不喜欢，但他无法让自己不介入其中。甚至格列佛的玩笑念头——阉割耶胡会比立即消灭更为仁慈——也在纳粹决策者的思想中得到了回应。在1942年卢布林占领区的宣传部门的报告中提到，犹太人自认为绝育手术是达到相同效果的"更人道"的方法。[93]因为斯威夫特不知道纳粹的暴虐，所以他能沉迷在这种残酷的情节中，这正是布勒东所谓的由斯威夫特开创的黑色幽默。[94]这种说法可以商榷。阉割建议的主要影响力或是反讽之处在于它比直接消灭显得更人道，既要把话说满，又会懂得让步，这是典型斯威夫特风格。这一点，我们在《一个温和的建议》中可以看到，其中便有对暴行洋洋自得的抵赖或否认，比如说，在大量列举反对活吃年纪大点的儿童之后（男孩子的肉粗而瘦，味道也不好，女孩子要留着用来生孩子），建议者说："一些自命善良的人也可能对此提出非难（尽管的确非常不公正），说这个方案有失残忍；坦白说，不管出于什么好意，这是我遇见的反对得最为激烈的。"[95]

　　有几处格列佛反对暴行的例子。比如格列佛在小人国用小便扑灭了宫廷火灾（I. v. 56），这个场景重现了拉伯雷式的大洪水，模仿巨人高康大从巴黎圣母院的塔楼上向巴黎撒尿的情景，高康大的尿淹死了260 418人，这还不包括妇女和儿童。这个段落与衍生的格列佛故事一起，引起了弗洛伊德的兴趣。[96]在对格列佛控诉的小人国辩论中，国王非常"宽宏大量"，而大臣们则坚决要求"以最痛苦与屈辱的方式处死格列佛"，方法包括晚上放火烧掉格列佛的房子，或是让两万人用"毒箭"射杀格列佛（I. vii. 69，这种威胁在 IV. xi. 284页的新荷兰事件中又重现了）。国王的内务大臣瑞德尔莎建议用另一种方法惩罚，按弗洛伊德的

---

① 汉斯·舒隆爵士（Hans Sloane, 1660—1753）：18世纪英国著名医生和植物学家，大英博物馆的奠基人。

学说来看，这一惩罚本身与阉割有关，即饶格列佛不死，但要挖掉他的双眼，这一宽大处理可能会得到一致赞成（他这样想，可惜错了）。如果还不够，就让他慢慢饿死，这样格列佛会像阉割了的耶胡一样，"不毁其性命"同时保存了"体力"，又能继续"为国王陛下所用"（I. vii. 70—72）。[97]

另一个格列佛式的预兆是拉格奈格国王"对臣民的宽大仁慈"（III. ix. 203）。臣民需要匍匐前行，舔舐国王脚蹬前的尘土来靠近国王，因为格列佛是外国人，地板被特意清扫过了，但有时会出于惩罚目的而故意让地板布满尘土，"我亲眼看到一位大臣满嘴尘土，等他爬到御座前时，已经无法说话了。没有任何办法，因为朝见的人在国王面前啐土或擦嘴是死罪"（III. x. 204—205）。皇室慈悲的大场面如下：

> 还有一条规矩我不太赞成：要是国王要让哪位王公大臣较为平和地死去，他会下令往地上撒一层棕色的药粉，药性剧毒，舔到嘴里24小时内必死无疑。但是平心而论，这位国王十分仁慈，对于臣子的性命是十分看重的（我很希望欧洲的君主能够效法他），我必须说明，每次行刑之后，他都严格地吩咐把地板上有毒粉的地方洗刷干净，侍从若是疏忽了，就有触怒国王的危险。我亲自听到国王下令鞭打一名僮仆，因为那天他应该吩咐其他人洗地板，而他却故意没有执行。由于他的失职，一位年轻有为的贵族竟在前来觐见时不幸中毒而亡，当时原本国王并没有打算取其性命。但国王宽大为怀，在僮仆发誓，非经国王预先布置，他再也不敢如此胡来之后，下令免去这顿鞭刑。（III. ix. 205）

这段文字处处透着讽刺，既调侃似真实假的仁慈，也调侃慈悲用错了地方，两处讽刺均出其不意，只是失宠便受到了严惩，而对粗心侍从的宽恕也显然并不合适。最后一句中的反讽修饰语尤其意味深远，增强了对次要动机的讽刺力度，也暗示着昏庸和糊涂无处不在："一位年轻有为的贵族竟在前来觐见时不幸中毒而亡，*当时*（斜体自加）原本国王并没有打算取其性命。但国王宽大为怀，在僮仆发誓，非经国王预先布置，他再也不敢如此胡来之后，下令免去这顿鞭刑。"这些便是《格列佛游记》中常见的宽大慈悲，格列佛本人也采取了谦卑的建议者所持有的宽松态度，既不过分挑剔，也不严厉说教，"所有这些不过是另一种我不太赞成的风俗。"这样的说法让人想起有好的蒙田式的相对中立的态度，只是把一切记录下来进行反思，而并不进行谴责。

利利浦特和拉格奈格宫廷里自以为是的仁慈，即便是格列佛也无法完全赞成。这种自以为是的仁慈与格列佛温顺但却拒绝默认的态度并不一样，而格列佛泰然世故表现了暴行下的克制与忍耐。在这一点上，针对格列佛的反讽与斯威夫特在《一个英国国教信徒的感想》(*Sentiments of a Church-of-England Man*)的讽刺相似，是针对政治极端分子的。这些政治极端分子对于敌人的态度却是想让我们"在每个教区都要树起绞刑架，把他们在路边吊死"。这也是一些斯威夫特以少见的明晰与之划清界限的灭绝论调。[98]谦卑的建议者反对暴行的方式不是在文章中直接斥责，而是故意拙劣模仿爱管闲事又道貌岸然的社会改良家，在字里行间植入斯威夫特式控诉,指责爱尔兰人互相残杀、自我毁灭,因此会一直被外人视为食人族。确实,他谨慎地反对屠杀青少年,说他们的肉粗,而这样的做法"几近残忍"。而在文章下一段,他进一步验证了这个观点,"城里几位丰满的年轻姑娘只会穿着国外的华丽服饰,损害了爱尔兰的经济,如果把她们加以利用,对王国不会是件坏事。"

慧骃主人的阉割建议具有不同的性质。斯威夫特附加在对各种暴行指责上的讽刺并不适用于他。在慧骃主人的例子中,讽刺的锋芒不是针对提出建议的人,或是持有"温和"观点的人,而是针对全体设定的温和态度之下的受害者。慧骃主人建议的价值,不在于这种建议的仁慈宽大,而在于他的建议把惩罚以清晰的方式分段列出了。而这种惩罚的核心部分,或者说这种惩罚是否公正,则没有质疑。并且,慧骃主人自己与议会其他要求立刻灭绝的成员一样认为,对耶胡的惩罚既不可避免,也绝对正确。这样看来,慧骃主人的温和态度无疑带有喜爱格列佛的色彩,个中内涵无非是一种净化之后的有限的延期执行,这既避免了明显的暴力行为,同时又可以利用耶胡的劳力。

阉割耶胡从某种意义上来说就像是人类会对马实施的行为,只不过在一个马成为了统治者的国度中,两者合乎逻辑地调换了一下角色。但是,阉割耶胡的行为与《格列佛游记》还有另一个联系,虽然不是太紧密,但始终是有联系的,或者说有潜在的联系。那便是,耶胡总是与野蛮的古爱尔兰人、放荡的贫民和声名狼藉的牧师联系在一起的。在《一个温和的建议》(1729)和《给都柏林所有教区的乞丐颁发徽章的刍议》(1737)等文章中便充斥着这些形象。在《颁发徽章刍议》一文中,斯威夫特直接宣称,应该强迫乞丐佩戴徽章,以表明其属于哪个教区,如果乞丐在都柏林被抓,应受鞭打并遣送回所属教区,且每个教区都有抚养自己乞丐的责任。正如我们在前面几章看到的,斯威夫特笔下的乞丐总是一些身体健硕、无所事事和道德败坏的流浪汉,带着他们的妓女和私生子到处闲逛,有些则恰好与同样道德败坏的天主教牧师结了婚,还有些是乞丐夫妻。古英语篇章中早有这种说法,可追溯至斯宾塞和其他一些诗人。但是,在目前的语境中,认为斯威夫特对这些人的看法类似慧骃对耶胡的看法,或者类似神对待诺亚随从的看法都是合适的,斯威夫特说"把他们从地球表面上连根铲除更好,比每年向城里征大笔税收受苦要强"(XIII. 139)。

圣经的措辞已经成为习语,我们既不能只从字面上理解它的含义,也不能不从字面上去理解。用斯威夫特之名撰写的严肃的纲领性小册子不能享有乌托邦小说式的语言自由,陈述的方式也不能像在慧骃国一样那么专制,甚至句法都是比较句式和关联句式,"连根铲除更好……比每年征收大笔税赋受苦更强。"灭绝不再是个真实的计划,而是对现有状况的假设性改良。但是,选择以这种方式处理健硕的流浪汉和乞丐夫妻,并没有不妥之处。早在1719年,爱尔兰的下议院通过一项法令,建议对未注册的爱尔兰牧师在脸颊上烙上一个大大的"P",爱尔兰枢密院改善了这项建议,提出应该实行阉割。不过,这项建议最终被抛弃了。这也是我们在前几章中充分讨论过的。没有理由认为斯威夫特会支持这项提议。但是,我们知晓他对天主教牧师的态度。而且,我觉得,在他虚构慧骃主人的阉割建议时,他的脑子里正记着1719年的法令,正如阉割耶胡是一种更人性化的权宜之计,"不用取其性命"也能最终消灭耶胡。[99]

有趣的是，在慧骃大会上提出这个建议之后，叙述便中断了，直到下一章格列佛才知道他审判的结局。而他也只是在事后叙述中自己说道，从那件事之后他记下了生命中"所有随之而来的不幸"（IV. ix. 273）。叙述中断之后，故事转而描述慧骃人种志学般的种种事例，从"慧骃没有文字"开始，历数了慧骃健康的生活方式、天文技能、口头诗歌、对友谊的重视、善良的心地、喜好体育竞赛与锻炼、长寿、文明的死亡方式，以及慧骃没有表达罪恶意义的词汇（IV. ix. 273—275）。在别处我们还得知，慧骃没有撒谎或争论的词汇，因为真理只有一个。此处的描绘可以与柏拉图的《理想国》、斯巴达的社会组织、莫尔的《乌托邦》中的社会结构等传统联系在一起，还与在蒙田的著名散文《论食人部落》（I. xxxi）中关于图皮南巴人的乌托邦式叙述也有密切的关系。可以说，此处成了各种乌托邦元素的混合体。依笔者的观点，这在第一章已有论述，此处的描述与蒙田短文的联系尤为紧密。

在蒙田的短文中，土著人如何对待牧师的记叙既简短又震撼。当牧师被证明是假先知时："如果事实与他预言的相反，他就会被切成碎片……因为这个原因，错过一次的先知就再也看不见了。"蒙田解释说，既然占卜是神赐予的天赋，滥用就应该作为骗子而受到惩罚。他引用西塞亚人的例子，他们把犯错的预言家放在装满石南花的牛车上，点火烧死他们。[100]蒙田的叙述不动声色，但赞成多过惊恐，两次认同这种观点：在神圣的事情上欺骗尤其应该严惩。令人惊叹的是，蒙田的叙述比他可能借鉴的泰韦的叙述要逼真得多。[101]值得注意的是，在这里提到活活烧死的时候，蒙田不觉得是冒犯，在后面一两页中当提到法国宗教战争中的火刑时，蒙田却觉得受到了冒犯，斥责他们比吃人魔还要野蛮。蒙田很像那种后殖民正直人士，自己国家发生的野蛮行为立刻便去谴责，但是发生在国外，特别是少数民族的，就认为是文化决定的，因此是正当的。譬如，殴打妻子或是女性的割礼，只要行凶者展示了充分了他者性（斯威夫特曾经偶然地谴责过爱尔兰部落中殴打妻子的行为，但据我所知，他在其他事情上没有过异议）。[102]这种比较可能不公平，蒙田关于火刑的观点是个孤立而复杂的事件，无法在这里进行充分的讨论。但是，我认为，蒙田的想象能包容即刻与惩罚性的暴力，这或许与斯威夫特意气相投。两个人对这种事情都会有一种要么接受、要么走人的直白态度。

吃人牧师和西塞亚预言家因为欺骗受到惩罚，爱尔兰牧师同样被认为道德败坏。他们是信仰天主教而且受到鼓励的放荡乞丐，而且根据某些事实，他们被英裔爱尔兰的居民以及定居者认为是下等的人群。斯威夫特也属于爱尔兰的定居者，他并不喜欢这些人，不过斯威夫特和他们一样，既厌恶本土暴民，也不喜欢英国主子。在《一个温和的建议》中，斯威夫特以各种方式故意将吃人魔等同于所有人群，而在英国作家可以追溯到古希腊人和西塞亚人的古老的种族诽谤中，这种歧视只针对本土人或是沼泽里的爱尔兰人。故意散播诽谤，让所有外来者等同于自己民族中受鄙视的下等人，这是《格列佛游记》曾经教给斯威夫特的东西，而且范围更加广泛：耶胡既是爱尔兰人、印第安人、霍屯督人、"所有野蛮民族"、其他所有的人，也特别包括了你和我。《一个温和的建议》中暗含的谴责也帮助这个措辞与"捷径"一起，在18世纪成为了"最终解决"的同义词，这是我在上一章中提到过的。

但是，《一个温和的建议》似乎重现了一系列《圣经》中的预言。在《圣经》中，神对犹太人宣告，除非他们改过自新，否则罚他们变成野人，吃自己的骨肉（请注意，要被罚去吃人，而不是因为吃人受罚）。[103]《一个温和的建议》与《创世记》一样，广泛而整体性地列举了惩罚的理由：爱尔兰人在内部事务、经济、婚俗以及整个社会道德上的失败，特别是与英国人的关系也是失败的，使他们无法避免本来可以避免的罪恶。《创世记》中的人类全部都是堕落的，但是罪恶的细节却没有明说，只是含糊其辞，但从原则上看来，这种种罪行却显得能够落实。

然而，在《格列佛游记》的最后一卷中，需要遭受的惩罚则有微妙的不同。在整个四卷之中，通篇积累了大量人类和耶胡的堕落和愚蠢。但是，在堕落和愚蠢之上，还有一种无法明确的针对罪行的控诉，这种控诉针对的是这些族群中的所有成员。而且，仅仅因为是属于这个族群。作为一位讽喻作家，斯威夫特最突出的特点在于，他的兴趣涵盖了非确定性的惩罚的全部领域。除了他们的所作所为之外，耶胡身上还体现了这一点。第四卷中的讽喻组合强化了这种印象，但问题还不仅仅是形式上的讽喻组合那么简单。第一卷和第二卷构成了一个同样的讽喻组合，但我们却没有感到有绝对的、非确定性的控诉，这部分是因为两种组合的特点不同。第一卷和第二卷的组合是用来说明视角的相对性问题。而把耶胡与慧骃组合在一起，便设定了一对十足的、无法改变的绝对成规的对抗，而这一对抗的明确地位包括超越了个别的验证和例外。

十位义人：亚伯拉罕与上帝讨价还价

不管是不是贼，不管是否行为冒犯、淫荡，还是贪得无厌，耶胡始终是耶胡，即使发现耶胡心地善良、体贴、无私，比如像葡萄牙船长一样，事情也不会有改变。根据故事，读者不会错误地以为，只要有10位或是12位葡萄牙船长一样的好人，事情就会有所改变，就像是在索多玛找不到12位义人，也像是找不到12位阿巴思诺特族人。问题不在于义人的人数够不够，比如在《圣经》里犹太教法定是否需要10位成年男性也是有争议的，问题在于义人到底是怎样的。你可能说，等到义人出现的时候，事情已经无可挽回了。斯威夫特在1725年9月29日的信中提到了阿巴思诺特族人，是在《格列佛游记》几乎写完但还没发表之前，提到了阿巴思诺特族人的目的更多地是为了在其共同的朋友——蒲柏——面前赞扬他们，而不是用他们来对小说做一次严肃的批评。这点评论的重要性不在于其模仿了《圣经》，而在于其再次确认了当斯威夫特构思自己的故事时，确实受到了《创世记》的影响，特别《创世记》中关于全体惩罚的段落。

葡萄牙船长扮演着罗得的角色，不过也不尽相同。在《创世记》的故事中，原本有50位义人。亚伯拉罕问上帝，如果把每个人甚至义人都杀死，这样做对不对？上帝松了口，而在亚伯拉罕的一再要求下，开始假定的50个减少至45、40、30、20，最后到了10个（第18章第23—32节）。亚伯拉罕没有再得寸进尺，但是，在这场犹如仪式一般高调进行的讨价还价的行为中，万能的主温和地接受了交易。这让人不禁会推断，如果数字一直减到5人、2人，甚至最后到一个义人，根据法定人数理论，上帝也会同意的，法定人数的理论并非普遍接受，但却在这里适用。《米德拉西》①认为亚伯拉罕不能降到10人以下，因为如果只有8人，即诺亚、他的三个儿子和他们的妻子并不足以抵抗洪水。但是，《旧约》没有明确上述观点（在詹姆斯钦定版中，《彼得后书》第2章第5节中把诺亚被称为"第8个人"，意思是他和其他7人一起得救了。另一种观点认为，诺亚的家人，或者说最终的人类之所以能获救，全是因为"诺亚的功绩"，因此，在某些情形下一位义人就足够了，比如，如果罗得的故事也这样算计的话）。[104]如果上帝同意只要有一位义人就不毁灭世界，而罗得算是一位义人的话，索多玛和蛾摩拉的故事就不会有了。不过，要始终记住，讨价还价的场景被认为是后人添加的。[105]

罗得像诺亚一样幸存下来。他得以幸存，不是躲在方舟里，而是搬迁到另一个城市佐尔，后来又躲在了山洞中。索多玛和蛾摩拉是被大火和硫磺摧毁的，并不是毁于洪水。因为从原则上说，注定要被火烧死的人是不能被淹死的。罗得一直很正直，但是后来，他的存在无意之间被玷污了。他的妻子没有遵照指示回头看了，结果变成了著名的盐柱。接着是他的两个女儿，看到身边没有男人，出于延续种族的目的，把父亲灌醉后与他共眠（19：1—38）。[106]靠着乱伦带来的秘密受孕，她们开创了带有污点的民族，分别是摩押人和阿莫尼特人。根据《申命记》第23章第3节，他们将"永远不能进入主的集会"。[107]

也有与诺亚类似的人。一位老者的酩酊大醉引发全民族被驱逐的事件，在《圣经》中不只一次。诺亚诅咒含的儿子的故事来自《创世记》第9章第20至27节，诺亚的儿子含看见喝醉的诺亚赤身裸体，[108]含告诉了兄弟闪和雅弗，他们两位倒退着进去，用衣服遮盖了父亲的裸体，而诺亚意识到含"对他所做的事"，于是诅咒含的儿子迦南，作为对含的惩罚（含到底做了什么并不清楚，应该不只是看到了父亲的裸体那么简单，用斯蒂文·L.麦肯齐的话说："阉割，性侵犯，乱伦"都有可能，但《创世记》并没有像其后罗得的故事那样有明确的描述）。[109]

据说诺亚之所以会诅咒他的孙子迦南，而不是迦南的父亲含，是因为要败坏迦南人的声誉，也使得迦南人被以色列人和腓力斯人统治的状态顺理成章。这个故事带有地方性的色彩。与此同时，根据早期的注释传统，诺亚三个儿子的名字闪、含和雅弗出现在了下一章，他们代表了不同民族的始祖（10：1及以下），也有另一种观点坚持认为，他们只是巴勒斯坦人的祖先。初始的时候，含的后裔便很不幸运。一开始，诺亚开就把自己的孙子送去当了奴隶（9：25—27），这件事无疑帮助证实了如今更广为人知的传统，即认为这个章节支持了"某种种族主义"，认为"对含的诅咒"是"对黑皮肤"的诅咒。这种解释最早出现在犹太法典《塔姆德经》之中。[110]这种解释依次在含、黑人、类人猿和大猩猩之间建立起对等关系，就像对耶胡的刻板印象一样。这种刻板印象包括其兽性与奴隶状态，以及贯穿其中的对特定人种戏谑式的诽谤。

具有反讽意味的是，有记载的第一次使用"黑鬼"这个词，是在罗伯特·彭斯的诗中，而他的诗则复述了这个故事：

---

① 《米德拉西》(The Midrash)：古代犹太人对《圣经》进行注释和评述的布道书，书成于2—11世纪。

> 含无礼地嘲笑自己的父亲，
> 这使得迦南变成了黑鬼。

康拉德的朋友 R. B. 坎宁安·格雷厄姆有篇短文《黑鬼》，尖刻地仿效了《创世记》，谐谑帝国进化的历程在英国人这里达到顶峰："耶和华创造了万物，尤其是我们居住的世界，这是宇宙的中心，同样的，英国是这个星球的中心。"

> 埃塞俄比亚人不能改变他的肤色，因此我们打算占领他的土地，为了人类的根本利益将他铲除，猛击他的屁股和大腿，像犹太人打迦南人那样……没有大炮的黑人没有权利。[112]

与黑人有关的具体进化过程始于含的另一个儿子古实(10:6)，他被认为是"埃塞俄比亚人"或"努比亚人"，不过在《阿摩司书》第9章第7至第8节中，上帝说古实人像以色列人的孩子一样，斯蒂文·L·麦肯齐把这说成是"上帝的普遍关怀"。但是，这个篇章的主体大意是说，以色列的孩子和古实人一样坏。[113]古实人其后的分支包括印第安人（莱里认为他们是含的后代，但其人性却得到诺亚后世的肯定)[114]和爱尔兰人（克伦威尔眼中他们早已是迦南人了）。由于经常拿非洲人与爱尔兰人进行类比，种族学者便有预设的理论，包括约翰·贝多①，他宣称爱尔兰人的祖先像"非洲人"，这个观点最近经历了一次荣耀的转向，宣称非洲人，特别是古实人其实来自爱尔兰，其依据部分在于《圣经》记载的延续，以及"在爱尔兰有个小镇名叫古实"的事实。[115]

《阿摩司书》中最难的部分在于描述以色列人的罪过。而以色列的罪恶据说与其他民族一样大或更大，甚至比阿莫尼特人和摩押人还要大。全世界堕落了，就要全世界遭受惩罚，这种想法内化成为上帝对犹太人罪恶的惩罚。纳粹头目希姆莱祈愿会使用《旧约》中的措辞，称必须把犹太人从地球上消灭干净，而具有反讽意义的是，就在最近，以色列极端正统派的前大拉比俄瓦底亚·约瑟夫(Ovadiah Yosef)也竟然声称，纳粹对于犹太人的大屠杀，是犹太人对于过去罪恶的应得处罚，他的言辞激起了众怒。[116]《旧约》中还有一种大家熟悉的相反的模式，讲的是降罪以毁灭以色列的敌人："我将是你敌人的敌人"（《出埃及记》23: 22）。这是《阿摩司书》中潜在的次要情节，强烈地隐含在诺亚和罗得的故事当中。而在诺亚和罗得的故事中，迦南人背负了诅咒，摩押人和阿莫尼特人的本性上也带着污点，这些都是在上帝惩罚性毁灭之后的伴随重生而来的。"从地球表面"和"从地球上"这样的辞藻都是惯用词语，但是两个说法都有一种强烈的力量，常常暗示着结局，或是全世界范围内的大扫荡，或是两种意思都有。在这样一种惩罚性的语境之下，会令人不可避免地想起《创世记》第6章第7节中全球性惩罚的情节。这也是《旧约》中第一次使用惩罚性的言辞，预示着

---

① 约翰·贝多(John Beddoe, 1826—1911)：维多利亚时代英国最杰出的民族学家之一。

大规模的灭绝。在这种惩罚性的语境中，措辞发布之前总有一通神圣的断言，惩罚的范围涉及面不大，有时会种类不清，但总会包括所有邪恶的人，或是犹太人，或是经常也会是犹太人的敌人——当上帝没有消灭犹太人，或没有威胁要消灭犹太人时，他会帮着犹太人消灭其敌人。[117]

《约书亚记》的内容记录了庆祝占领迦南（克伦威尔视之为自己攻占爱尔兰人的原型），以及在以色列部落中重新划分城镇的事件。上帝指示约书亚去占据从耶利哥开始的应许之地（《约书亚记》，1—6）。上帝的毁灭坚定地指向以色列的敌人，尽管情节发展的语境却是犹太人刚刚逃过《创世记》中诺亚和罗得遭受的报应。当约书亚告诉上帝：“迦南人和那里的居民……要把我们的名从地上除灭”的时候，他指的是在耶利哥之围中，迦米的儿子亚干盗窃所要面临的后果，这次犯罪将色列人的名誉和生命推入了险境。上帝告诉约书亚：“以色列人犯了罪……我不会再与你们同在了，除非你们把当灭的物从你们中间除掉”（7: 9—12）。亚干和其家人在亚割被石头砸死，又被放火焚烧，于是，上帝得到了宽慰，这也是为什么亚割被称作"遭连累之地"（7: 24—26）。而上帝注定的毁灭——在耶利哥继续下去。约书亚一个接一个城市地采取行动，"灭尽所有的居民"，令每座城市变成"高堆，荒场，直到今日"（8: 26, 28）。艾城遭了此劫，玛基大亦难逃劫数，约书亚"用刀击杀城中的人和王。将其中一切人口尽行杀灭，没有留下一个。他待玛基大王，像从前待耶利哥王一样"（10: 28—29）。然后是立拿、拉吉、哈措尔和其他城池（11: 10—23），占领城池的名字可以占满一整章（12: 1—24）。上帝为亚玛力安排了同样的命运（《撒母耳记上》15: 3），为消灭提尔城设计了详细的方案（《以西结书》26: 1—21）。常常可以看到，一个民族会声称摧毁敌人是上帝赋予自己的权利，甚至这样的行径也会被铭刻在自己的经文之中，这种正义宣言的原初范本乃至具体的措辞，都能在《创世记》第六章第七节中找到。在《创世记》中，人类的罪恶就是理由，包容或灭绝任何一个部落或种族都不会引发任何疑问。

《阿摩司书》中关于埃塞俄比亚的文章之后接着是另一场上天灭绝行为的爆发（像诺亚的洪水一样），这场灭绝来的既不完全，有带来了重生：

主耶和华的眼目察看这有罪的国。必将这国从地上灭绝，却不将雅各家灭绝净尽。这是耶和华说的。（《阿摩司书》第9章第8节）

这种选择性的种族杀戮之后是另一场重生，没有忘记葡萄园的栽种，还有畅饮"葡萄酒"。这些词提示了葡萄酒和葡萄园在《圣经》里的重要性，而且与诺亚本人的故事也不是没有关联。[118]这一段出自《阿摩司书》末尾的第9章第14节，而在需要遭惩罚的目录上，已经列上了上帝要倾覆的索多玛和蛾摩拉（4: 11）。[119]人性不泯，而且索取更多，如若不是这样，便不会有《创世记》一书，也便不会有读者了。

这件事清楚说明了有罪和种族杀戮惩罚之间的紧密联系，但奇怪的是，在屠杀一个民族和全体人类之间并没有划清界限。斯威夫特常常利用这种不确定性，暗示所有的人种都可以还原至最卑微的亚种群。诺亚和罗得的故事有所重复，经过文本的转变流传下来，在他们的故事中，种族毁灭与个别城市毁灭之间的明确区分从形式上保存了下来。不过，他们的历程和后来的阐释表明，两个故事相互之间各有影射。后来关于大洪水的故事中，始终不能确定是否应该把其看成是一种全球性事件。对于大洪水的史实基础的推测通常在于确认其具体的地点。研究基于一个容易理解的假设，即认为普救说神话往往发生在某一个特定的地点，然后由这个地点发展起来。曾经有这样一个让基督徒伤心的异教说法，认为诺亚大洪水是地方性事件。但是，这个争论并非只是异教徒才有，在文艺复兴时期还被利用作为反对普救主义的科学而理性的解释。[120]最近的解释出自地质学和海洋学研究的结果。有来自美国和东欧的科学家提出，在大约7 600年前的黑海地区曾经爆发过大洪水，洪水造成中东、欧洲和亚洲的民族大迁移，这些民族的集体记忆和美索不达米亚、希伯来和希腊的洪水传说紧密相连，还有其他广为散播的类似传说和变异，一直流传到了今天。[121]大洪水神话在世界不同地区都有记载，包括"所有古老的民族"和美洲新世界。传说本身说明，确实曾有过全球性的洪水。但是，在单个的故事中，例如在丢卡利翁①的故事中，既有普遍的意义，也结合了区域化的希腊背景。

早期的历史中，人类似乎把自己和视线范围可见的邻邦看成人类的全部，这些可能是也可能不是我们对"原始"视野的自然反应，特别是他们缺乏我们以为理所当然的技术手段（远航、印刷、广播、电视），这使得他们认识外部世界能力受到了制约。但是，更可能的是一种完全的忽视，尽管现如今很罕见，但却在历史上逐渐演变成了一种民族中心主义，从而"视而不见"了外民族的存在或是外来者的人性。这种情况与把外民族看成下等人或非人类的欲望不无联系。当然，还有反过来把人类看成是选择之后遭到遗弃的下等种群的偏见。这种说法更加专业更复杂，是属于混淆界限的做法，是一种搅乱人类亲属关系与种族区分这两个目标的方程式，比如说，认为所有非欧洲人多多少少看起来一样，其特点（赤身裸体、塌鼻子、厚嘴唇）"是所有野蛮民族共有的"，或者说耶胡就是爱尔兰的野人，等同于印第安人或黑人，或者在某种激进的意义上来说，也等同于我们自己。

将印第安人和爱尔兰人等同视之的陈旧偏见一直持续到19世纪。在这之后的后殖民时期，诋毁性的标签被赋予了尊敬的意味，爱尔兰人称自己为"欧洲的黑人"，一位爱尔兰总统把饥荒肆虐的索马里称为非洲的爱尔兰，同样还是这位重要的人物，她为自己在联合国拥有的职位进行辩护，但是，第三世界领导人则不希望把此职位授予一位欧洲人，理由是不断强调她本人的"爱尔兰性"。[123]这些转向发生在后殖民主义流行之前，20世纪受到萨特存在主义学说影响而引发了贱民阶层（犹太人、黑人、同性恋）自卫或挑衅的假说，即他们的贱民身份是压迫者强加的。[124]在这些"白黑人"的故事及相关神话背后，关于爱尔兰人的描述至少可上溯至1700年。尚福②曾经宣称："穷人是欧洲的黑人"；陀思妥耶夫斯基说伦敦的穷人是"白黑人"；兰波著名的言论"我是野兽、黑人……我走进了真正的含的后代的王国"（J'entre au

---

① 丢卡利翁（Deucalion）是古希腊神话传说中宙斯发动大洪水之后的幸存者。
② 尚福（Nicolas de Chamfort, 1741—1794）：法国剧作家、杂文家。

vrai royaume des enfants de Cham)。有趣的是，在当今语境下，这种说法不仅激活了诺亚后裔的谱系研究，逆转了种族诽谤，而且也再次利用了种族公式，重新评价了作为贱民的价值，用康拉德的话来说（见《吉姆爷》），"也是我们中的一员"。[125]

将自己与遭鄙视的亚种群联系在一起，这是对斯威夫特所鄙视的或自我鄙视的看法的一种反拨，或者更确切地说，是一种再升华。就像在第二章中曾经讨论过的伊丽莎白·毕肖普诗歌中的下垂乳房那样，它们有着同样的普遍性，同样以接纳而非遣责的模式重写耶胡。耶胡作为"野人"，代表了爱尔兰人是国内的暴民，还代表了乞丐、妓女、奴仆，甚至是"我们"，包括斯威夫特本人。兰波维护自己光荣的黑人性是恰当的——魏尔兰①事后幽默地称他"白黑人"——在他笔下关于欧洲连接世界说法之前的一两页，他也曾写过"我四海为家，在欧洲我没有家"，此话用在康拉德笔下的库尔兹身上也可以。库尔兹后来变成了土著人，"全整个欧洲参与造就的了库尔兹"。兰波后来也像库尔兹一样，成为了非洲的商人，有着库尔兹的世界观和商业天分，这也是个不可忽视的反讽。[126]

再回到罗得的话题。他的故事是诺亚大洪水的重现，展现了一种反转之后的全球和地方性事件之间的互动关系。全体人类都是有罪的，但只是惩罚性地消灭一部分人群。对比大洪水和索多玛的毁灭，韦斯特曼写道："水淹对应火烧，但是后者的局部特征更加明显，城里的居民经历的灭城之灾犹如全世界的毁灭一样。"[127]索多玛的罪恶在《创世记》没有具体列举，通常理解是淫乱与好斗，因为个别的行为而影响了所有的人。在《旧约》和《新约》的其他记载中，关于索多玛的惩罚是灭城，但是罪恶的性质差别巨大。[128]正如在"原始事件中（《创世记》4: 2—16和大洪水的起因《创世记》6: 5—11），其关注的是影响了全体人类的错误，这种错误威胁了全世界的人类共同体"。[129]性行为不端常常成为不为人知的罪恶的重要原型，包括洪水前的人类邪恶本性，含看到诺亚之后隐秘的羞耻，以及索多玛的毁灭。[130]《一只澡盆的故事》里被打得皮开肉绽的女人，是一位代表了所有人的妓女，也是斯威夫特这一观点的微缩版本。这样，在对普遍化的罪行的诅咒之上有添加了一层强化的邪恶污点，这种做法不允许将罪责归于某一特定的人，否则可能使罪恶得以限定或被矢口否认。

普世化和去具体化的结合增强了一种感觉，即惩罚应该施加在全人类身上，而不考虑他们做过什么。这个过程标志着普世化模式似乎是个终极的表述。但是，《创世记》中两个故事都有后续繁衍，每个故事当中的家庭都变成了某个民族或是部落的始祖。因此，罗得的女儿认为自己有繁衍后代的使命，她们的儿子"成了两个部落的祖先"，就如同诺亚三个儿子的后裔"分散在全地"一样（《创世记》9: 18—19, 10: 1—32）。[131]《格列佛游记》的故事没有再延伸，某种意义来说，没有必要。人类的世界在慧骃国之外，在故事里也没有处在威胁之下，尽管格列佛曾经胡思乱想过欧洲人会与慧骃交战，而后欧洲人全线溃败，他也提醒过人们，想要攻占大人国或让飞岛悬在头顶会有多么危险（IV. Xii. 293）。这是斯威夫特小说讽刺性假设之一，往最好了说也只是喜忧参半，因为慧骃大会审议的要点在于人类需要被消灭。但是，

---

① 魏尔兰（Paul Marie Verlaine, 1844—1896）：法国诗人。

从叙事的角度看，既消解了需要让种族重生的叙事压力，又绕开了在此过程中加入庆祝含义的风险，这么做可能会给斯威夫特造成严重的修辞上的不便。当然，《创世记》的作者就没有这种麻烦，不过，如果斯威夫特必须要构思让人类重生的话，他无疑也能找到一种轻描淡写的方式来处理这个事件。

有关罗得的注解历来广泛。迈克尔·库根和其他批评家说："他算不得是英雄人物"，但是肯定也不卑微，罗得得到了亚伯拉罕的喜爱。[132]罗得的客人是上帝的使者，而罗得为了保护他的客人，主动把女儿送给索多玛的男人，以便转移他们对待上帝的使者的好斗与恶毒的欲望，这些在过去都被解释成对正义的最高奉献。后来的读者会对主动奉献女儿的情节感到不悦。最近，罗伯特·阿尔特就称其令人震惊，"远古文学中，所有人物之中的最无耻的言论之一"，他还把罗得后来无意中与女儿的乱伦看成是对他的报应（"一报还一报"，明显是人肉宴的性变体）。在这个富有争议的话题上，韦斯特曼的观点是正确的，他说："依照那个年代的理解方式，这件事的目的是为了防止发生更糟的事，我们不应该把她搪塞过去，也不能依据我们的理解谴责它"。[133]在后来的文本中，"罗得被追认为义人，他的善良使他躲过了索多玛惩罚"，而且成为了与诺亚相当的人物（《彼得后书》2: 5—8）。[134]罗得是一个好人，想要在棘手的情况下做正确的事，他应付过去了，得到了比较好的结果。但是，他的妻子和女儿犯了像夏娃一样的罪，把他也牵连进去，不仅仅是由于血缘关系，而是无意识的乱伦，因为当时他喝醉了。[135]

彼得罗·德·孟戴斯①身上没有发生这样的事情，因为在斯威夫特的体系中，只需要他是一只耶胡。这也是另一种方式，来描述第四卷中下定义一般的专制的定罪方式，从具体行为中通过抽象而得出的罪，并且得到了神学上的"原罪说"的支持。斯威夫特很可能有意识地利用了这种做法。原罪不是《旧约》里的概念，而是被基督教的注释者们有时加在《旧约》上的。[136]《格列佛游记》提供了一种世俗化的版本，是从神学的关注中提炼而来，却不是来自《旧约》。即便作为牧师，斯威夫特对神学的美好也无动于衷，也因此广遭诟病。而从任何重要的角度来看，《格列佛游记》都没有宣扬神学。但是，斯威夫特对接受了的教义却深信不疑。有些与斯威夫特同时代的思想家贬低"原罪说"，这些思想家被斯威夫特的侄子，同时也是他的传记作家的迪恩·斯威夫特描述为"貌似强大的懦夫，伪善的人，虚伪的慈善骗子"，这些思想家贬低"原罪说"的做法冒犯了斯威夫特。但是，尽管这种说法已经形成了某种思想气候，《格列佛游记》的第四卷却可被看成是令人信服地回应了这种思想气候。[137]即使没有反击的冲动，也很容易看出教义是斯威夫特的诗学资源，帮助斯威夫特形成或是强化用以批判的圈套或套路，而正是在这种圈套或者套路或者说机制之上，他的讽喻蓬勃发展起来了。

作为本书的结尾，我将概括地举例说明斯威夫特的讽喻机制。在单个句子、形象、事件的微观语境下，作为目标的遭歧视的亚群体、女性、爱尔兰人或原始野人等等，是可以同类转换的。这不仅仅意味着斯威夫特几乎总是不断地扩展讽喻对象，以凸显讽喻对象之间的对

---

① 即《格列佛游记》第四卷第十一章中出现的葡萄牙船长。

应关系，比如在《一只澡盆的故事》中，被掏空内脏的花花公子对应被剥了皮的女人，大人国中的男怪兽对应大下疳的女人，非原始的人类对应灌木丛中的耶胡，最后，在《格列佛游记》第四卷和许多有关爱尔兰的篇章中，英国人和英裔爱尔兰人对应了野蛮的爱尔兰人，而所有的这些人物，在《一个温和的建议》里都被归属到了人吃人的特点之下。斯威夫特使用了这种更加图解的方式，把厌女症和种族主义的辱名安在每个人的头上，特别是他借此以最辛辣的手法攻击了整个物种，这当然也包括物种的代表——读者。

  正如在前一章中我提到的，斯威夫特的讽刺程序与奥古斯都时代的讽刺家相似。奥古斯都时代的讽刺家攻击贵族的罪恶（比如其对地位的妄自尊大）是和下等人一样的，不同的是他们是一类沾沾自喜的人（其罪恶包括种族压迫和种族清洗），最终被人羞辱而不得不承认其实自己也是属于下等人。挑选一个被自己文化拒斥的种群，例如霍屯督人或爱尔兰人，说他们代表的不过是我们最基本的人性，这种花招一点都不吸引人，斯威夫特也没有打算利用这种方法让自己招人喜爱。但是，这不是诽谤特定种族的惯用方式，那种方式通常是把人类共同的卑鄙特性或者本质上的人性堕落归结到某个单个的群体，而不是相反，尽管这样的做法在某种程度来说通常是双向交互的。斯威夫特打算亲自这么做的时候，比如描述那位被鞭打得皮开肉绽的妓女的可怖外表，或者被掏空内脏的花花公子的惨状，其实此时此刻他对他们的描述同样可以适用于其他任何人。但是，一些读者一定会发现斯威夫特式的讽刺效果与众不同，因为他无端地暗示人类等同于妓女，这种形式的等同具有某种特殊的攻击效果。这种攻击四处扩散，其性质需要重新界定。这是一种斯威夫特式的标志风格，但并没有得到恰当的认可。种种说法源于一种深深的冲动，使用阉割与毁谤的语言表达出来，将种群和个体之间的区分置于一系列策略性的和伤害性的混乱中令其难于分辨，《圣经》中的归罪与屠杀对这些混乱做出了回响，堪称为它们的寓言和原型，而《格列佛游记》则是这样的寓言与原型的回放。我想，如果我们能认识到这些，我们会更好地理解斯威夫特和他的风格。

第一章：

[1] For fuller discussion of this passage, and some of the matters raised in these opening pages, see Claude Rawson, *Order from Confusion Sprung* (1985; rptd. London and Atlantic Highlands, NJ, 1992), 73 ff., and 'Savages Noble and Ignoble', in Jonathan Lamb, Robert P. Maccubbin, and David F. Morrill (eds.), *The South Pacific in the Eighteenth Century: Narratives and Myths, Eighteenth-Century Life*, NS 18/3 (Nov. 1994), 172 ff. I use the form 'Cortez', instead of the correct Cortés, in all contexts concerned with Swift's, and Montaigne's, references to him, which are in this form.

[2] Bartolomé de Las Casas, *Brevísima Relación de la Destruición de las Indias*, ed. André Saint-Lu (Madrid, 1982), 65–75; *A Short Account of the Destruction of the Indies*, trans. Nigel Griffin (London, 1992), 3–13. This is the most easily available English version, but readers should be warned that the translation is somewhat free, and suffers from an element of sanitizing modernization. Griffin translates Las Casas's *Indias* (Indies) as Antilles and *indios* (Indians) as '"Amerindians", "natives", and "local people"', on the surprising grounds that it would be 'anachronistic' to preserve Las Casas's forms (p. xliii). The volume has an introduction by Anthony Pagden.

[3] On this theme, see especially Chapter 4, *passim*. The biblical locution, as applied, with slight variations, to various large-scale massacres, first appears in Genesis 6: 7, in God's announcement of the Deluge. It reappears in a key section of *Gulliver's Travels* (IV. ix. 271), and elsewhere in Swift's writings, in the words of the King James version. Las Casas's Spanish reads, 'estirpar y raer de la haz de la tierra' (74), *raer* meaning to erase or wipe out, which is the literal sense of the original Hebrew and the Greek Septuagint. It corresponds to the Vulgate's 'Delebo [from *deleo*, delete] ... hominem ... a facie terrae', whose alternative emphasis or connotation appears in the King James version: 'I will destroy man ... from the face of the earth.' Las Casas's wording was evidently an idiomatic echo of the Vulgate. The Church discouraged vernacular translations. The first printed versions of the Old Testament in Spanish were non-Catholic, and appeared after the *Brevísima Relación*, in 1553 (from a Jewish press in Ferrara) and 1569 (a complete Protestant Bible, from Basel), though there were several manuscript translations of the Hebrew Masoretic text in the fourteenth and fifteenth centuries. See Erroll F. Rhodes, in *Oxford Companion to the Bible*, ed. Bruce M. Metzger and Michael D. Coogan (Oxford, 1993), 758, 767–8 s.v. Translations). The first complete Catholic

[4] See 'Note on Editions', *Short Account*, p. xlii.

[5] See A *Catalogue of Books, The Library of the Late Rev. Dr. Swift ... To be Sold by Auction* (Dublin, 1745), No. 261, 'Purchas, his Pilgrims, in 5 vol. [London] 1625'. The *Catalogue* is reprinted in facsimile in Harold Williams, *Dean Swift's Library* (Cambridge, 1932).

[6] Montaigne, *Essais*, ed. Pierre Villey, rev. V.-L. Saulnier (Paris, 1988), iii. 909, 910–11; *Complete Essays*, trans. Donald M. Frame (Stanford, Calif, 1965), 694, 695. Future references to the French and English texts will take the form: iii. 909, 910–11 (694, 695).

[7] See Frank Lestringant, *Le Huguenot et le sauvage* (2nd edn., Paris, 1999), 254 and n. 69. Three French editions (1579, and two in 1582) are known to have appeared before Book III of the *Essais* appeared in the edition of 1588 (ibid. 126 n. 158, 321); for the likelihood of Montaigne's reading Las Casas, see Juan Durán Luzio, 'Las Casas y Montaigne: Escritura y lectura del Nuevo Mundo', *Montaigne Studies*, 1 (1989), 88–106, and *Bartolomé de Las Casas ante la conquista de América* (Heredia, Costa Rica, 1999), 1999, 223–85.

[8] Bartolomé de Las Casas, *Historia de las Indias*, volume i, ed. Miguel Angel Medina *et al.*, in *Obras Completas* (Madrid, 1994), iii. 338 (Prologue, section 4); my translation differs in some details from that of Andrée Collard, *History of the Indies* (New York, 1971), 4, an abridged version of the work.

[9] See Pagden, introduction to *Short Account*, trans. Griffin, pp. xiv–xvi; Tzvetan Todorov, *La Conquête de l'Amérique: la question de l'autre* (1982; Paris, 1991), 216–17; for a more rounded account of Las Casas's developing views, see Rolena Adorno, 'The Intellectual Life of Bartolomé de las Casas', Andrew W. Mellon Lecture, Tulane University, New Orleans, 1992.

[10] On Montaigne, see below, pp. 34–5.

[11] When Gulliver sets out on his fourth voyage, it is with orders to 'trade with the *Indians in the South-Sea*' (IV. i. 222; also i. 224 and ii. 228), a generic term for most non-European races; see Rawson, 'Savages Noble and Ignoble', 178–80; for poisoned projectiles in classical authors, and in Erasmus and Swift, see Claude Rawson, *Satire and Sentiment 1660–1830* (corrected edn., New Haven and London, 2000), 65–6.

[12] Sir Walter Ralegh, *The Discoverie of the Large, Rich and Bewtifiul Empyre of Guiana* (1596), 59–60, ed. Neil L. Whitehead (Manchester, 1997), 170–1, and introduction, 56 n. 17. References to the edition of 1596, whose pagination is supplied by Whitehead, and to Whitehead's own pagination, will henceforth appear in the form: 59–60 (170–1); Edward Gibbon, *History of the Decline and Fall of the Roman Empire*, chs. 18, 42, ed. David Womersley, 3 vols. (London, 1994), i. 656 and n. 39, ii. 692. Gibbon also cites Ovid, *Ex Ponto*, IV. vii. 11–12.

[13] Ralegh, *Discoverie of Guiana*, 52, 100–1 (165, 199); on Hakluyt and Conrad, see Rawson, *Order from Confusion Sprung*, 74, 101 nn. 10–11; Gibbon, *History*, 'General Observations', ii. 516 n. 15; Charles Darwin, *The Voyage of the Beagle*, ed. Leonard Engel (New York, 1962), 502; on the patriotic utterances in Hakluyt, Purchas, and Lionel Wafer and Swift's possible uses of them, see Arthur Sherbo, 'Swift and Travel Literature', *Modern Language Studies*, 9 (1979), 117–8, 120–1. An entry for 21 Dec. 1774 in *The*

Resolution Journal of Johann Reinhold Forster, 1772–1775, ed. Michael E. Hoare, 4 vols. (London, 1982), iii. 438–9, reads like an unironic version of Gulliver's rhapsodic speech; foreign (French and American) praise of the political virtues and moral character of British officers abroad had some circulation in the nineteenth century, see Lionel Trilling, *Sincerity and Authenticity* (Cambridge, Mass., 1973), 110, 112.

[14] *Essais*, i. 209 (155). The habit of referring to French, or European, customs as barbaric, or more barbaric than those of 'barbarians', was widespread. French examples include Etienne Jodelle's 'A. M. Thevet. Ode', prefixed to André Thevet, *Singularités de la France antarctique* (1557), cited by Lestringant, *Le Huguenot et le sauvage*, 30, and see Lestringant's edition of the *Singularitiés, Le Brésil d'André Thevet* (Paris, 1997), 312–13 (hereafter *Singularités*); Jean de Léry, *Histoire d'un voyage fait en la terre du Brésil* (facsimile of 2nd edn., 1580), ed. Jean-Claude Morisot (Geneva, 1975), 228–30, 342, 433 nn. (hereafter *Voyage*), trans. Janet Whatley as *History of a Voyage to the Land of Brazil* (Berkeley, 1990), 131–3, 198 (references to the English translation will appear in parentheses after those to the original text); Agrippa d'Aubigné, *Les Tragiques* (1616), I. 191, in *Œuvres*, ed. Henri Weber *et al.* (Paris, 1969), 25.

[15] *Essais*, i. 210 (156).

[16] *Les Tragiques*, V. 1282, I. 495–562, V. 1371 ff., in *Œuvres*, 32–4, 181, 183, 913–14, 1038, 1041. In addition to the Pléiade commentary, see *Les Tragiques*, ed. A Garnier and J. Plattard (Paris, 1932), III. 200, I. 73–8, III. 209; Josephus, *Jewish War*, VI. 201–19. A diary of the siege of Paris in 1590 looked back to the siege of Sancerre as being (in the same phrase as Montaigne's about the atrocities of the religious wars) 'de fresche memoire', cited in Géralde Nakam, *Au Lendemain de la Saint-Barthélemy* (Paris, 1975), 131.

[17] Léry, *Voyage*, 228–30, 229 (131–2, 132); see also Natalie Zemon Davis, *Society and Culture in Early Modern France* (Stanford, Calif., 1975), 324 n. 100; and Anthony Pagden, *The Fall of Natural Man* (Cambridge, 1982), 84. On the likelihood that Montaigne read Léry's *Voyage*, see Morisot's introduction, p. xxiv; also, for example, Bernard Weinberg, 'Montaigne's Readings for *Des Cannibales*', in George Bernard Daniel Jr. (ed.), *Renaissance and other Studies in Honor of William Leon Wiley* (Chapel Hill, NC, 1968), 261–79; Nakam, *Au Lendemain de la Saint-Barthélemy*, pp. xi, 128; *Les Essais de Montaigne: miroir et procès de leur temps* (Paris, 1984), 335 ff.

[18] Nakam, *Au lendemain de la Saint-Barthélemy*, 130–9. The second part of this volume, 175 ff., consists of an edition of Léry's *Histoire mémorable*. All page references to the latter are from this edition. Léry also wrote a *Sommaire discours de la famine* in Aug. 1573, which is a first version of chapter x of the *Histoire mémorable* (see Lestringant, *Le Huguenot et le sauvage*, 51 and n., 78–9). Léry reverted to the siege of Sancerre in *Voyage*, 367 ff. (211 ff.).

[19] *Histoire mémorable*, 279–80; sieges of Samaria (2 Kings 6: 25–9), Numantia (133 BC; Appian, *Roman History*, VI. xv. 96–7) and Jerusalem (see Nakam, *Au Lendemain de la Saint-Barthélemy*, 27, 98, 131, 136–8, 164–70, for the importance of successive sieges of Jerusalem, especially that by Titus in AD 70, and of Josephus's *Jewish War*; see also Léry's *Voyage*, 363–4).

[20] *Histoire mémorable*, 279–90, and cf. Léry's *Voyage*, 363 ff. (209 ff.), *Les Tragiques*, I. 311 ff., 483 ff., *Œuvres*, 28–34. A prototype of such descriptions, familiar to Léry and d'Aubigné as well as to Flaubert (probably at the time of *Salammbô*, and certainly later), is in *Jewish War*, VI. 193–200, immediately preceding the episode of the cannibal mother at the siege of Jerusalem referred to on p. 25 and n. 19. See also pp. 72 ff.

[21] *Histoire mémorable*, 290-1; my translation, as in other quotations from this work. For Old Testament warnings see Leviticus 26: 14 ff. esp. 29 (cf. also 16); Deuteronomy 28: 53–7.

[22] *Histoire mémorable*, 291; for the references to Sancerre in the Brazilian context, see *Voyage*, 367–9 (211–12), where Léry is, however, comparing an experience of starvation on the return journey to France with the famine of Sancerre, rather than invoking Amerindian practices; on 'unheard of' atrocities, *Voyage*, 229 (132), and in Las Casas and Montaigne, see Rawson, *Satire and Sentiment 1660–1830*, 36–7; and see below, n. 38.

[23] *Histoire mémorable*, 293.

[24] *Histoire mémorable*, 293; Swift, *A Modest Proposal*, in *Prose Works*, ed. Herbert Davis *et al.* (Oxford, 1939–74), xii. 113 (hereafter *Works*).

[25] *Histoire mémorable*, 294; see ibid., n. 15 for a source of Léry's account from Paradin, *Annales de Bourgogne* (1566).

[26] *Histoire mémorable*, 294–5; cf. *Voyage*, 217 ff. (125 ff.). See the commentary in Whatley's translation, 244–5 nn. 6, 8, and her 'Food and the Limits of Civility: The Testimony of Jean de Léy', *Sixteenth Century Journal*, 15 (1984), 397 n.10. For a modern anthropologist's account of the role of women in these rituals, see Isabelle Combès, *La Tragédie cannibale chez les anciens Tupi-Guarani* (Paris, 1992), 42, 56–7, 101–2, 155, 193 ff., 207 ff. Léry added an excursus on Brazilian women and European witches in the third edition (1585) of the *Voyage*: on this strand in his thought, see Michel de Certeau, *L'Ecriture de l'histoire* (Paris, 1975), 243 ff., Lestringant, *Le Huguenot et le sauvage*, 50, 53–4 and nn., and Stephen Greenblatt, *Marvelous Possessions: The Wonder of the New World* (Chicago, 1991), 15 ff.

[27] *Histoire mémorable*, 291–5; Fynes Moryson, *An Itinerary* (1617; Glasgow, 1908), iii. 282 (discussed in the latter part of this chapter); Edmund Burke, citing 'M. de Lally Tollendal's Second Letter to a Friend', *Reflections on the Revolution in France* (1790), in *Writings and Speeches of Edmund Burke, viii. The French Revolution 1790–1794*, ed. L. G. Mitchell (Oxford, 1989), 124 n.

[28] *Iliad*, XXIV. 212–14, XXII. 345–8; on Greeks and cannibalism, see Herodotus, III. xxxviii, and *Essais*, i. 116 (115); Claude Rawson, 'Narrative and the Proscribed Act: Homer, Euripides and the Literature of Cannibalism', in Joseph P. Strelka (ed.), *Literary Theory and Criticism: Festschrift in Honor of René Wellek* (New York, 1984), ii. 1164–9 and 1181–3 nn. For predatory females and related interactions between cannibal and sexual discourses, see Claude Rawson, 'Cannibalism and Fiction, Part II: Love and Eating in Fielding, Mailer, Genet, and Wittig', *Genre*, 11 (1978), 227–313.

[29] Euripides, *Hecuba*, ll. 1265–73, and references in 'Narrative and the Proscribed Act', 1183 n. 49. For dogs and wolves, see pp. 1164 ff., 'Cannibalism and Fiction, Part II', 310–13 ('Appendix A: Wolves and the Cannibal Theme'), and below, nn. 23, 92–6. For some examples from seventeenth-century French texts, including two which represent female cannibalism with dog and wolf imagery, see Frank Lestringant, 'Rage, fureur, folie cannibales: Le Scythe et le Brésilien', in Jean Céard (ed.), *La Folie et le corps* (Paris, 1984), 59 ff. For other connections between dogs and cannibalism, see also Lestringant, *Cannibals: The Discovery and Representation of the Cannibal from Columbus to Jules Verne*, trans. Rosemary Morris (Cambridge, 1997), 15–22, and below, n. 36.

[30] Thevet, *Singularités*, 243–4; for a convenient summary of classical Amazon legends, and their revival in the literature of New World discovery and of other imperial explorations, see Hermann Heinrich Ploss,

Max Bartels, *et al. Woman: An Historical, Gynaecologicai and Anthropological Compendium* (1885–1927), trans. Eric John Dingwall, 3 vols. (London, 1935), i. 464–74.

[31] *Histoire mémorable*, 294–5.

[32] *Essais*, i. 209 (207–8).

[33] Rawson, 'Narrative and the Proscribed Act', 1167. See also Gilbert Murray, *The Rise of the Greek Epic* (4th edn., rpt. Oxford, 1967), 120 ff. (on expurgations), and Jasper Griffin, *Homer on Life and Death* (Oxford, 1980), 20–1.

[34] Cited in 'Narrative and the Proscribed Act', 1164, from Hans Staden, *The True History of his Captivity* (1557), trans, and ed. Malcolm Letts (London, 1928), 152; for a parallel example from Thevet, see Frank Lestringant, 'Le Cannibale et ses paradoxes', *Mentalities/Mentalités*, 1/2 (1983), 7. Staden's account is a standard text. For a sceptical view of his testimony (as of all reports of cannibal customs), see W. Arens, *The Man-Eating Myth* (Oxford, 1980), 22 ff.

[35] *Iliad*, XXII. 345 ff.; Rawson 'Narrative and the Proscribed Act', 1164 ff. On analogies with the New World, see pp. 1162–3; J. M. Levine, 'Ancients and Moderns Reconsidered', *Eighteenth. Century Studies*, 15 (1981), 83.

[36] On dogs, wolves, and cannibalism, see also nn. 126–31 below, and David Gordon White, *Myths of the Dog-Man* (Chicago, 1991), *passim*; Arens, *Man-Eating Myth*, 141; on 'vicarious cannibalism' in the Homeric passage, see James M. Redfield, *Nature and Culture in the Iliad* (Chicago, 1975), 192–9, esp. 198–9; on cannibal etymologies, see Frank Lestringant, 'Le Nom des "Cannibales" de Christophe Colomb à Michel de Montaigne', *Bulletin de la société des amis de Montaigne*, 17–18 (Jan.-June 1984), 51–74, esp. 53, and Lestringant, *Cannibals*, 15–22, 36–40. On the quasi-human status of dogs, and human/canine homologies and interactions, see Claude Lévi-Strauss, 'La Femme au chien', *Histoire de lynx* (Paris, 1991), 207–24, esp. 213.

[37] Las Casas, *Short Account*, 26, 32, 40, 60, 67, 73–4, 113, 120, 125; Theodore de Bry, *Americae Pars Qvarta* (Frankfurt, 1594), plate xxii, reproduced in Peter Hulme, *Colonial Encounters: Europe and the Native Caribbean 1492–1797* (London and New York, 1986), 113; Thevet, *Singularités*, 170–1. On the possibility of Montaigne's knowledge of Las Casas's short work, see above, n. 7. In another mood, in 'De la coustume' (I. xxiii), Montaigne listed without comment various burial customs, instancing (from Plutarch, *Moralia*, 499D) societies where 'la plus desirable sepulture est d'estre mangé des chiens, ailleurs des oiseaux': *Essais*, i. 113 (81) and commentary iii. 1237 n. (81). The immediately preceding sentence is a casual listing of a cannibal burial custom.

[38] *Essais*, ii. 430–2, 700, iii. 912–13 (314–16, 530, 696–7). See also 'Défence de Sénèque et de Plutarque' (II. xxxii), ii. 724–5 (547–8). On the change in 'man's view of virtue and vice' which, in Montaigne's perception, had been brought about by the French wars of religion, see Margaret M. McGowan, *Montaigne's Deceits* (London, 1974), 106. The idea of an appalling novelty of torture, of something 'horrible et inouy', also occurs in Montaigne's account of Spanish atrocities on Indians in 'Des coches', *Essais*, iii. 912 (696), and may derive from Las Casas, whose rhetoric is insistent on the point, e.g. *Brevísima Relación*, 73, 83, 85, 104, 106, 143; *Short Account*, 11, 23, 25, 48, 51, 96; the English translation is loose and almost invariably underplays this emphasis on novelty in Las Casas, sometimes obliterating it altogether, as when the Spanish 'más nuevas maneras de tormentos' (*Brevísima Relación*, 88) is rendered

as 'more ingenious ... torments' (*Short Account*, 25); on the theme of novelty, see also Rawson, *Satire and Sentiment 1660–1830*, 36–7.

[39] *Essais*, iii. 791 (600); for an explanation of the three layers of text, A (mainly 1580), B (1588), C (post-1588 additions, mostly deriving from Montaigne's manuscript notes in his own copy of 1588, known as the *exemplaire de Bordeaux*, which became the basis for the posthumous edition of 1595), see the introductory material in *Essais*, i, pp. xv, lxxv, and R. A. Sayce, *The Essays of Montaigne: A Critical Exploration* (London, 1972), pp. ix, 8–24 ('The Text of the Essays').

[40] See the Villey-Saulnier headnote, iii. 789–90, and Sayce, *Essays of Montaigne*, 252–58.

[41] See Montaigne, *Journal de Voyage*, ed. François Rigolot (Paris, 1992), 13–46 *passim*; and discussion in Claude Rawson, 'Noble Observer', *Yale Review*, 82/1 (Jan. 1994), 113, 119–21.

[42] Lestringant, *Le Huguenot et le sauvage*, 152, citing Gilbert Chinard, *L'Exotisme américain dans la littérature française au XVIe siècle* (Paris, 1911), 201–2; *The Essays of Michel de Montaigne*, trans. and ed. M. A. Screech (London, 1991), 892 n. 4; *Journal de Voyage*, 3; Madeleine Lazard, *Michel de Montaigne* (Paris, 1992), 213–14, offers heated speculation on the missing pages, but the copy of Beuther is very defective, with many missing pages, including several for August and October, and there seem to be no entries at all for 1572 anyway (*Le Livre de Raison de Montaigne*, ed. Jean Marchand (Paris, 1948), 65, 339). But the suggestion of deliberate excision, whether right or wrong, has a haunting force.

[43] *Essais*, ii. 430 (314).

[44] *Essais*, iii. 911–13 (696–7). The closing words of III.vi, *Essais*, iii. 915 (699), describing the brutal striking down of the Peruvian king by a mounted Spaniard, who 'l'avalla par terre', may contain a subtextual or perhaps deliberate pun on *avaler*, to swallow, in line with the impish use of 'guerres intestines' and 'se sont entremangez' two pages earlier.

[45] *Essais*, iii. 913 n. 5.

[46] Léry, *Voyage*, e.g. 218 ff. 223 ff. (126 ff., 128 ff.); for 'canaille', rabble, 226 (131), see also Thevet, *Singularités*, 125, 141, 232–3.

[47] *Essais*, i. 209 (155); Diogenes Laertius, *Lives of Eminent Philosophers*, VII. vii. 188 (Chrysippus, 188); Sextus Empiricus, *Outlines of Pyrrhonism*, III. 247–9; Juvenal, XV. 93 ff.

[48] Caesar, *De Bello Gallico*, VII. lvii–lviii.

[49] For quotations from Leviticus and Deuteronomy, see above, n. 21; for *A Modest Proposal's* biblical antecedents, see below, Chapter 4, p. 297, n. 103.

[50] Léry, *Histoire mémorable*, 290 ff.; *Voyage*, 229–30 (132–3).

[51] *Essais*, i. 157 (116). The preceding sentence alludes playfully to the 'cannibals' of Brazil, as though to enforce the connection of this passage to the preoccupations of 'Des cannibales'.

[52] Montaigne used *canaille* twice in the essays, in both cases of 'low' people in a social and moral sense, once in reference to the cruelties of an armed 'canaille de vulgaire' and once of flatterers: II. xxvii, III. xiii, in *Essais*, ii. 694, iii. 1078 (524, 825). He does not seem to have used it of any racial group.

[53] Léry, *Voyage*, 229 (132).

[54] 'Au lecteur' ('To the Reader'), *Essais*, i. 3 (2); François Rigolot, personal letter, 5 Jan. 1993.

[55] Léry, *Voyage*, 228–9 (132). Léry also speaks figuratively, in the same paragraph, of usurers sucking the blood and marrow of widows and orphans, calling them 'plus cruels que les sauvages', but in a context in

which the literal imputation is unmistakable (228).

[56] Léry, *Voyage*, 342 (198, translation modified), 228–9 (132). Léry's information on Old World atrocities was further expanded in later editions; see Whatley, *History of a Voyage*, 246 n. 14, and Morisot, in *Voyage*, 433.

[57] *Essais*, i. 201 (149).

[58] *Essais*, iii. 912, 908–9 (696–7, 693).

[59] Rawson, 'Gulliver, Marlow and the Flat-Nosed People: Colonial Oppression and Race in Satire and Fiction', in *Order from Confusion Sprung*, 86–92.

[60] See Rawson, 'Narrative and the Proscribed Act', 1169–70; 'Savages Noble and Ignoble', 180–8. The issue, in Polybius as in Homer, is partly revealed in language, the allies and mercenaries being distinguished by non-language, animal-like noises, or a wild multilingual chaos. For an important recent discussion of the linguistic factor in cultural defamation, with mainly sixteenth-century examples, see Stephen Greenblatt, *Learning to Curse* (New York and London, 1990), 16–39; also Todorov, *Conquête*, 42–3, 99–101.

[61] Flaubert to Ernest Feydeau, 17 Aug. 1861 and 29 Nov. 1859, *Correspondance*, ed. Jean Bruneau (Paris, 1973–   ), iii. 170, 59; Swift to Pope, 29 Sept. 1725, *Correspondence*, ed. Harold Williams (Oxford, 1963–5), iii. 102.

[62] On Montaigne as 'a favourite of Swift' (*Complete Poems*, ed. Pat Rogers (London, 1983), 661 n. 372), see pp. 69–70, nn. 110–13. For Flaubert's closeness to Montaigne, Margaret Collins Weitz, 'Flaubert et Montaigne: Parallèles', in Charles Carlut (ed.), *Essais sur Flaubert: En l'honneur du professeur Don Demorest* (Paris, 1979), 79–96, esp. 92–3 (on Flaubert's admiration for authors of the French sixteeenth century, principally Rabelais and Montaigne).

[63] *Essais*, iii. 913 (697–8).

[64] But see, on this question, Preserved Smith, *A Short History of Christian Theophagy* (Chicago and London, 1922), Preface, 7: 'The idea of the god sacrificed to himself, that his flesh might be eaten by worshippers thus assured of partaking of his divinity, arose at the dawn of religion, was revived by the mystic cults of the Greeks, and from them was borrowed by Paul and implanted, along with the myth of the dying and rising Savior God, deep in the soil of the early church.' Smith's whole book is a witty and erudite exploration of the connection between the Eucharistic rite and the sacrificial practices of pagan tribal cults. For various Amerindian analogues to the Eucharist, mostly taken from Frazer's *Golden Bough*, see 27–9.

[65] Sigmund Freud, *Totem and Taboo* (1913), IV, and *Moses and Monotheism* (1939), III. i (D), *Standard Edition of the Complete Psychological Works*, trans. and ed. James Strachey *et al.* (London, 1975), xiii. 154–5 and 155 n. 1, and xxiii. 84. Frazer is frequently invoked by Freud, as well as by Preserved Smith (see previous note). Among his many identifications of the Eucharistic rite with tribal practices in various parts of the world, see *Golden Bough*, V. x, *Spirits of the Corn and of the Wild* (London, 1963), ii. 48–108 ('Eating the God').

[66] *Essais*, i. 113, 116 (81, 84). See iii. 1237 for the source in López de Gómara. According to Reay Tannahill, *Flesh and Blood: A History of the Cannibal Complex* (London, 1975), 7, a custom similarly described in 'De la coustume' survives in the twentieth century in Eastern Peru. Ancient father-eating practices from central Asia and Ireland, reported by Herodotus and Strabo, are also cited by Tannahill (7, 192 nn.).

[67] *Essays of Michael Lord of Montaigne*, trans. John Florio (London and New York, 1923), i. 105; *Essays*,

trans. Screech, 122; *Essais*, i. 108, 114 (77, 82).

[68] For some sixteenth-century predecessors, including Las Casas, who questioned the notion of an absolute 'barbarity', see J. H. Elliott, *The Old World and the New 1492–1650* (Cambridge, 1996), 46, 49–50, and Todorov, *Conquête*, 239– 40, who thinks Las Casas the first 'modern' to do so, but cites Strabo and St Paul as precursors. For a discussion of Montaigne's perspectives on barbarity, see Edwin M. Duval, 'Lessons of the New World: Design and Meaning in Montaigne's "Des Cannibales" and "Des Coches"', *Yale French Studies*, 64 (1983), 95–112.

[69] See headnote, *Essais*, i. 108; on Montaigne's oscillations between an absolute standard and relativist perspectives, and his disposition in favour of the retention of cultural habits, see also Claude Lévi-Strauss, 'En relisant Montaigne', *Histoire de lynx*, 277–97, esp. 280–81, 288–9.

[70] *Essais*, ii. 581 (438). Tannahill, *Flesh and Blood*, 7, reports that 'a nineteenth-century Mayoruna cannibal remarked to a European visitor: "When you die would you not rather be eaten by your own kinsmen than by maggots?"'

[71] On the manufacture of objects from human skin or parts, see below n. 157 and Chapters 3–4; for Swift's flayed woman, see *Tale of a Tub*, IX, in *Works*, i. 109.

[72] *Gulliver's Travels*, IV. xii. 293–5); 'Des coches', *Essais*, iii. 908–14 (693–9).

[73] Among the significant treatments are: Nakam, *Les Essais de Montaigne*, 344; Luzio, 'Las Casas y Montaigne', 93 ff., 102, and *Las Casas ante la conquista*, 238 ff., 267 ff.; and David Quint, *Montaigne and the Quality of Mercy: Ethical and Political Themes in the Essais* (Princeton, 1998), 96–101.

[74] Swift, *Works*, xii. 10. For the special character of this winter blossoming in Swift, by comparison with examples of a more obviously festive nature in Pope and in Christopher Smart, see Claude Rawson, *Henry Fielding and the Augustan Ideal Under Stress* (1972; rptd Atlantic Highlands, NJ, and London, 1991), 50–1, and *Order from Confusion Sprung*, 375.

[75] *Essais*, i. 206–7 (153). This passage, in Florio's translation, is the source of Gonzalo's speech in the *Tempest*, I. ii. 154 ff.

[76] The classicizing of the Amerindian, from the earliest travellers onwards, is too commonplace to need documenting, but one of the most extended and most passionate attempts to view Indian cultures as similar to those of other ancient civilizations and as superior in some respects is found in Las Casas, *Apologetic History*, an offshoot of his *History of the Indies* which remained unpublished in his lifetime: see Henry Raup Wagner with Helen Rand Parish, *The Life and Writings of Bartolomé de las Casas* (Albuquerque, N. Mex., 1967), 200–4, 287–9. For an excellent history of the Greek concept of the barbarian, see Edith Hall, *Inventing the Barbarian* (Oxford, 1989).

[77] *Essais*, i. 202, 213 (150, 158).

[78] cf. Léry, *Voyage*, 306 (177); for other references, see Morisot's commentary, 439 n. 306; Weinberg, 'Montaigne's Readings for *Des Cannibales*', 277–8; and Greenblatt, *Learning to Curse* 19, 34 n. 14. For a survival of the notion that Indian and Greek verse-forms have things in common, see Helen Addison Howard, *American Indian Poetry* (Boston, 1979), 29–30; and for Robert Frost's table-turning dislike of Amy Lowell's suggestion that an Indian Chief made Greek mourning noises, because of Frost's ambition to establish an independent native American classicism, see Tom Paulin, *Minotaur: Poetry and the Nation State* (London, 1992), 180–1. More's Utopians have a particular affinity for the Greek language and

literature, perhaps because of some ancient racial connection: *Complete Works of St. Thomas More, iv*, ed. Edward Surtz, S. J., and J. H. Hexter (New Haven and London, 1979), 181; *Utopia* (1516) had strong New World associations (*Utopia,* ed. cit., p. xxxi and *passim*; and see Arthur J. Slavin, 'The American Principle from More to Locke', in Fredi Chiappelli (ed.), *First Images of America* (Berkeley and London, 1976), i. 139 ff., on the importance of Amerindians in *Utopia*, and of *Utopia* in Montaigne). But the Utopians' interest in, and closeness to, Greek seems also and probably mainly to belong to an English Humanist agenda rather than to any attempt to mythologize Amerindians (ed. cit., 467, 465–9). More's advocacy of the learning of Greek may be paralleled by the special esteem of Greek in France, exemplified by Henri Estienne's view in 1579 that the highest compliment he can make for the French language is that it equals Greek, which provides a particular indication of the strength of Montaigne's almost exactly contemporaneous compliment: see McGowan, *Montaigne's Deceits*, 113–14, 186 n. 22. For more general comparisons between Indians and Greeks by Fontenelle and Lafitau, see Timothy Webb (ed.), *English Romantic Hellenism 1700–1824* (Manchester and New York, 1982), 14–15.

[79] *Critical Remarks on Capt. Gulliver's Travels. By Doctor Bantley* (1735), 28, reprinted in facsimile in the first volume of *Gulliveriana, VI: Critiques of Gulliver's Travels and Allusions Thereto*, ed. Jeanne K. Welcher and George E. Bush, Jr. (Delmar, NY, 1976), 3 vols. On the question of authorship, see the editors' introduction, i. pp. xl–xliii; the *Remarks* have been attributed to Arbuthnot, and are included among 'Doubtful Works' in *The Life and Works of John Arbuthnot*, ed. G. A. Aitken (Oxford, 1892), 491–506.

[80] The idiom was well established: see *Julius Caesar*, I. ii. 284; and R. W. Dent, *Shakespeare's Proverbial Language: An Index* (Berkeley, 1981), G439.

[81] *Essais*, i. 206 (153).

[82] See Elizabeth Rawson, *The Spartan Tradition in European Thought* (Oxford, 1969), 62–5 and *passim* for the influence of the Spartan constitution on Plato's *Republic* and other works; 171 ff., on More's *Utopia*; and 183–4 on Montaigne. For the influence of Sparta on ideas about Indians, from Las Casas and Montaigne to Lafitau's *Moeurs des sauvages améicains* (1724, close in time to *Gulliver's Travels*), see 87, 177–84, 222, and index, s.v. Indians (of America); and for a specific analogy, Léry, *Voyage*, 196 (113). On the influence of Sparta and of Plato on *Utopia*, see *Utopia*, pp. clvi ff. Plato is one of the most frequently cited authors in Montaigne's *Essais*, and Plato's influence on Swift has been widely discussed; on Sparta in Swift's work, see Ian Higgins, 'Swift and Sparta: The Nostalgia of *Gulliver's Travels'*, *Modern Language Review*, 78 (1983), 513–31. The best discussions of the relation of *Gulliver's Travels* to the intellectual atmosphere of Plato and More are by Jenny Mezciems, notably 'The Unity of Swift's "Voyage to Laputa": Structure as Meaning in Utopian Fiction', *Modern Language Review*, 72 (1977), 1–21, and 'Utopia and "the Thing which is not": More, Swift, and other Lying Idealists', *University of Toronto Quarterly*, 52 (1982), 40–62. For other studies, and further discussion, see also Chapter 4.

[83] For the various items corresponding to Montaigne's paragraph in *Gulliver's Travels*, see IV. ii. 230 (no clothes), IV. iii. 235 and IV. ix. 273–4 (no letters), and the general accounts of the Houyhnhnms at IV. iv. 240 ff., IV. viii. 267–70, IV. ix. 273–5, IV. x. 276 (*Essais*, i. 210 (156)). On the Houyhnhnms' contempt for false needs, see IV. vii. 259, and for the relation of Houyhnhnm virtues and customs to those of Sparta and of Plato's good society, see the commentary on these chapters in *Gulliver's Travels*, ed. Paul Turner (Oxford, 1988), 365 ff.

[84] On Amerindian plain food, see *Essais*, i. 207 (153).
[85] *Essais*, ii. 491 (362). For the tranquil longevity of the Tupinamba see later in the same essay, ii. 541 (404): 'les Canibales, qui jouissent l'heur d'une longue vie, tranquille et paisible sans les preceptes d'Aristote.'
[86] See Thevet, *Singularités*, 122, 171, and *passim*; Frank Lestringant, 'Calvinistes et cannibales: Les écrits protestants sur le Brésil français (1555–1560)', *Société de l'histoire du protestantisme français: Bulletin*, 126 (1980), 15; Greenblatt, *Learning to Curse*, 23; for earlier sixteenth-century views as to whether or not Indians had laws and the other attributes of civilized society, see Elliott, *The Old World and the New*, 26, 45, 49.
[87] *A Proposal for the Universal Use of Irish Manufacture, Works*, ix. 21. In the *Letter to the Archbishop of Dublin, Concerning the Weavers* (1729), *Works*, i. 65, the same implicit Yahoo parallel, in a characteristic manœuvre, is extended to a depraved settler population, brought into a startling equivalence with the 'Natives': 'I cannot reflect on the singular condition of this Country, different from all others upon the face of the Earth, without some Emotion, and without often examining as I pass the streets whether those animals which come in my way with two legs and human faces, clad, and erect, be of the same species with what I have seen very like them in England, as to the outward Shape, but differing in their notions, natures, and intellectualls more than any two kinds of Brutes in a forest, which any men of common prudence would immediately discover, by persuading them to define what they mean by, Law, Liberty, Property, Courage, Reason, Loyalty or Religion.'
[88] *Gulliver's Travels*, ed. Turner, 370 n. 12; on Swift's regard for Socrates, see below, Chapter 4, pp. 259 ff., 272–3 and nn. 9, 47; Montaigne, *Essais*, i. 212–13 (158); Plato, *Republic*, V. 457C-458B. For responses to Plato by De Quincey and others, see *Republic*, ed. and trans. Paul Shorey, Loeb Classical Library, 2 vols. (London, 1930), i. 452–3 n. and introduction, i, p. xxxiv.
[89] Plato on education of women, and on educating children away from the family, *Republic*, V. 451 C-E, 460 B-D; Plutarch, *Lycurgus*, xvi–xvii. Compare the educational arrangements in the old Utopian Lilliput (I. vi. 60–3).
[90] *Essais*, i. 207 (153).
[91] *Essais*, i. 210 (156).
[92] *Essais*, i. 208 (154).
[93] *Letter of Amerigo Vespucci Concerning the Islands Newly Discovered on his Four Voyages* (c. 1505), in *Letters from a New World: Amerigo Vespucci's Discovery of America*, ed. Luciano Formisano, trans. David Jacobson (New York, 1992), 61.
[94] Thevet, *Singularités*, 132 ff.; Léry, *Voyage*, 108; cf. also Whatley, *History of a Voyage*, Introduction, pp. xxv, xxxiii; Greenblatt, *Learning to Curse*, 77 n. 6; Todorov, *Conquête*, 192; Lestringant, *Le Huguenot et le sauvage*, 58; Claude Lévi-Strauss, *Tristes Tropiques* (Paris, 1955), 82; in *Histoire de lynx*, 293–4, Lévi-Strauss says the god Viracocha told the eighth Inca (end of fourteenth and early fifteenth centuries) that his empire and religion would be destroyed by unknown bearded men. To some eighteenth-century writers, including Cornelius de Pauw and William Robertson, the beardlessness of Amerindians was a sign of unmanly weakness; see P. J. Marshall and Glyndwr Williams, *The Great Map of Mankind: Perceptions of New Worlds in the Age of Enlightenment* (Cambridge, Mass., 1982), 219.

[95] Inga Clendinnen, *Aztecs: An Interpretation* (1991; Cambridge, 1995), 267–73 and 357–8 nn., esp. 267, 271; see also the fuller account in her '"Fierce and Unnatural Cruelty": Cortés and the Conquest of Mexico', *Representations*, 33 (1991), 65–100, and the commentary in Hernán Cortés, *Letters from Mexico*, ed. and trans. Anthony Pagden, introd. J. H. Elliott (New Haven, 1986).

[96] *Aztecs*, 269, 271; for an episode where a decisive impact of Cortés leading ten horsemen on a large array of Mexicans is claimed, see *Letters from Mexico*, 21–2, and 455 nn. 28–9. See also Robert Moorman Denhardt, 'The Equine Strategy of Cortés', *Hispanic American Historical Review*, 18 (1938), 550–5. Ironically, Machiavelli wrote in 1513 that the Spanish were themselves vulnerable to cavalry (*Prince*, ch. xxvi).

[97] *Essais*, iii. 909 (694); on Columbus, see Antonello Gerbi, *Nature in the New World: From Christopher Columbus to Gonzalo Fernández de Oviedo*, trans. Jeremy Moyle (Pittsburgh, 1985), 14. Gunpowder and its effects on the natives play a relatively understated part in the para-Vespuccian *Letter* to Soderini, *Letters from a New World*, 95–6, 83. On its 'para-Vespuccian' state, see p. xxxv. For modern accounts, see J. H. Elliott, 'The Spanish Conquest and Settlement of América', in *Cambridge History of Latin America*, i. *Colonial Latin America*, ed. Leslie Bethell (Cambridge, 1984), 149–206; Hugh Thomas, *The Conquest of Mexico* (London, 1993), esp. ch. 12 ('The Advantage of Having Horse and Cannon'), 158–74. See also Todorov, *Conquête*, 71–82, esp. 81.

[98] See Gananath Obeyesekere, *The Apotheosis of Captain Cook: European Mythmaking in the Pacific* (2nd edn., Princeton, 1997), 172, 289 nn. 55–6, citing Sheldon Dibble, *A History of the Sandwich Islands* (1843; Honolulu, 1909), 22–4. For a case in which Cook's gun was used but did not fire, see Obeyesekere, 13. Obeyesekere's account of 'European mythmaking' has been severely challenged by Marshall Sahlins, *How 'Natives' Think: About Captain Cook, For Example* (Chicago, 1995).

[99] Louis-Antoine de Bougainville, *Voyage autour du monde*, ed. Jacques Proust (Paris, 1982), 68–9; *A Voyage Round the World*, trans. John Reinhold Forster (1772), 24–5.

[100] *Bougainville et ses compagnons autour du monde 1766–1769: Journaux de navigation*, ed. E. Taillemitte, 2 vols. (Paris, 1977), ii. 20–1, 63–4; on Fesche, and on the problematic authorship of his journal, see i. 74, 125–8.

[101] Ibid. i. 316 and n. 4, 324, ii. 80–1 and n. 1.

[102] *The Diario of Christopher Columbus's First Voyage to America, 1492–1493, Abstracted by Las Casas*, trans. Oliver Dunn and James E. Kelley, Jr. (Norman, Okla., 1989), 67, 287, 301.

[103] Captain John Smith, *The Generall Historie of Virginia, New-England and the Summer Isles* (1624), 60, cited *OED*, s.v. Rocket, sb.3, 1, which also cites passages from Gulliver's standby, Sturmy's *Mariner's Magazine* (1669), on the manufacture of rockets. On Cook see J. C. Beaglehole, *The Life of Captain James Cook* (London, 1974), 187, 199–200, 205, 347, 358, 382, 396–7, 402 ff., 535, 541, 638.

[104] *Robinson Crusoe*, ed. J. Donald Crowley (Oxford, 1983), 25, 53, 203, 211–2, 231–7.

[105] Cited from the Journal of Surgeon John White in John Cobley, *Sydney Cove, 1788* (London, 1962), 30; see Robert Hughes, *The Fatal Shore* (New York, 1988), 15, 612 n. 23. For another episode involving Surgeon White, see Hughes, *Fatal Shore*, 85–6.

[106] A few years earlier, describing the Roman '*pilum*, a ponderous javelin', Gibbon was exercised by similar issues and comparable, though not identical, discriminations: 'This instrument was indeed much inferior

to our modern firearms; since it was exhausted by a single discharge, at the distance of only ten or twelve paces. Yet when it was launched by a firm and skilful hand, there was not ... any shield or corslet that could sustain the impetuosity of its weight', *History*, ch. 1, I. 42).

[107] Hughes, *Fatal Shore*, 94, 53–5, 276. Joseph Conrad, *Youth, Heart of Darkness, the End of the Tether* (1902; London, 1956), 62, 110, 134, 128–30.

[108] I have discussed this more fully in *Satire and Sentiment 1660–1830*, 34 ff.

[109] For Montaigne on gunpowder, see *Satire and Sentiment*, 53–4 and nn., esp. n. 72.

[110] Irvin Ehrenpreis, *Swift: The Man, his Works, and the Age* (London, 1962–83), i. 179, iii. 53; also i. 126, 192, 199, iii. 77, 126.

[111] *Poems*, ii. 698.

[112] Pope owned a French text of Montaigne (1652) and Charles Cotton's translation (3 vols., 1685–93), the latter of which, now at Yale, has some thirty annotations in his hand, including the words 'Alter Ego' against Montaigne's account of his education. Pope also wrote at the end: 'This is (in my Opinion) the very best Book for Information of Manners, that has been writ. This Author says nothing but what every one feels att the Heart. Whoever deny it, are not more Wise than Montaigne, but less honest.' There are marginalia referring to 'the Cruelty of ye Spaniards' and other matters in 'Des Coches' (see Maynard Mack, *Collected in Himself* (Newark, Del. 1982), 318–19, 426–31).

[113] *Correspondence*, i. 40–1 (ed. David Woolley, i. 149) and n., iii. 373, i. 415, iii. 348; *Works*, xii. 246; *The Intelligencer*, ed. James Woolley (Oxford, 1992), 19, citing a letter from Orrery to Thomas Southerne, 17 Jan. 1736, *The Orrery Papers*, ed. Emily, Countess of Cork and Orrery (London, 1903), i. 144. For Swift's copy or copies, see *Correspondence*, i. 40–1 n. (ed. David Woolley, i. 152 n. 2); and item 21 in the *Catalogue of Books, the Library of the Late Rev. Dr. Swift* (Dublin, 1745), reproduced in facsimile in Harold Williams, *Dean Swift's Library* (Cambridge, 1932), and Williams, 66 n.; William F. Le Fanu, *A Catalogue of Books Belonging to Dr. Jonathan Swift ... (Aug. 19, 1715)* (Cambridge, 1988), 24, 64.

[114] See Sir Charles Firth, 'The Political Significance of *Gulliver's Travels*' (1919), in his *Essays Historical & Literary* (Oxford, 1968), 210–41, esp. 227 ff.; Donald T. Torchiana, 'Jonathan Swift, the Irish, and the Yahoos: The Case Reconsidered', *Philological Quarterly*, 54 (1975), 195–212.

[115] *Intelligencer*, 25, 197.

[116] *Intelligencer*, 198.

[117] Moryson, *Itinerary*, iii. 283.

[118] For other such passages, see *Gulliver's Travels*, ed. Turner, 364 n. 31.

[119] Thevet, *Singularités*, 129, 122–5; *Histoire mémorable*, see p. 26; *Intelligencer*, 211.

[120] D'Aubigné, *Les Tragiques*, I. 311 ff.; *Œuvres*, 28; my translation.

[121] *Histoire mémorable*, 290–5, see pp. 26–30, 77–8; for a comment to the same effect by another writer about a cannibal tragedy in Florida in 1564, see Morisot in *Voyage*, p. 441 n. 372/7. On Léry's own starvation crisis on the return journey from Brazil, experienced before Sancerre but written up later, with memories of Sancerre, its own sequence of disgusting foods (parrot, rats, mice), its recognition of the dehumanizing force of hunger, and the threat of cannibalism, see *Voyage*, 363–72 (210–14); Pagden, *Fall of Natural Man*, 177.

[122] Piers Paul Read, *Alive: The Story of the Andes Survivors* (London, 1975), 277–8, 307–8.

[123] Pagden, *Fall of Natural Man*, 87–8, 167.
[124] See the essays by Firth and Torchiana, n. 114 above. Perceptions of resemblance go back to the eighteenth century: see Robert Mahony, *Jonathan Swift: The Irish Identity* (New Haven and London, 1995), 59 (182 n. 48), 77 (185 n. 45), 135–6 (Firth); 144 (194 n. 14); see also Edward D. Snyder, 'The Wild Irish: A Study of some English Satires against the Irish, Scots, and Welsh', *Modern Philology*, 17 (1920), 718 n. 2 (example of 1771). For a particularly unpleasant example from *Punch*, 18 Mar. 1862, see R. F. Foster, *Paddy & Mr. Punch: Connections in Irish and English History* (London, 1995), 184.
[125] See Rawson, *Order from Confusion Sprung*, 131, 142–3 nn. 21–4; see also Thomas Sheridan in *Intelligencer*, No. 6, p. 86.
[126] See the Appendix on 'Wolves and the Cannibal Theme', in Rawson, 'Cannibalism and Fiction, Part II', 310–13; 'Narrative and the Proscribed Act', 1179; Homer, *Iliad*, I. 231; Plato, *Republic*, VIII. 565D–566A; More, *Utopia*, ed. cit., 52, and commentary, 306–7; Erasmus, *Education of a Christian Prince*, trans. L. K. Born (New York, 1987), 170; d'Aubigné, *Les Tragiques*, I. 197 ff., 617 ff., III. 187 ff. etc., in *Œuvres*, 28, 35, 95–6 and nn., 909, 911, 914–15, 965.
[127] Las Casas, *Short Account*, 11, 15, 46, 60, 96, 101, 121, 124; Léry on Protestants, *Histoire mémorable*, 195. For an inverse analogy in which it is Europeans who eat mutton and Indians who eat humans, see Thevet, *Singularités*, 232: 'Cette canaille mange ordinairement chair humaine comme nous ferions du mouton …' For the proverbial enmity of wolves and sheep, see R. P. Eckels, *Greek Wolf-Lore* (Philadelphia, 1937), 24 (the volume may also be consulted for some imagined anthropophagic elements in lycanthropic myths and in some versions of the story of Lycaon, 33, 46–7, 52, 55–6).
[128] Lestringant, 'Rage, fureur, folie cannibales', 59 ff., 63 ff.
[129] *Les Tragiques*, i. 325–6; *Œuvres*, 28.
[130] Léry, *Voyage*, 46, 229; *Histoire mémorable*, 295.
[131] Juvenal, XV. 159 ff.
[132] Erasmus, *Adages*, IV. i. 1, in Margaret M. Phillips, *The Adages of Erasmus* (Cambridge, 1964), 316; Boileau, *Satires*, VIII. 153–4.
[133] Early Christians were frequently accused of cannibalism, of Thyestean feasts and 'horrid rites', in relation to suspected Eucharistic practices: see J.-P. Waltzing, 'Le Crime rituel reproché aux chréiens du IIe siècle', *Académie Royale de Belgique: Bulletins de la classe des lettres*, 5/11 (1925), 205–39, esp. 211 ff., 216 ff., 227 ff.; W. H. C. Frend, *Martyntom and Persecution in the Early Church* (Oxford, 1965), 7, 10, 12, 25 ff., 257, and *passim*; Elaine Pagels, *The Gnostic Gospels* (Harmondsworth, 1982), 94, 100. The narrative of the martyrs of Vienne and Lyons in Gaul, including the charges against them of 'Thyestean banquets and Oedipal incest', and the story of Attalus's defiant countercharge, is given in Eusebius, *History of the Church*, V. i, trans. C. A. Williamson (Harmondsworth, 1965), 193–203, esp. 195, 202. For an extended account of the imputation of Christian cannibalism followed by a retort in kind, see Tertullian, *Apologeticus*, II, VII–IX. Tertullian's sarcastic fantasy has been suggested as a source for Swift's *Modest Proposal* by Donald C. Baker, *Classical Journal*, 52 (1957), 219–20, and J. W. Johnson, *Modern Language Notes*, 73 (1958), 561–3. The *Octavius* of Minucius Felix, a work of Christian apologetics of the early third century derived from Tertullian's *Apologeticus* (AD 197), repeats the accusations of Thyestean banquets and other obscene rituals through an anti-Christian spokesman

called Caecilius (VIII–IX), and rebuts them in the voice of the eponymous hero Octavius (XVI–XXXVIII, esp. XXVIII ff.) The *Octavius* is included in the Loeb edition of Tertullian's *Apology and De Spectaculis* (Cambridge, Mass. and London, 1931, rptd. 1984/5).

[134] Thevet, *Singularités*, 122–3, 171, 222. Indians and cannibals were not only called beasts but, as Las Casas repeatedly remarked, used as beasts of burden by the Spaniards (*Short Account*, 24–5).

[135] For some telling examples from French Protestant polemics, see Lestringant, *Le Huguenot et le sauvage*, 153–4.

[136] *Works*, xii. 110–11.

[137] On Scythians, Herodotus, IV. lxiv. lxx; Strabo, VII. iii. 6–7; Pliny, VI. xx. 53, VII. ii. 9 ff.; on Scythians and Irish cannibals, Diodorus Siculus, V. xxxii. 3; Strabo, IV. v. 4; Jerome, *Adversus Jovinianum*, II. vii (on Scots; in J.-P. Migne, *Patrologiae Cursus Completus*, xxiii (Paris, 1845), col. 296); see also Rawson, *Order from Confusion Sprung*, 131–2, 142–3 nn. 22 ff. Andrew Hadfield, 'Briton and Scythian: Tudor Representations of Irish Origins', *Irish Historical Studies*, 28 (1993), 390–408, and *Edmund Spenser's Irish Experience* (Oxford, 1997), 66, 101–8; Robert Mahony, 'The Irish Colonial Experience and Swift's Rhetorics of Perception in the 1720S', *Eighteenth-Century Life*, 22 (1998), 63–75, esp. 64 ff.; for Las Casas on the Irish, see Elliott, *The Old World and the New*, 34.

[138] See Lestringant, *Cannibals*, 24–5, 61 (and for an opposite view which uncoupled Indians and Scythians, 86, 90, 99, 212 n. 36).

[139] Pagden, *Fall of Natural Man*, 193, 195; Lestringant, 'Rage, fureur, folie cannibales', 55. Thevet compared Scythians and Amerindians in *Singularités*, 163; cf. also 141–2 and (on Scythians and Amazons), 241–2. For theories of Amerindians in the Noachite genealogy, sometimes linked with Scythians, see Don Cameron Allen, *The Legend of Noah* (Urbana, Ill., 1949), 113–37, esp. 121 ff.

[140] *Essais*, i. 208–9 (154–5). The account of the Scythian false prophets is discussed in Chapter 4.

[141] *Essais*, i. 293 (213); Swift, *Works*, XII. 178; for Swift on the Irish, the Scythians, and the Tartars as eaters of the blood of cattle, see *Works*, xii. 19, and Sheridan in *Intelligencer*, No. 6, 86 and 91 n. 8; also Rawson, *Order from Confusion Sprung*, 131.

[142] On the Irish reputation for extreme savagery, and for cannibalism, among English writers (Camden and Spenser as well as Moryson), see *Order from Confusion Sprung*, 130 ff., and 141 n. 13, 142–3 nn.; Snyder, 'Wild Irish', 687–725; Hadfield, *Edmund Spenser's Irish Experience*, 28, 36, 66–7, 69, 101–2, 105, 136–7, 142, 177–81.

[143] Sir John Temple, *The Irish Rebellion* (1646), 8. The wording is common, and doubtless not in all cases conscious of paradox; e.g. Marco Polo on the mountain people of Ferlec in Northern Sumatra, who 'live like beasts. For I assure you that they eat human flesh' (*Travels*, trans. Ronald Latham (London, 1958), 253).

[144] See the commentary in *Gulliver's Travels*, ed. Turner, 363; *Order from Confusion Sprung*, 68, 101 n. 2; R. W. Frantz, 'Swift's Yahoos and the Voyagers', *Modern Philology*, 29 (1931), 49–57 (parallels with monkeys as well as savages); Torchiana, 'Jonathan Swift, the Irish, and the Yahoos', 201; for other references, see 210 n. 15.

[145] Howard Mumford Jones, *O Strange New World. American Culture: The Formative Years* (London, 1965), 167–79, 417–19 nn.; Nicholas Canny, *The Elizabethan Conquest of Ireland* (Hassocks, 1976),

133, 160–3; 'Identity Formation in Ireland: The Emergence of the Anglo-Irish', in Nicholas Canny and Anthony Pagden (eds.), *Colonial Identity in the Atlantic World, 1500–1800* (Princeton, 1987), 200; Richard Siotkin, *Regeneration through Violence* (Middletown, Conn., 1973) 41–2; William Christie MacLeod, 'Celt and Indian: Britain's Old World Frontier in Relation to the New', *The American Indian Frontier* (New York, 1928), 159–71, reprinted in Paul Bohannan and Fred Plog (eds.), *Beyond the Frontier* (New York, 1967), 25–41; Swift, *Works*, xii. 109. On Irish (and English) slaves and servants in the West Indies, see also Robert H. Schomburgk, *History of Barbados* (1848; London, 1971), 144, 284, 299; Vincent T. Harlow, *History of Barbados 1625–1685* (1926; New York, 1969), 189, 295, 299,306, 308–9; on Sheridan's *Pizarro*, Fintan O'Toole, *A Traitor's Kiss: The Life of Richard Brinsley Sheridan, 1751–1816* (New York, 1998), 350–4.

[146] Canny, *Elizabethan Conquest of Ireland*, 163; Karl S. Bottigheimer, 'Kingdom and Colony: Ireland in the Westward Enterprise 1536–1660', in K. R. Andrews, N. P. Canny, and P. E. H. Hair (eds.), *The Westward Enterprise: English Activities in Ireland, the Atlantic, and America 1480–1650* (Liverpool, 1978), 55; Moryson, *Itinerary*, iv. 185.

[147] Neil Rennie, *Far-Fetched Facts: The Literature of Travel and the Idea of the South Seas* (Oxford, 1965), 165.

[148] *Intelligencer*, 212; *Works*, xii. 176. For the Roman practice, Woolley cites Tacitus' British work, *Agricola*, XXXV.

[149] See the sermon on 'Causes of the Wretched Condition of Ireland', *Works*, ix. 209, and the letter to Charles Wogan, July — 2 Aug. 1732, *Correspondence*, iv. 51.

[150] *Works*, ix. 20–2, x. 103, 64; Edward Said, *The World, the Text, and the Critic* (London, 1984), 86.

[151] *Works*, x. 104.

[152] *Works*, xii. 111, *Correspondence*, v. 58 (Swift to Pope, June 1737); for these views of Irish domestic and sexual mores, see Oliver W. Ferguson, *Jonathan Swift and Ireland* (Urbana, Ill., 1962), 174, and Rawson, *Order from Confusion Sprung*, 121–44.

[153] *Intelligencer*, 211–12; *Works*, xii. 176, i. 172, 179, xii. 116.

[154] John Locke, *An Essay Concerning Human Understanding*, II. xvi. 6; for the use in the late seventeenth century of the 'Topinamboux' as types of the savage, see *Tale of a Tub*, ed. A. C. Guthkelch and D. Nichol Smith (2nd edn., Oxford, 1973), 263 n., citing Charles Perrault and Swift's patron Sir William Temple. On the iconographic manifestations of Tupinambization, see William Sturtevant, 'First Visual Images of Native America', in Chiappelli (ed.), *First Images of America*, i. 417–54; and 'La Tupinambisation des Indiens d'Amérique des Nord', in Gilles Thérien (ed.), *Les Figures de l'Indien* (Montreal, 1988), 293–303.

[155] Bougainville's Journal, 6 Apr. 1768, ed. Taillemitte, i. 316.

[156] *Works*, xii. 111. Léry reports on cannibal cookery in the *Histoire mémorable*, 295, from Brazilian experience, as well as in the *Voyage*, 135, 218–19 (79, 126–7).

[157] *Gulliver's Travels*, IV. iii, x. 236, 281, *Modest Proposal, Works*, xii. 112; Herodotus, IV. lxiv, lxv; Strabo, VII. iii. 6–7; Thevet, *Singularités*, 172; Léry, *Voyage*, 221 (128: Tupis make flutes and fifes from human limbs, and necklaces from teeth); for other references, see *Order from Confusion Sprung*, 143 n. 25. This is more fully discussed in Chapters 3 and 4.

[158] Sheridan, *Intelligencer*, 198.

[159] e.g. *Modest Proposal, Works*, xii. 114, 116; *A Proposal for the Universal Use of Irish Manufacture* (1720), *Works*, ix. 13–22.

[160] *Intelligencer*, 199–200.

[161] *Intelligencer*, 201–2 nn.; Moryson, *Itinerary*, iii. 282.

[162] *Intelligencer*, 201 n.

[163] *Modest Proposal, Works*, xii. 109, 110, 115.

[164] Las Casas, *Short Account*, 74.

[165] Sheridan himself gave voice to the accents of the resentful *colon* in *Intelligencer*, No. 6, 86–7; on the disappointment of both Swift and Sheridan with Ireland, and their desire to leave it, see Woolley's introduction, p. 20. For an interesting perspective on analogies between settlers in Ireland and North African *colons*, see P. F. Sheeran, 'Colonists and Colonized: Some Aspects of Anglo-Irish Literature from Swift to Joyce', *Yearbook of English Studies*, 13 (1983), 97–115.

[166] *Modest Proposal, Works*, xii. 111; Ferguson, *Jonathan Swift and Ireland*, 174; Rawson, *Order from Confusion Sprung*, 125, 141 nn. 11–13.

[167] *A Proposal for Giving Badges to the Beggars* (1737), *Works*, xiii. 139; on beggars, see David Nokes, 'Swift and the Beggars', *Essays in Criticism*, 26 (1976), 218–35, and Rawson, *Order from Confusion Sprung*, 125 ff.

[168] *Tale of a Tub*, III, VII, *Works*, i. 60–1, 94; for Scythians and modern dissenting religions, see *Mechanical Operation of the Spirit, Works*, i. 175 ff.

[169] Swift to Archbishop King, 29 Mar. 1712, *Correspondence*, i. 293; see John Gay, *The Mohocks* (1712); the play, which was not performed, contains a character called Cannibal; the name for these marauding bands derives from a visit to London of four Mohawk chiefs in 1710; see John Gay, *Dramatic Works*, ed. John Fuller (Oxford, 1983), i. 77–100, 405–11; also Gay's poem, *Trivia* (1716), III. 321–34; and Ehrenpreis, *Swift*, ii. 536, 556, 558; for Defoe on London Mohocks and their Mohawk originals, see Marshall and Williams, *Great Map of Mankind*, 196; on the Houghers, see Swift, *Journal to Stella*, 26 Mar. 1712, ed. Harold Williams (Oxford, 1948) ii. 525; W. E. H. Lecky, *A History of Ireland in the Eighteenth Century*, new edn., 5 vols. (London, 1892), i. 361-7; James William Kelly, 'A Contemporary Source for the *Yahoos* in *Gulliver's Travels*', *Notes and Queries*, 243 (Mar. 1998), 68–70.

[170] *Modest Proposal, Works*, xii. 111.

[171] *Modest Proposal, Works*, xii. 117. Archbishop William King used the phrase about eating 'without Salt' in a memorandum on Irish taxes in 1721. He was speaking of the kind of Englishman who is hospitably entertained in Ireland and returns home 'full of the plenty ... of Ireland', who does not consider that 'for the Good Dinner he met there, three hundred Neighbours or tennants Dined on a potatoe without Salt', cited in *Intelligencer*, ed. Woolley, 228. The passage has a bearing on Swift's *Short View of the State of Ireland (Intelligencer*, No. 15), as well as *A Modest Proposal* (see 182 n. 63 and 227 headnote).

[172] *Modest Proposal, Works*, xii. 109, 113. The belief that Amerindian women were not cannibalized by enemies in order that they might be used as breeders occurs in Peter Martyr, *De Orbe Novo*, I. i, trans. F. A. MacNutt (New York and London, 1912), i. 63, cited in Frank Lestringant, 'Le Nom des "Cannibales"', 57. Peter Martyr is speaking of Carib Indians, whose practice differed from the Tupinamba as described

by Thevet, *Singularités*, 161. The practice among Amerindian cannibals of keeping women as breeders is also recorded by Sebastian Münster, in the French translation owned by Montaigne, *Cosmographie universelle* (Basel, 1568), 1322 (Montaigne's copy is at Bibliothèque Nationale, Rés. Fol. Z Payen 494; I owe this information to François Rigolot; for Thevet's copy of Münster's book, see Lestringant, *Le Huguenot et le sauvage*, 328). See Combès, *Tragédie cannibale*, 57–8.

[173] Spenser, *View of the Present State of Ireland*, in *Prose Works* (Variorum Edition), ed. Rudolf Gottfried (Baltimore, 1949), 158, and annotation 382; James Joyce, *Portrait of the Artist as a Young Man* (New York, 1978), 203. This is more fully discussed in Chapter 3.

[174] See Arens, *Man-Eating Myth*, 84–5, 140, 142 ff.; cf. Herman Melville, *Typee*, ch. iv, in *Typee, Omoo, Mardi*, ed. .G. Thomas Tanselle (New York, 1982), 35 ff.: 'It was quite amusing, too, to see with what earnestness they disclaimed all cannibal propensities on their own part, while they denounced their enemies — the Typees — as inveterate gormandizers of human flesh; but this is a peculiarity to which I shall hereafter have occasion to allude.' The name Typee, which signifies a 'lover of human flesh', is said to denote both a 'peculiar ferocity' and a 'special stigma' (35).

[175] For Lévi-Strauss's interest in Léry, whose book he described as the 'bréviaire de l'ethnologue', see *Tristes Tropiques*, 89 ff.

第二章：

[1] Another suggested reversal, in this case of customary accounts of sexual transactions between apes and humans, where the ape is 'invariably' male and the human is female, is discussed at the end of this chapter.

[2] See James Kelly, '"A Most Inhuman and Barbarous Piece of Villainy": An Exploration of the Crime of Rape in Eighteenth-Century Ireland', *Eighteenth-Century Ireland*, 10 (1995), 78–107, and Paul-Gabriel Boucé, 'The Rape of Gulliver Reconsidered', *Swift Studies*, 11 (1996), 98–114, esp. 99, 111.

[3] See Boucé, 'Rape of Gulliver', 111; on West Indian slaves, see Chapter 4, P. 289.

[4] *Gulliver's Travels*, ed. Paul Turner (Oxford, 1988), 371 n. 7.

[5] "On Stella's Birth-day' (1719), 11. 5–6, *Poems*, ed. Harold Williams (2nd edn., Oxford, 1958), ii. 721; 'On the Death of Mrs. Johnson' (1728), *Prose Works*, ed. Herbert Davis *et al.* (Oxford, 1939–74), v. 227.

[6] *Poems*, i. 193, 195; *Gulliver's Travels*, ed. Turner, 371 n. 1, and, more fully, Boucé,'Rape of Gulliver', 108–9.

[7] *Cadenus and Vanessa*, ll. 343–5, 39–40, *Poems*, ii. 697, 687. Swift's poems include other examples of beaux and especially Irish politicians, described as, or in the role of, monkeys, e.g. *Poems*, iii. 782, 788, 832. For Swift's views on the education of women, and his qualified notions of educational equality in *Gulliver's Travels*, see I. vi. 60–3 and IV. viii. 268–9. More generally, Claude Rawson, 'Rage and Raillery and Swift: The Case of *Cadenus and Vanessa'*, in Donald C. Mell (ed.), *Pope, Swift, and Women Writers*, (2nd ptg., Newark, Del., 1998), 179–91, and 'Swift, les femmes et l'éducation des femmes', in Guyonne Leduc (ed.), *L'Education des femmes en Europe et en Amérique du Nord de la Renaissance à* 1848 (Paris,

1997), 245–65.

[8] Esther Vanhomrigh to Swift, June 1722, *Correspondence*, ed. Harold Williams (Oxford, 1963–5) ii. 428–9.

[9] Williams in *Correspondence*, ii. 428 n. 6; Donald T. Torchiana, 'Jonathan Swift, the Irish, and the Yahoos', *Philological Quarterly*, 54(1975), 205.

[10] On the 'natural impulse of desire' between apparently dissimilar animals 'of the same species' see Edward Long, *The History of Jamaica*, 3 vols. (1774), ii. 364. On the related criterion of interfertility in the determination of biological species, as later formulated by Buffon and the British physician John Hunter, see Nancy Stepan, *The Idea of Race in Science: Great Britain 1800–1960* (London, 1982), 33. The idea was, however, an old one.

[11] Joseph Conrad, *Youth, Heart of Darkness, The End of the Tether* (1902; London, 1956), 118. The Assembly debate about the Yahoos is discussed in Chapters 3 and 4.

[12] Conrad, *Youth, Heart of Darkness*, 97; 'John Esquemeling' (Alexandre Olivier Exquemelin), *The Buccaneers of America* (1678; English trans., 1684), III. vii, ed. William Swan Stallybrass (London, 1923), 230.

[13] Buffon, *Of Carnivorous Animals*, 'The Nomenclature of Apes', in *Natural History*, English trans., 10 vols. (London, 1797), ix. 136–7; the extended treatment of apes and monkeys (ix. 107–263) in Buffon's discussion of carnivorous animals runs to many chapters and is recurrently preoccupied with physical resemblance to humans, while insisting on a clear distinguishability not mainly based on physical features.

[14] Peter Heylyn, *Cosmographie* (1652), II. iv. 138, Richard Ligon, *A True and Exact History of the Island of Barbados* (1657), 51; Vincent le Blanc, *The World Surveyed* (1660), 180, variously cited in *Gulliver's Travels*, ed. Turner, 363 n. 15; Dirk Friedrich Passmann, *'Full of Improbable Lies': Gulliver's Travels und die Reiseliteratur vor 1726* (Frankfurt, 1987), 191–2, 431 nn. 21–5; Frantz, 'Swift's Yahoos and the Voyagers', 54–5; also Woodes Rogers, *A Cruising Voyage Round the World* (1712, 2nd edn. corrected, 1726), 63. Swift owned a copy of le Blanc, see *Catalogue of Books ... (1715)*, ed. William F. Le Fanu (Cambridge, 1988), 22.

[15] Buffon, 'Nomenclature of Apes', ix. 136–7; Hermann Heinrich Ploss, Max Bartels, *et al., Woman: An Historical, Gynaecological and Anthropological Compendium* (1885–1927), trans. Eric John Dingwall, 3 vols. (London, 1935), i. 335 (for convenience, I refer throughout to this work as Ploss, or the Ploss compendium, though H.H. Ploss himself, its orginal author, died in 1885, soon after the appearance of the first edition, and had no part in the work's many subsequent additions); R.W. Frantz, 'Swift's Yahoos and the Voyagers', *Modern Philology*, 29 (1931), 53; *The English Traveller and the Movement of Ideas 1660–1732* (Lincoln, Neb., 1934), 104; for important discussions of the mythologized image of Hottentots, see Ezio Bassani and Letizia Tedeschi, 'The Image of the Hottentot in the Seventeenth and Eighteenth Centuries: An Iconographic Investigation', *Journal of the History of Collections*, 2 (1990), 157–86; Andreas Mielke, *Laokoon und die Hottentotten, oder Über die Grenzen von Reisebeschreibung und Satire* (Baden-Baden, 1993), 225 ff., and 'Contextualizing the "Hottentot Venus"', *Acta Germanica*, 25 (1997), 151–69; Linda E. Merians, 'What They Are, Who We Are: Representations of the "Hottentot" in Eighteenth-Century Britain', *Eighteenth-Century Life*, 17 (1993), 14–39, esp. 20–1, 33–6, and '"Hottentot": The Emergence of an Early Modern Racist Epithet', *Shakespeare Studies*, 26 (1998), 123–44; Gérard Badou, *L'Énigme de la Vénus hottentote* (Paris, 2000). On the connections between Hottentots and

Gulliver's Travels, see pp. 109–11 and n. 41; for Gulliver's Australian geography, see Glyndwr Williams and Alan Frost (eds.), *Terra Australis to Australia* (Melbourne, 1988), 137–8.

[16] Sir Thomas Herbert, *A Relation of Some Yeares Travels* (1638), 16–17 (Swift's copy of the first edition (1634), is now at Harvard; for his annotations, see *Works*, v, pp. xxxii and n. 2,243); John Nieuhoff, *Voyages and Travels in to Brasil and the East-Indies* (?1669), in *A Collection of Voyages and Travels*, 4 vols. (1704), ii. 188; Nathaniel Crouch, *English Acquisitions in Guinea & East-India*, by R.B. (?1686; 1700), 109; Francis Leguat, *New Voyage to the East-Indies* (1708, 232; cited in A. H. MacKinnon, 'The Augustan Intellectual and the Ignoble Savage: Houyhnhnm Versus Hottentot', *Costerus*, 63 (1987), 61); Daniel Beeckman, *A Voyage to and from the Island of Borneo* (1718), in John Pinkerton, *A General Collection of Voyages*, 17 vols. (1808–14), Xl. 152–3.

[17] Lorna Schiebinger, *Nature's Body: Gender in the Making of Modern Science* (Boston, 1993), 91–2, 161, and 239 nn.; see p. 92 for an early drawing (1551) of what was taken to be an anthropoid ape, with breasts resembling the savage stereotype, and the anomalous addition of a long tail.

[18] William Cornelis Schouten, *The Relation of a Wonderfull Voyage Made by W. C. Schouten of Horne* (1619; London, 1966), 57, cited (with other examples) in Bernadette Bucher, *Icon and Conquest: A Structural Analysis of De Bry's Great Voyages*, trans. Basia Miller Gulati (Chicago, 1981), 135–6 and *passim*, and Passmann, '*Full of Improbable Lies*', 191–2, 431 nn. 21–5; William Lithgow, *The Totall Discourse of the Rare Adventures & Painefull Peregrinations of long Nineteene Yeares Travayles* (1632; Glasgow, 1906); J. R. Forster, *Resolution Journal*, ed. Michael E. Hoare, 4 vols. (London, 1982), iii. 546 (30 June 1774); Jules-Sébastien-César Dumont d'Urville, *Voyage de la corvette l' Astrolabe*, 5 Vols. 1830–3, (describing a voyage of 1826–9), v. 164. See his *Atlas historique*, ii, plates 153, 167, etc., for various examples of hanging breasts. For the folklore of breasts and money bags, see p. 107 and n. 35.

[19] (pl. 1) Bucher, *Icon and Conquest*, plates 4, 5, 8a, 10, 11, 12, 18, 19, 21; for mainly seventeenth-century Hottentot examples of hanging breasts, and the standard portrayal of the primitive woman carrying a child, separately or together, in a variety of standard stylizations, see Bassani and Tedeschi, 'Image of the Hottentot', 160, 168, I7o, 172, 178–81 (figs. 2, 8, 10, 12, 21–4); Guy Tachard, *A Relation of the Voyage to Siam* (1686; English trans. 1688), introd. B. J. Terwiel (Bangkok, 1999), 58, 61, plates 5 and 6, Hottentot and Namaqua examples; Mary Louise Pratt, *Imperial Eyes: Travel Writing and Transculturation* (London, 1992), 46. For unusual examples of grotesquerie almost matching the verbal accounts, and captured by photography, in Hottentot and other South African and Abyssinian women, see pl. 2, and Ploss, Bartels, *et al.*, *Woman*, i. 303, 435; ii. 418; iii. 181 and esp. 343–4, figs. 271,362, 647, 863, 951, 952.

[20] Thomas Watling, *A Groupe on the North Shore of Port Jackson, c.* 1794, in the Museum of Natural History, London, in Bernard Smith, *European Vision and the South Pacific* (2nd edn., Melbourne, 1989), 185, plate 124; Augustus Earle, *Natives of New South Wales, c.* 1830, in Robert Hughes, *The Fatal Shore* (New York, 1988), between 450–1. For some examples from the *National Geographic*, see 152/1 (July 1977), 135, 143 ('Fertility Rites and Sorcery in a New Guinea Village', by Gillian Gillison, photographs by David Gillison); 163/1 (Jan. 1983), 69, 73 ('What Future for the Wayana Indians?' by Carole Devilliers); 164/2 (Aug. 1983), 148–9, 168 ('Living Theater in New Guinea's Highlands', by Gillian Gillison, photographs by David Gillison); 155/1 (Jan. 1979), 66 ('Man in the Amazon: Stone Age Present Meets Stone Age Past', by W. Jesco von Puttkamer); 188/2 (Aug. 1995), 107 (Ghana; 'The African Roots of Voodoo', by Carol

Beckwith and Angela Fisher).

[21] Photographic manipulation, whether of plates or negatives, or in the posing of subjects and arranging of backgrounds, is nowadays well recognized. For an indignant account, see Virginia-Lee Webb, 'Manipulated Images: European Photographs of Pacific Peoples', in Elazar Barkan and Ronald Bush (eds.), *Prehistories of tile Future: The Primitivist Project and the Culture of Modernism* (Stanford, Calif., 1995), 175–201, 410–16 nn. Among the illustrations are several (esp. figs. 6, 12) which belong to the stereotype I am describing, though that stereotype is not itself discussed or said to have been a specific object of manipulation, beyond occasional remarks about the posing of 'non-European women as though they were sexually available ... for the pleasure of European males' (p. 187). The matter is presumably more complicated, since some examples, from de Bry to Lévi-Strauss, do not seem self-evidently directed at anyone's 'pleasure', though prurience may take some non-'pleasurable' forms, and there is no reason to assume that the detailing of breasts was any more exempt from falsification than any other features of a composition.

[22] Claude Lévi-Strauss, *Tristes Tropiques* (Paris, 1955), plates 12, 31, 41, 54, 62; *Saudades do Brasil* (Paris, 1994), 90, 96, 106, 108, 129, 135, 139, 174–7, 188; for Nambikwara young girls, 138–55; puppies, 140, 149; monkeys, 141, 154; on charm and bad reputation, 42.

[23] Bucher, *Icon and Conquest*, 135–6 and plates 20–1.

[24] Vespucci, *Letters from a New World*, ed. Luciano Formisano, trans. David Jacobson (New York, 1992), 49–50, 63–4, 71, esp. 50, 64. These two published works were drafted by another hand on the basis of original letters by Vespucci, and cannot be regarded as fully authentic, but they were the only Vespuccian texts published in the sixteenth century, and by which his views were in the main known. There is some dispute as to whether they should be described as 'pseudo-Vespuccian' or 'para-Vespuccian'. For simplicity of reference I shall be referring to them as by Vespucci. This discussion is not concerned with Vespucci's own views, which are impossible to determine in any detail, but with what was reported in his name. For different emphases on the authorship question, see Formisano, Introduction, pp. xix–xxxv, and Antonello Gerbi, *Nature in the New World: From Christopher Columbus to Gonzalo Fernández de Oviedo*, trans. Jeremy Moyle (Pittsburgh, 1985), 45–6.

[25] *Vespucci 'Discovering' America*, engraving by Theodor Galle, after Stradanus (Jan van der Street), in British Museum (pl. 3), reproduced as fig. 81 in Hugh Honour, *The New Golden Land: European Images of America from the Discoveries to the Present Time* (New York, 1975), 88 (for other blonde Americas, see p. 89, figs. 82 and 83, 1594 and 1644), and in *Letters from a New World*, after p. 118.

[26] Daniel Defoe, *A New Voyage Round the World* (1725), 70.

[27] Johann Reinhold Forster, *Observations Made During A Voyage Round the World* (1778), ed. Nicholas Thomas, Harriet Guest, and Michael Dettelbach (Honolulu, 1996), 181.

[28] (pls. 4–5) Webber, see Bernard Smith, *Imagining the Pacific* (New Haven, 1992), 192, 199, plates 175, 179, and, in fuller detail, Rüdiger Joppien and Bernard smith, *The Art of Captain Cook's Voyages* (New Haven, 1988), iii (Text), 67–8 and plate 79; iii (Catalogue), 275 and figs. 3.13 and 3.13a.

[29] For Prado de Tovar, see William Eisler, *The Furthest Shore: Images of Terra Australis from the Middle Ages to Captain Cook* (Cambridge, 1995), 48–9, figs. 20–2 (and *Furthest Shore*, 106–7, figs. 49–50; including one father); Albert Eckhout, see pls. 6–7, and Honour, *New Golden Land*, 80–1, fig. 70, 72, 73;

George Shelvocke, *Voyage Round the World* (1726), facing p. 404, in Smith, *Imagining the Pacific*, 58, plate 50.

[30] (pl. 7) Honour, *New Golden Land*, 80, fig. 70; Eisler, *Furthest Shore*, 107, plate 50. Compare the sexy blonde America welcoming Vespucci in Theodore Galle's engraving, with its cannibals in the background, Honour, *New Golden Land*, 88–9, fig. 81 (see pl. 3).

[31] Graham Greene, *Journey Without Maps* (Harmondsworth, 1971), 46, 61, 53.

[32] Barry Unsworth, *Sacred Hunger*, chs. 39, 24 (London, 1992), 435, 200, 205–8.

[33] Ligon, *True and Exact History*, 51, 15–6, cited in Jennifer L. Morgan '"Some Could Suckle over their Shoulder": Male Travelers, Female Bodies, and the Gendering of Racial Ideology, 1500–1700', *William and Mary Quarterly*, 54 (1997), 167–9, 190; Forster, *Resolution Journal*, iii. 546 (30 June 1774); Patrick White, *Letters*, ed. David Marr (Chicago, 1996), 37 (23 Jan. 1941).

[34] Elizabeth Bishop, *Complete Poems 1927–1979* (New York, 1995), 159–61. The poem cites the issue of Feb. 1918, which contains a long article about volcanoes but not the other items. Bishop talks about this in a letter of 27 July 1971: 'I did go to the library in N.Y. and look up that issue of the *National Geographic*. Actually — and this is really weird, I think — I had remembered it perfectly, and it was all about Alaska, called "The Valley of Ten Thousand Smokes." I tried using that a bit but my mind kept going back to another issue of the *National Geographic* that had made what seemed like a more relevant impression on me, so used it instead. Of course I was sure *The New Yorker* would "research" this, or "process it" or something — but apparently they are not quite as strict as they used to be — or else are sure that none of their present readers would have read *National Geographics* going back *that* far' (*One Art: Letters*, ed. Robert Giroux (New York, 1994), 545–6). In one sense, Bishop's faulty recollection is an index of how the motif of hanging breasts was taken for granted as *National Geographic* material. Another poem by Elizabeth Bishop, 'Pink Dog' (1979), about a beggar-woman in Rio de Janeiro '(A nursing mother, by those hanging teats)', is discussed in Chapter 3. See *Complete Poems*, 190.

[35] Ploss, Bartels, *et al.*, *Woman*, i. 394–449, 454–6; for a summary version, see Paula Weideger, *History's Mistress: A New Interpretation of a Nineteenth-Century Ethnographic Classic* (Harmondsworth, 1986), 57–60. For wine-cups, see Marilyn Yalom, *A History of the Breast* (New York, 1997), 68.

[36] *Faerie Queene*, i. viii. 47; *Orlando Furioso*, VIII. 69–74; Baudelaire, 'Don Juan aux enfers', 11.5–8; on hags, see Marina Warner, *From the Beast to the Blonde: On Fairy Tales and their Tellers* (London, 1994), 43 ff.; on Veronica Franco, see Yalom, *History of the Breast*, 55–6; for visual examples see Hans Baldung Grien, *The Ages of Man and Death*, Prado Museum, Madrid (pl. 8); compare a seventeenth-century portrayal of *Old Age* in Yalom, *History of the Breast*, 57.

[37] Swift, *Poems*, ii. 582; Fielding, *Amelia*, I. iii, ed. Martin C. Battestin (Oxford, 1983), 28; there are other examples in each of Fielding's novels of characters with comparable attributes: Mrs Slipslop (*Joseph Andrews*, I. vi, IV. xiv), Laetitia Snap (*Jonathan Wild*, I. ix), and Mrs Partridge (*Tom Jones*, II. iv: in the latter case, Fielding answered in favour of the breasts the question asked about natives in Woodes Rogers's book, 'whether the Women's Hair or Breasts be longest'); compare the bawd in John Cleland's *Memoirs of a Woman of Pleasure* (1749), ed. Peter Sabor (Oxford, 1985), 24; White, *Letters*, 25.

[38] Lithgow, *Totall Discourse*, 378; Lithgow also spoke of the idleness of the Irish (373, 374), much as European writers dwelt on the idleness of Hottentots: see J. M. Coetzee, *White Writing: On the Culture of*

Letters in South Africa (New Haven and London, 1988), 21, 16–35, and Chapter 3.

[39] Hilary Mantel, *The Giant, O'Brien*, ch. 4 (London, 1998), 42; Schiebinger, *Nature's Body*, 163, cites Blumenbach on the large breasts of Irish women; *Modest Proposal, Works*, xii. 112.

[40] Compare Crouch, *English Acquisitions*, 6, on natives of the Guinea coast: 'they give them the breast over their shoulders, and this may be the reason of the flatness of their Noses by their knocking them continually against the Back and Shoulders of the Mother'; Buffon, *History of Man*, ch. 9, 'Of the Varieties in the Human Species', *Natural History*, iv. 282.

[41] See Frantz, 'Swift's Yahoos and the Voyagers', esp. 53–7; Daniel Eilon, 'Swift's Yahoo and Leslie's Hottentot', *Notes and Queries*, 228 (1983), 510–12; MacKinnon, 'The Augustan Intellectual', 55–63, esp. 59–62 (J. A. Bakker *et al.* (eds.), *Essays on English and American Literature ... Offered to David Wilkinson* (Amsterdam, 1987)).

[42] For urinating rituals and non-language, see Merians, 'What They Are', 26, 28, 30, 34; for corrupted flesh, *Encyclopédie*, new edn., xviii (1778), 786, art. 'Hottentots'; for poisoned arrows, Georges Cuvier, 'Extrait d' observations faites sur le cadavre d'une femme connue à Paris et à Londres sous le nom de Vénus Hottentotte', *Mémoires du Muséum d'Histoire naturelle*, iii (1817), 259–74, p. 262; 1. Norwich, 'A Chapter of Early Medical Africana', *South African Medical Journal*, 45 (1971), 503; Stephen Jay Gould, 'The Hottentot Venus', *Natural History*, 91/10 (Oct. 1982), 22; Badou, *Énigme*, 29, 36 (citing Diderot).

[43] Crouch, *English Acquisitions*, 109.

[44] Lithgow, *Totall Discourse* 373, 374; Coetzee, *White Writing*, 16–35.

[45] Lithgow, *Totall Discourse*, 378; Herbert, *Some Yeares Travels*, 18; for early assimilations, see also Merians, '"Hottentots"', 130–2.

[46] W.J. Fitzpatrick, *Ireland Before the Union; with Extracts from the Unpublished Diary of ... [the] Earl of Clonmell* (2nd edn., 1867), 32–3.

[47] Torchiana, 'Jonathan Swift, the Irish, and the Yahoos', 201; L. P. Curtis, Jr., *Anglo-Saxons and Celts: A Study of Anti-Irish Prejudice in Victorian England* (Bridgeport, Conn., 1968), 63, 102–3.

[48] Swift to James Stopford, 26 Nov. 1725 (the same day as a famous letter to Pope about *Gulliver's Travels*), to Charles Wogan, ?1736, and to Francis Grant, 23 Mar. 1734, *Correspondence*, iii. 116, iv. 468, 230 (posthumously reprinted as *A Letter on the Fishery, Works*, xiii. 112).

[49] *Modest Proposal, Works*, xii. 116; Sheridan, *Intelligencer*, No. 2, *c*. 18 May 1728, 52.

[50] See Chapter 1, p. 75 and n. 124.

[51] Bucher, *Icon and Conquest*, plates 8a, 14; Columbus, *Journal*, 9 Jan. 1493, cited in Tzvetan Todorov, *La Conquête de l'Amérque* (1982; Paris, 1991), 26.

[52] Columbus, letter to Santangel, Feb.-Mar. 1493, cited in Todorov, *Conquête*, 26.

[53] Todorov, *Conquête*, 27. On Amazons, see also Ploss, Bartels, *et al.*, *Woman*, i. 464–74; Frank Lestringant, *L'Atelier du cosmographe, ou l'image du monde à la Renaissance* (Paris, 1991), 114–29, 224–8. For some English perceptions, mainly Ralegh's, see Louis Montrose, 'The Work of Gender in the Discourse of Discovery', in Stephen Greenblatt (ed.), *New World Encounters* (Berkeley, 1993), 201 ff. and references 217 n. 42.

[54] C. Lombroso and E. G. Ferrero, *La Donna delinquente: la prostituta e la donna normale* (Turin and Rome, 1893), 339, and see 341–3, 348, 423, 492–3 and plates and illustrations; the English translation, *The*

Female Offender (London, 1895), is heavily abridged (the passage cited is at 91).

[55] (pl. 9) Lombroso and Ferrero, *La Donna delinquente*, plate II, *Polisarcia in Abissina* (not in *Female Offender*); 342 and plate V (*Female Offender*, 95–6 and plate III, 102); Ploss, Bartels, *et al., Woman*, iii. 344, plate 952 (his caption, in the Dingwall translation, is *Abyssinian matron* whereas Lombroso's, acknowledging Ploss, is *Ballerina o prostituta Abissina*); ii. 114–16, i. 156–61. Lombroso (14) cites an 1887 edition of *Das Weib*, where this picture does not appear; but in the 1905 edition (661), it appears as fig. 647, captioned *Abyssinierin im Matronenalter*.

[56] See Chapter 1, pp. 28ff., 85ff.

[57] BM 9178, Feb. 1798.

[58] Joseph Campbell, *The Way of the Animal Powers, i: Historical Atlas of World Mythology* (London, 1983), 46–7, 66–73, fig. 66, 109, 118–24, 128; see also Ploss, Bartels, *et al., Woman*, i. 308–9 and fig. 281.

[59] Joseph Campbell, with Bill Moyers, *The Power of Myth* (New York, 1988), 164; on African art, see Susan Vogel (ed.), *For Spirits and Kings: African Art from the Paul and Ruth Tishman Collection* (New York, 1981), Nos. 9, 21, 34, 43, 69, 74, 96; Susan Vogel and Mario Carrieri, *African Aesthetics: The Carlo Monzino Collection* (New York, 1986), 1, 2, 3, 4, 58, 74, 96, 97, 172, 173, 202, 209.

[60] In addition to poems and plays by Stephen Gray, Elizabeth Alexander, Suzan-Lori Parks, and others (some discussed below) see Gould, 'The Hottentot Venus'; Paul Edwards and James Walvin, *Black Personalities in the Era of the Slave Trade* (Baton Rouge, La., 1983), 171–82 (a useful collection of contemporaneous comments); Sander L. Gilman, 'Black Bodies, White Bodies: Toward an Iconography of Sexuality in Late Nineteenth-Century Art, Medicine, and Literature', in Henry Louis Gates, Jr. (ed.), *'Race', Writing, and Difference* (Chicago, 1986), 232–9, 258–60 nn., which appeared in the journal *Critical Inquiry* in Autumn 1985, and may be Gilman's first treatment of the subject, recycled at least twice in *Difference and Pathology: Stereotypes of Sexuality, Race, and Madness* (Ithaca, NY, 1985), 85–92, and *Sexuality: An Illustrated History* (New York, 1989), 292–6; Mielke, *Laokoon und die Hottentotten*, 225 ff., and 'Contextualizing the "Hottentot Venus"' esp. 159–61; Schiebinger, *Nature's Body*, esp. 160–72; Anne Faustino-Sterling, 'Gender, Race, and Nation: The Comparative Anatomy of "Hottentot" Women in Europe, 1815–1817', in Jennifer Terry and Jacqueline Urla (eds.), *Deviant Bodies: Critical Perspectives on Difference in Science and Popular Culture* (Bloomington, Ind., 1995), 19–48; for interest in perceptions of Hottentot physique and way of life in general, see Merians, 'What They Are', and '"Hottentot"', and Bassani and Tedeschi, 'The Image of the Hottentot', already cited.

[61] Ploss, Bartels, *et al., Woman*, i. 327–53.

[62] Gilman, 'Black Bodies', 232, 258.

[63] (pl. 10) It accompanied a reprint of the autopsy report of 1817 by Georges Léopold Cuvier, 'Femme de race Boschismanne', in Étienne Geoffroy-Saint-Hilaire and Frédéic Cuvier, *Histoire naturelle des mammifères*, 2 vols. (Paris, 1824), i. 1–7; Hugh Honour, *The Image of the Black in Western Art, iv. From the American Revolution to World War I*, 2 vols. (Cambridge, Mass., 1989), ii. 52, 255 n. 27, 281. The image reproduced in Gilman, 'Black Bodies', 213, fig. 5, is wrongly said to have appeared with Cuvier's autopsy report in 1817, a mistake corrected in *Sexuality*, 292, plate 298.

[64] Coetzee, *White Writing*, 1 n.

[65] Richard D. Altick, *The Shows of London* (Cambridge, Mass., 1978), 268–73. Baartman was succeeded

in 1822 by a 'Venus of South America', who exhibited a hundred or so scars for each act of adultery she was found to have committed (105 purportedly carried the death penalty among the Botocudo people of Brazil).

[66] Altick, *Shows of London*, 268.

[67] Ibid.

[68] (pls. 11–2) See M. Dorothy George, *Catalogue of Political and Personal Satires Preserved in the Department of Prints and Drawings in the British Museum*, vols. viii–x, photolithic edn. (London, 1978), Nos. 11577, 11578, 11578A, 11580, 11602, 11748, 11763, 11765, 11765A, 12636, 12702, 12749, 12799, 13249, 14449, 14637 (hereafter referred to as BM followed by number); see also Bernth Lindfors, 'The Bottom Line: African Caricature in Georgian England', *World Literature Written in English*, 24 (1984), 43–51 (for Lewis's poster, pp. 46, 51 n. 7). Rowlandson's *Sartgee, the Hottentot Venus*, a drawing of her face, is at the Menil Collection, Houston, Texas.

[69] See Bernth Lindfors, '"The Hottentot Venus" and other African Attractions in Nineteenth-Century England', *Australasian Drama Studies*, 1 (1983), 83–104; Gilman, 'Black Bodies', 232, 234 and 258 n. 17; *Sexuality*, 293.

[70] Edwards and Walvin, *Black Personalities*, 181–2. See pp. 138–9 and n. 152.

[71] *Encyclopédie*, xvii (1778), 786 (art.'Hottentots'); John Ogilby, *Africa: Being an Accurate Description of the Regions of Aegypt, Barbary, Lybia, and Billedulgerid, the Land of Negroes, Guinee, Aethiopia, and the Abyssines* (1670), 589–90.

[72] E. A. Hooton,'Some Early Drawings of Hottentot Women', *Harvard African Studies*, 2 (1918), 83–99 and plates.

[73] Georges Cuvier, 'Extrait d'observations', see above, n. 42. Cuvier regarded her peculiarities as belonging to the Bushman rather than the Hottentot people (259–61), and his account is consistent with the description of the Bushmen in Laurens van der Post's *Lost World of the Kalahari* (1958; Harmondsworth, 1978), 13–14.

[74] See Merians, 'What They Are', 24–8.

[75] Cuvier, 'Extrait d'observations', 259; for seventeenth-century reports, see Merians, 'What They Are', 28; for theories of the 'Hottentot apron', including the question of whether it was fully congenital, or partly induced by manipulation, see Ploss, Barrels, *et al., Woman*, i. 327–36.

[76] 'Sur une femme de ia race hottentote', *Bulletin des sciences, par ia société philomatique de Paris* (1816), 187, 189–90, reporting an examination by M. de Blainville on 18 Mar. 1815. Gilman, 'Black Bodies', 232, 259 n. 18, and *Sexuality*, 292, bizarrely speaks of this live examination as the same 'autopsy' as that performed by Cuvier after her death; Cuvier, 'Extrait d'observations', 265 ff. Cuvier had also seen her alive, and reports her consent to being painted nude in the Jardin du Roi in Spring 1815 (262–3, 265). For the report of 1689, see John Ovington, *A Voyage to Suratt* (1696), 497, cited in Merians, 'What They Are', 28. For a list of medical studies of Baartman from Blainville onwards, see Faustion-Sterling, 'Gender, Race, and Nation', 43–4 n. 13.

[77] *Encyclopédie*, art. 'Hottentots'; L. H. Wells, 'An English Buccaneer's Notes on the Cape Hottentots in 1686', *South African Journal of Science*, 57 (1961), 182; Ploss, Bartels, *et al., Woman*, i. 327–8, reports a Bushwoman named Afandy who exhibited her apron in Central Europe; for other nineteenth-century

exhibitions, both popular and 'scientific', of Cape women, see Badou, *Énigme*, 174–7.

[78] Badou, *Énigme*, 187–92, including the information that Nelson Mandela asked François Mitterand for the remains to be returned to South Africa, and that diplomats still report negotiations to be at a 'delicate stage'.

[79] Cuvier, 'Extrait d'observations', 266; Gould, 'The Hottentot Venus', 20. Elizabeth Alexander, *The Venus Hottentot* (Charlottesville, Va., 1990), 3–4. On the other hand, Stephen Gray's *Hottentot Venus* (Cape Town, 1979), 1, makes Baartman say: 'they wanted to ... sink me in wax and decant my brain/and put me in a case in the Museum of Man/I stare out at the Eiffel Tower my hands covering/my vaginal flaps my own anomaly'. On Baartman's brain, Badou, *Énigme*, 156.

[80] Blainville, 'Sur une femme', 187–8; Cuvier, 'Extrait d'observations', 260, 265 ff.; van der Post, *Lost World*, 13.

[81] Blainville, 'Sur une femme', 187–8; Cuvier, 'Extrait d'observations', 265.

[82] Alexander, *Venus Hottentot*, 5. The poem seems to confuse Baartman with the second Hottentot Venus who appears in the engraving, *The Ball of the Duchess du Barry* (1829 or 1830, reproduced in Gilman, *Sexuality*, 293, plate 299); see above, p. 115 n. 69; the story, if not apocryphal, presumably refers to the duchesse de Berry (Badou, *Énigme*, 127–8).

[83] Suzan-Lori Parks *Venus* (New York, 1997); for Cuvier's elevation to the baronage, Dorinda Outram, *Georges Cuvier* (Manchester, 1984), 292; Graham Greene, *The Comedians* (Harmondsworth, 1968), 31.

[84] *A Pair of Broad Bottoms*, by William Heath (pl. 11) (BM 11578); see also, *Prospects of Prosperity, or Good Bottoms Going in to Business*, by C. Williams (BM 11580), both reproduced in Altick, *Shows of London*, 271–2; another Broad Bottom print which included the Venus was Heath's *Love at First Sight: or a Pair of Hottentots, with an Addition to the Broad Bottom Family* (BM 11577).

[85] (pl. 12) BM 11763.

[86] BM 11765, 12702, 12749, 13249, 14637.

[87] BM 11577, 11578, 11602, 11748, 11763, 11765, 12702, 13249, 14449, and the print *Fashionables Comparing Notes with the Hottentot Venus*, not in BM (Library of Congress, 1–182); for seventeenth-century images of Cape people, male and female, smoking pipes, evidently an early Hottentot stereotype, see Bassani and Tedeschi, 'Image of the Hottentot', 180, 183 (figs. 23, 26).

[88] On smoking and 'savage people', see Sir Walter Ralegh, *The Discoverie of the Large, Rich and Bewtiful Empyre of Guiana* (1596), ed. Neil L. Whitehead (Manchesher, 1997), 55 n. 15; on Hottentots in particular, Schiebinger, *Nature's Body*, 162–3, and fig. 54; *dacha* was reported by Ten Rhyne in 1686 after a visit to the Cape in 1673, Norwich, 'Early Medical Africana', 503.

[89] Lithgow on breasts, money-bags, and tobacco, *Totall Discourse*, 378–9 and see above, pp. 100, 107, and nn. 18, 35; for pipe-smoking caricatures, *Knavish Pat — A Tale* (1804), BM 10353; *Young Ireland in Business for Himself* (1846), R. F. Foster, *Paddy & Mr. Punch: Connections in Irish and English History* (London, 1995), 177; *The King of A-Shantee* (1882), the pun on Ashanti emphasizing the African-Irish parallel, L. P. Curtis, Jr., *Apes and Angels: The Irishman in Victorian Caricature* (Washington, 1971), 63.

[90] Blainville, 'Sur une femme', 189; Cuvier, 'Extrait d'observations', 263. Blainville also (189) stressed her carnivorous taste in food.

[91] Lithgow, *Totall Discourse*, 379; Fitzpatrick, *Ireland before the Union*, 32–3; the drunkenness of Indians was spoken of from the time of the *conquista*, notably in Bernal Diaz's comprehensive diatribe, in *True History of the Conquest of New Spain*, XVII. ccviii, ed. Genaro García, trans. A. P. Maudslay, 5 vols. (Nedeln, 1967), v. 263. Alcohol was often used to placate natives or render them dependent, or would be seen as a native response to suffering, see Philip P. Boucher, *Cannibal Encounters: Europeans and Island Caribs, 1492–1763* (Balti more, 1992), 43, 47, 73, 101–3, 118, 122, etc., for examples of mostly French Caribbean practices and perceptions.

[92] Blainville, 'Sur une femme', 188. Cf. Cuvier, 'Extrait d'observations', 264–5 on her 'teint fort basané' and 'brun-jaunâtre' (yellowish-brown).

[93] 'A Ballad', in Edwards and Walvin, *Black Personalities*, 178–81.

[94] Altick, *Shows of London*, 269–70.

[95] 'Law Intelligence — Court of King's Bench, Saturday Nov. 24', *Morning Post*, 26 Nov. 1810, in Edwards and Walvin, *Black Personalities*, 174–5.

[96] Edwards and Walvin, *Black Personalities*, 174, 180, 181.

[97] Letter in *Morning Post*, 23 Oct. 1810, cited in Edwards and Walvin, *Black Personalities*, 172.

[98] Another Irishman, who adopted the name of 'the legendary Irish giant, O'Brien', retired from exhibition in 1804 and was careful to avoid Byrne's posthumous fate; Altick, *Shows of London*, 42, 26 n. For Mantel's novel, which is a sophisticated exploration of several themes of this book, see above, n. 39.

[99] Altick, *Shows of London*, 16, 35, 43, 286, 341.

[100] 'Black Bodies', 238–9; *Difference and Pathology*, 92; *Sexuality*, 29.

[101] (pl. 13) Richard Newton, *The Full Moon in Eclipse* (8 May 1797), in David Alexander, *Richard Newton and English Caricature of the 1790s* (Manchester, 1998), plate 56 and 135, 156.

[102] Thomas Harris, *Hannibal* (1999), ch. 13 (New York, 2000), 106.

[103] Gilman's source is stated in 'Black Bodies', 260 n. 29, *Sexuality*, 351 n. 29, to be a German translation of a work by John Grand-Carteret, *Die Erotik in der französischen Karikatur*, trans. Cary von Karwarth and Adolf Neumann (Vienna, 1909), 195. I have been unable to see the image in the only known publicly owned copy, in the Library of the Department of Prints and Drawings, British Museum, to which Professor Gilman kindly directed me (personal letter, 11 Mar. 1996). Since he saw the book there, some time before 1985, the image and surrounding text have been torn out. In *Sexuality* (1989), 296, Gilman cites a copy in a private collection in Ithaca. The French original of Grand-Carteret's book is presumably unpublished (see *Sexuality*, 351 n. 29). The identification of the image as referring to the Hottentot Venus occurs in a source five years earlier than Grand-Carteret, to which Gilman does not refer, Eduard Fuchs, *Das erotische Eiement in der Karikatur* (Berlin, 1904), 195, plate 145, who describes the image as a German caricature of the beginning of the nineteenth century (pl. 14).

[104] Gilman, 'Black Bodies', 238–9, *Difference and Pathology*, 90–2; *Sexuality*, 295–6, still citing Grand-Carteret. On Fuchs, see previous note.

[105] Andreas Mielke, personal letter of 5 Mar. 1997. Shakespeare's lines are from *Hamlet*, I. v. 166–7, German trans. in *Shakespeare's Dramatische Werke*, trans. A. W. von Schlegel and L. Tieck, ed. Richard Gosche and Benno Tschischwitz, 8 vols. (Berlin, I889), iv. 128.

[106] Among many caricatures commenting on, or catering to, a national taste for backsides and jokes about

them, see the amusing seventeenth-century German print, *Der Weiber Flöhenplag,* in Fuchs, *Das erotische Element,* 135, fig. 103, with two of the flea-plagued women baring their backsides like self-consciously vulgarized Callipygian Venuses.

[107] See Ronald Paulson, *Hogarth's Graphic Works* (rev. edn., New Haven, 1970), i, No. 337, ii. 314–16. The engraving was published in the first volume of Samuel Ireland, *Graphic Illustrations of Hogarth,* 2 vols. (London, 1794–9), i. 117–20. See also the 'Third Revised Edition', London, 1989, of *Hogarth's Graphic Works, 36,* where the work is not reproduced, and Paulson, *Hogarth* (New Brunswick, NJ, 1991–3), ii. 69, 113. A later German analogue, *The Greek Rebellion* (c. 1822), signed 'Gilray' and falsely pretending to be by James Gillray (d. 1815), shows Metternich with a telescope, viewing with satisfaction the Turkish Sultan's backside being licked by a British officer, much as a Yahoo herd leader is served by his official favourite (IV. vii. 262, see p. 143): see Mary Lee Townsend, *Forbidden Laughter: Popular Humor and the Limits of Repression in Nineteenth-Century Prussia* (Ann Arbor, 1992), 156, fig. 37.

[108] *The Punishment inflicted on Lemuel Gulliver,* in Paulson, *Hogarth's Graphic Works,* 3rd rev. edn., No. 107.

[109] *A Proclamation in Lilliput* (22 May 1792), see Alexander, *Richard Newton and English Caricature,* plate 5 and 30–1, 116–7 (Newton also produced twenty plates for an illustrated edition of *Tom Jones,* posthumously published in 1799, see 54); for some uses of *Gulliver's Travels* in caricature, see BM 10019 and variants A–C, 10227 and variants A–B, 10460, 10657; for a readily accessible example, see Altick, *Shows of London,* 259, fig. 82; for an erotic *In Lilliput* by or attributed to Vivan-Denon, representing Gulliver as a giant phallus among Lilliputians, see Fuchs, *Das erotische Element,* 182, fig. 135.

[110] Ploss, Bartels, *et al., Woman,* i. 300–8.

[111] Francis Haskell and Nicholas Penny, *Taste and the Antique*: *The Lure of Classical Sculpture 1500–1900* (New Haven, 1981), 39, 316–18, figs. 20, 21, 168; John Evelyn, *Diary,* 25 Jan. 1645, ed. E. S. de Beer (London, 1959), 162; for a reference to Baartman as a 'Vénus callipyge', see Badou, *Énigme,* 129.

[112] (pl. I5) Joseph Grego, *Rowlandson the Caricaturist,* 2 vols. (London, 1880), ii. 217–8; A. P. Oppé, *Thomas Rowlandson: His Drawings and Water Colours* (London, 1923), 52; for Sade, as well as Diderot, on this statue, see Sade, *Œuvres,* ed. Michel Delon and Jean Deprun, 3 vols. (Paris, 1990–8), i. 574, 1267 n., iii. 92,466, 843, 1448 n., 1516 n.

[113] On Cuvier and his artists, see Honour, *Image of the Black,* iv. *From the American Revolution,* ii. 52–5 (and figs. 35, 36), 255 nn. 21–7, 281.

[114] Cuvier, 'Extrait d'observations', 265; Blainville, 'Sur une femme', 187.

[115] Blainville, 'Sur une femme' 189.

[116] Cuvier, 'Extrait d'observations', 263–4, 268–70; Blainville, 'Sur une femme', 183–6.

[117] Gilman, *Sexuality,* 293–4.

[118] Blainville, 'Sur une femme', 189; Cuvier, 'Extrait d'observations', 263–4, 268–70; Alexander, *Venus Hottentot,* 5–6; Gould, 'The Hottentot Venus', 22; Cuvier specified, however, that the genital apron distinguished her from monkeys, whose nymphae are generally barely visible (268), and he dwells more than Blainville does on some features which resemble human (Negro and Mongol) rather than simian races (264), and he also compared and contrasted her with other races (270 ff.); for other views of the

resemblance to simians, see Ploss, Bartels, *et al., Woman*, i. 335. On the other hand, Cuvier also said some features of both Bushmen and Negroes were close to those of female apes and he reported on her animal characteristics ('caractères d'animalité'), and noted that her 'muzzle' was more salient even than that of Negroes (269, 271). Blainville also spoke of her muzzle (183).

[119] On earlier theories of the human relationship to apes, see Stepan, *Idea of Race*, 7 ff., 15 ff.

[120] See Frantz, 'Swift's Yahoos and the Voyagers', 52, 55–7; Merians, 'What They Are', 21, 29, '"Hottentot"', 123; Ovington, *Voyage to Suratt*, 489; for Herbert and Wafer, see nn. 158, 161. An alternative example of the 'missing link', proposed in Edward Tyson's *Orang-Outang, Sive Homo Sylvestris: or The Anatomy of a Pygmie compared with that of a Monkey, an Ape, and a Man* (1699), was the 'pygmy' (here in the sense of an Angolan chimpanzee). Perceived analogies between Africans and 'the great apes which came out of Africa, and which Europeans encountered at the same time they met the Negro' (Stepan, *Idea of Race*, 8), became a staple of 'scientific' interest, giving rise to a long tradition of anatomical measurements of skull sizes and shapes, facial angles, and brain development (Stepan, *Idea of Race*, 8 ff. and *passim*). On 'missing link' theories, involving Hottentots and Amerindians, and the importance of the 'great chain' (which had formed the basis of Tyson's thought) in the work among others, of the *Encyclopédistes*, see P. J. Marshall and Glyndwr Williams, *The Great Map of Mankind* (Cambridge, Mass., 1982), 215. But the concept of a 'great chain' 'was not typical of racial science in the late eighteenth century and the early nineteenth century' and Blumenbach, Cuvier, and others repudiated what Prichard called attempts '"to find in the Negro an intermediate link"'; Cuvier called the concept of the great chain '"detrimental to the progress of natural history"' (Stepan, *Idea of Race*, 7–12). It was, however, reactivated in a variant form in later race science, and even its opponents did not dispute the principle of racial gradation, in which comparative relationship to apes played an important part (Stepan, *Idea of Race*, 12–19). For the 'Irish Yahoo' as missing link, see Curtis, *Apes and Angels*, 100.

[121] Gould, 'The Hottentot Venus', 22; Buffon, 'Nomenclature of Apes', and 'Orang-Outang', ix. 109–10, 168. A similar story, without racial implications, is told in *Grande sertão: veredas* (1956), by the Brazilian novelist João Guimarães Rosa: a group of starving men capture and eat a monkey whom they subsequently discover to be a naked man (*Ficção completa* (Rio de Janeiro, 1994–5), ii. 40).

[122] Cuvier, 'Extrait d'observations', 270–1, 273.

[123] Cuvier, 'Extrait d'observations', 270; *Encyclopédie*, xvii (1778), 786, art. 'Hottentots'.

[124] Ploss, Bartels, *et al., Woman*, i. 300–8, figs. 268–80; van der Post, *Lost World of the Kalahari*, 30, 34–5; see Stepan, *Idea of Race*, 104, 208 n. 58, on the geographical dispersal of steatopygous features, explained either by migration or, after Edmund Leach, by the hypothesis that morphological similarities might be '"the result of a local adaptation to a similar set of selective pressures"'. For 'La Polichinelle', see Campbell, *The Way of the Animal Powers*, i. 71, fig. 121.

[125] Cuvier, 'Extrait d'observations', 269, 271.

[126] Cuvier, 'Extrait d'observations', 263–4; see Claude Rawson, 'Gulliver and the Flat-nosed People', *Order from Confusion Sprung* (1985; rptd. London and Atlantic Highlands, NJ, 1992), 68.

[127] Cuvier, 'Extrait d'observations', 263; Biainville, 'Sur une femme', 187.

[128] Cuvier, 'Extrait d'observations', 264; Swift, 'On the Death of Mrs. Johnson', *Works*, v. 227.

[129] *La Donna delinquente*, 10, 331–2, and *passim*. Gilman 'Black Bodies', 248–9; the Ploss compendium

cites de Blasio to make the more neutral point that 'semisteatopygous cases occur in women of Mediterranean race', mentioning two prostitutes in Naples in a discussion of geographical distribution, *Woman*, i. 304–5.

[130] Compare the naked profile of de Blasio's steatopygous prostitute ('Black Bodies', 249, fig.15) with the notional contours of a dress, c. 1745–50, on a tailor's dummy in Zillah Halls, *Women's Costumes 1600–1750* (London, 1969), 27, plate 19. On the history of the hoop-petticoat in England (roughly 1709–1820), and its English and European prehistory and afterlife (including the Elizabethan farthingale and the Victorian crinoline), see Kimberly Chrisman, '*Unhoop* the Fair Sex: The Campaign Against the Hoop Petticoat in Eighteenth-Century England', *Eighteenth-Century Studies*, 30 (1996), 5–24. This useful account brings out the paradox of an 'artificial' or 'mechanical' contrivance acting as a mimicry or even as an enhancement of the passional and primitive, a constraint and sexual barrier, which in its own ways abetted lewdness and drew attention to nudity. On the hoop-petticoat, or panier, see also François Boucher, *20,000 Years of Fashion: The History of Costume and Personal Adornment* (expanded edn., New York, 1987), 295–9, esp. 95–6 and figs. 713–24.

[131] Erin Mackie, 'Lady Credit and the Strange Case of the Hoop-Petticoat', *College Literature,* 20/2 (June 1993), 27–43, esp. 36; examples from Fielding, see Claude Rawson, 'Henry Fielding', in *Cambridge Companion to the Eighteenth-Century Novel*, ed. John Richetti (Cambridge, 1996), 124.

[132] (pl. 16) *A New Authentic, and Complete Collection of Voyages Round the World Undertaken and Performed by Royal Authority. Containing a ... Complete Historical Account of Captain Cook's First, Second, Third and Last Voyages*, ed. George William Anderson (London, 1784), 491–2, fig. facing p. 491, reproduced in a variant form in Mackie, 'Hoop-Petticoat', 28–9; for various versions by Webber, William Ellis, and de Loutherbourg (1777–85), see *Art of Captain Cook's Voyages*, iii (Text), 57, 59, plate 67; iii (Catalogue), 362–5, figs. 3. 106–8, and William Eisler and Bernard Smith (eds.), *Terra Australis: The Furthest Shore* (Sydney, 1988), 142–3, 194–5. For English and French fashionable analogues, see pl. 17, and C. W. and P. Cunnington, *A Handbook of English Costume in the Eighteenth Century* (London, 1957), 114–17, figs. 30, 31; Natalie Rothstein (ed.), *Four Hundred Years of Fashion* (London, 1984), 26–7, fig. 19.

[133] Boucher, *20,000 Years of Fashion*, 373 (the French text, *Histoire du costume en occident de l'antiquité à nos jours* (Paris, 1965), 372, reads 'la jupe plus ample dans le dos', i.e. 'back' in the dorsal sense, not the buttocks; programme note, *Venus*, by Suzan-Lori Parks, Yale Repertory Theatre, 14–30 Mar. 1996.

[134] See Diana Donald, *The Age of Caricature: Satirical Prints in the Reign of George III* (New Haven, 1996), 84, 94, 100, 103, figs. 91, 103, 109, 112.

[135] *Repertorio Americano*, in Pratt, *Imperial Eyes*, 176, fig. 32; on this journal see 172–4.

[136] (pls. 18a-c) Horace Walpole, letters to Countess of Upper Ossory, 27 Jan. and 10 Feb. 1786 (Horace Walpole, *Correspondence*, ed. W. S. Lewis *et al.* 48 vols. (New Haven, 1937–83), xxxiii. 512–13, 516–17, where the two drawings are reproduced, as they are, together with the print of 1786, in Donald, *Age of Caricature*, 91, fig. 98. The print is BM 8257, and see 7100). Both the drawings and the print are preserved in Walpole's album of caricatures, now in the New York Public Library. See also Joan Sussler, 'Walpole's "Bosom Friends": Enhancing the Figure of the Mid-1780's', *Essays in Arts and Sciences*, 22 (Oct. 1993), 19–49, esp. 24–30.

[137] Sussler, 'Walpole's "Bosom Friends"', 27 ff.; Donald, *The Age of Caricature*, 90–1. On the pouter-pigeon look, see Sussler, 'Walpole's "Bosom Friends"', 35.

[138] Sussler, 'Walpole's "Bosom Friends"', 27.

[139] Walpole to Sir Horace Mann, 4 May 1786, *Correspondence*, xxv. 641, cited in Sussler, 'Walpole's "Bosom Friends"', 23–4. Compare Lawrence Stone, *The Family, Sex and Marriage in England, 1500–1800* (New York, 1977), 536: 'Elegant women resembled the callipygous [!] statues of prehistoric art.'

[140] Sussler, 'Walpole's "Bosom Friends"', 45 n. 14. For Hogarth's composition, see Paulson, *Hogarth's Graphic Works*, 3rd rev. edn., 75–6, 287 (fig. 120). On Diana of Ephesus, see Ploss, Bartels, *et al., Woman*, iii. 218.

[141] (pls. 19–20) BM 7112, 7111, 6874. On these prints, see Sussler, 'Walpole's "Bosom Friends"', 24–35, 45 n. i6, 46 n. 23, 47 n. 43, and figs. In *The Bum-Bailiff Outwitted; or the Convenience of Fashion*, also by Stubbs, the entire armature comes off in the bailiff's hands, enabling the lady to escape the law by crawling out from under (BM 7102; Sussler, 'Walpole's "Bosom Friends"', 33–5); for further examples, see references in the entry on BM 7099, a companion print to *The Bum Shop*. Max Beerbohm, *The Iconoclast's One Friend*, in N. John Hall, *Max Beerbohm: Caricatures* (New Haven, 1977), 99, plate 82.

[142] 'Beautiful Young Nymph', ll. 21–6, *Poems*, ii. 582.

[143] Stone, *Family, Sex and Marriage*, 536; Aileen Ribeiro, *The Art of Dress: Fashion in England and France 1750 to 1820* (New Haven, 1995), 91–4, 150; *Revolution in Fashion: European Clothing, 1715–1815* (New York, 1989) (catalogue of exhibition held at Fashion Institute of Technology), 116, 133–4 and *passim*.

[144] *Fashionables Comparing Notes*, see above, n. 87.

[145] Mrs Charles Matthews, *Memoirs of Charles Matthews*, cited in Richard Altick, *The Shows of London*, 269.

[146] e.g. *McGraw-Hill Nursing Dictionary* (New York, 1979); *International Dictionary of Medicine and Biology* (New York, 1986).

[147] Mielke, 'Contextualizing the "Hottentot Venus"', 165.

[148] (pl. 9) Lombroso and Ferrero, *La Donna delinquente*, plate II, *Polisarcia in Abissina*; Abyssinian women are evidently the examples of choice for Italians: Ignazio Silone's novel, *Pane e Vino* (Lugano, 1937), 245–6, describes a placard in front of a barber-shop showing Abyssinian women with long breasts coming down to their knees.

[149] For an excellent summary account of attitudes to maternal breast-feeding, see Ruth Perry, 'Colonizing the Breast: Sexuality and Maternity in Eighteenth-Century England', *Journal of the History of Sexuality*, 2 (1991), 204–34, esp. 213–24; see also Felicity A. Nussbaum, *Torrid Zones: Maternity, Sexuality and Empire in Eighteenth-Century English Narratives* (Baltimore, 1995), 25–6.

[150] Mantel, *The Giant, O'Brien*, ch. 4, pp. 42, 41–51.

[151] *Poems*, ii. 721.

[152] Badou, *Énigme*, 50; *Neptune's Last Resource*, BM 11748, *Love and Beauty*, BM 14449; Edwards and Walvin, *Black Personalities*, 181–2, citing T. E. Crispe, *Reminiscences of a KC* (1909).

[153] Vespucci, *Letters from a New World*, 50, 71; Cuvier, 'Extrait d'observations', 263–4; Forster, *Observations*, 174; Greene, *Journey Without Maps*, p. 53; Unsworth, *Sacred Hunger*, ch. 24, p. 208; Cleland, *Memoirs*, 24; Sade, *Cent Vingt Journées de Sodome*, I.i. *Aline et Valcour*, letter xxxv, in *Œuvres*, i.

47–8, 51–2, 555 and n., 557 and commentary, 1261–2 n. 2.

[154] Boucé, 'Rape of Gulliver', 103–4.
[155] Ploss, Bartels, *et al., Woman*, iii. 340–1.
[156] (pl. 2) Ploss, Bartels, *et al., Woman*, iii. 343–6 and figs. 951–2.
[157] Herodotus, IV. clxxx; Strabo, VII. iii. 4; Pliny, V. viii. 45. For the people of Seba, see Gilman, 'Black Bodies', 228, 258 n. 10; for a general indictment of the sexual depravities of Amerindians, see Díaz, *Conquest of New Spain*, XVII. ccvii, trans. Maudslay, V. 263–4.
[158] Herodotus, IV. clxxx; Herbert, *Some Yeares Travels*, 17, 18.
[159] *Encyclopédie*, new edn., xxvi (1779), 620, art. 'POLYGAMIE (*Jurispr.*)'.
[160] *A Treatise of Brasil*, from Purchas, xvi. 454, cited in Passmann, '*Full of Improbable Lies*', 201, 434 n. 19; for a fictional example of the interest in the rituals of kingship, see Sade, *Aline et Valcour*, letter xxxv, in *Œuvres*, i. 583 and Delon's note, p.1269. There is a whole chapter on such rituals across the world in Jean-Nicholas Démeunier, *L'Esprit des usages et des coutumes des différents peuples*, 3 vols. (1776; 1785), I. 293–317.
[161] On Hottentots, see Merians, nn. 13, 42, 74 above; on monkeys, *Gulliver's Travels*, ed. Turner, 363 n. 17; Lionel Wafer, *A New Voyage and Description of the Isthmus of America* (1699), 108; 3rd edn. (1729), in A *Collection of Voyages*, 4 vols. (1729), iii. 330, 400; Passmann, '*Full of Improbable Lies*', 193–4 and nn. 30–2; on King Bolo, see T. S. Eliot, *Inventions of the March Hare: Poems 1909–1917*, ed. Christopher Ricks (New York, 1996), 316.
[162] Pliny, *Natural History*, VII. xi. 48; Ploss, Bartels, *et al., Woman*, ii. 344, 442–5, 466. Similar restraints are often imposed during lactation, iii. 219–20.
[163] See, for example, M. de Cuneo (a member of Columbus's second expedition), in Gerbi, *Nature in the New World*, 33–4; Vespucci, *Letters from a New World*, 32, 49–51, 63–4.
[164] On monogamy and sexual abstinence among the Houyhnhnms, see Chapter 1, p.60.
[165] See *Works*, I. 172 and xii. 116. See J. H. Rowe, 'Ethnography and Ethnology in the Sixteenth Century', *Kroeber Anthropological Society Papers*, 30 (1964), 5: 'For most sixteenth century Europeans the classic "savages" came to be the Tupinambá.' It is evident that this continued beyond the sixteenth century. See also Chapter 1, p. 83 and nn. 153–5.
[166] Vespucci, *Letters from a New World*, 31, 49 (and see 181 n. 10 on Columbus, contrasting his 'Cannibals' with the Tainos of Hispaniola).
[167] Thomas Phillips, 'Journal of a Voyage', cited in Marshall and Williams, *Great Map*, 232.
[168] Marshall and Williams, *Great Map*, 280.
[169] H. Rider Haggard, *She*, ed. Daniel Karlin, ch. 6 (Oxford, 1991), 80–82; on the kiss of the early Christians, see 325 n. 81, citing Romans 16:16 and 1 Peter 5:14.
[170] *She*, chs. 20, 7–8, pp. 227, 87–100. Later, She punishes the cannibals, ch. 15, pp. 174–6.
[171] Vespucci (pl. 3) *Letters from a New World*, 68; Honour, *New Golden Land*, 88–9; on Eckhout's young woman, see above, p.104 and n.30, and pl. 7.
[172] See *Bougainville et ses compagnons autour du monde 1766–1769*, ed. E. Taillemitte, 2 vols. (Paris, 1977), i. 314 n. 2, 315, ii. 87–8; J. R. Forster, *Resolution Journal*, ii. 302–3, 356–7; Neil Rennie, *Far-Fetched Facts: The Literature of Travel and the Idea of the South Seas* (Oxford, 1995), 86.

[173] Bronwen Douglas, 'Science and the Art of Representing "Savages": Reading "Race" in Text and Image in South Seas Voyage Literature', *History and Anthropology*, 11 (1999), 157–201, esp. 180–1; on Dumont d'Urville's and others' discriminations between racial groups, see Bronwen Douglas, 'Art as Ethnohistorical Text: Science, Representation and Indigenous Presence in Eighteenth and Nineteenth Century Voyage Literature', in Nicholas Thomas and Drake Losche (eds.), *Double Vision: Art Histories and Colonial Histories in the Pacific* (Cambridge, 1999), 65–99.

[174] Marshall and Williams, *Great Map*, 280, 282–3. A dispute arose after the publication of Bougainville's *Voyage* as to whether syphilis had been introduced to Tahiti by the French, or by the English expedition under Samuel Wallis, which landed in Tahiti in June 1767, several months before Bougainville. See Howard M. Smith, 'The Introduction of Venereal Disease into Tahiti: A Re-Examination', *Journal of Pacific History*, 10/1 (1975), 38–45, which concludes that 'the guilt lies with [Wallis's] crew and with England', and Greg Dening, *Mr. Bligh's Bad Language: Passion, Power and Theatre on the Bounty* (Cambridge, 1992), 267–8: the 'venereals' were a recurrent worry on board ship, subject to a 15s. fine for the surgeon's costs (renewable, since there was no cure), but not, like other transgressions, to flogging, though statistically men with venereal diseases were 'twice as likely to be flogged' as others (27, 63, 116, 122, 126).

[175] For wigwams, used of primitive housing outside North America, see *OED*, wigwam, *sb.* b, quotations for 1743 (South Seas), 1793 (Tierra del Fuego); Bernard Smith, *European Vision and the South Pacific*, 99, and, in Australia, *Journal of Arthur Bowes Smyth, ... 1787–1789*, ed. P. G. Fidlon and R. J. Ryan (Sydney, 1979), 21 Jan. 1788, p. 57, cited in Hughes, *Fatal Shore*, 86.

[176] *Bougainville et ses compagnons*, ed. Taillemitte, i. 316, see Chapter 1, p. 83.

[177] Vespucci, *Letters from a New World*, 50–1 (*Novus Mundus*), 64, 71 (*Letter* to Soderini).

[178] Vespucci, *Letters from a New World*, 11, 32 (first and third letters, 1500 and 1502).

[179] Vespucci, *Letters from a New World*, pp. xxi–xxii, 49–50, 63–4.

[180] Bucher, *Icon and Conquest*, 10; John Ogilby, *America: Being the Latest, and Most Accurate Description of the New World* (1671), 656–7, cited in Passmann, '*Full of Improbable Lies*', 193, 432 n.29.

[181] For literary and folkloric sources or analogues to Gulliver's experiences with giants, see W. A. Eddy, *Gulliver's Travels: A Critical Study* (1923; New York, 1963), 116–44. For the general incidence of giants in books which were or might have been associated with *Gulliver's Travels*, see Passmann, '*Full of Improbable Lies*', 157, 162, 166–82 and 422–8 nn.

[182] Giants were a staple not only of Odyssean mythology, but of more modern travel-writing. What Gulliver refers to as the belief 'that there must have been Giants in former Ages' (II. vii. 137) goes back to the Old Testament (Genesis 6: 4; Numbers 13: 32–3). Swift treats it as more or less discredited, though it survived as a *façon de parler*, as in Dryden's 'Theirs was the Gyant Race, before the Flood' ('To my Dear Friend Mr Congreve', 1694, l. 5, *Works of John Dryden*, 20 vols., ed. H. T. Swedenborg *et al.* (Berkeley, 1956–), iv. 432). For Homeric and more recent versions of the belief, see *Gulliver's Travels*, ed. Turner, 336 n. 14. Useful information on sightings of giants in Renaissance travel-writing is found in Gerbi, *Nature in the New World*, 43–4, 47–8, 108–11; for eighteenth-century debates about Patagonian giants, see Gerbi, *The Dispute of the New World: The History of a Polemic, 1750–1900* (1955), trans. Jeremy Moyle (Pittsburgh, 1973), index, s.v. Giants. Travel-writing stimulated the belief in giants distant

in space rather than time, especially in Patagonia (land of giants, from Spanish *patagon*, large foot), about which a mythology developed that outlived Swift's lifetime. For giants in Purchas, of which Swift owned a copy, and elsewhere, see Sherbo, 'Swift and Travel Literature', 116, 123, 127 n. 8. Patagonian giants (making a roaring noise) were sighted recurrently from the time of Magellan to that of John Byron ('grand-dad' of the poet — *Don Juan*, II. cxxxvii), and became a matter of debate in the reign of George III, and the subject of Gulliverian analogy, notably by Horace Walpole, in the 1760s: see Rennie, *Far-Fetched Facts*, 77–8, 83–4; Marshall and Williams, *Great Map*, 261, 268, and 296 n. 20; and 191, for 'giant' Indians in Virginia in Richard Blome's *America* (1687). As early as 1752, Maupertuis made it clear that the issue of Patagonian giants was thought of in France as needing to be examined, alongside the location of *Terra Australis*. Bougainville took a strong stand against John Byron, saying the stature of Patagonians was no more than ordinary. Some giant bones he examined with Commerson turned out in his view to be those of elephants. Observing Patagonians at first hand, he found many of them no taller than himself. Bougainville's scientist Commerson wrote in 1766 of his desire to see giant-sized men uncorrupted by society. The belief in good-natured giants, sometimes coloured with Rousseauistic rather than strictly Brobdingnagian elements, seems to have died hard (see *Bougainville et ses compagnons*, ed. Taillemite, i. 7, 88, 104–5, 118, 250, 268–9 and n. 3; ii. 62). Johnson took a similar view to Bougainville's, from an armchair perspective. Remarking that the age was one 'in which ... the giants of antiquated romance have been exhibited as realities', he added: 'If we have not searched the Magellanick regions, let us however forbear to people them with Patagons' (*Journey to the Western Islands of Scotland*, ed. Mary Lascelles (New Haven, 1971), 119). For Patagonian giants see also Passmann, '*Full of Improbable Lies*', 162, 169–73, 423–4 nn.

[183] Vespucci, *Letters from a New World*, 13, 82–4, and commentary 174 nn. 31–2, 192 nn. 37–8.

[184] *Bougainville et ses compagnons*, ed. Taillemite, i. 88, 268–9 n. 3; for Pigafetta's giantesses, see Gerbi, *Nature in the New World*, 110; Passmann, '*Full of Improbable Lies*', 174; see 180–1 for an example of a 'first Race of Mortals, which ... were all Gyants', from whose dimensions and virtues later men were said to have declined.

[185] For sexual analogues or near analogues from Cyrano de Bergerac's *Histoire comique de la lune* and from the *Arabian Nights*, see Eddy, *Gulliver's Travels*, 128, 130–1.

[186] On Spanish behaviour in this regard, as reported by M. de Cuneo, Bernal Díaz, and others, see Gerbi, *Nature in the New World*, 30, 34; Todorov, *Conquête*, 65– 6, 78, 114, 132, 306–7; in eighteenth-century Tahiti, on the other hand, Spaniards were liked because of their 'abstention from sexual commerce', a matter on which Cook was 'sensitive', see Bridget Orr, '"Southern Passions Mix with Northern Art": Miscegenation and the *Endeavour* Voyage', in Jonathan Lamb *et al.* (eds.), *The South Pacific in the Eighteenth Century: Narratives and Myths, Eighteenth Century Life*, NS 18/3 (Nov. 1994), 212–31, esp. 217.

[187] Cuneo, see Gerbi, *Nature in the New World*, 34; Bartolomé de Las Casas, *A Short Account of the Destruction of the Indies*, trans. Nigel Griffin (London, 1992), 74, discussed in Chapter 1, p. 87 and n. 164.

[188] Pocahontas, see Bucher, *Icon and Conquest*, 10; Ralegh, *Discoverie*, 51–2, 100–1 (165, 199); on Spaniards trading in young girls for large profits, 33–4 (153).

[189] A replay of several Gulliverian motifs occurred when Governor Arthur Phillip's fleet landed at Botany Bay in January 1788, where the Aborigines were mystified by the breeches worn by his men and took them for women (their beards not being grown) until one of them 'undeceived' them and received, like Gulliver in Lilliput (I. iii. 42), 'a great shout of Admiration'. The native women, 'all in puris naturalibus', and of course 'with infant children on their shoulders', were offered to the visitors. Lieutenant Philip King, whose journal reports this, and who himself later became Governor, tersely adds 'however I declined' (*Journal of Philip Gidley King*, ed. P. G. Fidlon and R. J. Ryan (Sydney, 1980), 34–5, entry for 20 Jan. 1788, cited in Hughes, *Fatal Shore*, 85, 618 n. 4).

[190] Henry Reynolds, *The Other Side of the Frontier: An Interpretation of the Aborigine Response to the Invasion and Settlement of Australia* (Townsville, 1981), ch. 5, 'The Politics of Contact', esp. 108–10. For customs and rituals involving the offer of wives to white men as well as some intertribal exchanges of wives among Australian aborigines, see A. P. Elkin, *The Australian Aborigines* (rev. edn., Sydney, 1979), 159–62, cited in Hughes, *Fatal Shore*, 16, 613 n. 25.

[191] Lilliputian intimations, mainly involving the size of Gulliver's phallus and the fact that Lilliputians are themselves six inches tall, occur at I. iii. 42, vi. 57, 65–6; see Boucé, 'Rape of Gulliver', 101–2.

[192] For Plato's eugenics, see *Republic*, V. 458D–461C.

[193] The relevant *OED* definitions of race, sb^2, 2c, 'A group of several tribes or peoples, regarded as forming a distinct ethnical stock', and 2d, 'One of the great divisions of mankind, having certain physical peculiarities in common', give first recorded usages of 1842 and 1774 respectively. Sense 2b, 'A tribe, nation, or people, regarded as of common stock', first recorded in 1600, is used by Swift to refer to 'the whole Race' of Houyhnhnms, twice on the same page as the one in which he uses the more limited sense, 6a, 'Denoting the stock, family, class, etc. to which a person ... belongs', which dates from 1559, to refer to the specific social group known as 'the Race of inferior *Houyhnhnms* bred up to be Servants', presumably one of the various colour-coded classes (IV. viii. 268). For an important discussion, see Nicholas Hudson, 'From "Nation" to "Race": The Origin of Racial Classification in Eighteenth-Century Thought', *Eighteenth-Century Studies*, 29 (1996), 247–64.

[194] For some interesting perspectives on this, see the career of Cabeza de Vaca, who spent years of captivity, practised starvation cannibalism, and returned to high office and social respect, though his closing years were clouded by unrelated litigation, Rolena Adorno and Patrick Charles Pautz, *Álvar Núñez Cabeza de Vaca: His Account, His Life, and the Expedition of Pánfilo de Narváez*, 3 vols. (Lincoln, Neb., 1999), i. 14–279 (*Relación*, 1542), and 293–413 (biography); on the much fabularized case of Gonzalo Guerrero, the subject of a famous account by Bernal Díaz (*Conquest of New Spain*, II. xxvii, xxix, liv, trans. Maudslay, i. 95–6, 102, 195), see Hugh Thomas, *Conquest of Mexico* (London, 1993), 57, 163–4, 180–1, and, for a strong contention that Guerrero was a mythologized but invented figure, Rolena Adorno, 'La Estatua de Gonzalo Guerrero en Akumal: Íconos Culturales y la Reactualización del Pasado Colonial', *Revista Iberoamericana*, 62 (1996), 905–23; for discussion of these and other cases, see Todorov, *Conquête*, 130–1, 246–53, 275–6, and the chapter on the *métissage* of Diego Durán, 254–74, esp. 264–6, 274; on the twinned figures of Jeronimo de Aguilar, who allowed himself to be reabsorbed, and Guerrero, who, if he existed, did not, see 130, 146–7, and Stephen Greenblatt, *Marvelous Possessions: The Wonder of the New World* (Chicago, 1991), 140–1.

[195] See Frank Lestringant, 'Going Native in America (French-Style)', *Renaissance Studies*, 6 (1992), 326–35.
[196] Montaigne, *Essais*, i. 214, 205 (159, 151–2); see also Janet Whatley, introduction and commentary to Jean de Léry, *History of a Voyage to the Land of Brazil*, trans. Janet Whatley (Berkeley, 1990), pp. xix, xxxi, 235 n. 3, and index, s.v. Interpreters; where strong disapproval is expressed, it tends to be on grounds of apostasy, and much use was made of these men; see also Lestringant, 'Going Native', 331 ff.
[197] For a recent discussion of this aspect, see Rennie, *Far-Fetched Facts*, 141–80; on aspects of the contemporaneity of the *Bounty* affair and the French Revolution, see also Dening, *Mr. Bligh's Bad Language*, 39, 247 ff.
[198] Rennie, *Far-Fetched Facts*, 177 ff.
[199] Dening, *Mr. Bligh's Bad Language*, 48, 250.
[200] Dening, *Mr. Bligh's Bad Language*, 8, 83, 311, 217–18, 319 (and documentation, 390–5); on the matter of shipboard grievances, Dening reports with strong statistical support that floggings on the *Bounty* were much more infrequent than on any other British ship in the Pacific (*Mr. Bligh's Bad Language*, 62 ff., 381 ff.).
[201] Dening, *Mr. Bligh's Bad Language*, 257–62, esp. 258, 260–1; on Heywood's connections and pardon, see 40–6.
[202] Coetzee, 'Blood, Taint, Flaw, Degeneration: The Novels of Sarah Gertrude Millin', *White Writing*, 136–62, esp. 143 ff.
[203] Coetzee, *White Writing*, 143 (citing Stepan, *Idea of Race*, 105–7), 158, 160–1. Sarah Gertrude Millin, *King of the Bastards* (New York, 1949), 26; *God's Stepchildren* (New York, 1924), 16–17.
[204] Coetzee, *White Writing*, 157, 153.
[205] Coetzee, *White Writing*, 150 ff., 156, 151 n.
[206] On these verbal slippages, see Rawson, *Gulliver and the Gentle Reader*, 19 ff.
[207] Jacques Ramin, *Le Périple d'Hannon/The Periplus of Hanno*, British Archaeological Reports, Suppl. Ser. 3 (Oxford, 1976), 120; Will Robinson, reproduced in Smith, *Imagining the Pacific*, 62, plate 55.
[208] Paul Scarron, *Roman Comique*, I. iii, in *Romanciers du XVIIe Siècle*, ed. Antoine Adam (Paris, 1958), 536.
[209] Edward Long, *Candid Reflections upon the Judgement ... On What Is Commonly Called the Negroe-cause* (1772), 48–9; Sharp's copy, Yale Ntg45 G 772 L.
[210] *Roman Comique*, I. iv, in *Romanciers du XVIIe siècle*, 540.
[211] Voltaire, *Candide*, ch. 16; on this episode, see Claude Rawson, 'Savages Noble and Ignoble', in Jonathan Lamb *et al.* (eds.), *The South Pacific in the Eighteenth Century*, 194.
[212] See Curtis, *Apes and Angels, passim*; Stepan, *Idea of Race*, 100, 208 n. 45.
[213] Stepan, *Idea of Race* 7 ff. On the Locke-Stillingfleet controversy, see Rosalie L. Colie, 'Gulliver, the Locke-Stillingfleet Controversy, and the Nature of Man', *History of Ideas Newsletter*, 2 (1956), 58–62.
[214] Stepan, *Idea of Race*, 59. Monboddo, *Of the Origin and Progess of Language*, i (2nd edn., Edinburgh, 1774), 188, 254–5, 270–361 *passim*.
[215] Stepan, *Idea of Race*, 1–4, 29.
[216] Léon Poliakov, *The Aryan Myth: A History of Racist and Nationalist Ideas in Europe*, trans. Edmund

Howard (New York, 1974), 7–8; for a penetrating account, stressing the post-biblical character of efforts to identify the three brothers with specific continents and to justify the enslavement of descendants of Ham, see Benjamin Braude, 'The Sons of Noah and the Construction of Ethnic and Geographical Identities in the Medieval and Early Modern Periods', *William and Mary Quarterly*, 54 1997, 103–42.

[217] Henry Gee, 'How Humans Behaved before they Behaved like Humans', *London Review of Books*, 31 Oct. 1996, 36.

[218] Marshall and Williams, *Great Map*, 35, 249, 136; for the prevalence of the monogenetic view, and the impulse to challenge it, in the eighteenth century, see 35–7, 136, 187–8, 241–50, 281.

[219] Marshall and Willams, *Great Map*, 35–7, 242–50.

[220] Buffon, 'Nomenclature of Apes', ix. 137; Marshall and Williams, *Great Map*, 248–50; Laura Brown, *Ends of Empire: Women and Ideology in Early Eighteenth-Century English Literature* (Ithaca, NY, 1993), 189–95; Long *History of Jamaica*, ii. 365; on Himmler, Robert Jay Lifton, *The Nazi Doctors* (New York, 1986), 279 n.

[221] Forster, *Observations* (1996), 174; Long, *History of Jamaica*, ii. 371.

[222] Long, *History of Jamaica*, ii, 351–83, esp. 359–60, 364, 370, 383; Marshall and Williams, *Great Map*, 248–9.

[223] *Encyclopédie*, xxii (1779), 841. It is apposite to recall that the word *mulatto* is derived from *mule*, an interesting example of the assimilation of an arguably cross-specific into a cross-racial category. Mules, the offspring of a he-ass and a mare, are 'ordinarily incapable of procreation' (*OED*). For the idea that people of different race could not interbreed, or only imperfectly, or that the half breed products of such unions were infertile, see Stepan, *Idea of Race*, 95, 105–6.

[224] On this, and on the decline of 'scientific racism' in the twentieth century, see Stepan, *Idea of Race*, and Elazar Barkan, *The Retreat of Scientific Racism: Changing Concepts of Race in Britain and the United States between the World Wars* (Cambridge, 1992).

[225] See Stepan, *Idea of Race*, and Barkan, *Retreat of Scientific Racism, passim*; for eighteenth- and early nineteenth-century examples, see Stepan, *Idea of Race* 37–8.

[226] Francis Leguat, *New Voyage* (1708), 189; cited in Mackinnon, 'The Augustan Intellectual', 61, 63, n. 13.

[227] Lady Mary Wortley Montagu, *Complete Letters*, ed. Robert Halsband, 3 vols. (Oxford, 1965), i. 427, iii. 15 (letters to Abbé Conti, 31 July 1718, and Countess of Bute, 22 July 1752, in MacKinnon, 'The Augustan Intellectual', 56, 62. nn.).

[228] Long, *History of Jamaica*, ii. 377, cited in Brown, *Ends of Empire*, 192.

[229] Aphra Behn, *Oroonoko*, ed. Joanna Lipking (New York, 1997), 52.

[230] See Gilman, 'Black Bodies', *passim*.

[231] Lombroso and Ferrero, *La Donna delinquente*, 554.

[232] Lévi-Strauss, *Saudades do Brasil*, 140 (lapdog), 141, 154 (monkeys); for an early image, see Honour, *New Golden Land*, 14, plate 9a, from Hans Burkmair, *The Triumph of Maximilian I* (1526).

[233] See Carol J. Adams and Josephine Donovan (eds.), *Animals and Women: Feminist Theoretical Explorations* (Durham, NC, 1995), *passim* (65–7 on forced couplings); *Times Literary Supplement*, 7 June 1996, 16 (NB column, by D.S.); for reflections on racism and speciesism in J. M. Coetzee, *The Lives of Animals* (Princeton, 1999), see below, chapter 4, n. 11.

[234] Juvenal, XV. 1–6, 70 ff., 159 ff.

[235] Lévi-Strauss, *Saudades do Brasil*, 149.

[236] There are interesting discussions of 'nursing', with a psychobiographical emphasis, in Carol Houlihan Flynn, *The Body in Swift and Defoe* (Cambridge, 1990), 100–9, and Boucé, 'Rape of Gulliver', 102–3.

[237] Brown, *Ends of Empire*, 183–6, 172–4, 182, 196–8.

[238] Brown, *Ends of Empire*, 195–8, 188. *Purchas His Pilgrimes*, 5 vols. (1625), i. 77–9; Long, *History of Jamaica*, ii. 364 (also 359–60, 383), but Long also spoke of 'amorous intercourse' between Negroes and orann-outangs without specifying that the traffic was only one way (ii. 370). The *Code noir ... concernant les esclaves nègres des isles française de l'Amérique*, promulgated by Louis XIV in 1685, and still cited almost a century later in the *Encyclopédie*, makes a slave-owner liable to a fine of 2,000 lb. of sugar and confiscation of the slave and children, if he fathers children on a female slave, unless he marries her; a free man, if not the owner, pays the fine only; the idea of a transaction in the opposite direction is so disconnected from reality that it does not even rate a mention, though marriages between slaves and non-slaves are provided for, presumably assuming both parties to be of the same race, *Code noir*, arts. IX, XIII (Paris, 1743), 6–8; *Encyclopédie*, new edn., xxii (1779), 846–7, art. 'NEGRES, considérés comme esclaves dans les colonies d'Amérique'. Stories of white ladies and Moors have an established ancestry, but carried an atmosphere of the exotic. They represent common anxieties rather than social facts; see Eldred Jones, *Othello's Countrymen: The African in English Renaissance Drama* (London, 1965); A. G. Barthelemy, *Black Face, Maligned Race: The Representation of Blacks in English Drama from Shakespeare to Southerne* (Baton Rouge, La., 1969); and Elliot H. Tokson, *The Popular Image of the Black Man in English Drama, 1550–1688* (Boston, 1982). The traditional anxieties about black sexuality led to familiar codes of representation: e.g. Honour, *Image of the Black*, iv. *From the American Revolution to World War, I*, ii. 182: 'Black men were ... seldom shown in physical contact with white women in nineteenth-century art', and films were forbidden to show 'equivocal situations' between white women and non-white men in cinemas throughout the British Empire until the 1950s.

[239] Brown, *Ends of Empire*, 198, 183, 186.

[240] *Works*, i. 77.

[241] The conscientious evenhandedness as between male and female occurs also in less charged passages, including the account of 'the small Collection of Rarities' Gulliver had assembled in Brobdingnag to bring back to England. It was clearly impracticable in this instance to attempt to bring back whole natives, as he wished to do in Book I, and his list includes the comb made from the king's beard, and another using the queen's thumbnail, a corn from 'a Maid of Honour's Toe ... about the Bigness of a Kentish Pippin', from which he made a cup set in silver, and a footman's tooth, 'about a Foot long, and four Inches in Diameter' (II. Viii. 146–7).

[242] Gilman, 'Black Bodies', 238, *Sexuality*, 295–6; for an almost identical case of tendentious misreading, similarly overlooking a white man's simian features in order to represent his perspective as authorial, see Daniel Karlin's introduction to Haggard's *She*, pp. xxiii–xxvi.

[243] Marjorie Perloff, 'Tolerance and Taboo: Modernist Primitivisms and Postmodernist Pieties', in Barkan and Bush (eds.), *Prehistories of the Future*, 340 (see the whole essay, 339–54).

[244] Marshall Sahlins, in 'Cannibalism: An Exchange', *New York Review of Books*, 22 Mar. 1979, 47; Pierre

Vidal-Naquet, *Assassins of Memory: Essays on the Denial of the Holocaust*, trans. Jeffrey Mehlman (New York, 1992), 7–8.

[245] *Tale of a Tub*, IX *Works*, i. 109–10.

第三章:

[1] Oscar Wilde, *The Soul of Man Under Socialism* (hereafter *SMS*), in *The Artist as Critic: Critical Writings of Oscar Wilde*, ed. Richard Ellmann (New York, 1969), 256 (all quotations are from this edition). The occasion may have been, as Stanley Weintraub suggests, a lecture by Walter Crane on 'Prospects of Art Under Socialism' on 6 July 1888, at which Wilde and Shaw both spoke. According to *The Star*, 7 July 1888, 'Mr. Oscar Wilde, whose fashionable coat differed widely from the picturesque bottle-green garb in which he appeared in earlier days, thought that the art of the future would clothe itself not in works of form and colour but in literature … Mr. Shaw agreed with Mr. Wilde that literature was the form which art would take', Bernard Shaw, *The Diaries 1885–1897*, ed. Stanley Weintraub (University Park, Pa., 1998), i. 392. Nearer the time of Wilde's essay, on 19 Sept. 1890, Shaw himself gave a Fabian lecture on 'Socialism and Human Nature' which seems to me also to contain material germane to Wilde's work, though Shaw does not report Wilde's presence on that occasion, *Diaries*, i. 650–1; the text of this lecture is reproduced in Bernard Shaw, *The Road to Equality: Ten Unpublished Lectures and Essays, 1884–1918*, ed Louis Crompton and Hilayne Cavanaugh (Boston, 1971), 89–102. That the occasion was a lecture on Socialism by Shaw himself (not Crane), moreover, is suggested by Shaw's later recollection of 'a meeting somewhere in Westminster at which I delivered an address on Socialism, and at which Oscar turned up and spoke. Robert Ross surprised me greatly by telling me, long after Oscar's death, that it was this address of mine that moved Oscar to try his hand at a similar feat by writing The Soul of Man Under Socialism' ('Oscar Wilde: A letter to Frank Harris, published by him in his Life of Wilde, 1918', in *Pen Portraits and Reviews* (London, 1931), 300).

[2] Bernard Shaw, *The Intelligent Woman's Guide to Socialism, Capitalism, Sovietism and Fascism* (London, 1937), ii. 455 (ch. 86, originally 84, 'Peroration', dated 16 Mar. 1927, though the book was first published in 1928).

[3] *Prose Works of Jonathan Swift*, ed. Herbert Davis *et al.* (Oxford, 1939–1974), xiii. 139, referred to as *Works*; *Swift's Proposal for Giving Badges to the Beggars* is abbreviated as *PBB* in page references to this volume.

[4] Wilde, 'The Critic as Artist, II', *The Artist as Critic*, 386.

[5] Elizabeth Bishop, *Complete Poems, 1927–1979* (New York, 1995), 190, she speaks of the 'ghastly' in this poem in two letters (*One Art: Letters*, ed. Robert Giroux (New York, 1994), 629, 632.

[6] Ezra Pound, *Personae: Collected Shorter Poems* (London, 1952), 93; the phrase about the poor being always with us presumably originates in John 12:8.

[7] Irvin Ehrenpreis, *Swift: The Man, His Works, and the Age*, 3 vols. (London, 1962–83), iii. 815. Swift

very seldom signed his writings. Much earlier, on 27 May 1713, Swift referred to his *Proposal for Correcting ... The English Tongue* (1712), as 'the only thing I ever published with my name' (*Correspondence*, i, ed. David Woolley (Frankfurt, 1999), 497). See *Works*, iv. 21.

[8] Laws prescribing that an idle beggar should be whipped and sent 'to the place where he was borne, or where he last dwelled before the same punysshement by the space of iij yeres' existed as far back as the sixteenth century, 22 Hen. VIII, c. 12 (1530–1), 27 Henry VIII. c. 25 (1535–6), and 39 Eliz., c. 4 (1597–8), *Statutes of the Realm: Printed by Command of His Majesty George the Third* (Buffalo, NY, 1993), III. 329, 558; IV. ii. 899.

[9] *A Modest Proposal*, in Swift, *Works*, xii. 114, subsequently abbreviated *MP*; Harriet Beecher Stowe, *Uncle Tom's Cabin*, ch. 10, New American Library (New York, 1966), 113–14: 'tol'able fast, ther dying is ... so as to keep the market up pretty brisk.'

[10] Fielding, *Covent-Garden Journal*, No. 11, 8 Feb. 1752, ed. Bertrand A. Goldgar, Wesleyan Edition (Oxford, 1988), 79–84.

[11] 'Maxims Controlled in Ireland', *Works*, xii. 135–6.

[12] Bernard Mandeville, 'An Essay on Charity and Charity-Schools', *Fable of the Bees*, ed. F. B. Kaye (Oxford, 1924), i. 253–322 and introduction, i. pp. lxix–lxxi; ed. Phillip Harth (Harmondsworth, 1970), 261–325 and introduction, 34–9; for Swift's less robust reservations, see *Works*, ix. 129–30, 136, 202–5; on maximizing the servant population, and the education of those destined for servant roles, see *Gulliver's Travels*, I. vi. 62–3, IV. vi. 256, viii. 268. For Hannah More, see William Roberts, *Memoirs of the Life and Correspondence of Mrs. Hannah More* (London, 1834), iii. 133, iv. 173–6.

[13] *Works*, ix. 195.

[14] James Boswell, *No Abolition of Slavery; or the Universal Empire of Love: A Poem* (London, 1791), esp. 21–4; for a later comparison of the joys of slavery and of amorous enslavement, see Jean Paulhan, 'Le Bonheur dans l'esclavage', introduction to 'Pauline Réage', *Histoire d'O* (Paris, n.d.), pp. v–xxvii. Carlyle, a thinker close to Shaw on some issues discussed in this chapter, offers perhaps the most extravagant version, in an angry fantasia, 'The Nigger Question' (1849), which, as we shall see, shares preoccupations with poverty, idleness, Ireland, race, and the work ethic: 'In regard to West-Indian affairs, ... Lord John Russell is able to comfort us with one fact, indisputable where so many are dubious, That the Negros are all very happy and doing well. A fact very comfortable indeed. West-Indian Whites, it is admitted, are far enough from happy' (*The Works of Thomas Carlyle*, Centenary Edition, 30 vols. (London, 1896–99), xxix. 349).

[15] The phrase, widely publicized at the time of Rhodesia's unilaterally declared independence, seems an ironically unwitting echo of William Burchell's account in 1812 of the South African Hottentots as apparently 'the happiest of mortals'. Burchell's description is quoted and discussed by J. M. Coetzee, 'Idleness in South Africa', *White Writing: On the Culture of Letters in South Africa* (New Haven, 1988), 32–3. In the prose poem 'Assommons les pauvres', Baudelaire speaks with contempt of once reading books by promoters of public happiness who advise the poor to become slaves, or who assure them they are all unthroned kings: *Œuvres complètes*, ed. Y.-G. Le Dantec, rev. Claude Pichois (Paris, 1968), 304–5.

[16] Oscar Wilde, *Plays, Prose Writings and Poems*, introd. Terry Eagleton (London, 1991), p. xxii.

[17] See *OED*, Individualism 2 and quotations; *An Unsocial Socialist* (1884), introd. Michael Holroyd (London,

1980), ch. 12, p. 165. See also Upton Sinclair, *The Jungle* (1906), ch. 30, introd. Ronald Gottesman (New York, 1985), 386–7. Sinclair's novel appeared in time to be mentioned in the Preface to *Major Barbara* (1905; Preface, June 1906), in *The Bodley Head Bernard Shaw* (London, 1970–4), iii. 36, 38, 52, and obviously had an impact on Shaw, as well as Brecht. See p. 242. Quotations from *Major Barbara* and its Preface are from this edition, abbr. *MB* and *MBP*.

[18] *An Unsocial Socialist*, 164–5. See *Everybody's Political What's What*, ch. 21 (London, 1944), 173–4, where sentiments and emphases are expressed to the effect that poverty extinguishes genius, where, as in Wilde, a list of geniuses is provided (which includes 'my astonishing self'), but where the statement that 'the notion of educating every Jack and Jill to be a genius remains too silly to be discussed' may conflict with Wilde's assertion that every man has his own perfection.

[19] 'Our Lost Honesty', in *Road to Equality*, pp. xv, 1–17.

[20] *Road to Equality*, 90. The king is cited again on 93.

[21] For Shaw's interest in and admiration for Swift, see the many references in the *Collected Letters*, ed. Dan H. Laurence (London, 1972–88), as well as in many of his published writings. On the King of Brobdingnag, in addition to the passage from 'Socialism and Human Nature', see *John Bull's Other Island* (1904), Act III, where Larry alludes to 'making two blades of wheat [*sic*] grow where one grew before', *Bodley Head Bernard Shaw*, ii. 951–2; *Intelligent Woman's Guide*, ch. 40, i. 157–8; letter to Laurentia McLachlan, St Patrick's Day, 1931, *Collected Letters*, iv. 233–4; *Everybody's Political What's What*, 1. Wilde's Swiftian connections, on the other hand, seem slight. Ellmann says his maternal great-great-grand-father, Dr Kingsbury, was a friend of Swift, and Wilde's father, Sir William Wilde, 'published a short, valuable book to prove that the great satirist in his last years was not insane but physically ill' (*Oscar Wilde* (London, 1988), 6, 10).

[22] Quoted by Michael Holroyd, *Bernard Shaw* (New York, 1988–92), iii. 40, from the *Clarion*, 17 July 1914, 4; letter to Mrs Pakenham Beatty, 11 Sept. 1886, *Collected Letters*, i. 160.

[23] *PBB* 135, and 'Causes of the Wretched Condition of Ireland'; 'On the Poor Man's Contentment' (*Works*, ix. 206, 191).

[24] Wilde, 'The Critic as Artist, II', *The Artist as Critic*, 386.

[25] 'Doing Good: A Sermon', *Works*, ix. 232–3.

[26] 'Causes of the Wretched Condition of Ireland', *Works*, ix. 209.

[27] e.g. *Works*, ix. 206–7, v. 233.

[28] Flaubert to Louise Colet, 9 Dec. 1952, *Correspondance*, ed. Jean Bruneau (Paris 1973–), ii. 203.

[29] Holroyd, *Bernard Shaw*, ii. 104–5.

[30] Martin Esslin, *Brecht: A Choice of Evils* (4th edn., London, 1985), 50.

[31] *An Unsocial Socialist*, ch. 5, PP. 68–77, Appendix, 254–9, esp. 257.

[32] *Socialism for Millionaires* (1896–1901), *Essays in Fabian Socialism* (London, 1932), 113–15.

[33] *OED* Sturdy *a*. and *sb*., A.II. 5c, with quotations from 1402 onwards; see also Beggar *sb*., 1b, Valiant *a*., 1b, and quotations.

[34] See above, n. 8; 39 Eliz., c. 4 (1597–8), 'An Acte for punyshment of Rogues Vagabonds and Sturdy Beggars', in *Statutes of the Realm*, IV. ii. 899–902, esp. 900. The latter is cited by Robert Hughes, *The Fatal Shore* (New York, 1988), 40, as the origin of the transportation system. The distinction of Tudor

legislators between the 'able-bodied' and 'impotent' unemployed remained active, with more humane lineaments, in later times, and the Whately Commission for an Irish Poor Law in the 1830s contemplated 'systematic emigration at the public expense for families willing to go to America. For men convicted of vagrancy, stern measures were proposed, including national penitentiaries and compulsory deportation to a new country' (Sidney and Beatrice Webb, *English Poor Law History. Part II: The Last Hundred Years* (1929; Hamden, Conn., 1963), ii. 1027.

[35] 'As one reads history ..., one is absolutely sickened, not by the crimes that the wicked have committed, but by the punishments that the good have inflicted; *and a community is infinitely more brutalised by the habitual employment of punishment, than it is by the occurrence of crime*' (*SMS* 267). Cf. Charles's comment in the Epilogue to Shaw's *Saint Joan* (1923), *Bodley Head Bernard Shaw*, vi. 197, 'it is always you good men that do the big mischiefs'.

[36] Bernard Shaw, *Imprisonment* (1922), in *Doctors' Delusions, Crude Criminology and Sham Education* (London, 1932), 231–2.

[37] Bernard Shaw, *How to Settle the Irish Question* (Dublin and London, 1917), Introductory Note, 5; ch. 1, p. 9, reprinted in *The Matter with Ireland*, ed. Dan H. Laurence and David H. Greene (New York, 1962), 142, 145.

[38] Shaw, *How to Settle the Irish Question*, ch. 1, p. 10. Shaw goes on (10–11; *Matter*, 146) to advise the arming of police stations and other displays of force. If anyone doubts Shaw's exact sentiments, the following anecdote may be cited, about 'the Scottish officer who said to me impatiently the other day, "Oh, let us give the wretched place [Ireland] its independence, and make it a foreign Power. Then we can conquer it and treat it as a conquered country ..." That Scot was a man after my own heart' (ch. 3, p. 31; *Matter*, 162).

[39] *Saint Joan*, Preface, 59–60. On the Irish subtexts of *Saint Joan*, see Declan Kiberd, *Inventing Ireland* (Cambridge, Mass., 1996), 418–39.

[40] *Everybody's Political What's What*, ch. 32, pp. 289–90.

[41] *Everybody's Political What's What*, 291.

[42] In the Fabian lecture, 'Socialism and Human Nature' (19 Sept. 1890), which may have been the immediate trigger for Wilde's *Soul of Man Under Socialism* (see above, n. 1), Shaw offered the canine analogy with a different spin: 'If all dogs were constantly chained, there would be a great prevalence of the opinion that all dogs were fierce brutes, only fit to be shot. Living, as I do, among chained men, I am not surprised to find the same opinion rife as regards mankind. And just as the ferocity of the chained dog makes people afraid to let him loose; so the ferocity of the chained man makes us similarly dubious of the wisdom of unchaining him.' Shaw proposes instead a Social Democracy in which we do not shrink from or suppress the selfish instincts, 'the pressure of self-interest', but make use of them in what may be described as a species of neo-Hobbesian accommodations, in which the oppressed make clear to their masters, as one does to a child, that they cannot have everything their own way, 'simply refusing to put up any longer with the Arrogance, the Covetousness, the Lust, the Anger, the Gluttony, the Envy, and the Sloth of their present masters'. Interestingly, Shaw took as his text the King of Brobdingnag's little odious vermin speech, agreeing with the king that the human vices were bad, but claiming that the human virtues, 'fraternity, truth, justice, love, self-sacrifice, duty, religion, and chastity, ... do a great deal more harm ... since the

virtuous malefactors are praised and encouraged, whereas the vicious ones are punished and made infamous' (*Road to Equality*, 89–102, esp. 93, 96, 99–100, 90, and Introduction, pp. xviii–xix).

[43] Anne Crowther, 'Penal Peepshow: Bentham's Prison that Never Was', *TLS* 23 Feb. 1996, 4; see *The Panopticon Writings*, ed. Miran Božovič (London, 1995).

[44] Holroyd, *Bernard Shaw*, ii. 115–16, 263; citing Shaw, 'What I Think of the Minority Report', *Christian Commonwealth*, 29 (30 June 1909), 685.

[45] Holroyd, *Bernard Shaw*, ii. 263.

[46] *Essays in Fabian Socialism*, 115.

[47] Baudelaire, *Œuvres complètes*, 304–6, 1618 nn. In a related, and even more ambivalent, prose poem, 'Les yeux des pauvres' (1864), a man and two children, dressed in rags, gaze in wonder at the new corner café in which Baudelaire and his mistress are sitting. The poet feels pity and looks for a corresponding sentiment in her eyes, but she says she finds these people insufferable, with their eyes gaping like gates, and asks for them to be moved away. The poet is shocked, by this and by his lack of communication with his lover. The story is told to explain why Baudelaire hates the woman that day: she is the finest example one could ever meet of female imperviousness ('le plus bel exemple d'imperméabilité féminine'), though his own shocked sense of this imperviousness carries a note of appreciation which competes with his moral feelings (268–9, 1611–12 nn.).

[48] 'Pen Pencil and Poison', in *The Artist as Critic*, 339, 324, and Richard Ellmann's introduction, pp. xxi–xxiii.

[49] Seamus Heaney, *An Open Letter* (Derry, 1983), 9.

[50] *The Letters of Oscar Wilde*, ed. Rupert Hart-Davis (New York, 1962), 332, 339 (23 Feb. and 9 May 1893).

[51] *Collected Letters*, i. 210, 222–3, 480 (letters of 9 May and 31 Aug. 1889, and 30 Jan. 1895); Holroyd, *Bernard Shaw*, iii. 191 (citing notice of *An Ideal Husband*, in *Saturday Review*, 12 Jan. 1895).

[52] Holroyd, *Bernard Shaw*, iii. 191; see iii. 189–94 for a lively portrait of relations between the two.

[53] Shaw, *Collected Letters*, iv. 499. On the subject of Wilde's 'Irish charm', see the more measured, as well as more affectionate, comment in 'Oscar Wilde: A Letter to Frank Harris', *Pen Portraits and Reviews*, 303–4: 'I was in no way predisposed to like him: he was my fellow-townsman, and a very prime specimen of the sort of fellow-townsman I most loathed: to wit, the Dublin snob. His Irish charm, potent with Englishmen, did not exist for me; and on the whole it may be claimed for him that he got no regard from me that he did not earn.'What first established a friendly feeling in me was, unexpectedly enough, the affair of the Chicago anarchists, whose Homer you constituted yourself by your story called The Bomb. I tried to get some literary men in London, all heroic rebels and sceptics on paper, to sign a memorial asking for the reprieve of these unfortunate men. The only signature I got was Oscar's. It was a completely disinterested act on his part; and it secured my distinguished consideration for him for the rest of his life.' For an even more unequivocal tribute to Wilde, which appeared in the *Neue Freie Presse*, Vienna, 23 Apr. 1905, see *The Matter with Ireland*, 28–32.

[54] Bernard Shaw, 'Irish Nonsense about Ireland', *New York Times*, 9 Apr. 1916; 'The Children of the Dublin Slums', *The Star*, 4 June 1918; both in *The Matter with Ireland*, 103, 163, 166.

[55] On the special usage in 'Black English vernacular', see *OED*, s.v. Negro 1a; compare the use of *négraille* and *négrerie* in the Martiniquian novels of Patrick Chamoiseau and Raphaël Confiant, roughly equivalent

to the contemptuous use of 'Irishry' e.g. Confiant, *Le Nègre et l'amiral* (1988; Paris, n.d.), 10, 114.

[56] See Noel Ignatiev, *How the Irish Became White* (New York, 1995), 4–5.

[57] *Road to Equality*, 101.

[58] Yeats's antithesis cuts out the 'middle' figure of the merchant, who, neither too poor nor too rich, was a potent model for many. The great apologists of that more burgherly ideal in the eighteenth century included Robinson Crusoe's father, and Edward Gibbon, who asserted the value of a middle station against *his* father's deplorable predilection for the high and the low. See *Robinson Crusoe*, ed. Donald J. Crowley (Oxford, 1983), 4; Edward Gibbon, *Autobiographies*, ed. John Murray (London, 1896), 160, 292; and Claude Rawson, 'Gibbon, Swift and Irony', in David Womersley (ed.), *Edward Gibbon: Bicentenary Essays* (Oxford, 1997), 183–4.

[59] Kiberd, *Inventing Ireland*, 449.

[60] David Englander, *Poverty and Poor Law Reform in Britain: From Chadwick to Booth, 1834–1914* (London, 1998), 43–4. See Sidney and Beatrice Webb, *English Poor Law History. Part II*, i. 163–4. I owe this information to Dr Shelagh Hunter.

[61] Cormac Ó Gráda, *Ireland Before and After the Famine: Explorations in Economic History, 1800–1925* (2nd edn., Manchester, 1993), 1, 6–8, 41; Donald Winch, *Riches and Poverty: An Intellectual History of Political Economy in Britain, 1750–1834* (Cambridge, 1996), 341–3.

[62] Joseph Conrad, *Youth, Heart of Darkness, The End of the Tether* (1902; London, 1956), 118.

[63] L. P. Curtis, Jr., *Anglo-Saxons and Celts: A Study of Anti-Irish Prejudice in Victorian England* (Bridgeport, Conn., 1968), 71–3, 136–7; Elazar Barkan, *The Retreat of Scientific Racism* (Cambridge, 1992), 22–6. Ireland does not appear in Beddoe's map of the 'Index of Nigrescence of West-Central-Europe', in *The Races of Britain* (Bristol and London, 1885), between 202–3. For his main comments on the Africanoid Irish, and discriminations linking class and race, see also 11, 261–8 (262 on upper and lower classes in Ireland).

[64] *A Letter to the Lord Chancellor Middleton*, Works, x. 103.

[65] Henry Reynolds, *The Other Side of the Frontier: An Interpretation of the Aborigine Response to the Invasion and Settlement of Australia* (Townsville, 1981), 121.

[66] See J. H. Elliott, *The Old World and the New 1492–1650* (Cambridge, 1996), 83–4.

[67] J. M. Coetzee, 'Idleness in South Africa', *White Writing*, 12–35, esp. 21, 23.

[68] Coetzee, *White Writing*, 22. One or two details differ from the Yahoos; the Hottentots 'wear skins' and 'live in the meanest of huts'.

[69] *Letters of Sidney and Beatrice Webb*, ed. Norman MacKenzie, 3 vols. (Cambridge, 1978), i. 437. The question of Home Rule was one on which the Webbs differed, but it was partly bound up with the issue of resources being wasted on 'the relief of tramps'. The phrase is from the report of a British trade union originally opposed to Home Rule in 1837, which came to support it in 1840 on the grounds that the Irish would not properly manage funds placed at their disposal 'until they are thrown more on their own resources' (Sidney and Beatrice Webb, *Industrial Democracy* (new edn., 1902, 88 n. 1, 84). For a fuller account of the Irish-Hottentot analogy, see Chapter 2, pp. 108–11.

[70] For English writers on exterminating the Irish, see pp. 232–55; on Nazi 'manufactures', see n. 73 and Chapter 4, pp. 275–87 and nn. 51–62, 65, 78.

[71] See Claude Rawson, *Order From Confusion Sprung* (1985; Atlantic Highlands, NJ, and London, 1992), 131, 143 n. 25. Variations on this black-humorous theme, in which Gulliver makes objects of Yahoo skin, occur in *Gulliver's Travels*, IV. iii, x. 236, 281.

[72] André Breton, *Anthologie de l'humour noir* (1939–1966); rev. edn., Paris, 1966), 9–21, esp. 13–14, 19–21; extracts from A *Modest Proposal* are on pp. 26–32. I first pointed out the pertinence of Breton's observations in *Gulliver and the Gentle Reader* (1973; Atlantic Highlands, NJ, and London, 1991), 34–5, 59, 158 n. 5.

[73] The extent of Nazi 'industrialization' in this sphere is in considerable doubt, not only among Holocaust deniers but reputable historians. Evidence does on the other hand exist of smaller-scale manufacture, laboratory experiments, and perhaps unsuccessful attempts at industrial production: see Chapter 4.

[74] Fynes Moryson, *An Itinerary* (1617; Glasgow, 1908), iv. 185.

[75] Oliver W. Ferguson, *Jonathan Swift and Ireland* (Urbana, Ill., 1962), 20–2 and *passim*.

[76] See David Harkness, 'Ireland', in *The Oxford History of the British Empire, v. Historiography*, ed. Robin W. Winks (Oxford, 1999), 115; for an extended sociological discussion, see Michael Hechter, *Internal Colonialism: The Celtic Fringe in British National Development, 1536–1966* (London, 1975).

[77] Jorge Luis Borges, 'The Argentinian Writer and Tradition', in Donald A. Yates and Jane E. Irby (eds.), *Labyrinths* (Harmondsworth, 1970), 218 (citing also Thorstein Veblen).

[78] *Industrial Democracy*, 697–8 n. 1, 687, 744 n. 1.

[79] Beatrice Webb to Sir William Beveridge, 17 Nov. 1938, *Letters*, iii. 424.

[80] Niall Ferguson, *The House of Rothschild*, cited in Robert Skidelsky, 'Family Values', *New York Review of Books*, 16 Dec. 1999, 26.

[81] See the screen version, *Major Barbara* (London, 1954), 134; *Collected Screenplays of Bernard Shaw*, ed. Bernard F. Dukore (Athens, Ga., 1980), 106, 330–1. A variant of this comment is made by the Nobleman in *Saint Joan*, Scene iv, p. 127: 'The Jews generally give value. They make you pay; but they deliver the goods. In my experience the men who want something for nothing are invariably Christians.' It is an odd coincidence of history that Hitler seems to have entertained similar sentiments in his early years, relying on Jewish friends 'for loans and other help in his worst times. He always preferred to sell his watercolors to Jewish dealers, because he thought they were more honest and gave him better prices' (Gordon A. Craig, 'Working Toward the Führer', *New York Review of Books*, 18 Mar. 1999, 35, reviewing Brigitte Hamann, *Hitler's Vienna: A Dictator's Apprenticeship*, and other books).

[82] Götz Aly, Peter Chroust, and Christian Pross, *Cleansing the Fatherland: Nazi Medicine and Racial Hygiene*, trans. Belinda Cooper (Baltimore, 1994), *passim* (on beggars, etc.); Kant, cited by Léon Poliakov, *The Aryan Myth*, trans. Edmund Howard (New York, 1974), 172. Adolf Hitler, *Mein Kampf*, trans. Ralph Manheim (Boston, 1971), 309 ff. For Shaw's views on the unproductive rich, not Jewish, and the contribution of the poor to that status, see *Intelligent Woman's Guide*, ch. 18, 'The Idle Rich', i. 74–5: 'But when every possible qualification of the words Idle Rich has been made, and it is fully understood that idle does not mean doing nothing (which is impossible), but doing nothing useful, and continually consuming without producing, the term applies to the class, numbering at the extreme outside one-tenth of the population, to maintain whom in their idleness the other nine-tenths are kept in a condition of slavery so complete that their slavery is not even legalized as such: hunger keeps them sufficiently in order without

imposing on their masters any of those obligations which make slaves so expensive to their owners. What is more, any attempt on the part of a rich woman to do a stroke of ordinary work for the sake of her health would be bitterly rejected by the poor because, from their point of view, she would be a rich woman meanly doing a poor woman out of a job.'

[83] Jean-Paul Sartre, *Réflexions sur la question juive* (10th edn., Paris, 1954), 83.

[84] Dermot Keogh, *Jews in Twentieth-Century Ireland: Refugees, Anti-Semitism and the Holocaust* (Cork, 1998), 21, citing an article of 1893. For recurrent perceptions of Jews as moneylenders and usurers, see also 23, 28, 29, 42, 46, 50, 53, 133, 166, 169, 235, and *passim*. Official responses to such accusations in Ireland usually exonerated the tiny Jewish minority from charges of improper financial dealings. A Moneylenders Act, designed to ensure proper practice in the trade, was sponsored by Robert Briscoe, the Dáil's only Jewish member, in 1929, and passed into law in 1933 (89–90).

[85] See Pierre Vidal-Naquet, *Assassins of Memory: Essays on the Denial of the Holocaust*, trans. Jeffrey Mehlman (New York, 1992), 9–11; Vidal-Naquet goes on to discuss how this 'explanation' developed into an 'inverse explanation ..., denying the genocide'.

[86] Michael Rogin, 'Magician Behind Bars', *London Review of Books*, 2 July 1998, 10, reviewing David Mamet, *The Old Religion*.

[87] David Mamet, *The Old Religion* (New York, 1997), 100–1; also 103.

[88] In Mamet's *The Old Religion*, 11, the leader of a lynch mob says, '*Lord*, Mr. Weiss, ... not *you*. You're *our* Jew ...', a status not uncommon in Jew-Gentile relationships, sometimes socially formalized, as in the institution of the tolerated Jew, in eighteenth-century Prussia: see Paul R. Mendes-Flohr and Jehuda Reinharz (eds.), *The Jew in the Modem World: A Documentary History* (Oxford, 1980), 20–5. For Vercors, *Le Silence de ia mer* (1942), see *The Silence of the Sea/Le Silence de la mer*, ed. James w. Brown and Lawrence D. Stokes (New York, 1991), 72 and n. 3. For Vercors's sense of the 'real' underlying character of 'good' Germans during the Occupation, see *La Bataille du silence: Souvenirs de minuit* (1967; Paris, 1992), 179 ff., esp. 184–5 (*The Battle of Silence,* trans. Rita Barisse (New York, 1968), 147 ff., 150–1).

[89] Mamet, *The Old Religion*, 95; Harriet Beecher Stowe, *A Key to Uncle Tom's Cabin*, III. i (1854; New York, 1964), 242–3.

[90] Eric Lott, *Love and Theft: Blackface Minstrelsy and the American Working Class* (New York, 1993), 229. Lott, *Love and Theft*, 67, 70–1, 75, 94–6, 148–9, 154, 237, 249 n. 26, 253 n. 18, 257 n. 13. On *Punch*, see Fintan O'Toole, 'Venus in Blue Jeans: Oscar Wilde, Jesse James, Crime and Fame', in Jerusha McCormack (ed.), *Wilde the Irishman* (New Haven, 1998), 80.

[91] Ignatiev, *How the Irish Became White*, 76.

[93] Bernard Shillman, *A Short History of the Jews in Ireland* (Dublin, 1945), 33, 49–50, 75–6; Keogh, *Jews in Twentieth-Century Ireland*, 6–7. An interesting speculation on the idea of Jews as a counterweight was proposed by Swift, who generally regarded Dissenters as a greater danger than Catholics, and wrote ironically in *Examiner*, No. 36, 12 Apr. 1711, of the Dissenters' supposed willingness to ally themselves against the Church with collaborators from groups they were supposedly hostile to, like Papists and profligates, adding: 'what if the *Jews* should multiply and become a formidable Party among us? Would the *Dissenters* join in Alliance with them likewise, because they agree already in some general Principles, and because the Jews are allowed to be a *stiff-necked and rebellious People*?' (*Works*, iii. 130). The remarks

are not evidence of any notable degree of anti-semitism, but Swift's sense of the outlandishness of the idea seems itself to imply that the prospect is far-fetched even in England.

[94] Keogh, *Jews in Twentieth-Century Ireland*, 6–7, 19, 20, 31–2; endorsements of this perception were made by various rabbis, including Chief Rabbis of London and of Ireland (32, 113, 201, 227). Anti-Semitic feelings achieved a high profile in the 1930s and during the Second World War, and found expression in notoriously illiberal immigration policies for Jewish refugees, despite many examples of good will and the marked but not wholly reliable sympathy of Eamon de Valera (88–223).

[95] James Joyce, *Ulysses*, introd. Declan Kiberd (London, 1992), 44, 41.

[96] For pre-1946 population statistics and related information see Keogh, *Jews in Twentieth-Century Ireland*, 6–25, esp. 9–10; for later figures, 224–7. Jakobovits, cited in Keogh, 226. For a summary account, see *Encyclopaedia Judaica*, viii. 1463–6. The *Encyclopaedia's* decennial supplements for 1973–82 (322–3), and 1983–92 (187–8) record a steady decline from 2,633 in 1971 to 1,400 on 'current estimates' (*c.* 1994). The later *Decennial Book* reports that 'Anti-Semitism was very low-key' (188). Earlier history suggests figures of 3 or more Jews in Dublin around 1660, about 200 in 1746, dwindling to 9 in 1821 (Shillman, *Short History*, 16, 28–9, 33, 63, 69–70).

[97] Though there were African troops in Roman Britain, there seems little evidence of any significant black presence in Ireland at any period. For scattered instances of Blacks in Ireland from the Middle Ages to the present, see Paul Edwards, 'The Early African Presence in the British Isles', in Jagdish S. Gundara and Ian Duffield (eds.), *Essays on the History of Blacks in Britain* (Aldershot, 1992), 9–29, esp. 11–14, 16; Peter Fryer, *Staying Power: The History of Black People in Britain* (London, 1984), 84. The *Oxford Companion to Irish History*, ed. S. J. Connolly (Oxford, 1998), s.v. immigration, reports some 600 (Asian) Indians living in the Irish Republic in the 1980s and makes no mention of African immigrants. Responses to a recent wave of asylum seekers from Nigeria include repeated statements that Ireland was not used to seeing black people: see, for example, *New York Times*, 8 July 2000, A1, 8. The paper reports that as late as 1992 'only 39 people applied for asylum in Ireland', as compared to a heavy recent increase (A8).

[98] Roddy Doyle, *The Commitments* (1987), in *The Barrytown Trilogy* (London, 1995), 13; in her role as President of the Irish Republic, Mary Robinson visited Somalia, telling the Somalis 'that they were the Irish of Africa'; both passages cited by Kiberd, *Inventing Ireland*, 611, 579. Ms Robinson later defended her acceptance of a UN appointment which Third World leaders did not wish to confer on a European by insisting on her Irishness, *New York Times*, 6 Oct. 1997, A10.

[99] In Ned Ward, 'The Character of an *Irishman*', *London Spy,* February 1700, 12, also cited in Edward D. Snyder, 'The Wild Irish: A Study of Some English Satires against the Irish, Scots, and Welsh', *Modern Philology*, 17 (1920), 700 and n. 4; for some later uses of 'white negro' and comparable phrases, see L. P. Curtis, Jr., *Apes and Angels: The Irishman in Victorian Caricature* (Washington, 1971), 1–2, 13–15, 107; Lott, *Love and Theft*, 49–55 and 248–9 n. 26; Ignatiev, *How the Irish Became White*, esp. ch. 2, 'White Negroes and Smoked Irish', 34–59 (for Blacks as 'smoked Irish', see also Lott, *Love and Theft*, 95); for analogies between Irish and Blacks, beginning with scattered examples in the sixteenth and seventeenth centuries, see D. B. Quinn, *The Elizabethans and the Irish* (Ithaca, NY, 1966), 23–7; Curtis, *Anglo-Saxons and Celts*, 72 and 136 n. 12, 119, 121, and 149 n. 7. Some of these analogies pretended to be based on racial factors such as the 'nigrescence' of 'black Celts'. In America, Irish people were sometimes referred to as 'niggers turned inside out' (Ignatiev, *How the Irish Became White*, 41).

[100]   On this matter, see Chapter 1.
[101]   See R. B. Cunninghame Graham, 'Bloody Niggers' (1897), later 'Niggers' (compare Carlyle's reverse switch in 'The Nigger Question', p. 235 below), in Graham's *Thirty Tales & Sketches*, ed. Edward Garnett (London, 1929), 3–15, denouncing the term, and its indiscriminate application to Brahmins, Bengalis, Malays, Sioux, Comanches, Araucanos, Turks, Levantines (12–13); 'Niggers are niggers, whether black or white' (13). For Greenlanders, see Joseph Conrad and Ford Madox Hueffer (Ford), *The Inheritors* (1901; London, 1941), 42; Robert Burns, 'The Ordination', ll. 30–1, in *Poems and Songs*, ed. James Kinsley (London, 1969), 171; see *OED*, s.v. Nigger 1a, Negro 1, and Black sb. 6.
[102]   Frederick Douglass, cited as epigraph to Ignatiev, *How the Irish Became White*, p. vii. Douglass seems to have felt a close bond with Irish responses to oppression. Writing on at least two occasions of the slave-songs of his youth that 'I have never heard any songs like those anywhere since I left slavery, except when in Ireland ... during the famine of 1845–6', *My Bondage and My Freedom* (1855; New York, 1968), 98, and see *Life and Times of Frederick Douglass* (1881; facsimile edn., Secaucus, NJ, 1983), 43.
[103]   Honoré Daumier, *Irlande et Jamaïque — Patience!* ..., *Charivari*, 11 Apr. 1866, in Loÿs Delteil, *Honoré Daumier (IX)*, in *Le Peintre Graveur Illustré*, 20–9 (Paris, 1925–30), 28 (1926), No. 3494; see also N.-A. Hazard and Loÿs Delteil, *Catalogue raisonné de l'œuvre lithographique de Honoré Daumier* (Paris, 1904), 655, No. 3165. It is one of several satires by Daumier on the British in Ireland and elsewhere during this period: see also Nos. 3616, 3657, and, in volume 29 (*Daumier X*), 3818, 3835–7 (all dating from 1867–71).
[104]   O'Toole, in McCormack (ed.), *Wilde the Irishman*, 78; Ignatiev, *How the Irish Became White*, 3.
[105]   Cited in Curtis, *Anglo-Saxons and Celts*, 81.
[106]   Mark Storey, *Robert Southey: A Life* (Oxford, 1997), 117 (letter of 27 June 1798); Louis-Ferdinand Céline, *Bagatelles pour un massacre* (Paris, 1937), 316–17. A *Times* editorial of 1865 (no date supplied) is said to have reported 'contentedly', apropos of Irish emigration, that 'A Catholic Celt will soon be as rare on the banks of the Shannon as a Red Indian on the shores of the Manhattan', another variation (whether or not authentic) on this play of fearful symmetries: cited, not directly, by Liz Curtis, *Nothing but the Same Old Story: The Roots of Anti-Irish Racism* (London, 1984), 58, and by O'Toole, in McCormack (ed.), *Wilde the Irishman*, 78, from Liz Curtis.
[107]   Joseph Conrad, 'An Outpost of Progress', *Tales of Unrest* (1898; London, 1947), 108.
[108]   Curtis, *Anglo-Saxons and Celts*, 58.
[109]   Joyce, *Ulysses*, 427, 421.
[110]   Curtis, *Anglo-Saxons and Celts*, 84.
[111]   'How, to Restore Order in Ireland', *The Matter with Ireland*, 259–60, 258.
[112]   On blackface minstrelsy, see Lott, *Love and Theft*, 35, 67, 71, 94–6, 148–9, 154, 249 n. 26, 253 n. 18, 257 n. 13. For Irish composers, performers, and audiences of blackface songs and routines, see 35, 75, 95, 249 n. 26, for Irish stereotypes in blackface acts, with friendly or hostile analogies with Blacks, 71, 95, 253 n. 18. See also Ignatiev, *How the Irish Became White*, 42 and 196–7 nn. 30–1; for jokes about Oscar Wilde derived from blackface minstrel routines, see O'Toole, in McCormack (ed.), *Wilde the Irishman*, 80. On Jews and black entertainment, Jeffrey Melnick, *A Right to Sing the Blues: African Americans, Jews, and American Popular Song* (Cambridge, Mass., 1999).

[113] M. F. Burnyeat, 'Letter from Sofia', *TLS* 16 Apr. 1999, 17; Curtis, *Anglo-Saxons and Celts*, 46.

[114] See Ó Gráda, *Ireland Before and After the Famine*, 41–2. As a son of Sir John Parnell, William Parnell was related both to Thomas Parnell, the poet and friend of Swift, and to Charles Stewart Parnell.

[115] 'Ain't We Got Fun' (1921), song by Gus Kahn and Raymond B. Egan.

[116] Swift, 'Maxims Controlled in Ireland: The Truth of Some Maxims in State and Government, Examined with Reference to Ireland', *Works*, xii. 136, 129–37; better-known expressions of the same idea are *A Short View of the State of Ireland* (1728) and *A Modest Proposal* itself (1729), *Works*, xii. 3–12 *passim*, 107–18, esp. 116–18. And see Louis Landa, 'Swift's Economic Views and Mercantilism', and, esp., '*A Modest Proposal* and Populousness', in his *Essays in Eighteenth-Century English Literature* (Princeton, 1980), 13–48.

[117] On the badging of Jews, which has a long history in Islamic and Christian countries, see *Encyclopaedia Judaica*, iv. 62–73.

[118] Summaries of the various categories may be found in Robert Jay Lifton, *The Nazi Doctors: Medical Killing and the Psychology of Genocide* (New York, 1986), 153, and Gregory Woods, *A History of Gay Literature: The Male Tradition* (New Haven, 1998), 249–50, 408–9 nn. There is a substantial literature on pink triangles.

[119] See Raul Hilberg, *The Destruction of the European Jews* (rev. edn., New York, 1985), ii. 589; *Documents of Destruction: Germany and Jewry 1933–1945*, ed. Raul Hilberg (Chicago, 1971), 147.

[120] Ian McEwan, *The Child in Time* (London, 1988), 8, 27, 39, 101–2, 192.

[121] McEwan, *The Child in Time*, 8.

[122] 'Upon Giving Badges', *Works*, xiii. 172–3, and see Introduction, xiii, pp. xxxviii–xxxix; and Ehrenpreis, *Swift: The Man, his Works, and the Age*, iii. 813–16.

[123] Ferguson, *Jonathan Swift and Ireland*, 183–4 n. 10.

[124] See also 'Upon Giving Badges', *Works*, xiii. 172.

[125] Fielding, *Amelia*, I. iv, Wesleyan Edition, ed. Martin C. Battestin (Oxford, 1983), 33.

[126] McEwan *The Child in Time*, 8–9, 192–3; there is a replay of this scene in Mantel, *The Giant, O'Brien*, ch. 8, p. 120, where the Giant gives money to a woman he thinks is the beautiful young mother whose story is noted in Chapter 2, p. 137 and n .150.

[127] *Works*, ix. 208, xiii. 134–5, 172.

[128] *Works*, xiii. 173, 132.

[129] Owen Dudley Edwards, 'Impressions of an Irish Sphinx', in McCormack (ed.), *Wilde the Irishman*, 53; Jane Francesca Elgee, Lady Wilde, *Poems by Speranza* (Dublin, n.d.), 10–12.

[130] Edwards, in *Wilde the Irishman*, 52, 55 ('The Great Famine and its revelation of human responsibility ... were probably the greatest individual legacies in creative response which Wilde inherited from his parents', an overstatement in my view); Ó Gráda, *Ireland Before and After the Famine*, 3–4.

[131] Snyder, 'Wild Irish', 697, citing William Camden, *Britannia* (1722 edn.), ii. 1419; see also William Lithgow, *The Totall Discourse of the Rare Adventures and Painefull Peregrinations of Long Nineteene Yeares Travayles* (1632; Glasgow, 1906), 375–81.

[132] The *OED* gives examples from 1702 and 1744, as well as another use by Swift (1725).

[133] W.E.H. Lecky, *A History of Ireland in the Eighteenth Century*, new edn., 5 vols. (London, 1892), i.

162–3. For a vivid account of the legal disabilities suffered by Catholic priests in Ireland, see 160–5. Lecky is eloquent on the injustices suffered by Irish Catholics but reminds us that they were often exceeded by restrictive laws against Catholics in other Protestant countries (including England), or Protestants in Catholic ones. In particular 'persecution in Ireland never approached in severity that of Lewis XIV [against the Huguenots], and it was absolutely insignificant compared with that which had extirpated Protestantism and Judaism from Spain' (i. 137).

[134] *New York Times*, 27 Nov. 1996, A22.
[135] Lecky, *History of Ireland*, i. 162–3 n. 3, 163.
[136] Ferguson, *Jonathan Swift and Ireland*, 16.
[137] Lecky, *History of Ireland*, i. 163: constitutionally, 'a Bill which had been returned from England might be finally rejected, but could not be amended by the Irish Parliament'; Ferguson, *Jonathan Swift and Ireland*, p. 16.
[138] Lecky, *History of Ireland*, i. 164–5.
[139] Lecky, *History of Ireland*, i. 163 and n. 2: an anonymous paper printed in Dublin in 1725 recommended the castration of criminals.
[140] In the internal chronology of *Gulliver's Travels*, the fourth voyage takes place in the years 1710–15, so that the castration debate in its fictional time would actually precede the Irish Privy Council's recommendation.
[141] On castration and sterilization, see Lifton, *Nazi Doctors*, 22–44, 269–302 (castration, 269, 278–84); Lore Shelley (ed.), *Criminal Experiments on Human Beings in Auschwitz and War Research Laboratories: Twenty Women Prisoners' Accounts* (San Francisco, 1991), *passim*; *Documents on the Holocaust: Selected Sources on the Destruction of the Jews of Germany and Austria, Poland, and the Soviet Union*, ed. Yitzhak Atad, Yisrael Gutman, and Abraham Margaliot (Jerusalem and Oxford, 1987), 272–3; for Wannsee, see the Reich Secret Document, restricted to 30 copies, 'Protocol of the Wannsee Conference, January 20, 1942', in *Documents of the Holocaust*, 260; limited sterilization plans were adopted for some classes of mixed birth, 258.
[142] Edmund Spenser, *View of the Present State of Ireland* (1596), in *Works of Edmund Spenser: A Variorum Edition, x. Spenser's Prose Works*, ed. Rudolf Gottfried (Baltimore, 1949; rpt. 1966), 158 and (for different interpretations) commentary 381–2; *View of the Present State of Ireland*, ed. W.L. Renwick (Oxford, 1970) 104.
[143] *Spenser's Prose Works*, 381; *View*, ed. Renwick, 185 ff; R. F. Foster, *Modern Ireland: 1600–1972* (London, 1989), 34.
[144] *Brief Note*, in *Spenser's Prose Works*, 233–45, esp. 244, and commentary, pp. 430–40.
[145] *Brief Note*, 240.
[146] For the gesture of moderation, in Swift's scaled-down context, see *PBB* 133: 'What shall we do with the Foreign Beggars? Must they be left to starve? I answered No; but They must be driven or whipt out of Town'; for Southey, see p. 221 and n. 106; Thomas Carlyle, 'Repeal of the Union', *Examiner*, 29 Apr. 1848, cited in James A. Davies, 'The Effects of Context: Carlyle and the *Examiner* in 1848', *Yearbook of English Studies*, 16 (1986), 58–9.
[147] Thomas Carlyle, *Chartism* (1839), ch. 4, in *Works*, xxix. 136–40; for vignettes of beggary, see xxix.

138–9, and Fred Kaplan, *Thomas Carlyle: A Biography* (Berkeley, 1993), 339–44.

[148] Carlyle, *Chartism*, 139.

[149] Carlyle, 'The Nigger Question', *Works*, xxix. 353; for the original version with the less inflammatory title, see *Fraser's Magazine*, 40 (1849), 670–9.

[150] Mamet, *The Old Religion*, 11, 95.

[151] Kaplan, *Thomas Carlyle*, 489, 589 n. 124; Thomas Carlyle, *Letters to his Wife*, ed. Trudy Bliss (London, 1953), 388.

[152] Kaplan, *Thomas Carlyle*, 370–1; see also John Sutherland, 'Black Electricities', *London Review of Books*, 30 Oct. 1997, 31–4.

[153] Sidney and Beatrice Webb, *English Poor Law History. Part II*, ii. 1025.

[154] Lynn Hollen Lees, *The Solidarities of Strangers: The English Poor Laws and the People, 1700–1948* (Cambridge, 1998), 179, 217–29, 357.

[155] Colm Tóibín, *The Irish Famine* (London, 1999), esp. 10 ff., 23–5, 65–6.

[156] Ó Gráda, *Ireland Before and After the Famine*, 138.

[157] *Works*, xiii. 174–7, 176.

[158] *Works*, xiii. 174, 176 (for knavery).

[159] Ehrenpreis, *Swift*, iii. 816.

[160] *Intelligent Woman's Guide*, ch. 86, ii. 455.

[161] James Joyce, *Portrait of the Artist as a Young Man* (New York, 1975), 203.

[162] Sinclair, *The Jungle*, ch. 12, p. 145; Thomas Harris, *Hannibal*, ch. 9 (New York, 2000), 59–60.

[163] Klaus Völker, *Brecht: A Biography*, trans. John Nowell (New York, 1978), 152–9; Esslin, *Brecht: A Choice of Evils*, 50.

[164] Sinclair, *The Jungle*, ch. 29, 376–7 (cf. Tolstoy, *Resurrection*, III. xix, trans. Rosemary Edmonds (Harmondsworth, 1966), 529); Sinclair's novel flirts variously with cannibal issues, as when Jurgis, the victimized hero, bites off the cheek of Connor, one of his exploiters, chs. 15, 26, 183, 332, a situation reproduced in Ian McEwan's *The Innocent*, chs. 16, 17 (London, 1990), 156–9.

[165] J.M. Coetzee, *The Lives of Animals*, ed. Amy Gutmann (Princeton, 1999), 53.

[166] Jean de Léry, *Voyage*, 228–9 (132). See Chapter 1, pp. 40–1, and n. 55.

[167] See Claude Rawson, 'Henry Fielding', in *The Cambridge Companion to the Eighteenth-Century English Novel*, ed. John Richetti (Cambridge, 1996), 124–7.

[168] *Works*, i. 109.

[169] William Frost, 'The Irony of Swift and Gibbon: A Reply to F. R. Leavis', *Essays in Criticism*, 17 (1967), 44.

[170] *Works*, i. 109–10.

[171] *Gulliver and the Gentle Reader*, 33–7.

[172] Curtis, *Anglo-Saxons and Celts*, 62, 134 n.; also 53, 54, 61. See Gunnar Myrdal, *An American Dilemma: The Negro Problem and Modern Democracy*, 2 vols., introd. Sissela Bok (New Brunswick, NJ, 1996), ii. 1073–8 ('A Parallel to the Negro Problem').

[173] *A Letter to the Lord Chancellor Middleton* (1724), in *Drapier's Letters*; see also *A Letter Concerning the Sacramental Test* (1709; *Works*, x. 104, ii. 120). Deprivation of social and legal status, though not always

to the specific disadvantage of women, was also variously an issue in the slavery culture of the American South and elsewhere: see Edmund S. Morgan, 'Plantation Blues', *New York Review of Books*, 10 June 1999, 32.

[174] Ferguson, *Jonathan Swift and Ireland*, 17.
[175] Breton, *Anthologie de l'humour noir*, 19.
[176] *Works*, xiii, pp. vii ff., 1–65.
[177] For some statistics of executions, see Douglas Hay, 'Property, Authority and the Criminal Law', in Douglas Hay, E.P. Thompson, *et al.*, *Albion's Fatal Tree: Crime and Society in Eighteenth-Century England* (London, 1988), 22–3.
[178] *Works*, xiii. 8, 40.
[179] Breton, *Anthologie de l'humour noir*, 20.
[180] Breton, *Anthologie de l'humour noir*, 13.
[181] Henry Fielding, *Jonathan Wild* (1743), IV. xv (IV. xiv in edition of 1754), in *Miscellanies by Henry Fielding*, iii, ed. Bertrand A. Goldgar and Hugh Amory, Wesleyan Edition (Oxford, 1997), 186–9. In II. xiii (xii), Wild is saved from drowning because he was born to be hanged, a destiny also alluded to in IV. i and IV. xiii (xii), iii. 86–9, 138, 176–7, and see Claude Rawson, *Henry Fielding and the Augustan Ideal Under Stress* (1972; Atlantic Highlands, NJ, and London, 1991), 126. Also, *Tom Jones*, III. ii, ed. Martin C. Battestin and Fredson Bowers, Wesleyan Edition (Oxford, 1974), i. 118. For other examples, see Shakespeare, *The Tempest*, I. i. 32–8; Morris P. Tilley, *A Dictionary of the Proverbs in England in the Sixteenth and Seventeenth Centuries* (Ann Arbor, 1950), B139.
[182] Henry Fielding, *An Enquiry into the Causes of the Late Increase of Robbers* (1751), pp. x, viii, ed. Malvin R. Zirker, Wesleyan Edition (Oxford, 1988), 166, 164, 157.
[183] Breton, *Anthologie de l'humour noir*, 14.
[184] On Artaud see Martin Esslin, *Antonin Artaud* (New York, 1977), 32, 116, 123–4; on Céline, Milton Hindus, *Céline: The Crippled Giant* (1950; New Brunswick, NJ, 1997), 19; for some comments on Céline's 'aestheticism', see Irving Howe 'Anti-Semite and Jew', in *Celebrations and Attacks: Thirty Years of Literary and Cultural Commentary* (New York, 1979), 68–71 esp. 69.
[185] Allen Ginsberg, 'Encounters with Ezra Pound' (1967), in his *Composed on the Tongue*, ed. Donald Allen (Bolinas, Calif., 1971), 8.
[186] Herbert Lottman, *The Left Bank* (Boston, 1982), 228; Céline seems to have played a small part in denouncing or attempting to denounce Jews to the Nazis, see Nicholas Hewitt, *Life of Céline* (Oxford, 1999), 212 (see 207 ff. for an account of his 'collaboration').
[187] Liz Curtis, *Nothing but the Same Old Story*, 70–9, reference made to *Irish News*, 12 June 1984 and *Irish Times*, 30 May 1984.
[188] Swift, *Sentiments of a Church-of-England Man* (1708, possibly 1704), *Works*, ii. 13.
[189] Ian McEwan, *Enduring Love*, chs. 13–14 (London, 1998), 117, 119.
[190] Immanuel Wallerstein, 'The Albatross of Racism', *London Review of Books*, 18 May 2000, 11–14, 12.
[191] Wallerstein, 'Albatross of Racism', 13.
[192] Wallerstein, 'Albatross of Racism', *passim*, esp. 12, 14, explores the demographic context of complaints of underclass behaviour, and the 'sanitised racism' which often underlies them, in a familiar

interpenetration of class and race.

[193] Cited in Kiberd, *Inventing Ireland*, 37.

第四章：

[1] See the preceding chapter for some aspects of this species of rhetoric.
[2] *Prose Works*, ed. Herbert Davis *et al.* (Oxford, 1939–74), xii. 116–17.
[3] 'Politics vs Literature: An Examination of *Gulliver's Travels*', *Collected Essays, Journalism and Letters*, ed. Sonia Orwell and Ian Angus, 4 vols. (Harmondsworth, 1970), iv. 241–61, 255. Orwell's probing, subtle, and controversial essay, a classic of Swift criticism, is a model of responsible and suggestive enquiry, whether or not one shares his opinions. At the other extreme, a flood of confused and undigested associations between Swift and the Nazis seems to persist in the popular mind. Professor Donald Mell has passed on to me the results of a Netscape search, made in November 1999, under 'Nazis and Jonathan Swift', which threw up 165 entries.
[4] After the castration option is proposed to the Assembly, 'This was all my Master thought fit to tell me at that Time, of what passed in the Grand Council' (IV. ix. 273). Gulliver goes on to say the Master 'was pleased to conceal one Particular, which related to myself', namely Gulliver's own expulsion. The first sentence may refer to that, but the reader has no means of knowing, and is naturally poised to hear the outcome of the substantive debate. Either way, this is not revealed.
[5] For the first, see Anthony Stewart, 'The Yahoo and the Discourse of Racialism in *Gulliver's Travels*', *Lumen*, 12 (1993), 35–41: an attack on Swift's critics, apparently implicating Swift himself, for suppressing the African presence in *Gulliver's Travels*; for the second, Clement Hawes, 'Three Times Round the Globe: Gulliver and Colonial Discourse', *Cultural Critique*, 18 (1991), 187–214, esp. 206, 208. For a more nuanced view of Houyhnhnmland as a slave society (though 'no direct evidence can be found in Book IV to support this view'), see Ann Cline Kelly, 'Swift's Explorations of Slavery in Houyhnhnmland and Ireland', *Publications of the Modem Language Association of America*, 91 (1976), 846–55, 846. Perhaps the best and most sophisticated reading of Houyhnhnmland as a slave-owning tyranny is Michael Wilding, 'The Politics of *Gulliver's Travels*', *Studies in the Eighteenth Century, ii. Papers Presented at the Second David Nichol Smith Memorial Seminar*, ed. R. F. Brissenden (Canberra, 1973), 302–22, esp. 315–21.
[6] See James L. Clifford, 'Gulliver's Fourth Voyage: "Hard" and "Soft" Schools of Interpretation', in Larry S. Champion (ed.), *Quick Springs of Sense: Studies in the Eighteenth Century* (Athens, Ga., 1974), 33–49.
[7] See Orwell, 'Politics vs Literature', esp. 249–55; Kelly, 'Swift's Explorations of Slavery', 846–55; Wilding, 'Politics of *Gulliver's Travels*', esp. 315–21.
[8] On Swift's 'extraordinarily clear prevision of the spy-haunted "police State"', referring more especially to Laputa, see Orwell, 'Politics vs Literature', 249.
[9] The Houyhnhnms' Platonic derivation, clearly related to the listing of both Socrates and Sir Thomas More in the famous '*Sextumvirate* to which all the Ages of the World cannot add a Seventh' (III. vii. 196), has

often been discussed: e.g. J. Churton Collins, *Jonathan Swift* (London, 1893), 39–40 n. 2; John F. Reichert, 'Plato, Swift, and the Houyhnhnms', *Philological Quarterly*, 47 (1968), 179–92; M. M. Kelsall, '*lterum* Houyhnhnm: Swift's Sextumvirate and the Horses', *Essays in Criticism*, 19 (1969), 35–45; Irene Samuel, 'Swift's Reading of Plato', *Studies in Philology*, 73 (1976), 440–62, esp. 459–60; Jenny Mezciems, 'The Unity of Swift's "Voyage to Laputa": Structure as Meaning in Utopian Fiction', *Modem Language Review*, 72 (1977), 1–21, esp. 5–7, 12–16; Hoyt Trowbridge, 'Swift and Socrates', *From Dryden to Jane Austen: Essays on English Critics and Writers, 1660–1818* (Albuquerque, N. Mex., 1977), 81–123, esp. 87–93.

[10] Wilding, 'Politics of *Gulliver's Travels*', 319, 321, blurs an important distinction when he says Swift sees the relation 'as one of a different species, a different race, a different nation' (321), since the tension created by Swift rests on opposite and contending perceptions of difference of species and racial difference within the same species. Orwell's view that the Houyhnhnms' 'caste system ... is racial in character' is based on the perception that Houyhnhnms themselves come in different colours, some deemed fit only for menial work, while Wilding oddly rules out 'class oppression' among them (Orwell, 'Politics vs Literature', 251, Wilding, 'Politics of *Gulliver's Travels*', 319).

[11] J.M. Coetzee, *The Lives of Animals*, ed. Amy Gutmann (Princeton, 1999), 20–2, 49–50, 55 ff. (including somewhat unfocused remarks on *Gulliver's Travels* and *A Modest Proposal*), and remarks by Amy Gutmann and other commentators, 6–10, 81–3, 86 (Peter Singer on 'the parallel between racism and speciesism'), 86–91.

[12] See lan Higgins, 'Swift and Sparta: The Nostalgia of *Gulliver's Travels*', *Modem Language Review*, 78 (1983), 513–31, esp. 515–18.

[13] See *Gulliver's Travels*, ed. Paul Turner (Oxford, 1994), 373 n.1, citing W. H. Halewood, 'Plutarch in Houyhnhnmland: A Neglected Source for Gulliver's Fourth Voyage', *Philological Quarterly*, 44 (1965), 185–94, esp. 191; see also Higgins, 'Swift and Sparta', 517–8. For the best-known episode, see Thucydides, IV. lxxx. 4; Plutarch, *Lycurgus*, XXVIII. 3–4. The Earl of Orrery seems first to have suggested a connection between *Gulliver's Travels* (specifically the educational system of Lilliput, I. vi) and 'the institutions of LYCURGUS' (*Remarks on the Life and Writings of Dr. Jonathan Swift* (1752), ed. João Fróes (Newark, Del., 2000), 180.

[14] For Plato's qualified admiration for Sparta, and the influence of the Spartan ideals on More and the Renaissance Utopian tradition, see Elizabeth Rawson, *The Spartan Tradition in European Thought* (Oxford, 1969), 61–72, 170–6; Thomas More, *Utopia*, in *Complete Works of St. Thomas More*, iv, ed. Edward Surtz, S.J., and J. H. Hexter (New Haven, 1965), pp. clx-clxi. Plutarch, *Lycurgus*, XXVIII. 1, thought the *krupteia* may have led Plato to think of Spartan institutions as producing efficacy rather than righteousness. He may be alluding to *Laws*, I. 630D ff.

[15] Plato, *Laws*, VI. 776C–77D.

[16] Thucydides, IV. lxxx. 1–4; Xenophon, Hellenica, III. iii. 6–7; Pierre Vidal-Naquet, *Assassins of Memory: Essays on the Denial of the Holocaust*, trans. Jeffrey Mehlman (New York, 1992), 99–102.

[17] On Hecuba, and Amerindian warriors, see above, Chapter 1, pp. 29–32.

[18] Plutarch, *Lycurgus*, XXVIII. 1–6, *Lycurgus and Numa*, I. 5–6; on the Utopian writers, Frank E. and Fritzie P. Manuel, *Utopian Thought in the Western World* (Oxford, 1979), 96–9, esp. 97.

[19] Swift's main expressions of praise are for the balanced constitution of Sparta, and occur in the *Contests*

and *Dissentions in Athens and Rome* (1701; *Works*, i. 195–236, esp. 196–200; also ed. Frank H. Ellis (Oxford, 1967), 84–8), and in the *Sentiments of a Church-of-England Man* and the *Fragment of the History of England* (*Works*, ii. 16; v. 36).

[20] Elizabeth Rawson, *Spartan Tradition*, 351 and n. 1; see also 308 n. 2.

[21] *Correspondence*, ed. Harold Williams (Oxford, 1963–5), iii. 117–18.

[22] See Vidal-Naquet, *Assassins of Memory*, 100, 101.

[23] On this question, see Chapter 1, p. 89 and n. 169.

[24] See *Gulliver's Travels*, ed. Turner, n. 3 to IV. ix. In general, however, Swift's mind seems more on Genesis than on Milton, and James v. Falzarano, 'Adam in Houyhnhnmland: The Presence of *Paradise Lost*', *Milton Studies*, 21 (1985), 179–97, traces Miltonic allusion to improbable lengths, though it is worth consulting on some points of detail.

[25] Among recent critics who have registered this evocation is Laura B. Kennelly, 'Swift's Yahoo and King Jehu: Genesis of an Allusion', *English Language Notes*, 26 (1989), 43.

[26] *Works*, xi. 322 (textual notes) to IV. xii. 295.

[27] See A. K. Easthope, 'The Disappearance of Gulliver: Character and Persona at the End of the *Travels*', *Southern Review* (Adelaide), 2 (1967), 264–5.

[28] See *Gulliver's Travels*, ed. Turner, n. 20 to IV.xii, who also says that the original passage's attack on the English may have 'seemed dangerous to publish in Ireland', hardly a likely reason from an author who had recently published the *Drapier's Letters*, but possible as an act of caution, as Turner suggests, by the publisher Faulkner.

[29] *Correspondence*, iii. 102.

[30] Citations from Genesis, unless otherwise noted, are from the Authorized Version, which is the one best known to Swift as well as the most familiar in English literary tradition. In ensuing discussions of the stories of Noah and Lot, I take no account of theories of multiple authorship. These were not known to Swift, and do not affect my argument, which is based on the composite and integral versions appearing in Genesis as we have it. For convenient introductions to the several authors known as J, E, and P, and for references to alternative or unitary readings, see Norman C. Habel, 'Two Introductions to the Flood Stories', reprinted from his *Literary Criticism of the Old Testament* (Philadelphia, 1971), 29–42, in Alan Dundes (ed.), *The Flood Myth* (Berkeley, 1988), 13–28 (Dundes's headnote, 13–15, is a particularly informative summary); see also Enid B. Melior, *The Making of the Old Testament* (Cambridge, 1972), 60 ff. and the introduction to *Genesis*, trans. Robert Alter (New York, 1996), xl–xlii. On the 'text as it stands' reading of the story of Lot, see the introduction to R. I. Letellier, *Day in Mamre Night in Sodom: Abraham and Lot in Genesis 18 and 19* (Leiden and New York, 1995), esp. 7 ff.

[31] *Correspondence*, iii. 117, 104; *Works*, ix. 238.

[32] See also Wisdom of Solomon, 10: 4–8; Dundes (ed.), *The Flood Myth*, 170, 'The Lot story is typologically and structurally similar to the Noah story'; Claus Westermann, *Genesis 12–36: A Commentary*, trans. John J. Scullion S. J. (Minneapolis, 1985), 314. For other parallels between Lot and Noah, see Dundes (ed.), *The Flood Myth*, 175–6; H. Hirsch Cohen, *The Drnnkenness of Noah* (University, Ala., 1974), 9–12, 15, 34–5; on Noah and Lot, see Letellier, *Day in Mamre*, 233–4; and especially Robert Alter, 'Sodom as Nexus: The Web of Design in Biblical Narrative', in Jonathan Goldberg (ed.), *Reclaiming Sodom* (New York and

London, 1994), 35–6, and *Genesis*, trans. Alter, 88, n. to 19: 24. On their wives, Francis Lee Utley, 'The One Hundred and Three Names of Noah's Wife', *Speculum*, 16 (1941), 437–8 n. 14.

[33] See Alan Ford, *The Protestant Reformation in Ireland, 1590-1641* (Dublin, 1997), 176.

[34] For a challenge, not in my opinion persuasive, to the prevailing view that *Gulliver's Travels* is a work of mainly secular rather than religious interest, see Martin Kallich, *The Other End of the Egg: Religious Satire in Gulliver's Travels* (Bridgeport, Conn., 1970).

[35] For some other Old and New Testament parallels or allusions, see Roland M. Frye, 'Swift's Yahoos and the Christian Symbols for Sin', *Journal of the History of Ideas*, 15 (1954), 201–17 *passim*, esp. 216, 210. One of the oddest conclusions of recent scholarship in this field is C. A. Beaumont's sense of the 'total absence' of the Bible from *Gulliver's Travels, Swift's Use of the Bible: A Documentation and a Study in Allusion* (Athens, Ga., 1965), 53, 53–63, 66. On the other hand, L. J. Morrissey, *Gulliver's Progress* (Hamden, Conn., 1978), displays an extravagant overpreoccupation with a multiplicity of scriptural allusions, mainly non-existent.

[36] See James L. Kugel, *The Bible as It Was* (Cambridge, Mass., 1997), 99–100. For interpretations of this wickedness, see 99–114. For the righteousness or otherwise of Noah, 112–17.

[37] Antonia Fraser, *Cromwell: Our Chief of Men* (London, 1974), 327; Paul Johnson, *Ireland: Land of Troubles* (London, 1980), 43.

[38] On the other hand, the God of Genesis does not sound wholly guilt free himself, and promises never to visit such punishments on humankind again (Genesis 8: 21–22, 9: 8–17), though these verses are also read as expressive of God's mercy and care for human life: see P. J. Harland, *The Value of Human Life: A Study of the Story of the Flood* (Leiden, 1996), 114–24, 130–40. But God's Mesopotamian analogue Enlil is sometimes actually blamed. See *Atra-Hasis: The Babylonian Story of the Flood* (II. viii. 35), ed. W. G. Lambert and A. R. Millard (Oxford, 1969), 87, and introduction, 12–13; see also *The Gilgamesh Epic*, Tablet XI, ll. 166 ff., in Alexander Heidel, *The Gilgamesh Epic and Old Testament Parallels* (Chicago, 1963), 87–8, 226–7. Other good general accounts of the relationship of.the Genesis Flood to Mesopotamian versions may be found in articles by Lambert (1965) and Millard (1967), reprinted in Richard S. Hess and D. T. Tsumura (eds.), *'I Studied Inscriptions from before the Flood': Ancient Near Eastern, Literary, and Linguistic Approaches to Genesis 1–11* (Winona Lake, Ind., 1994), 96–128, esp. 121–5; and Claus Westermann, *Genesis 1–11: A Commentary*, trans. John J. Scullion, S.J. (Minneapolis, 1984), 398 ff.

[39] On these topics, see Chapter 2.

[40] See Claude Rawson, *Gulliver and the Gentle Reader* (1973; Altantic Highlands, NJ, and London, 1991), 28, citing John Traugott on the last point.

[41] On Mary Gulliver, see Dick Taylor, Jr., 'Gulliver's Pleasing Visions: Self-Deception as Major Theme in *Gulliver's Travels*', *Tulane Studies in English*, 12 (1962), 10; see also 'the much-neglected Mrs. Gulliver' in Laura Brown, *Ends of Empire: Women and Ideology in Early Eighteenth-Century English Literature* (Ithaca, NY), 176. On Noah's and Lot's wives, see Alan Dundes (1986), reprinted in Dundes (ed.), *The Flood Myth*, 170; Utley, 'One Hundred and Three Names', 426–52, which not only records a hundred and three names conferred on Noah's wife by later tradition, but several dozen names for the wives of Noah's three sons (438–43) and names for Lot's wife, sometimes confused in Moslem tradition with Noah's wife

under the name Wahêla (437–8 n. 14, 450). Later rabbinical writers sometimes gave Mrs Noah the name of Naamah (432 n. 5, 445).

[42] On Mrs Noah's later career, including her relations with the Devil, and her character as the shrewish wife in English mystery plays, see Francis Lee Utley,'Noah, his Wife, and the Devil', in Raphael Patai, Francis Lee Utley, and Dov Noy (eds.), *Studies in Biblical and Jewish Folklore* (Bloomington, Ind., 1960), 57–91; Utley, 'One Hundred and Three Names', 426; V. A. Kolve, *The Play Called Corpus Christi* (Stanford, Calif., 1966), 146–50, 262–3; Rosemary Woolf, *The English Mystery Plays* (Berkeley, 1980), 136–45, 375–77 nn.

[43] Utley, 'One Hundred and Three Names', 445: 'there are only four women named in the Bible before the Flood'. One of Lot's daughters acquired the name Pelotit in a Midrashic text, cited in Kugel, *The Bible as It Was*, 188.

[44] Rawson, *Gulliver and the Gentle Reader*, 27, 27–32.

[45] See n. 32 above.

[46] See. pp. 298–9 and n. 104. On the *minyan* or quorum of ten, see *Encyclopaedia Judaica*, xii. 67.

[47] For Plato on knowledge, opinion, and controversy, *Republic*, V. 476D–480E, VI. 499A, 506B–D; the distinction as between 'something that is or is not' at V. 476E may be part of the background to the Houyhnhnm locution about the thing which is not (IV. iv. 240); see also Reichert, 'Plato, Swift, and the Houyhnhnms', 180–2; Trowbridge, 'Swift and Socrates', 91–3.

[48] See Westermann, *Genesis 1–11*, 393.

[49] On the Madagascar plan, see *Documents on the Holocaust: Selected Sources on the Destruction of the Jews of Germany and Austria, Poland, and the Soviet Union*, ed. Yitzhak Arad, Yisrael Gutman, and Abraham Margaliot (Jerusalem and Oxford, 1987), 216–18.

[50] An order of 23 Oct. 1941 decreed that the emigration, as distinct from evacuation, 'of individual Jews can only be approved *in single very special cases' (Documents on the Holocaust*, 153–4).

[51] *Documents on the Holocaust*, 349.

[52] Circular to concentration camp commanders by SS Brigadeführer Richard Glücks, 6 Aug. 1942. The full text, in a different translation, with precise operational instructions on an industrial scale, is given in *Concentration Camp Dachau: 1933–1945*, Dachau Memorial Museum Catalogue (Brussels, 1978), 137; see also Raul Hilberg, *The Destruction of the European Jews* (rev. edn., New York, 1985), iii. 954 and n. 26. On the industrial collection and use of women's hair, see iii. 971, 976. For Robert Harris's version, see *Fatherland* (London, 1993), 327 (see also 325), a novel citing historical documents. For another novelistic replay, see Thomas Keneally, *Schindler's List*, ch. 16 (Harmondsworth, 1982), 136 ('something special for U-boat crews'); also chs. 18, 26, pp. 155, 243, the latter passage cited from Glücks's directive; see also Gerald Reitlinger, *The Final Solution* (2nd edn., London, 1968), 160–1, on 'dentures and hair' as 'strategic materials'.

[53] *Encyclopaedia Judaica*, v. 86 (s.v. Camps).

[54] See Yehuda Bauer, letter in *Jerusalem Post*, 29 May 1990, 4; *Encyclopaedia Judaica*, xiii. 761–2 (s.v. Poland); on this factory, see also Hilberg, *Destruction of the European Jews*, iii. 967 n. 27; for a balanced survey of the 'soap rumor' in general, see Hilberg, *Destruction of the European Jews*, ii. 520–1, 737–8, 955 n. 26 ('the use of human fat for soap cannot be established as a fact'), 966–7, 1118 n. 22; Walter

Laqueur, *The Terrible Secret: Suppression of the Truth about Hitler's 'Final Solution'* (1980; New York, 1993), 82. It seems that soap manufacture proved technologically impractical (Gitta Sereny, *Into that Darkness: An Examination of Conscience* (1974; New York, 1983), 141 n.); see also letter from Yehuda Bauer, dated 9 Jan. 1991, to editor of the *Jewish Standard* (Hackensack, NJ), reproduced in Nizkor Project website, 'Deceit & Misrepresentation: The Techniques of Holocaust Denial', 'The Soap Allegations', Appendix 5, http://www.nizkor.org/features/techniques-of-denial/soap-01.html; Vidal-Naquet, *Assassins of Memory*, 64, 161 n. 131 (11, 59 ff., on more general attempts to play down evidence of industrial killing). Attacking the Holocaust denier Robert Faurisson's view that the idea was scientifically 'absurd', Vidal-Naquet nevertheless says that 'as far as he knows' ('pour autant que je sache') this particular example was in fact a 'myth' ('légende'), a view expressed more tentatively in the French original than in the English translation: *Les Assassins de ia mémoire* (Paris, 1987), 91 n. 11.

[55] John Thornton, *Africa and Africans in the Making of the Atlantic World, 1400–1800* (2nd edn., Cambridge, 1998), 161.

[56] Yehuda Bauer, letter to *Jewish Standard*, 9 Jan. 1991; *Trials of War Criminals before the Nuremberg Military Tribunals* (Washington, 1947–53), viii. 624; Vetcors, *La Bataille du silence: Souvenirs de minuit* (1967; Paris, 1992), 315–16 (*The Battle of Silence*, trans. Rita Barisse (New York, 1968), 259).

[57] Gitta Sereny, *Albert Speer: His Battle with Truth* (London, 1995), 309–10. In Coetzee's fictionally structured Tanner lectures, which include the narrative of a novelist called Elizabeth Costello giving lectures on the slaughter of animals, Costello imagines a comparable scene: 'as if I were to visit friends, and to make some polite remark about the lamp in their living room, and they were to say, "Yes, it's nice, isn't it? Polish-Jewish skin it's made of..."' (*Lives of Animals*, 69).

[58] Inga Clendinnen, *Reading the Holocaust* (Cambridge, 1999), 94–5.

[59] Sereny, *Albert Speer*, 310. Somebody commented 'the swine', to which Bormann replied: 'To call those people swine is an insult to swine'.

[60] *Encyclopaedia Judaica*, viii. 856 (s.v. Holocaust); Primo Levi, *The Drowned and the Saved*, trans. Raymond Rosenthal (New York, 1989), Preface, 10–11; see also Simon Wiesenthal, *The Murderers Among Us* (New York, 1967), 335.

[61] Hilberg, *Destruction of the European Jews*, iii. 1118 n. 22.

[62] See *The Buchenwald Report*, trans. David A. Hackett (Boulder, Colo., 1995), 43 n., 64, 224, 338, 'a translation of *Bericht über das Konzentrationlager Buchenwald bei Weimar*, prepared in April and May of 1945 by a special intelligence team from the Psychological Warfare Division, SHAEF, assisted by a committee of Buchenwald prisoners'. The Nizkor Project's website on 'Deceit & Misrepresentation: The Techniques of Holocaust Denial' includes an article by Jamie McCarthy on 'Frau Ilse Koch, General Lucius Clay, and human-skin atrocities'. This cites newspaper reports of court findings, including one of a German court which convicted Ilse Koch of incitement to murder and other charges. It 'found no proof that anyone at Buchenwald had been murdered for his tattooed skin, but ... expressed no doubt that skin lampshades had been made and that human heads had been shriveled and preserved at the camp' (*New York Times*, 16 Jan. 1951, 1, 8). Also cited is a memorandum of 25 May 1945 to the 'Commanding General, Third U.S. Army' by a Major Reuben Cares, Chief of Pathology, Seventh Medical Laboratory, APO403, New York, to the effect that 'three tanned pieces of skin ... from Buchenwald Camp' were tested and found

to be 'tattooed human skin' (http://www.nizkor.org/features/techniques-of-denial/clay-koch-01-html).

[63] André Breton, *Anthologie de l'humour noir* (1939; rev. edn., Paris, 1966), Preface and headnotes to Swift and Sade, 9–16, 19–21, 38–42; for other expressions of Breton's interest in Swift, see the extract from *Manifeste du surréalisme* (1924) in *Jonathan Swift: A Critical Anthology*, ed. Denis Donoghue (Harmondsworth, 1971), 129–30; on Artaud, see Claude Rawson, 'Cannibalism and Fiction. Part II: Love and Eating in Fielding, Mailer, Genet, and Wittig', *Genre*, 11 (1978), 241, 279 n. 117, 292.

[64] Breton, *Anthologie*, 43–8; for the full original episode, see *Histoire de Juliette*, Parts 3 and 4, in Sade, *Œuvres*, ed. Michel Delon (Paris, 1990–), iii (1998), 700 ff., esp. 701–7. For the lamp of skulls, not in Breton, see 709. For analogues of human furniture in Rétif de La Bretonne and Lamartine, see the note to 706 on 1490.

[65] *Buchenwald Report*, 64.

[66] Breton, *Anthologie*, 47, Sade *Œuvres*, iii. 706; see Vidal-Naquet, *Assassins of Memory*, 109: 'concentration camp labor … had the characteristic of being indefinitely replenishable'.

[67] Breton, *Anthologie*, 40.

[68] On Queneau see Roger Shattuck, 'Farce & Philosophy', *New York Review of Books*, 22 Feb. 2001, 24; on Flaubert's early discovery of Sade, see references in Claude Rawson, 'Cannibalism and Fiction: Reflections on Narrative Form and "Extreme" Situations. Part I: Satire and the Novel (Swift, Flaubert and others)', *Genre*, 10 (1977), 691 n. 37; for Sade's influence on Flaubert, Artaud, Breton, and others, see 667–711 *passim*, esp. 685 ff., 691–711; Apollinaire, cited in Breton, *Anthologie*, 38.

[69] Breton, *Anthologie*, 46–7, 45; Sade, *Œuvres*, iii. 701-7.

[70] Breton, *Anthologie*, 19, 13.

[71] Flaubert understandably found Sade wanting in that quality; see *Souvenirs, notes et pensées intimes*, introd. Lucie Chevalley Sabatier (Paris, 1965), 73–4, cited in Rawson, 'Cannibalism and Fiction, I', 691 n. 37. Flaubert also missed cannibals and wild beasts, and presumably had not read this episode (for wild beasts in the Minski story, *Œuvres*, iii. 722), not to mention several other Sadeian works.

[72] Breton, *Anthologie*, 20.

[73] Breton, *Anthologie*, 30, omitting four paragraphs corresponding to *Works*, xii. 112–13. The 'other Expedients' Swift had hopelessly recommended are at xii. 116–17.

[74] Thomas Harris, *The Silence of the Lambs*, chs. 19, 34, 39 (New York, 1990), 130, 217, 255.

[75] Harris, *Silence of the Lambs*, chs. 26, 53, 59, pp. 172, 322, 359.

[76] Herodotus, IV. lxiv, lxv; Strabo, VII. iii. 6, 7; for Amerindian analogues, see Chapter 1, n. 157.

[77] On the Scythian-Irish connection, much harped on by Swift, see Chapter 1, pp. 79 ff. and nn. 137 ff.

[78] See *Encyclopaedia Judaica*, xvi. 1332 (s.v. Gassing), which reports that brains of euthanasia victims were 'secured for "medical research"', as well as their gold teeth, and those ('and other valuables') of Holocaust victims; for gold teeth and women's hair at Auschwitz, see iii. 855 (s.v. Auschwitz). See also Joseph Borkin, *The Crime and Punishment of I.G. Farben* (New York, 1978), 126, on 'gold teeth for the Reichsbank, hair for mattresses, and fat for soap' being 'recycled … into the German war economy' by I.G. Auschwitz. For the use of human flesh for culture media in medical experiments, see Robert Jay Lifton, *The Nazi Doctors: Medical Killing and the Psychology of Genocide* (New York, 1986), 289; Lore

Shelley (ed.), *Criminal Experiments on Human Beings in Auschwitz and War Research Laboratories: Twenty Women Prisoners' Accounts* (San Francisco, 1991), 69, 308–9. For the use, and sale, of body parts and skulls of euthanasia victims for medical research, see Götz Aly, Peter Chroust, and Christian Pross, *Cleansing the Fatherland: Nazi Medicine and Racial Hygiene*, trans. Belinda Cooper (Baltimore, 1994), *passim*, esp. 141–55, 144 n., 149. For 'industrial' analogies with the human body in the fantasies of the anatomist Hermann Voss, see 146–7.

[79] *Works*, i. 111–13.

[80] Lifton, *Nazi Doctors*, p. xii.

[81] *Gulliver's Travels*, II. vii. 134; IV. v.247, xii. 294.

[82] Cited by Vidal-Naquet, *Assassins of Memory*, 12, from a speech of 6 Oct. 1943, in Himmler's *Geheimreden 1933 bis 1945 und andere Ansprachen*, ed. B. F. Smith and A. F. Peterson (Frankfurt, 1974), 169. The divine phrasing in Luther's Bible is 'Ich will die Menschen ... vertilgen von der Erde'. It is well known that no written document survives over Hitler's signature ordering the extermination of the Jews, but the vocabulary of his recorded conversation includes frequent use of the words *Vernichtung* (annihilation), *Ausrottung* (rooting out), and *Eliminierung* (elimination): see Dan Jacobson, 'The Downfall of David Irving', *Times Literary Supplement*, 21 Apr. 2000, 14–15.

[83] The man-horse reversal seems the main point, but it was said specifically of the Scythians 'that they castrate their horses to make them easy to manage' (Strabo, VII. iv. 8), and the phrasing, together with the Scythian-Irish connection, might suggest a subtextual evocation.

[84] Elizabeth Rawson, *Spartan Tradition*, 342, 341–3, 365. See p. 1: 'admiration for Sparta reached a fantastic conclusion under the Nazis.' For an amusing contemporaneous (1937) perspective, see R. H. S. Crossman, *Plato Today* (rev. 2nd edn., London, 1971), 150–4.

[85] See *Encyclopaedia Judaica*, v. 86–7 (s.v. Camps); xiii. 701 (s.v. Pohl); Lifton, *Nazi Doctors*, 156–7, 188; *Documents on the Holocaust*, 246–9, 394–400; Vidal-Naquet, *Assassins of Memory*, 109; on factories, Martin Gilbert, *The Holocaust: A History of the Jews of Europe during the Second World War* (New York, 1985), 353, 425, 673.

[86] Paul Berben, *Dachau 1933–1945: An Official History* (London, 1975), 89, 94, 95; for an important discussion of this question, too recent to be fully taken into account here, see Christopher R. Browning, *Nazi Policy, Jewish Workers, German Killers* (Cambridge, 2000), esp. 58–115.

[87] See Pross, in *Cleansing the Fatherland*, 9; Reitlinger, *Final Solution*, 186–92, 362–3; Hilberg, *Destruction of the European Jews*, ii. 420–5, 494, 589–90, 608, iii. 940–5; Lifton, *Nazi Doctors*, 22–44, 269–302 (on castration specifically, 269, 278–84; Shelley, *Criminal Experiments*, 7, 14, 36–7, 94, 139, 278, 367 n. 13 and *passim*. Shaw's statement is in *Everybody's Political What's What*, ch. 32 (London, 1944), 290.

[88] See Francis D. Adams and Barry Sanders, *Three Black Writers in Eighteenth-Century England* (Belmont, Calif., 1971), 3.

[89] Stewart, 'The Yahoo and the Discourse of Racialism', 38, citing Adams and Sanders, *Three Black Writers*, 3, who do not report castration in this connection. Their source, W. R. Aykroyd, *Sweet Malefactor: Sugar, Slavery and Human Society* (London, 1967), 34–5, does not report this either. On the age of twelve in *Gulliver's Travels*, however, see Chapter 2, p. 93 and nn. 2–3.

[90] Hans Sloane, *A Voyage to the Islands of Madera, Barbados, Nieves, S. Christophers and Jamaica*, 2 vols. (1707), i, p. lvii, cited in Aykroyd, *Sweet Malefactor*, 52; Jerome S. Handler, 'Slave Revolts and Conspiracies in Seventeenth-Century Barbados', *Nieuwe West-Indische Gids/New West Indian Guide*, 56 (1982), 24; Hilary Beckles, *Black Rebellion in Barbados: The Struggle Against Slavery, 1627–1838* (Bridgetown, 1984), 47.

[91] *Documents on the Holocaust*, 260 (and 258), 272–3; Lifton, *Nazi Doctors*, 275, 280 n.; on preserving the workforce in this way, see also Shelley, *Criminal Experiments*, 49–50.

[92] Orwell, 'Politics vs Literature', 249.

[93] Report of Lublin division, 26 Sept. 1942, in Hilberg, *Destruction of the European Jews*, ii. 494.

[94] See above pp. 279 ff. nn. 63 ff.

[95] *Works*, xii. 113.

[96] Rabelais, I. xvii. For similar episodes of urinary prowess in Rabelais, see also I. xxxviii, II. xxxiii; Freud, *Interpretation of Dreams* (1900), VI (H), in *Standard Edition of the Complete Psychological Works*, trans. James Strachey *et al*., 24 vols. (London, 1975), v. 469; *Civilization and its Discontents* (1930), *SE* xxi. 90 n. 1. For the wider thinking about fire and urination to which Freud's note belongs, see 'The Acquisition and Control of Fire' (1932), *SE* xxii. 185–93; on Otto Rank's and other urinary theories of the Flood, and theories related to fantasies of fertility and sexuality, see Norman Cohn, *Noah's Flood: The Genesis Story in Western Thought* (New Haven, 1996), 131–3; on 'the urinary cast of … many flood myths', see Alan Dundes 'The Flood as Male Myth of Creation' (1986), reprinted in *The Flood Myth*, 167–82, esp. 174, 171 ff., and references to Stith Thompson's *Motif-Index of Folk-Literature*, rev. edn., 6 vols. (Bloomington, Ind., 1955), esp. Nos. A923.1, A1012.2.

[97] On blinding and castration, see Freud, *Totem and Taboo* (1913), IV. 3; 'The "Uncanny"' (1919); *SE* xiii. 130, xvii. 231.

[98] *Works*, ii. 13.

[99] See Chapter 3, pp. 230–2.

[100] Montaigne, I. xxxi, *Essais*, ed. Pierre Villey, rev. V.-L Saulnier (Paris, 1988), i. 208; *Complete Essays*, trans. Donald M. Frame (Stanford, Calif., 1965), 154.

[101] See the parallel passages in Bernard Weinberg, 'Montaigne's Readings for *Des Cannibales*', in George Bernard Daniel Jr. (ed.), *Renaissance and other Studies in Honor of William Leon Wiley* (Chapel Hill, NC, 1968), 270–1; André Thevet, *Singularités*, in *Le Brésil d'André Thevet* (Paris, 1997), 147.

[102] On female circumcision, and its ancient history (reported by Strabo and others), see Hermann Heinrich Ploss, Max Bartels, *et al.*, *Woman: An Historical, Gynaecological and Anthropological Compendium* (1885–1927), trans. Eric John Dingwall, 3 vols. (London, 1935), i. 341–53.

[103] See Robert A. Greenberg, '*A Modest Proposal* and the Bible', *Modern Language Review*, 55 (1960), 568–9, refuting in advance an assertion by C. A. Beaumont that the *Modest Proposal* 'ignores the Bible' (*Swift's Use of the Bible*, 66). There may also be a patristic model for Swift's use of the cannibal formula (see Claude Rawson, *Order from Confusion Sprung* (1985), rptd. London and Atlantic Highlands, NJ, 1992), 143 n. 28).

[104] Jack P. Lewis, *A Study of the Interpretation of Noah and the Flood in Jewish and Christian Literature* (Leiden, 1968), 124–5 and n. 1. See Westermann, *Genesis 12–36, 292*: 'The reason Abraham stops at

the number ten is that this represents the smallest group (so B. Jacob and L. Schmidt). If there are fewer than ten in the city, then these are individuals and as such they can be saved from the city as happens in ch. 19. Abraham's query reaches its natural limit with the number ten.' *Genesis*, trans. Alter, 83, n. to 18: 32, explains that ten is 'the minimal administrative unit for communal organization in later Israelite life'. See also J. A. Loader, *A Tale of Two Cities: Sodom and Gomorrah in the Old Testament, early Jewish and early Christian Traditions* (Kampen, 1990), 30–1: 'The fact that Abraham stops here, does not mean that righteous individuals will have to perish if they number less than ten, but that they can be saved as individuals, which is evident in the rest of the story.' For yet another, somewhat inconclusive, view, see Gerhard von Rad, *Genesis: A Commentary*, trans. John H. Marks (3rd rev. edn., London, 1972), 214. Cf. Robert Davidson, *Cambridge Bible Commentary: Genesis 12–50* (Cambridge, 1979), 70: 'Why the argument stops at ten is not clear. The narrative which follows makes it clear that Sodom was destroyed because there was not a single innocent man in the city. The attack on Lot's guests is carried out by "everyone without exception" (19.4)'.

[105] Von Rad, *Genesis*, 214–15; Davidson, *Genesis 12–50*, 69: Westermann, *Genesis 12–36*, 292–3.

[106] On Lot's wife and daughters, see Kugel, *The Bible as It Was*, 191–4.

[107] See Kugel, *The Bible as It Was*, 182; and see von Rad, *Genesis*, 224, Davidson, *Genesis 12–50*, 78–9; Westermann, *Genesis 12–36*, 312–14. The names Moab and Ammon are said to have been etymologized to suggest incestuous origins: see *Genesis*, trans. Alter, 90 n. 30–8, and Alter, 'Sodom as Nexus', 34–6, esp. 36 on the '(folk-)etymology' of the names.

[108] Westermann, *Genesis 12–36*, 312, declares baldly that 'there is no discernible connection between the drunkenness of Noah and that of Lot'.

[109] For what Ham did, or what happened between Noah and Ham, see Westermann, *Genesis 1–11*, 487–8, the simplest and most authoritative statement, arguing that being seen naked is, as elsewhere in the Old Testament, a disgrace, and that Ham not only disgraced his father in that sense, but failed to cover him and revealed the shameful fact to his brothers; for this and other views, including a variety of suggested sexual transgressions, see also Steven L. McKenzie, in *Oxford Companion to the Bible,* ed. Bruce M. Metzger and Michael D. Coogan (Oxford, 1993), s.v. Ham/Canaan; Robert Graves and Raphael Patai, *Hebrew Myths: The Book of Genesis* (New York, 1964), 120–4; Lewis, *Interpretation of Noah*, 153–4; Lloyd R. Bailey, *Noah: The Person and the Story in History and Tradition* (Columbia, SC, 1989), 161–2; Cohen, *Drunkenness of Noah*, 13 ff. Also Robert Davidson, commentary on Genesis 9: 18–29, *Cambridge Bible Commentary: Genesis 1–11* (Cambridge, 1973), 94–7; for Renaissance interpretations of Noah's curse, and whether or not it was justified, see Don Cameron Allen, *The Legend of Noah: Renaissance Rationalism in Art, Science, and Letters* (Urbana, Ill., 1949), 77–8.

[110] McKenzie, *Oxford Companion to the Bible*, s.v. Ham/Canaan.

[111] For an account of historical-political interpretations, see Westermann, *Genesis 1–11*, 490–4, and his own robustly independent discussion of the alternative readings of the curse and its geographical reach; his view is that the enslavement visited on Canaan by the curse at 9:25 is 'pre-political' (492), a local matter of servitude to one's brothers for committing an outrage, and that there is at this point no 'coherent notion of three peoples or groups of peoples' (494). On the story of Ham having his skin turned black, and the fact that Canaanites were not negroid, see Graves and Patai, *Hebrew Myths: Genesis,* 114, 115

n. 12, 118, 121. For Renaissance treatments of Ham's progeny, including Negroes and chimpanzees, see Allen, *Legend of Noah*, 118–20, noting also that Jean de Léry thought Amerindians were descended from Canaanites. For fuller treatments of Ham's progeny in the Table of Nations of Genesis 10, see Westermann, *Genesis 1–11*, 495–530, esp. 510 ff., and articles by J. Simons (1954) and D.J. Wiseman (1955) in Hess and Tsumura (eds.), '*I Studied Inscriptions ...*', 234–65, esp. 237 ff., 259 ff.; for the history of the identification of the three sons with distinct continents or races, and the use of the curse of Ham to justify slavery, both of which are forcefully described as late, non-biblical developments, see Benjamin Braude, 'The Sons of Noah and the Construction of Ethnic and Geographical Identities in the Medieval and Early Modern Periods', *William and Mary Quarterly*, 54 (1997), 103–42. For another account of the 'post-Deluge dispersion', with particular references to the history of Ham and his portrayal, see Jean Devisse, *The Image of the Black in Western Art, ii. From the Early Christian Era to the 'Age of Discovery'*, trans. William Granger Ryan, 2 vols. (New York, 1979), ii. 55 ff.

[112] Robert Burns, 'The Ordination', ll. 30–1, in *Poems and Songs*, ed. James Kinsley (London, 1969), 171; Graham, *Thirty Tales & Sketches*, ed. Edward Gamett (London, 1929), 3, 14.

[113] *Oxford Companion to the Bible*, s.v. Cush; James Luther Mays, *Amos: A Commentary* (Philadelphia, 1969), 156–60; Hans Walter Wolff, *Joel and Amos*, trans. W. Janzen, S. D. McBride, Jr., and C. A. Muenchow, Jr. (Philadelphia, 1977), 347–8, argues that the passage is not necessarily disdainful to the Cushites.

[114] See Allen, *Legend of Noah*, 113–37; J. H. Elliott, *The Old World and the New 1492–1650* (Cambridge, 1996), 49–50; Pagden, *European Encounters with the New World from Renaissance to Romanticism* (New Haven, 1993), 43.

[115] John Beddoe, *Races of Britain* (Bristol and London, 1885), 11; for the honorific version, see Ahmed and Ibrahim Ali, *The Black Celts: An Ancient African Civilization in Ireland and Britain* (3rd edn., Cardiff, 1994), 12–15. For the 'town in Ireland called Cush' (not specified by the authors), the *Census of Ireland: General Alphabetical Index to the Townlands and Towns, Parishes, and Baronies of Ireland* (Dublin, 1861), 351, lists four places called Cush, in the counties of Kildare and Limerick and (two) in King's County (now Co. Offaly). A village called Cush in County Wexford appears in Colm Tóibín's novels, *The Heather Blazing* (1992) and *The Blackwater Lightship* (1999). Other theories of prehistoric African presence in Ireland are reported, and found questionable, by Paul Edwards, 'The Early African Presence in the British Isles', in Jagdish S. Gundara and Ian Duffield (eds.), *Essays on the History of Blacks in Britain* (Aldershot, 1992), 9.

[116] Ovadiah Yosef, reported *Guardian Weekly*, 10–16 Aug. 2000, 2.

[117] Two earlier uses, in Genesis 4: 11, 14, refer to the punishment of Cain. The Hebrew original of 6:7 translates literally into English as: 'I will wipe off ... man ... from [upon] the face of the ground' (Joseph Magil, *The Englishman's Hebrew-English Old Testament* (Grand Rapids, Mich., 1974), 13), as does the Septuagint, a translation by Jews into Greek. The Vulgate has 'Delebo ... hominem ... a facie terrae', which carries the connotations both of 'erase' and 'destroy', the latter being adopted by the King James version. See above, Chapter 1, n. 3. For some examples of the more general sweep, see Genesis 7: 3–4, 23; Proverbs 2: 22; Jeremiah 25: 26; Ezekiel 38: 20; for the Jews, Deuteronomy 6: 15; Amos 9: 8; for enemies, Exodus 9: 15; Deuteronomy 7: 1–10; 1 Samuel 20: 15; Psalms 21: 10. For more circumscribed

cases, beginning with Cain being driven from the earth, see Genesis 4: 14; 1 Kings 13: 34; Jeremiah 28: 16. For some early non-biblical uses of the phrase, alluding to the destructive or purifying Flood, see Kugel, *The Bible as It Was*, 119.

[118] Noah's invention of viticulture was frequently perceived as an agricultural breakthrough and an important 'advance in civilization', extending the technology of farming, catering to the human need for 'joy and celebration', and making possible that 'festal drinking' which is associated with 'the blessed life in the messianic era' (Westermann, *Genesis 1–11*, 487–88); see also Jancis Robinson, *Oxford Companion to Wine* (Oxford, 1994), 112, s.v. Bible; Bailey, *Noah*, 158–63, esp. 162 on viniculture 'presented as an advance in the history of civilization'. Bailey also offers in these pages some undeveloped hints on the relation between Noah's invention of wine-making and 'the political and/or social relationships' between the ethnic groups represented by Noah's three sons (159). Noah's drunkenness, on the other hand, frequently aroused disapproval, and elicited defences (Allen, *Legend of Noah*, 73, 78, 116 and n., 143; for portrayals in art, see 155–73). In particular, there was much rabbinic disapproval of Noah's vine-growing and drunkenness (Lewis, *Interpretation of Noah*, 151–2). For a balanced modern account, in the context of a wider consideration of Noah's 'righteousness', see Harland, *Value of Human Life*, 45–69, esp. 55–7. Cohen, *Drunkenness of Noah*, 7–8, says the inebriation was wholly laudable: Noah, anxious to obey the divine command to 'be fruitful, and multiply' (9: 1), and, conscious of his age (600 at the time), felt he needed wine to reinforce his sexual powers. Cohen mounts a defence of Lot and his daughters, on similar grounds, and sees Lot as conniving in his daughters' admirable project of renewing the race (9–10: on Lot, see also Letellier, *Day in Mamre*, 235–6). By contrast with Genesis, the Babylonian Flood myth of *Atrahasis*, where the emphasis is on repopulation, represents the Flood as a solution to overpopulation (see Tikva Frymer-Kensky in Dundes (ed.), *The Flood Myth*, 65–7; for a Syrian analogue to the story of Noah's drunkenness, see Eleanor Follansbee, ibid. 76–7). In the Greek analogue to the story of Noah, vine-stock was planted in the reign of Deucalion's son Orestheus, 'probably the earliest Greek wine myth'. Deucalion's sons, like Noah's, were ancestors of the world's peoples. 'The entire Hellenic race', for example, was descended from Hellen (Robert Graves, *The Greek Myths*, 2 vols. (Harmondsworth, 1955), i. 142, 158 ff., Nos. 38.7, 9; 43).

[119] On Amos 4: 11, see Loader, *Tale of Two Cities*, 65–6; on 4: 11 and 9: 7–15, see Mays, *Amos*, 77, 80, 156–68.

[120] Allen, *Legend of Noah*, 74–5, 84–112, 135, etc. There was a pagan claim that Noah's Flood was a Jewish version of a Mesopotamian Deluge long before modern scholarship began to explore the *Gilgamesh* parallels. Favourite locations for it at various times included Palestine, or even specifically Judea (97); Syria (86); Mesopotamia (86); and 'Asia' (89). For recent coverage of Flood myths throughout the world, see Westermann, *Genesis 1–11*, 398 ff. *passim*, 475 ff.; Dundes (ed.), *The Flood Myth, passim*; on the debate between theories of universality and non-universality (and incidentally, their bearing on the issue of monogenesis vs. polygenesis), see Dundes's headnote to the extract from Frazer, 113–16, esp. 115). On confrontations between biblical universalism and geological science, see the discussions by Rhoda Rappaport, James R. Moore, and Stephen Jay Gould, 383–437. For a brief popular survey, see Cohn, *Noah's Flood*, 41–6.

[121] William Ryan and Walter Pitman, *Noah's Flood: The New Scientific Discoveries about the Event that*

Changed History (New York, 1998), a more serious book than its title suggests.

[122] Allen, *Legend of Noah*, 86; for the Deucalion story, see Ovid, *Metamorphoses*, I. 253 ff., and for the perception of it as local, *Legend of Noah*, 74; for views of the equivalence of, or analogies between, Noah and Deucalion, 83, 188. On the various mountains on which Deucalion is supposed to have landed, suggesting 'that an ancient Flood myth has been superimposed on a later legend of a flood in Northern Greece', and on Aristotle's view 'that Deucalion's Flood took place "in ancient Greece (*Graecia*), namely the district about Dodona and the Achelous River"', see Graves, *Greek Myths*, i. 142, Nos. 38.5, 10. On the local (Anatolian) origins of another Ovidian story of a Flood and its righteous survivors, Philemon and Baucis (*Metamorphoses*, VIII. 611–724), see an essay of 1922 by W. M. Calder, 'New Light on Ovid's Story of Philemon and Baucis', in Dundes (ed.), *The Flood Myth*, 101–11. For the latter story, like that of Lot, as a hospitality parable, see Graves and Patai, *Hebrew Myths: Genesis*, 169.

[123] Roddy Doyle, *The Commitments, in The Barrytown Trilogy* (New York, 1995), 13. See Chapter 3, p. 219 and n. 98.

[124] Jean-Paul Sartre, *Réflexions sur ia question juive* (10th edn., Paris, 1954), 83–4, 159, 176, 181, and *passim*; *Saint Genet: comédien et martyr* (1952; Paris, 1969), 21, 63–88., and *passim*; Sartre's analysis of Genet is partly based on the latter's *Journal du voleur* (1949) and his 'autobiographical' novels, but Archibald's call in *Les Nègres* (1959; Paris, 1967), 76, 'Que les Nègres se nègrent. Qu'ils s'obstinent jusqu'à la folie dans ce qu'on les condamne à être ...', may in turn be influenced by Sartre's writings on racial matters. For Genet on his pariah status, see Claude Rawson, 'Cannibalism and Fiction. Part II: Love and Eating in Fielding, Mailer, Genet, and Wittig', *Genre*, 11 (1978), 227–313, esp. 272–5.

[125] See Chapter 3, on descriptions of the Irish, especially that by Ned Ward, c. 1700; Chamfort, *Maximes etpensées* (1795), ch. 8, No. 519, in *Maximes etpensées, Caractèes et anecdotes*, ed. Geneviève Renaux, Pref. Albert Camus (Paris, 1970), 148; Dostoevsky, cited in Michael Holroyd, *Bernard Shaw* (New York, 1988–1992), i. 69; Rimbaud, *Une Saison en enfer*, in *Œuvres complètes*, ed. Antoine Adam (Paris, 1972), 97. See 957 n. 5 for a different use of the idea of the white Negro.

[126] Verlaine, 'À Arthur Rimbaud, sur un croquis de lui par sa soeur' (1893), *Œuvres poétiques complètes*, ed. Y.-G. Le Dantec (Paris, 1954), 432; Rimbaud, *Saison*, in *Œuvres complètes*, 94; for an extended recent account of Rimbaud's African years, with some Conradian resonances, see Charles Nicholl, *Somebody Else: Arthur Rimbaud in Africa 1880–91* (London, 1997), *passim*; Conrad, *Youth, Heart of Darkness*, 117 (Conrad was very determined to emphasize this cosmopolitanism, which is adumbrated in Carlier in 'An Outpost of Progress', *Tales of Unrest*, 88; see *Collected Letters*, ed. Frederick R. Karl and Laurence Davies, 8 vols. (Cambridge, 1983–), iii. 94).

[127] Westermann, *Genesis* 12–36, 297.

[128] Westermann, *Genesis 12–36*, 297–9; also Davidson, *Genesis 12–50*, 68–9, and von Rad, *Genesis*, 217–18; Kugel, *The Bible as It Was*, 185–9; Westerman, *Genesis 12–36*, 298, says 'no event in the whole of Genesis ... is mentioned so frequently in the Old Testament as the destruction of Sodom', and cites almost two dozen references from both the Old and New Testaments; for the full range of these, to which are added passages from the Apocrypha and from some patristic sources, see Loader, *Tale of Two Cities*, 49–138. Loader, *Tale of Two Cities*, 37, argues that the emphasis in Genesis is 'on the social [hospitality] aspect of their sin and not on the sexual aspect itself'; on questions of hospitality and sexual sin, see

further Letellier, *Day in Mamre*, 154 ff.; Weston W. Fields, *Sodom and Gomorrah: History and Motif in Biblical Narrative* (Sheffield, 1997), 41–2, 54–85; on sexual transgression, see 116–33.

[129] Westermann, *Genesis 12–36*, 301.

[130] On myths of sexual transgression before the Flood, see Kugel, *The Bible as It Was*, 107–12.

[131] Westermann, *Genesis 12–36*, 311. For further insights into the interplay of particular, tribal, and universal, with further analogies to the Flood story, see 311–15 *passim*. For the belief of Lot's daughters that they and their father 'are the sole survivors of humankind', see *Genesis*, trans. Alter, 88n.; also Davidson, *Genesis 12–50*, 78.

[132] Michael D. Coogan, in *Oxford Companion to the Bible*, s.v. Lot; for early interpretations of Lot, see Kugel, *The Bible as It Was*, 179–95.

[133] Letellier, *Day in Mamre*, 185 ff.; *Genesis*, trans. Alter, 85, n. to 19: 8; Alter, 'Sodom as Nexus', 33; Westermann, *Genesis 12–36*, 301–2.

[134] *Oxford Companion to the Bible*, s.v. Lot; A. E. Harvey, *The New English Bible Companion to the New Testament* (Oxford and Cambridge, 1979), 753. For rabbinical and other traditions disapproving of Lot, and for a defence, see Cohen, *Drunkenness of Noah*, 9–10.

[135] Westermann, *Genesis 12–36*, 314–15, is scornful of the use of terms like 'incest' and 'incestuous' in the story of Lot and his daughters, which belong to 'a distant past on which we cannot impose our criteria' (314–15); for a Midrashic suggestion that the daughters were not only not guilty, but actually aided by God, see Graves and Patai, *Hebrew Myths: Genesis*, 172; Davidson, *Genesis 12–50*, 78, says the daughters 'are being commended for taking the only possible course open to them to ensure the future'; see also Letellier, *Day in Mamre*, 234–5.

[136] See F. R. Tennant, *The Sources of the Doctrines of the Fall and Original Sin* (Cambridge, 1903), esp. ch. 4, pp. 89–105; Herbert Haag, *Is Original Sin in Scripture?*, trans. Dorothy Thompson (New York, 1969); Paul Rigby, *Original Sin in Augustine's Confessions* (Ottawa, 1987).

[137] Deane Swift, *An Essay upon the Life, Writings, and Character of Dr. Jonathan Swift* (1755), 220; T. O. Wedel, 'On the Philosophical Background of *Gulliver's Travels*', *Studies in Philology*, 23 (1926), 441; Frye, 'Swift's Yahoos and the Christian Symbols for Sin', 202–3.